U0126287

叩問經典

殷善培
周德良　主編

臺灣 學生書局 印行

序

盧國屏

　　淡江中文系具有強大的學術活動力,在學界是眾所週知的事。其中「社會與文化國際學術研討會」,從 1987 年舉辦第一屆以來,成了淡江中文系最大的學術特色之一。

　　將近二十年的時間裡,淡江有了碩士班,有了博士班,在眾多學術會議的伴隨下,我們成長、茁壯、茁壯、成長。一路走來雖有太多的會議行政苦痛與衝擊,但是,我們結交了眾多的學術朋友、撰集了許多的研究論文、出版了優質的學術論著。因著會議,中文系資深的老師帶著年輕的新秀闖出一番天地,而師生因為會議融洽團結在一起,大家從中遍嘗辛酸,也享受甜美,淡江中文是這樣一步一步走出來的!

　　今年是「社會與文化」會議第十屆的召開,我將過去歷屆舉辦的時間與主題為各位回憶如下:

第一屆:1987 年,晚明思潮與社會變動

第二屆:1988 年,晚清的文學與文化變遷

第三屆:1990 年,晚唐社會與文化發展

第四屆:1991 年,戰爭與社會之變動

第五屆:1992 年,俠與中國文化

第六屆:1994 年,人物類型與中國市井文化

第七屆：1996 年，近現代中國文學與文化變遷

第八屆：1998 年，中國武俠小說

第九屆：2000 年，漢語文化學

第十屆：2004 年，經典與文化

猶記得 1997 年我退伍進入淡江，蒙師長同仁們的鼓勵，開闢了「漢語文化學」的學術路徑，2000 年系上就將第九屆的棒子交給我，以我的專業領域，主辦該屆的社會與文化會議，成長與收穫不在話下，自此，也展開了我在淡江的學術生涯。這就是淡江中文系的風格，你可以自由揮灑，空間無限，我感念至今。

或許您曾經在歷年會議中蒞臨淡水，做我們的嘉賓，擔任主席、發表大作；或許您在那些歲月裡，仍是學生，傾聽了精妙的學術對話，而今日您已經是學術界的翹楚。不論您是誰，都請記得我們的誠意，淡江的緣分。

感謝今年的主辦人殷善培老師、周德良老師；感謝協助會議的駱慈愛助理、研究生林明君以及其他碩士班的同學們。學期初由於我初接系務，行政駑鈍，明君同學與善培吾兄，多所指點，連慈愛助理的先生孫先生，都在會議前一晚協助會場佈置。各位都是會議功臣，遂銘感而志之。

盧國屏　2005.5.1

叩問經典

殷善培

　　淡江大學中文系以學術會議多在中文學界闖出了名號,每年主辦、合辦、協辦的學術會議洋洋灑灑,歎為觀止。這其中又以「社會與文化」、「文學與美學」兩個學術會議歷史最久,雙雙邁入第十屆了。

　　第十屆的「社會與文化」研討會主題我們是以「經典與文化」來構思,從經典的界定、形成、教育、出版、批判等多重視角來研討經典的過去、現在、未來。

　　什麼是「經典」?《文心雕龍·宗經篇》云「經也者,恒久之至道,不刊之鴻教也」,經典就是歷經時代考驗,依舊保持著指導文化取向的精神支柱,所以《釋名·釋典藝》界定「經」是「如徑路無所不通,可常用也」。在文化發展的歷程中,每一個民族都有自己的「經典」,從而決定了自身文化的走向,這種決定民族文化精神取向的「經典」甚至可特稱為「元典」,如中國文化裏的六經,印度的《奧義書》。不過「經典」之所以為「經典」並不是與生俱來的,怎麼樣的典籍會上升成為經典?為何會上升為經典?以及如何上升為經典?都是值得探討的話題。

　　其次,經典對後世的指導力量有賴於教育的推行,甚至可以說

教育就是經典的教育，今日教育雖已日趨多元，但經典的教育仍是大學課程中的靈魂。至於民間對經典的重視，我們只要看近來各地所舉辦的「兒童讀經運動」、「小狀元會考」就可思過半矣！經典與教育相輔相成的現象，究竟該怎麼去面對？實在有必要進一步研討。

再則，經典是出版業的長銷書，不是引領一時風尚的流行話語，經典的出版、注譯、新詮無疑是經典的源頭活水，值得留意的現象是隨著漫畫書的席捲，書市裏也大張旗鼓地出現了漫畫經典，經典漫畫化，這裏涉及了許多解釋學上的課題，漫畫圖像式的詮釋是不是能傳遞文字裏的奧義？經典漫畫是不是有助於經典的普及？經典的注譯、新詮與時代的呼應又有何關聯？這些問題都有待深思。

此外，在後現代社會思潮衝擊下，「經典」的正當性倍受挑戰，有不少學者提出質疑：這個時代還有所謂「經典」嗎？還需要「經典」嗎？「經典」是不是一種文化霸權的展現？是不是一種思想宰制？這些後現代思潮對既有價值觀形成了嚴重的挑戰，這些思潮究竟能提供給我們怎樣的反思？

這些就是我們提出來就教於學者專家的論題。

會議在民國九十三年十一月二十五、六兩天，假淡江大學淡水校區驚聲國際會議廳舉行，兩天的會議，一共發表了十五篇論文，一場專題演講以兩場專題討論。廣州中山大學的李宗桂教授以「經典與現代中國」為題做了精彩的開幕演講，漫畫家洪德麟先生、兒童文學作家康逸藍女士對「經典與漫畫」妙趣橫生的對話，讓嚴肅的學術會議輕鬆不少；臺中師範學院王財貴教授，南華大學林明昌

教授、北京首都師範大學陶禮天教授分別對讀經教育提出了多元的
觀點，激起了與會學者的熱烈回應，幾至欲罷不能。來自海外的幾
位論文發表人，如張敬國學基金會的林中明教授、臺北師範大學第
一位美國籍的中文博士史國興教授、韓國中央大學的李康範教授、
香港城市大學的鄭滋斌教授，遠從各地專程前來，盛情可感。

　　本次會議的順利舉辦，要感謝居間協調聯繫的周德良教授、慈
愛助理及以及碩士班的研究生。淡江中文所的碩士生協助會議的舉
辦已成了所裏優良的傳統，這次在林明君學棣的帶領下，井然有
序，令人激賞。

　　《禮記・學記》云：「善待問者如撞鐘，叩之以小者則小鳴，
叩之以大者則大鳴，待其從容，然後盡其聲，不善答問者反此。」
經典如鐘，正待我們去扣問，鳴聲大小取決於我們的體悟，謹以
「叩問經典」名此論文集。

叩問經典

目　錄

由再創作論《聊齋誌異》之經典性
——以〈俠女〉爲例

陳葆文*

提　要

　　本文重新檢討《聊齋誌異》之經典意義，乃由「再創作」之角度切入，以〈俠女〉一篇爲例，分析其繼承唐傳奇「俠女復仇」型故事之人物形象及情節結構之餘，又如何透過作者蒲松齡強烈之個人主義色彩，使前朝模式化小說呈現新的意識形態與藝術風貌。藉由分析〈俠女〉對唐傳奇之繼承與轉化等「再創作」之過程所展現之藝術成就，可知欲定位《聊齋誌異》之經典意義，除了著重文本所呈現之小說創作成就外，其在「再創作」方面所展現之小說發展史之價值，亦不容忽略。

*　淡江大學中文系助理教授

關鍵詞：再創作　聊齋誌異　俠女　經典

　　《聊齋誌異》在中國古典小說史上具有獨特而重要的意義，其重要性及藝術價值早經諸家肯定，甚而為學者稱之為「中國傳奇小說史上的高峰之作」❶。而蒲松齡既名其著為《聊齋誌異》，更有論者嘗言其書原名《鬼狐傳》❷，自然全書以談怪說異為主。然細究之，「異」者未必指「異類」，而應在於所記事之異、所寫之人奇；「鬼」「狐」之命名，也絕不意味著書中唯以此類角色為主，只是寫鬼寫狐，形象勝於其他異類。事實上，以《聊齋誌異》故事題材類型區分之，筆者認為全書大致可分為「人情之異」「事物之異」「遭遇之異」等三大類。所謂「人情之異」，指篇中專狀某人個性行止之特質，或突出人情交際之奇者。所謂「事物之異」，指篇中直寫某事某物之異，或記某人所旁觀之奇物怪事者——而旁觀者與事無涉，並不介入其中。至於所謂「遭遇之異」，則指篇中記某人所生怪異之事，或所遭遇某事之怪；其不同於「人情之異」類乃重在突出人物典型性格、以事寫人，此類則重在寫事之可怪而不突出人物性格。以篇章數統計之，以「人物」為敘事重點、使突出而具有典型性的「人情之異」類，幾佔全書篇章三分之二；純記「物」或「事」之「事物之異」類最少，約只有百分之五；而約佔

---

❶　薛洪勣：《傳奇小說史》（杭州：浙江古籍出版社，1998 年 12 月一刷），頁 331。

❷　趙起杲〈青本刻聊齋誌異例言〉「其事則鬼狐仙怪，其文則莊列馬班……是編稿名鬼狐傳……」，見蒲松齡著、張友鶴輯校：《聊齋誌異》會校會注會評本（臺北：里仁書局，民國 80 年 9 月）「各本序跋題辭」。

全書三分之一篇幅的「遭遇之異」類，雖重在寫事之可怪而不突出人之特質，但其敘事筆法在「因人生事」，其實還是以「人」的活動為其敘事結構的骨架❸。由此可見，不論《誌異》也好，《鬼狐傳》也罷，蒲松齡最感興趣的，當還是在「人」身上。

此外，《聊齋誌異》之為一部文言小說史上的經典之作，其地位固已毋庸置疑，然其全部將近五百篇左右的篇章，乃經歷了幾十年的寫作歷程❹，故全書的篇章體例實則並不一致：就題材表現論，有創作者如〈青鳳〉，有襲舊者如〈種梨〉；或類似材料集異式的筆記如〈疲龍〉，或為情節完整的傳奇如〈聶小倩〉。就敘事重點論，或雖記人而偏重其事如〈亂離二則〉，或寫人而突出其情如〈嬰寧〉。就敘事手法論，或以第三人稱之全知角度純然虛構（如〈小謝〉等）；或以第二人稱虛實相半、側記他人之事（如〈狐夢〉）；或以第一人稱現身說法（如〈絳妃〉）。因此，論定《聊齋誌異》經典意義的成立，所據以定位的標準，當不只是著重其鬼狐的世界及別出的創意，亦當兼顧其對人間的摹寫及前作的繼承發

---

❸ 相關篇章分類及數據統計，詳見〈附錄一：《聊齋誌異》故事題材分類統計〉。

❹ 按《聊齋誌異》中的早期之作可能是〈地震〉（康熙七年）或〈蓮香〉（篇中有繫年庚戌，即康熙九年），二篇皆言及寫作時間，且較不似追憶之作（蒲松齡若干篇中之紀年有其未出生之前者）；而〈聊齋自誌〉之成，則意味著《聊齋誌異》的寫作已達一相當程度的規模，時為康熙十八年，蒲松齡四十歲，則相對前者之繫年，《聊齋誌異》至此已有十年左右的寫作時間了；至於書中可見紀年最晚的一篇為〈夏雪〉，為康熙四十六年，蒲松齡六十八歲。由是可知，蒲松齡創作《聊齋誌異》延續將近有四十年左右。

揮。作為一部出現於將近古典時代尾聲的作品而言,兼顧書中「人」與「非人」的塑造手法、及「創新」與「襲舊」的呈現方式,方能全面性的呈現《聊齋誌異》之所以足稱經典的意義。

　　雖然,三百多年來,由於對《聊齋誌異》藝術成就的讚譽,使此書足列小說史上經典之林,實則論者多集中在其異類人物的塑造成就方面,並強調其獨特性與創新性。本文則欲直指本心,自小說「寫人」的部份切入——尤其是以寫「人間女性」的篇章為例,觀察其敘事手法出之以「再創作」者,冀能由一個較為不同的角度來檢視《聊齋誌異》的經典意義,從而為其經典定位之論述稍補其缺。限於篇幅,筆者擬以〈俠女〉為例,由再創作的角度切入,分析其情節結構及人物塑造,藉此見微知著,由不同傳統對於《聊齋誌異》經典地位之論述角度,重新審視《聊齋誌異》的藝術成就,及其之所以堪稱經典之作的意義。

一、關於《聊齋誌異》經典定位
之相關論述與檢討

　　在進入〈俠女〉的文本分析及意義探討之前,筆者欲以傳統對於《聊齋誌異》之為一部經典的相關論述為對照座標,檢討其論述角度之得失;再由「再創作」及「結構觀」切入,針對《聊齋誌異》於再創作方面所呈現的小說史意義、及全書的深層結構觀作一宏觀式的論述,既為後文〈俠女〉分析之基礎,並藉此對《聊齋誌異》經典定位之傳統論述提出補強。

㈠ 轉益多師是我師的再創作實踐

　　就傳統文學觀念言，小說既非主流文類，故多半未受寫作者十分重視。雖有少數開風氣之先者願意留心觀察，用心寫作，使生活中的人物事蹟物類不僅入於筆下，並成為躍然紙上的典型或耳熟能詳的典故。然相對於此，大多數的作者多仍以「傳說舊聞」為其寫作的的主要動機，故對於當代或前朝具典型性的篇章，雖未必出於刻意抄襲，但亦早已視傳述、仿作或甚至套用為自然。其原因，乃在於情節、人物既形諸文字，即已成立一篇敘事文本；在這個文本之中，基本上情節已然形成一既定結構，人物形象也自有其面貌。而由於傳統小說的被定位問題，因此小說的作者及讀者，在寫作或閱讀上乃表現出一特有習慣，即不但二者彼此影響、互動性強，且讀者往往視閱讀所熟悉的情節及人物形象為當然，而作者亦不避諱襲用前朝為人耳熟能詳作品的情節模式及人物範本。當一篇小說已然成為一種典故，或在幾代以來一直是廣為讀者所熟知的作品時，在當代接受者接受之際，小說文本其實已成為一種集體記憶，在讀者的腦海中造成某種模式化的印記，從而產生認同感及親切感；也在作者敘事之際自覺或不自覺成為靈感來源或甚至範本。

　　視承襲為當然，造成屬原創期的小說如魏晉志怪《搜神記》或如唐傳奇〈李娃傳〉〈霍小玉傳〉等往往較可見精彩的作品，而同體制的後代小說卻難以突破前人規模。事實上，整體而論，宋以前不論志怪或傳奇，其對角色的塑造與情節的模式已趨於定型，故明胡應麟在其《少室山房筆叢》中已點出宋人之作「艷彩殊乏」的毛病。而下至明代文言短篇，更難突破前朝成就，不論寫鬼寫狐，有

千人一面之失，而難見角色的個性之美。因此以筆記傳奇論，宋以
下不如魏晉唐代；以話本論，則清初以下不如晚明。所謂畫人難於
畫鬼、畫虎難於畫妖，對後代的作者而言，如何能舊瓶新酒，使舊
材料的再創作不只是重複前人之作，同時兼顧承襲的分寸與創意的
呈現，其難度其實並不遜於純粹憑空虛設所花費的筆力。甚至，若
更能於受傳統情節人物模式影響之餘，還能另出機杼、翻出新意，
更顯得難能可貴了。相形之下，《聊齋誌異》對這些異類角色（尤
其是異類女性角色）的塑造，能令其各有面目個性，無異是短篇文言
小說史上的突破。此亦所以當代學者不吝以「高峰」來定位《聊齋
誌異》的小說史價值之故。

　　正是因為蒲松齡能在這樣小說寫作傳統中，透過《聊齋誌異》
的創作，在那些深具個性美的人物身上恣意地展現了他塑造小說人
物的才華，創造了許多使「讀者耳目，為之一新」❺的花妖狐魅，
使在宋明以後難見突破的傳奇作品乍然展現了新的生命與光彩，因
而使《聊齋誌異》的價值與地位備受肯定。但《聊齋誌異》之所以
足稱經典，卻不僅憑此而已。如作者自述：「才非干寶，雅愛搜
神；情類黃州，喜人談鬼」（〈聊齋自誌〉），又云「新聞總入夷堅
志，斗酒難消磊塊愁」（〈感憤〉），凡此，皆可見蒲松齡對傳統
小說及志怪傳統涉獵之深與廣，故下筆之際，自然很難完全不受其
影響。再檢視《聊齋誌異》中，或潤色添筆，將《搜神記》「徐
光」擴充為〈種梨〉；或藉題發揮，將唐傳奇〈枕中記〉改寫為

---

❺　魯迅著，《中國小說史略》（香港：三聯書店，1999 年 3 月一版二
　　刷），頁 216。

〈續黃粱〉等，益可證明蒲松齡對前朝志怪傳奇的熟悉。因此，論斷《聊齋誌異》的價值成就，除了創新部份的成績要論，**襲舊**的成果更要檢驗，而後者是否能藉一個已然固定的人物類型或情節模式，既借力使力地運用一個讀者已然熟悉的符號使之產生親切感以拉近與文本的距離、進而引起其共鳴；更能將此符號賦予新的符意，製造讀者的陌生感，從而引發美感的欣賞與心理的新感動，對作者的筆力其實更是一種極大的考驗！

《聊齋誌異》篇幅將近五百篇，其題材來源頗為多元，正如蒲松齡自述：

> 才非干寶，雅愛搜神；情類黃州，喜人談鬼；聞則命筆，遂以成編。久之，四方同人又以郵筒相寄。因而物以好聚，所積亦夥。（〈聊齋自誌〉）

而其子蒲箬記載父親的對題材的蒐集，乃是：

> 漁搜聞見，書寫襟懷，積數年而成。（〈柳泉公行述〉）

其長孫立德則曰：

> 而於耳目所睹記，里巷所流傳，同仁之籍錄，又隨筆撰次而為此書。（《聊齋誌異》跋）

可見書中的題材來源，或蒲松齡自己蒐集、或旁聽記錄、或友人相告。其中，後二者所述之人事較單純，多屬當代或近代所見者；惟第一類來源所包含的素材性質最為多樣，它可以是當代時事、前朝舊聞，更可以是書中故實。而採擷書中故實者，最能見蒲松齡再創

作的功力。

　　蒲松齡採擷書中故實以再創作的篇章，或表現為情節的增減改寫，以志異事為主，並不以志奇人為要，如〈種梨〉之於《搜神記》〈徐光〉等；或以突出人物形象為訴求，如〈促織〉之於《明小史》卷六「宣德紀」之「駿馬易蟲」條❻。前者所根據的原始文獻量少而事簡，多依現有故事架構敘事，但抽換不同表現元素而已，故加工容易，尚屬較單純的再創作；後者則對單一題材進行較多的加工或熔鑄不同的來源而出以新意，過程較複雜，故欲論《聊齋誌異》再創作的意義，尤應關注於此方面的表現。

㈡ 欲借鬼神問蒼生的結構觀

　　推崇《聊齋誌異》的創作成就，不論與蒲松齡同時而有知惜之情的鄉長，乃至現代的小說研究學者，多將其焦點集中在花妖狐魅等異類角色或變異鬼怪的離奇事蹟上。如成於康熙二十一年壬戌唐夢賚《聊齋誌異》序：

> 留仙蒲子，幼而穎異，長而特達。下筆風起雲湧，能為載記之言。能於制義舉業之暇，凡所見聞，輒為筆記，大要多鬼狐怪異之事。

此序寫於蒲松齡四十三歲時，作者唐夢賚，不但是蒲松齡十分敬重

---

❻　《萬曆野獲編》卷二十四「鬥物」條亦載宣宗好養促織以鬥之事，然其文簡略，而《明小史》此條較詳，故以舉此條例。

的同邑前輩，其生前也頗看顧蒲松齡，曾命蒲松齡為其撰生志❼。
這樣的禮遇相交，對一介窮儒蒲松齡而言，意義自是十分重大❽。
不僅如此，唐序《聊齋誌異》，並非只是應酬文章，而是一位忠實

---

❼ 囑撰生誌之事，見蒲箬〈柳泉公行述〉，收於劉階平編著：《蒲留仙松齡
先生年譜·附錄》（臺北：中華書局，民國 74 年 8 月初版）。又蒲松齡
與唐夢賚的交誼，詳見袁世碩〈蒲松齡與唐夢賚〉一文，論析頗詳，該文
見袁世碩：《蒲松齡著述事蹟新考》（濟南：齊魯書社，1988 年 1 月一
版一刷）。

❽ 最早為《聊齋誌異》寫序者為以刑部侍郎稱病歸鄉的高珩及以秘書院檢討
罷官的唐夢賚，前者成於康熙十八年己未（與蒲松齡〈聊齋自誌〉同
年），後者成於康熙二十一年壬戌。他們與蒲松齡雖然有實際上的交往，
其中高珩甚至還可能與蒲松齡有某種程度的親戚關係，但在感情上，蒲松
齡對他們以敬重為主；而相處態度上，則當然以後輩自謙。如贈唐夢賚之
詞「盼睞寵承，留戀不盡，爭奈城頭落照催」（〈沁園春〉歲暮唐太史留
飲）；而悼念高珩，回憶當年從游之狀，有詩〈挽念東高先生〉「當年
邀我從杖履，日日蹉跎愧不才。」很明顯的都是以一較謙遜後輩的角度，
對其「垂顧」表示感念。雖然，高、唐二人的垂青，主要是看重蒲松齡在
詩文方面的名聲，故與其相從之際，多是詩篇酬唱之作，如〈用高少宰
題〉〈遙和載酒堂唐太史韻〉〈重陽王次公從高少宰、唐太史遊北山歸，
夜中見訪，得讀兩先生佳製，次韻呈寄〉〈題唐太史借鵠樓〉〈讀高東念
勸世言即寄〉〈和唐太史五畝園諸詠即韻〉等（以上所引詩詞，分見《聊
齋詩集》及《聊齋詞集》（收於蒲松齡著·路大荒編：《蒲松齡集》，上
海：上海古籍出版社，1986 年 4 月一刷），又詩亦同時參考蒲松齡著、
趙蔚芝箋注：《聊齋詩集箋注》（濟南：山東大學出版社，1996 年 5 月
一刷））；可以想見的是，當同窗摯友的張篤慶、及兼具老東家、老朋友
身分的孫蕙先後勸告蒲松齡勿放太多心力在《聊齋誌異》的寫作上時，蒲
松齡必然會因此而多少有些沮喪；在這種情形下，當時高、唐二人以高官
退休或居家的縉紳身分，能對《聊齋誌異》施以青睞，甚至惠以為序，成
為《聊齋誌異》最早的二篇序言，這無疑是對蒲松齡極大的鼓舞。

讀者的有感而發。因此,雖然對《聊齋誌異》未能窺及全貌**❾**,但其中對《聊齋誌異》的內容重點與藝術表現所表達的意見,絕對反映了一位讀者的誠心之言。

此外,如乾隆年間趙起杲〈青本刻聊齋誌異例言〉:

> 其事則鬼狐仙怪,其文則莊列馬班……編中所述鬼狐最夥,
> 層見疊出,變化不窮。**❿**

及嘉靖二十三年馮鎮巒〈讀聊齋雜說〉:

> 多言鬼狐,款款多情;間及孝悌,俱見血性……

前者為《聊齋誌異》最早刊本的初刻者,時官浙江睦州州判**⓫**;後者亦是《聊齋誌異》重要的評論者之一,自栩「能抓著作者痛癢處」(〈讀聊齋雜說〉),撰此篇時作者應已回歸耕讀的家居生活**⓬**。他們的評論出現於蒲松齡身後半個世紀以上,但眼光注目的焦點仍

---

❾ 唐夢賚《聊齋誌異》序曰:「向得其一卷,輒為同人取去;今再得其一卷閱之。凡為余所習之者,十之三四,最足以破小儒拘墟之見,而與夏蟲語冰也。」的確,〈聊齋自誌〉成於康熙十八年,蒲松齡四十歲,之後仍陸續有作,而紀年可考者之最晚者殆〈夏雪〉,有丁亥之紀,其年即康熙四十六年,蒲松齡六十八歲,則去唐夢已二十五年矣。

❿ 以上三篇皆見《聊齋誌異》會校會注會評本(臺北:里仁書局,民國 80 年 9 月)「各本序跋題辭」。

⓫ 駱偉:〈《聊齋誌異》版本略述〉,收於盛源、北嬰選編:《名家解讀聊齋誌異》(濟南:山東人民出版社,1999 年 1 月 1 刷),頁 386。

⓬ 任篤行:《聊齋誌異·後記》,收於任蒲松齡著、篤行輯校:《聊齋誌異》全校會注集評本(濟南:齊魯書社,2000 年 5 月 1 版),頁 2554。

不約而同地指向書中的鬼狐異類。

至於近代學者如魯迅《中國小說史略》：

> 明末志怪群書，大抵簡略，又多荒怪，誕而不情，《聊齋誌異》獨於詳盡之外，示以平常，使花妖狐魅，多具人情，和易可親，忘為異類，而又偶見鶻突，知復非人。⓭

魯迅較前人更進一步地由小說流變的角度指出了《聊齋誌異》在小說發展史上所具有的突破性意義，亦是後來學者「文言小說回歸的高峰」論點的根據；至於對文本藝術表現的焦點，魯迅仍是強調書中異類角色的藝術成就。

對異類角色塑造藝術的推崇，這樣的看法自《聊齋誌異》康熙年間最早的讀者乃至民國早期學者之論著，不論忠實讀者或小說研究者，上述觀點已然形成了論定《聊齋誌異》地位成就的共識與傳統，使後世學者亦很難擺脫這樣的評論範疇，如當代學者張稔穰《聊齋誌異藝術研究》「上編、綜論」第一章「人物論」部份，即獨於書中鬼狐形象加以分析⓮。至於評論蒲松齡斯人，不能不論《聊齋誌異》，也依然集中其志怪的表現，如袁世碩、徐仲偉合著的《蒲松齡評傳》⓯中，與《聊齋誌異》關係較密切的兩章「志怪新質」「志怪藝術」，即突出論析小說對六朝及唐以來志怪的繼承

⓭　同前註⓯。

⓮　張稔穰：《聊齋誌異藝術研究》（濟南：山東教育出版社，1995 年 12 月 1 刷）。

⓯　袁世碩、徐仲偉：《蒲松齡評傳》（南京：南京大學出版社，2000 年 6 月 1 刷）。

與創新部份，然論及人物的分析則列出「狐鬼形象」一節而已。凡此，皆可見不論是視己為《聊齋誌異》的讀者知音，或是學術領域中的小說研究者，三百多年來，對《聊齋誌異》的注意力，論者的主流觀點多指向《聊齋誌異》異類人物的藝術成就，從而以此為奠立其之為一部經典作品的根本條件。

誠然，《聊齋誌異》在塑造人物方面，尤其諸般千姿萬態的異類女性的確是中國古典小說人物史上極燦爛的一個里程碑，學者注意力皆集中於此，理所當然。然亦如蒲松齡長孫蒲立德《聊齋誌異》跋語所云：

> 其事多涉於神怪；其體仿歷代志傳；其論贊或觸時感事，而以勸以懲；其文往往刻鏤物情，曲盡世態，冥晦幽探，思入風雲；其異足以動天地、泣鬼神，俾畸人滯魄，山魈野魅，各出其情狀而無所遁隱。

這位從小就學其祖寫作小說、且一向深為其祖器重的長孫❶，未負

---

❶ 據考蒲立德生於康熙二十二年（詳見袁世碩〈蒲松齡與其諸子及冢孫〉一文，收在同註❼所引書），此與蒲松齡康熙二十八年之詩〈子笏〉「一姪七歲能說典，似有慧根吾所歡」可相印證。則三十六年丁丑，蒲松齡有詩〈斗室落成，從兒輩顏之面壁居〉：「搦管兒曹呈近藝，塗鴉童子著新書」，其自注曰「幼孫學著小說，數年成十餘卷，亦可笑也。」，則此時蒲立德當已年十五矣。按，據趙蔚芝先生考證（見《聊齋詩集箋注》頁384，同前註❽所引書），此詩及自注語另有張慶林氏家藏《聊齋詩集》抄本「幼孫」下有「立德」二字，而《淄川縣志·東谷先生傳》亦曰「九歲即著小說累卷，為其祖柳泉公奇之，因有句云『塗鴉小兒著新書』」，可見蒲立德自幼即學蒲松齡著小說。

乃祖所望，頗能持平地點出《聊齋誌異》所誌之「異」的重點，實則論事乃「神怪」與「世態」並出、寫人更是「畸人滯魄」與「山魈野魅」並陳——「人」與「非人」的兩類元素在書中實呈一種二元並列的狀態，未可偏重其一而已。進一步申論之，不論敘事手法意在註解、詮釋、或反諷，其初始必然對應一現實存在的文本；《聊齋》一書雖云「誌異」，然沒有現實人間之先存，何來幽冥異類之後設？蒲松齡實則醉翁之意不在酒，撰書的終極關懷，主要還是落眼於現實世界、及現實世界中的「人」。此誠如〈聊齋自誌〉所謂「知我者，其在青林黑塞間乎」——「青林黑塞」固是敘事重點，希求「知我者」，才是敘事的真正目的！因此，在《聊齋誌異》中，「人」與「非人」作為一種敘事材料，其地位既未可偏廢其一，甚至就小說意旨而言，前者的意義實更超出後者。要為《聊齋誌異》的經典性定位，小說中「人」的元素不宜被輕忽次置。

上述的作意，細參〈聊齋自誌〉，即可了然，其曰「集腋為裘，妄續幽冥之錄；浮白載筆，僅成孤憤之書」——《聊齋誌異》的山魈野魅、花妖狐魅，既是為對應人間的畸人滯魄而存，更是因應作者的孤憤寄託而生；而「青林黑塞」之所以存在，是透過作者的自主意識乃得以呈現——沒有「知我者」的需求心理，也不會有「青林黑塞」的展演空間。試觀書中各篇，除去其中如〈地震〉〈海大魚〉〈蟄龍〉〈夏雪〉等專以記「異事」為主的篇章，各篇中所出現的異類，幾乎未有單獨存在而不必與人間發生關係的。尤其是一些膾炙人口的異類人物，如鬼類之葉生、宋生、小謝、聶小倩、呂無病，狐妖嬌娜、蓮香、紅玉、青鳳、辛十四娘、黃九郎、馬介甫，花妖黃英、葛巾、香玉，或人狐混血的嬰寧，乃至其他物

妖如石清虛（石）、顏如玉（書）❼等，不論性別如何，莫不是生活
於人間、更圍繞著人間士子而出現。甚至小說的設計，就是令異類
男性做為扮演人間落魄寒士的知己而出現，而異類女子不是必須賴
現世男子才能脫離化外幽冥以回歸人間、就是成為人間男子急難解
厄的支援。因此，解析《聊齋誌異》的藝術成就，根本必須掌握的
原則，就是認知到《聊齋誌異》的書中天地乃是一個以現世的
「人」為中心所建構出的世界。雖然蒲松齡的物我觀念，充滿了濃
厚的平等精神，故能賦予篇中這些異類如此繽紛可愛的面貌風情，
甚至使其情操更勝於人；但是，其宇宙觀仍是以「人」為中心，再
依次對應而建構出其他如天界、幽冥等層級結構。準此，儘管歷來
論者多關注《聊齋誌異》之「非人」的元素，然對其「人」的世界
實應賦予更多的注意力。而《聊齋誌異》的經典性成就，自然也不
應由異類獨攬其功了。

　　綜上所述，可知由創作動機及表層敘事結構來看，《聊齋誌
異》實建立在一以「人」為中心的深層結構上，雖然小說的人物表
現，「異類」總是比「人類」要來的受人矚目，實則其以曲折筆法
映照人的世界、藉異類來烘托對人之生存的關注，因此後者更應受
到評論者更大的關注才是。觀察《聊齋誌異》如何寫「人」，亦是
定位其何足以稱經典於小說史的重要指標之一。此外，蒲松齡以一
介山東窮儒，除而立之年赴江南幕僚，但不出三年旋即歸鄉，故終
其一生足跡大部分不出山東地區，其何能孜孜矻矻於舉業之餘，筆

---

❼　以上各篇除宋生出自〈司文郎〉、顏如玉出自〈書癡〉外，其餘各篇皆出
　　自所舉角色同名小說，不另標注。

下生花變換出將近五百篇的奇幻作品？除了天馬行空的想像力之外，當賴收集資料之功。而書齋之中，最宜覽卷，且志怪傳奇，自魏晉以來所積不可謂不豐矣，蒲松齡善於運用前朝作品加以變化而出以新意，則分析其如何在繼承小說傳統之上進行再創作，自小說史的角度來定義其經典地位，當更能凸顯《聊齋誌異》的價值意義。以下，筆者試以〈俠女〉一篇為例，跳脫傳統志怪論述的角度，由寫人藝術與再創作的角度加以分析，藉此由不同的角度以詮釋《聊齋誌異》的經典意義。

二、以〈俠女〉為例論《聊齋誌異》之經典性

誠如前文所言，定位《聊齋誌異》的經典性，當更關心其屬於「人」的世界的摹寫，並檢視其如何對舊材料進行再創作。誠然，《聊齋誌異》既據傳原名《鬼狐傳》❶❽，由量化的角度論之，小說人物確以敘鬼說狐❶❾為大宗；而魯迅所謂「用傳奇法，而以志怪」❷⓿，《聊齋誌異》中的人物關係，尤其異類亦皆以女性性別為

---

❶❽　趙起杲〈青本刻聊齋誌異例言〉「是編初稿名鬼狐傳，後先生入棘闈，狐鬼群集，揮之不去。以意揣之，蓋恥禹鼎之曲傳，懼軒轅之畢照也。歸乃增益他條，名之曰志異。」，又孫錫嘏〈讀聊齋志異後跋〉亦承此說而曰「（《聊齋誌異》）初名《鬼狐傳》，後雜以他事，改命曰《志異》，共十六卷」。

❶❾　《聊齋誌異》之妖除了狐之外，當然還有其他類型，除走獸外，還有禽鳥、水族、昆蟲、植物等，故在此不過以「狐」為眾妖之代稱。

❷⓿　同前註❺。

主的特質，確實不脫魏晉以來傳統志怪的色彩。然而如前所言，蒲氏的狐鬼，主要是為寄託他的孤憤所作[21]，因此不論女妖女鬼，大多出於一個美好的形象，如幹練持家的菊妖黃英、勉夫苦讀的狐妖胡四姐、嬌弱豔麗的女鬼聶小倩、甚至人狐混血慧黠靈巧的嬰寧等，在在都由不同角度投射了蒲氏對女子的美感想像或審美要求。此所以對於《聊齋》狐鬼印象或認知，讀者遂多予以如「佳狐佳鬼」[22]之類的評語。然而，既非只是搜奇好異、賣弄才子筆力，《聊齋誌異》描寫天仙人鬼、花妖狐魅之餘，諸般人間女子，亦不可忽略，且其塑形成就，一如其筆下的狐鬼妖精，多可見具典型形象者。她們雖是凡胎俗身、紅塵中人，然各有其性情面目、絕無市井俗套。如失身而死、既愚且哀的竇女（〈竇女〉），或頑劣暴躁、虐夫不孝的江城（〈江城〉）、楊萬石妻尹氏（〈馬介甫〉）、柴廷賓妻金氏（〈邵女〉）等，其他如強婦如小二（〈小二〉）、農婦（〈農婦〉），或摯妻如阿寶（〈阿寶〉）、才女如顏氏（〈顏氏〉）、貞妓如瑞雲（〈瑞雲〉）等，這些女子，或許不如異類佳麗引人遐思，卻更貼近俗眾生活，展現出鮮活的生命氣息。而眾篇寫塵世女子的篇章中，〈俠女〉一篇的不知名俠女，堪稱形象氣質最特出者。前舉各類女子，雖然特質各擅勝場，但其行止及終身，基本上不脫離一般生活及家庭婚姻；俠女則不然，她不但會劍術高

---

[21] 除前引蒲松齡〈聊齋自誌〉「集腋為裘，妄續幽冥之錄；浮白載筆，僅成孤憤之書：寄託如此，亦足以悲矣。」，又孫錫嘏〈讀聊齋志異後跋〉「而窺其大旨，要皆本春秋彰善癉惡，期有功名於教而正，並非抱不羈之才，而第以鬼狐仙怪，自書其悲憤已也」。

[22] 高珩〈聊齋誌異序〉。

超，在身體權、婚姻選擇上，亦脫出一般世俗禮教標準。至於其構篇手法，〈俠女〉相較於前舉諸篇，則是最明顯可見蹈襲前朝小說痕跡者。以下即以〈俠女〉為例，由敘事文本之寫人技巧及題材運用之繼承與創新方面，論析其對前朝已幾近模式化的情節及人物類型如何進行再創作，所呈現成績如何，從而為《聊齋誌異》經典定位之論述提出一個新的思考面向。

㈠ 〈俠女〉題材的繼承與創新

〈俠女〉一篇在很多方面都直接繼承了前朝傳奇的敘事特質，尤其是唐宋傳奇方面。所謂「俠女復仇」型，指女主角必為肩負血海深仇的女俠，全篇乃以「復仇」主題為中心，依復仇計畫的醞釀、發展、功成、善後等情節模式鋪展；並在這樣的主題之下，為映襯前述較陽剛殘忍的情節，穿插了副主題的男女感情糾葛，以為「俠女」這樣的人物潤色、增加其人性的色彩。至於〈俠女〉的人物及情節，亦是以上述唐傳奇諸篇中「俠女復仇」型的俠女為藍圖所設計：其身影孤獨、行蹤神祕、兩性互動方面居於強勢主動、擅劍術、殲仇斬首，最後如孤雲逐空而去。

觀察短篇小說中的女性角色發展史，「俠女」的人物類型既不如異類女性有魏晉志怪的長遠淵源，亦不如小姐或妓女類為歷代作者始終保持高度的興趣；除如《搜神記》〈李寄〉等少數篇章勉強可視為具有俠女色彩者外，魏晉南北朝及其之前的篇章絕少見類似的人物類型，而只在唐傳奇中如神光乍現般，由〈賈人妻〉〈崔慎思〉等諸篇形成典範，無論人物的劍俠形象、行為動機及其情感生活，或小說以報恩復仇為主的情節結構方式等，上述諸篇出現之

後，不論是在俠女復仇型情節或女性劍俠的人物形象方面，可以說已呈現模式化的傾向，後世在塑造「俠女」人物類型時，即很難走出唐傳奇上述諸篇的範式。

以小說情節之「俠女復仇型」論，自李肇《唐國史補》卷中，已記有貞元中長安某妾復仇的神祕事件。其人突然不告而去，某夜再度現身，竟手提人首，告以其夫父仇已報，即涕泣作別，然旋而又回，斷二子之喉而去。此篇記事雖簡，但已可見俠女復仇型故事「匿名隱身」「行蹤神祕」「報仇事了」「斷其所生」「飄然獨去」的情節結構。這樣的情節模式在與此篇時期相當的〈崔慎思〉〈賈人妻〉〈義激〉❷等篇中，亦同時反覆出現，這樣的現象實可確定已足以構成所謂模式化的「俠女復仇型」的故事情節。至於各篇所稱故事時代，除〈賈人妻〉並未注明時間外，〈長安妾〉及〈崔慎思〉皆言乃貞元中事，而〈義激〉言之更詳，謂此長安傭婦「來於貞元二十年，嫁於二十一年，去於元和初」，則時間稍後於前述二篇。當然，小說所言時間未必為真，故上述事件發生的時間略有先後之別，但既然同時多位作者皆寫作類似的篇章，則意味作者所處時代或有類似事情發生，且極為轟動。以唐人頗喜聚而談讌、以異事相炫的習慣，這樣的時事新聞自然很容易成為其寫作的材料。〈義激〉篇末云：「前以隴西李端言，始異之作傳。傳備，博陵崔蠡又作文，目其題曰義激。將與端言共激諸義而感激者。」可見其故事之成實有相當濃厚的據實改寫的背景。而考之《新唐書·武元衡傳》，武元衡為武則天族弟，於憲宗元和八年為帝召還

___

❷　〈義激〉等各篇出處見附錄二。

秉政，後即於出靖安里宅上朝之際遇伏，甚至為刺客「批顱骨持去」。此事不但驚動京師，憲帝下令大搜府縣，影響所及，「城門加兵誰何，其偉狀異服，燕趙言者，皆驗訊乃遣。公卿朝，以家奴持兵呵衛；宰相則金吾轂騎導翼，每過里門，搜索喧譁。」此事最後誅殺了疑為刺客或相關者約二十人，則武元衡遇刺案之轟動，由此可知。對照上述諸篇作者，至晚應在貞元年間已出生，而主要活動於元和至太和年間❷，〈義激〉且明言事件發生於元和初，《唐國史補》亦約成於元和初❷，則武元衡事之發生，必然對其造成小說取材上的影響。至於如〈長安妾〉及〈崔慎思〉將小說之發生時間訂於貞元年間，當是因為此事既然如此驚動，甚至造成「京師大恐」，作者故意將其時間往前推定，以免無端惹禍，亦是可理解者。

　　小說素材因為具有如此鮮明的時代性，使作者競相以此為題而加以點染成篇，一方面固然形成情節模式化的傾向，另一方面也由於敘事筆法詳略之異，使小說人物互動之間，產生了些微的差異。以〈長安妾〉〈義激〉論，雖然兩篇一簡一詳，但其所呈現的兩性互動關係並無太大的差異。前者曰「長安客有買妾者」，後者謂「懼人之大我異也，遂歸於同里人」；二位女主角一是為人所買，一則迫於局勢，無論如何，皆是以依附的姿態與男性建構彼此的關係。但在〈買人妻〉及〈崔慎思〉中，雖然女主角依然必須尋一男

❷　按此主要根據王夢鷗：《唐人小說校釋》（臺北：正中書局，民國 74 年 8 月初版 2 刷）考證。見其〈「買人妻」敘錄〉，頁 265。

❷　據寧稼雨：《中國文言小說總目提要》（濟南：齊魯書社，1996 年 12 月 1 版 1 刷），頁 114「國史補」條。

子與之同居甚至成立某種婚姻關係，但二者的情感主動性及經濟供需關係卻與前者大不相同。前者賈人妻雖與王立同居，卻是女方主動開口邀約，且明示以生活貲財無虞；果然之後二人共賦同居，不論內外，皆是女子一手打理。賈人妻在燕好之後才提出邀約，顯見兩性互動中女性不但轉趨積極主動，更由原來的「需求者」轉而成為「供應者」，打破了傳統婦順夫剛、婦主內夫主外的對應關係。至於〈崔慎思〉，婚姻之約雖是男方提出，但婚姻關係的決定權卻在女方，而經濟來源亦在女方，是與〈賈人妻〉是屬異曲同工之類。所不同的，不論〈長安妾〉〈義激〉或〈賈人妻〉，男女雙方的相遇多出於偶然，〈崔慎思〉更以崔生稅俠女之隙院而居，以鋪陳其相遇上的必然性，而予以這類小說更多寫實色彩。

在後代小說的繼承上，似乎作者較欣賞〈賈人妻〉的女強人模式，故宋劉斧《翰府名談・文叔遇俠》❷❻一篇中的鬻衣婦，其賑貧救急之舉更先於婚配情色之想，文叔的衣著錢財，皆是因此婦憐貧所贈而得的。當文叔愧謝時，她還豪氣干雲地說：「人有急難而不拯者，非壯士義也」，而後才有「後遂與文叔為婚」之舉。此篇鋪陳鬻衣婦與文叔的關係，與〈崔慎思〉一篇頗為雷同，後者互為房東與房客之關係，此篇則相鄰而識，使二人之相遇與結合，不但詳於〈長安妾〉開篇即云「長安有買妾者」、或〈義激〉中「懼人之大我異也，遂歸於同里人」等的失之突兀，也優於〈賈人妻〉「偶與美婦人同路」的過於巧合，使小說情節的安排上更具說服力。故

---

❷❻　收於程毅中：《古體小說鈔──宋元卷》（北京：中華書局，1995 年 11 月 1 版 1 刷），頁 208。

在《聊齋誌異》〈俠女〉中，蒲松齡雖仍不免藉俠女與男子互動之際言行舉止之特異以增加人物的神祕感，但在情節的擇取上，顯然地緣關係的鋪設最獲得蒲松齡的認同，蒲松齡且因此而巧妙轉化，使小說在繼承之餘，更見不同的風貌。

〈俠女〉一篇的情節基本上不脫前述唐宋傳奇俠女復仇型故事的模式。小說一樣鋪敘俠女特異的行為、神祕的行蹤與最後揭示復仇的目的、任務達成後的飄然遠去。蒲松齡繼承了〈崔慎思〉等篇人物的地緣關係，使俠女與顧家為鄰，而與顧氏母子的相遇至日後感情的牽扯成為必然。但蒲松齡一方面對於這層關係加以襲用，卻跳脫以往指向俠女以婚姻為其神祕身分之掩護的套式；一方面又結合「報恩」的俠義小說傳統主題，藉著俠女與顧氏母子的互動，衍生出新的議題：對女性情誼的書寫與女性身體權的思考。一如前朝復仇型小說，蒲松齡的俠女亦不可避免地與顧生發生肉體上的親密接觸，但是，傳統小說這類情節的前提，是建立在社會視獨身女性為怪異，必然引起爭異事端，故至少必須在表面上回歸家庭體制，使其表面行為正常化，好以「合法」掩護「非法」，方便俠女避人耳目，以執行密偵情搜，達到報私仇的目的。說穿了，俠女儘管在檯面下其實是家庭經濟的來源，但在社會層級中，仍然是一個被矮化的等級，必須依附於一個男性——不論那個男性再怎麼無用。然而在《聊齋誌異》的〈俠女〉中，是顧母主動對俠女釋放善意，先以同食之謀試問其意，後又令其子擔米餽之；而俠女則報答以代績操作，甚至為其清滌私處之疽創。心事的吐露或情感的寬慰，也是迴盪於此二位異姓女性之中。

尤其值得注意的是，前朝小說敘事空間中最後的身影，是男主

角，而諸位俠女則不得不消失於人間；〈俠女〉則否，小說最後只留下顧母及顧子（俠女生命形式的延續），是一個陰性掌控的世界，而男主角顧生，這個身兼兒子及父親角色，理應為家庭中心的男性，卻提早下場、缺席了。在〈俠女〉人際關係的鋪展中，傳統的男性權威代表「父親」是缺席的，而小說中唯一的男丁顧生則形象軟弱庸俗，不是以俗情看待其與俠女的兩夜情緣，自以為是沾沾自喜地為俠女所誘，成為其報答顧母照拂之恩的媒介；就是沾染了明清時期社會的流俗風氣，為狐妖美少年的情色所惑。而顧母為寡婦，俠女母女亦為寡婦孤女，蒲松齡顛覆了傳統小說中以鄰人關係為男女雙方製造結合的藉口，反而刻意藉著這樣的關係反向操作，製造一個男性實質或精神上匱乏的情境，而在這樣一個幾近封閉的小傳統空間中，勾勒出女性之間相濡以沫的隔代情誼。雖不至於說貶低了男性的地位❷，但蒲松齡確然是正面地肯定了女性不必然只能依附於男性的羽翼之下的自主性。就傳統小說的兩性關係而言，即使父親缺席了，母親也未必能保護的了自己的女兒❷，更遑論在

---

❷ 事實上，小說設計顧母以挑續為憂，俠女為父報仇，而篇末異史氏亦曰「人必室有俠女，而後可以留蠻童也；不然，爾愛其艾豭，彼愛爾妻豬矣。」是可見蒲松齡仍不脫傳統社會以男性為中心的思維邏輯。

❷ 如唐傳奇〈華州參軍〉，即使崔母同情其女兒，而作主將她嫁給了一見鍾情的柳參軍，但崔母一方面只能倉促完成婚禮，一方面卻仍不敢拒絕兄長迎娶甥女為媳的要求，還要虛詞詭說應付敷衍。最後，崔母亡逝，這樁婚姻卻被宣判無效，硬生生地將崔女判給王姓表哥。又如明話本〈陳御史巧勘金釵鈿〉，孟夫人不贊成顧僉事嫌貧愛富、企圖毀婚，亦不忍其女阿秀之堅持與魯學曾成婚的苦情，因而趁顧僉事出外收租之際，欲設計使阿秀與魯公子得以順利完婚。孟夫人雖是一片苦心，但當其弄巧成拙，反而引狼

人生匱乏之際對其他同為女性者伸出援手。透過對傳統情節的繼承，蒲松齡卻能加以抽換其中的元素，而賦予情節新的意義，同時也使刻板化的類型人物呈現新的精神面貌。這樣的設計，不但呼應全篇女性情誼的議題，更扭轉了前朝小說中女性角色必須依附於男性之下而充滿的強烈工具色彩，展現了鮮明的女性自主意識，不但如前文所分析的不但擁有自己身體的絕對權力，更彰顯了一個過去歷代小說鮮少觸及的人際區塊：女性之間的情感。凡此，都可見蒲松齡在塑造人物上繼承而創新之處。

　　除了鋪展新的人際互動之外，蒲松齡對小說的另一層再創作還展現在俠女對身體的主權掌控方面，從而延伸出對女性「性」及「生命」的思惟。如前所言，前朝復仇型的俠女，無論對男女肉體關係的發生有無描述或屬主動被動，終歸都必須以自己的身體交換對男性依附的生活形式，而生子似乎也就成為順理成章、不得不然的後續發展。如此，不論這段關係是如何開頭的，俠女對自己的身體主權仍必須受到傳統社會男性中心的觀念所制約。但在〈俠女〉中，不但俠女對自己身體擁有絕對的主權，更拒絕了婚姻的形式，徹底顛覆了傳統小說所加諸俠女人物的制約。她可以為了報顧母之恩，而決定「是否」及「如何」與顧生發生關係，此由小說其與顧生之初遇時的神態是「見生不甚避，而意凜如也」；其後受饋回報，照顧顧母，對於顧生受母命而伏拜致謝，依然是「舉止生硬，

入室，造成女兒自盡以明清白；及日後顧簽事控告魯公子因奸致死時，孟夫人卻都無力阻止，只能任憑莽父惡男逞意而為。凡此，皆可見在傳統小說中，母親力量之微弱。

毫不可干」；及決定要為顧家傳嗣時，對顧生則是「忽回首，嫣然
而笑……挑之亦不甚拒，欣然交歡」；事畢之後，次日顧生欲續前
緣，卻又「厲色不顧而去。日頻來，時相遇，並不假以詞色，稍游
戲之，則冷語冰人」。凡此，皆可見雖依傳統情節的發展，俠女必
與顧生互動，並發生性方面的牽扯，但蒲松齡卻能在套用傳統情節
模式之餘，使俠女對異性的情感表現，大反其道地呈現一種疏離冷
漠的態度，使相對之下，其之「嫣然而笑」「欣然交歡」，乃至二
次交媾，便凸顯出俠女在「性」方面掌有絕對的操控權。尤其俠女
對顧生的一番表白「枕席焉，提汲焉，非婦伊何也？業夫婦矣，何
必復言嫁娶乎？」及「苟且之行，不可以屢，當來我自來，不當
來，相強無益。」更可見行為標準的「是」或「否」，乃是由俠女
來定義的，這樣的言論尺度，真是大大顛覆了傳統以來女教「婦者
順也」的男性中心思想。蒲松齡透過對傳統情節的舊包裝新內容，
在人物行為的意識形態上加以轉變，開展出女性對自己身體主權的
新論述，使小說跳脫了舊思惟框架而呈現出強烈的個人主義色彩。

　　相對於俠女的突破，顧生仍宥於傳統兩性關係，不但不能理解
俠女的用意，而事後對俠女眷眷的依戀：或是「後相值，每欲引與
私語」；或是「訂以嫁娶」；甚至在俠女之母過世之後，「意其孤
寂可亂，踰垣入，隔窗頻呼，迄不應，視其門則空室扃焉。竊疑女
有他約，夜復往，亦如之，遂留佩玉逾窗間而去之」，凡此，皆相
對顯示出顧生識見之刻板庸俗。蒲松齡寫顧生不但以世情男女情色
交歡的角度看待遐想其與俠女的關係，甚至還亂吃乾醋，一方面反
諷地突顯出此人物的庸愚，另一方面也益發烘托出俠女對女性身體
權的獨特思惟。

此外,前朝復仇型的小說,俠女完成復仇任務後必殺其所生之子,這樣的情節安排,當然是為俠女遁跡人間的絕對性做鋪排。至於其中原因,不論如〈崔慎思〉作者所指出「殺其子者,以絕其念也」,或如〈義激〉中之俠女所言「爾漸長,人心漸賤爾,曰其母殺人,其子必無狀。既生之,使其賤之,非勇也,不如殺而絕。」。前者之說,可見其子必為俠女所掛念;後者之說,亦可見為人母者之為子設想。雖然,若不論殺子動作之可議,無論理由如何,前述諸篇其實正見俠女之於其子,絕非無情。但如此行為,畢竟過於殘酷而令人匪夷所思,此或所以宋傳奇〈文叔遇俠〉雖亦不免「二歲育一子」,但情節最後,卻略過對孩子的處置,改以俠女復仇事了,飄然遠去之前,唯「執文叔手戀語曰……」之叮嚀而已,使俠女的性格刻畫,較符合於人性❷。蒲松齡在此部份情節的繼承上,則同時兼顧上述唐宋傳奇的情節發展,既保留了生子的情節又兼取了臨去的叮嚀。在〈俠女〉情節發展的末段,蒲松齡不但將子嗣保留下來,更轉化為對顧生的溫馨叮嚀。而這樣的轉化,實於前面情節有跡可循,且呼應了篇中所著力書寫的女性情誼。事實上,蒲松齡筆下的俠女,子雖生矣,卻不是像前朝同樣類型人物之出於無知或被迫,而是刻意為之;但其動機卻不為顧生(雖然顧生亦因此受惠),而是為了顧母。此乃肇因於顧母嘗於病榻之際,慨謝俠女看護之餘,無意中吐露出其祧續未繼的憂慮;而俠女為感念

---

❷ 按小說寫婦人叮嚀文叔以祿薄壽促,當歸隱鄉間,不必汲汲利祿後,即「言訖即躍出」,雖可見婦人並無殺子之舉,卻也未交代文叔之歸,是否攜子而去,則是小說疏漏之處。

顧母的刻意照顧，因而遂有主動獻身顧生之舉。另一方面，藉著生子一段，蒲松齡賦予俠女充分掌握自己的生理節奏與身體使用的所有權，以達到自己報恩的目的，她的生子，並不是如前朝小說中的俠女們，或是「懼里人之不我知也」，迫於外在的輿論的壓力，不得不生子以示其常；或絕對的利己主義，利用生子加以掩護自己的私仇目的；或甚至是在根本不知如何避孕的情況下而生下了孩子。此處俠女之生子，不僅為了報答顧母而刻意懷孕，甚至還因此耽誤了她報仇的時間，故是絕對的利他主義。雖然，俠女對生命的創造仍未免流於工具性，但至少較之前朝小說中的殺子而去，蒲松齡顯然令其筆下的俠女更能尊重生命的價值與意義！蒲松齡巧妙地透過舊情節的再創作，不但呼應了前文對同性（女性）關係所展現的新思惟，更融入了自己的人本主義，使情節的呈現不只是一個勉強的藉口，或徒然製造驚悚的效果，而增加了小說的深刻度與人情味。

　　透過上述分析，可見《聊齋誌異》〈俠女〉在情節原型方面，雖然大量繼承了唐宋俠女復仇型小說的情節模式，但在細節的承轉、尤其人物行為內涵的意義方面，蒲松齡卻也相對地替置了自己獨特的思考認知，使小說的情節結構在讀者熟悉感之中，又製造了陌生化的效果，使小說在在繼承之餘，還能跳脫固定框架、對舊議題展現新思惟。蒲松齡游走於傳統模式與自我個性之間，就情節的繼承與創新言，確實透過〈俠女〉一篇做了絕佳的呈現，則從小說史的角度論，《聊齋誌異》之為一部經典之作，名不虛矣。

㈡ 〈俠女〉人物形象的繼承與創新

　　如前所述，〈俠女〉則在情節方面很明顯的承襲了唐宋傳奇的

俠女復仇型諸篇，在人物形象方面，亦接收了前朝類型人物的特質。但〈俠女〉全篇非僅寫事之異，更意在表現其人之奇，其于接收〈長安妾〉〈崔慎思〉〈義激〉〈賈人妻〉以下一系列的俠女人物原型之外，更多的是在人物呈現手法及人物形象方面的創新，使唐宋以來已趨模式化的復仇型俠女，展現了不同的光彩。除就小說人物史的意義言，她的出現使此類型的俠女人物形象在原有的基調上更見精緻而又別出新意；就《聊齋誌異》本身的人物塑造手法言，亦有其獨特之處，是蒲松齡另一種自我的突破。藉著俠女的呈像歷程，可見所謂再創作的意義，並不是複寫原型，在細節處修修剪剪、不關痛癢處添枝加葉而已，而是能在原有的文本之上，賦予新的精神內涵，既銜接小說史，又突出其之為此時代此作者的作品特色。〈俠女〉一篇，繼承又有創新、多元而不襲套；是對傳統的總結，也是對自我的超越，而蒲松齡再創作之成績表現如此傑出，遑論其他的原創之作！由〈俠女〉的人物表現成就，確可作為《聊齋誌異》為小說之經典之作的依據。

上述唐宋各篇之中，「俠女」類型的人物特質，普遍表現為以下特質，如其身份方面，皆屬身負父或夫深仇大恨的無名氏；專長方面，皆會輕功及劍術，甚至法術變化（使用藥水化頭）；家庭生活方面，皆有形式上的丈夫，而提親乃至生活經濟的安排，女方多居主動地位，且不論彼此感情濃淡如何，必有子嗣。至於性情則各篇不一，或未見小說加以著墨，如長安妾（《唐國史補》）、京中婦（〈崔慎思〉）；或言其端謹（〈義激〉）；或者亦能見女性之嫵媚者（〈賈人妻〉）。至於其容色方面，也沒有一定的設定，除〈崔慎思〉與〈賈人妻〉兩篇的女性皆具姿色外，餘皆未必出眾。由情節

的模式化及人物形象的略有參差,可知唐代小說對於俠女之為一位身懷巨大祕密、且最後不得不施之以殘酷手段的角色而言,所重的是在「事」之異,而且是以篇中男主角的視角為中心來述異。故各篇的復仇女神其出場、發展、乃至於下場的結構方式,多以男性主角為開場,藉著男性主角引出女主角,此後彷彿作者隱身男主角之後,初則疑惑於言眼前俠女之能幹、神祕,繼而憤怒於俠女的夜出逾時不歸,終而驚懼於其武功之高、殺人手段之殘酷。即使如〈崔慎思〉為筆記性質,人物粗枝大葉,但行事低調,行為神祕,手段殘忍等特質,則大體已經成形。相對看來,靜態的性格或容貌描述似乎並不是作者關心的部份,因此在寫作上反而參差互見;加之敘述之際,皆是採第三人稱的有限之視角敘事,故人物自然亦難免於模式化甚至扁平化的傾向了。

唐代的復仇型俠女故事,不僅重在述異,更是述男性的奇遇;《聊齋誌異》的〈俠女〉誠然仍以此為其敘事的架構基礎,但較唐宋傳奇諸篇更有勝出之處者。〈俠女〉雖亦採第三人稱有限之敘事角度,卻不局限於單一角度,小說開端固然依照傳統以男主角顧生開場,但繼此之後,作者不斷轉換視角,屢借顧生、顧生之母乃至狐妖的視角寫俠女的言談舉止,使全篇並不限於較單調的單一視角,而藉著視角的轉換及當事人的評論,多角度地投射聚焦出俠女的人物形象,不但使全文呈現一種流暢的律動感,更擺脫了前朝「俠女」類型人物的扁平傾向。這是蒲松齡在繼承人物傳統基調之餘,又能補其缺失而別出機杼之處。

此外,前朝小說既是強調男子的奇遇,故各色女主角在神祕任務曝光之後,不能不安排飄然離去的結局,甚至還必須斷其所愛

（子嗣），不但作為其不會再出現世間的保證，並以此確定此人物消失的徹底與決絕。凡此，莫不意在保留男性「奇遇」的偶發性與驚詫感。俠女的特異性使她們與其他小說中的妖類異性在某種程度上是十分相似的，她們都不是合乎社會秩序正軌中的女性，因此，正如多數異類女性真實身分曝光之際，即是與男主角的分手時刻；俠女的復仇任務揭示時，也同時面臨了與男主角分手的命運。

但〈俠女〉一篇，雖然小說最後她仍然如孤雲一朵，形單影隻地消失於人間；但她並未如前朝前輩斷其子之首而去，反而於臨去之際，殷殷囑咐「所生兒善視之，君福薄無壽，此兒可光門閭」。顧生三年後果然如言而卒，其子則十八而中進士，顧母即賴孫奉養以終。小說這樣的安排，不但使俠女擺脫了前朝此類型女性看似殘酷不可解的性格塑造，而賦予結尾無限生命的氣息；且正如其向顧生解釋何以拖延至此才報父仇：「所以不即報者，徒以老母在；母去，一塊肉又累腹中，因而遲之又久。」俠女屢屢為成全所親而拖延自己的復仇計畫，更使俠女的人格充滿了光輝的人性。她的舉動作為，不再是滿足男性作者的豔遇心理，而是充滿絕對的自主權，這點，也打破傳統俠女類型人物只為復仇而活的單調平板或令人錯愕的嗜血主義形象，而使俠女得以朝向圓形人物發展。

但〈俠女〉除了對繼承小說史傳統而出之以新意，此篇其實也超越了蒲松齡的自我格套。就人物的特質設定言，篇中這位不知名的俠女，其身分性質既為人，又兼法術武藝高超，這樣的形象則是《聊齋誌異》全書中少見的。蒲松齡筆下的女子，不論為人或異類，固皆可見奇行異能者。但就異類而言，天仙艷鬼花妖狐魅雖多有異能，然多以法術（如素秋、阿繡等）或醫術（如蓮香、花姑子等）

取勝，而風致則多以出之以溫婉纖麗——即如狐妖紅玉能「翦莽擁彗，類男子操作」（〈紅玉〉），基本上她仍以柔媚形象為基調。而至於人間女子之中曾手執利刃棍棒以行事者，如商三官（〈商三官〉）、庚娘（〈庚娘〉）等，雖有執刀殺仇之舉，卻是在突發的意外之後、為復仇意志所驅使，否則一為良緣已定的待嫁閨女，一為鶼鰈情深的良家少婦，若非二者父親家人遽遭慘禍，必然都是溫馴端秀的閨中麗質；至於那位產後即能「肩荷釀酒巨甕二」、「聞尼有穢行，憤然操杖，將往撻楚」的瓷窰塢婦農（〈農婦〉），不過是徒有蠻力及急公好義者而已；魯公女（〈魯公女〉）雖善於騎射，但小說對其相關描述卻是驚鴻一瞥，略加點綴而已，通篇人物形象並不以此為主❸。真正有武術者，大概只有益都西鄙某貴之妾（〈妾擊賊〉）及本篇的俠女了。然而所謂益都西鄙某貴之妾，其構篇寫人紀實者多，虛構者少❸，「志異」的成份較重；論人物的藝術性，自又不如〈俠女〉本篇了。

　　此外，《聊齋誌異》中的女子，就人物的結構方式言，不論人間佳麗或異類艷娃，人物出場時的性格以外柔內剛者居多，述事的

---

❸　對魯公女的描述只有「有女好獵⋯⋯見其風姿娟秀，著錦貂裘，跨小驪駒，翩然若畫」不但不及於實際的武獵技巧如何，且對人物的描繪偏向於一定格式的呈現。此外，〈西湖主〉中的西湖主，界乎仙妖之間（小說言男主角陳弼教乃悟西湖主「神人也」，而其母號稱揚江王女、洞庭湖君妃子，卻以豬婆龍之形象現身），雖藉人物對話知其射法應是了得：「非是公主射得雁落，幾空勞僕馬也。」，後又言其鞦韆技巧之高超，但基本上這些形象的設定目的在呈現西湖主爽麗的風致，較不具有構成引導情節的意義。

❸　按此人此事亦見於王士禎《池北偶談》。

主題，則多不脫兒女情事。若以人間女子為範圍以觀察之，一片婉約之中，很難得的可見特殊幾例偏向陽剛特質之呈現者。有者，或表現在性格行為的剛烈之氣，或表現在身懷異能、勝於男子之上，或表現在特異行事如報復仇殺的事蹟等。其中，表現豪烈之氣者，或醜陋不堪、年紀老大，如喬女「黑醜，壑一鼻，跛一足，年二十五六，無問名者」（〈喬女〉）；或幾無女子特質，如言農婦「勇健如男子」（〈農婦〉）；或乾脆但述其行而不及其貌，如智克賊兵以全己貞的張氏婦（〈張氏婦〉）。凡此，似乎性格氣質之陽剛與女性特質是相違背的，故凡言其性格行事之異者，多將之淡化或乾脆將之去性徵化。至於有異能者，如小二（〈小二〉）、青娥（〈青娥〉）等，皆因與宗教如白蓮教或道教的背景有所牽涉而長於法術；其與異性的互動之間行事風格雖較強勢，但仍不失女性特質，於男女情感亦不避諱：如言小二「絕慧美」、言青娥「美異常倫」，而二女亦則分別與丁紫陌、霍桓有夫妻情緣等。至於有報復之行者，基本上都是容貌秀麗的纖質弱女，如商三官（〈商三官〉）是士人之女、貌「韶秀」；庚娘（〈庚娘〉）更是太守之女、「麗而賢」。前者是其父為豪族欺凌而亡，故易服變身，終得處決禍首；而後者乃遭海盜劫財滅家之禍，不得不委曲求全，以便伺機手刃寇讎。這些纖纖女子，若不是因為遽遭至親橫禍，她們不會爆發如此悍絕的行為能力，不但臨讎下手之際毫不留情，事成自經自裁也毫不遲疑。由上述人物特質之設定來看，蒲松齡在塑造人間女子時，似乎傾向於將人物的專長與氣質加以區分。按專長或突發性的行為如何，乃因後天所學或刺激而成，故不妨礙其之為女性之秉性天賦——而對蒲松齡而言，基本上其所欣賞的女性，仍以洋溢鮮明

女性柔美特質為主者❷——自然在結合特異行為的形象設定時，正可藉一剛一柔並陳的反襯方式，使人物得以以一種圓形人物的方式呈現。至於行為的風格如何，其動力卻是來自於先天氣質所引導，若行事作風如男子之陽剛勇絕，而又強調原有的女性陰柔特質，必然在人物設定上形成矛盾、失去行為的說服力，故必須在性格上呈現中性甚至去性徵式的的表現傾向，甚至在外貌上加以配合而醜陋化。

　　上述人物呈現手法，應是蒲松齡不自覺形成的敘事模式，然而在這些少數或行為或氣質具剛烈特質的人間佳麗中，〈俠女〉中這位女俠卻能將上述兩種剛烈氣質與女性性徵結合在一起。事實上，蒲松齡寫能力韌性遠超出男子之上的俠女，不但沒有遵循前人套式將其刻意去性化，反而在人物的形象呈現之際，刻意藉著小說人物視角的轉移，多角度的強調這種矛盾又諧調之下俠女的艷異之美：如小說之始，先藉顧生之眼，寫俠女之不可侵犯：「見女郎自母房中出，年約十八九，秀曼都雅，世罕其匹。見生不甚避，而意凜如也」；其次，先後藉顧母之口點其冷艷及奇異：「為人不言亦不笑，艷如桃李而冷如霜雪，奇人也。」、「異哉，此女聘之不可，而顧私於我兒！」；其間，再穿插狐妖的驚嘆：「豔麗如此，神情一何可畏。」。凡此，蒲松齡不但一反傳統地突出俠女容貌的出

---

❷　蒲松齡所喜愛的女性形象，如「細腰驚風、玉蕊瓊英」（〈西湖主〉）、「嬌波流慧，細柳生姿」（〈嬌娜〉）、「肌映流霞，足翹細笋，白晝端相，嬌艷猶絕，綽約可愛」（〈聶小倩〉）、「荷粉露垂，杏花烟潤，嫣然含笑，媚麗欲絕」（〈胡四姐〉）、「鞾繡垂鬢，風流秀曼」（〈蓮香〉）等，很明顯可以看出蒲松齡對嬌柔女性美的喜好。

眾，及偶然流露女性的嫵媚❸；更刻意以高反差的手法鋪寫俠女性格之生硬決絕，行為上的神祕不可解及異乎常人的認知觀念❸。這種極艷極冷的結合，成功地於艷異之中，更實之以一位妙齡少女背負深仇大恨之下的壓抑與難言之隱，增加了人物的深刻性，也突破了自我的敘事習套。

如此的人物塑造，更進一步地扭轉了前朝對這種人物類型的寫作動機，使由旨在以男性為中心寫其奇艷遇奇聞及述異窺奇的寫作心態，轉而以刻劃人物特質、表現同性關懷憐憫為主。事實上，前朝小說所重者，多在俠女人物行為之奇；但蒲松齡故在敘事的安排上一方面明確鋪敘其事發經過以為其行事動機鋪墊，另一方面更刻意保持其女性特質以為復仇的利器❸。這樣的角色設定及敘事安排，既保持了蒲氏一貫的女性主角特質，也使全篇在舊材料的套式上呈現嶄新的面貌。

在俠女的塑造特色方面，蒲松齡對於人間女子外在行為面呈現

---

❸ 此指俠女欲引生藍田種玉時，對顧生的「嫣然而笑」；及當妖狐闖入時，俠女「眉豎頰紅」的反應。這些行為，仍具有鮮明的女性特質。

❸ 當顧生向俠女求婚時，後者答以「枕席焉，提汲焉，非婦伊何也？業夫婦矣，何必曰嫁娶乎？」故當顧母知其已為顧生產下一子時，也不禁要驚嘆「異哉，此女聘之不可，而顧私於我兒！」是可見俠女之認知異於尋常人情之處。

❸ 商三官混入江湖，女扮男裝，偽為優伶，以媚寵容色入侍殺父之邑豪，乃得以趁機斷其首；庚娘虛與委蛇，隨所謂王十八者歸家，偽言欲與合巹，實則強媚勸酒，使其酣醉而伺機下手斷頸。凡此，可見二女既因其本身之秀麗容色使對方動心，復利用身段之柔媚而使對方毫無戒心，故終能伺機而動。

特異者（不論是具有特殊能能者或有有報復行為者），多在容貌及原始性格上保持其女性秀麗柔婉的特質；但在內在性格上表現陽剛者，則有去性化的傾向。〈俠女〉一篇卻獨於前述諸篇之外，另出機杼，這是蒲松齡對自己敘事模式的突破；而全篇的人物原型及情節架構，事實上卻明顯來自於如前所述之前朝相類小說，而又加入己意，使於傳統俠女故事之外，呈現一番新意，此則是對傳統的突破。

三、結語

論傳奇體的小說，唐代是原創期，也是高峰期；而「俠女」類型的人物，更只有在唐代那種浪漫熱情的文化氣質、武功鼎盛的國力背景、兵馬倥傯的紛亂時局等因素揉合之下，才能形成性格陽剛但舉止不失女性身段、氣質內斂但行為每令人驚詫咋舌的獨特女子類型。歷經宋代樸實端正、明代浮世靡麗等氣質全然相異的時代，前者文言小說已難突破唐代成就，後者白話小說敘事興趣重在現實，故清代傳奇小說而寫俠女人物，要接收的是一片後繼無力、已然老化的小說土壤，欲突破這個瓶頸，使既保有原地段的精華價值，又開發出一片新氣象，何其難哉！

而《聊齋誌異》的寫成，是飽含著作者蒲松齡的血淚與熱情、投射著作者的窮愁與孤憤，歷經幾十年漫長的生命時光，才得以成就。因此，它不僅是作者蒲松齡個人心路歷程的呈現，在很大的程度上，也可以說是為許許多多類似蒲松齡的讀書人、落拓於民間所謂的小傳統知識份子寫出了他們的心聲與情感、現實與幻想。分析

作者蒲松齡之個人特質,可以看出蒲松齡之為一個對自己具有絕對理想性、對社會具有絕對使命感、對生命具有絕對熱情、對寫作具有絕對狂熱的知識份子,但在現實遭遇上卻又是一個絕對困頓的失意文人,命運對蒲松齡而言,真是開了一個殘酷的玩笑。所幸老天並未如此決絕,在蒲松齡七十六年的生命中,前半生勤於奔波科場,總有如張篤慶、李希梅等老友一起加油打氣、互訴失敗的愁困;後半生漸漸退出舉業競逐,則不乏歷屆知縣如張嵋、或其他朝官如王士禎等的慧眼賞識❸❻。至少在心靈生活方面,蒲松齡是不虞匱乏的。而這些生命過程中的灰暗或光彩、人生行路上的失落或收穫,蒲松齡一一透過他所癡狂的文學加以記錄表白,不僅是藉著詩文直書胸臆,當然更是藉著小說《聊齋誌異》曲折反映。

　　雖然社會地位聲望不等於文學鑑賞力,經文學名士之評點也不等於對方即衷心閱讀(況王士禎可能基於憐才心理),但以蒲松齡不過一介窮儒,平生交遊多不出山東地區,則《聊齋誌異》以野史之作能在作者生前即能獲得朝野名士的索閱,為之作序題辭,以傳統社會的價值觀而言,已屬不易。前文所引如唐夢賚等論評諸家,未必專精、甚至經常涉獵小說,故其之評論,多針對蒲松齡的寄託之感,及文本所呈現的藝術成就而推崇《聊齋誌異》的成就。這些評論與推崇,當然有其價值,因為是最具當代性的聲音,頗能反應蒲松齡此作在當時的定位。但仔細體會,這些評論中,或者不脫傳統文學言志的思想框架,或者只關注於一個單一的時間座標中的單一

---

❸❻　蒲松齡與諸長官之交往,袁世碩《蒲松齡事跡著述新考》論之甚詳,可參見同註❼所引書。

作品；即使在這些重點方面獲得肯定，《聊齋誌異》是否即足以成為一部「經典之作」，仍有待進一步的檢驗。

　　《聊齋誌異》固然在內在情韻及文本藝術上具有符合時代審美要求的表現，但堪稱經典，尚須證明它得具有永恆的文學價值，而不是只是一時潮流下的湊熱鬧。透過前文以〈俠女〉為例的比對與分析，我們可以看出，《聊齋誌異》置諸整段小說流變史中，具有總結性的意義，他能承繼前朝小說的成就，吸納前朝具有代表性（雖然未必是最好）的作品，而後出之以新意。這個新意，並不只是在稍覺粗糙的情節處加以補強、增加說服力，或是使面目模糊的人物予以鮮明的輪廓及行為動機；而是在經過吸引歷代讀者共鳴的時光考驗的舊素材上，增添自己獨特的元素；使作品既有保有其吸引動人的基礎，又產生了陌生感；在大傳統的價值舊框架中，勇於重塑符號的新意義。所謂「經典」，「經」必取其時光的亙遠；「典」必取其樣本的原創無可取代。前文就〈俠女〉的情節架構為例加以分析說明，可以印證《聊齋誌異》確然是符合所謂「經典」的條件的。

　　其實古典文學作品的「經典」論，「時間」的因素從來就不應被忽略。就向居主流地位的詩、文等文類而言，由於其向來被注目、經常被引用，因此觀察某篇或某部作品是否足稱為「經典」，如果可能的話，甚至可以以量化的方式分析其作為一個典故即可得證。但就古典小說而言，尤其是文言作品，一則其文類之發生初始，本不為一虛構文學的動機而生，而是別有所圖：如志怪之記錄異聞或宣傳宗教，傳奇之為表現史才、詩筆、議論之仿傳記作品等，可以說都是當時創作者的副業而已，故當時既鮮見專業的寫作

者，後世也多以模仿繼承的心態續之，故承襲者眾、欲以為事業者少。其次，正因為「小說」文類特殊的興起過程及創作心態，也形成小說史上一個獨特的現象，即各類體裁小說的代表作，多發生於原創時期，後來的仿作往往難以突破前人的成就：如論志怪筆記必言《搜神記》、論傳奇必言〈霍小玉傳〉〈李娃傳〉，論話本必言「三言」等。以致於後世，即如《夷堅志》《閱微草堂筆記》，作者既非泛泛之輩、甚至作品規模亦超出前人，但在藝術性上，卻難企及《搜神記》；而如明初傳奇集《剪燈新話》之寫作，時人亦稱其「其學也博」「其文也贍」「造意之奇，措詞之妙，粲然自成一家言」（《剪燈新話》凌雲翰序），書中如〈金鳳釵記〉亦堪稱名篇❸，但整篇架構除在唐傳奇〈離魂記〉的基礎上加以改寫，而使一人離魂情奔變為姊妹附身私奔，使原來較引起道德非議及結構稍有缺陷的情節似乎變得較圓融❸，但在人物情感性格的著墨上，人

---

❸ 此篇《初刻拍案驚奇》改寫為卷二十三「大姊遊魂完宿願，小妹病起續前緣」，又重見於《二刻拍案驚奇》同卷次，名為「大姊遊魂完宿願，小姨病起續前緣」，由洪武十一年（《剪燈新話》瞿祐序）到崇禎元年（《初刻拍案驚奇》即空觀主人〈凡例〉），經歷兩百多年後仍為小說作者改寫，可見〈金鳳釵記〉在一般讀者中應具有相當的知名度。

❸ 〈離魂記〉中，篇末言「其家以事不正，密之」，可見倩娘家人對倩娘離魂私奔之舉乃認定在道德上有瑕疵的。至於篇首言張鎰以將倩娘許配於「賓僚之選者」，其後確對此並未作任何交代；而倩娘既是離魂，如何能生子？魂體合歸之後，如何解釋「其衣裳皆重」的問題等，都是情節較不完整之處。〈金鳳釵記〉則使姐姐本與書生有婚約，滯約而亡，既建立了驅策妹妹情奔的動機；而妹妹本無婚約關係及魂歸後的都不記省前事，也免除了日後被譏白玉有瑕的危機。此外，小說也去掉了生子情節，又使慶娘遣興哥歸報消息後即先於舟中消失，凡此，皆能解決前述原著情節結構的問題。

物卻相對顯得貧弱。以故在戲曲的改編上,明人仍以唐傳奇為改寫戲劇的主要依據❸,可見〈金鳳釵記〉的魅力仍無法蓋過原著。至於話本集,不說明清之際如《石點頭》等,即如《拍案驚奇》等稍後之作,其思想性藝術性已不如「三言」的表現了。由這樣的小說史通例來看,《聊齋誌異》要突破短篇文言小說發展的停滯現象,並不容易。

《聊齋誌異》不為補史而作,而是才子之筆❹、個人寫照。才子蒲松齡的身分特質,恰好夾縫於上層的士大夫與下層的老百姓之間;他的經歷及所見所感,也一一地反映在《聊齋誌異》的主題及人物類型之上。在中國古典小說史上,尤其是短篇小說的範疇內,以一人之力獨立創作,且篇幅如此龐大,誠不多見;更何況,書中洋溢著強烈的作者個人色彩、主觀意識,此尤為前朝文言小說所難以企及者。雖然因成書時間漫長,書寫體例不一,但是以整體成就而言,《聊齋誌異》不論在敘事技巧表現及內在意蘊寄託,乃至小

---

❸　如王驥德有〈倩女離魂〉傳奇。

❹　前朝論者為強調小說的價值,多將小說功用與經史並駕齊驅,此說自唐劉知幾《史通·雜述》以下即盛行不衰,如其言「是知遍記小說,自成一家,而能與正史參行,其所由來尚矣。」影響所及,連話本小說亦難免受其影響,如《警世通言·序》「而通俗演義一種,遂足以佐經書史傳之窮」、「人不必有其事,事不必麗其人,其真者可以補金匱石室之遺,其贋者亦必有一番激揚勸誘悲歌感慨之意」。至於「才子之筆」,乃盛時彥跋《閱微草堂筆記·姑妄聽之》轉述紀昀之論「先生曰:『《聊齋誌異》盛行一時,然才子之筆,非著書者之筆也』」云云,雖是紀氏不以為然之辭,卻也點出了《聊齋誌異》強烈的個人色彩,故筆者此處斷章取義加以借用。

說發展史方面的意義,都堪稱古典小說史上的極致表現、經典之作,值得研究者勤加耕耘。

附錄一：《聊齋誌異》故事題材分類統計

卷次篇名	類別							
	人情之異					事物之異	遭遇之異	
	人際	人神	人鬼	人妖	其他		自生事端	與事互涉
一	偷桃	考城隍	嬌娜			尸變	耳中人	畫壁
	種梨	王六郎	焦螟			噴水	瞳人語	山魈
	勞山道士	葉生	王成			宅妖		咬鬼
	長清僧		青鳳			鷹虎神		捉狐
	蛇人							蕎中怪
	三生							斫蟒
	真定女							犬奸
	王蘭							雹神
	成仙							狐嫁女
	賈兒							僧孽
	蛇癖							妖術
								野狗
								狐入瓶
								鬼哭
								四十千
								新郎
								靈官
								畫皮
二	金世成	陸判	董生			廟鬼	某公	海公子
	酖石	聶小倩	胡四姐			義鼠	（龍）	小官人
	嬰寧	水莽草	酒友			地震		遵化署狐
	丁前溪	珠兒	蓮香			海大魚		汾州狐
	張老相公	（蓮香）	巧娘			造畜		狐聯
	鳳陽士人	（巧娘）	濰水狐			豬婆龍		龍
	耿十八	林四娘	紅玉			（龍）		
	祝翁		（俠女）					
	快刀							
	俠女							

	阿寶							
	九山王							
	張誠							
	吳令							
	口技							
三	道士	湯公	魯公女	黃九郎		黑獸	泥鬼	江中
	戲術	劉海石	連瑣	狐妾				胡氏
	丐僧	雷曹		毛狐				伏狐
	蘇仙	阿霞						蟄龍
	李伯言	翩翩						夜叉國
	金陵女子							小髻
	閻羅							雛鵒
	單道士							諭鬼
	白于玉							夢別
	西僧							犬燈
	老饕							
	連城							
	霍生							
	汪士秀							
	商三官							
	于江							
	小二							
	庚娘							
	宮夢弼							
	番僧							
	賭符							
	李司鑑							
	五羖大夫							
四	余德	柳秀才	公孫九娘	狐諧	泥書生	瓜異	產龍	羅剎海市
	楊千總	土地夫人	碁鬼	雨錢		龍無目	促織	水災
	青梅		鬼做筵	辛十四娘				庫官
	田七郎			雙燈				驅怪
	保住			胡四相公				小獵犬
	諸城某甲			念秧				捉鬼射狐

	豐都御史							蹇償債
	妾擊賊							頭滾
	姊妹易嫁							
	續黃粱							
	白蓮教							
	蛙曲							
	鼠戲							
	寒月芙蕖							
	酒狂							
五	陽武侯	西湖主	布客	鴉頭	土偶	螳螂捕蛇	酒蟲	趙城虎
	武技		章阿端	封三娘		木雕美人	梁彥	小人
	孝子		伍秋月	狐夢		獅子		秦生
	長治女子		金生色	花姑子		龍肉		農人
	柳氏子			武孝廉				鮉餹媼
	彭海秋			蓮花公主				金永年
	堪輿			綠衣女				閻王
	竇氏			黎氏				義犬
				荷花三娘子				鄱陽神
				郭生				罵鴨
								上仙
								侯靜山
								錢流
六	潞令	絳妃	小謝	河間生		山市		魁星
	馬介甫	蕙芳		狐大姑				杜翁
	庫將軍	菱角		劉亮采				縊鬼
	雲翠仙			蕭七				吳門畫工
	跳神			周三				狼三則
	鐵布衫法			鴿異				美人首
	大力將軍			冷生				山神
	白蓮教			八大王				雷公
	顏氏							考弊司
	林氏							大人
	細侯							董公子

	亂離二則						聶政
	豢蛇						狐懲淫
	餓鬼						戲縊
	閻羅						
	向杲						
	江城						
	孫生						
七	羅祖	金姑夫	梅女	阿英	橘樹		沂水秀才
	劉姓	仙人島	牛成章	阿繡	赤字		郭秀才
	邵女	甄后	閻羅薨	小翠			死僧
	鞏仙		宦娘				牛皇
	二商						鬼津
	青娥						冤獄
	鏡聽						楊疤眼
	梓潼令						龍戲蛛
	顛道人						商婦
	胡四娘						閻羅宴
	僧術						役鬼
	祿數						
	柳生						
	鬼令						
	金和尚						
	細柳						
八	局詐	嫦娥	鬼妻	(嫦娥)	夜明	男生子	畫馬
	鍾生		紫花和尚	醜狐	夏雪	化男	放蝶
	黃將軍		褚生		禽俠		三朝元老
	醫術		司文郎				藏蝨
	夢狼		呂無病				鴻
	周克昌						象
	鞠藥如						負尸
	某乙						盜戶
	霍女						鹿銜草
	錢卜巫						小棺
	姚安						李生

采薇翁							顧生
崔猛							
詩讞							
邢子儀							
陸押官							
蔣太史							
邵士梅							
陳錫九							
九 邵臨淄	績女	于去惡	鳳仙			張貢士	澂俗
狂生	雲蘿公主	愛奴	小梅			元寶	遼陽軍
佟客		劉夫人	張鴻漸			研石	單父宰
邑人			金陵乙			大鼠	孫必振
張不量						蛤	武夷
富翁							牧豎
王司馬							岳神
藥僧							于中丞
太醫							皂吏
王子安							紅毛氈
刁姓							抽腸
農婦							牛飛
折獄							郭安
楊大洪							義犬
喬女							查牙山洞
							安期島
							沅俗
							鳥語
							天宮
							陵縣狐
十 三生	牛同人	湘裙	真生		曹操冢		王貨郎
賈奉雉	神女	席方平	(牛同人)				疲龍
胭脂	五通\又	龍飛相公	長亭				布商
瑞雲			素秋				彭二掙
仇大娘			阿纖				何仙
珊瑚			恆娘				

			葛巾			
			申氏			
十一	任秀	齊天大聖	晚霞	馮木匠	石清虛	衢州三怪	王者
	拆樓人	青蛙神\又	司札吏	黃英		蚰蜓	某甲
	陳雲棲	織成	王大	書癡		外國人	大蝎
	段氏	樂仲	王十	白秋練			黑鬼
	張氏婦		嘉平公子	司訓			于子游
	汪可受			竹青			男妾
	大男			香玉			牛犢
	韋公子						三仙
	曾友于						鬼隸
							狐女
十二	杜小雷	公孫夏	薛慰娘	二班		土化兔	車夫
	毛大福	桓侯	田子成	苗生			占仙
	李八缸	錦瑟	劉全	褚遂良			蠍客
	元少先生	丐仙	房文淑	姬生			雹神
	王桂菴			一員官			老龍舡戶
	寄生						青城婦
	紉針						鴞鳥
	粉蝶						古瓶
	李象先						周生
	人妖						鳥使
							果報
							韓方
							李檀斯
							太原獄
							新鄭訟
							秦檜
							浙東生
							博興女
附錄	晉人					蝎蛇	龍
	夢狼						愛才

各類比例（有五篇同見於二類中，故會有 1% 之誤差）

類別	人情之異					事物之異	遭遇之異	
	人際	人神	人鬼	人妖	其他		自生事端	與事互涉
篇數	169	30	45	67	3	30	16	148
比例	33%	6%	9%	13%	1%	6%	3%	29%
	62%					6%	32%	

附錄二：唐宋「俠女復仇型」傳奇重要篇章人物及情節分析

出處	個人特質				情節特質				行為動機
	身分	面目	性格	專長	出場	互動	行蹤	下場	告白
長安妾 李肇《唐國⑪史補》	買為妾	不詳	不詳	斬首其去如風	（為人所買）		（失蹤再現）	（殺二子而去）	我有父冤
義激 《太平廣記》卷196引薛用弱《集異記》	傭居	觀其貌，常人也	其色莊，其氣顒	唯是織紝鍼繀，婦人當工者，皆不為（斬首）既出戶望，其疾如翼而飛	（獨身傭居）	懼人之大我異也，遂歸於同里人	是後則忽有所如往，宵漏半而去，未辨色來歸。於再於三……	（殺子而去）	父為蜀小吏，有罪非死罪也，法當笞，遇在位而酷者，陰以非法繩之，卒棄市。

---

⑪ 按〈賈人妻〉至〈義激〉之作者資料及篇次序排據王夢鷗：《唐人小說校釋》（臺北：正中書局，民國 74 年 8 月初版 2 刷），頁 265。又據寧稼雨：《中國文言小說總目提要》（濟南：齊魯書社，1996 年 12 月 1 版 1 刷），頁 114「國史補」條言其書約成於太和初，然李肇既與薛用弱等人同時，而諸人之記俠婦人報仇事又大同小異，故此篇之寫成固不必受其成書時間所影響，而或與〈賈人妻〉等篇寫成時間相去不遠。

崔慎思	《太平廣記》卷194引皇甫氏《原化記》	主人少婦	有容色	不詳	忽見其婦自屋而下，以白練纏身，其右手持匕首，左手攜一人頭	(獨身，租賃隙院為生)	(求以為妾，許之)	時夜，崔寢，……忽失其婦	(贈以宅婢，殺子而去)	其父昔枉為郡守所殺
賈人妻	《全唐文》卷718崔蠡	妾素賈人之妻也	美婦人	因立邀至其居，情款甚洽	視其所攜皮囊，乃人首耳……遂挈囊逾垣而去，身如飛鳥	(立)偶與美婦人同路	(邀立同居並供養之)	忽一日夜歸，意態遑遑	(贈錢及書契，殺子而去)	夫亡十年，旗亭之內，尚有舊業……妾有冤仇，痛纏肌骨
文叔遇俠	《分門古今類事》卷5引劉府《翰府名談》	孀婦，朝肩故衣出售	不詳	婦人曰：「有急難而不拯者，非壯義士也。」	一夕同寢，中夜失之……其戶牖則如故，俄自天窗而下，手攜紫囊，胸插匕首……	比鄰一孀婦	(常相遇於對門茶肆，婦人憐而屢以衣錢餽之，後遂為夫婦)	一夕同寢，中夜失之……杳然不見，其戶牖則如故	(育一子；執手戀語，贈財叮囑歸隱而去)	吾居此十年者，吾故夫為軍使枉殺，吾久欲報之。吾上訴天，下訟陰，方得旨。

《洛陽伽藍記》與文化人格的美學教育

陳旻志*

提　要

　　針對經典與教育的角度而言，北魏時期楊衒之的《洛陽伽藍記》一書，兼具了地理學的正確求真、歷史學批判的求善、以及文學的營造求美等特質；反映了北魏洛陽城在孝文帝的華化政策視野下，牽涉到的族群融合與撕裂的相關議題。就中國建築史的角度而言，此書並觸了建築美學在形象思維上的意義。對於今日的文化人格教育而言，實為歷史書寫、文化資產、族群信仰問題、以及城鄉空間營造的最佳經典。

　　楊衒之在目睹這場北魏王朝空前盛會的背後，竟已預感到這座古城在歷史中變滅的命運，以接受美學的角度而觀，可謂是一程悲欣交集的「文化苦旅」。考其寫作斯記

---

*　　南華大學文學系助理教授

的時限，已距北魏遷都於鄴、國分東西相距十餘年，卻戲
劇性的提供歷來接受者，得以透過前述各種不同視角介入
其中的「召喚結構」。對於文化人格奠基於集體潛意識的
內涵，也寓有極大的可塑性。

　　如何安頓此一美學架構的基礎，涉及了楊氏在文學上
的駢散文筆與「正文」「子注」交相錯綜的特殊體例，以
及聚焦於佛寺建築「營造過度」的形象思維論題。特別是
攸關於築塔變體、石窟開鑿與洞穴幻影的心理機制；若就
北魏當時一千三百六十七座寺院、櫛比鱗次的宮室建築、
疊層掩映的園林而言，原本以出世為宗旨的佛教寺院，何
以淪為弔詭悲愴的象徵？略除了「營造過度」的世俗與歷
史陳跡外，寺塔的形象與佛／儒、胡／漢、南／北、東／
西等孰為正統的意識型態之爭，皆可在本書中加以考察，
進一步探索此一糾葛的潛在情結，繼而歸納其書反映文化
人格構建的重大命題。

關鍵詞：洛陽伽藍記　文化人格　意識形態　建築美學　楊衒之

一、前言

　　以大歷史的角度看《洛陽伽藍記》一書，對於今日重新解讀這
部魏晉南北朝的文學經典而言，可以提供更為全面的省思。❶作者

---

❶　大歷史的敘事學，為黃仁宇倡議的史觀，著重將歷史的「基點」推後三五

楊衒之❷下筆之際的洛陽城，已然是飽經內戰與遷都的命運；對於歷史書寫而言，《洛陽伽藍記》序文中所汲汲追述的信息：「京城表裡，凡有一千餘寺，今日寮廓，鐘聲罕聞。恐後世無傳，故撰斯記。」在這殘霞賸靄的冷燼裡，楊衒之無疑是充滿著空前的不安，目擊著眼前曾經是如斯繁華的「直接現場」，而今即將演變為無可挽回的「間接現場」；❸如何向這一特定時空索取永恆的主題，而

百年，才能充分將當前糾葛不明的人事時地物，攝入大歷史的輪廓。因此敘事不妨細緻，但是結論卻要看遠不看近；例如他的《萬曆十五年》表面上鎖定「無關緊要的 1587 年」，事實上乃企圖處理現今兩岸一國兩制，以及兩岸真正得以雙贏的合作邏輯。然而眼前窒礙難行的盲點，攝入大歷史的輪廓，正是明代道德觀凌駕於技術層面，造成上下睽隔、與世界潮流嚴重脫節的意識型態所致。詳見黃仁宇：《萬曆十五年》（臺北：時報出版社，1998 年），頁 329、338。本文以《洛陽伽藍記》反映了北魏洛陽城在孝文帝的華化政策視野下，牽涉到的族群融合與撕裂的相關議題。對於今日的文化人格教育而言，實為歷史書寫、文化資產、族群信仰問題、以及城鄉空間營造的最佳經典。

❷ 楊衒之的背景，在當時史書中並無相關傳記資料，王美秀推論以楊氏在是書中的文化認同角度推論，其人應是漢化的鮮卑人抑或久居北地之漢人。詳見王美秀：〈論楊衒之的文化認同及其相關問題〉，《通識教育年刊》第四期（臺中：中國醫藥學院通識教育中心，2003 年 6 月），頁 13。楊氏於北朝分裂為東西魏，洛陽遷都於鄴城後的第十三年，時任東魏撫軍府司馬的五品官職，因朝廷派赴之故，重返洛陽故都，感慨今昔遞嬗的歷史興亡，遂寫就此一重要的文學經典。本書列入經典教學與研究，乃採用時報出版社之「中國歷代經典寶庫」，《洛陽伽藍記》一書則納入系列 59，並由王文進教授擔任編撰。詳見王文進：《淨土上的烽煙──洛陽伽藍記》（臺北：時報出版社，1998 年）。

❸ 余秋雨認為重回歷史文化現場，特別是「間接現場」，足以提供文化人物造型賦彩的「人格學校」。以同理心，為他們難以言說的歷史頓挫設法突圍。並且自覺地重建此一已然泛化的背景，進而將這一精神遺傳，經過優

不是淪為片面的憑弔與懷古的氛圍？作者即是採行了「大歷史」的
敘事策略，因此「京師遷鄴」的決策，由洛陽一域轉移到鄴城的現
實考量，就不能視為一個孤立的政治事件。本書即企圖將洛陽城的
興亡，昇高為文化反省與人格心理積澱的論證關係。

　　此一獨特的際遇，提供了楊氏之於歷史文化名城，進行獨立思
考的必要性。北魏孝文帝全盤漢化的利弊得失，面對佛教入主中國
的「佛化」和「漢化」，以及北魏內部「鮮卑化」和「漢化」彼此
長期糾纏不清的爭議，遂延伸為種種訴諸意識型態的論題。針對經
典與教育的角度而言，筆者認為應著重接受者（讀者）的回應關
係，特別是召喚結構的凝鑄與儀式氛圍的創造，作為疏通「作品」
與「接受者」之間的依據，亦即由直覺表層的啟蒙，到深層的文化
體驗為止；屆此，藝術結構與集體深層心理的原型相契合，召喚的
幅度越大，作品與群體民族以至於人類的神話遺產的關係，也就愈
加密切。❹對於文化人格的召喚結構而言，透過《洛陽伽藍記》一

　　化選擇、開啟理性程序。他在《臺灣演講》一書，乃針對一系列創作中，
　　如何向大地「索取」課題、將文化探求與生命烤問連成一體。他的書寫策
　　略，旨在尋找華人共同的生命基因，並闡釋較具理想的良性組合。余秋
　　雨：《臺灣演講》（臺北：爾雅出版社，1998 年）。

❹　關於召喚結構的凝鑄與儀式氛圍的創造，余秋雨即試圖歸納文化人格論述
　　的普遍可感與必然性。亦即將吾人自身的深層心理掘發，與種族民族的集
　　體心理，陶塑為一整體像象徵。而此一著重「本體象徵」的特質，誠為他
　　將生活、哲理與藝術三位一體展示的創作目標。並且作為疏通「作品」與
　　「接受者」之間的依據，藝術結構與集體深層心理的原型相契合，召喚的
　　幅度越大，作品與群體民族以至於人類的神話遺產的關係，也就愈加密
　　切。這一點正是何以其作能夠獲致廣大共鳴的主要關鍵。余秋雨：《藝術
　　創造工程》（臺北：允晨出版，1994 年），頁 274、292。

書，反映了國史上第一度的多民族衝突與融合階段，連帶引發的文
化認同問題。❺對照現今臺灣長期以來在統獨、族群、文化主體性
以及文化資產方面的衝突，以及表現在追逐世界第一高樓、闢建大
規模宗教道場等種種「營造過度」的行為模式，本書提供的視野與
批判的基點，確實是將經典與歷史界定為「現在進行式」的最佳說
明。

　　當庾信作〈哀江南賦〉以自遣，顏之推亦寫下〈哀我生賦〉以
寓悲。北地胡風的獨特處境，似乎迫使此一階段的南北情調有著難
以交融的層次；窮兵黷武的亂世，文人的出處進退，不僅失據，更
不能自保。雖是在此一秩序鬆動，綱常解紐的時代氛圍裡，北魏孝
文帝仍然碌力地重建洛陽古城的大業；除了他在華化政策上，獨排
眾議的諸多政經方面的決策之外，更派遣蔣少游南下臥底，深入敵
營，細部勾劃南朝都城「駢列制」的臺城格局規模，作為洛陽定都
後，全面繼往開來的建設作準備❻。凡此種種深刻佈局的用心，方
能建構其理想的文化圖像，作為足以和南方建康城相提並論的不朽
盛事。

---

❺　王美秀：〈論楊衒之的文化認同及其相關問題〉，《通識教育年刊》第四
　　期（臺中：中國醫藥學院通識教育中心，2003 年 6 月），頁9。
❻　蔣少游與李彪於太和十五年，奉命前往南朝企圖摩摹寫建康城的宮殿制
　　度，《南齊書·魏虜傳》還記載南朝的崔元祖上啟，指出少游秉具大匠之
　　才，此行任務頗不單純：「必欲模範宮闕，豈可令甄鄉之鄙，取象天
　　宮？」認為應該拘留此君。可惜齊武帝沒有採納，使得北魏先後於平城和
　　洛陽，大規模複製了後代罕見的駢列制都城建築。詳見郭湖生：《中華古
　　都─中國古代城市史論文集》（臺北：空間出版社，2003 年），頁 166、
　　167。

二、建築美學的時空意涵以及
物象接受者的幻覺關係

　　洛陽與西安、開封、南京、北京是我國的五大著名古都之一，
而北魏孝文帝所建立的都城結構，就今日的建築評價而言，雖所存
史蹟無多，但就《洛陽伽藍記》一書中反映的史料（如實際地理位置
之考察、都城之規模、規劃、風俗民情之紀實等），皆可想見當日空前繁
華的精彩畫面。加以佛教播遷、佛寺堂皇，香火不斷的梵海潮音，
更為這座文化名城增色非凡；然而楊衒之在親歷目睹這場盛會的背
後，竟已預感到這座城邦在歷史中劫毀變滅的命運。其書裡所以流
露出惻惻之哀情，事實上祇是記憶中的洛陽城，考其寫作斯記的時
限，當在西元五四七年，此據北魏遷鄴（五三四年）、國分東西已
距十四年，期間又歷經北地政權攘奪之階段，❼且洛陽城本身亦先
後遭到戰火之毀損（如高歡父子在五三五年拆運宮殿建材遷鄴，五三八年
侯景縱火焚燒洛陽宮寺民居）❽，因此楊氏筆端時帶激越的感情，乃為
切身的悼殤鬱悲之故。因此王文進指出無論就空間的具體性、時間
的臨迫性或是作家感情的充沛性，都已然是最豐盈的狀態，完美地
交集在一起。也正由於這些因素，造就這部作品千古以來令人著迷

---

❼　楊勇：《洛陽伽藍記校箋》（臺北：正文書局，1982 年），頁 270 附錄
　　年表。
❽　王文進：《淨土上的烽煙——洛陽伽藍記》（臺北：時報出版社，1998
　　年），頁 10。

的複雜性格❾。所以書中出現的一切景物，往往都帶著「時間的影子」，以滄桑往事的時間變數，無情地磨蝕建築空間，繼而造成接受者在閱覽中的惆悵惋嘆之感。

㈠ 建築美學與文化人格教育的深層結構

《洛陽伽藍記》集中反映了北魏洛陽城的概括性印象，就中國建築史的定位而言，此一時期最突出的建築類型當屬佛寺、佛塔和石窟。❿並兼及園林或其他次要的建築形制，作為本書除了在地理、歷史、文學、宗教、政經等既有研究範疇的成績上，提供文化人格審美上的意義。

至於本書為何以撰記佛寺為名，卻在敘述上兼採「正文」、「子注」互文的方式？陳寅恪認為此一「合本子注」的特殊文體，乃源於六朝時期的佛學著作，亦為當時流行的新文體。晚近論者，或以此體與傳統史官文化以及經學訓詁同源。⓫自劉知幾、吳若準、唐晏、周祖謨、楊勇等史家的先後廓清下，大致釐出：凡記伽藍者為「正文」；涉及官署、時人事蹟、民間異聞以及衒之案語者皆為「子注」。王文進則指出不能忽略與此同時，官修《魏書》的

---

❾ 王文進：《淨土上的烽煙——洛陽伽藍記》（臺北：時報出版社，1998年），頁6。

❿ 劉敦楨等編撰：《中國古代建築史》（臺北：明文書局，1990年），頁86。

⓫ 詳見范子燁：〈洛陽伽藍記的文體特徵與中古佛學〉，《文學遺產》第六期（1998年）。以及王美秀：〈論楊衒之的文化認同及其相關問題〉，《通識教育年刊》第四期（臺中：中國醫藥學院通識教育中心，2003年6月），頁11。

關鍵人物魏收的影響，對於此一「穢史」修史的壓力，楊氏如何將此書安然渡過魏收盡燬當時史料的劫難，至少尚能以地理或佛教書系為障眼法，將他目擊的史實宛轉傳達，遂構成本書獨特體例。筆者則進一步主張，應聚焦於建築美學與文化人格教育的深層結構，⓬方能充份揭示作者意圖：

> 「正文」以駢列式的文體與建築形象，巧構形似之言，體現美學的密度。⓭

> 「子注」則旁徵博引，寓意史家臧否，暴露帝國異化萎凋的歷程。

作為特定歷史時空下，物質文明和精神文明輻輳下的城市興衰史，更能具顯文化思考的總貌；藉由文化名城的美學面向思考，不

⓬　本書體例「正文」、「子注」互文的方式，詳見王文進：《淨土上的烽煙——洛陽伽藍記》（臺北：時報出版社，1998 年），頁 19、21。筆者則認為此前述的二分法，應該結合小說敘事學的表層、深層結構合觀，更能彰顯敘事者獨特的時空、視角觀點。

⓭　魏晉南北朝的華美文風，體現了追求形似的造型感，視「巧構形似之言」為一代文風之自覺表現，對於詠物、宮體、山水記遊等題材的興情悟理，有著實質的裨益。詳見王文進：〈詠懷的本質與形似之言〉，收錄於《中國文化新論——意象的流變》（臺北：聯經出版社，1987 年），頁 120、141、145。此期的洛陽和建康城，在都城格局上同樣以「駢列制」表現出羅列、對襯排列之空間造型感，儼然此期獨特的形象思維模式。後世此一型制，反而由日本的奈良古都（平城京），尚能保持孑遺。詳見郭湖生：《中華古都——中國古代城市史論文集》（臺北：空間出版社，2003 年），頁 166、178。

僅有助於掘發美的「題材」，更能進一步確定美的「體裁」。❹因此從春秋戰國時代《考工記》的理想王城、漢魏洛陽、隋唐長安、遼金五都、到明清北京，以至於一般府城縣城，都在體現著一整個時代心理學與倫理學的觀念。❺不能僅就「二重證據」❻的資料性還原，就能充分揭示積澱其中的歷史文化內容。還必須通過美學面向的理解，方能貞定其中深層的思想意向，重構這些都城的程式設計。粟子菁即指出，學界大多認定楊衒之在本書的寫作上「另有寓意寄託其間，非僅單純記錄寺宇形貌而已」，但並未能深入分析何以聚焦於「寺院佛塔」的基本命意。甚且本書採行體例「正文」、「子注」互文的方式，往往後者的篇幅遠大於前者，論者大多偏重在後者存在的「弦外之音」，而前者的存在反而只稱得上純形式或是障眼法。這一方面的虛歉他認為應以「完形心理學」全面認知的觀點加以詮釋：在各部分的觀點的「總和」，未必等於或大於「全

---

❹ 從美的一般表現形態來看，例如，優美、壯觀、崇高、雅致、精巧、恢廓等等，在歷史文化名城中都有所體現，而且如同其他藝術作品一樣，這些城市也有自己的體材（歷史文化的特殊內容）和體裁（表現內容的特殊形式），以及由此而決定的風貌和格調。王世仁：《理性與浪漫的交織——中國建築美學論文集》（臺北：淑馨出版，1991 年），頁 181。

❺ 王世仁：《理性與浪漫的交織——中國建築美學論文集》（臺北：淑馨出版，1991 年），頁 181。

❻ 「二重證據」乃為國學治學所特重之進路，首見於王國維之《古史新証》中，提出了「二重證據法」：「吾輩生於今日，幸於紙上之材料外，更得地下之新材料。由此種材料，我輩固得據以補正紙上之材料，亦得證明古書之某部份全為實錄，即百不雅馴之言，亦不無表示一面之事實，此二重證據法，惟在今日，始得為之。」間引自杜松柏：《國學治學方法》（臺北：洙泗出版，1991 年），頁 130。

體」的結果下，強調應重新確立該書以「寺宇」為主結構中心（正
文）的完形思考，將寺院佛塔視為一個有意味的特定記號，如此一
來，對於該書的創作理念，才能達到如實而宏觀的還原。❼

　　本書以「正文」、「子注」互文的方式，乃試圖確立文化名城
的美學「體裁」。關涉了南北朝階段，人文內涵的思維模式，體現
了追求形似的造型感，特別是駢體文的結構，更能彰顯中國文字之
羅列句式、對襯排列之空間感，以及詩意的形象性。《文心雕
龍》、《詩品》中皆視「巧構形似之言」為一代文風之自覺表現，
對於詠物、宮體、山水記遊等題材的興情悟理，有著實質的裨益。
不僅文學上「巧構形似」的駢體美文已然成熟，在建築格局上，也
呈現獨特的「駢列制」佈局；此期的洛陽和建康城，在都城格局上
同樣以駢列式表現出羅列、對襯排列之空間造型感，亦即將禮儀性
的大朝殿廷，以及處理政務的議事處及樞要部門，兩者在宮內呈現
平行並列的規制。如洛陽城的宮城前宮門即為閶闔門與司馬門，兩

❼　　例如徐高阮〈重刊洛陽伽藍記〉認為該書乃志興廢哀時難之作。范祥雍
　　〈洛陽伽藍記校注〉認為該書表面記述佛寺興廢，文心實乃針對國家成敗
　　得失的感慨，並藉此寄託排佛之意。楊勇〈洛陽伽藍記校箋〉則指出是書
　　雖以記伽藍為名，實則敘錄北魏之史蹟。以上諸家的得失詳見粟子菁：
　　〈論洛陽伽藍記的創作理念〉，《中正嶺學術研究期刊》（1996 年 6
　　月），頁 227、230、247。本論文在版本選擇上採行楊勇〈洛陽伽藍記校
　　箋〉（臺北：正文書局，1982 年）。乃因該書綜集了各家版本之成果，
　　以明代如隱堂本為底本，進一步吸收民國以來唐晏〈鉤沉本〉張宗祥〈合
　　校本〉范祥雍〈校注本〉徐高阮〈重刊本〉周祖謨〈校釋本〉等諸家之優
　　長。依次並列箋語，並明確疏通過去在正文、子注兩者混亂的層次問題，
　　有助於呈現本書潛在的敘事學理則。

相對峙，儼然形成獨特的城邦聲勢。這和隋朝以降下迄明清故宮，
呈現以建築中軸線為主的佈局，大異其趣。成為此期獨特的形象思
維，體現了井然有序的視覺與意義層次。即使如城北郭外的凝玄寺
一區，雖在正文中表現其地形高顯，下臨城闕的氣勢；繼而子注中
除了記述此區園林興盛之外，就連生活應對，也流露重視「四聲反
切」的華麗時尚：

> 時隴西李元謙樂雙聲語，常經文遠宅前過，見其門閭華美，
> 乃曰：「是誰第宅過佳？」婢春風出曰：「郭冠軍家。」元
> 謙曰：「凡婢雙聲。」春風曰：「停奴慢罵。」元謙服婢之
> 能，於是京邑翕然傳之。❽

文學上的華麗美文之風，亦可視為「營造過度」的文體，顯然
深入時人的應對進退。家中婢女嫻熟雙聲疊韻的對答，就連專家都
大為嘆服，蔚為京城推崇，顯見文學與生活積澱的深刻感染。❾由
此進一步延伸為「正文」的形象思維論題，特別是作為九朝古都、
牡丹王國的「洛陽」古城，更在北魏時期，儼然成為空前絕後的佛
教王國；無奈在世事多舛，人物代雄的歷史現實中，洛陽城邦與寺
宇的火化，這一先後瓦解的序列，恰如其分的提供了楊衒之如何萃

---

❽　楊勇：《洛陽伽藍記校箋》（臺北：正文書局，1982 年），頁 209。

❾　依聲韻學之分析，「是誰」同屬禪母，「過佳」與「郭冠軍家」同屬見
　　母，「凡婢」同屬奉母，「雙聲」同屬審母，「停奴」同屬泥母，「慢
　　罵」同屬明母，「第宅」二字中，「第」為定母，「宅」為澄母，古音亦
　　屬同部，都是雙聲語的應用。參見王仲犖：《魏晉南北朝史》下冊（臺
　　北：漢京文化事業，1992 年），頁 921。

取與鍊鑄城邦美學的契機。屆此,楊氏筆下呈現的未必是一個現實的洛陽世界,而是透過一種特殊的寫作媒介與技巧,引領讀者對北魏洛陽進行時空的想像。亦即是文本中建構了一個「記憶中的城市」❷,現實的洛陽世界,此時已然是前述的間接現場。

「子注」則涉及官署、時人事蹟、民間異聞以及楊衒之案語的旁徵博引,體現著楊氏深刻的史學覺察。粟子菁指出,該書載記的四十四所寺院中,子注部分篇幅超過正文者,即有二十八所,佔全書的六成三以上。子注部分突顯了他對北魏內亂、南北文化正統、史書妄言的駁斥、人物言行的播揚、與志怪神異、民情風俗等多線經營的脈絡。❷整個洛陽城邦逐步瓦解與崩潰的歷程,正是孝文帝苦心塑造的文化人格,由健全的宏觀並蓄,走向扭曲偏頗的意識型態,未能倖免於「國富主奢」以及「賊臣闇主」的歷史悲劇。

這一路江河日下的處境,暴露了都城的程式設計在硬體與軟體兩者之間,顯然缺乏有力的中介。如何安頓此一時空架構的基礎,則涉及了楊氏在文學形式上的經營與形象思維的表現;「正文」與「子注」並存的獨特書寫體例,也正符合敘事學中強調表層與深層結構,相輔相成的理則。宛若一方迷陣般的曼陀羅之象徵,隱喻著歷史上最為華麗與荒誕的一則公案。《洛陽伽藍記》是如何將此一

---

❷ 　詳見朱雅琪:〈記憶中的城市──洛陽伽藍記中的時空建構〉,《中國學術年刊》19 期(1998 年 6 月),頁 277、322。
　　王美秀:〈從質疑歷史到爭奪詮釋權──以洛陽伽藍記的歷史論述為例〉,《臺大中文學報》(2003 年 6 月),頁 144。
❷ 　詳見粟子菁:〈論洛陽伽藍記的創作理念〉,《中正嶺學術研究期刊》(1996 年 6 月),頁 242、246。

國史上規模龐大的都城景觀，完整而具象地記錄下來，並如實地呈現她的魅力？建築美學，在西方往往譬喻為「凝固的音樂」，❷這些在地表上長期累積人類物質、精神文明的住所或殿堂，就其視覺的廣大剖面觀來看，似乎建築物的高低、起伏、疏密、層迭，恰似音樂的節奏，依其節律而有高昂、低緩、疏朗，複沓的變化，宛然成章。彷彿音樂的節奏和旋律，永恆地體現在這些具象可感的建築物身上。❷

　　就空間秩序而言，洛陽都城內既然含括前述眾多的都市規劃內容，如何透過地理紀實的要求，並滿足北魏在空間上的文化氣象？楊氏即由嚴整的方位排列、準確的位置標示，復以生動的景物描寫筆法，使全書呈現一種規則的韻律。❷嚴整的方位排列上，洛陽城

---

❷　就審美客體而言，音樂和建築兩者皆具有一定的「節奏」和旋律，可以歸結到一定的數的比例和諧，而這種比例關係的和諧，可在建築的整體形構、配置、以及整個城市規劃上，具體而為地得到檢證。就審美主體而言，建築形象的「音樂感」（如高低層級、柱式、門窗、斗拱、臺基等穿插）；與人的通感，極為相關，並能在不同的情境產生相應的感受。建築形象的審美與此同理，在審美生理、心理上，它是審美主體的審美感受、情緒和意識，從空間性向時間性的「挪移」。王振復：《建築美學》（臺北：地景企業出版社，1993 年），頁 83、84。

❷　建築之所以為「凍結的音樂」，亦正是藉由形象思維來還原其有意味的形式。梁思成比喻說，一柱一窗的連續重複，好像四分之二拍子的樂曲，而一柱二窗的立面節奏，則似四分之三的華爾滋，據說這位建築大師，還就北京天寧寺遼代磚塔的立面，譜出過樂章。王振復：《建築美學》（臺北：地景企業出版社，1993 年），頁 79。

❷　王文進：《淨土上的烽煙——洛陽伽藍記》（臺北：時報出版社，1998年），頁 136。

大體承襲中原歷來的方位觀，即以自己居中，而將四方自東、南、西、北順時鐘方向排列。在筆法上，楊氏分卷即按城內、城東、城南、城西、城北而分五卷；在序文中介紹城門，亦是循東面三門，南四門、西四門、北二門之方向，逐一配列，傳達了北魏城門仍對應著傳統的宇宙觀。書中準確的位置標示，「正文」、「子注」之搭配敘述，也呼應著前述駢列制的手法，並在行文中有其一貫的筆式。如論主體寺院時，即依「正文」原則紀錄寺院之建時、建者、緣起，最後標示其地理位置。在寺院附近，相關的重要建物，則利用「子注」詳加收納定位，形成了視覺上主從的層次感，例如永寧寺一則：

> （正文）永寧寺，熙平元年，靈太后胡氏所立也，在宮前閶闔門南一里御道西。

> （子注）其寺東有太尉府、西對永康里⋯⋯司徒府南有國子學堂⋯⋯寺南有太廟⋯⋯府南有太社。

　　將永寧寺附近建物等一一廣為羅納，此處特重存真，著重堅實的空間與層次感，形成了洛陽古城在閱覽上的立體效果。❷❺然而為求鋪敘洛城道地的無上繁華，除了堅實硬朗的大型或文教方面的建築之外，楊衒之透過了生動的景物描寫，在敘述寺院佛塔時，即運用對照方式來省其繁蕪，若論及其他釋房、講殿、庭院等景緻時，楊衒之馬上改其散文筆法，轉而運用濃麗華采的駢文儷句，加以鋪

---

❷❺　王文進：《淨土上的烽煙──洛陽伽藍記》（臺北：時報出版社，1998年），頁 170。

敘，例如：

景明寺：

> 青林重影，綠水為文，形勝之地，爽塏獨美。……竹松藍
> 芷、垂列階墀、含風團露、流香吐馥。

永明寺：

> 庭列脩竹、簾拂高松、奇花異草、駢闐階砌。

景林寺：

> 講殿疊起，房廡連屬、丹檻炫日、繡栭迎風、實為勝地……
> 形製雖小，巧構難比，加以禪閣虛靜，隱室凝邃，嘉樹夾
> 牖、芳杜匝階。㉖

展卷讀來，無一處不賞心悅目，六朝美文在聲調、用字、引
氣、節奏上的圓滿具足，加以傳統建築之堂皇多麗，使得《洛陽伽
藍記》的筆墨所及，更平添一份意象豐饒的情彩。複殿重房與青台
紫閣，彼此浮道相通的院落，禪閣虛靜與隱室凝邃，組成的綿延不
懈的嘉樹夾牖、芳杜匝階。將這座都城一系列組群性建築，演繹為
耐人尋味的長卷繪畫。它們既可獨立出來成為一完整的個體，又可
以融入於全體之中，作者試圖將這些獨立片段的伽藍（寺院）單
元，相對於整體的城邦而言，彼此交相輻攝為一多重視角的章回結

㉖　楊勇：《洛陽伽藍記校箋》（臺北：正文書局，1982 年），頁 124、
　　200、60。

構。❷優秀的建築，往往成功地處理了建築個體的各部分之間，個體與個體、個體與群體、群體與群體以及個體、群體同周圍環境之間的「比例尺度」，宛若一部成熟的樂曲。王振復指出，建築形象就是一種具有時間因素的空間意象。確是「凝固的音樂」，它的特性是「凝固」之中的「流動」，凝固與流動的辯證統一，凝固就是空間，流動就是時間。❷《洛陽伽藍記》中「正文」、「子注」之搭配敘述，在這裡即有主旋律與副旋律、高潮與舖墊、獨奏與合奏、領唱與和聲的審美效應。

　　貫注於全書中，至為重要的鮮明象徵──「永寧寺」的設定，若就北魏當時一千三百六十餘所座寺院而言，「殫土木之功，窮造形之巧，佛事精妙，不可思議，繡柱金鋪，駭人心目，至於高風永夜，寶鐸和鳴，鏗鏘之聲，聞及十餘里。」❷永寧寺的「營造過度」，本身不僅在規模、塔高、作工、巧飾上，遠遠超邁其他寺院，若就建築史上的都城規劃而言❸，永寧寺也絕對是扮演舉足輕

---

❷　蔣勳認為中國美學的時空觀往往是彼此交涉的型態，即使是閱讀建築，也如同章回小說獨立的片段「章」、「回」以及長卷繪畫中一段一段、一景一景地在卷收與展放中的呈現；它們既可獨立出來成為一完整的個體又可以融入全體之中，而成為其中的一個部分。這些獨立片段構成的單元，相對整體而言，整體是一不可完成的「無限」。蔣勳：《美的沉思》（臺北：雄獅出版社，2003 年），頁 107。

❷　王振復：《建築美學》（臺北：地景企業出版社，1993 年），頁 79、80。

❷　楊勇：《洛陽伽藍記校箋》（臺北：正文書局，1982 年），頁 2。

❸　永寧寺與洛陽城相關平面圖片，參見劉敦楨等編撰：《中國古代建築史》（臺北：明文書局，1990 年），頁 82。

重的地位。就整個北魏洛陽城的位置「有九層浮圖一所，架木為之，舉高九十丈。有刹復高十丈，合去地一千尺。去京師百里，已遙見之」，正接近於都城駢列中心和左右軸線的交會點，有其地理位置和經濟、社會方面的優勢條件，「金盤炫目，光照雲表，寶鐸含風，響出天外」氣象，就連來此傳法的菩提達摩，對於此寺精麗的極佛境界，也感嘆萬千。❸

永寧寺之冠冕堂皇，不僅成為佛教文化的高度象徵，在北魏當時所處的國際社會中，永寧寺儼然也成為整個時空座標中，最最鮮明的焦點，甚至其超邁的高度以及優位性，更造成了政權衝突的板塊效應所在，《洛陽伽藍記》中即有一則諷刺的紀錄：

> 裝飾畢功，明帝與太后共登浮圖；視宮內如掌中，臨京師若家庭，以其目見宮中，禁人不聽升。❷

上位者過度浮誇的建築尺度，反而意外暴露了宮廷內在心理結構的極度匱乏。在永寧寺這一則中，載記了菩提達摩目睹此一東方佛國，「此寺精麗，閻浮所無也，極佛境界，亦未有此，口唱南無，合掌連日。」心生讚歎的背後，難道不也是遺憾此期佛國興盛、徒具表象「不分南北」的悲哀？詭譎的是作者安排達摩登場的片段，乃介於胡太后營造過度，視宮內如掌中「禁人不聽升」，以及永寧寺寶瓶隨風墜落、爾朱榮擴張軍權兩段之間，難道不是別有

---

❸　楊勇：《洛陽伽藍記校箋》（臺北：正文書局，1982年），頁13。
❷　楊勇：《洛陽伽藍記校箋》（臺北：正文書局，1982年），頁13。

用心的指涉？❸這正是作者試圖作為技巧性批判現實，又能在字裡行間，傳達個人史觀的槓桿支點。在楊衒之深情的筆端下，永寧寺即是他心目中，大一統帝國秩序的維繫所在；另一方面永寧寺的「營造過度」，也無情的暗示了北魏帝國遷都變滅的伏筆：

> 其年五月中，有人從東萊郡來，云：「見浮圖於海中，光明照耀，儼然如新，海上之民，咸皆見之；俄然霧起，浮圖遂隱。」……十月，而京師遷鄴。❸

　　永寧寺即如前述，作為洛陽都城時空座標的中心位址。尤有甚者，在整部北魏興亡的歷史帷幕下，永寧寺之角色，更較軸心宮城而有「文化核象」的決定性地位，北魏孝文帝致力走出鮮卑族的「野蠻」配景，朝向華夏「文明」的宗主合法性、卻又不能徹底擺

---

❸　《景德傳燈錄》中即詳述楊衒之向達摩請示迷津的對話，由於此一文獻的可信度尚有爭議，但對於現存楊衒之的寡量的相關資料而言，或許可以提供相關線索。文中楊氏至為關切的論題，不外乎在西天世界，要稱得上一代祖師，其道法該當如何？達摩對曰：「明佛心宗，行解相應」。楊氏亦承認對於佛法「智慧昏蒙，尚迷真理」，顯然置身北魏佛國的喧嘩，大部分的宗教體驗「行」「解」未必如實相應，始終大惑不解，相信這也是接受者對於《洛陽伽藍記》一書的感慨。菩提達摩在南朝已然與好大喜功的梁武帝不契，翩然來到北魏的地上佛國城邦，徒見表象的盛況亦感失望。達摩於是為其開示：亦不睹惡而生嫌，亦不觀善而勤措，亦不捨智而近愚，亦不拋迷而就悟。達大道兮過量，通佛心兮出度；不與凡聖同躔，超然名之曰祖。尤其當時佛門各界，對於達摩排斥名相、直指心源的宗風，大加排擠。楊衒之深契菩提達摩的本色當行，屆此就不難理解。北宋釋道原：《景德傳燈錄》（臺北：佛光文化出版，1997年），頁29、37。
❸　楊勇：《洛陽伽藍記校箋》（臺北：正文書局，1982年），頁17。

脫人性中「愚昧」的根性。遂在胡漢文明之間的衝突下，將洛陽城
邦的命運，陷入東／西（魏）、南／北（朝）式的分裂。王美秀指
出，楊衒之面對的困境，正是典型的北朝文士的切身遭遇。一方面
經歷長期漢化之後，在處理南北交流與較勁時，對於南朝文人的
「身分／認同」的問題，必然無可規避。一方面以繼承洛陽深厚的
文化積澱為傲，卻又不能坦然接受這一積澱，乃奠基於南人文化的
血源性與歷史事實。再者又必須面臨北魏末年至北齊初期「鮮卑
化」❸排山倒海的反撲勢力。❸誠如分析心理學，針對人格的本我
與自我相互拉扯的歷程，已由表層陰影與過度投射的戲劇性糾葛，
轉入深層次的集體文化人格探索。❸書寫的策略，在於暗示前述正
文、子注的二分法體裁，其實一種結構主義式的手段。提醒讀者如
何在外顯的表面言語模式中，進一步與內隱的語言意義體系產生有
機的連繫。特別是思考歷史語言的「敘事」與意識型態之間的各種

---

❸ 詳見繆鉞：〈東魏北齊政治上漢人與鮮卑之衝突〉，《讀史存稿》（香港：三聯書局，1978 年）。

❸ 王美秀：〈從質疑歷史到爭奪詮釋權──以洛陽伽藍記的歷史論述為例〉，《臺大中文學報》（2003 年 6 月），頁 144。

❸ 在這裡筆者深受余秋雨之啟發，試圖疏通潛意識的河床，並有效印證他在文化人類學上的體認。對於容格的「集體潛意識」，以及摩爾根的野蠻、愚昧、文明「三階段進化論」的文化人類學觀點，都有深入的吸收及轉化。此外，更充分結合長期從事戲劇理論的田野調查成果，將原始祭儀與集體深層心理的開掘，組合為多個相互重疊的原型。在《藝術創造工程》一書中，具體闡釋的，正是如何將前述的容格學說加以拓寬：視集體潛意識由既定的「原型」觀，修正為「歷程」觀。如此一來，藝術與人格書寫，就能獲致普遍性的意蘊。余秋雨：《藝術創造工程》（臺北：允晨出版，1994 年），頁 178、182、247、292。

可能性，駢體美文與駢列式建築以及「營造過度」的寺院格局之間，是否存在著一種既定的矛盾？亦即個體或社會上的言論與行動，可以被視為掩蔽實質的意識型態之屏幕。❸亦即書寫時有意或無意造成的「華辭」，加上接受者不同的理解與闡述，形成歷史的「多音歧義」。以及歷史語言的誇飾性，在本書獨特的架構中，王美秀認為呈現出過去／現在、歷史／當下、想像／真實、陌生／熟悉、臆想／親見的歷史敘事。這裡自然牽涉到楊衒之書寫的意識型態，當然也取決於接受者如何再現歷史、詮釋歷史、進而建構歷史的課題。❸

其中尤以當時的寺院制度與封建貴族，兩者互為依存的「品級制度」，構成此一城邦矛盾的文化性格。下啟嗣後一系列內耗的意識型態。孝文帝排除萬難一意漢化的企圖心，不僅反映了族群融合的應有格局，對於漢文化與佛教文化的全盤接受，顯然欠缺一個深層覺察的機制；忽略了「品級制度」本身，乃是一種排他性極強的意識型態。不僅區隔了中原「正統」與「邊陲」異族的價值判斷，更是狹義的世家階層意涵。❹繼而在宗教上的體驗，也呈現出偏重

---

❸ David Mclellan 著，施忠連譯：《意識型態》（臺北：桂冠出版，1991年），頁97。

❸ 王美秀：〈從質疑歷史到爭奪詮釋權──以洛陽伽藍記的歷史論述為例〉，《臺大中文學報》（2003年6月），頁148-151。

❹ 「品級制度」包含孝文帝採行漢族的門第制度，以及佛寺的教職制兩方面，形成與封建社會相容的品級制度。前者意圖將胡漢統治階級的隔閡，融化在世家門閥制度中，並嚴格作為「以貴承貴，以賤襲賤」的舉才標準，是鞏固其統治政權的工具。後者乃指寺院常住財產，隨著寺產的擴大，逐漸掌握於少數寺主手中，並擁有為數眾多的佛圖戶、僧祇戶以及部

來世彼岸的寄託，不能正視現實的病灶，將佛學衍化為世俗的信仰行為，遑論正確的起信；甚至於在佛寺的內部，也形成了層層剝削的組織制度。像這樣奠基危脆的政教人心結構，無怪乎佛教寺院與封建貴族，彼此儼然形成共犯。造成《魏書．釋老志》所稱「假慕沙門，實避調役」的社會民心的亂象，更在後期掀起踵繼而來的僧兵叛變，以及軍閥間既得利益的政教鬥爭。❹

(二) 寺院劫毀與園林榮枯的命意

宗教與軍隊之必要，說穿了兩者在本質上都是「人為群體」（artificial group），❹對於被領導者而言，領袖之存在有著絕對的依附性，形成一種防禦機制。❹在這裡所謂的主體，代表的已然不是獨立的人格涵義，而是一種主觀存在，必須服從於更高的權威。屆時，意識型態就不只是現實的虛幻表現，而是人們據以實現他們與

曲，加上內部嚴密的階層區分，形成僧侶中的特權階級。王仲犖：《魏晉南北朝史》下冊（臺北：漢京文化事業，1992 年），頁 553、563。

❹ 僧侶起義叛變，也反映出上述品級制度的既存矛盾，以及假慕沙門，實避調役苛政的社會民心的亂象。自北魏宣武帝以迄孝文帝期間共有沙門劉慧汪、劉光秀、劉僧紹、僧法慶、僧法秀、沙門司馬惠卿等六次起義。王仲犖：《魏晉南北朝史》下冊（臺北：漢京文化事業，1992 年），頁 563。

❹ David Mclellan 著，施忠連譯：《意識型態》（臺北：桂冠出版，1991 年），頁 54、55。

❹ 依佛洛伊德的詮釋，意識型態的功能在於加強兩者之間的「里比多連繫」，對於權威將產生更積極的態度，並將其奠基於大眾心靈之上，甚至於將政治權力的起源與維護，視為伊底帕斯情結的關係。David Mclellan 著，施忠連譯：《意識型態》（臺北：桂冠出版，1991 年），頁 55、56。

現實的關係之手段。❹進而可以認為意識型態一如集體潛意識，都是構成社會機制的永久特徵；❺人類依靠這種機制保護自身的疑懼、並且設法取得彼此相容的特徵。顯見宗教與既得利益者，善於營造一個烏托邦的世界，而意識型態恰是最佳的社會黏接劑，有助於合理化強固階級統治的制度。❻楊衒之筆下審顧的洛陽城，說穿了誠屬「品級制度」的彼此依存關係；包含孝文帝採行漢族的門第制度，以及佛寺的教職制兩方面，形成與封建社會相容的意識型態。國土奠基危脆，人心如斯闇迷，整個帝國的異化萎凋、竟衍生為東、西、南、北四股力量的拉扯與內耗。

東、西兩股力量的拉扯與內耗，一方面表現在接受外來佛教的本位主義上，而有教義理解與詮釋方面的差異，衍生為宗教行為上的具體衝突。最為顯而易見者，乃在於築塔變體、石窟開鑿與洞穴幻影的心理機制，詳見下節之分析。再者也表現於北魏的遷都問題，分裂為東、西魏下迄元魏與高齊政權的沉痛筆調。而洛陽陸沈的傷慟，隱然地成為其永難懸解和釋懷的情結，如〈永寧寺〉、〈平等寺〉、〈永明寺〉三處，即頓筆於「京師遷鄴」數字。楊氏的批判，爾朱氏家族無疑是此中要角，如〈平等寺〉中寫爾朱榮之不容天地，爾朱家族欲替爾朱榮立廟，反遭天譴之事件，筆鋒銳

---

❹　David Mclellan 著，施忠連譯：《意識型態》（臺北：桂冠出版，1991年），頁 46。

❺　David Mclellan 著，施忠連譯：《意識型態》（臺北：桂冠出版，1991年），頁 47。

❻　David Mclellan 著，施忠連譯：《意識型態》（臺北：桂冠出版，1991年），頁 47。

利,毫不留情。

南、北兩股力量之糾葛,則涉入了「南北之爭」的意識型態,楊衒之的表現反而益常憤悱,如〈景寧寺〉記楊元慎和陳慶之的對話,刻意突顯北地文化之高卓姿態,而一味斥貶南朝之心態,且有悖於《梁書》的紀實,純為歷史上「正統」論之遺緒。又如〈明懸尼寺〉中涉及考證古物(即石橋問題)一則,亦顯其對南人吹毛求疵,小題大作之弊。楊氏屆此暴露了個人之於維護洛陽文化的強烈使命感,因此筆端過度的情感表露。遂與中國歷史「正統論」書寫的集體潛意識相互扭結,佛寺不僅無法成為有效的抗蝕凝聚體,反而儼如人心的象徵,隱喻著本質異化的必經歷程。這部色澤濃麗的《洛陽伽藍記》一書,遂以寺院作為整體空間配置之聚焦、觀照景象物色之推移,今昔時空彼此切割下的瑰麗與慘舒,不得不以此作為現實折射之光譜。粟子菁即指出,書中呈現的北魏寺宇,和政治現實的密切關聯。尤其皇室貴族的糾葛之深,令人側目,形成特殊的政壇景觀。一來是禮佛聖地,亦為祈福避禍甚至於淪為競爭角力的殺戮戰場。就整體書寫而觀,並扮演了敘述者的功能(受難百姓代言人與見證者)。因此楊氏筆下的寺宇,顯得格外清醒而靈驗,往往與國政的興衰、帝國榮景與人性的詭譎攸關,聚焦在寺宇壯麗與劫毀的啟發,正是楊衒之克服既定時空的無情淘洗下,最佳的表述方式。**④**

據《洛陽伽藍記》所載,洛陽城當時之規劃,京城西面多為貴

---

④ 詳見粟子菁:〈論洛陽伽藍記的創作理念〉,《中正嶺學術研究期刊》(85年6月),頁235、237。

族宅第，靠近西郭牆的壽丘里是皇子居住區，號稱「王子坊」。靠近洛陽大市一帶都是手工業者和商業人所聚居；而宮城偏於京城之北，官署、太廟、社稷壇和永寧寺，都在街道兩側，城南有靈台、明堂和太學，市場集中在城東、城西。外國商人集中在四通市，還有接待外國人之「夷館區」（即四館、四里），另外郭內還有一些專業性的市（馬市、金市等），整體而言，實已具備國際都市之大規模。尤其遷都初期，孝文帝接受韓顯宗的建議採行「寺署有別、四民異居」的都市規劃，並貫徹一套井然有序的里坊制度：

> 古之聖王，必令四民異居者，欲其業定而志專，業定則不偽，志專則不淫，故耳目所習，不督而就，父兄之教，不肅而成。❸

這套里坊制度，儼如封閉的儒教意識型態，標榜「稽古建極」，方能和所謂的「南偽」政權較勁，繼而擴及四館、四里的統戰策略。北魏既以中原正統自居，當然也要熟諳漢文化籠絡手段，將四方來奔的人士，如南朝人先置於「金陵」館，嗣後賜宅「歸正」里。北夷則由「燕然」而「歸德」、東夷則「扶桑」而「慕化」、西夷則進而「慕義」。再者洛陽大市中的通商、達貨二里的命意，如「調音」「樂律」「延酤」「治觴」「阜財」「金肆」等，皆可顧名思義百工的興盛。再加上比鄰的「四通市」，將天下

---

❸ 《魏書》卷 60、列傳 48、韓麒麟附韓顯宗傳（臺北：鼎文書局，1908 年），頁 372。

交通的物暢其流，迫使南方建康城也要相形失色。❹

　　我們透過「時空意涵」以及「主客關係」的兩個美學面向，作為建築的形象思維界說，即是關注於作者和接受者兩者的情感，如何扮演中介轉化的角色。此一觀點，勢必須要以實際的藝術形式作為集中探討，並且在人格教育上有所啟發。亦即建築的「物理空間」是否能呼應接受者的「心理空間」，並且與外緣的「自然空間」整體相容；才能在形構方面，實際上已把空間意識轉化為時間進程，積極呈現人文意涵的況味。建築的平面縱深空間，使人慢慢遊歷在一個複雜多樣的樓台、亭閣之時間進程中。如此一來，奠基於時間和空間的兩大根源範疇的思考，即是筆者認為建築美學「形象思維」的起點，進而結合音樂性意涵的旨趣，審美主體的情感，方能在面對審美客體（建築的形構本身），賦予中介轉化的意義，如斯貫潤的結果，建築的意味即可不離形式，卻又不僅在於形式。

　　以接受美學的角度而觀，本書可謂是一程悲欣交集的「文化苦旅」。考其寫作斯記的時限，已距北魏遷都於鄴、國分東西相距十餘年，卻戲劇性的提供歷來接受者，得以透過前述各種不同視角介入其中的「召喚結構」。❺對於文化人格奠基於集體潛意識的內

---

❹　王文進：《淨土上的烽煙──洛陽伽藍記》（臺北：時報出版社，1998年），頁58、59。

❺　余秋雨的散文創作，甫自《文化苦旅》、《山居筆記》、《千年一嘆》等系列連作問世以來，即已樹立了鮮明的「大散文」敘事。具體以他的創作，刷新了歷史文化的既定視聽；進而以確立華人的「審美心理結構」為己任。尤以營造「儀式性召喚結構」，發揮藝術本體的聚合力量，最具有研究價值。對於影響歷史積澱的種種宿垢與偏執而言，此一審美心理儀式的有機建構，不僅牽涉到文學本源本體論的範疇，更攸關當代國民性，如何去除意識型態、進而挺立宏大開放的現代格局，可以說寓意深遠。

涵,正是經典與歷史教育,置諸今日寓有極大的可塑性的理論依據。

全書一方面稟承地理書求實的信念,完成了準確的紀事,有利於後人還原洛陽城邦的基本風貌。另一方面則筆寫萬端,為建築之造型賦彩增色非凡,裨益後人得以披文入情。然而潛伏在繁華的結構背後,無情的歷史事件,遂逐漸登場,消蝕摧毀歷史文化名城的一切;歷史事件的起承轉合,形成了這部奇書中形象思維的重要面向,歷史感與存在感的交光疊影,藝術的形式遂有更為豐富的討論意義。

永寧寺的繁華與孤寂,正是緊密地和歷史事件相應和:

> 孝昌二年,大風發屋拔樹,剎上寶瓶,隨風而落,入地丈餘。復命工匠更鑄新瓶。

繼而天災與人禍相互關連:

> 建義元年,太原王爾朱榮總士馬於此寺。永安二年五月,北海王元顥復入洛,在此寺聚兵。

復次影響國祚之安危:

> 永安三年,逆賊爾朱兆囚莊帝於寺。

以迄樓塌崩盤萬劫不復:

> 永熙三年二月,浮圖為火所燒。[51]

---

[51] 楊勇:《洛陽伽藍記校箋》(臺北:正文書局,1982 年),頁 13、14、16、17。

　　左右永寧寺之歷史變數，乃為政權攘奪、派系消長等人禍，終而層層剝落；再如寶光寺，雖為晉朝四十二寺中，惟一殘留者，到了北魏末年，仍不免毀於爾朱天光與高歡之爭霸戰。㊿其他諸寺之身繫歷史事件的大小端緒，亦不能豁免其命定之制約。《洛陽伽藍記》更以寺院之劫毀異象，縮結政權之移轉歷程，如平等寺之金像常有神驗、石象無故自動，歸覺寺之金像生毛、永明寺之灰泥像夜行，隱地成文，皆能顯其災異及預示，而政權之移轉殆不能免。㊿尤以永寧寺之崩解，作者以「京師遷鄴」的沉痛判語，載記了東西魏政權分裂、國都轉移之命運。㊿王文進慨然指出：「在這種時間、空間交錯的結構之下，原本只是客觀性的建築空間，頓時成了有生命個性的存在，悲愴地站在以夕陽為主調的背景上，眼睜睜地接受時間的侵蝕，全書雄偉悲壯的美感，於焉湧來。」㊿

　　我們在洛陽城邦興亡中，在深情一如楊衒之的筆端，「淨土」與「烽煙」的對比，儼如歷史名城弔詭的美學結構。歸納而言，「正文」乃以形象思維的理念，成功地舖敘了洛城的浮圖勝慨！形象思維的規律，亦即「以情感為中介，本質化與個性化的同時進

㊿　楊勇：《洛陽伽藍記校箋》（臺北：正文書局，1982 年），頁 174。

㊿　楊勇：《洛陽伽藍記校箋》（臺北：正文書局，1982 年），頁 101、115、201。

㊿　楊勇：《洛陽伽藍記校箋》（臺北：正文書局，1982 年），頁 17。

㊿　王文進：《淨土上的烽煙──洛陽伽藍記》（臺北：時報出版社，1998 年），頁 144。

行。」也就是作為思維的一種表現。❺誠如中國文學中,歷來以賦體作為建築摹寫最佳的體類,呈現出暉麗萬有的美學密度,如〈魯靈光殿賦〉、〈三都賦〉、〈阿房宮賦〉,率能書寫帝國與自我的交光疊影。然而「子注」則扮演邏輯思維的判斷,由現象到本質、由感性到理性的一種認識過程,對於前述諸端矛盾糾葛的現象,以及身處高壓統治,穢史修書當前的困境下,楊衒之個人深刻的覺醒,就不得不寄託於「子注」的深層結構。

在此一關注下,契屬於洛陽的一切「古蹟古物」,就不再是扁平的陳跡,而是爭奪歷史與自我身份認同的「詮釋權」。以敘事為本質的史學精神,透過不同的序列安排、銜接、聚合、重組,洛陽城邦的北魏書寫,得以扭轉上述南北分裂的態勢。象徵文化傳承的「再記憶」與「反記憶」(已經形成的既定歷史加以修正與賦以新義),落實了歷史的可修正與補充的不完整性。王美秀以「歷史建構論」的視域,指出經過楊氏刻意的敘事活動,該書顯然已經截斷了北魏鮮卑族的歷史敘事時間,所竭力保存的部分,乃以北魏「洛陽時期」為主幹、並轉接到東漢、西晉以至曹魏的歷史。❺試觀書中塑造的虛構人物:趙逸的穿越漢文化的歷史時空,並播揚深厚的文化積澱乃可見一端。

---

❺ 整個過程中思維永遠不離開感性形象的活動想像,在這個過程中,形象愈來愈具體、愈生動、愈個性化。因此形象思維的一個特徵是個性化與本質化的同時進行。另一個特徵是:它永遠伴隨著美感情感態度。王生平:《李澤厚美學思想研究》(臺北:駱駝出版社,1987 年),頁 159。

❺ 王美秀:〈從質疑歷史到爭奪詮釋權──以洛陽伽藍記的歷史論述為例〉,《臺大中文學報》(2003 年 6 月),頁 155、156、161。

　　此外除了上述垂直性的承接建構外，他亦採行身分流動、混同形象與「異史並存」的敘事法，調和漢文化與非漢文化的人事物，與正統的漢文化做進一步橫向的接合。〈龍華寺〉中的鮮卑人莒犁公主、〈報德寺〉由南入北的學人王肅、〈追先寺〉由北入南繼而復返北朝的大臣元略、〈景寧寺〉中文士陳慶之與楊元慎的南北文化捍衛之爭。以及〈宣陽門〉中北奔的南朝皇裔蕭寶夤、〈龍華寺〉的悲劇皇裔蕭綜。這些人物的境遇與史評，都出入於身分混同的矛盾形象，主要的企圖，不外乎藉由身分與認同的歷史建構，提供族群對於身世及來源的集體記憶，更以建構論取代血統論，達到特定的文化論述。❺❽以豁免「種族決定文化」與「政權決定文化」的兩難焦慮，代之以重新建構後、融合鮮卑種族性格的「新漢文化」，並塑造洛陽成為新北魏人的「文化原鄉」。

　　再者，建築物象傳達的「接受」過程，也極有可能是一組真實事物的幻覺或是倒象。一如具體物象在視網膜或者在相機中呈現的「倒影」，俱為人類生活的物理過程；誠如意識型態之於觀念本身而言，可謂是真實事物的歪曲與顛倒。❺❾再者，我們也必須承認，意識型態既是錯綜複雜的社會現實的「映象」，也是產生集體意識

<hr>

❺❽　深入而具體分析，詳見王美秀：〈論楊衒之的文化認同及其相關問題〉，《通識教育年刊》第四期（臺中：中國醫藥學院通識教育中心，2003 年 6月），頁 19-25。以及王美秀：〈論洛陽伽藍記中的異史並存與文化原鄉〉，《通識教育年刊》第五期（臺中：中國醫藥學院通識教育中心，2003 年 12 月），頁 21。

❺❾　David Mclellan 著，施忠連譯：《意識型態》（臺北：桂冠出版，1991年），頁 20、21。

的母體這一事實。⑩如何屆此確認潛在的象徵符號系統？佛寺建築的形象思維，正是提供觀者一個自我反思的關鍵。人類對於真理的誤解與確認的關鍵，往往取決於當事人是否願意「解蔽」，走出先前誤認於「洞穴幻象」的偏執。⑪就佛塔自身的原型而言，乃追溯自石窟內部空間設立的「中心塔柱」，某一層面反映出眾生集體匱乏與逃避的意識型態。加上北魏以來帝王開鑿石窟的世界奇觀，不僅勞民傷財，對於佛法的本質更是一大悖反。佛的本懷是不立偶像，著重個人人格的自我覺察，以及對於苦諦的全然觀照。原本西土佛國洞窟中隱遁式，單僧修煉的型態，卻象徵性的移植為中國的石窟佛龕。更誇張的現象，不外乎在石窟中大量增加「供養人」的洞窟以及塑像，以便於代替本人，自己縱使並不全然實踐此一苦行的修煉方式，卻可以藉由這一變體形式，達到每日伺奉佛陀、修煉功德的成果。⑫

　　原原本本以出世為宗旨的佛教象徵，卻在人事的攘奪與野心家的掠襲下，佛寺成了「總士馬」的所在，前述軍隊與宗教的密切關係，毋庸置疑的，永寧寺這幢超級浮屠，正是錯綜複雜的社會現實

---

⑩　David Mclellan 著，施忠連譯：《意識型態》（臺北：桂冠出版，1991年），頁 120。

⑪　洞穴幻影的心理機制，乃典出於柏拉圖《理想國》第七卷中，蘇格拉底與葛樂康的對話，反映出人類對於真理的誤解與確認的關鍵，往往取決於當事人是否願意「解蔽」，走出先前誤認於洞穴幻象的偏執。詳見賀瑞麟：〈從「洞穴之喻」論哲學教育的兩種對比〉、《揭諦》南華哲學學報第七期（嘉義：南華大學哲學系，2004 年），頁 148。

⑫　王貴祥：《文化、空間圖式與東西方建築空間》（臺北：田園城市文化出版社，1998 年），頁 176。

「分娩」下的意識型態。這種弔詭悲愴的美感，建築物不再純是形貌上或工具性應用的結果，而是潛藏著衝突性的人文意涵，交錯而為淒絕悲壯的節奏。君不見前述櫛比鱗次的建築物、疏朗掩映的園林或疊層競豔的宮室建築，此起彼落交映在火海、人聲、鼙鼓、馬嘶的配景之下。由此演繹形象思維的論題，不僅是美學思考的重要論點，並牽涉了藝術創造、審美中的美感聯繫乃至於想像、思維之間的種種比較關係，並且藉由佛寺形象思維的廓清及界說，更有助於剖辨本書潛在的敘述意旨。❻

㈢ 築塔變體、石窟開鑿與洞穴幻影的心理機制

在《洛陽伽藍記》中，最能代表楊氏暴露帝國異化萎凋的歷程，依王文進之歸納，大體而言有三個側面，亦即故國之痛、褒忠斥奸、南北之爭的熱筆，❻可以顯見楊氏獨特用情所在。

故國之痛的筆調，或慷慨激昂、或筆力凝重，面對洛陽陸沈的

---

❻　形象思維至少具備了四層特點：(1)它是和「藝術想像」等同，便是形象思維的本意。(2)它包含有「思維」一詞，可以表達出反應事物本質的語義。(3)它並不等同於邏輯思維，只是在反映事物本質、達到理性認識這一哲學問題上，和邏輯思維相同；在具體心理學上，它與邏輯是極不相同的。(4)形象思維不是嚴格意義上的思維，即非狹義思維，但日常生活和科學研究中也有不用概念不遵守一般形式邏輯的思維，如用動作、圖示、形體、朦朧的表象來思維，這便是廣義的思維，它與藝術創作中的形象思維有異有同，又不能混為一談。王生平：《李澤厚美學思想研究》（臺北：駱駝出版社，1987 年），頁 157。

❻　王文進：《淨土上的烽煙──洛陽伽藍記》（臺北：時報出版社，1998年），頁 146、149。

傷慟，隱然地成為其永難懸解和釋懷的情結，如〈永寧寺〉.〈平等寺〉〈永明寺〉三處，即頓筆於「京師遷鄴」數字；此一結語，也唯有實際參與那場歷史變滅的大時代，才能洞鑒其深寓於萬一。此中熱筆，實已非單純評論之辭鋒所能摡括。

而北魏洛城之覆亡，其中應負起歷史責難者，當為這些舞台上的既得利益者。於是史筆一旦關係裁量忠奸之辨，筆則筆，削則削，絲毫不容錯過。筆鋒所及，爾朱氏家族無疑是此中要角，如〈平等寺〉中，寫爾朱榮之不容天地，爾朱氏家族欲替爾朱榮立廟，反遭天譴之事件，筆鋒銳利，毫不留情。❻並藉此政權交迭中，若干人物的英勇事蹟，如劉季明的仗義直言的風采事蹟，即獲致讚揚。

筆鋒若涉入了「南北之爭」，則楊衒之的熱筆反而益常憤悱，如〈景寧寺〉記楊元慎和陳慶之的對話，刻意突顯北地文化之高卓，而一味斥貶南人之心態，純為歷史上「正統」論之遺緒。❻❻又如〈明懸尼寺〉中涉及考證古物（即石橋問題）一則，亦顯其對南人吹毛求疵，小題大作之弊。❻❼楊氏屆此暴露了個人過當的文化使命感。而在這情感中介的過程中，楊衒之又巧妙地透過「趙逸」此一虛構人物，完成他「真實與虛幻交錯」的敘事代言任務。趙逸前後

❻　楊勇：《洛陽伽藍記校箋》（臺北：正文書局，1982年），頁 102。

❻❻　楊勇：《洛陽伽藍記校箋》（臺北：正文書局，1982年），頁 113。王文進認為此節之記載與《南史》、《梁書》有很大出入，詳見王文進：《淨土上的烽煙──洛陽伽藍記》（臺北：時報出版社，1998年），頁 150、151。

❻❼　楊勇：《洛陽伽藍記校箋》（臺北：正文書局，1982年），頁 70。

現身三次，首回出場在〈昭儀尼寺〉，論石崇家池一事；第二回在
〈龍華寺〉指認晉朝旗亭，第三次則交待其人來龍去脈，「三年後
遁去，莫知所在」。❻❽這些客觀性的指認工作，竟藉由一超現實的
虛幻人物來完成，使得《洛陽伽藍記》在地學、史學的客觀制約
下，又有了小說般傳奇的架構。其設計用心所在，莫不是楊氏情感
中介的轉化所託，因此王文進認為趙逸在書中完成了兩項任務，
「其一是指證歷史文物，其二是發表揚衒之的史學主張」。❻❾此外
粟子菁則認為楊氏本人於全書中至少具備三種分身：實際現身的見
證者。（楊氏本人兩度於「永寧寺」與「建春門」現身指證史實。）自注評
論的學者（以「衒之曰」的史家口吻，評斷永寧寺與宣忠寺等相關史事發
展。）。以及加注按語的智者（塑造虛構人物趙逸傳達史學主張）。❼❶穿
梭全文的敘事功能，延伸為文化定位上的東／西（佛漢化／鮮卑化）
與南／北（漢化純度）之爭，由分裂邁向整合之道。

　　宏觀帝國異化與萎凋的歷程，筆者進一步認為，攸關於透過
「築塔變體、石窟開鑿與洞穴幻影」的心理機制，反思佛教義理的
質變與量變。就中國建築史的歷程而言，北朝最鮮明且影響日後較
重要的建築類型，大體以佛寺、園林、石窟三者為其代表，而《洛
陽伽藍記》一書也相應了此三個建築典型的紀實，「巧構形似之

---

❻❽　王文進：《淨土上的烽煙──洛陽伽藍記》（臺北：時報出版社，1998
　　年），頁 151、152。

❻❾　王文進：《淨土上的烽煙──洛陽伽藍記》（臺北：時報出版社，1998
　　年），頁 152。

❼❶　詳見粟子菁：〈論洛陽伽藍記的創作理念〉，《中正嶺學術研究期刊》
　　（85 年 6 月），頁 237、240。

言」堪為六朝美文典範，足資睥睨南北。我國佛教建築或單體或群
體，其來源不外是古代宮殿和居住建築的轉型，如《洛陽伽藍記》
所載「捨宅為寺」的習尚。總平面大多以院落為單位，結構多採柱
樑式木構架為主，單體建築以殿、閣、塔為主體，另輔以山門、僧
舍等次要單元。然而不含外州郡光是北魏洛城，就有寺一千三百六
十七所，究竟此一佛寺建築有著怎樣複雜微妙的力量，「將神性改
造為人性」，繼而入主中國人的心靈世界？**❼**

　　在《洛陽伽藍記》一書中，所羅列的諸寺文字中，「塔」（即
浮屠）的高度描寫，遂為此期盛事。而楊氏在行文中諸寺佛塔的相
較，多表現在塔高、作工與附屬園林之描寫，當然永寧寺則綜集了
這些優點；永寧寺的九層浮圖，架木舉高九十丈，有剎復高十丈，
合去地千尺，儼然為其中翹楚。而其他諸寺又與永寧寺相互參較，
如景林、景明、秦太上君寺、沖覺、瑤光、昭儀諸寺，譬如：

　　（瑤光寺）有五層浮圖一所、去地五十丈、僊掌凌虛、鐸垂雲
　　表，作工之妙，埒美永寧。

　　（秦太上君寺）中有五層浮圖一所，修剎入雲，高門向街，佛
　　事莊飾，等於永寧。

　　（景明寺）太后始造七級浮圖一所…妝飾華麗，侔於永寧。**❼**

❼　王世仁：《理性與浪漫的交織──中國建築美學論文集》（臺北：淑馨出
　　　版社，1991 年），頁 56。
❼　楊勇：《洛陽伽藍記校箋》（臺北：正文書局，1982 年），頁 46、88、
　　　124。

其他諸寺之間各有擅場所在，繼而交互比擬，例如〈大統寺〉之東有秦太上公二寺，各有五層浮圖一所，高五十丈，「素綵畫工，比於景明」。〈龍華寺〉之追聖寺，「法事僧房，比秦太上公」園林茂盛，莫之與爭。〈宣忠寺〉東有王典御寺，門有三層浮圖一所，「工踰昭儀」。〈大覺寺〉所居之堂，上置七佛，「池林飛閣，比之景明」。**❼❸**彼此交光疊影，宛若車工璀璨的鑽石結構，相得益彰。總體而觀即以永寧寺為主軸，相互涵攝洛陽城其他大小餘寺，表現一階級井然的層次感；然而這一由「神性」改造為「人性」的歷程，在整個佛教教義的消融上，觸及了漫長的摸索過程。就以「塔」之入主中原的美學意義而言，又將表現怎樣的偏執與盲昧？王振復指出：「塔的建築形象充滿矛盾，既在引導人們崇尚出世無為，似乎要拔地而起，讓苦楚的靈魂向佛國飛升，又在一定意義上寄寓樂生歡愉的理性情調」。**❼❹**

審顧整個南北朝的「宗教行為」，確實與寺「塔」的審美形象呈現正比的關係，但是又與佛教的本質沒有必然性的關係。**❼❺**楊衒之以「營造過度」的判語，不是偶然的，畢竟在長久的歷史、社會等人文積澱過程中，塔的美學義界，不僅已和中國傳統建築之審美大異其趣，但在中原沃土的相生相長，勢必已無有了形象化的根本改變，我們透過形象思維的檢索，不外乎是剋就寺塔佛院建築的本

---

❼❸ 楊勇：《洛陽伽藍記校箋》（臺北：正文書局，1982 年），頁 131、143、171、199。

❼❹ 王振復：《建築美學》（臺北：地景企業出版社，1993 年），頁 287。

❼❺ 王文進：《淨土上的烽煙──洛陽伽藍記》（臺北：時報出版社，1998年），頁 113。

質與個性,如何在北魏的昌盛逐步走向衰落過程中,伸展其姿態、煥發其面貌。本書乃透過駢儷行文,將諸寺特色的描述,躍然紙上;如景林寺形製雖小,巧構難比,「禪閣虛靜,隱室凝邃、嘉樹夾牖、芳林匝階。」。景明寺房簷之外,皆是山池,「竹松蘭芷,垂列階墀、含風團露,流香吐馥」。法雲寺中的河間寺,觀其廊廡綺麗,無不歎息,以為蓬萊僊室,亦不是過,「綠萍浮水,飛梁跨閣,高樹出雲,咸皆唧唧,雖梁王兔苑,想之不如也」。**⑯**

金盤寶鐸、煥爛霞表或曲附密寫,或訴諸印象之筆,皆能展現楊氏之才情,溢於言表。唯有透過此一「情感的邏輯」,創作上所賦予的客觀形式,才能在彰顯個性化和本質化的歷程中,具備一定層次的審美意味。**⑰**這也是《洛陽伽藍記》特具的敘事基調,祈求淨土的「佛寺」隱喻著烽煙「劫毀」的事與願違,而本應樂遊忘年的「園林」竟然寓意因果「榮枯」,箇中巨大的困惑,一直是楊衒之耿耿於懷的公案。特別是書中又屢屢記述「捨宅為寺」的事例,以及追躡寺院中神異事蹟之用意,大有別具隻眼的裁斷。考佛寺之入主中原,儘管寺塔大體仍延用印度風貌,然而中原人士之「捨宅」之風,長期下來,勢必影響了日後佛教本土化之根本結構,而

---

⑯ 楊勇:《洛陽伽藍記校箋》(臺北:正文書局,1982 年),頁 60、124、180。

⑰ 李澤厚強調,在形象思維中,理解雖含有認識,但不即是認識,它和感知、情感、想像融為一體。它要求保持發展形象的個性特徵,要求始終有情感的介入。格式塔心理學的「同質同構」,佛洛伊德的無意識,一般心理學的「聯覺」統統與此相關。王生平:《李澤厚美學思想研究》(臺北:駱駝出版社,1987 年),頁 168、169。

是書正為此提供了詳實的紀錄。若論及何以北朝人多有捨宅之舉，王文進歸納不外幾點因素，其一是信佛之虔穆所驅引，但多數皆為早先貴族仕宦故居，在政權移轉之下，沒落失序，故轉為寺院之用，如建中寺本為權臣劉騰之私宅、景寧寺為楊椿宅、宣忠寺為城陽王之宅邸、凝玄寺為宦官賈粲私宅。或肇因於靈異事件之故，如開善寺韋英宅，是以捨宅為安，皆記其捨宅緣由，這些材料有助於今日處理中國佛教建築遞變之用，彌足珍貴。

帝王苑囿之外，建康和洛陽皆有不少貴族之私園，在士子集團的貴遊風氣，加上六朝山水文學之興盛，皆和園林建築「借鏡調心」之風相輔裨益。《洛陽伽藍記》中亦述及當時北方著稱的園林，如張倫造景陽山，有若自然，其中「重巖複嶺，嶔崟相屬，深蹊洞壑，邐迤連接，高林巨樹，足使日月蔽虧，懸葛垂蘿，能令風煙出入。」能讓山清野興之士，游以忘歸。高陽王寺白殿丹檻，窈窕連亙，「其竹林魚池，侔於禁苑，芳草如積，珍林連陰。」。❼❽景觀勝緻曲盡了造化天工和意匠經營的餘韻。再者園中開池引水，堆土為山，莫不刻意模山範水。植林聚石，構築樓觀屋宇，皆以標榜取勝，間作興情悟理之用。如壽丘里之王子坊，擅山海之富，居川林之饒的勝況空前：

> 爭修園宅，互相誇競、崇門豐室，洞戶連房，飛館生風，重
> 樓起霧；高台芳榭、家家而築、花林曲池，園園而有，莫不

---

❼❽　楊勇：《洛陽伽藍記校箋》（臺北：正文書局，1982 年），頁 93、156。

桃李夏綠，竹陌冬青。**⑲**

　　或作重岩複嶺，或構深溪洞壑，競綠賽青式的造園手法，令人
目不暇給。然而繁華與孤寂的命意即在其中，這些盛極一時的王侯
貴苑，縱使在胡太后與寵臣等上層建築的推波助瀾下，造就了地上
佛國的人間淨土。終了還是在「河陰之役」的戰火中，不僅諸王殲
盡，王侯宅第的命運最後多「改題為寺」。因此由園林「捨宅為
寺」的探討，大體還是聚焦於佛寺建築「營造過度」的形象思維，
寺塔的形象與出世／入世、佛／儒、胡／漢、南／北、東／西等孰
為正統的意識型態之爭，充分說明了築塔與世俗變體、石窟開鑿與
洞穴幻影，構成《洛陽伽藍記》中一組辯證的心理機制。石窟開鑿
的論題亦有其深入開展的價值，《洛陽伽藍記》中楊氏於卷末〈京
師〉一文中簡略提及：「天平元年，遷都鄴城，洛陽餘寺四百二十
一所。……京南關口有石窟寺，靈巖寺。」。依楊勇於是段之附注
所記：

　　《魏書·釋老志》：景明初，世宗詔大長秋卿白整準代京靈
　　巖寺石窟，於洛陽南伊闕山為高祖文昭皇太后營石窟二
　　所……永平中，中尹劉騰奏為世宗復造石窟一，凡為三所，
　　從景明元年至正光四年六月以前，用功八十二萬二千三百六

---

⑲　楊勇：《洛陽伽藍記校箋》（臺北：正文書局，1982 年），頁 178、
　　179。

十六。此即舉世所知之龍門石窟營建之大略也。**⑳**

　　本段記錄將殘破的洛陽城邦與石窟，並置於壓卷，實已彌足珍貴，惜哉楊衒之於此未能作後續紀錄，否則《洛陽伽藍記》全書之架構，當有更大之延展性。建築史家對於北魏以來石窟寺在建築史上的意義，給予高度的肯定，石窟寺的存在，可謂是一部活的形象化藝術史。然而除宗教目的之外，實在無法理解始作俑者，為何推動成千上萬的百姓，千里迢迢，去經營建構一個不切實際的宗教世界？

　　事實上如此混淆的意識型態，並非佛教入主中國才有以致之，印度初期的「菩提樹崇拜」階段，即有環樹石屋的興建形式。為表尊崇、導致建築日益高聳，持瓶浴樹時，竟不得不經由蜿蜒坡道，才能到達石屋的頂部。其結果不獨是限制了樹身的自然成長，由於石屋的遮蔽、乃致於浴佛禮儀過度澆水，原本樹齡可達貳百年之久的「道（覺）樹」，因為人為的營造過度而提前夭。嗣後甚而還有安插新樹苗的補救措施，但在石屋之中依然很難存活。**㉑**凡此疊床架屋的他律式修行，不難理解種種愚昧的型態，將次第構築於人類文明的地平線上。

　　本為效法佛陀的開悟精神，卻本末倒置為樹身的崇拜，進而

---

⑳　據清〈嘉慶洛陽縣志〉所載有「龍門八寺」者，見於《洛陽伽藍記》者惟有石窟、靈巖二寺。楊勇：《洛陽伽藍記校箋》（臺北：正文書局，1982年），頁246。

㉑　王貴祥：《文化、空間圖式與東西方建築空間》（臺北：田園城市文化出版社，1998年），頁153。

「程式化」的以石屋的型制取代樹身，卻又不忘在其頂端附加樹冠或傘狀的裝飾。繼而下衍為「石窟－佛塔」崇拜的演變程序。❷洛陽城邦的興亡史，不正是說明了「愚昧」的宗教信仰，一如人類誤認「洞穴幻象」的偏執，悖反了「文明」的覺察與揀擇。如果當事人不願意「解蔽」，走出先前對於真理的誤解，此一意識型態的防衛機制，尤其可悲者，將是提供野心家「野蠻」縱橫掠奪的溫床。楊衒之筆下的佛寺陸沉、國土危脆與「京師遷鄴」，都盡乎是對於前述意識型態的譴責。

我們不能忽略由「佛陀寂滅－菩提樹崇拜－石窟－石佛塔－木結構佛塔－佛像崇拜」，這一系列佛教建築的形象演變，以及對於文化人格上的寓意，顯然佛法在此而不在彼。也誠如舊約《聖經》中所載，初民為了一圓嚮往天界的衝動，大家齊力共同修築通達天界的「巴別塔」（Babel）。眼見人類與上天的距離日益挨近，上天為了制止人類的企圖，耶和華遂變亂人們共通的語言，並使其分居各個角落以示懲處；從此人類因為語言不能交通，造成更大的隔閡，相互鬥爭不已，衍生為迄今種種懸而未決的爭議。❸

永寧寺之營造過度，正猶如聖經所載「巴別塔」之寓言，任何試圖一統個別語言思維的企圖，終究淪為樓起樓塌的命運。《洛陽伽藍記》中即載莊帝「戲獅玩虎」以及平陽王「砍伐神桑」的荒誕行逕。莊帝一來顧忌權臣爾朱榮之勢力，又竭力試圖證明獅子真為

❷　王貴祥：《文化、空間圖式與東西方建築空間》（臺北：田園城市文化出版社，1998年），頁153。

❸　王貴祥：《文化、空間圖式與東西方建築空間》（臺北：田園城市文化出版社，1998年），頁104。

百獸之王，遂公然於華林園親試獅虎熊豹，果如其然遂其所願。而此一平庸國君縱然可以刈除爾朱榮，卻反而又為爾朱家族報仇，無濟於事，反而不如嗣後的廣陵王器識遠大。惜哉此一賢君在位短促，高歡擁立平陽王取而代之。楊衒之為此大加諷刺，〈昭儀尼寺〉詳載不得民心的平陽王對於世間推崇的五重神桑，頗為顧忌，遂遣部屬大加砍伐，「其日雲霧晦冥，下斧之處，血流至地，見者莫不悲泣。」❸設想其中的脈絡，並對照來年永寧寺火化、京師遷鄴的一系列災難；相距孝文帝一意護持的文化人格而觀，猶如「永劫回歸」之象徵。有識者如楊衒之，又豈能不徒然憾慨？

當石窟洞穴中的宇宙象徵與文本經卷中的淨土世界，逐次淪為扁平化的映象。以塔為中心的北魏佛寺，「上累金盤，下為重樓」的樓閣式建築，以及將佛法與方士神異之說混淆的情況，在本書中體現了「文化嫁接」時期的紀實。❻即便是永寧寺這座曠古未有的超高層木結構佛塔，是否能夠如實的體現出與佛國相應的「黃金比例」？原本在石窟中象徵宇宙之樹、世界之柱的「塔心柱」，一方面塑造了宇宙穹廬的意味，再者也顯示佛法須彌山的模式。❻一但入境中國之後，不得不異化為「誇大尺度」的佛造像為中心的平面佈局。此期的《水經注》、《魏書。釋老志》中載記永寧寺的九層

---

❸　莊帝戲獅玩虎，以及平陽王伐神桑，分見楊勇：《洛陽伽藍記校箋》（臺北：正文書局，1982 年），頁 145、54。

❻　王貴祥：《文化、空間圖式與東西方建築空間》（臺北：田園城市文化出版社，1998 年），頁 159。

❻　王貴祥：《文化、空間圖式與東西方建築空間》（臺北：田園城市文化出版社，1998 年），頁 174。

浮圖，費用天價不可勝記的情勢。與《洛陽伽藍記》所述及的營造過度，以及嗣後火化中形成的「海市蜃樓」奇景，恐怕都已揭示了箇中潛在的盲點。

倘若我們進一步比較此期盛行的佛教文本，例如《阿彌陀經》以及《佛說無量壽經》、《妙法蓮華經》、《藥師如來本願經》、《彌勒上生經》等一系列傳達佛國淨土世界的文本內容，不外乎形象化的演繹－莊嚴華美、秩序井然、園池環繞的理想世界。無論是各色俱足的極樂國土、東方淨琉璃世界，抑或兜率天宮的理想國，都已鮮明的鼓吹眾生建齋立誓、結社唸佛，以此等光景，暗示了佛國世界應該崇尚的建築空間環境。**❽⓻**

事實上這一系列譬諸七寶樓台、園池林木、佛國香界的描述，對照於本書的巧構形似之言，實無妄語。顯然人間淨土的肉眼規模，目擊可知。然而以「品第制度」為中心的意識型態巨塔，確是徹底的宕開了文本經卷中的淨土世界，逐次淪為扁平化的世俗映象。永寧寺去地的「高度」有多少，就同時反映了「正統」問題與族群、階級等現實問題的「落差」有多大。誠如從「不立偶像」的佛之本懷下迄「菩提樹崇拜－石窟－石佛塔－木結構佛塔－佛像崇拜」的異化歷程。宮廷內鬥、佛寺虛耗、南北較勁的亂象，在在透顯著洛陽城邦「海市蜃樓」式的迷惑。

《洛陽伽藍記》迷人的所在，其中湧現的圖像，不僅僅是史地間架上的洛城規模，而是雜揉著楊衒之濃烈不化的情感色彩；就在

---

❽⓻　王貴祥：《文化、空間圖式與東西方建築空間》（臺北：田園城市文化出版社，1998 年），頁 180、181。

書寫反溯的過程中，憔悴斯人那心象中往歲的京華，早早業已化為
淨土上的漠漠飛煙。

三、結語

　　鐘磬寺塔，泛唱潮音，北魏洛城，這曾經光照塵寰的佛教王
國，竟然亦難跳脫廢池喬木，黍離之悲的命運；恁管才情如楊衒
之，深情如楊衒之者，恐怕也僅能在夕暮裡，孤悒而淚眼縱橫底重
拾青階。歷史跫音縱有偶然迴應，也無法釋盡那繁華無數的歷史容
顏。佛陀世容，原為解脫眾生跳離困惑的苦海，卻反而層層疊疊成
為北魏最最深重的困惑，它們美的理想和審美形式是為其宗教內容
服務的，李澤厚也不免嗟嘆：

> 佛教在中國廣泛傳播流行，並成為門閥地主的意識型態，在
> 整個社會佔據統治地位，是在頻繁戰亂的南北朝，北魏與南
> 梁先後正式宣佈或恢復或定為國教，是這種統治的法律標
> 誌，它歷經隋唐，達到極盛時期，產生出中國化的禪宗教派
> 而走向衰亡。它幾乎與門閥士族地主同命運，共終始。它的
> 石窟藝術也隨著這種時代的變遷和現實生活的發展而變化發
> 展，以自己的形象方式，反映了中國民族由接受佛教而消化
> 它，至最終而擺脫它。⑱

　　這種以情感為中介，強調個性化和本質化並行不悖的思維進

---

⑱　李澤厚：《美的歷程》（臺北：金楓出版社，1998 年），頁 137、138。

路，正是作家在長期的藝術實踐裡，形成了自己的審美感受。時空交替，情感綜織的筆觸，遂為本文所以側就形象思維以及建築美學的角度，試圖還原《洛陽伽藍記》一書的審美判斷；因此一方面我們希望探索楊衒之寫作的根本意圖，繼而歸納其書，反映文化人格構建的重大命題。

夙昔幾翻傳奇，今古多少棋局；洛陽城傷心的儷影，看望在楊衒之誠摯底眼裡，壯士彌哀。於是這部非常之時的非常之作，交映著洛城孤寂的冷燼暮色，恐怕已然是六朝傳奇中永遠未濟的宿構。但是對於今日的經典教育而言，楊衒之的《洛陽伽藍記》，兼具了地理學、歷史學、以及文學等特質；反映了北魏洛陽城在孝文帝的華化政策視野下，牽涉到的族群融合與撕裂的相關議題。對於文化人格教育而言，所謂的「營造過度」，並不僅表現於塔高、作工與都城的壯觀與否，而是攸關於意識型態的糾葛與牢籠。深信無論是在經典的定位與啟發上，本書提供的廣泛視野，都將寓有默化潛移的影響。

從漢代禮制看《白虎通》
的時代意義

周德良*

提　要

　　《白虎通》一書，向來被視為東漢章帝時所詔開白虎
觀經學會議之資料彙編，是當時上自天子，下及諸生、諸
儒之經學共識，成為後世學者研究東漢學術思想，特別是
經學、禮學、乃至讖緯學說之重要文獻。然而，自元大德
本《白虎通》問世以來，現代學者對於《白虎通》文本之
解讀，大多已從經學會議之性質，轉向成為當時之禮樂制
度，或者是成文法典、國憲等政治組織架構詮釋，從而確
立《白虎通》之性質，示顯《白虎通》乃是以禮樂制度為
內容之政治結構。《白虎通》既是經學會議之具體成果，
其書固可視為漢代經學之共識，或者是「講議《五經》同
異」後之集大成者；然而，《白虎通》文本內容泰半涉及

---

*　　淡江大學中文系助理教授

禮樂制度，甚至具有國憲制度之規模，若將《白虎通》文
本性質視為國憲、法典，則顯然與其成書緣起不相應。

　　《白虎通》文本具有成文法典、國憲等政治組織架構
之性質既是當前學界之共識，若從漢代禮制發展過程之方
向思考，應可為《白虎通》尋求其時代意義與歷史定位。
故本文即以《白虎通》與漢代禮制之關係為題，闡發《白
虎通》在東漢禮制發展過程中之時代意義，逼顯《白虎
通》做為一部法典、國憲之合理性與必然性；並且試圖從
漢代制禮之過程中，為《白虎通》一直被視為經學會議之
資料彙編之不相應問題，提供一種可能之解釋。論文首先
解釋禮制之意蘊，其次臚列漢代禮制之發展過程，繼之以
東漢章帝敕命曹襃所制《漢禮》，最後比較《白虎通》與
《漢禮》之同異，呈現《白虎通》之屬性及其時代意義。

關鍵詞：漢代　禮制　《漢禮》　《白虎通》

一、前言

　　《白虎通》一書，向來被視為東漢章帝時所詔開白虎觀經學會
議之資料彙編，因此，《白虎通》乃成為當時上自天子，下及諸
生、諸儒之經學共識，亦是後世學者研究東漢學術思想，特別是經
學、禮學之重要史料。雖然《白虎通》被視為東漢經學會議資料，
但是，自元大德本《白虎通》問世以來，學者對於《白虎通》文本
之詮釋，大多從禮樂制度，或者是成文法典、國憲等政治組織架構

著眼，從而確立《白虎通》成書之性質。《白虎通》顯露出以禮樂制度為主政治結構，此說乃是當前學界之共識，然而卻也衍生出文本內容與成書緣起兩者不相應之問題。有學者認為，《白虎通》既是經學會議之具體成果，故其書當可做為漢代經學之共識，或者是「講議《五經》同異」後之集大成者；至於文本內容涉及禮樂制度，則是天子透過學術討論方式，其結果可做為日後制禮之理論基礎，此種說法，乃是試圖化解《白虎通》文本與其成書緣起之不相應問題。類似說法，雖能化解上述問題，使白虎觀經學會議成為日後制「禮憲」之理論來源，並且有助於闡發《白虎通》之性質與其書之時代意義；然而，若從漢代制禮過程，特別是白虎觀經學會議與《白虎通》可能成書之時機而言，此種解說，仍有諸多疑點尚待釐清。

　　《白虎通》之文本具有成文法典、國憲等政治組織架構之性質既是當前學界之共識，則從漢代禮制之發展過程思考，應可為《白虎通》尋求其時代意義與歷史定位。故本文即以《白虎通》與漢代禮制之關係為題，闡發《白虎通》在東漢禮制過程中之時代意義，凸顯《白虎通》做為一部法典、國憲之合理性與必然性；並且試圖從漢代制禮之過程中，為《白虎通》一直被視為經學會議之資料彙編之不相應問題，提供一種可能之解釋。論文首先解釋禮制之意蘊，其次臚列漢代禮制之發展過程，繼之以東漢章帝敕命曹褒所制《漢禮》，最後比較《白虎通》與《漢禮》之同異，呈現《白虎通》之屬性及其時代意義。

二、禮制與政治

《說文》曰：「禮，履也，所以事神致福也。從示從豐，豐亦聲。」（頁 2）❶「禮」、「履」二字疊韻，「禮」是履行事神致福之事，概指一種近似敬事神明以求福報之宗教儀式，其後引伸為牢籠天地萬事萬物之行為總稱。《禮記・曲禮》曰：❷

> 夫禮者，所以定親疏，決嫌疑，別同異，明是非也。……道德仁義，非禮不成；教訓正俗，非禮不備；分爭辨訟，非禮不法；君臣上下，父子兄弟，非禮不定；宦學事師，非禮不親；班朝治軍，涖官行法，非禮威嚴不行；禱祠祭祀，供給鬼神，非禮不誠不莊。是以君子恭敬，撙節退讓以明禮。……是故聖人作為禮以教人，使人有禮，知自別於禽獸。（卷一，頁 14-15）

《禮記》特別強調「禮」之功能性，此時所謂「禮」，已由單純之祭祀活動，擴大引伸為人類一切行為準則之總稱。禮所以由單純之宗教儀式引伸為人類一切行為規範之天經地義之事之總稱，實際上已經賦予禮許多人文化成意義，且禮既是聖人所作，具有區分人之異於禽獸之指標性意義，禮更隱含道德價值之判斷。《禮記・郊特

---

❶ 〔漢〕許慎撰，〔清〕段玉裁注：《說文解字注》（臺北：黎明文化事業公司，1989 年 9 月）。

❷ 〔漢〕鄭玄注・〔唐〕孔穎達等正義：《禮記正義》（臺北：藝文印書館《十三經注疏本》），以下凡引《十三經》，皆從此版本。

牲》曰：

> 禮之所尊，尊其義也。失其義，陳其數，祝史之事也。故其
> 數可陳也，其義難知也。知其義而敬守之，天子之所以治天
> 下也。（卷二十六，頁504）

「禮」可區分為儀式形式之「禮數」，與內容本質之「禮義」，而
「禮」之尊重在於「義」。行「禮數」是祝史之事，可以不知其
「禮義」；能行「禮數」，且能知「禮義」者，方是天子之所以治
天下之具。《禮記·禮運》曰：

> 何謂人情？喜、怒、哀、懼、愛、惡、欲七者，弗學而能；
> 何謂人義？父慈、子孝、兄良、弟弟、夫義、婦聽、長惠、
> 幼順、君仁、臣忠十者，謂之人義；講信脩睦謂之人，利爭
> 奪相殺謂之人患。故聖人之所以治人七情，脩十義，講信脩
> 睦，尚辭讓、去爭奪，舍禮何以治之。（卷二十二，頁431）

聖人設「禮」之目的在節人情、去人患，而「禮」之基礎在於人有
十「義」，「義」是設「禮」之基礎，「禮」是「義」之實踐，舍
「禮」無以言「義」，舍「禮」無以言治。是故，「禮」是政治之
本體，而「義」是「禮」之本質。《論語·衛靈公》載孔子曰：
「君子義以為質，禮以行之。」（卷十五，頁139）《禮記·禮運》
曰：「故禮也者，義之實也。」（卷二十二，頁439）是以君子之行
「禮」，乃以正當之道理之「義」為本質。

　　因「禮」一字含義豐富，「故中國古代所謂『禮』者，實無乎

不包，而未易以一語說明其定義也」，❸「禮」字在不同語意脈絡
中，分別指涉不同義意，並時與其他字組合，如：禮儀、禮容、禮
器、禮教、禮治、禮法、禮制、禮經、禮學……等詞組，指涉較為
精確之義意。禮概有廣狹二義。廣義之禮，含禮之本質「義」與形
式之「儀」，指凡一切合於「義」之行為、儀式與制度，如單稱
「禮」，或與其他字所構成之詞組皆屬之，即統稱之「禮」，或合
稱為「禮儀」；而狹義之禮，則指宗教儀式與具有政治意義之典禮
儀式，或單稱「儀」。

　　廣義之「禮」既已涵蓋典章制度，而「制」則指明確之典章制
度，《禮記・仲尼燕居》曰：「制度在禮」（卷五十，頁 855）即是
指制度乃以禮為基礎，故「禮制」屬於狹義之「禮」。因「禮」一
字而多義，而在指涉「禮制」方面，往往以「禮儀」代之，❹故
「禮儀」與「禮制」兩者，只是指涉意義之範圍之廣狹不同，在使
用上並未嚴格區分。先秦以「禮儀」一詞指涉包括「禮制」在內之

---

❸　柳詒徵：《中國文化史》（北京：中國大百科全書出版社，1988 年），頁
　　173。

❹　如《周禮・春官》曰：「凡國之大事，治其禮儀，以佐宗伯；凡國之小
　　事，治其禮儀而掌其事，如宗伯之禮。」（卷十九，頁 299）其所謂「禮
　　儀」，概指國家之典禮儀式，其義近「禮制」；又如《史記・禮書》曰：
　　「至秦有天下，悉內六國禮儀，采擇其善，雖不合聖制，其尊君抑臣，朝
　　廷濟濟，依古以來。」所指秦時悉納六國之「禮儀」，亦是指六國之「禮
　　制」。〔漢〕司馬遷：《史記》（北京：中華書局，1982 年 11 月），卷
　　二十三，頁 1159。又如《漢書・禮樂志》曰：「漢興，撥亂反正，日不暇
　　給，猶命叔孫通制禮儀，以正君臣之位」，漢高祖命叔孫通所作之「禮
　　儀」，與「禮制」之義無別。〔漢〕班固：《漢書》（北京：中華書局，
　　1982 年 11 月），卷二十二，頁 1030。

一切行為規範，殊少用「禮制」一詞指涉政治制度，此固然是古人無意將「禮制」從禮之中剝離成一獨立個體，❺實際上，廣義之「禮」已涵蓋狹義之「禮制」，而以「禮」直指「禮制」，乃是順理成章之事，故古人一向以「制禮」、「作禮」之動詞形態表示「禮制」之名詞意義。因此，所謂「禮制」，乃專指具有節制約束之實質作用，且以建立制度為主之成文法典者，❻故「中國古代的一切制度，都可說是禮制」。❼陳戍國解釋「禮制」一辭言：

> ……禮上升為制度規程，就是禮制。凡制度總是出於某種需要統產生的。它一方面必須順乎人情，為人們所接受；一方面又必須有約束力，為人們所遵循。禮制，作為執禮的根

---

❺ 顧希佳言：「先秦時代的人們……那時侯，『禮』的範疇極其寬泛，包括了國家政治制度，諸如官制、法律等內容在內，和我們今天一般的理解有較大歧異。大概到了秦、漢以後，官制、法律才逐漸從『禮』的範疇里剝離出來，而『禮』則主要是指儀式和各種行為規範，開始與今天人們的理解接近起來。」《禮儀與中國文化》（北京：人民出版社，2001 年 8 月），頁 16。

❻ 《禮儀與中國文化》言：「國家的統治者出於統治的需要，往往會對民間早已經存在著的這一系列行為方式作出統一的規定，要求大家按統一的規範去做，先是國君要這樣做，逐步往下推行。這樣一種統一的規範，具有國家法典制度的性質，通常稱之為禮制。」，頁 27。

❼ 王保玹言：「在中國傳統文化裡，『禮』的概念有廣義狹義之分。就其廣義而論，『禮』可說是中國傳統文化的總名，中國古代的一切制度都可說是禮制，中國古代一切法定的社會關係都可說是禮的關係。就其狹義而論，『禮』僅僅指某種儀式，而且主要指宗教的或帶有宗教色彩的儀式。」《今古文經學新論》（北京：中國社會科學出版社，1997 年 11 月），頁 284-285。

據，限定了行禮的範圍、規模、程序、議態以及大致具體的
言行。不容許禮物和禮議違反禮制的規程，否則就不能表達
應有的禮意。不妨說，禮制是具有法律效力的，在這個意義
上可以把禮制看作典章制度。維護禮制，實際上就是維護政
治權力和經濟利益，維護當時的生產關係。❽

「禮制」含有禮儀與制度雙重意義，故凡納入制度規章中之禮儀
者，便是禮制。禮既是天子治天下之具，而制度又具有強制執行之
法律效力，故禮制近似現代之政治制度。

「治」者，《孟子·離婁上》曰：「治，將理之義也」，《呂
覽·振亂》曰：「治，整也」，《周禮·司約》曰：「治者，理其
相抵，冒上下之差也」，故「治」有整理、治理之義；「政」者，
《廣雅·釋詁》曰：「政，正也」，《說文》亦同，《周禮·夏官
序官注》曰：「政，正也。政所以正不正者也」，此義與「治」義
同；「政」者在「治」，「治」者唯「政」，兩者意義相通，故
《淮南子·氾論》曰：「政，治也」。漢代以「政」釋「治」，又
以「治」釋「政」，顯示「政」、「治」乃為一事，「政」、
「治」雖指涉內容不同，然皆是合一制。若《法言·先知》曰：
「政，君也」，《禮記·禮運》曰：「政者，君之所以藏身也」，❾
此二解「政」，則專指君主之所執也，故《大戴禮記》曰：「君師
者，治之本也」，是以「政治」者，乃君主管理眾人事物之權力。

---

❽ 陳戍國：《先秦禮制研究》（長沙：湖南教育出版社，1991 年 12 月），
　　頁 17。

❾ 《十三經注疏·禮記》，頁 422。

「政」者屬於天所受命,「治」者是天子對天下行使統治權,故有政權始有治權,有治權者必來自天所受命之政權,因此,欲統治天下者,勢必先握有政權。

《荀子·禮論篇》曰:

> 禮起於何也?曰:人生而有欲,欲而不得,則不能無求。求而無度量分界,則不能不爭;爭則亂,亂則窮。先王惡其亂也,故制禮義以分之,以養人之欲,給人之求。使欲必不窮於物,物必不屈於欲。兩者相持而長,是禮之所起也。

因人生而有欲,欲求無度量則導致亂窮,先王惡其亂,所以制作禮義以分之,使欲必不窮於物,物必不屈於欲,兩者相輔相成,此乃禮之所由起也。先王制禮之目的,在於防止人因欲求而產生之亂窮,並促成欲、物兩者之均衡發展,故禮之所起,乃是出於王者治政之需要,以求人民謀福祉為目的,此亦孟子所謂「先王有不忍人之心,斯有不忍人之政矣」,❿故禮制出於有不忍人之心之先王之政。

《史記·禮書》曰:

> 觀三代損益,乃知緣人情而制禮,依人性而作儀,其所由來尚矣。人道經緯萬端,規矩無所不貫,誘進以仁義,束縛以刑罰,故德厚者位尊,祿重者寵榮,所以總一海內,而整齊萬民也。……所以防其淫侈,救其彫敝。是以君臣朝廷尊卑

---

❿ 《孟子·公孫丑·上》,頁65。

貴賤之序，下及黎庶車輿衣服宮室飲食嫁娶喪祭之分，事有
宜適，物有節文。（卷二十三，頁1157-1158）

三代之制禮作儀，消極可以「防其淫侈，救其彫敝」，而在積極方
面，從上可以序「君臣朝廷、尊卑貴賤」，在下可以分「黎庶、車
輿、衣服、宮室、飲食、嫁娶、喪祭」。《漢書・禮樂志》亦曰：

人性有男女之情，妒忌之別，為制婚姻之禮；有交接長幼之
序，為制鄉飲之禮；有哀死思遠之情，為制喪祭之禮；有尊
尊敬上之心，為制朝覲之禮。哀有哭踊之節，樂有歌舞之
容，正人足以副其誠，邪人足以防其失。……故孔子曰：
「安上治民，莫善於禮；移風易俗，莫善於樂。」禮節民
心，樂和民聲，政以行之，刑以防之。禮樂政刑四達而不
誖，則王道備矣。（卷二十二，頁1027-1028）

王者所以制婚姻之禮、鄉飲之禮、喪祭之禮與朝覲之禮，乃因循人
性中有男女之情、有交接長幼之序、有哀死思遠之情、有尊尊敬上
之心而發，目的在使人之哀、樂、正、邪皆能受一定禮制之規範。
故王道必具有：傳統與習俗中成文與不成文之禮、樂之行為準則，
有足以推動禮樂政令之行政權，與消極制約不法之刑罰，始稱完
備；禮、樂、政、刑四者，始能貫徹完備之禮制。

三、漢代禮制與制禮

「禮制」乃屬狹義之「禮」，是指具有節制約束之作用，且以

建立制度以達到政治之目的之成文法典者。「禮制」之意既明，以下便從漢代之禮制發展，觀察漢代制禮過程，以確立《白虎通》在漢代禮制之定位。《漢書·禮樂志》載漢代以前之禮制曰：

> 王者必因前王之禮，順時施宜，有所損益，即民之心，稍稍制作，至太平而大備。周監於二代，禮文尤具，事為之制，曲為之防，故稱禮經三百，威儀三千。於是教化浹洽，民用和睦，災害不生，禍亂不作，囹圄空虛，四十餘年。孔子美之曰：「郁郁乎文哉！吾從周。」及其衰也，諸侯踰越法度，惡禮制之害己，去其篇籍，遭秦滅學，遂以亂亡。（卷二十二，頁1029）

周承二代之禮文，成就所謂「禮經三百，威儀三千」。至六國諸侯各自為政，既無視於周禮之教化，更忌諱周禮之不利於己，紛紛除去與周禮有關之書籍，故周世漸衰，禮文亦隨之疲敝。至秦始皇從李斯之議，天下藏書悉皆燒之，❶三代之禮至秦彷彿已蕩然無存。

《史記·禮書》描述秦漢交替時之禮制曰：

> 至秦有天下，悉內六國禮儀，采擇其善，雖不合聖制，其尊君抑臣，朝廷濟濟，依古以來。至于高祖，光有四海，叔孫

---

❶ 《史記·秦始皇本紀》曰：「丞相李斯曰：『五帝不相復，三代不相襲，各以治，非其相反，時變異也。……臣請史官非秦紀皆燒之，非博士官所職，天下敢有藏《詩》、《書》，百家語者，悉詣守尉雜燒之，有敢偶語《詩》、《書》棄市，以古非今者族，吏見知不舉者與同罪，令下三十日不燒，黥為城旦。所不去者，醫藥、卜筮、種樹之書。若欲有學法令，以吏為師。』制曰：『可。』」卷六，頁254-255。

> 通頗有所增益減損，大抵皆襲秦故。自天子稱號，下至佐僚
> 及宮室官名，少所變改。（卷二十三，頁1159-1160）

自秦合併六國，採擇六國禮儀之善者以為秦之禮制，其制雖不合聖
制，但尊君抑臣之精神與朝廷濟濟之盛況，堪能滿足一時之需。至
劉邦統一天下，叔孫通擷取古禮與秦儀綜合而成禮儀，並定漢諸儀
法，其制大抵循秦之舊故。秦制禮儀既用六國，叔孫通頗採古禮與
損益秦制，是知其所制禮儀乃循先秦舊例。❷由此可知，秦雖滅禮
學，然仍保有部分君臣朝廷之禮儀；而叔孫通為漢高祖所定之朝
儀，係採六國古禮與秦儀雜就之，尤可證明秦乃至六國仍有禮制。
《漢書・禮樂志》承《史記》之說，更進一步說明漢初之禮制曰：

> 漢興，撥亂反正，日不暇給，猶命叔孫通制禮儀，以正君臣
> 之位。高祖說而歎曰：「吾乃今日知為天子之貴也！」以通
> 為奉常，遂定儀法，未盡備而通終。（卷二十二，頁1030）

叔孫通在漢高祖時所制之禮儀，作用與範圍僅限於君臣朝覲禮儀之
內；惠帝即位後，有關先帝園陵寢廟、立原廟、❸取櫻桃獻宗廟之

---

❷　《漢書・叔孫通傳》亦有類似記載：「漢王已并天下，諸侯共尊為皇帝於
　　定陶，通就其儀號。高帝悉去秦儀法，為簡易。群臣飲爭功，醉或妄呼，
　　拔劍擊柱，上患之。通知上益厭之，說上曰：『夫儒者難與進取，可與守
　　成。臣願微魯諸生，與臣弟子共起朝儀。』高帝曰：『得無難乎？』通
　　曰：『五帝異樂，三王不同禮。禮者，因時世人情為之節文者也。故夏、
　　殷、周禮所因損益可知者，謂不相復也。臣願頗采古禮與秦儀雜就之。』
　　上曰：『可試就之，令易知，度吾所能行為之。』」卷四十三，頁2126。
❸　《漢書・叔孫通傳》曰：「高帝崩，孝惠即位，乃謂通曰：『先帝園陵寢

禮，❹皆從叔孫通之議；而後為奉常，遂擴大定儀法之規模，可惜終其一世，猶未能竟全功，留下一部未盡完備之儀法。❺雖然漢高祖用叔孫通制禮儀、定儀法，但其禮制仍是三代古禮之殘餘，且叔孫通之儀法仍未盡完備，自此直至東漢章帝之時，仍不斷被提出加以翻修。

西漢初期之政策是「與民休息」，帝王又好黃老道家之學，部份魯生亦表示天下太平始可制禮作樂，不宜在天下初定之際議起禮樂。❻《史記・禮書》曰：

孝文即位，有司議欲定儀禮，孝文好道家之學，以為繁禮飾

廟，群臣莫習。』徙通為奉常，宗廟儀法。及稍定漢諸儀法，皆通所論著也。惠帝為東朝長樂宮，及間往，數蹕煩民，作復道，方築武庫南，通奏事，因請間，曰：『陛下何自築復道高帝寢，衣冠月出游高廟？子孫柰何乘宗廟道（上）行哉！』惠帝懼，曰：『急壞之。』通曰：『人主無過舉。今已作，百姓皆知之矣。願陛下為原廟渭北，衣冠月出游之，益廣宗廟，大孝之本。』上乃詔有司立原廟。」卷四十三，頁 2129-2130。

❹ 《漢書・叔孫通傳》曰：「惠帝常出游離宮，通曰：『古者有春嘗果，方今櫻桃孰，可獻，願陛下出，因取櫻桃獻宗廟。』上許之。諸果獻由此興。」卷四十三，頁 2131。

❺ 目前有關叔孫通之著作，大多已亡佚，僅存《漢禮器制度》一卷，題漢奉常叔孫通撰，書中僅列九條制度，主要從《儀禮》、《春秋左氏》、《尚書》等經書之注疏輯佚而成（臺北：藝文印書館，1969 年《百部叢書集成》據清嘉慶孫星衍校刊平津館叢書本影印）。

❻ 《史記・叔孫通列傳》：「於是叔孫通使徵魯諸生三十餘人，魯有兩生不肯行，曰：『公所事者且十主，皆面諛以得親貴。今天下初定，死者未葬，傷者未起，又欲起禮樂。禮樂所由起，百年積德而後可興也。吾不忍為公所為。公所為不合古，吾不行。公往矣，無汙我！』叔孫通笑曰：『若真鄙儒也，不知時變。』」卷九十九，頁 2712-2713。

貌，無益於治，躬化謂何耳，故罷去之。（卷二十三，頁 1160）

文帝時，有司議欲定儀禮，但文帝好黃老道家之學，並「以為繁禮飾貌，無益於治」，故罷去欲定儀禮之議。《史記》未嘗言「有司」者為何？《漢書·禮樂志》則明言文帝時賈誼有草具禮儀之議。

> 至文帝時，賈誼以為「漢承秦之敗俗，廢禮義，捐廉恥，今其甚者殺父兄，盜者取廟器，而大臣特以簿書不報期會為故，至於風俗流溢，恬而不怪，以為是適然耳。夫移風易俗，使天下回心而鄉道，類非俗吏之所能為也。夫立君臣，等上下，使綱紀有序，六親和睦，此非天之所為，人之所設也。人之所設，不為不立，不修則壞。漢興至今二十餘年，宜定制度，興禮樂，然後諸侯軌道，百姓素樸，獄訟衰息」。乃草具其儀，天子說焉。而大臣絳、灌之屬害之，故其議遂寢。（卷二十二，頁 1030）

賈誼以為，漢所承之秦制，既廢禮義，又無廉恥可言，乃是敗俗之制，是以漢興二十餘年，世風敗壞，恬而不怪。至於「立君臣，等上下，使綱紀有序，六親和睦」之事，乃是「人之所設」，「非天之所為」，禮制乃是人文化成之事，非自然天生而成；「人之所設，不為不立，不修則壞」，漢興至今二十餘年，世風日下，此時宜應定制度、興禮樂，使天下之諸侯百姓各安其位。賈誼草具儀法曰：

誼以為漢興二十餘年，天下和洽，宜當改正朔，易服色制
度，定官名，興禮樂。乃草具其儀法，色上黃，數用五，為
官名悉更，奏之。文帝謙讓未皇也。然諸法令所更定，及列
侯就國，其說皆誼發之。於是天子議以誼任公卿之位。絳、
灌、東陽侯、馮敬之屬盡害之，乃毀誼曰：「雒陽之人年少
初學，專欲擅權，紛亂諸事。」於是天子後亦疏之，不用其
議，以誼為長沙王太傅。（《漢書·賈誼傳》，卷四十八，頁
2222）

賈誼所草具儀法之內容，著重在「改正朔，易服色制度，定官名，
興禮樂」，文帝亦喜悅賈誼所草具之禮儀，但是遭當時周勃、灌嬰
等大臣反對，**⑰**文帝不用賈誼儀法，並且疏遠賈誼為長沙王太傅。

至景帝之時，有晁錯獻計欲統一制度。《史記·禮書》曰：

孝景時，御史大夫晁錯明於世務刑名，數干諫孝景曰：「諸
侯藩輔，臣子一例，古今之制也。今大國專制異政，不稟京
師，恐不可傳後。」孝景用其計，而六國畔逆，以錯首名，
天子誅錯以解難。事在袁盎語中。是後官者養交安祿而已，
莫敢復議。（卷二十三，頁1160）

當時諸侯藩輔等大國之專制異政，不聽令於中央，日後恐有危機，
於是晁錯諫議景帝統一制度，使諸侯大國納入制度之中，以為約

---

⑰ 顏師古曰：「舊說以為絳謂絳侯周勃也，灌謂灌嬰也。而楚漢春秋高祖之
臣別有絳、灌，疑昧之文，不可明也。此既言大臣，則當謂周勃、灌嬰
也。」《漢書·禮樂志》卷二十二，頁1031。

束。然而，景帝用晁錯之計而六國叛逆，迫使景帝誅殺晁錯以解決政治危機；自此諸臣莫敢再議，漢之禮制毫無進展。時至武帝之時，漢代禮制似乎有振興之跡象。

《史記·禮書》曰：

> 今上即位，招致儒術之士，令共定儀，十餘年不就。或言古者太平，萬民和喜，瑞應辨至，乃采風俗，定制作。上聞之，制詔御史曰：「……」乃以太初之元改正朔，易服色，封泰山，定宗廟百官之儀，以為典常，垂之於後云。（卷二十三，頁 1160-1161）

武帝招儒術之士共定儀禮，而諸儒以為太平盛世，萬民和喜，瑞應辨至，始有制作，故「十餘年不就」。是知武帝雖有改定之儀，但其改制乃是「因民而作，追俗為制」，極可能是秦制之殘餘，既缺乏諸儒支持，更無古籍經典為憑。武帝之努力不僅於此，《漢書·武帝紀》元朔五年詔曰：

> 蓋聞導民以禮，風之以樂，今禮壞樂崩，朕甚閔焉。故詳延天下方聞之士，咸薦諸朝。其令禮官勸學，講議洽聞，舉遺興禮，以為天下先。（卷六，頁 171-172）

此詔雖然顯示武帝致力於制禮作樂，但同時亦暴露當時「禮壞樂崩」之窘境。況且，武帝改制之事，並未付諸實踐。《漢書·禮樂志》曰：

> 至武帝即位，進用英雋，議立明堂，制禮服，以興太平。會

> 竇太后好黃老言，不說儒術，其事又廢。後董仲舒對策言：
> 「……」是時，上方征討四夷，銳志武功，不暇留意禮文之
> 事。（卷二十二，頁 1031-1032）

武帝雖有建立漢代一家典法之想法，但是「會竇太后好黃老言，不
說儒術，其事又廢」。其後董仲舒有復古更化之對策，以「教化為
大務，立大學以教於國，設庠序以化於邑」，試圖扭轉漢繼秦用執
法之吏治民之制；此事又適逢四夷作亂，武帝專意武功，以致「不
暇留意禮文之事」。

時至宣帝，有王吉上疏建議以禮治世。《漢書·禮樂志》曰：

> 至宣帝時，琅邪王吉為諫大夫，又上疏言：「……今俗吏所
> 以牧民者，非有禮義科指可世世通行者也，以意穿鑿，各取
> 一切。是以詐偽萌生，刑罰無極，質樸日消，恩愛寖薄。孔
> 子曰：『安上治民，莫善於禮』，非空言也。願與大臣延及
> 儒生，述舊禮，明王制，驅一世之民，濟之仁壽之域，則俗
> 何以不若成康？壽何以不若高宗？」上不納其言，吉以病
> 去。（卷二十二，頁 1033）

王吉疏中指陳，當時未有萬世之長策，「其務在於簿書斷獄聽訟而
已」，導致「詐偽萌生，刑罰無極，質樸日消，恩愛寖薄」，此皆
非致太平之基礎。故王吉自薦「願與大臣延及儒生，述舊禮，明王
制」，欲建立一套可長可久之禮制，使天下萬民同享仁壽之境。可
惜宣帝不採納王吉建議，以致王吉稱病求去。

宣帝時，太子（元帝）好儒，嘗諫言宣帝：「陛下持刑太深，

宜用儒生」，宣帝憤而言：「漢家自有制度，本以霸王道雜之，奈何純任德教，用周政乎！且俗儒不達時宜，好是古非今，使人眩於名實，不知所守，何足委任！」**⑱**並批評太子亂其家業。可知宣帝執政雜之以霸王之道，特好刑法，輕蔑周代政治與儒生之不合時宜。至太子即位為元帝，「好儒術文辭，頗改宣帝之政」，**⑲**並「徵用儒生，委之以政」，**⑳**可惜在位十六年，猶未建立一套完整之禮制。

至成帝，又有劉向倡議制定禮儀。《漢書‧禮樂志》曰：

> 劉向因是說上：「宜興辟雍，設庠序，陳禮樂，隆雅頌之聲，盛揖攘之容，以風化天下。如此而不治者，未之有也。……初，叔孫通將制定禮儀，見非於齊魯之士，然卒為漢儒宗，業垂後嗣，斯成法也。」成帝以向言下公卿議，會向病卒，丞相大司空奏請立辟雍。案行長安城南，營表未作，遭成帝崩，群臣引以定諡。（卷二十二，頁1033-1034）

劉向推崇漢初叔孫通為高祖制定禮儀，業垂後世；並以為必要「興辟雍，設庠序，陳禮樂，隆雅頌之聲，盛揖攘之容」，以禮樂教化天下，天下始能太平。成帝以劉向之言交付公卿商議，商議未果，劉向已病死，此議又廢。

時至兩漢之際，王莽受策輔佐漢室。群臣奏曰：

---

⑱　《漢書‧元帝紀》，卷九，頁277。

⑲　《漢書‧匡衡傳》，卷八十一，頁3338。

⑳　《漢書‧元帝紀》，卷九，頁298-299。

昔周公奉繼體之嗣，據上公之尊，然猶七年制度乃定。夫明堂、辟雍，墮廢千載莫能興，今安漢公起于第家，輔翼陛下，四年于茲，功德爛然。（《漢書·王莽傳》卷九十九上，頁4069）

群臣以王莽比為周公，周公用七年乃定制度，而王莽僅以四年時間，復興墮廢千載之明堂、辟雍等制度，其功德猶在周公之上。平帝進而詔王莽「議九錫之法」。元始五年（5），平帝疾，太后下詔曰：「安漢公莽輔政三世，比遭際會，安光漢室，遂同殊風，至于制作，與周公異世同符。……其令安漢公居踐阼，如周公故事，以武功縣為安漢公采地，名曰漢光邑。具禮儀奏。」**㉑**明年，改元居攝元年（6），正月，「莽祀上帝於南郊，迎春於東郊，行大射禮於明堂，養三老五更，成禮而去。」**㉒**王莽行王者即位之禮。越三年，始建國元年（9），王莽即真天子位，去漢號，定有天下之號曰「新」，「改正朔，易服色，變犧牲，殊徽幟，異器制」。

自王莽秉政以後，又依《周官》、《王制》等書之內容，更改官名與郡縣名，其欲建立一套完整之政治制度之用心，可見一斑；相較於西漢歷代天子，王莽在制禮作樂方面似乎更為積極。然而王莽其人「好空言，慕古法」，《漢書·禮樂志》曰：「及王莽為宰衡，欲燿眾庶，遂興辟廱，因以篡位，海內畔之。」（卷二十二，頁1035）新莽國祚不過十六年，不僅天下未見太平，所謂制禮作樂之事，亦未有具體成果。

㉑　《漢書·王莽傳》，卷九十九上，頁4079。
㉒　《漢書·王莽傳》，卷九十九上，頁4082。

終西漢與新之世，歷代天子雖致力於政治，但皆未能成就一套完善之禮制；即使如王莽有復古改制之志，亦未能實現。時至劉秀即皇帝位，仍未有一部禮制法典。《漢書·禮樂志》曰：

> 世祖受命中興，撥亂反正，改定京師于土中。即位三十年，四夷賓服，百姓家給，政教清明，乃營立明堂、辟廱。（卷二十二，頁 1035）

劉秀建武元年（25）六月，即位皇帝，改鄗為高邑。至中元元年（56），「初起明堂、靈臺、辟雍，及北郊兆域。宣布圖讖於天下」，此事亦無濟於建全禮制。其後明帝中元二年（57）「繼體守文」，不僅繼承光武帝之帝位，亦遵奉建武制度，無敢違逆。《漢書·禮樂志》曰：

> 顯宗即位，躬行其禮，宗祀光武皇帝于明堂，養三老五更於辟廱，威儀既盛美矣。然德化未流洽者，禮樂未具，群下無所誦說，而庠序尚未設之故也。（卷二十二，頁 1035）

明帝雖謹守光武帝之制度，躬行其禮，威儀盛美；但明帝尚未設庠序之教，以至於德化未流洽，禮樂未具，群下無所依循。

《漢書·禮樂志》總結自西漢高祖迄於東漢明帝之禮樂制度曰：

> 孔子曰：「辟如為山，未成一匱，止，吾止也。」今叔孫通所撰禮儀，與律令同錄，臧於理官，法家又復不傳。漢典寢而不著，民臣莫有言者。又通沒之後，河間獻王采禮樂古

　　事，稍稍增輯，至五百餘篇。今學者不能昭見，但推士禮以

　　及天子，說義又頗謬異，故君臣長幼交接之道寖以不章。

　　（卷二十二，頁1035）

漢初叔孫通所撰之禮儀，與律令同錄，法家不傳；漢代典制未能成
形，以至臣民無所適從。至河間獻王采禮樂古事，稍稍增輯至五百
餘篇，推士禮以及天子，然學者不能昭見，其說義又頗謬異，至今
君臣長幼交接之禮制，依然未能完備。漢代之禮制，可謂殘缺不
全。清人王鳴盛《十七史商榷》言：

　　〈禮樂志〉本當禮詳樂略，今乃禮略樂詳。全篇共分兩大
　　截，後一截論樂之文較之前論禮，其詳幾三倍之；而究之於
　　樂，亦不過詳載郊廟歌詩，無預樂事。蓋漢實無所為禮樂，
　　故兩截之首，各用泛論義理，全掇《樂記》之文。入漢事則
　　云：……總結之云：大漢繼周，久曠大儀，未有立禮成樂，
　　此賈誼、仲舒、王吉、劉向之徒，所為發憤而增嘆也。足明
　　此志，總見漢實無所為禮樂，實無可志。❷❸

王鳴盛以為，正因為「漢實無所為禮樂」，無實可志，故《漢書·
禮樂志》每云漢代禮制者，泛論義理，總結之云，漢未有立禮成
樂。

　　其實，〈禮樂志〉中所強調之重點，是自漢高祖以降，歷代天
子便不斷增補損益當時禮制，只是這些增補損益之禮制，乃是出於

---

❷❸　〔清〕王鳴盛：《十七史商榷》（臺北：藝文印書館《百部叢書集成》據
　　廣雅書局《史學叢書》本影印），卷九，頁5-6。

臨時隨機而作，並未能對禮樂制度做全面性之檢討與制定。因此，〈禮樂志〉對於禮制之要求有二：其一，禮制必須完備；其二，禮制必要訴諸文字。禮制所以必須完備，乃在於避免制度面之闕遺，防止制度間之扞格。禮制所以必要訴諸文字，其用意有三：其一，成文法典猶如定型化之契約，天子以至臣民，皆有一套可供依循之客觀參考；其二，成文法典可以教育天下，普及禮制思想；其三，成文法典可以傳之久遠，避免口耳相傳所產生之謬誤。反觀漢代禮制，自叔孫通以來至於劉向，皆未能成就一部完整之禮制，「此賈誼、仲舒、王吉、劉向之徒所為發憤而增嘆」，[24]亦是〈禮樂志〉議論漢代禮制之闕失也。

四、章帝改定禮制與曹褒制《漢禮》

概言之，西漢自高祖至東漢明帝之間，欲建立一部建全禮制之呼聲，日益高漲，雖歷經數代天子之努力創建，與大臣名儒之極力諫言，[25]但是，終究因為禮樂制度尚未具體完成，庠序之教未能施行，故德化未能流洽，臣民無所適從，「君臣長幼交接之道浸以不章」。

---

[24] 《十七史商榷》，卷九，頁6。

[25] 杜佑《通典》曰：「按秦蕩滅遺文，自漢興以來，收而存之，朝有典制可酌而求者」西漢有：高堂生、徐生、河間獻王、董仲舒、王吉、蕭奮、孟卿、后蒼、聞人通漢、夏侯敬、劉向、戴德、戴聖、慶普、劉歆；東漢有：曹充、曹褒、鄭興、鄭眾、賈逵、許慎、杜子春、馬融、鄭玄、衛宏、何休、盧植、蔡邕。

　　章帝自建初元年（76）至章和二年（88）在位十三年間，成就
二件事與漢代禮制息息相關，且影響中國經學與禮學至為深遠：其
一，在建初四年（79）詔開白虎觀會議；其次，在元和三年（86）
下詔改定禮制。

　　《後漢書·曹褒列傳》載章帝元和二年（85）下詔曰：❷

> 《河圖》稱「赤九會昌，十世以光，十一以興」。《尚書璇
> 機鈐》曰：「述堯理世，平制禮樂，放唐之文。」予末小
> 子，託于數終，豈以纘興，崇弘祖宗，仁濟元元？《帝命
> 驗》曰：「順堯考德，題期立象。」且三五步驟，優劣殊
> 軌，況予頑陋，無以克堪，雖欲從之，末由也已。每見圖
> 書，中心恧焉。（卷三十五，頁 1202）

章帝詔書中引《河圖》、《尚書璇機鈐》與《帝命驗》皆圖讖之
文。自東漢光武帝於建武中元元年（56）十一月「宣佈圖讖於天
下」後，❷圖讖乃成官方核准之學術資源，並等同國憲視之，其重
要性足以與經學博士之《五經》抗衡。《後漢書·方術列傳》曰：

> 後王莽矯用符命，及光武尤信讖言，士之赴趣時宜者，皆騁
> 馳穿鑿，爭談之也。故王梁、孫咸名應圖籙，越登槐鼎之
> 任，鄭興、賈逵以附同稱顯，桓譚、尹敏以乖忤論敗，自是

---

❷　〔劉宋〕范曄撰，〔唐〕李賢等注：《後漢書》（北京：中華書局，1965
　　年 5 月）。

❷　《後漢書·光武帝紀》卷一下：「是歲，初起明堂、靈臺、辟雍，及北郊
　　兆域。宣布圖讖於天下」，頁 84。

習為內學，尚奇文，貴異數，不乏於時矣。（卷八十二上，頁
2705）

自王莽「矯用符命」❷篡得王位，及光武帝以圖讖復興漢室，❷皆
用圖讖；當時圖讖之術謂之「內學」，❸學者爭相學習，趨之若
鶩，儼然成為一時顯學。而章帝詔書中引《河圖》、《尚書琁機
鈐》與《帝命驗》等圖讖之文，即是反映此一時代風尚。章帝有感
於圖書殘破，禮樂未具，詔書中引圖讖之文，旨在闡述堯舜聖王之
「平制禮樂」事蹟，故欲制定禮樂，以纘興王業，崇弘祖宗。

曹褒知章帝詔書欲有所興作，乃上疏曰：

昔者聖人受命而王，莫不制禮作樂，以著功德。功成作樂，
化定制禮，所以救世俗，致禎祥，為萬姓獲福於皇天者也。
今皇天降祉，嘉瑞並臻，制作之符，甚於言語。宜定文制，
著成漢禮，丕顯祖宗盛德之美。（《後漢書·曹褒列傳》卷三十

---

❷ 《漢書·王莽傳》載：「是月，前煇光謝囂奏武功長孟通浚井得白石，上
圓下方，有丹書著名，文曰『告安漢公莽為皇帝』。符命之起，自此始
矣。」卷九十九上，頁4078-4079。

❷ 《後漢書·光武帝紀》曰：「光武先在長安時同舍生彊華自關中奉《赤伏
符》，曰：『劉秀發兵捕不道，四夷雲集龍門野，四七之際火為主』。群
臣因復奏曰：『受命之符，人應為大，萬里合信，不議同情，周之白魚，
曷足比焉？今上無天子，海內淆亂，符瑞之應，昭然著聞，宜荅天神，以
塞群望。』光武於是命有司設壇於鄗南千秋亭五成陌。」卷一上，頁
2705。

❸ 《後漢書·方術列傳》注曰：「內學謂圖讖之書也。其事祕密，故稱
內。」卷八十二上，頁2705。

五，頁 1202）

曹褒疏中強調，受命之王者必要「制禮作樂」以顯其功德，「功成作樂，化定制禮」，此乃是經世濟民之舉，亦是漢初以來諸帝所致力之目標，故建議章帝「宜定文制，著成漢禮」。曹褒上疏頗有毛遂自薦意味，章帝以其疏議於太常，巢堪「以為一世大典，非褒所定，不可許」，曹褒之用心，遭太常反對而暫時作罷。然而，章帝深刻體會「群僚拘攣，難與圖始」，制禮作樂之事，顯然無法從太常博士集團之共識中得到支持，而「朝廷禮憲，宜時刊立」，**[31]**故復有元和三年（86）之詔。

《後漢書·曹褒列傳》載章帝詔書曰：

> 朕以不德，膺祖宗弘烈。乃者鸞鳳仍集，麟龍並臻，甘露宵降，嘉穀滋生，赤草之類，紀于史官。朕夙夜祗畏，上無以彰于先功，下無以克稱靈物。漢遭秦餘，禮壞樂崩，且因循故事，未可觀省，有知其說者，各盡所能。（卷三十五，頁1202-1203）

章帝承認漢代之禮制，因循故事，無可觀省，故於詔書中公開徵求能有改進者。曹褒再次面對元和三年之詔，乃歎息謂諸生曰：「昔奚斯頌魯，考甫詠殷。夫人臣依義顯君，竭忠彰主，行之美也。當仁不讓，吾何辭哉！」遂復上疏「具陳禮樂之本，制改之意」。**[32]**

在此之時，章帝召班固詢問改定禮制事宜。《後漢書·曹褒列

---

[31] 《後漢書·曹褒列傳》，卷三十五，頁 1202。
[32] 《後漢書·曹褒列傳》，卷三十五，頁 1203。

傳》載班固答章帝之問，曰：

> 京師諸儒，多能說禮，宜廣招集，共議得失。（卷三十五，頁
> 1203）

以班固之立場，改定禮制之事乃國家之大事，此事應廣招集京師能
說禮之儒，共議其體制。章帝反對班固之說，並反駁曰：

> 諺言「作舍道邊，三年不成」。會禮之家，名為聚訟，互生
> 疑異，筆不得下。昔堯作《大章》，一夔足矣。（卷三十五，
> 頁 1203）

章帝與班固之看法恰成兩極。章帝以為，若以召諸儒共議禮制得失
之方式，終必引發更多糾紛，成事不足，治絲益棼；故改定禮制之
事，應由少數人，甚至只需一人負責完成足矣。章帝雖急於改定禮
制，但其做法，絕非採取講議方式，而是一貫主張應由一人制定；
而章帝心目中之理想人選，便是上疏「具陳禮樂之本，制改之意」
之曹褒。

《後漢書・曹褒列傳》載：

> 曹褒字叔通，魯國薛人也。父充，持《慶氏禮》，建武中為
> 博士，從巡狩岱宗，定封禪禮，還，受詔議立七郊、三雍、
> 大射、養老禮儀。顯宗即位，充上言：「漢再受命，仍有封
> 禪之事，而禮樂崩闕，不可為後嗣法。五帝不相沿樂，三王
> 不相襲禮，大漢（當）自制禮，以示百世。」帝問：「制禮
> 樂云何？」充對曰：「《河圖・括地象》曰：『有漢世禮樂

文雅出。』《尚書‧璇機鈐》曰：『有帝漢出，德洽作樂，
名予。』」帝善之，下詔曰：「今且改太樂官曰太予樂，歌
詩曲操，以俟君子。」拜充侍中。作章句辯難，於是遂有慶
氏學。（卷三十五，頁1201）

曹襃字叔通，魯國薛人。其父曹充於光武帝建武中為《禮經》博
士，定封禪禮，受詔議立七郊、三雍、大射、養老等禮儀，頗得光
武帝重用。至明帝即位，曹充上疏言，自漢立國以來，禮樂崩闕，
不足為後世效法，因此建議明帝當自制漢禮，永為後世則。明帝問
制禮樂之理，曹充引《河圖‧括地象》與《尚書‧璇機鈐》圖讖二
句，說明漢世當有禮樂制度，顯示曹充對圖讖頗為熟稔。明帝雖善
其說，但未能全面改制漢禮，僅以改太樂官為太予樂，並升曹充為
侍中。曹充學慶普之禮，又作《士禮》章句，慶普禮學復流行於當
時。❸❸曹充因作《士禮》章句，促使慶普禮學復興，至於大、小戴
《禮》，至東漢以後，依舊保有博士學官地位，仍然是《禮》學主
流，「雖相傳不絕，然未有顯於儒林者」。❸❹

---

❸❸ 后倉之《士禮》十七篇傳戴德、戴聖與慶普三人，戴德、戴聖之《禮》皆
列於學官，只有戴聖一人具博士職，慶普之學只有在王莽時期短暫納入學
官，其餘皆在民間講習：故曹充之《禮經》博士頭銜所傳仍是大、小戴之
《禮》，而非慶氏之禮學。

❸❹ 《後漢書‧儒林列傳》曰：「前書魯高堂生，漢興傳《禮》十七篇。後瑕
丘蕭奮以授同郡后蒼，蒼授梁人戴德及德兄子聖、沛人慶普。於是德為
《大戴禮》，聖為《小戴禮》，普為《慶氏禮》，三家皆立博士。孔安國
所獻《禮》古經五十六篇及《周官經》六篇，前世傳其書，未有名家。中
興已後，亦有《大》、《小戴》博士，雖相傳不絕，然未有顯於儒林
者。」卷七十九下，頁2576。

曹充為《禮經》博士，又習慶氏禮學；曹褒既傳其父業，章帝時亦徵拜為博士，故其學術必深受其父影響。《後漢書·曹褒列傳》曰：

> 褒少篤志，有大度，結髮傳充業，博雅疏通，尤好禮事。常感朝廷制度未備，慕叔孫通為漢禮儀，晝夜研精，沈吟專思，寢則懷抱筆札，行則誦習文書，當其念至，忘所之適。（卷三十五，頁 1201-1202）

曹褒既傳父業，尤好禮事，亦常感歎制度之未備，又孺慕叔孫通為漢制作禮儀，經常思索如何繼叔孫通之後，完成此一兼具歷史任務與時代使命之艱鉅工程。

自叔孫通以來，漢代禮制未曾健全完備，至東漢章帝之時，叔孫通之《漢儀》已漸散略，不僅不合經義，更不敷當時政情需要，形同具文，促使章帝有改定禮制之心意。《後漢書·曹褒列傳》載：

> 章和元年正月，乃召褒詣嘉德門，令小黃門持班固所上叔孫通《漢儀》十二篇，敕褒曰：「此制散略，多不合經，今宜依禮條正，使可施行。於南宮、東觀盡心集作。」（卷三十五，頁 1203）

章和元年（87）正月，章帝正式敕命曹褒依班固所上叔孫通之《漢儀》十二篇，於南宮、東觀盡心集作改定禮制之宜。章帝旨示曹褒集作之要點有二：其一，章帝要求曹褒以《漢儀》十二篇為底本，重新翻修；其次，曹褒翻修《漢儀》之作業程序，需「依禮條

正」，使其集作能施行於當時。章帝所謂「依禮條正」之「禮」，
可能有三義：其一，指叔孫通之《漢儀》；其二，泛指當時通用施
行之禮儀；其三，是指當時博士學官所治之《禮經》，此三義皆有
可說。然而，叔孫通之《漢儀》與當時通用之禮儀皆屬雜散零碎，
已不合時宜，而《儀禮》所載又屬先秦舊典，凡此三義之禮，皆不
敷實際需要，故章帝乃有改定禮制之意。換言之，曹褒集作之基
礎，極可能是以叔孫通之《漢儀》為底本，參酌《禮經》博士所治
之《儀禮》，與當時通用施行之禮儀，並以其父所傳及自己所治之
禮學而成。

《後漢書·曹褒列傳》載：

> 褒既受命，乃次序禮事，依準舊典，雜以《五經》讖記之
> 文，撰次天子至於庶人冠婚吉凶終始制度，以為百五十篇，
> 寫以二尺四寸簡。其年十二月奏上。帝以眾論難一，故但納
> 之，不復令有司平奏。（卷三十五，頁1203）

曹褒既受命集作，其制作之程序，乃是依禮之內容性質，並舊典之
所陳為秩序準則，其中摻雜《五經》與讖記之文句，撰次之對象及
於「天子至於庶人」，範圍涵蓋冠、婚、吉、凶之終始等制度。其
具體成果「寫以二尺四寸簡」，共「百五十篇」。曹褒於章和元年
正月受命，費時整年獨自完成《漢禮》一書，❸於同年十二月奏
上，完成章帝所交付之使命。章帝採納曹褒所奏，宣布《漢禮》之

---

❸　《後漢書·儒林列傳》曰：「建武中，曹充習慶氏學，傳其子褒，遂撰
　　《漢禮》，事在〈褒傳〉。」卷七十九下，頁2576。

事，眼見水到渠成，成功近在咫尺，然而當時群臣意見分歧，章帝
為平息紛爭，乃暫時擱置《漢禮》，章帝欲重建漢禮之事，因遭遇
群臣阻撓而功敗垂成。

《後漢書·曹褒列傳》載：

> 會帝崩，和帝即位，褒乃為作章句，帝遂以《新禮》二篇
> 冠。擢褒監羽林左騎。永元四年，遷射聲校尉。後太尉張
> 酺、尚書張敏等奏褒擅制《漢禮》，破亂聖術，宜加刑誅。
> 帝雖寢其奏，而《漢禮》遂不行。（卷三十五，頁 1203）

章帝雖有意興作禮制，而曹褒亦盡心集作；然而終章帝之世，《漢
禮》始終未能公諸於世，施行於當時。至和帝即位，擢曹褒為監羽
林左騎，永元四年（92），遷射聲校尉。至永元五年（93）之後，
太尉張酺、尚書張敏等奏和帝，❸指控曹褒擅制《漢禮》，乃是破
亂聖術之事，宜加刑誅，曹褒雖未因此而受罰，然《漢禮》始終未
能實行而束之高閣。

事實上，《漢禮》一書並未因張酺等人之控訴而消失，事隔八
年之後，此書被張奮再度提起。張奮於和帝永元九年（97）因病罷
官，在家上疏建議應制作禮樂大典，❸其疏不見納。越四年，永元

---

❸ 《後漢書·張敏列傳》載張敏建初「五年，為尚書」，至和帝永元九年
（97）拜司隸校尉；（卷四十四，頁 1502-1504）而《後漢書·張敏列
傳》言張酺至和帝「永元五年，遷酺為太僕。數月，代尹睦為太尉。」
（卷四十五，頁 1532）〈曹褒列傳〉言「太尉張酺、尚書張敏」，故其事
當在永元五年之後，永元九年之前。
❸ 《後漢書·張純列傳》卷三十五曰：「（張）奮在位清白，無它異績。九

十三年（101），更召拜為太常，復上疏曰：

> 「漢當改作禮樂，圖書著明。王者化定制禮，功成作樂。謹
> 條禮樂異議三事，願下有司，以時考定。昔孝武皇帝、光武
> 皇帝封禪告成，而禮樂不定，事不相副。先帝已詔曹褒，今
> 陛下但奉而成之，猶周公斟酌文武之道，非自為制，誠無所
> 疑。久執謙謙，令大漢之業不以時成，非所以章顯祖宗功
> 德，建太平之基，為後世法。」帝雖善之，猶未施行。（卷
> 三十五，頁1199-1200）

張奮疏中言依舊倡言漢當改作禮樂，自光武帝以來，禮樂未定，而
章帝時已詔曹褒集作《漢禮》，因此，張奮建議和帝將《漢禮》公
諸於世，並以此為國憲禮制，此做法猶如周公制禮作樂乃斟酌文武
之道而成，非擅自制作。如此可以排除反對勢力之疑慮，並且可以
彰顯祖宗功德，建太平之基，成為後世法則。《漢禮》至此似有復
興機會，和帝雖同意張奮意見，但仍未施行，漢代禮制依舊付之闕
如。由此可知，《漢禮》雖然無法施行於當時，然而其文本一直存
在於東觀，成為舊典，以遺後世。

《後漢書·曹褒列傳》載曹褒之著作，除《漢禮》遭擱置外，
尚有「作《通義》十二篇，《演經雜論》百二十篇，又傳《禮記》
四十九篇」（卷三十五，頁1205），並論之曰：

年，以病罷。在家上疏曰：『聖人所美，政道至要，本在禮樂。《五經》
同歸，而禮樂之用尤急。……臣以為漢當制作禮樂，是以先帝聖德，數下
詔書，愍傷崩缺，而眾儒不達，議多駁異。臣累世臺輔，而大典未定，私
竊惟憂，不忘寢食。臣犬馬齒盡，誠冀先死見禮樂之定。』」頁1199。

　　漢初天下創定，朝制無文，叔孫通頗採經禮，參酌秦法，雖
　　適物觀時，有救崩敝，然先王之容典蓋多闕矣。是以賈誼、
　　仲舒、王吉、劉向之徒，懷憤歎息所不能已也。資文、宣之
　　遠圖明懿，而終莫或用，故知自燕而觀，有不盡矣。孝章永
　　言前王，明發興作，專命禮臣，撰定國憲，洋洋乎盛德之事
　　焉。而業絕天筭，議黜異端，斯道竟復墜矣。夫三王不相襲
　　禮，五帝不相沿樂，所以咸、莖異調，中都殊絕。況物運遷
　　回，情數萬化，制則不能隨其流變，品度未足定其滋章，斯
　　固世主所當損益者也。且樂非夔、襄，而新音代起，律謝
　　皋、蘇，而制令亟易，修補舊文，獨何猜焉？禮云禮云，曷
　　其然哉！（卷三十五，頁1205）

此乃《後漢書》對曹褒終生成就極為崇高之禮讚。漢初以來，唯叔
孫通定朝儀，餘則朝制無文、容典多闕；是以如賈誼、董仲舒、王
吉、劉向等有識之士，有志難伸；至章帝命禮臣曹褒撰定「國憲」
《漢禮》，此事在整個漢代禮制發展過程中，意義格外重大，理應
可以解決漢初以來禮制未備之歷史缺憾，只是此事遭遇群臣反對而
作罷。曹褒與叔孫通同為魯國薛人，曹褒字「叔通」，顯示其對叔
孫通充滿孺慕之情，有意之思齊。叔孫通受高祖命制禮儀，又定儀
法，然未盡備而通終；曹褒受章帝敕制《漢禮》，《漢禮》雖成，
猶未及施行而章帝崩；此豈非歷史之宿命哉！終曹褒一生對漢代禮
學之貢獻，不僅繼承曹充之志業，並且教授諸生千餘人，使慶氏學
流行於當時，最重要者，乃在漢代重建禮制之過程中，集作《漢
禮》，留下未及施行卻又不可磨滅之「國憲」。

五、《白虎通》之禮制性質

　　終兩漢之制禮過程，與《白虎通》之問世，正凸顯出漢代禮制所面臨之困境。而章帝在中國經學史之重大成就，便是詔開白虎觀經學會議。《後漢書·章帝紀》曰：

> ……中元元年詔書，《五經》章句煩多，議欲減省。至永平元年，長水校尉儵奏言，先帝大業，當以時施行。欲使諸儒共正經義，頗令學者得以自助。……於是下太常，將、大夫、博士、議郎、及諸生、諸儒會白虎觀，講議《五經》同異，使五官中郎將魏應承制問，侍中淳于恭奏，帝親稱制臨決，如孝宣甘露石渠故事，作白虎議奏。（卷三，頁138）

章帝於建初四年詔開白虎觀會議，此會議之程序如下：首先由魏應制問，其餘如太常、將、大夫、博士、議郎、諸生、諸儒等與會者，講議《五經》同異，再命淳于恭記錄講議結果，上奏，最後由章帝稱制臨決，此過程一如西漢宣帝甘露三年（B.C.51）之石渠故事。白虎觀又稱白虎殿，在未央宮之內，❸因會議在白虎觀處，故所作議奏名之曰「白虎議奏」，李賢注之曰「今《白虎通》」，《隋志》以後便通稱此次會議資料為「白虎通」。可知，「白虎

---

❸ 《三輔黃圖》曰：「未央宮有宣室、麒麟、金華、承明、武臺、釣弋等殿。又有殿閣三十有二，有：壽成、萬歲、廣明、椒房、清涼、永延、玉堂、壽安、平就、宣德、東明、飛雨、鳳皇、通光、曲臺、白虎等殿。」撰人不詳（臺北：藝文印書館，《百部叢書集成》據《平津館叢書》本影印）頁7。

通」一辭乃是以地名書。

《中國大百科全書·中國歷史》「白虎觀會議」（Balhuguan Hulyl）條釋之：

> 東漢章帝時召開的一次討論儒家經典的學術會議。東漢初
> 年，經今古文學的門戶之見日益加深，各派內部因師承不
> 同，對儒家經典的解說不一，章句岐異。漢光武帝劉秀于中
> 元元年（公元 56），「宣布圖讖于天下」，把讖緯之學正式
> 確立為官方的統治思想。為了鞏固儒家思想的統治地位，使
> 儒學與讖緯之學進一步結合起來，章帝建初四年（公元
> 79），依議郎楊終奏議，仿西漢石渠閣會議的辦法，召集各
> 地著名儒生于洛陽白虎觀，討論五經異同，這就是歷史上有
> 名的白虎觀會議。這次會議由章帝親自主持，參加者有魏
> 應、淳于恭、賈逵、班固、楊終等。會議由五官中郎將魏應
> 秉承皇帝旨意發問，侍中淳于恭代表諸儒作答，章帝親自裁
> 決。這樣考詳同異，連月始罷。此后，班固將討論結果纂輯
> 成《白虎通德論》，又稱《白虎通義》，作為官方欽定的經
> 典刊布于世。這次會議肯定了「三綱六紀」，并將「君為臣
> 綱」列為三綱之首，使封建綱常倫理系統化、絕對化，同時
> 還把當時流行的讖緯迷信與儒家經典糅合為一，使儒家思想
> 進一步神學化。❸❾

---

❸❾ 中國大百科全書總編輯委員會：《中國大百科全書》（上海：中國大百科
全書出版社，1992 年 3 月），頁 17。

此條釋文描述白虎觀會議之由來，與《白虎通》一書之內容，大致
吻合史書對白虎觀會議之記載，與現存之《白虎通》文本所反映之
內容，此條釋文亦可視為目前學界對白虎觀會議與《白虎通》文本
之共識。史書記載，東漢建初四年（79）章帝下詔集合當時學術菁
英會於白虎觀，講議《五經》同異，班固（32-92）將討論結果纂輯
成「白虎通德論」，又稱「白虎通義」、「白虎通」，會議由天子
下詔而開，並親稱制臨決，是當時學術界一大盛事。

　　傳統上，對於《白虎通》之認知，僅止於是東漢章帝時「講議
《五經》同異」會議之資料彙編。雖然《白虎通》所引述之典籍以
《五經》為最大宗，但是《白虎通》引述《五經》文句之用意，只
是做為問答過程中之論結部分之注腳，所謂「講議《五經》同異」
之作用並不明顯，與經學會議之關係亦未見深刻。從《白虎通》之
文本而言，其內容是規範天子以至庶人之權利與義務，是部組織縝
密之政治制度；而其本質則是具有「國憲」意義之成文法典，故
《白虎通》應非經學會議之資料彙編，而是與禮制法典息息相關。

　　《白虎通》全書深具組織結構，主旨大意乃在「正名」當時之
名物度數，所論不離政治制度與人倫秩序之範疇，此皆廣義之
「禮」之內容。且《白虎通》之「問答」體例，以「問題」、「結
論」與「引典」三項要素構成一則條文為其「標準型態」，書中所
引述典籍之條文，以《禮》之經傳二百三十一則（38.82%）近四成
最多，「問題」討論之重點，六百五十七「問題」，形成一套結構
完整之「國憲」。

　　就《白虎通》之篇章結構而言，主要論述之對象，乃是以王者
（天子、諸侯）為核心之政治組織，以及環繞自王者以下至士、大夫

之貴族之禮法制度；所論述之範圍，上起天子之爵號，以至嫁娶、
喪服之禮儀秩序。儘管《白虎通》所論述之對象與範圍極為廣泛，
但其內容呈現出縝密且具體之組織結構，此亦反映出：《白虎通》
並非散漫無目的之雜論，而是具有強烈企圖之長篇鉅構。

夏長樸論及《白虎通》之內容性質言：

> ……從這些大綱及分目（參疏證細目）看來，上自天文，下至
> 地理；陰陽五行災異，及政治社會的制度，教育學術的定
> 規，鉅細靡遺，無所不包，是一部粗具規模的組織法，也是
> 自天子以至於庶人，立身行世的根本。就這一點而言，這部
> 書的出現，象徵著漢帝國成立以來，定思想於一尊的目標實
> 現。❹

以篇目而言，《白虎通》之內容極為廣博，是自天子以至庶人立身
行世之根本，確立政治與禮法制度，其性質是屬「粗具規模的組織
法」。侯外廬則言：

> 到了章帝建初四年（公元 79 年）把前漢宣帝、東漢光武的法
> 典和國教更系統化，這就是所謂「白虎觀奏議」的歷史意
> 義。❹
> 我們認為白虎觀所欽定的奏議，也就是賦予這樣的「國憲」

---

❹ 夏長樸：《兩漢儒學研究》（臺北：臺灣大學文史叢刊之四十八，1978 年
2 月），頁 36。

❹ 侯外廬：《中國思想通史》（北京：人民出版社，1992 年 10 月），第二
卷，頁 224。

以神學的理論根據的讖緯國教化的法典。❷

侯外廬將《白虎通》視為西漢宣帝、東漢光武之法典和國教予以系統化之作，並且使書中引述讖緯條文合理化，故《白虎通》成為具有讖緯神學理論根據之法典，而此一作用便是《白虎通》之歷史意義。更重要者，因《白虎通》是「白虎觀所欽定的奏議」，「也就是賦予這樣的『國憲』以神學的理論根據的讖緯國教化的法典」，侯外廬不僅說明《白虎通》具有法典性質，更提高至「國憲」地位，可見《白虎通》為漢制作漢典之性質，相當明確。至於《白虎通》中出現之讖緯條文，鍾肇鵬引申言：

> 《白虎通義》是皇帝欽定的經學教科書，在漢代具有很高的權威性。《白虎通義》以今文經學為主，但亦兼採古文經說，其中大量徵引讖緯，因為讖緯在當時被尊為「秘經」、「內學」，認為是孔子的心傳，微言大義所在，是儒學的精髓。所以說，讖緯裡吸取了大量的今文經說，而《白虎通義》裡則吸取了大量的讖緯神學。❸

因《白虎通》是由皇帝欽定，故「具有很高的權威性」，並具有「經學教科書」之價值，而白虎觀會議之與會者主要以今文經學家為主，故其中大量徵引今文學家所喜用之讖緯條文。任繼愈言：

> 從形式上看，這套決議雖然只涉及到五經同異中的一些問

---

❷　《中國思想通史》，頁 225。

❸　鍾肇鵬：《讖緯論略》（臺北：洪葉文化事業，1994 年 9 月），頁 146。

題，屬於經學的範圍，不算作國家正式頒布的法典，但是它的內容規定了國家制度和社會制度的基本原則，確立了各種行為準則，直接為鞏固統治階級的專政服務，所以它是一種制度化了的思想，起著法典的作用。❹

任繼愈基於《白虎通》乃是經學會議之討論結果，故從形式上看，不承認《白虎通》為國家正式頒布之法典；但是從《白虎通》之內容而言，卻又肯定《白虎通》具有制度化之思想，其本身便有法典之作用。因此，以任繼愈之判斷，《白虎通》只能視為經學會議過渡到國家制度法典之橋樑，為將來之「國憲」舖路。此一見解，林聰舜更進一步解釋：

> 白虎觀會議的召開，正是與章帝制定「國憲」的熱切企圖心息息相關。我們可以把《白虎通》的產生，視為章帝制定「國憲」的努力的一部分，而且就今日的角度來看，《白虎通》的重要性甚至遠超過本想作為「國憲」的漢禮百五十篇，因為《白虎通》探討的是更為根源性的經義統一的問題，唯有作為漢帝國指導思想的經義整合成功了，才能有效論證整個體制的合理性，包括「國憲」的合理性，也才能企求「永為後世則」。❺

---

❹ 任繼愈主編：《中國哲學發展史》（北京：人民出版社，1985 年 2 月），頁 474。

❺ 林聰舜：〈帝國意識形態的重建——扮演「國憲」的基礎的《白虎通》思想〉，發表於中研院社科所主辦「85 年度哲學學門專題計劃研究成果發表會」，單印本，頁 4。

林聰舜指出，為有效論證整個漢代體制之合理性，必須先統一經義；反之，唯有經義統一，才能使「國憲」合理化。故《白虎通》乃為整合經義與制定「國憲」之橋樑，是章帝欲制定「國憲」之手段工具。因此，《白虎通》不僅具有「國憲」性質，而且更能夠提供在往後制憲過程中最重要之指導思想之根源依據。此一論述，一方面確認《白虎通》為經學會議之結果，畢竟不同於法定制度，應避免與成文法典混淆；但同時顧及《白虎通》內容具有法典性質，並為《白虎通》成書之緣起與其著述之性質提出合理之說明。因此，《白虎通》便成為章帝欲制定「國憲」過程中之重要階段，並為往後之制憲工程提供理論基礎。

依學者所論，現存之《白虎通》乃東漢章帝詔開白虎觀會議之資料，並肯定《白虎通》內容屬於為漢制作之成文法典，為顧及《白虎通》之成書背景，與真實反映其書內容性質，並試圖化解「講議《五經》同異」之經學會議結果與建立「國憲」之禮法制度間之兩難，因此，《白虎通》成為東漢時期政治指導學術、學術服務於政治之歷史見證。然究其實，不論從篇目之名義，或是書中問答之內容，以至於由各項問答所構成之性質，在在顯示出：《白虎通》乃是一套具有縝密組織之成文法典，建立東漢禮法制度之企圖十分明顯。但是，相較於白虎觀會議之緣起，與章帝詔書對該會議之期許，《白虎通》在內容上所呈現之「國憲」性質則顯得突兀。況且，白虎觀會議後四年，建初八年（83）章帝復詔曰：

> 《五經》剖判，去聖彌遠，章句遺辭，乖疑難正，恐先師微言將遂廢絕，非所以重稽古，求道真也。其令群儒選高才

　　生，受學《左氏》、《穀梁春秋》、《古文尚書》、《毛
　　詩》，以扶微學，廣異義焉。❹

章帝感歎《五經》之「章句遺辭，乖疑難正」，故令群儒選高才生
受《左氏》等古文四書，以扶微學，廣異義。由此詔書所言可以推
測，四年前「講議《五經》同異」之白虎觀會議資料，極可能並未
集結成冊，公諸於世？即便是有「白虎通」公諸於世，亦顯然未達
到「欲使諸儒共正經義，頗令學者得以自助」之預期成效。否則，
以統一經說為目的之「白虎通」，通行四年之後，章帝為何依然質
疑「《五經》剖判，去聖彌遠，章句遺辭，乖疑難正」？況且，當
時太常博士與鴻儒諸生從未曾提及此書？

　　持平而論，經學會議之研究成果與國憲法典，兩者並非不相
容，講論經義同異問題與建構禮法制度，可以同時並行；換言之，
白虎觀會議之結果同時具有之國憲性質，此一論點並非矛盾。然
而，問題是：白虎觀會議詔開之目的乃為「講議《五經》同異」，
《白虎通》未見其目的，而其具體成果形成國憲法典，亦非章帝詔
開會議所宣示之結果，因此，可以說：白虎觀會議詔開之目的與
《白虎通》之內容兩者不相應。況且，章帝於七年後，元和三年
（86）下詔欲刊立朝廷禮憲，隻字未提「白虎通」，故白虎觀會議
與所謂「白虎通」，其實與章帝之刊立朝廷禮憲之事無關。故學者
以為，章帝有意透過統一經說之過程，以達到制憲之目的，此說法
固然是為化解《白虎通》具有禮制性質但無「講議《五經》同異」

---

❹　《後漢書·章帝紀》，卷三，頁145。

之會議精神之不相應問題，但卻與事實不符。

就改定禮制一事而言，章帝之態度非常明確。第一，章帝以為，改定禮制之事主張應委由少數人，甚至一人完成便可，故謂「群僚拘攣，難與圖始」；相對於白虎觀會議召集「太常、將、大夫、博士、議郎、及諸生、諸儒」，如此龐大陣容之會議，豈是章帝欲藉此會議以達到制憲目的之手段？其次，自叔孫通以來，漢世歷二百餘年尚未有完備之禮制，若「白虎通」已然成形，且具禮憲性質，則章帝於八年之內何必改制？此不啻「疊床架屋」。再者，設若「白虎通」已然成形，且章帝有意以「白虎通」為漢帝國之指導思想之理論基礎，則章和元年（87）之改制事宜，當以「白虎通」之內容為藍本；但實際上，章和元年之改制漢禮，乃是依西漢叔孫通之《漢儀》十二篇為底本，依禮條正，改制過程從未提及「白虎通」之事，「白虎通」如何指導曹褒制作《漢禮》？因此可以推測，史書所稱述之白虎觀會議及其「白虎通」，應與章帝改定禮制與曹褒之《漢禮》無關。

此外，有學者認為，因為《白虎通》具有統一經義之義意，同時能有效論證政治體制之合理性，故其「國憲」內容當可「永為後世則」。❹若就一部法典而言，「永為後世則」之企求當屬合理；

---

❹ 有學者常引用「永為後世則」此語，做為《白虎通》之法典意義之註腳，如于首奎言：「《白虎通》下產生在這個時期，它反映了地主階級想以法典形式鞏固其既得利益，使之千秋萬代永恆不變的狂妄企圖。正如楊終建議章帝召開白虎觀會議的奏文所說：『永為後世則』（《後漢書·楊終傳》）。」《兩漢哲學新探》（成都：四川人民出版社，1988年4月），頁 179-180。

然而楊終上疏建言之目的在「論定《五經》」,白虎觀會議在楊終
上疏之後,《白虎通》具有法典性質斷非楊終上疏之初衷,而會議
資料造成「國憲」之結果,亦是楊終始料所未及。且楊終上疏言
「宜如石渠故事,永為後世則」,依其疏之語脈而言,所謂「永為
後世則」,當是指白虎觀應以西漢宣帝之「博徵群儒,論定《五
經》於石渠閣」,以天子之名詔諸儒講議經學同異,且「親稱制臨
決」為模仿對象,模仿之目的,在解決「章句之徒,破壞大體」所
衍生之經學問題,實與建立「國憲」無直接關聯。

六、《漢禮》與《白虎通》

　　曹褒受詔所制之《漢禮》,目前雖已「亡佚」,無從獲悉其文
本內容,但依《後漢書》記述之《漢禮》,與《白虎通》有諸多吻
合之處:

　　㈠比較兩者之內容本質。學者一致肯定《白虎通》是部具有法
典性質之「國憲」,「它的內容規定了國家制度和社會制度的基本
原則,確立了各種行為準則」（侯外廬語）,為漢制作之意圖十分
明顯。而曹褒受命制作之《漢禮》,乃「依禮條正,使可施行」,
撰次「乃次序禮事,依準舊典」,故其書具備「國憲」之性質亦無
庸置疑。《後漢書·曹褒傳》論曰:

> 論曰:漢初天下創定,朝制無文,叔孫通頗採經禮,參酌秦
> 法,雖適物觀時,有救崩敝,然先王之容典蓋多闕矣。……
> 孝章永言前王,明發興作,專命禮臣,撰定國憲,洋洋乎盛

德之事焉。而業絕天筭，議黜異端，斯道竟復墜矣。（卷三
十五，頁 1205）

由於叔孫通之《漢儀》不敷東漢使用，故〈曹褒傳〉載章帝所專命
之禮臣，當屬曹褒；而依《漢儀》條正撰定之「國憲」，無疑是指
曹褒所制作之《漢禮》。

然而《後漢書》這段對曹褒之讚論，卻引來不必要之聯想與引
申。侯外廬等人以為〈曹褒傳〉所言之「國憲」即是指《白虎
通》；❽章權才則以為：

> 班固在《曹褒傳論》中所說的「國憲」，主要就是由「白虎
> 通」和「漢禮」所構成的。稱作「國憲」，可見《白虎通》
> 在當時被重視的程度。❾

此一「國憲」兼指兩書。《後漢書》於曹褒論中所稱「國憲」，是
否兼含「白虎通」和《漢禮》二書，其意未明；然而，白虎觀會議

---

❽ 《中國思想通史》言：「上面講的章帝和曹褒的話，和《白虎通義》的年
　代相次，兩相印證，就可以了解漢章帝的法典內容。〈曹褒傳〉論更指出
　漢代法典制作的演變，最後說到章帝的『國憲』：『孝章永言前王，明發
　興作。專命禮臣，撰定「國憲」，洋洋乎盛德之事焉！』我們認為白虎觀
　所欽定的奏議，也就是賦了這樣的『國憲』神學的理論根據的讖緯國教化
　的法典。」侯外廬、趙紀彬、杜國庠、邱漢生著（北京：人民出版社，
　1992 年 10 月），第二卷〈兩漢思想〉，頁 224-225。曹褒之《漢禮》雖與
　《白虎通》年代相近，但是〈曹褒傳〉所言章帝制作法典時，並不涉及
　《白虎通》；〈曹褒傳〉所言章帝之「國憲」，並非指《白虎通》，亦與
　《白虎通》無關。
❾ 《兩漢經學史》，頁 246-247。

與曹褒完成《漢禮》，兩者時間相距不過八年，況且章帝命曹褒制禮之過程中，從未提及「白虎通」，若俱稱〈曹褒傳〉所論之「國憲」兼指「白虎通」和《漢禮》兩書，並不合理。不過，章權才所論，恰巧說明：《漢禮》與《白虎通》同具國憲性質。

　　尤有甚者，有學者認為「《白虎通》的重要性甚至遠超過本想作為『國憲』的漢禮百五十篇」，此說亦恰巧印證《白虎通》與《漢禮》之同質性。但是，曹褒之《漢禮》乃依準叔孫通之《漢儀》而成，「以為百五十篇，寫以二尺四寸簡」，其事雖遭群臣反對而告中輟，無法實踐於當時，但仍有簡冊保存，此書在八年之後仍被張奮提起，顯示該書依然保存於東觀之內；反觀《白虎通》，於其書名未有定稱，篇目未有定數，作者未有定論，皆不如《漢禮》記載之翔實。

　　㈡比較兩者之篇目名稱與篇目內容。《白虎通》之〈爵〉、〈號〉以至〈喪服〉、〈崩薨〉等四十三篇，雖是後人編類，非其本真，然其篇目名稱與分篇內容頗為相應，仍具參考價值。夏長樸稱《白虎通》「是一部粗具規模的組織法」。李申更清楚說明：

> 其順序是從「天子為爵稱」講到帝王、謚號及天子應祭祀的
> 五祀、社稷，以及天子祭祀所用的禮樂；接著是公卿、諸侯
> 以及與公侯有關的誅伐、諫諍制度。……原本是否如此排
> 列？不得而知。但大體可以看出，《白虎通義》的順序，可
> 說是從人事講到天道，人事中又是先天子、次公侯、最後是
> 庶民，人事中那共同的問題則是從生講到死。這樣，《白虎
> 通義》就涉及了當時所關心的天道、人事的全過程與方方面

面。❺

正因為《白虎通》具有「國憲」之性質,因此全書通篇無所不包,
展現其宏大之規模。由《白虎通》所規範之對象而言,不僅包括天
子與諸侯之王者,及公、卿、大夫及士等之貴族,庶人、婦女亦在
制度之內。由篇目名稱及其內容而言,《白虎通》乃是以禮為核
心,透過以禮「正名」之方法,闡明天子以至庶人之權利與義務,
由此過程中:鞏固天子政權之合法性,建立中央行政組織與地方政
治制度,確定血緣宗族之社會與家庭結構,以及制定各種典禮儀式
之進行程序,乃至於規定每一個人由生到死,在冠、婚、喪、葬與
各種不同典禮中應有之言行舉止,以期達到有效規範天下人之政治
目的。因此,《白虎通》可以說是一部政治制度之書,亦可稱為禮
儀百科全書,質言之,《白虎通》正是一部具體而微之禮制之書。
比對《漢禮》「乃次序禮事」,「撰次天子至於庶人冠婚吉凶終始
制度」,其書乃「依禮條正」,目的在為漢代建立使可施行之禮樂
制度;對照《漢禮》其實與《白虎通》之篇目名稱與內容性質若合
符節,兩者相似之處,豈是單純巧合而已?

㈢就「讖記之文」而論。白虎觀會議乃為「講議《五經》同
異」,其中摻雜讖記之文三十一條,不僅違反章帝詔開會議之宗
旨,更為後世所詬病。至於《白虎通》所以引述讖記之文,後世學
者有不同見解。莊述祖曰:

---

❺ 李申:《中國儒教史》(上海:上海人民出版社,1999 年 12 月)上卷,
頁 506。

> 《白虎通義》雜論經傳。……《論語》、《孝經》、六藝並錄。傳以讖記，援緯證經，自光武以《赤伏符》即位，其後靈台郊祀，皆以讖決之，風尚所趨然也。故是書論郊祀、社稷、靈臺、明堂、封禪，悉檃括緯候，兼綜圖書，附世主之好，以緄道真，違失六藝之本，視石渠為駮矣。(51)

莊述祖認為，《白虎通》引述讖記之文雖是風尚所趨，附世主之所好，但卻違失六藝之本，較石渠禮論為駁雜。林麗雪則言：

> 尤其遺憾的是，儘管白虎通全書處處透露出漢儒企圖賦予大一統專制政體新的政治理想和內容的苦心，譬如它主張「崇禮樂教化」（禮樂篇）、「刑以佐德助治」（五刑篇）以及富團結而非壓制意義的「三綱六紀」之倫理觀等，但往往因全篇累牘援引讖緯而遭到後世學者的詬病。(52)

雖然《白虎通》書中摻雜讖記之文，引發後世之批評，但林麗雪仍然肯定「漢儒企圖賦予大一統專制政體新的政治理想和內容的苦心」，甚至認為《白虎通》所以引用讖記之文，其目的乃是「為漢立制」。林麗雪言：

> 相隨著學術地位的提升，讖緯在政治的措施上也起了相當大的作用。……後來，章帝制漢儀，亦依讖緯立制：「元和二

---

(51) 〈白虎通義攷〉，頁 6-7。

(52) 林麗雪：〈白虎通與讖緯〉，《孔孟月刊》第二十二卷第三期（1983 年 11 月），頁 25。

年下詔曰：……章和元年正月迺召褒詣嘉德門，……」白虎
集議的目的既在為漢立制，豈有不引用讖緯的道理？❸

因為讖緯在學術地位漸次提升，同時在政治上亦起相當作用，故不
僅《白虎通》引述讖緯之目的在「為漢立制」，甚且稍後章帝召曹
褒作《漢禮》，亦「依讖緯立制」，可知，《白虎通》與《漢
禮》，兩者皆是章帝意圖制憲之大典，皆「依讖緯立制」。而黃復
山理解《白虎通》引述讖緯之用意言：

> 讖緯所以受帝王重視，並將之融入經義中，肇因殆與經學之
> 世俗化有密切關係。……亦因其世俗化，始有樊儵、沛獻王
> 劉輔、東平王蒼、曹褒等雜取五經、讖記以訂禮制、作《通
> 論》等事，此亦欲用便宜行事，以達世俗致用之目的也。錢
> 穆〈兩漢經學今古文平議〉謂：「白虎會議後，章句俗學積
> 習如故，亦未見有以摧陷而廓清之」，經學所以如故，帝王
> 之經學世俗化用心，當有以致之也。❸

黃復山以為《白虎通》所以引述讖緯之用意，其目的乃在使經學世
俗化，並且擴大當時如樊儵、劉輔、王蒼、曹褒等人雜取《五
經》、讖記之文，乃為制訂禮樂制度之世俗致用之目的。雖然黃復
山亦認同《白虎通》是「白虎觀議論所集結之成果」，但是由此道
出《白虎通》引述讖緯之作意，目的在於世俗致用。反觀曹褒之

❸ 〈白虎通與讖緯〉，頁 22。
❸ 黃復山：《東漢讖緯學新探》（臺北：臺灣學生書局，2000 年 2 月），頁
17。

《漢禮》，內容「乃次序禮事，依準舊典，雜以《五經》讖記之文」，恰巧吻合《白虎通》之內容；而《漢禮》欲成一世法典，使可施行，引述讖記之文之目的，亦是「以達世俗致用之目的」。黃復山所論雖指《白虎通》，卻與曹褒《漢禮》之宗旨不謀而合。

此外，章帝元和二年詔書之中引述《河圖》、《尚書琁機鈐》、《帝命驗》等，皆讖記之文，曹褒於《漢禮》之中引述讖記之文，無非是呼應章帝詔書之旨趣。況且，章帝即位之初，問「制禮樂云何」一事，曹充以《河圖括地象》、《尚書琁機鈐》等讖記之文應對之，顯示曹充對讖緯之熟稔；曹褒既傳父業，對讖緯內學應不陌生，故於《漢禮》之中雜以「讖記之文」，乃是極其合理之事。

七、結語

《白虎通》文本一直被視為東漢白虎觀會議之資料彙編，然而學者大多肯定是書內容屬於禮樂制度之典籍；因此，有學者試圖就白虎觀會議之緣起以附會禮樂制度之結果，形成一種以經學討論提供制禮原則之論述。這種論述，一方面可以滿足《白虎通》做為經學會議資料之形式要求，另一方面亦可證成《白虎通》做為一部禮制之內容屬性。然而，白虎觀會議乃為「講議《五經》同異」而詔開，《白虎通》卻只講名物度數；經學會議不論經義，卻淪為制憲工程；史書楬櫫白虎觀會議應「如孝宣甘露石渠故事」，《白虎通》卻與石渠佚文迥然不同；白虎觀會議「欲使諸儒共正經義，頗令學者得以自助」，冀望「永為後世則」，然而《白虎通》於後世

史書之記載，書名、篇數與作者，互為齟齬，語焉不詳；甚且「不僅許慎馬融不能得其書而讀之，且蔡邕鄭玄並不曾舉引」；凡此諸多問題，若從經學會議之中尋求解答，猶治絲而棼。

　　本文試圖從漢代禮制發展過程觀察《白虎通》在禮制發展中之時代意義。自漢高祖以降，歷代天子便不斷增補損益當時禮制，只是這些增補損益之禮制，乃是出於臨時隨機而作，並未能對禮樂制度做全面性之檢討與制定。時至東漢章帝執政，任內以詔開白虎觀會議與敕命曹褒集作《漢禮》二事，而影響中國近二千年之學術。

　　《白虎通》各篇章內容討論範圍，不外有關國家政治制度與士族以上之行為規範。全書主要是在「正名」禮樂儀法與政治制度之名物制度與其名實義理，其書兼含「禮儀」與「制度」雙重性質，故《白虎通》之本質乃是「禮樂制度之書」，稱其為「禮書」亦無不可。《白虎通》文本「是一部粗具規模的組織法，也是自天子以至於庶人，立身行世的根本」，「它的內容規定了國家制度和社會制度的基本原則，確立了各種行為準則，直接為鞏固統治階級的專政服務，所以它是一種制度化了的思想，起著法典的作用」，甚至「就是賦予這樣的『國憲』以神學的理論根據的讖緯國教化的法典」。學者論述《白虎通》文本，由粗具規模之組織法，提升為具有國教法典性質之「國憲」，充分說明《白虎通》論述之重點，亦是《白虎通》文本之本質所在。相較於《白虎通》文本與史書所載之《漢禮》，兩者確實存在若干內在關聯性，故《白虎通》之成書，正標示著東漢章帝敕命曹褒制作《漢禮》之時代需求。而《白虎通》之禮制性質已普遍獲得學者肯定，則從漢代之禮制發展進程

思考，則《白虎通》之成書乃為時代所需而生，顯然有其時代意義。

經典與創新：
知識平台與文化縱深

林中明*

提　要

　　什麼是「經典」？「舊經典」還「有用」嗎？如何轉換「舊經典」成「活智慧」，並對現代社會和諧、知識經濟、文化產業和學術研究起交互創新的作用？本文試從《易經》、《孫子》、《史記》、《文心雕龍》和高科技電子晶片設計等經典和個人經驗來觀察這些大問題。並舉出一些實例來說明我的看法：舊經典、活智慧，借助「知識平台」；新信息、雅藝術，加強「文化縱深」。

關鍵詞：《孫子兵法》　《文心雕龍》　《斌心雕龍》　文化產業
　　　　第四生產力　文化生產力

---

*　　張敬國學基金會執行長

前言：文變染乎世情，興衰繫乎時序

「社會」和「文化」都是物質和精神的複合體，類似複變函數，而且互相影響，如雞之生蛋，蛋又生雞。「社會」的實相比較容易觀察體會，在許多情況下，人們可以用科學的方法去研究它，但是它牽涉廣泛，現象複雜，不容易作科學實驗。許多學校設有「社會科學」的科系，但嚴格的說，因為受到「人性」和「文化」的影響，變數遠大於能擺出聯立方程式的數目，所以導致無窮解。若無特定條件簡化計算和印證，而人各持己解，以非他人之解，則天下大亂。在真正的生活裏，由於情況複雜，難有單一的解，常只能對照邊界條件湊答案，有些時候，倒和工程師用近似法猜解時的情況類似，但這次理論和數據湊對了，下次情況變了，理論又不管用。前人和今人，為了要解釋這些極其複雜的人文現象，百般分析和描述，甚至在上世紀有些社會體系動用了千人萬文來推演馬克思的社會文藝理論，其觀察到的重點，有時似乎還不及一千五百年前，劉勰在《文心雕龍》裏一篇〈時序〉中所說的廿個字：「時運交移，質文代變。文變染乎世情，興衰繫乎時序」。由此而觀，這也可見「經典」之作的威力。

但是什麼是「經典」？「經典」還「有用」嗎？這兩個問題，其實都是「大哉問」，可能與什麼是「社會」和「文化」？一樣難講全，講透。但是大家各自從自己比較熟悉的角度來講，雖然還是難免有「瞎子摸象」的嫌疑，但至少對增加瞭解和減少誤會，還是有些好處。看到一些學理工的學者，竟然堅持科技和文化沒有關聯，或者專習一類文化者，以為不同文化種類，不能相互影響滲

透。識淺而執固，識一而說全，這可能是當下有些淺碟型社會的「常態」。這些「新的固執」，加上新的資訊，其於文化的阻礙，可能比「舊的包袱」還更嚴重。這次以「經典與文化」為主題的研討會，能包括「現代生活、俠、美學、禮制、考據、報仇、漫畫、劉勰、詩經、開元占經、經典誤用、成德、界定、詩史、心學、由通俗而經典化、讀經……」等不同的題目，很有孔子「盍各言爾志？」的開闊胸懷。讓我又想到《周易·乾卦·用九》「見群龍無首，吉」的智慧。而「君子和而不同」，不僅是君子為人的態度，其實也是學者作學問的基本態度。

甚麼是「經典」？　從理解到創新

1965 年諾貝爾物理獎得主 Richard Feynman 曾說："What I Cannot Create, I Do Not Understand."以此類推，我們也先要理解「舊經典」，才有可能創「新經典」。1962 年諾貝爾生物獎得主華生在破解基因結構之謎之前，自稱先要「模仿蘭納斯·鮑林的理論，然後青出於藍擊敗他」❶。可見最有原創性的科學家，也不能不先瞭解和模仿舊經典和前輩大師，然後才能推陳出新。於此相反，有些社會想走捷徑，以為拋棄舊的文化經典，才能快速獨立創新，成一家一族之言。這種想法，雖然也有可能，但是從歷史記錄來看，似乎還沒有太多的成功實例。不尊重自己的經典，也不會使用經典裏的智慧，就像不尊重金融系統和不會使用金錢的小商人，

---

❶　James D. Watson, The Double Helix, Atheneum Press, 1968. Ch.7.

其不能創新經典，和不能作大生意的道理是類似的。

「經典」的定義，中西都分廣義和狹義兩大類。就廣義而言，都是指「一流的、有原創性和指導性的重要作品」。而這其中，又有「建設性」、「破壞性」及混合型三種基本類型。但是由誰來訂？訂於何時、何地？這就一定引起爭議，而且難免和「古舊」的「典籍」相混淆❷，增加了價值辨別的混亂，並減少了人們的尊敬和閱讀的興趣。這其中也包括了歷代專究「古經典」的學者，和現代專精「高科技」的的院士。從來想用權威性的判斷來決定何為「經典」，總是人亡令亡。

以下傚效《莊子・寓言》「寓言十九，藉外論之」的方式，先從反面舉三個重要的例子，再由正面談四個特性，來說明我的芻淺看法。但若先四後三，也可以對應《莊子》寓言。

從反面看　甚麼是「經典」？
1.經未易明，2.聞而不知，3.誦而不達

例一：「經」未易「明」，「會通」尤難──「孫武《兵經》，辭如珠玉」（《文心雕龍・程器篇》）

　　文論的宗師──劉勰，把《孫子》當作「經」，與《文心雕

---

❷　問題 1：作為古典字典之用的《爾雅》，現在還有古代「經」的「意義」和現代字典的「價值」嗎？問題 2：「經典」有「正」和「建設性」的「經典之作」，和「負」的「破壞性」「經典之作」嗎？這也值得探討（作者）。

龍·宗經》所舉的「五經」等高而觀之❸。

　　1500 年來，居然都沒有引起學者們的注意。劉勰身兼儒、釋兩家之長，當然懂得只有經過儒家或佛教始祖的認可和講授的典籍，才能稱為「經」。劉勰在《文心雕龍》全書的最後一篇，〈程器篇〉的最後一大段裏，突然把《孫子》提高到「經」的高度，認為「孫武《兵經》，辭如珠玉」。這不只是劉勰對孫武子的推崇，也是夫子自道。因為在劉勰一生中，對付生命裏的幾次重大事件，他都成功地應用了《孫子兵法》的戰略思維，而取得勝利。此外，《文心雕龍》一書之中（很有可能他後來又有增訂版），又有許多重要的文論思想，也出於《孫子》兵法的推演。所以劉勰才對《孫子》有此「驚人」的獨拔評價。但是 1500 年過去了，竟然沒有「驚」動什麼人❹。可見得真正的「經典」，不一定被所有的專家同時認知為「經典」。而現在許多書籍，都被商人炒作成「經典之作」，變成「滿街都是經典」。可見得「經未易明」，古今皆然。其次，能通「甲經」，不一定能「會通」「乙經」。常常是對「甲經」懂得越多，很可能對「乙經」的吸收容納的能力就相對減少。文學家如此，科學家也宜然。劉勰在《文心雕龍》的〈正緯〉篇裏對圖讖鬼神之事，析而不禁，以為這些「怪力亂神」的異事，「事豐奇偉，辭富膏腴」雖「無益經典，而有助於文章」，可以「配經」。他的心胸開闊，比許多現代的文理學者，還要開明。值得我們學

---

❸　林中明〈劉勰、《文心》與兵略、智術〉，中國社會科學院《史學理論研究季刊》，1996，第一期，頁 38- 56。

❹　林中明〈劉勰和《文心》和兵略思想〉，《文心雕龍研究》第二集，北京大學出版社，1996.9，頁 311-325。

習。

例二：「聞」而不「知」──《孫子兵法》還要研究❺？

　　三年以前（1999 年），曾有一位尖端飛行器的研發領導人，以懷疑的態度問過我一個「驚人」而有趣的問題：「聽說《孫子兵法》去年開了第四次國際研討會。這麼一本舊書，只有六千多字，開三次會就把問題都討論完了，為什麼還要開第四次會？」我就問他：「《莎士比亞》在西方已經研究了快四百年，怎麼大家每年還在寫論文和開會研究它呢？」我問的問題，全世界近四分之一說英文和近三分之一用英文的人，恐怕都知道答案；英文學者的答案可能會長一些，一般人的說法可能會短一點。不過大家都會同意，《莎士比亞》是英語文化裏的文學瑰寶，從語言文字的使用，到思維的範疇，都不能不牽涉到《莎士比亞》的劇本詩文，而且和所有的經典之作一樣，「每一次重讀，有每一次的新發現❻」。所以問「《孫子》研究完了沒有」，就像問《莎士比亞》或者是只有五個符號的「熱力學第二定律」（S = dQ/T）研究完了沒有，是同樣的可

❺　林中明〈舊經典 · 活智慧──從易經、詩經、孫子、史記、文心看企管教育和科技創新〉，第四屆「中華文明的二十一世紀新意義」學術研討會（喜瑪拉雅基金會）主題：傳統中國教育與二十一世紀的價值與挑戰，嶽麓書院 · 湖南大學，2002.5.30 & 31。又見《斌心雕龍》，頁 490-491。

❻　Italo Calvino (卡維諾), "Why Read The Classics?" (為何要讀經典之作？), *Vintage* 2000, p.5.
Reason 4. A classic is a book which with each reading offers as much of a sense of discovery as the first reading.
Reason 6.　A classic is a book which has never exhausted all it has to say to its readers.

笑。更可笑的是——這位發問的人士，自己正在研發「第五代」的飛行器呢！

從這一個真實的事件裏，我突然發現，原來大部份受過「高等教育」的人，並沒有「機會」在校裏校外，真正讀過一本所謂的「經典之作」。他們以為「經典」就是「有名的舊書」。看過幾頁坊間白話翻譯的《孫子兵法》，就算是懂了「兵法」。又有許多有「一種科技之長」的「專士」，以為專業的訓練足以輕易地瞭解任何的沒有方程式和術語的「人文學說」。這種學術上「知己而不知彼」的情況也不是今天才有。例如戰國末期趙國的趙括，好言兵，其實並不懂軍事。挑釁強秦，結果長平一戰，被秦國坑殺四十萬大軍，身死軍衰而終於國為秦滅。所以《孫子兵法》的第一篇，就警告膚淺的「兵法」讀者，「（五校）凡此五者，將莫不聞，知之者勝，不知者不勝」。可見得以「聞」為「知」，是我們的常態。然而大部份的中華經典，都是言簡意賅。讀了四十年的 Maxwell 的四條電磁學方程式，也不能盡知電磁波的奧妙。然而隨手翻翻《孫子》就敢任意批評「兵經」！這是笑話，也是實話。但是如果此人能在 20 歲的時候就知道這個「簡單」的道理，那就不會「六十而耳不順」，白過了四十年。

例三：「誦」而不「達」——《六祖壇經》裏的慧能與法達❼

❼ 林中明〈禪理與管理——慧能禪修對企管教育與科技創新的啟示〉，《禪與管理研討會論文集》，華梵大學工業管理學系，2003.5.3，頁 131-154。《臺灣綜合展望雙月刊》專論，2003.5，頁 6-33。《斌心雕龍》，頁 552。

「所以當他為貢高我慢的法達講解《法華經》時，雖然謙稱不識字，請法

　　根據敦煌本《壇經》，有一個僧人，名叫法達，「常誦《妙法蓮華經》七年，心迷不知正法之處」。可是不識字的慧（惠）能，聽他讀了一遍，就判定《法華經》「七卷盡是譬喻」，而其重點，不過是「諸佛世尊，唯以一大事因緣故，出現於世」一十六個字。或者可以更簡化成「佛以一大事因緣，而出世間」十一個字。

　　這個「故事」，告訴我們，會讀會背的「學者」，不一定真的懂他所專誦的經典。何況其餘？

從正面看　經典的一些特性
1.言簡意賅 2.易讀悟通
3.四通八達 4.跨越時空

　　由以上三個例子，我們可以看到世之所謂「經典」者，在它們特有的學術價值之外，我們發現它們共有的一些特性。譬如：

㈠ 言簡意賅

　　經典的特色之一，就是「簡言以達旨」（《文心雕龍·徵聖》），用最少的字和篇幅，說最多的意思，激起重大的思考。如果篇幅長，也是「大珠小珠落玉盤」。就像《史記》一本大書，其中若干單篇，包括《貨殖列傳》，都是經典之作。有些人只看篇幅

達唸給他聽，『法達即高聲念經，至譬喻品』，師曰：『止！此經元來以因緣出世為宗，縱說多種譬喻，亦無越於此。何者因緣？』經云：『諸佛世尊，唯以一大事因緣故，出現於世。』」

大小，不能分辨金沙珠玉璧，為相所迷，大惑終生不解，而以為知書，非常可憐。經典書籍這種精簡義深的特性，在中華文化中特別明顯。正如楊振寧先生讚嘆英國物理學家狄拉克（Dirac）「話不多，而其內含有簡單、直接、原始的邏輯性……就像『秋水文章不染塵』」。他最近並指出「濃縮化、分類化、抽象化、精簡化、符號化這些是《易經》的精神。而我認為這種精神貫穿到幾千年以來中國文化裏面每一個角落」❽。但是薛丁格卻指出「愛因斯坦慣例用不必要的複雜方式，表達一種新理論」❾。好在愛因斯坦的質能轉換公式最後只用了 $E=mC^2$ 五個符號，跳出了薛丁格的批評。可見得複雜的理論，也可以用簡煉的文字表達，但是需要透澈的瞭解和精煉的語言功夫。現代出版業發達，一個想法，下筆百萬言；一些雜感，出書數十本，都不是難事。有些西洋經典也是長篇論證，但其結論，「披沙見金，往往見寶」（《詩品》），也不過是幾句話而已。但這正好反證《老子》五千言，《孫子》六千字，言簡意賅，其用不缺，才是「經典中的經典」！

㈡ 易讀悟通，成住敗空

易讀難通，不悟不通。 這並非是經典的專利。但經典因為深奧言簡，所以意思更不容易捉摸。《易傳繫辭》「博文以該情，縟說以繁辭」（《文心雕龍·徵聖》），細說「易」的涵義：「乾以易

---

❽ 楊振寧：〈《易經》與中華文化〉，2004.9.3，「2004 文化高峰論壇」演講記錄稿。

❾ Erwin Schrodinger, What is Life? Autobiographical Sketches, 1960.11, Cambridge Univ. Press,1967, p.179.

知，坤以簡能。易則易知，簡則易從。易知則有親，易從則有功。有親則可久，有功則可大。可久則賢人之德，可大則賢人之業。易簡，而天下之理得矣。天下之理得，而成位乎其中矣」。這雖然是千古顛撲不破的經驗之談。但問題是「去聖久遠，飾羽尚畫，文繡鞶帨，離本彌甚，將逐訛濫」（《文心雕龍·序志》），所以後來的「學人、學者、學生」，不能悟通，「轉經」不成，反而為「經」所壓，為「經」所轉。

前面所述的「經未易明」，「聞而不知」，「誦而不達」，只是反面看經典中的三個例子。發生這種情況，固然多少和教師的體會演釋，與學生個人學習的方法有關。「但由佛家『成、住、敗、空』的哲學來看，任何學派恐怕也不易超脫這一生態規律。簡約的說，我認為學派第一代的開山宗師多半能化繁為簡，『應無所住而生其心』，別出新意創立學說。而第二代的大師則必能攀登於巨人之肩上，把原理原則推而廣之，或者這時才把老師推到宗師的地位，以鞏固自己為大師的身份。到了第三代學人，『博學而詳說之』（《孟子·離婁下》），對於經典的語意、定義各有解釋，不能『將以反說約』，而常化簡為繁，下筆萬言，不能自休。等到第四代的學者，多半以小為大，所謂『小題大作』，以量為勝。最後拖到第五代❿之後的學生，因為去道已遠，雖然日聞大道，但精奧難

---

❿　注意：中國禪宗的「六」祖慧（惠）能，在印、中「派」序排名 33 祖。卻是禪宗的宗師。若以「第五代學生」大於「六祖」為邏輯矛盾，而「六」又如何等於「33」為數學混亂？那是著了標準的「文字障」外加「數字障」。難怪莎士比亞有句曰："What's in a name, that which we call a rose. By any other name would smell as sweet"。

入。聽多了『大道』，反而『以大為小』，放肆批評，自滿於『雞蛋裏找骨頭』的成就感。於是新一代的學說在半真空之中成長起來，開始新一輪的循環」❶。

⑶ 四通八達

上一世紀有許多學者，對中華文化的「舊經典」保持悲觀的態度，認為它們已經過時了，所以必須把「舊經典」、舊文字、舊文化一起拋棄，全盤西化。現在回頭看這些聰明人所作的天真事，發現這是因為他們既沒有真正會通經典裏的學問，所以才對自家文化喪失了信心。而硬搬西方理論來解中國的問題，又不能順利和現代化的知識接軌，結果破壞大於建設，總的效果是造成極大的禍害與費熵，和時間及資源的流失。但是固守陣地，山頭紮營，自斷水源，若體力充沛，信心堅強，雖短期可行，長期仍然難贏。

上乘的經典，因為是原創性和原則性的思維，所以融會貫通「舊經典」之後，可以應用到其他的領域去，變成「活智慧」。這其中有「順水推舟」的應用，有「大小跳躍」的應用，也有「分進合擊、聯合作戰」的應用，甚至辯證性的通用到世人曾皆以為是「水火對立」的領域去。下面略舉幾個作者曾探討的事例以為參考。以此類推，其他學者在其他領域，一定有更多、更好的實例。

---

❶ 林中明〈禪理與管理──慧能禪修對企管教育與科技創新的啟示〉，《禪與管理研討會論文集》，華梵大學工業管理學系，2003.5.3，頁 131-154。《臺灣綜合展望雙月刊》專論，2003.5，頁 6-33。《斌心雕龍》，頁 531-532。

1.順水推舟

(1)幽默諧讔的研究：

喜悅和悲哀本來是人類最重要的感情。古希臘就把悲劇和喜劇並舉。喬埃斯的《尤利西斯》也是以喜劇格式為本，而不失為 20 世紀經典之作。現代各「文化產業」發達國家的產品中，喜劇的賣點，更大於嚴肅悲哀的製作。中華文化自古把幽默諧讔放在低層，我認為有失偏頗，並斬傷文藝的生氣。其實我們可以從經典文論和經典詩文中發現許多並幽默諧讔的材料，像是從《文心雕龍》的〈諧讔篇〉❷到陶淵明❸、杜甫❹和白居易❺等大詩人幽默感的研究，都不僅能加深對自家文化的瞭解，並糾正過去許多人對陶、杜的誤會。同時這種對幽默諧讔的教育熏陶，也對國際文化的接軌，更能意態從容，談笑用兵，而不必動輒面紅耳赤，粗言相向，讓外人皺眉掩耳，事倍功敗。

(2)文宣、廣告、戰書、檄移的研究：

動物競生，非戰即走。在戰走攻防之間，如何發揮「軟實

---

❷ 林中明〈談諧讔──兼說戲劇、傳奇裏的諧趣〉，《文心雕龍》1998 國際研討會論文，《文心雕龍研究》第四集，北京大學出版社，2000.3，頁 110-131。

❸ 林中明〈陶淵明的多樣性和辯證性及名字別考〉，第五屆昭明文選國際研討會論文集，學苑出版社，2003 年 5 月，頁 591-511。

❹ 林中明〈杜甫諧戲詩在文學上的地位──兼議古今詩家的幽默感〉，《杜甫與唐宋詩學：杜甫誕生一千二百九十年國際學術研討會論文集》，里仁書局，2003.6.，頁 307-336。

❺ 林中明〈白樂天的幽默感〉，《白居易研究年報・討論廣場》，勉誠出版（株），平成十六年八月，2004.8.，頁 138-153。

力」，訴諸文辭，讓理性與激情并用，意圖「用最少的能量、時間、資源和傷亡」，達到「不戰而屈人之兵」的最大效果？這不僅是政治和商戰上文宣廣告的重要手段，也是古今中外戰爭的生死宣言。今天世界籠罩在意識文化爭執的「恐怖襲擊」和「先發制人」的戰事陰霾之下，對照世界戰事研究《文心雕龍》的〈檄移篇〉❶，正是走出象牙塔，活學活用經典之作的好機會。

2.大小跳躍❶

(1)文學和藝術的互耀：

文學、藝術和兵略甚至科學，在某些方面都需要精巧微妙的構思和大膽出奇的突破。而文學和藝術繪畫尤其相近。用《文心雕龍》的文論系統來探討八大山人的藝術，然後再用八大山人的藝術和人品來印證中華文化「藝高於匠、品重於學」的特色，兩全其美，相互照耀❶。古人說「以經解經」，這也是一個研究經典文化的好方法。

(2)文史哲經典對企管教育和科技創新的導引：

古文經典辭句艱深，「覽文方詭，訪義方隱」。四十年前，一位在拿大研究電腦的學者，為此發出了諷嘆，說《老子》和《易

---

❶　林中明〈《檄移》的淵源與變遷〉，《《文心雕龍》國際研討會論文集》，文史哲出版社，2000.3.，頁 313-339。

❶　James Watson, "The Double Helix", Atheneum Press 1968. (Author's Preface)「科學的進展往往不是外行人所想象的那樣，按照邏輯一步一步地推演。事實上，它的進展（甚至退步）常是人性的，而其中個性與文化背景都有相當影響。」

❶　林中明〈從劉勰《文心》看八大山人的六藝和人格〉，《文心雕龍》2000 國際研討會論文集，學苑出版社，2000，頁 574-594。

經》裏「一片漆黑」。讓許多學子誤以為他真是看不懂古人經典。
新一代的科技學者，對古文經典的掌握更是生疏，但批評時更有自
信。所以才有「《孫子兵法》開三次會就研究完了」及「『六祖』
大於『第五代學生』是邏輯矛盾」的笑話。但是即使古文經典裏的
思想研究不完，現代學子不免還要問一個「功利主義」和「實事求
是」的問題：「舊經典對現代的工商企業和科技工程有用嗎？」這
個問題在原則上雖然不難回答，但是要用問話人所熟悉的術語去回
答，則不是「專業化」後的「專士」所能回答。好在現代資訊自由，
只要有心，可以找到共同的語言和事例，化古為今，古為今用⑲。
就連「知識經濟」和「全球化」的問題，都能在「新五經」──
《易經》、《詩經》⑳、《孫子》、《史記》、《文心》裏，找到
啟發㉑。這還包括當前最熱門的高科技電腦晶片設計？！達文奇曾
說：「藝術借助科技的翅膀才能高飛。」我以為「科技借助藝術的
幻想才能創新」。下面所舉，是幾件個人較熟悉的實例：

---

⑲　印度文化部長：「對於傳統文化不僅僅要保護，更要讓現代人的生活與它
　　仍存在相關性。傳統文化不能僵死在博物館裏，要活在 21 世紀中。一方
　　面，文化政策制定者要重新發掘傳統文化的價值，應用先進技術，把它們
　　結合到經濟主流中去，同時不使其喪失文化特徵。我們必須以現代的手段
　　來保護傳統價值和文化財富。」（人民網編輯王丹 2004.11）

⑳　林中明〈從《詩經》看企管教育和科技創新〉，2003.7，《詩經研究叢
　　刊》，第五集，頁 234-239。

㉑　林中明〈舊經典·活智慧──從易經、詩經、孫子、史記、文心看企管教
　　育和科技創新〉，第四屆「中華文明的二十一世紀新意義」學術研討會
　　（喜瑪拉雅基金會）主題：傳統中國教育與二十一世紀的價值與挑戰，嶽
　　麓書院·湖南大學，2002.5.30 & 31。《斌心雕龍》，學生書局，2003 年
　　12 月，頁 463-518。

(3)《孫子兵法》用于電腦晶片設計：

《孫子》的奇正變化繼承《易》道，他說「戰勢不過奇正，奇正之變，不可勝窮之也。奇正相生，如環之無端，孰能窮之？」以這種態度用於科技創新，「以正合，以奇勝」，當然發明的成果是不可窮也。不過創新還必需「有用」，要造價低，有競爭力，而不只是「標奇」以「立異」，「以反對為創新」，製造噪音和廢熵。以下茲舉五個獲得美國專利權的電腦晶片設計發明來證明我的看法。

① 《孫子地形篇》說：「善守者，藏於九地之下；善攻者，動於九天之上。」「善守者，藏於九地之下」的原理，曾被用于記憶細胞的設計，以向下挖井儲水的方式來儲存電荷，使得「井」的表面雖然不斷地縮小，但加深挖「井」，水（電荷）的儲存量，仍然可以保持不變（N. Lu 1983 ㉒）。這一個發明使得記憶晶片能繼續縮小，降低成本。20 多年來，這個結構仍是動態記憶晶片設計和製造的兩大技術主流之一。

② 2001 年新發明的能源控制 Power JFET（Yu, 2001），也是利用基底（substrate）導電，而又沒有自身雙極體（body diode）的限制㉓。發明人的構思，也是呼應《孫子》「善守者，藏於九地之下」的戰略。

③ & ④「善守者，藏於九地之下」的原理，大約同時期

㉒　US Patent 5198995, Trench-capacitor-one-transistor storage cell and array for dynamic random access memories. (Nicky Lu).

㉓　US Patent 6251716, JFET structure and manufacture method for low on-resistance and low voltage application. (Yu, Ho-Yuan).

（1983）被用於晶片進出站墊的靜電保護電路設計，以自然存在的「井」底層基座，吸收靜電進襲的能量，並利用串聯電容變小的原理，同時減低進出站墊的電容，而且不增加任何的費用（Lin 1983 ㉔，Lin and Yu 2004 ㉕）。這個減少電容和防止接墊短路的方法，幾乎被全球電子業使用，而絕大多數的使用者和教授晶片工藝的學者，都不知其所由來，還以為是人人知道的「常識」。

　　⑤《孫子九地篇》說：「是故始如處女，敵人開戶，後如脫兔，敵不及拒。」這個原理被用在微電腦晶片，選擇性的「關閉」不用的部分，讓它「靜如處女」，以節省能源，避免無謂的消耗。等到快要使用時，早一步通知被「關閉」正在「休息」的部分。到了須要開跑時，一切早已就緒，「動如脫兔」，一點都不耽誤時機（Lin 1991 ㉖）。這個設計和類似的作法，幾乎影響到其後所有高功能和高能量消耗的晶片。足見《孫子》哲理的跨越時空，無往不利，難怪國學經典中的《孫子兵法》現在成為國際顯學。

3.分進合擊、聯合作戰

　　專攻一「經」，學有專精，名為「博士」，其實是「專士」。專士的長處是於特定學科技術，懂得比誰都多都細。而壞處則是，別人懂得的東西，甚至於大家熟悉的「常識」，專士們因為沒有時

㉔　US patent, 4952994: Input Protection Arrangement for VLSI Integrate Circuits Devices (Lin, Chong Ming).

㉕　US patent, 6774417: Electrostatic Discharge Protection Devices for Integrated Circuits (Lin, Chong Ming & Yu, Ho-Yuan), August 10, 2004.

㉖　US Patent, 5452401: Selective Power-Down for High Performance CPU/Systems (Lin, Chong Ming).

間和精力去瞭解，所以相對薄弱。但是如果「專士」能同時研究一些別的學科，則於短期可能落後，而長期則有較大和較廣的發展，甚至有意想不到的突破。譬如 1902 年，23 歲但創意驚人的愛因斯坦，不止讀科學經典，也和朋友散步喝茶聊天，同時更看和與數理「垂直對立」的戲劇小說，比如狄更斯的《聖誕頌歌》、塞萬提斯的《唐吉訶德》等等文藝作品。物理大師薛丁格（Erwin Schrodinger），家傳植物學的理解，同時也研究哲學，包括《奧義書》「梵我一體」（Unified Theory of Upanishads）的理論。他的一本小冊，《生命是什麼？》，導引了後來生物學基因構造的突破。楊振寧不僅物理好，數學上也有突破，並使得後來的物理學家，接二連三的利用他和密爾斯合寫的規範場方程式，證實了新的物理理論。同理，當《文心雕龍》與《孫子兵法》合而為用，對於許多文藝上的分析和瞭解都很有幫助❷，甚至推演出新的藝術理論❷。

4.從「水火對立」到「辯證通用」

經典之作還有一個特性，就是開始的時候一般學者常持反對意見，大罵之；而大眾則覺得怪異，大笑之。然而時間久了，經典的地位成立，有了類似物理的慣性和動能，無論是部份真理或是後人

---

❷ 林中明〈由《文心》、《孫子》看中國古典文論的源流和發揚〉，《古代文論研究的回顧與前瞻：復旦大學 2000 年國際學術會議論文集》，復旦大學出版社，2002.8.，頁 77-105。

❷ 林中明〈漢字書藝之特色、優勢及競爭力：過去、現在、未來〉，2004年淡江大學「臺灣書法國際學術研討會」，「臺灣書法的新風貌及未來發展」論文，2004.5.1。（由《老子》《孫子》《周禮》，推出「墨分五色」之外的「白具五味」）

的誤解，都不容易改變它們的軌道和地位。最簡單的「小例子」，
就像是「杜甫是悲劇詩人，沒有幽默感」；或是「陶淵明是淡泊文
人，不可能玩文字遊戲，熱情如火」❷⋯⋯等等。但是說靜心去
慾，直指人心的禪修，對企管教育與科技創新有所啟示❸，這就讓
不熟悉禪道廣大的科技人士不能不有所懷疑。但指出「文藝和兵法
是一回事，只是使用的工具和場所有些不同而已」，這在 1995 年
首度提出時❸，曾讓一些專家跌破眼鏡。可是一旦把天下動腦筋的
事都當成「智術活動」，莫不是意圖在使用「最少的時間、資源、
廢熵，達到最大的效果」，那麼我們就會發現文藝、兵略和科技、
企業的運作，雖各有特性，但在思路上卻彼此相通。於是乎，兵略
理論可以用於文藝創作，而文學藝術❸，作為複變函數的虛數部
份❸，也可以應用於戰爭中的一些「間接戰略」部份，以及在「軟

❷　林中明〈陶淵明的多樣性和辯證性及名字別考〉，第五屆昭明文選國際研
　　討會論文集，學苑出版社，2003 年 5 月，頁 591-511。

❸　〈禪理與管理──慧能禪修對企管教育與科技創新的啟示〉，《禪與管理
　　研討會論文集》，華梵大學工業管理學系，2003.5.3，頁 131-154。《臺
　　灣綜合展望》雙月刊‧專論，2003.5，頁 6-33。

❸　林中明〈劉勰、《文心》與兵略、智術〉，中國社會科學院《史學理論研
　　究季刊》，1996，第一期，頁 38-56。

❸　林中明〈斌心雕龍：從《孫武兵經》看文藝創作〉，1998 年第四屆國際
　　孫子兵法研討會論文集，軍事科學出版社，1999.11，頁 310-317。

❸　Lin, Chong Ming, "A Tested Model with cases of Philosopher -- Archers: From
　　Guanzi (725-645 BC) to Confucius (551-479 BC), Lu Xiangshan (1139-1193
　　AD), and Wang Yangming (1472-1528 AD)." 2004 北京論壇（學術），
　　Beijing Forum (Academic) 2004, On "The Harmony and Prosperity of
　　Civilizations", Collection of Papers and Abstracts on Information Management,
　　2004.8.23-8.25, pp.9-19.

實力」方面的運用。

今年 11 月初在深圳召開的第六屆《孫子兵法》國際學術研討會，大會所提出的「積極研究《孫子兵法》在社會文化及經濟領域的成功實踐，以推動區域經濟與企業發展❸」，已是在我於 1998 年第四屆《孫子兵法》國際學術研討會，提出把《孫子兵法》用於文藝創作理論的六年之後了。《文心雕龍·通變篇》說「望今制奇，參古定法。通變無方，故能騁無窮之路」。《孫子兵法》說「知己知彼，百戰不殆」。明乎此，則富於人文研究的中華經典，一旦活用起來，能讓西方文化燻陶的各業「對手」，難以捉摸東方新企業、新設計和新戰法的來龍去脈。這對新世紀「全球化」之下的「知識經濟」競爭，可以產生不止於「非對稱性戰略思維」的另類優勢。過去許多人認為「舊的傳統文化」沒有競爭力。現在也有一些少數推崇「新儒學」的學者，積極的提高自家「儒學」的地位，而忽略了諸子百家的智思。這兩造常常是重復舊話，沒有和新知交集，並缺少現代實例。但是真能瞭解「舊經典」和「新科技」，舉出實例，截長補短，「推陳出奇，出舊制勝」，那麼，誰敢再空說「舊經典」「有」還是「沒有」「競爭力」！

---

❸　2004 年 11 月 03 日，深圳新聞網。「中國孫子兵法研究會主辦的第六屆孫子兵法國際研討會，將于今天在麒麟山莊開幕。研討會旨在深化以孫子兵法為代表的中國兵學研究，使其服務于國家經濟建設和國防現代化建設。同時，積極研究孫子兵法在社會文化及經濟領域的成功實踐，以推動區域經濟與企業發展。」

(四) 跨越時空

科學和數理使用的抽象表達是天下的公理，所以能跨越時空。音樂的重點在非文字的音符，所以可以流傳異域。音樂雖然可以流行異地，但不一定能經得起時間的考驗。技術工程多半是對物不對人，所以大多也有跨越時空的特性，只是科技翻新日益加速，很少能長期佔有市場，或是說，經得起時間的考驗。與人文有關的學科，也有兩極化的傾向。有不太變的，也有不停變的。搞怪的服裝設計，一季而終。人人重視的經濟理論和政策，也是每年一小變，十年一大改。所以經濟學教科書大約每十年就要修正換新。

「美國金融貨幣控制的『霸主』格林斯潘，為了防止通貨膨脹，在過去兩年（1998、1999）拼命加息，以至于經濟萎縮。於是又連續減息十多次，又造成類似日本的『通貨緊縮』，專家束手，不知如何應付。回顧加息時的信心滿滿，和減息時的理由確確，似乎在是『無事忙』（〈Much Ado About Nothing〉莎士比亞喜劇）。如果以十年為一『小劫』，千年為一『大劫』，那麼《孫子兵法》已歷經250 個小劫，兩個半大劫，居然還能面目如新，東征西討，這當然是『活智慧』，可以放心使用」 **㉟**。唯一的條件是：「凡此（種種），將莫不聞，（而）知之者勝，不（真）知者不勝」。

上個月（10 月）12 日，美國經濟學家霍伊特（Peter Howitt）評價2004 年諾貝爾經濟學獎的兩位得主，吉德蘭德 Kydland 和普裏斯科特 Prescott，指出：「他們向傳統的凱恩斯主義關於經濟週期決

㉟ 林中明，〈再談「新理論」和「舊經典」〉2002.05，《斌心雕龍》，2003.12，頁 494。

定因素的看法提出了挑戰。讓我們許多人改變了看法。凱恩斯主義認為，要保持足夠的總需求存在問題，經濟週期的低谷是由於需求不足，波峰由於需求復甦，經濟週期的問題在於使得需求和供給相等。吉德蘭德 Kydland 和普裏斯科特 Prescott 認為需求總是和供給相等的，實際上是供給條件總是隨著時間變化，即生產力總在改變。另一方面，貨幣政策不再那麼重要，他們說中央銀行這樣做是沒有作用的。因為從來沒有超額需求，也沒有不足的需求，需求總是和供給相等的」。**㊱**這證明了我前年所持的疑惑，雖屬外行之見，但也和一些專家的結論相去不遠。

經典之作和「半衰期」

> 經也者，恆久之至道，不刊之鴻教也。（《文心雕龍·宗經》）

由上可見，經濟學的「經典」理論，大部份都只能解釋一部份的情況，所以壽命都不長，或者說它們的「半衰期」不容易超過幾十年。現代藝術理論的半衰期更短，它們大多「立異」強於「創新」，大部份幾年都挨不過。許多「經典之作」剛出爐的時候不受歡迎，連作者本人也不敢確認其價值。有位作者出書不受歡迎，自刻一印曰「三百人年學者」。自稱當前看得懂的人不超過一百人，但是希望過了一百年，會有一百位學者研究他的作品。一件作品，百年不衰，那就可以登世紀「經典」之堂。如果千年不衰，而且跨越時空，繼續擴大它的的影響力，並在不同的領域開出美麗的花

㊱ 鍾心，美國經濟學家霍伊特（Peter Howitt）評價 2004 年諾貝爾經濟學獎得主，人民網記者訪問報告，2004.10.12。

朵,那就可以說是真正的「經典中的經典」(Classic of Classics)。譬如《老子》、《孫子》、《易經》等等,都是此類的代表。因此我用「半衰期」來觀察各種所謂的「經典之作」,雖然是外行手眼,但有時也有「無知小兒看裸體皇帝的新衣」的收獲,所以認為這是一個有用的「看法」,也符合大家對放射性的認識,值得一提。希望它本身的半衰期也不要太短才好。

經典、經濟與文化、文明

在「社會與文化」的會議大方向之下談「經典與文化」,就不能不走出「象牙塔」,考慮經濟和經典的影響力,以及文化與文明的區別。什麼是「經典」?身兼儒、釋多家之長的劉勰,在《文心雕龍‧宗經篇》用極其精煉的文字,闡述了他的看法:「三極彝訓,其書曰經。經也者,恆久之至道,不刊之鴻教也。故象天地,效鬼神,參物序,制人紀,洞性靈之奧區,極文章之骨髓者也」。他所說的經典,在廣義的原則上包括了宇宙現象的摹仿,宗教的崇敬,物理和人事制度的規範,哲學的洞見,和文藝的骨幹精髓的研究。範圍廣,又有專注。1500 年以前的看法,至今仍然是「不刊(改)之鴻教」。這證明了他的學說著作本身也是「經典之作」。

至於甚麼是「文明」**❸⑦**?「文明」和「文化」**❸⑧**有何不同?這

---

❸⑦ The American Heritage Dictionary 4th Edition: "Civilization"--- 1. An advanced state of intellectual, cultural, and material development in human society, marked by progress in the arts and sciences. 2. The type of culture and society developed by a particular nation or region or in a particular epoch. 4. Cultural or intellectual refinement; good taste.

兩個名詞，從西方歷史意義的演變來看，其實相當類似。「文明」
一詞，歷史學家史賓格勒和湯恩比把它當成文化、社會、國族的大
集合來看。但一般人的認知，卻是精神和物質文化混合的成果，而
又比較偏重物質部份的成就。現代人說「文明」，多半是強調一種
進步的狀態。如果一定要分別「文化」和「文明」，其重點也還是
在中文的「文」之外的「化」和「明」兩字的意義。如果說「化」
是融化時的進程，則融化後的狀態就不能再用手眼分離，和分辨其
原有狀態。文明的明，則標示了其情況的可以眼見而明之，甚至手
摸而觸知。所以是更接近於物質成就的描述。為簡化起見，此文中
不特意區分「文明」和「文化」，而以「文化」包括精神和物質兩
個部份來談不太牽涉政治和社會學方面的問題。

經典與經濟的不同

但是「經典」既然如此高明，當然和雅俗大眾存有距離。如果
說「經典」是平原上隆起的大山，登高峰而宏觀天下，那麼「經
濟」就是河海，如水之就下。兩千年前的司馬遷論經濟，他借計然
之口說：「財幣欲其行如流水。」就是說經濟如水，與經典之如獨
拔之峰不同。他又說「使俗之漸民久矣，雖戶說與繆論終不能化。
故善者因之，其次利導之，其次教誨之，其次整齊之，最下者與之
爭。」這是說「經濟是眾人之事」，與孫中山先生所說「政治是眾

㊳ The American Heritage Dictionary 4th Edition: "Culture"--- 1a. The totality of socially transmitted behavior patterns, arts, beliefs, institutions, and all other products of human work and thought.

人之事」是同一眼光。

經濟與文化的關係：「文化產業[39]」的崛起！「第四生產力──文化生產力」已經到來！！

　　古代的社會，民以食為天。除了韓愈、白居易等少數人可以一文售百十金以外，經濟與文化不直接掛鉤。人們只有在衣食住行無虞之後，「行有餘力，則以學文」。未來學的學者 John Naisbitt 在他 1990 年的名作，"Megatrends 2000: Ten New Directions For the 1990's"中指出──藝術將在全球復興，文化則將走向國粹化。現在回頭看他的預言，可以說大半都已經發生。而藝術與文化的興起，更使得成長倍於科技企業的「文化產業」變成全球化之下，國與國之間的經濟競爭要項。目前（2002 年）「文化產業」在美國幾乎佔國家生產額 GDP 的 20%，英國約為 GDP 的 9%，日本約佔 GDP 的 7%。近年四小龍中的南韓得「韓流」之助，「或躍在淵」，文化產業急升至 GDP 的 5%，國民所得追平臺灣（2004 年）。反觀臺灣雖然累積了最精華的中華文化，但由於政治意識形態的掣肘，文化分裂，估計 2002 年只做到 2% 左右。而中國號稱現在接近 3%，而且積極向韓日美國取經，但實際上只有 1%[40]。與高科技加工和世界工廠的成績來比，兩岸目前都還屬於「文化產業低度開發中的國家」，大幅落後日本與半個韓國！

---

[39]　《北大文化產業關鍵報告》，演講人：葉郎、花建、喬然、陳少峰、錢光培等 15 人，帝國文化出版社，2004.10.15。

[40]　中國文化部副部長孟曉駟報告，2004.6.21 發布。

　　由此可見，當經濟富裕了之後，前人認為是「不可見的文化」，竟然可以上升到已開發國家的前五、六名的重要「產業」。於是乎，「文化產業」正式崛起。我認為，在傳統經濟學的「三個生產力」之外的，姑名之曰「第四生產力」的「文化生產力」已經到來！而「經典之作」，既能導引文化，又能加強「文化縱深」，其對今後各國的內聚力和外交影響，及「全球化」下的各主要經濟區域，在「文化經濟」的競爭下，都有不可忽視的地位。我們可以想見，「經典文化」不僅將走下「象牙塔」，而且將走入「黃金屋」。從前只注重「硬實力」的美國，現在也開始談「軟實力」。二百年前的工業革命，現在已趨近飽和，不能不講新一波的「文化產業」革命。一心以為 21 世紀只是高科技企業的世界政經決策跟隨者，現在應該猛然覺醒，把蛋放在多個生產企業籃子裏。而教育家的新方向，也不能只是注重時下熱門的高科技，也要考慮成長率幾乎倍於一般工業的「文化產業」，特別是跨院系的新文化產業院系的設立，與產官學的結合。

　　八十年前，英國的大哲懷海德（Alfred North Whitehead），特別選了哈佛大學的商業管理學院講《古典文化在教育中的地位（*The Place of Classics in Education*）1923》。原因是他看到「商業管理學的崛起」。現在，「文化產業」崛起，而中華文化圈明顯落後於美英日韓。如果我們再不加油，迎頭趕上，那麼我們今後的企業定位，就不只是「高科技加工區」，也是「文化產業加工區」。這值得有識之士的深思。

經典和文化的不同

　　經典和文化雖然有關聯，但關係比較間接。如果用工業生產的流程次序來看，經典就像是「上游」產品，能夠提神，但不一定能強身，因為濃度高，吃得太猛，還可能消化不良。文化則是下游的大眾消費品、食品和產生的垃圾。經典之作，多半是個人作品，望之儼然，即之而震，觀之在後，忽焉在前，先微後盛，半衰期長，近小遠大，死而不僵，入土則活，逢水則生，遇火而燃，燈明暗消。文化則是眾人之事，方生方死，方死方生，近大遠小，遠之則為俗輕，近之則為所染；可以是「暗香浮動月黃昏」，也可能是「入鮑魚之肆，久而不聞其臭」；其所產生的廢料淤污，也是新一代經典的肥料。沒有污泥，蓮花也開不好。劉勰在處理「徵聖」「宗經」之後，特別闢專篇〈正緯〉，討論符讖圖籙的正負特性。他認為緯書符讖裏也有「事豐奇偉」的養分，可以「採摘英華」。他心胸開闊，勝過許多自詡「傳統文人」的「腐儒」。

知識平台：
舊經典，活智慧，借助知識平台

　　「白日依山盡，黃河入海流。欲窮千里目，更上一層樓。」
　　（王之渙《登鸛雀樓》）

　　腐敗在腳下的「怪力亂神」污泥文化都能豐富後人的文章，那麼新的「知識」所能提供的思維視野，「知識平台」，對文化的提升，文明的發展，其貢獻一定更大。「知識平台」這個名詞雖然是

我新創，但是在「資訊世紀」獨領風騷以來，「平台」一辭，早就普遍用于電腦業界。所以它本身也是「借助」於大家熟悉的術語，來比較省力而清楚地表達文明進步的一些程序和一些方法。但若要從古代字典《爾雅》裏找古人的解釋，我們可以查到〈釋宮 5〉說「四方而高曰『台』」，〈釋地 9〉說「東至日所出，為大『平』」。可見古代對「平台」的觀念和近代類似。但西方對「平台（platform）❹」的定義，就脫離了簡單建築物的定義。根據 The American Heritage Dictionary of The English Language, 4th Edition 的定義，它除了建築和地質學上的定義之外，舉凡航母、潛艇、鑽油台、演講台等都在其範圍，也都可以對應於本文所說「平台」的演義。美國早期女詩人，Emily Dickenson，曾有一詩詠「書籍（經典）」，There is no frigate like a book. To take us lands away。其實已經是為「知識平台」下了一個既有詩意而且實用的妙註。

　　傳統的中華經典，自從先秦諸子之後，就沒有發展出更高的「知識平台」。沒有新的「知識平台」，而自以為「本自具足，不假外求」（張載等理學家），而想「格物窮理」，就像大力士烏獲，

---

❹　Platform: 1. A horizontal surface raised above the level of the adjacent area. 2. A vessel, such as submarine, or an aircraft carrier, from which weapons can be deployed. 3. An oil platform. 4. A place, means, or opportunity for public expression of opinion. 5. A formal declaration of the principles on which a group makes its appeal to the public. 6. A thick layer, as of leather or cork, between the inner and outer soles of a shoe, giving additional height 7. Computer Science: The basic technology of a computer system's hardware and software that defines how a computer is operated and determines what other kinds of software can be used. 8. Geology:

雖然拉斷了自己的頭髮，也不能自舉離地。所以聰明智慧如朱
熹❷、王陽明等，都先後在「格物致知」的基本修行上受挫。他們
只能在「人學、仁道」上精究心性之學，不能擴展到物質世界，以

---

❷ 朱子之學和中西「知識平台」的局限：朱熹自幼聰明過人，而且對天地自
然界有極大的好奇心。據宋史說他四歲的時候（西元 1133），就能問出
「天之上是什麼？」這樣的「大哉問」。六歲時再進一步問「天地四邊之
外是什麼？」等到朱熹成為學界領袖之後，他對各種自然現象，從地下的
化石，河海之潮汐，天上的霓虹，到太空星球間的關係，都曾熱心地去推
敲它們的「道理」（散見於《朱子語類》）。西元 1175 年，在有名的
「鵝湖之會」上，陸九淵批評朱熹「格物窮理」的方法是「支離事業」，
不如他們陸氏兄弟的「發明本心」。朱熹、陸九淵和他們之前的人，和他
們之後幾百年的學者一樣，都曾真心而「幼稚」地以為，只要弄通了經書
裏老祖宗所累積的人文社會知識，再加以通行實用的初級算術方法，就可
以解決人世間和自然界裏所有的大小問題。從今人的知識層次來看，程、
朱雖然有科學的精神，提出「即凡天下之物，莫不因其已知之理而益窮
之，以求至乎其極」的理想，但由於缺乏數理邏輯的知識平台，他們以
「未知」去解「未知」，當然是注定要失敗的。有名的失敗例子還包括四
百年後，明代王陽明應用朱熹「格物致知」的方法，靜坐多日，以「過
硬」的積極態度去「格竹」，才又親自體驗了朱子「格物」理論仍不可
行。從「現代人」的眼光而言，當然會覺得古人相當「愚笨」和「可
笑」，為什麼不向西方學習？可是在九百年前，歐洲不僅和宋代「先進」
的「高科技」和「企業水平」，還差一大節；而且當時歐洲的文明也還長
期處于所謂「黑暗時期」之下。同時期歐洲學者的洋迷信，比起朱熹因
「知識平台」的局限，所推論出來錯誤的結論，還更要幼稚和可笑。那時
候的歐洲人放著希臘文明留下來的「文化遺產」和科技「知識平台」而不
知利用，捧著金飯碗討飯，其過程也許和今日中華社會放著磨練過幾千年
的「人文智慧」，而不知又不能善加使用，是一樣的可笑和可惜。這兩個
例子，很值得我們從人類文明整體發展史的角度去反思。（引自〈舊經
典・活智慧〉2002，《斌心雕龍》2003，頁 472-473。）

及從人腦人體和物理化學如何互動上去探討更精微的身心關係。所以博學多聞的梁啟超曾感嘆地說，要不是印度佛學的輸入，中國可讀的經典一下子就看完了。但是印度文化和先秦諸子之學，都是建築在類似的「知識平台」上。印度來的知識雖然豐富了漢唐文明，但終究沒有在科學文明上帶來新的大突破。

所以其後多少代的學者智士們，即使智力超逾前賢，但是受到社會制度等的限制，和沒有科學知識上的突破，以致雖然一代也有一代的見地，但大部份是在原地打轉。一些有能力的學者，充其數只是打圈子的速度比別人快一些，或者以許多迷人的小碎步，跨出了小半步而已。因為沒有在數理科學的領域，向「上」發展，所以眼界並沒有比先秦諸子百家看得更遠，因此始終跨不出關鍵性的一大步。因為科技沒有向「下」挖掘，所以對過去文明的考古，和自家文化的來源，也沒有比前人知道的更多。文明僵化的現象，其實不是中華文明獨有的困境，而是所有長命的文明都曾經過的挑戰。只是因為中華文明生存的時間最長，而且是「大模樣」的存在，所以才額外感到壓力。

如何走出這種原地打轉而不具「新生產力」的傳統學術研究呢？國學大師陳寅恪在弔念另一位國學大師王國維時說：「（王國維的）學術內容及治學方法，殆可舉三目以概括之：一曰取地下之實物與紙上之遺文互相補正。二曰取異族之故事與吾國之舊藉互相補正。三曰取外來之觀念與固有之材料互相參證。要皆足以轉移一時之風氣，而示來者以軌則。」（《王靜安先生遺書序》）陳、王兩位國學大師的方法，其實也是利用新的「知識平台」來闡發「舊典」裏的「知識」。但是他們也沒看到，即使是「舊」的經典，當

兩個以上的「舊經典」，加以融會貫通，已足以演化出新的學術理論，並開展出新的應用領域。譬如：

1.劉勰運用佛經的組織和邏輯思維，加上《孫武兵經》等作為他的「知識平台」，開創出新的文學理論。

2.王陽明探討「心學」、仁道，始終有所疑惑。直到自徵兵卒，35 天平定擁兵近 20 萬的寧王宸濠之後，受盡政治打擊，才終於證悟他的「心即理致良知」學說。他自己評論這個進步說：「我這良知的學說，從百死千難中得來」。他的弟子王畿記載他當時的話：「一日，召諸生入講，曰：『我自用兵以來，致知格物之功愈覺精透。致知在於格物，正是對境感應，實用力處』。」❸可見王陽明的「知識平台」是兵學！

3.用電子電路的「矩陣函數」、古典力學的能量移轉、量子物理的能階跳躍、電腦系統記憶比較，來分析「幽默諧戲和其動力發生的原因」。並以此幫助瞭解杜甫的諧戲詩❹。

4.用幾何學三點定曲線的方法，把中華文明中的著名文選，以「廣文選」的角度❺，上下用《詩經》、《昭明文選》和桐城派的《古文辭類纂》、《經史百家雜鈔》縱貫溯源流通變，左右以《弘

---

❸　王畿〈讀先師再報海日翁吉安起兵書序〉，錄自《王畿·龍溪先生全集卷十三》，《王陽明全集》上海古籍出版社，1992 年，頁 1600。

❹　林中明〈杜甫諧戲詩在文學上的地位——兼議古今詩家的幽默感〉，同註❶，里仁書局，2003.6.，頁 307-336。

❺　林中明〈文選源流舉略——從《詩經》到桐城〉，《《昭明文選》與中國傳統文化：第四屆文選學國際學術研討會論文集》，2000，吉林文史出版社 2001.6.，頁 562-582。

明集》和《玉台新詠》來橫聯討論。這樣的探討方法，可以擴大對「廣義」「文選」的瞭解。而又不必記錄所有的次要書籍和事件。

5.電子書法筆的製作概念：21 世紀漢字書法還能生存嗎？如何能利用高科技的技術，來建造新的書法「知識平台」？達文奇的「藝術家人體像」可以幫助瞭解「永字八法」和電腦筆劃分析嗎？從超大型集體電路科技來分析比對，我的答案是肯定的⑯。

6.中文詩何以是五言和七言為主？尾韻為何比頭韻和句中的韻律重要？詩的「形式」為何重要？有多重要？這些詩學上的大問題，也可以從記憶、視覺等神經生理學的角度去重新思索。這樣可以增加對詩的瞭解，也可能對「現代詩」的走向，提供一些新而關鍵的參考資料⑰。

由以上所舉的六個題目，我們可以看到各類「經典之作」都富有巨大的生命力。一旦能把它們的內涵「現代化」，再加以「消化、簡化」，然後紮根於「本土化」，再普及到「大眾化」能接受和喜用的地步，那麼「舊經典」也可能「全球化」，為世界文明做出貢獻。

能夠認識「借助『知識平台』」的重要性和和可用性，我們就可以探討本文的第二個大題——為何要「加強文化縱深」以及如何

---

⑯ Lin, Chong Ming, "A Conceptual Model of Hi-Tech Cyberbrush for Non-Conventional Graphical Production Including Calligraphic Writing: From Vitruvian Man, Penman, to Feynman and Cyberbrushman", 2004 IPSI Conference, Montenegro, 2004.10.6.

⑰ 林中明〈從視感、聲聞、記憶探討《詩經》、詩形、詩韻〉，第六屆《詩經》國際研討會論文，河北承德，2004.8.4。

去「加強文化縱深」？

文化縱深：
新信息，雅藝術，加強文化縱深

　　21 世紀是資訊彌漫的世紀，也是知識份子轉化資訊成資產後，「知識經濟」崛起的世紀。在此全球爭鋒的世紀，誰能有效地利用「知識平台」，開闢市場，誰就有機會成為全球貿易的贏家。所以「新信息」，「快反應」、「活動力」就保證了在廣大的世界市場上的「競爭力」。但是大家都用「野狼」、「狡狐」、「猛虎」的方式來競生，誰也不能保證永遠是贏家。而且贏了以後，「人」是要像野獸一般的「生活」呢？還是希望「向上提升」，進入「高雅愉快」的境界呢？所以當孔子說「行有餘力，則以學文」的時候，他已經指出「人」和「野獸」生活的目標是不同的❹。當人類都開始為「肥胖、過重」而憂心時，這已經說明開發後和開發中的文明社會已經不再用同樣的標準來衡量成敗。「沒有文化」，和「行為不文明」，成為人與人、社會與社會、國與國之間高下品

---

❹　《諾貝爾獎得主丁肇中南京演講：連答三個不知道》問 2：「您覺得您從事的科學實驗有什麼經濟價值嗎？」答：「不知道。」「科學很大一個作用是滿足人的好奇心，這是人和動物的最大區別。1890 年前後，物理學第一個和第二個獲得諾貝爾獎的，是發現了電子和 X 光的科學家，那時候很多人問它有什麼用，有什麼經濟價值？我所研究的東西確實是沒有什麼經濟價值」，場內立即發出會意的笑聲。《揚子晚報》劉慶傳、于媚，2004.11.8。

評的輕視語。此所以"Megatrends 2000"的作者 John Naisbitt，在 15
年以前就指出──雅藝術將在全球復興，文化則將走向國粹化。推
動雅藝術以提高人的生活質量，這是新世紀文化的走向。雅藝術需
要時間和文藝人士來推動和培養，這不是灑錢就可以成為暴發戶。
這需要以「經典文化」為「風骨」，以「精緻文化」為「文采」、
「血肉」，才能灌養出美花秀草。沒有「經典文化」為「風骨」的
「精緻文化」，容易淪為「花拳繡腿」，「振采失鮮，負聲無力，
雉竄文囿❹」，不僅不足以「雄遠人」，而且在「文化產業」上，
也不會有足夠的國際競爭力。小兒小女的畫作歌舞固然可愛，而且
有家庭特色，但是卻不足以出外表演，更別提「文化產業」外銷和
在國際大場合為國爭光和賺錢了。利用山地歌舞❺去世界上競爭
「文化產業」，也是不知利用精英文化，以上駟對中駟，未戰先
勝。

　　在全球化的經濟和文化「市場」上想要競生，必須師法戰爭的
兵略原則。中華文化中兵學的大小經典之作，可數的書目上千，現
存的著名兵書也有兩百多本❺。其中主要的道理，我認為不過是
「奇正虛實，致人而不致於人」11 個字而已。《孫子兵法》說：
打仗之前，先要「知己知彼」。這和企業競爭力中，如何有效掌握
資訊戰力和市場脈絡的走向，具有相同的意義。能夠「知己知

---

❹　劉勰〈文心雕龍‧風骨篇〉。

❺　詠立《臺鹽董事長鄭寶清在矽谷分享「臺鹽轉型與改造成功經驗」》，西
　　玉山科技協會通訊第 181 期，2004 年 12 號，11 頁。「『全球到處都有原
　　住民在跳舞』，你要怎樣使自己的跳舞與別人的跳舞有區別呢？」

❺　《中國兵書集成（50 冊）》遼寧書社、解放軍出版社，1998。

彼」，找出什麼是在「就地取材」的便利之外，「中華文明」本身客觀具有的優異性，而它們又有「垂直」（orthogonal）於西方文明，不能被它取代的特性。因為不能相互取代，所以才能互補❺❷，因此才會對世界文明多元協作（synergy）的整體有正面的益處❺❸。就像羅馬的文明，是由於綜合相互衝突而互補的希臘和希伯萊文明而壯大❺❹。能夠瞭解自家的多元文化和西方文明的特性，這才能宏觀中西文化和文明的同異，而不是斤斤計較於誰高誰低的情緒化問題。

　　另外從優生學的角度來看，近親通婚常常引發隱性基因的疾病；而芯（晶）片積層電路裏的雙層氧化薄膜不容易重復缺陷，但單層則良率易於偏低，都是由於類似的道理。再從文明史來看，農業文化與游牧民族文化的融合，或者是大陸文明和海洋文明的混合，都能帶來「動靜平衡、攻守兼具」的新文化。而一個大陸文明再加另一個大陸文明，或者是甲海島文化加乙海島文化，則產生的致命缺陷常大于優點的重復混合。因此，同類的文化和科技，只能借鏡反省而原地精進。但吸收不同文化中的優點，卻能擴大本身的能力和眼界。

---

❺❷　兩百年前，新會梁啟超在日本寫成《論中國學術思想變遷之大勢 1902》一書，於〈總論〉中言：蓋大地今日只有兩文明：一泰西文明，歐美是也；二泰東文明，中華是也。二十世紀，則兩文明結婚之時代也。上海古籍出版社，2001 年，頁 8。

❺❸　根據和電腦 architect 設計專家許金綱先生的討論，2002 年 4 月。

❺❹　懷海德（Arnold North Whitehead）《The Aims of Education and other essays:（古典文化在教育中的地位）The Place of Classics in Education》1923，The Free Press, 1967. 頁 61-75。

　　就此而論，A 海島文化向遠方的 C 海島文化借鏡，最終的獲益，將大于向鄰近的 B 海島文化抄襲。而 D 內陸文化向遠地的 F 內陸文化「取經」，即使是類似的思想模式，也有加分的作用。在中短期內，受益大于向附近的 E 文化學樣。所以，如果我們能對 21 世紀的「中華文明」做出有「創意」的互補融合，當然就將會對「全球化」的「經濟」和「知識」起建設性的貢獻，從而有機會，間接或直接產生燦爛的世紀新文明㊺。創始量子物理理論的波爾，曾提出「互補理論」來解釋深奧的物理現象。後來他發現用《易經》的「一陰一陽之為道」和太極圖來解釋「互補理論」，還更簡單明瞭。文化的發展，其實也可以借鏡於波爾的「互補理論」，或者用最簡單的幾何理論──「三角形兩邊之和大於第三邊」，也可以看出適當的文化融合的好處。一個有活力、有廣度、有融合的文化，如果沒有「深根」，颱風一颳，地牛一動，海嘯一捲，就花飛葉散，根拔樹倒。會打仗的將領，一定未戰而「加強防禦縱深」，才能在「知己知彼」之後，立於不敗之地。我認為一個國家和民族的「文化」也是如此。有活力、有廣度、有融合再加上「有深度」，建造成有「文化縱深」的文明，那麼光明的遠景是可以預期的。這個看法的最佳範例就是二十世紀西方最偉大的經典小說之一的《尤利西斯》。這本小說若無希臘古典小說《奧得塞》為骨幹，加強「文化縱深」，那麼喬艾斯的小說只能落於俗世色情描

㊺ 李約瑟〈中國對科學人道主義的貢獻〉，《自由世界》1942：「人類在向更高級的組織和聯合形式進展的過程中，我想最重要的任務就莫過于歐美和中國文化之融合。」《四海之內（*Within the Four Seas: The Dialogue of East and West*）》，勞隴譯，三聯書店，1987 年，頁 86-96。

寫小說《金瓶梅》之列，難以成為英語世界高踞首位的經典之作。
另外若從「文化產業」的角度來看，有「文化縱深」的國家就像地
下儲存了多年累積的有機植物「轉化」成石油的富地。但若不懂得
開發和珍惜，坐在油礦上詛咒沙漠的的貧瘠，試圖移植西方的玫
瑰，這是現代的笑話，也是悲劇。《老子》說：「執古之道，以御
今之有。能知古始，是謂道紀」。似乎是為此先立一言。

最後，我要用有名的《百喻經》寓言裏的《三重樓喻》，來結
束我的「知識平台，文化縱深」報告：

往昔之世，有富愚人，痴無所知。到餘富家，見三重樓台，
高廣嚴麗，軒敞疏朗，視野遼闊，心生渴仰，即作是念：
「我有錢財，不減於彼，云何頃來而不造作如是之樓？」即
喚木匠而問言曰：「解作彼家端正舍不？」木匠答言：「是
我所作。」即便語言：「今可為我造樓如彼。」是時木匠即
便挖地壘磚堆砌作樓。愚人見其挖地壘磚，大懷疑惑，不能
了知，而問之言：「欲作何等？」木匠答言：「作三重
屋。」愚人復言：「我不欲作地基及下二重之屋，先可為我
作最上屋。足以遠眺便可。」木匠答言：「無有是事！何有
不作最下重屋，固置地基，而得造彼第二之屋？不造第二，
云何得造第三重屋？」愚人固言：「我今不用下二重屋，必
可為我作最上者。」時人聞已，便生怪笑，咸作此言：「何
有不造下第一屋而得上者！」譬如世尊四輩弟子，不能精勤
修敬三寶，懶惰懈息，欲求道果，而作是言：「我今不用餘
下三果，唯求得彼阿羅漢果。」亦為時人之所嗤笑，如彼愚

者等無有異。（尊者僧伽斯那著，蕭齊天竺三藏求那毗地譯，林中明筆潤數字 2004.10.）

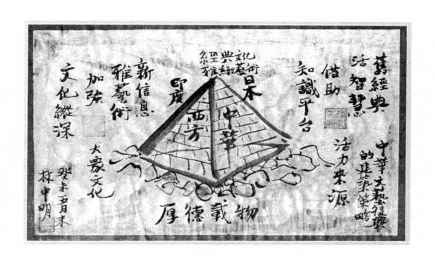

清代初期考據學興起的
政治背景

李康範*

提　要

清代考據學的學術淵源大別有「理學反動」與「內在理路」兩說，兩說各擅勝場，但必須兼顧方能得其全貌。至於考據學的興起視為文字獄的結果則是太簡化問題了，倒不如將文字獄解釋為一種政治行為來的有說服力。

　　清初理學名臣主導朝廷的程朱學，但與新學風的倡導全然無關，且解釋權逐漸式微，康熙則開始兼併經典解釋權，這意味著在「公」領域知識分子逸失了空間，轉而在書信、札記這「私」領域來傳播思想，「公」「私」學術領域差異甚大。而介於兩者之間的中間地帶應當是一個理想空間，存在在各地的幕府與書院就是提供這樣的空間。

---

*　　韓國中央大學教授

關鍵詞：考據學　解釋權　文字獄　知識分子　中間地帶

一、緒言

清代乃是學術的時代，似乎已為定論。我們對清代的學術與思想的印象可能大概如下：

第一，滿族突然滅明而樹立清朝，明遺老受莫大刺激。是以苦思尋找亡國之原因，而認為宋、明理學與心學應負很大責任，並提倡「經世之學」，此後便為考證學發軔之起點。第二，滿族皇帝最忌諱士大夫起思想上的反抗以觸正統性等敏感問題，是以大發動文字獄等殘酷手段以鎮壓他們。結果知識分子就戰戰兢兢鑽進古書堆之中而不敢再出來。現在我們看到龐大的考據成果，就是思想禁錮之產物。第三，朱子以來將近五百餘年瀰漫思想界的宋、明理學突然告退，以考據學來代替。之後學者只知漢學，別的學問或思想，從不問津。第四，其間思想都蒸發乾了，只留下枯燥繁瑣的考據，至十九世紀中葉爆發鴉片戰爭，中國處于任人宰割的地位，考據學又根本發揮不了經世作用，而隨著滿清之崩壞自然消失了。

如翻幾本思想史與學術史，如此說法大體類似。而且將近一百年間被看作為普遍說明，其實也不能說是需要大幅修改的錯誤的看法。但要全盤接收仍存在著費解的問題。如清初三先生等明遺老所提起的「經世」到底去之何方？他們所寫的考據著作在「經世」發揮什麼作用？如果後學想繼承「經世之學」之精神而繼續發展，至少應該不是對異族統治展開激烈的思想鬥爭嗎？但是康熙至乾隆時期造出中國歷史上罕見的強大清帝國，大部分漢族知識集團歌頌盛

世，讚嘆不已。又這些英明君主以為發動文字獄嚇倒知識分子就容易達到思想禁錮的目標嗎？皇帝的頭腦那麼簡單嗎？同樣的道理如何說明康熙應該忌而遠之的這些李光地等理學家大批形成為皇帝智囊團？為甚麼把清代定為考證學時代？以到現在留下的研究成就來判斷嗎？還是當時確實已經形成壓倒一切的局面嗎？既然承認當時考據學已成為學問大勢，那麼士大夫只顧考證而根本不理理學嗎？那麼至晚清依然左右知識分子一生的科舉為甚麼幾乎不見有關考據的考題，而仍然以朱子四書集註為主的理學考題來考呢？還有他們畢生的研究成果只不過是沒有思想的支離破碎的考證堆嗎？

　　針對這些清初思想史的問題，我一直懷疑而不得要領。本稿試摸索其抽象輪廓的答案。八十年代以來中國學界開始重新檢討清代學術的各種問題。最近在艾爾曼的著作中發現與筆者思路類似，但更具體而很有說服力的解說。又在最近出版的葛兆光《中國思想史》得到不少啟發。因此以梁任公、胡適之、馮友蘭、錢賓四等幾位的「思想、學術史」為基礎，以及參考最近陳祖武、林慶彰、余英時、朱維錚等諸先生的研究成果，探討清代初期考據學的淵源、政治權力與知識活動的互相關係，以及造成考據學形成之政治環境與知識分子之情況。

二、考據學的學術淵源與文字獄

㈠ 對考據學淵源的兩種看法

　　清代考據學的學術淵源可歸納為幾種說法，但大體可分為「理

學反動說」與「內在理路說」。❶

首先看梁啟超提起同時影響力也頗大的「理學反動說」，反動就意味著對宋明理學的反動。梁啟超在《中國近三百年學術史》把首章的題目定為「反動與先驅」。

> 本講義所講的時代，是從他前頭的時代反動出來，前頭的時代可以把宋元明三朝總括為一個單位，那個時代，有一種新學術系統出現，名曰「道學」，……那麼這種學問，如何能久存？反動之起，當然是新時代一種迫切的要求了。大反動的成功，自然在明亡清興以後，但晚明最末之二三十年，機兆已經大露。試把各方面趨勢一一指陳。第一，王學自身的反動。……第二，自然界探索的反動。……第三，歐洲 算學之輸入。……第四，藏書及刻書的風氣漸盛。……第五，這種反動，不獨儒學方面為然，即佛教徒方面也甚明顯。……以上所舉五點，都是明朝煞尾二三十年間學術界所發生的新現象。雖然讀黃梨洲《明儒學案》，一點看不出這些消息，然而我們認為關係極重大。後來清朝各方面的學

---

❶ 林聰舜再加日本與大陸學者喜談的「社會經濟變遷說」而分為三種，丘為君並列梁啟超的「理學反動說」、余英時的「內在理路說」、錢穆的「每轉益進說」。葛兆光認為余英時與錢穆二人的思路歸在一類的看法而可合併為一。本稿略從葛兆光之說，但認為「內在理路說」較清楚而不採用「每轉益進說」這個述語。此三人的見解，詳看葛兆光《中國思想史》第2卷，頁 398-399（復旦大學出版社，2002，上海）。又參看注❿。

術，都從此中孕育出來。❷

　　梁啟超的「反動說」有強烈的印象，似乎判定考據學是有一天
突然取代理學。之後很多學者也簡單地名之為「梁啟超的理學反動
說」，而加以討論。不過如果細讀梁啟超的文章，梁氏並不是輕以
一句下斷言，而是展開足夠的說明，其邏輯頗有說服力。梁啟超認
為佛說一切流轉相分四期曰生、住、異、滅四階段，而思潮之流轉
正如之分為啟蒙期、全盛期、蛻分期、衰落期四階段。分述各階段
之後，總之「無論何國何時之思潮，其發展變遷，多循斯軌。」❸
由此看來，至少修正一些學者認為梁啟超說「考據學突然反動而代
替理學」的單純說法。梁啟超在此對陽明學末流加以激烈批判，特
對下流無恥的「八股先生」追問明朝覆滅的責任。❹另外引人注目
的是他側重西洋文藝復興與科學來說明清初的學術轉換。此比之其
他思想史頗為不同之處。這似乎與他一輩子積極強調科學、實用、

---

❷　詳看梁啟超《中國近三百年學術史》1 章「反動與先驅」，頁 92-102。
　　《梁啟超論清學史二種》，復旦大學出版社，1985，上海。此書與《清代
　　學術概論》合刊，並附朱維錚的詳注，提供不少方便，學術價值亦頗高。
　　之前臺灣華正書局版（1979，臺北）為最久最普遍。之外，1996 年出版
　　的北京東方出版社版亦精晰，閱讀方便，但沒有注釋。

❸　前注之梁書，〈二、清代學術變遷與政治的影響（上）〉，頁 104-105。

❹　關於明朝滅亡原因我非常同意倪德衛（David Shepherd Nivison）介紹的昭
　　槤的見解。「昭槤認為，人們將明代的覆亡歸因於學者過多地『討論學
　　術』而忽略了那些根本的價值，這是極端錯誤的。他認為真正的原因是明
　　代末期的幾代皇帝的失政；而如果不是因為那些忠良（像東林黨人）保護
　　皇權的努力，這一覆亡會來得更快。」參看倪德衛著，楊立華譯《章學誠
　　的生平與思想》，頁 23，唐山出版社，2003 年 12 月，臺北。

進化而後日被稱之為啟蒙思想家的時代背景以及政治立場有關。**❺**
胡適也在「幾個反理學的思想家」把反理學分為打倒（破壞）與建
設兩方面以說明，其議論與梁啟超頗為相似。**❻**

第二就是「內在理路說」，錢穆在《中國近三百年學術史》開
頭說如下。

> 近世揭櫫漢學之名以與宋學敵，不知宋學，則無以平漢、宋
> 之是非。且言漢學淵源者，必溯諸晚明諸遺老。然其時如夏
> 峰、梨洲、二曲、船山、桴亭、亭林、蒿菴、習齋，一世魁
> 儒耆碩，靡不寢饋於宋學。繼此而降，如恕谷、望溪、穆
> 堂、謝山乃至慎修諸人，皆於宋學有甚契詣。而於時已及乾
> 隆。漢學之名，始稍稍起。而漢學諸家之高下淺深，亦往往
> 視其所得於宋學之高下淺深以為判。道、咸以下，則漢、宋

---

❺ 余英時分析梁啟超以西方文藝復興比較清學，認為此與 Jacob Burckhardt
對意大利文藝復興的解釋有相近之處。Burckhardt 所描繪的文藝復興乃是
與中世時期截然不同的嶄新文化。余氏對梁啟超保持批判的態度。我同意
余氏的見解比梁啟超更合理，但也要考慮梁啟超時代所要求的政治變革。
余英時的見解參看〈從宋明儒學的發展論清代思想史〉，頁 171。收入
《中國思想傳統的現代詮釋》。江蘇人民出版社，1995，南京。

❻ 胡適在〈幾個反理學的思想家〉列舉顧炎武、顏元、戴震以及同時代的吳
敬恒四人目為反理學思想家，並說明他們的學術與思想。把打倒（破壞）
再細分為「太極圖說與打倒迷信（黃宗炎、毛奇齡）」、「打倒玄談（費
密、顏元）」、「打倒不合情理之人生觀（顏元、戴震、袁枚）」，而把
建設分為「建設學問方法（顧炎武、戴震、崔述）」與「建設新哲學（顏
元、戴震）」。參看《胡適學術文集·中國哲學史》下冊，頁 1143。中
華書局，1991，北京。

兼採之說漸盛,抑且多尊宋貶漢,對乾嘉為平反者故。不識
宋學,即無以識近代也。**❼**

　　錢穆的意思很明白,漢學家的學問水平往往全靠他們的宋學實
力,他認為漢學在宋學的延長線上,宋學在清代仍然保持其生命
力。此說可視為補充梁啟超的一種修正說法,並非另外的或相反
的。馮友蘭亦認為學術思想是連續相承的。他在超過一千多頁的
《中國哲學史》中,敘述清代的部分不到七十頁而已。其中除了談
康有為、譚嗣同、廖平的「清代之今文經學」之外,僅以三十六頁
的分量來談李塨、顏元、戴東原三人。在此他明白表達不把考據學
認定哲學或思想之態度。他所認定的清代哲學思想只有在連續宋學
的義理之學,所以題目也定為「清代道學之繼續」。其他考據學家
一概不提。他也認定清代哲學應該在漢學家之中求之,但認為漢學
家所謂理、氣、性、命等問題仍不脫離宋明道學家所提起的範圍。
所以他的結論乃是「漢學家之義理之學,表面上雖為反道學,而實
則系一部分道學之繼續發展也。」**❽**

　　余英時說明這兩種看法之區別在「清學在歷史上的創新意義」
與「宋學在再清代的連續性」,認為後說較為近情理。**❾**接著他在
另外一篇文章又提起這個問題,說把「反理學」與「反滿說」連繫

---

❼　錢穆《中國近三百年學術史》第一章,頁 1。臺灣商務印書館,1980 年,
　　臺北。

❽　詳看馮友蘭《中國哲學史》下冊,〈第十五章　清代道學之繼續〉,頁
　　974-975。中華書局,1992 年,北京。

❾　余英時〈從宋明儒學的發展論清代思想史〉,頁 171 參考。收入《中國思
　　想傳統的現代詮釋》。江蘇人民出版社,1995,南京。

起來是政治觀點的解釋，如侯外廬等大陸學者把清代思想解釋為一種啟蒙運動，余英時命名為「市民階級說」，認為此是經濟觀點之解釋。⑩同時余英時批判說此二說皆只是在外延解釋學術思想演變，仍沒有注意到思想史的內在發展。因為「思想史本身看做有生命的、有傳統的，這個生命、這個傳統的成長並不是完全仰賴于外在刺激的」，所以從宋明理學走向清代經學之路也應該從內在角度來探討，而名之為「內在的理路（inner logic）」。⑪但這又有偏於內在一面之嫌，因為把他的話反過來說「思想史的生命與傳統不能全靠內在刺激」也成立。所以偏於一方誠如葛兆光說「彷彿智識、思想和信仰當成一種可以自行發芽的種子，連土壤氣溫水份都一概忽略不計。」⑫因此，應脫離偏取一方而兼顧內在因素與外在因素以進行綜合探討才是比較周全客觀的態度。

那麼首先檢討在轉向考據學之過程當中，被認為扮演重要的角色而最為膾炙人口的文字獄。

---

⑩　參考前注❶。本稿雖未及提起，以社會經濟角度來解釋考據學之始，基於馬克斯主義，若看大陸在 1980 年代出版的思想史很明白看到這觀點。參看侯外廬《中國思想通史》第五卷，頁 22-35，〈第一章十七世紀的中國社會和啟蒙思潮的特點〉之〈第二節社會變革中的階級關係〉與〈第三節啟蒙思潮的特點〉。任繼愈《中國哲學史》第四冊，頁 3-13，〈第一章清代政治經濟和思想鬥爭〉。人民出版社，1979 年 1 版，北京。

⑪　參看余英時〈清代思想史的一個新解釋〉，頁 198。收入《中國思想傳統的現代詮釋》江蘇人民出版社，1995，南京。葛兆光再稱之為「內在理路說（theory of inner logic）」。《中國思想史》第二卷，頁 399。

⑫　葛兆光《中國思想史》第二卷，頁 399。復旦大學出版社，2002，上海。

㈡ 文字獄與考據學

如果探討清代的學術與思想，不可或缺又頗為人所樂道的歷史事實，也許就是文字獄。很多學者說清代知識分子放棄政治與道德責任鑽進古書堆之中，必然召致「儒學的墮落」。[13]結果只留下「思想蒸發」、支離破碎的考據學。而造成如此局面的罪魁，就是從順治初年就已經展開的對士大夫的殘酷思想壓迫，當中文字獄擔任最突出的角色。如此的批判廣泛地被接受，至今仍為最有力的傳統說法之一，其實就反映實際情況的這一面，也不容否認。雖然最近二十年慢慢提出反論，但此亦稱之為「修正意見」為比較妥當。[14]

我一直懷疑，代表一個時代的學問方法論的發生以及其發展，在論及其原因時而與文字獄緊緊結合起來，是否是太誇張？文字獄是否應該看作一種「政治行為」？再加一個疑問，是否因為異族統治結束還不到一百年，為了民族的「公憤」說得太情緒化？因為整理一個朝代的思想與學術，總歸咎為一個文字獄惹的禍，這是否太單純化的說法？又雖狹義，當時的確存在著享有「學問自由」的不

---

[13] Elman 用 "vice of the Confucian intellectual" 之句，本稿照趙剛譯為「墮落」。參看 Benjamin A. Elman《*From Philosophy to philology*》Harvard University Press，1984，頁 13。趙剛，中譯本《從理學到樸學》，頁 10。江蘇人民出版社，1997，南京。

[14] 陳祖武批判這些議論只停留於檢討形成乾嘉學派的外在原因，卻忽略中國古代社會的理論思惟本身擁有的內在發展的認識。此與余英時的「內在說」的立場類似，但不禁有對外在政治情況閉一眼之感。參看〈從清初的批判理學思潮看乾嘉學派的形成〉，頁 303-304。收入《清初學術思辨錄》。中國社會科學出版社，1992，北京。

少空間，而現在我們目睹帶著濃厚思想傾向的著作也不容許懷疑。有思想的哲學家怎麼會只有戴東原一個人？所以認為對這些「教條式的」見解應予以重新檢討。

異族征服中原時，解決武力抗爭之後，統治的最大障礙當然是知識分子集團。對付他們的方法大體分為二。第一，把士大夫看作統治的障礙，進行積極迫害，根本剝奪社會上的身分，以白眼視之。第二，朝廷率先採用漢化政策，以文化接近來試圖掌握統治的主導權。元代可說屬於前者，而南北朝時北朝中幾個王朝屬於後者。但清朝的情況可說硬軟兼施。滿清立朝之初就已經施行的所謂「漢化政策」，與之後進行的《古今圖書集成》、《四庫全書》為代表的大型叢書的編纂與藏書閣建立，還有透過各地游幕與書院贊助學術活動等，這些措施，在清代以前並不容易見到，而這些措施都有利於學術氛圍的形成。當然這些活動不能說只有正面積極意義，應該看破裏面的政治考慮，關於這個問題須要進一步的探討。

首先檢討有關文字獄的「教條」見解。梁啟超把文字獄時期分為三期，❺並列舉自順治至康熙十年之間發生具有代表性的文字獄。如眾所知，七十餘人遇害的莊廷鑨之《明史輯略》案之外，一直到乾隆時期連連發生的文字獄已可以寫成幾本書那麼多，茲不必

---

❺ 梁啟超分自順治元年約十年間為施行「利用政策」之第一期，自順治十一、十二年至康熙十年之約十七、八年間為施行「高壓政策」之第二期，康熙十一、十二年以後為施行「懷柔政策」之第三期。「文字獄」集中於一、二期可能是由於康熙十年以後，轉換為文化懷柔政策。詳看《中國近三百年學術史》，頁107-108。

多提。❶所以士大夫因為「開口便觸忌諱，經過屢次文字獄之後，人人都有戒心……」，自然「凡當主權者喜歡干涉人民思想的時代，學者的聰明才力，只有全部用去注釋古典……」，結果「考證古典之學，半由『文網太密』所逼成。」❷梁任公的如此見解，在他的啟蒙立場與二、三十年代的時代氛圍配合之下頗為有效。至今其影響力仍不至大為減少。還有當代清史研究之權威戴逸對清初滿族統治階級所達成之政治與經濟方面之空前盛況，予以很好的評價，❸但對文字獄仍然保持與梁任公類似的觀點：「思想上的禁錮太過，屢次發生文字獄。知識分子因文辭得罪，……窒息生氣與活力。誠如龔自珍所說『避席畏聞文字獄，著書都為稻粱謀』。」❹

可是決定一個時代的學術方向不可能從單方面而來的，裏面的構造複雜多端。單說思想壓迫，中國歷代封建統治之下雖有強弱深淺之別，哪一個王朝從未存在著任何形式的思想壓迫？這些例子不難尋找，對此艾爾曼比較早提出其偏面性：

---

❶ 具有代表性的有張書才、杜景華主編《清代文字獄案》。該書以莊廷鑨之《明史輯略》案與戴名世之《南山集》案為首共列八十六個獄事之詳細經過。紫禁城出版社，1991，北京。還有要了解秦始皇之焚書以來通觀文禁之史，可參考《中國小學史》的作者胡奇光的《中國文禍史》。上海人民出版社，1993。

❷ 梁啟超《中國近三百年學術史》，頁 111-117。復旦大學出版社，1985，上海。

❸ 戴逸在著作之外，最近在香港鳳凰電視臺（Phoenix TV）的學術講座「世紀大講堂」，談「論康、雍、乾盛世」，重申自己的看法說康、雍、乾時期就給我們展示多民族共存的最好之例。

❹ 戴逸〈談康雍乾盛世〉，頁 30。收入《語冰集》。廣西人民出版社，1999，南寧。

相對于前代而言，清代對士大夫的壓制顯然為人誇大了。把
考據學派的興起歸因于清朝文化壓制政策的說法，忽略了前
代出現過類似政治環境的事實。不論宋朝，還是明朝，都不
是自由表達政治觀點的天堂。更有甚者，17 世紀，太監魏
忠賢操縱的對政治敵手東林黨的迫害，其手法之殘酷恐怖，
規模之大，遠遠超過清朝的文禁。**❷⓿**

明末對東林黨的迫害，由於魏忠賢是太監，往往焦點放在東漢
以來不斷發生的士大夫與宦者集團之間的鬥爭。所以對知識分子的
迫害，這個本質是始終沒變，但按其加害主體，在明代被認為是漢
族內部的政治矛盾，在清代就飛火為民族矛盾。這點余英時也注意
到，主張離開民族偏見，就是大漢族主義而接近問題的本質。他認
為若不談華夷問題，僅以皇帝本身的政治力量來看，明太祖沒有康
熙好。雍正就比他父親康熙差多了，但還可以肯定是很能幹的。對
雍正時期文字獄，他的見解頗為客觀：

至于他在壓迫知識分子方面，是不是特別厲害？我們可以說
是比康熙厲害得多。不過就清代兩三百年而言，知識分子的
遭遇是不是一定比明代的知識分子悲慘，則尚待進一步研
究。我們認為清代特別專制，是受了近代中國人反滿的影
響。由于政治上的需要，清末知識分子大量宣傳滿清文字

---

❷⓿　Benjamin A. Elman《*From Philosophy to philology*》，頁14。引用原文從
略。Harvard University Press，1984。此文引自趙剛譯本，頁10。《從理
學到樸學》。江蘇人民出版社，1997，南京。

獄。現在是每個人都接受了，根本就不再懷疑。㉑

我想這是簡單而一針見血的見解。以同樣的道理，異族統治之下盡受蔑視的元朝，以及思想壓迫決不亞於清代的明朝，從未出現考據學或類似的學問方法。還有代表明代的思想家王陽明亦由於張居正的學校關閉等在講學受不少影響，決不可說享有學問自由。至今評價明代學術，除了王陽明以外幾乎所有領域遠遠不如清代。誠如顧炎武歎息「元代學問不如宋，明代學問不如元。」㉒所以考據學的興起與發展與政治壓迫等外在環境應該保持一定的距離。慢慢脫離梁啟超等這些不能不基於民族感情的民國初期啟蒙思想家的影響，以客觀態度重新評估清代學術蓋始於八十年代，只不過是近二十年之事。

可是文字獄是客觀存在的，那麼如何解釋其性格？余英時認為這由於滿清人就有一種「心理結（complex）」，怕漢人看不起他們，怕漢人要起而反抗，所以更壓迫學術界。㉓此當然為有力說明之一，但我認為把文字獄解釋為一種政治行為更有說服力。艾爾曼說，

㉑　參看余英時〈從中國傳統看學術自由的問題〉，頁 135-136，收入《中國思想傳統的現代詮釋》。江蘇人民出版社，1995，南京。

㉒　另有一個「事件」可了解明代學問水準。就是修撰《四書五經大全》時所犯的剽竊行為。顧炎武歎息曰，「僅取已成之書，抄謄一過，上欺朝廷，下誑士子，唐、宋之時有是事乎！」參看《日知錄集釋》卷 18，〈四書五經大全〉條。花山文藝出版社，1990，石家莊。

㉓　余英時〈從中國傳統看學術自由的問題〉，頁 136，收入《中國思想傳統的現代詮釋》。江蘇人民出版社，1995，南京。

　　　清代文禁是政治性的很少涉及思想學術領域。例如 17 世紀
　　轉向實證研究的先行者閻若璩敢於確鑿地證明，朝廷迄今推
　　尊的經典的一部分是贗品。學術界對閻氏的發現毀譽不一。
　　但是，他的論著從未受到朝廷的壓制。有人甚至呼吁從科舉
　　考試使用並得到官方尊奉的經典中刪除《尚書》古文經部
　　分。**❷**

　　艾爾曼提起此語很值得注意。此說「經典的一部分是贗品」，
當然指閻若璩作《尚書古文疏證》以證明《古文尚書》是偽作。東
晉梅賾所偽造的《古文尚書》曾經少數學者懷疑過，但到清初一千
四百年間仍尊為真本《尚書》，在科舉也最重要課本之一。閻若璩
的這辨偽工作至今也可算為在清初「經書辨偽史」上最輝煌成績之
一。但如果回到當時就有著嚴重的社會意義。因為包含《古文尚
書》的儒家經典不但是士大夫必讀教科書，而在施行科舉制度與建
立官方思想等形成統治機制中擔任非常重要的角色。其是當時朝廷
推廣程朱理學，他們以為分別天理與人欲之關鍵乃是以「人心惟
危，道心惟微」開頭的所謂「十六字心傳」，此句恰在《古文尚
書》。不能不認定閻氏考證，基於「贗品」的理學家理論根據隨之
動搖，如果清朝廷把它當「給國家社會加打擊的政治事件」，可能
動員各種辦法以治閻若璩之罪，但如我們所知，閻氏至老以考據學
先驅備受尊敬。此意味著士大夫的著作只不觸誹謗朝廷等敏感問
題，在學術領域幾乎沒有禁區。所以清初頻傳文字獄，對知識分子

---

❷　Benjamin A. Elman《*From Philosophy to philology*》，頁 15。此文引自趙
　　剛譯本，頁 11。《從理學到樸學》。江蘇人民出版社，1997，南京。

造成不可避免的壓力，但純基於夷夏觀念來誇張文字獄對學術的影響，應加以適當修正。

三、清初學術的政治環境

假如肯定清初文字獄不是決定學界全面方向的關鍵，那麼有再檢討康熙初年的學術狀況與環境的必要。首先了解以官方為中心的當時學問情況。在本文緒言已說知識分子就鑽進古書堆之中而不敢再出來，以避免捲入於思想禁區。看來很有說服力，但此與實際情況還有相當距離。照如此想法，朝廷率先獎勵考據學，而對屬於思想領域的程朱學，應該加以貶抑，以杜絕思想浸透的餘地。可是實際情況剛好相反，當時朝廷官學仍然以程朱學為中心。「三先生」等在野學者提倡經世之學，但要成為學術主流尚渺茫。之後他們的後輩以考據學繼承其精神，但已退色又是時「三先生」早已離開這個世界。與此對照，當時主導統治理念的就是在皇帝身邊的所謂「理學名臣」。這須要若干補充。

(一) 「理學名臣」的出現

從明末孫奇逢、黃宗羲、李顒等力護王學，但入清初，王學幾乎全部瓦解。所以「由王返朱」運動自然以朝廷「理學名臣」為中心發起。初由張履祥、呂留良等開始，而陸隴其助陣，最後以朱子學當高官的李光地、熊賜履也參與，朝廷一下子瀰漫獎勵朱子學之風。是時考據學還在方興未艾之際，在康熙立場朱子學所建立的道德倫理體制頗為有用。這樣君臣之利害關係符合，這項「工作」挺

順利，康熙五十一年，下諭旨命把配享於兩廡的朱子遷之大成殿與
十哲同列而祀之。這些「理學名臣」盡力對付與王學派之門戶之
爭，終於得到勝利之後，又盡力於阿諛皇帝。所以他們所提出的太
極論或理氣說等只止於反復宋、明朱子學者之說，根本無法達到創
新嶄新學說之水平。❷⑤朱維錚說明「理學名臣」原來指在朝廷容許
從祀孔廟之人而言，但其標準只有「躬行踐履」，與其學問造詣毫
不相關。換句話說，與新學風之倡導根本無關。朱維錚描寫當時如
下：

> 相繼在位的康熙、雍正和乾隆三帝，無不「以朱子之學倡天
> 下」，然而他們愈尊朱熹，愈使「理學之言竭而無餘華」。
> 康熙時代還出過湯斌、陸隴其、張伯行那樣的「理學名
> 臣」，還出過李光地、徐元夢、熊賜履等好講理學的高級大
> 臣。但從雍正到乾隆，在這對父子統治帝國的七十七年中連
> 這類人物也越來越稀見。❷⑥

朱維錚的「理學名臣」說明與章太炎所說「理學之言竭而無餘

---

❷⑤ 陳祖武〈從清初的批判理學思潮看乾嘉學派的形成〉，頁 307-308。收入
《清初學術思辨錄》。中國社會科學出版社，1992，北京。

❷⑥ 此文原來為 1992 年江藩《漢學師承記》的〈導言〉而寫的。後改題為
〈漢學與反漢學〉再收入於論文集《求索真文明——晚清學術史論》。參
看朱維錚〈漢學與反漢學〉，頁 23。上海古籍出版社，1996，上海。或
〈《漢學師承記》導言〉，頁 12。三聯書店，1998，北京。上引文中第
一個引文錄自《清史稿》卷 290，第二個引文錄自章太炎〈清儒〉。參看
周予同主編《中國歷史文選》下冊，頁 320。上海古籍出版社，1985，上
海。其上朱維錚的關於「理學名臣」說明，參看該文注 33。

華」一句連繫起來，不難預測學術主流慢慢遷移他處，或至少另外
學術傾向漸漸興起起來。那麼考據學在「理學之言竭而無餘華」的
情況之下，已作好準備登場嗎？大體來看，不一定是這樣，就難免
有一時空白。漆永祥認為乾嘉考據學揭開輝煌一幕之前，康熙後半
約三、四十年間，宋學與漢學皆陷於一種寂寥狀態：

> 與清朝國勢日益興盛相反，在民間學界黃宗羲、顧炎武等大
> 師日益年邁，清初明遺民為主的學術已過其廣大而雄厚氣勢
> 的一頁。接著起頭的學術還沒興盛之前，學界暫時出現一種
> 寂寥狀態。❷

那麼當代學者又如何看法？浙東學者全祖望生於清初三先生皆
去世，而且又過十年之後，他說明康熙後半之學術狀況如下：

> 國初多稽古洽聞之士，至康熙中葉而衰。士之不屑以帖科者
> 竟者，稍廓為詞章之學已耳。求其原原本本，確有所折衷而
> 心得之者，未之有也。

晚生於全祖望約四十年的揚州學者汪中的回顧亦差不多。

> 國初以來，學士陋有明之習，潛心大業，通于六藝者數家，
> 故于儒學為盛。迨乾隆初，老師略盡。而處士江慎修崛起于
> 婺源，休寧戴東原繼之，經籍之道復明始此。兩人自奮于末
> 流，常為鄉俗所怪，又孤介少所合，而地僻陋，無從得

---

❷　漆永祥《乾嘉考據學研究》，頁 8。中國社會科學出版社，1998，北京。

書。㉘

全氏所言「洽聞之士」與汪氏所言「通于六藝者」指明末、清初三先生以及閻若璩、萬斯同等而言。細看清初考據學者的生沒年，三先生與「崛起」的江永之間確實少見乾嘉全盛時期那樣的大學者。所以汪中的說法大致沒錯，江永（1681-1762）也生於三先生沒之前，其空白沒那麼長。如果以戴震（1723-1777）為標準，其間大學者只有胡渭（1633-1714）與惠棟（1697-1758）而已，似曰「寂寥」也無妨。

㈡ 皇帝的兼併「道統」

在專制君主制度之下皇帝的影響力當然是絕對的。不僅是政治軍事方面，在思想與學術等文化領域也是一樣。漢武帝的「獨尊儒術，罷黜百家」乃是其明顯的例子。尤其是歷史上能達成「盛世」的君主更是這樣。與漢武帝又不同的另一個形態在清初幾位皇帝身上發現。上節提過，康熙時期還有多少「理學名臣」，但進入雍正、乾隆時期因「理學之言竭而無餘華」而「理學名臣」也稀少。情況變化至此，內在諸因素之外，皇帝的興趣已到別的地方也是主要原因。就是說康熙初年皇帝很喜歡與朱子學者討論倫理與道德，很樂意傾聽他們的講論。但康熙統治長達六十一年，進入其後半慢慢厭惡這些道學家的講論。接著雍正與乾隆比康熙更不喜歡古板而

㉘　全祖望《鮚埼亭集》卷 17，〈翰林院編修贈學士長洲何公墓志銘〉。汪中《述學別錄》，〈大清故貢生汪君墓志銘〉。各引自漆永祥《乾嘉考據學研究》頁 8、9。中國社會科學出版社，1998，北京。

守舊的道學家。對此朱維錚說明道學家為皇帝「設講」，這個行為嚴重侵犯皇帝對聖賢道理的「解釋權」，㉙他的指出這雖簡單而值得注意。如何看待皇帝的「解釋權」，這與如何看待考據學定位問題有密切關係，所以尚須要進一步的討論。

如果說皇帝擁有統治的正統權叫做政統，那麼士大夫擁有經書的聖學解釋權可叫做道統。中國歷來此道統一直掌握在士大夫手裏。這也是一種權力，可叫做文化權力，士大夫認為他們的權力超越政統。士大夫對這一點非常自負。用這個文化權力擁有的真理話語批判具體策略的弊病。換句話說，牽制不健全政治權力時，知識分子看做自己完成社會任務，實現傳統憂患意識。以思想與文化的力量解決政治問題，就是以「道統」牽制「政統」，當作自己的「專利」。㉚兩者之間有時造成緊張，有時造成契合，歷代皇帝主動或被動都承認這個體系。當然也有為了迎合政治權力，「道統」主動「曲學阿世」，而皇帝有時叫學術思想勉強附合自己的統治思想，或拿經典解釋來利用於政治牽制，但前代皇帝幾乎沒有試圖兼併兩者。經學極盛的漢代，皇帝也自處於擔任有力的學問支援者或愛好者，而把學者與他們的學問利用於統治。歷史上皇帝最積極介入學術最明顯的例子可能是自西漢末年至東漢初以達三次舉行的今

㉙　朱維錚〈漢學與反漢學〉，頁 23。收入《求索真文明──晚清學術史論》，上海古籍出版社，1996，上海。

㉚　「解釋權」之概念從朱維錚（參看注㉜）得到啟發，進一步的了解主要靠葛兆光。「道統」與「政統」的對立含意也是一樣。詳看葛兆光《中國思想史》第二卷，頁 390。復旦大學出版社，2002，上海。

古文之爭，是時皇帝親自參與而「稱制臨決」。**❸**雖然難免有皇帝的趣向發揮一些影響，皇帝始終只當主持人的角色，又皇帝的學問水平也達不到那麼高。但是清初比較特殊。皇權壓倒一切，超越所有的話，往往政治權力兼併聖學的「解釋權」，清初就是這樣。簡單地說「政統」兼併「道統」，首先看康熙之例。

　　如上已指出，康熙選用的這些「理學名臣」大部分傾於朱子學，不能說是學問達到高水平的政治智囊團。他們主導官學思想，也留下不少理學著作，至今他們的學問得不到那麼高的評價。因為只不過反復宋明理學者已經講過的內容，缺乏創意。這一方面由於他們的學問力量根本有限，但另一方面由於在背後看破這些書生而讓他們照自己的意思乖乖辦事的康熙發揮壓倒性的力量。他們不像西漢公孫弘那樣大方而陰險，也不像轅固生那樣是有話直說的硬漢。只是勤奮誠實地叫做甚麼就做甚麼，問甚麼就誠實地答甚麼，有時讀到皇上之意，上妥當的言辭以討歡心的知識智囊團而已。所以以性質來看，可能叫能幹的行政官僚集團更合適的。

---

❸　西漢宣帝時討論在學官立《穀梁傳》問題，稱之曰石渠閣會議，可說是今古文論爭的開始，但不算在三次今古文之爭。第一次指今古文論爭是西漢末劉歆與太常博士之間的大衝突。第二次指東漢光武帝時以立博士《費氏易》《左氏春秋》，進行十多次的大討論會，第三次指東漢章帝時在白虎觀舉行的《左傳》大爭論。關於這個問題錢穆《兩漢經學今古文平議》（東大圖書，1978，臺北），黃彰健《經今古文學問題新論》（中央研究院歷史語言研究所，1982，臺北）兩書是最詳盡最有權威的傑作。韓文的有文在坤〈漢代的經今古文學論爭〉（收入《以論爭理解中國哲學（韓文）》，頁 145-167，藝文書苑，1993）簡單明瞭。但何休與鄭玄之爭列為第 4 次爭論，此屬於個人之爭，其性質與上三大爭論頗為相殊。

　　我們談兼併「政統」與「道統」的康熙，有值得並提的一個人，就是李光地。他得到康熙的絕對信任，如康熙曰「知李光地者不如朕，知朕者不如李光地。」❸他在讓宮廷走上朱子學一邊倒的工作上擔任核心角色之外，在皇帝兼併「政統」與「道統」也出一臂之力。就是說提出兼併的理論根據，其具有代表性的文章如下：

> 自孔子後五百年而至建武，建武五百年而至貞觀，貞觀五百年而至南渡。……朱子之在南渡，天蓋附以斯道，而時不逢，此道與治之出于二者也。自朱子而來，至我皇上又五百歲，應王者之期，躬聖賢之學，天其殆將復啟堯、舜之運，而道與治之統復合。❸

　　古代中國人的思考裏，五百年這個數字意味著一種文化大轉機的一周期。看似近於圖讖，周代早以流行。如西漢司馬談想起父親司馬談而曰，「自周公卒五百歲而有孔子。孔子卒後至於今五百歲。」等等。李光地借用這五百年模式而作成中興與盛世互交迭周期，並加上當世以獻諛皇上。李光地本人當然下一番苦心而作，但穿梭皇帝與學者之間而組合的孔子→東漢光武帝→唐太宗→朱子→康熙帝這一套，怎麼看都有既不搭配又要領不得之感。但是康熙應該很滿意，更加寵愛，同時看作自己兼併「道統」得到一大援軍。可是我們可以再思考，憑一個學者寫的這幾張就可能兼併「道統」

---

❸　章太炎《檢論》卷 4，〈許二魏湯李別錄〉。此錄自陳祖武〈從清初的批判理學思潮看乾嘉學派的形成〉，頁 308 頁。

❸　李光地《榕村全集》卷 14，〈進讀書筆錄及論說序記雜文序〉。此錄自陳祖武〈從清初的批判理學思潮看乾嘉學派的形成〉，頁 308。

嗎？當然不是。這裡還包括有順治以後，無論政治與經濟以及軍事方面都充滿信心的皇帝的力量。

　　如眾所知，滿族入關之後，留下東北為聖地之外，就實施「漢化」政策而積極接受漢族文化以及政治制度等，很多學者說明這是漢族文化壓倒對方的明證，「四夷」之一的滿族傾慕漢文化才主動實行的。這是普遍可以看到的說法。「滿族動用壓迫政策，一時可以得到不錯的成績，但漢人再回復政權之後，至今不到一百年，被漢文化所淹沒的滿族在歷史上消失了。所以文化的力量可怕的……」當然以普遍價值來看，可以說漢族文化壓倒四方，其優秀性非常可予以肯定的。又現在只剩下少數「掛名」的滿族立場來看，這必定是一場災殃，但如果重回清初再來考慮，我想仍然不是那樣單純「傾慕」而實施，結果招來整個民族被淹沒的政策。滿族也相當自負自己文化而積極實行「漢化」政策，這不是以文化優劣來判斷的問題。這裡必有高度的政治策略。就是說以五萬八旗兵瓦解明帝國而「忽然」統治壓倒多數的漢族，他們比誰都了解壓迫政策會馬上招來反面效果。他們可能想「既然這樣的話，乾脆從正面衝進漢族裡以親自學習，要比漢族更了解漢族與其文化。不但親自體會漢族的『道學』而實踐才得到預期的統治效果。」我想他們當時找到最有效的統治方法，換之為今天的說法，算是成功之「當地化」。剛好帝國的內外情況造成有利環境，一切頗為順利，康熙在理學大臣們的積極協助之下，不難達到自己目的，❸❹至雍正更順利

---

❸❹　關於皇帝的兼併「道統」策略，葛兆光一連串提出值得注目的見解，他分析康熙用的策略有三。①重用或表彰「理學名臣」，②通過上諭詔書考試

踏上此路。

康熙開始兼併經典解釋權，自然掌握「思想話語」❸權力，雍正更變本加厲，順理兼掌政治與道德的合法性。如此官方完全壟斷「真理話語」，結果學者們被牽制而其文化影響力無法避免大大減少。這樣完成「真理統一」，那麼不是「真實」的「真理」，完全以合理性來包裝。學者埋沒於官方話語，也不能採取模糊立場，被逼要選擇朱子學。因此可惜清初遺民所留下的思想根基更為薄弱。這意味著在「公」的領域，知識分子逸失了屬於自己的學術空間。所以知識分子不能不只在「私」的領域發表個人思考，考據學是「私」空間留下的個人學術的結果。❸那麼進一步探討此「私」的意思。

㈢ 考據學與「私」空間

考據學的發展是否純屬於「私」的領域？❸這個問題以現在我

制度轉手接過漢族文化知識傳統，③對於士人中一些異端作殺一警百的剖析。以後文字獄都可以列入這一類。詳看葛兆光《中國思想史》第二卷，頁 390-392。復旦大學出版社，2002，上海。

❸ 最近於中國論文多見「○○話語」，是把英語'discourse'翻成中文的。相當於韓語「○○談論」，與在韓國開始為熱鬧話題的時期略同。

❸ 此「真實」指考據學者探求對象而言，「真理」指皇權兼併「解釋獨占權」而強迫士大夫的附合統治理念的「教條真理」而言。葛兆光分析考據學者與皇權各代表「真實」與「真理」而對立，我認為是卓見。特別學術領域分為公與私，我基本同意他的看法。詳看葛兆光《中國思想史》第二卷，頁 390-392。復旦大學出版社，2002，上海。

❸ 葛兆光認為士人話語有「社會話語」、「學術話語」、「私人話語」三種，考據學當然屬於「學術話語」。詳看《中國思想史》第二卷，頁397-398。復旦大學出版社，2002，上海。

們看的大部分考據學著作屬於私人著作來看，基本可以同意其
「私」性質。又如果觀察他們的知識與思想的傳播過程，可以知道
都經過「私」的管道。透過散布各地的游幕或書院，堆積、交換、
傳播的思想與知識的機會比宋明講學相對地比較少。這也是增加
「私」性質的一背景。梁啟超也指出說，

> 清儒既不喜效宋明人聚徒講學，又非如今之歐美有種種學會
> 學校為聚集講習之所，則其交換知識之機會，自不免缺乏。

　　那麼要補充缺乏交換知識的機會，清儒不得不尋找自己的辦
法，那就是書信與札記。梁啟超說明清儒的治學方法與著述方式，
這對理解「私」與「公」的性格有助：

> 後輩之謁先輩，率以問學書為贄。——有著述者則媵以著
> 述。——先輩視其可教者，必報書，釋其疑滯而獎進之。平
> 輩亦然，每得一義，輒馳書其共學之友相商榷，答者未嘗不
> 盡其詞。凡著一書成，必經摯友數輩嚴勘得失，乃以問世，
> 而其勘也皆以函札。此類函札，皆精心結撰，其實即著述
> 也。此種風氣，他時代亦間有之，而清為獨盛。㊳

　　梁啟超此語為了說明清儒考據之嚴而言，但未不足說明考據學
的「私」性質。還有在乾嘉考據學者的著作可無數發現其著作以
「私」的方式來寫成的記載。這些以書信與注釋等完成的著述，以

㊳　與上引文共參梁啟超《清代學術概論》17 章，頁 52。收入《梁啟超論清
　　學史二種》。復旦大學出版社，1985，上海。

葛兆光方式說，擔任保護他們的「知識話語」的功能。也可以說在這個「私」空間才不受「公」的干涉，開拓自己的自由學術空間。因為他們的著作不是受國家之託而寫，也不像唐宋以國定教科書頒布，也不像朱子《集註》定為科舉場上的標準答案。是以不必要為了掌握朝廷統治思想的正統地位或爭取「利祿」，展開激烈戰鬥。他們著作中精華者後日譽列為「清人十三經注疏」之一或經子名著之林，但寫完時或取得的一些稿費與名譽之外不能取到物質或官場上的利益。這些名著都經過純粹學術戰鬥而生存下來的，可說為學術而做學術。這兒有清代考據學的特點與長處，甚至有些弱點。

　　既然承認考據學主要成於「私」的領域，那麼「公」的領域怎麼樣？結果來看考據學成為民間學術主流已是不能動搖的定論，清代當時已有不少書提到過。如陳康祺在《郎潛紀聞》說，「乾嘉以來，朝士崇尚漢學，崇學之士，翕然從風」❸❾梁啟超也說明康熙、雍正時期力推廣程朱學，但漸漸漢學派占上風：

> 自康雍以來，皇帝都提倡宋學──程朱學派。但民間──以
> 江浙為中心，反宋學的氣勢日盛，標出漢學名目與之抵抗。
> 到乾隆朝，漢學派殆占全勝。……漢學家所樂道的是乾嘉諸
> 老。因為乾隆嘉慶兩朝，漢學思想正達於最高潮，學術界全
> 部幾乎都被他占領。❹❿

---

❸❾　陳康祺《郎潛紀聞初筆》，卷 6。此文引自朱維錚〈《漢學師承記》導言〉，頁 14。三聯書店，1998，北京。

❹❿　詳看梁啟超《中國近三百年學術史》，頁 114-115。《梁啟超論清學史二種》復旦大學出版社，1985，上海。

　　康、雍時期還有探討的餘地，但入乾、嘉時期考據學瀰漫學界是肯定的。但再看陳康祺與梁啟超之文，「翕然從風」、「以江浙為中心」、「以漢學之名」、「被漢學家占領」等幾句，明顯看得出這不是出自於朝廷主導的學問，就是說決非官方學問。又主導地區不是首都北京而是江南。談論乾嘉考據學時，其熟悉的舞臺乃是民間主導的江南。那麼我們不是忽略了以朝廷為中心的官方學界嗎？葛兆光不放過這點，而說雖然很多學者強調考據學的客觀存在以及其鉅大影響，但甚至一直到乾嘉時期也以程朱理學對經典的解釋為主的，作為道德倫理教條的意識形態　罩著整個思想界。❹要全盤接收他的看法尚必要進一步的討論。但至少一點很明白，就是國家選拔人才的唯一途徑，科舉幾乎沒有反映「占領民間學界的」考據學。應該先通過程朱學之關，之後可以選擇考據學或另一種學問。所以周予同指出得好，他先指出吳派領袖惠棟與皖派猛將段玉裁沒那麼排斥宋學，接之說明其所以：

> 事實上，這些學者都是科舉出身，熟讀「四子書」，他們在漢學方面雖有專長，但對于清政府崇奉的宋學也經涉獵，而他們專攻漢學，又每在考試及第以後。❹

　　周氏此語對於在漢宋之爭，漢學家採取的態度以及為甚麼他們

---

❹　參看葛兆光《中國思想史》第二卷，頁 412。復旦大學出版社，2002，上海。

❹　詳看周予同〈有關中國經學史的幾個問題〉，頁 700-701。收入《周予同經學史論著選集》。上海人民出版社，1983。葛兆光引此文將「四子書（孔子、曾子、子思、孟子）」誤寫為「四書」。

那麼瞧不起桐城派而不予理睬，給一些啟發。因為他們兼掌宋學、漢學兩方面。

至此再回顧前文的說法。前文已說雍正、乾隆皇帝漸漸厭惡講學，轉移方向喜歡博學。那麼官方學問也應該隨之轉移方向才對。可是構成官方學問骨幹的科舉固定於理學模式，這也是明確的事實。但很多學者說從「宋學」轉向「漢學」之關鍵在於《四庫全書》的撰修。實際上現在看《四庫全書・經部》當中可分為「漢學」的著作過半以上，為甚麼屬於「公」的科舉考題主要以「宋學」為對象，而國家在執行集大成的思想與學術龐大撰修圖書事業是以屬於「私」的「漢學」著作來充其內容？當然朱子學構築的倫理道德思想體系仍然很有助於君主統治，而以考據內容來出考題可能有技術上的困難。可是既然如此，「公」與「私」之間的距離仍然太遠。所以為說明這「距離」，我想在兩者之間設定一個空間，把它暫叫作「中間地帶」。

我認為修撰《四庫全書》等大型圖書編纂事業就是非「公」非「私」的一種「中間地帶」。「中間地帶」的功能在不動搖國家選舉制度之骨幹而皇帝的默認或同意之下，認定民間學術之現實，政治上緩和漢族士人的民族矛盾。學術史上，《四庫全書》的完成一方面意味著鞏固傾於漢學傾向的大勢，❹同時作為江南考證學風移

---

❹　《四庫全書》脫離在康熙時期編印的各種「撰」的宋學傾向，與乾隆時期編印的各種「欽定」叢書在鞏固漢學傾向發揮關鍵作用。編纂《四庫全書》過程中，透過蒐集善本、評述、校勘自然傳播學風。參與的學者，在數量或水平皆一流的。動員約三百六十位學者與七千與文書匠，審定圖書總達萬餘種，其中三分之一編入《四庫全書》。

到北京的重要媒介，但我想在當時以「中間地帶」的政治功能更為重要。又從清初不斷地進行的龐大規模的各種「欽定」叢書編纂工作也在「中間地帶」不可缺乏。這「中間地帶」對漢學家提供不少方便，不必為了溫飽東奔西跑或討好大官。可能解決基本生計問題，如沒有官場上的野心，對學者此算是一種理想空間。也不少學者將《四庫全書》等圖書刊行事業視為一種封殺文化之道具，以我看來不能否認其負面作用，但重新檢討其積極作用也無妨。因為抄錄四庫全書時，毀滅的大部分圖書是晚明著作，這裡介入政治考慮遠多於文化考慮。❹

另外一個以「中間地帶」為考據學發展的基地，乃是總督、巡撫、學政的主導之下，在各地設置而贊助學術的幕府與書院。這些並不是國家公設的機構，可也不能說完全是這些高官的私設機構。所以我看這些機構也是位於「公」與「私」中間，給漢族士人提供學問空間，同時也與圖書編纂一樣作為緩和漢士人民族矛盾的緩衝地帶。但對其贊助規模與學術上影響等細節尚待另一篇以論之。

四、結語

以上略談清初考據的學術淵源、與文字獄的關係以及考據學興起的政治背景等，把其內容簡單地整理如下：

---

❹ 據艾爾曼分析此時逸失的圖書達二千餘種，大部分晚明時期著作。從開始目為文字獄迫害對象。詳看趙剛中譯本《從理學到樸學》，頁 12（江蘇人民出版社，1997，南京），以及朱維錚〈《漢學師承記》導言〉，頁14（三聯書店，1998，北京）。

　　清初考據學的學術淵源大體可分為「理學反動說」與「內在理路說」。梁啟超提起的「理學反動說」至今頗有影響力，如此立論與他的時代背景以及政治立場有關。但其邏輯頗有說服力。錢穆、馮友蘭認為漢學在宋學的延長線上。余英時批判此皆只是在外延解釋學術思想演變，主張應該從內在角度來探討，而名之為「內在的理路」。但應該兼顧內外因素以進行綜合探討才是周全客觀的態度。

　　清代士人召致「儒學的墮落」，結果只留下支離破碎的考據學，而造成如此局面的罪魁，就是文字獄。如此的批判廣泛地被接受。但考據學的興起與文字獄緊緊結合起來是太單純化、太情緒化的說法。歷代對知識分子的迫害，其本質是始終沒變，但有時認為是漢族內部的政治矛盾，有時認為是民族矛盾。艾爾曼比較早提出其偏面性，把文字獄解釋為一種政治行為更有說服力。

　　清初所謂「理學名臣」主導朝廷的程朱學。但他們盡力於阿諛皇帝，根本與新學風之倡導根本無關。但從雍正以後連這類人物也越來越稀見。康熙後半約三、四十年間，宋學與漢學皆陷於一種寂寥狀態。

　　歷來皇帝擁有的政統與士大夫擁有的道統維持緊張關係。士大夫認為他們的權力超越政統。但清初皇權壓倒一切，就是「政統」兼併「道統」，這出於各方面都充滿信心的皇帝的力量。

　　清初就實施「漢化」政策而積極接受漢族文化。這不是單純「傾慕」而實施的，又不是以文化優劣來判斷的問題。這裡必有高度的政治策略，算是成功之「當地化」。

　　康熙開始兼併經典解釋權，意味著在「公」的領域，知識分子

逸失了學術空間。考據學著作基本屬於「私」領域。在這兒傳播思想與知識的道具就是書信與札記。此「私」空間不受「公」的干涉。江南學界被漢學家占領，但科舉主要以「宋學」為對象，沒有反映考據學。「公」與「私」之間的距離仍然這麼遠。

　　我想在兩者之間設定一個空間，暫叫作「中間地帶」。學術史上，《四庫全書》的完成意味著鞏固傾於漢學傾向的大勢，但我想在當時以「中間地帶」的政治功能更為重要。這對學者算是一種理想空間。這裡介入政治考慮遠多於文化考慮。

　　在各地設置而贊助學術的幕府與書院，也是位於「公」與「私」中間。給漢族士人提供學問空間，同時也與圖書編纂一樣作為緩和漢士人民族矛盾的緩衝地帶。此尚待另一篇以論之。

參考文獻

○單行本

顧炎武著，黃汝成集釋，《日知錄集釋》，花山文藝出版社，
　　1990，石家莊。

梁啟超，《中國近三百年學術史》，華正書局，1979，臺北。

朱維錚校注，《梁啟超論清學史二種》，復旦大學出版社，1985，
　　上海。

梁啟超，《中國近三百年學術史》，東方出版社，1996，北京。

馮友蘭，《中國哲學史》，中華書局，1992 年，北京。

侯外廬等，《中國思想通史》，1985 年，臺灣，影印本。

任繼愈，《中國哲學史》，人民出版社，1979 年 1 版，北京。

Benjamin A. Elman 《 *From Philosophy to philology* 》 Harvard

University Press, 1984.

艾爾曼（Elman）著，趙剛譯，《從理學到樸學》，江蘇人民出版社，1997，南京。

葛兆光，《中國思想史》，復旦大學出版社，2002，上海。

張書才、杜景華主編，《清代文字獄案》，紫禁城出版社，1991，北京。

胡奇光，《中國文禍史》，上海人民出版社，1993，上海。

漆永祥，《乾嘉考據學研究》，中國社會科學出版社，1998，北京。

倪德衛（David Shepherd Nivison）著，楊立華譯，《章學誠的生平與思想》，唐山出版社，2003 年 12 月，臺北。

○論文

胡適，〈幾個反理學的思想家〉，收入《胡適學術文集・中國哲學史》，下冊，中華書局，1991，北京。

余英時，〈從宋明儒學的發展論清代思想史〉、〈從中國傳統看學術自由的問題〉，皆收入《中國思想傳統的現代詮釋》，江蘇人民出版社，1995，南京。

戴逸，〈談康雍乾盛世〉，收入《語冰集》，廣西人民出版社，1999，南寧。

陳祖武，〈從清初的批判理學思潮看乾嘉學派的形成〉，收入《清初學術思辨錄》，中國社會科學出版社，1992，北京。

朱維錚，〈漢學與反漢學〉，收入《求索真文明——晚清學術史論》，上海古籍出版社，1996，上海；或〈《漢學師承記》導言〉，三聯書店，1998，北京。

明代王世名爲父報讎的
相關記載與問題

許華峰*

提　要

　　經書經過長時間的流傳，面對時空環境的改變，在解釋上勢必要作出適當地回應。而這些回應，又會因立足點的不同，呈現不同的內涵與面貌。以「爲父報讎」爲例，立足於統治者立場的士人，傾向於重法過於禮，較極端者甚至不惜犧牲個人的合義的行爲，以符合國家的利益。然而，當士人卸下高居廟堂，爲國立言的身份，回歸到以父子天性、孝子之心作爲立論的起點時，雖然不能無視於國法，但對於孝子能夠因其天性，處心積慮以達爲父報讎的目的，即使過程有所瑕疵，結局不甚圓滿，亦往往給予以極高的評價。只是，缺憾畢竟是事實，當士人有機會述說這些事件時，總不免想要將遺憾的成分降低，若再加上傳

---

*　輔仁大學中文系助理教授

述者可能具備教化百姓的動機，相關材料所呈現的面貌將
極複雜。

　　本文以明代王世名為父報讎的相關傳記為例，指出不
同作者交織其中的複雜面貌：或是通過情節的改造，以減
少遺憾的程度；或是將出於父子天性，卻又不完全符合國
法規範的復讎行為合理化；或是對審理案件的官員不能保
住孝子的性命，讓事件以悲劇作結，提出批判。而以教化
百姓的立場言，諸傳記的作者顯然偏重子女發自天性的復
讎動機。若這些情況可視為士人對經書的一種解釋方式，
或許能夠提供吾人理解經書解釋與社會文化之互動關係的
參考。

關鍵詞：王世名　孝道　孝行　復讎（仇）　報讎（仇）　禮法

一、前言

　　《明史·卷二百九十七·列傳第一百八十五·孝義二》記載了
萬曆九年王世名為父報讎的事。全文如下：

> 王世名，字時望，武義人。父良，與族子俊同居爭屋，為俊
> 毆死。世名年十七，恐殘父屍，不忍就理，乃佯聽其輸田議
> 和。凡田所入，輒易價封識。俊有所餽，亦佯受之。而潛繪
> 父像懸密室，繪己像於旁，帶刀侍，朝夕泣拜，且購一刀，
> 銘「報讎」二字，母妻不知也。服闋，為諸生。及生子數

月，謂母妻曰：「吾已有後，可以死矣。」一日，俊自外醉
歸，世名挺刃迎擊之，立斃。出號於眾，入白母，即取前封
識者詣吏請死。時萬曆九年二月，去父死六年矣。

知縣陳某曰：「此孝子也，不可置獄。」別館之，而上其事
於府。府檄金華知縣汪大受來訊。世名請死，大受曰：「檢
屍有傷，爾可無死。」曰：「吾惟不忍殘父屍，以至今日。
不然，何待六年。乞放歸辭母乃就死。」許之。歸，母迎而
泣。世名曰：「身者，父之遺也。以父之遺為父死，雖離
母，得從父矣，何憾。」頃之，大受至，縣人奔走直世名者
以千計。大受乃令人舁致父棺，將開視之。世名大慟，以頭
觸階石，血流殷地。大受及旁觀者咸為隕涕，乃令舁柩去，
將白上官免檢屍，以全孝子。世名曰：「此非法也，非法無
君，何以生為？」遂不食而死。

妻俞氏，撫孤三載，自縊以殉，旌其門曰孝烈。❶

此事頗值得注意。首先，經書裏為親復讎的材料，主要見於《禮
記》、《周禮》和《公羊傳》。世名既然「服闋為諸生」，對經典
中的主張應有相當地了解。他的堅持復讎，可視為奉行經書義理的
表現。然而，從漢代以來，統治者很難無視於國法而坐視孝子殺人
復讎。故歷來對類似事件的討論頗多，且往往傾向於強調只有在國
家無法維持正義，國法無法主持公道的前提下，才容許孝子復讎殺
人。當法律的正常管道足以解決問題時，孝子不得動用私刑。孝子

❶　〔清〕張廷玉撰：《新校本明史并附編六種》（臺北：鼎文書局，1975
年），頁 7617-7618。

們亦自知殺人乃違法的行為，復讎之後常是自行投案，聽候發落。
一般而言，國家對此類事件，經常會詳加討論，並給予較多的同
情，而孝子對於判決結果，亦多無異議。王世名的復讎，顯然與大
多數為父報讎的情況不同。據《明史》之文，世名在父親被殺時，
即因「恐殘父屍」而捨棄了國法的正當申訴管道，選擇私下議和，
以待手刃讎人的機會。依明代的法律，父母親為人殺死，子女不得
私下議和。❷世名已違反國法在先，其復讎不能視為「不得已」而
為之的情況。報讎後，數千縣民皆求能讓世名得以不死，官員基於
這是孝子復讎的案件，態度亦極審慎，甚至企圖以特例「白上官免
檢屍以全孝子」，然世名卻認為這是「非法無君」而選擇自殺。在
世名心中，「殘父屍」、「復讎」與「國法」三者，形成不可解的
衝突，相較於常見的復讎事件，顯得更複雜。

其次，《明史》之敘述，涉及世名母親、妻子的部分，頗不合
理：㈠世名與讎人王俊私下議和，母親未參與意見。㈡世名秘密進
行復讎計劃，家中母、妻亦俱不知情。㈢及其辭母就死時說「身
者，父之遺也」云云，於母親之奉養似又不以為意。㈣最後妻子俞
氏於世名死後三載，留下幼子與老母，自縊以殉，亦未顧及婆婆的
感受。顯然世名之母親與妻子未能得到合理之對待；母親於事件
中，甚至可謂全無地位可言。

情節之不合理，或出於偏頗的男尊女卑觀念，或出於《明史》

---

❷ 黃彰健：《明代律例彙編·卷十九·刑律二·人命》（臺北：中央研究院
歷史語言研究所，1994 年）：「尊長為人私和：凡祖父母、父母、及
夫、若家長，為人所殺，而子孫、妻妾、奴婢、雇工私和者，杖一百，徒
三年。」（頁 823）。

記事之缺失所致。然而,從「縣人奔走直世名者以千計」的情況來看,此事在當時曾引起極大的騷動,對照現存明人的相關記載來看,亦的確如此。明人文集不僅有多篇王世名傳記傳世,明人的小說、筆記、孝子傳、方志,亦多載此事。尤可注意的是,諸篇材料於事件,往往「創造」出不同的情節為王世名回護。從這些材料的不同寫法,可以看出當時人(特別是讀書人)某種價值觀的展現。

二、明人所載王世名之相關材料

依個人所見,明清時期對王世名事的記載,計有十組之多。略依材料的時間,列舉如下。

01 金華知縣汪可受所作之傳。

見明李翊《戒庵老人漫筆·王孝子》❸及張萱《西園聞見錄·卷之二·孝順後·王世名》❹所引。

作者為審理此案的汪可受(《明史·孝義傳》作「汪大受」),文中標記汪可受的著作時間為「萬曆辛巳歲」,即萬曆九年(1581),應當是王世名事件較早的正式記錄。由於汪可受的特殊身分,此篇應當最接近當時官府審理案件時所了解的版本,可以反映出官方對此案的態度。

---

❸ 〔明〕李翊撰:魏連科點校:《戒庵老人漫筆》(北京市:北京中華書局,1982 年),頁 281-284。

❹ 〔明〕張萱:《西園聞見錄》(臺北:華文書局,1969 年),卷之二頁 23-25,總頁 166-169。

02 王世貞〈紀王孝子世民事〉。

收於王世貞（1526-1590）《弇州山人續稿》❺卷六十六。又《浙江通志・卷一百八十五・孝友三》❻亦引用此文。

王世貞卒於萬曆十八年。文中明言事件是王世貞從友人處聽來的，且對人物的背景，如父母、讎人之姓名等了解較少，乃至將「世名」寫作「世民」。或許此文完成的時間，是在王世名事尚未普遍流傳的時候。

03 王同軌〈王世名俞氏〉。

收於王同軌《耳談類增》❼卷二。又馮夢龍（1574-1646）《情史・卷一・情貞類・王世名妻》❽、清趙吉士《寄園寄所寄・卷二・鏡中寄》❾文字相同。

《耳談類增》刊於萬曆三十一年（1603）。

04 劉文卿〈王孝子俞烈婦傳〉。

收於劉文卿《劉直洲文集》❿卷之二。又見黃宗羲《明文

---

❺　〔明〕王世貞：《弇州山人續稿》（臺北：文海出版社，1960 年）卷之六十六頁 23-26，總頁 3318-3324。

❻　〔清〕沈翼機：《浙江通志》（臺北：華文書局，1967 年）卷一八五頁 36，總頁 3092。

❼　〔明〕王同軌：《耳談類增》（上海市：上海古籍出版社，1997 年，收於《續修四庫全書》第 1268 冊）卷之二頁 14-15，總頁 24-25。

❽　〔明〕馮夢龍：《情史》（上海市：上海古籍出版社，1993 年，收於魏同賢主編《馮夢龍全集》第三十七冊）卷一頁 13，總頁 25。

❾　譚正璧：《三言兩拍資料》（臺北：里仁書局，1981 年）頁 861。

❿　〔明〕劉文卿：《新刻劉直洲先生文集》（臺南縣：莊嚴文化事業公司，1997 年，收於《四庫全書存目叢書》集部第 172 冊）卷之二頁 9-14，總頁 413-416。

海》⓫卷四百十一、賀復徵《文章辨體彙選》⓬卷五百四十。

《劉直洲文集》刻於萬曆四十二年（1614）。

05 張鳳翼〈王孝子報讎傳〉。

收於張鳳翼（1550-1636）《處實堂續集》⓭卷二、焦竑（1541-1620）《國朝獻徵錄》⓮卷一一二。又過庭訓《明分省人物考》⓯卷五十二、蔡保禎《孝紀》⓰拾遺、郭正中《皇明孝友傳》⓱卷八所載皆與張鳳翼相同。清傅維麟《明書》⓲卷一百三十六則節錄此篇。

焦竑的《國朝獻徵錄》刊於萬曆四十四年（1616），可知此文的寫作時間，應當更早。

⓫ 〔清〕黃宗羲編：《明文海》（臺北：臺灣商務印書館，1983 年，《景印文淵閣四庫全書》第 1457 冊）總頁 724-727。

⓬ 〔明〕賀復徵編：《文章辨體彙選》（臺北：臺灣商務印書館，1983 年，《景印文淵閣四庫全書》第 1408 冊）總頁 579-582。

⓭ 〔明〕張鳳翼：《處實堂續集》（上海市：上海古籍出版社，1997 年，收於《續修四庫全書》第 1353 冊）卷之二頁 19-22，總頁 406-407。

⓮ 〔明〕集竑：《國朝獻徵錄》（臺北：臺灣學生書局，1964）卷之一一二頁 86-89，總頁 4976-4977。

⓯ 〔明〕過庭訓：《明分省人物考》（臺北：明文書局，1991 年，收於周駿富輯《明代傳記叢刊》第 134 冊）卷五十三頁 57-59，總頁 533-537。

⓰ 〔明〕蔡保禎：《孝紀》（臺南縣：莊嚴文化事業公司，1997 年，收於《四庫全書存目叢書》史部第 88 冊）拾遺頁 8-9，總頁 263-264。

⓱ 〔明〕郭正中：《皇明孝友傳》（臺南縣：莊嚴文化事業公司，1997 年，收於《四庫全書存目叢書》史部第 116 冊）卷八頁 1-4，總頁 771-772。

⓲ 〔清〕傅維麟：《明書（列傳）》（臺北：明文書局，1991 年，收於周駿富輯《明代傳記叢刊》第 88 冊）卷一三六，總頁 252-253。

06 陳堯言〈俞烈婦傳〉。

清《浙江通志》**⓳**卷二百十三·列女十二引，應為節錄，非全文。陳堯言，萬曆四十七年（1619）己未進士。

07 陸人龍《千金不易父仇，一死曲伸國法》。

收於陸人龍《型世言》**⓴**第二回。又凌濛初《別本二刻拍案驚奇·卷二十七·報父仇六載申冤，全父屍九泉含笑》**㉑**（1632）、夢覺道人《三刻拍案驚奇·第二回·千金苦不易，一死樂伸冤》**㉒**（《幻影》）除改易標題，內容與《型世言》相同。

據陳慶浩考證，《型世言》約刊於崇禎末年（1631）前後**㉓**。

08 凌濛初《行孝子到底不簡屍，殉節婦留待雙出柩》。

收於凌濛初（1580-1644）《二刻拍案驚奇》**㉔**卷三十一。《二刻拍案驚奇》刊於崇禎五年（1632）。

09 清張廷玉《明史·王世名傳》。

傳文見前言所引。又清王鴻緒《明史稿（列傳）》**㉕**第一百七

⓳　同註**❻**，卷二一三頁 2，總頁 3545。

⓴　〔明〕陸人龍編纂，陳慶浩點校：《型世言》（南京：江蘇古籍出版社，1993 年）頁 25-39。

㉑　〔明〕凌濛初：《別本二刻拍案驚奇》（臺北：天一出版社，1985 年，收於《明清善本小說叢刊·初編·第一輯》）卷二十七頁 1-18。

㉒　〔明〕夢覺道人：《三刻拍案驚奇》（上海市：上海古籍出版社，1990 年，收於《古本小說集成》）卷一頁第二回頁 1-16，總頁 39-70。

㉓　同註**⓴**，〈導言〉頁 13。

㉔　〔明〕凌濛初：《二刻拍案驚奇》（北京市：北京中華書局，1990，收於《古本小說叢刊》第十四輯）卷之三十一，頁 1-17，總頁 1427-1460。

㉕　〔清〕王鴻緒：《明史稿列傳》（臺北：明文書局，1991 年，收於周駿富輯《明代傳記叢刊》第 97 冊）卷一七三頁 23，總頁 533。

十三與《明史》同。

10 清曾七如《小豆棚·卷一·忠孝部·王世名》㉖

載陳惺齊（焦循《劇說》㉗作夏惺齋）《杏花村傳奇》所演此事。
《小豆棚》作於 1816 年。

這十組材料，除曾七如《小豆棚》的時間較晚，陳堯言〈俞烈
婦傳〉為方志轉引，內容不完整，暫不討論外，其餘大抵可視為明
人的記載。這些材料的作者皆是讀書人，且有身居要職者（如王世
貞）。他們共同以正面的立場來記敘此事，表示眾人心目中大抵認
同王世名的行為。較值得注意的是，陸人龍和凌濛初的作品，是以
小說的形式傳世，異於其餘諸篇。

以下，凡引用上述材料，皆用簡稱，不再注明出處。如「張鳳
翼(5)」表示張鳳翼〈王孝子報讎傳〉。

三、「為親報讎」的理想與現實

經書中，為親報讎的說法，主要見於《禮記》、《周禮》和
《公羊傳》。《禮記·曲禮上》說：

父之讎弗與共戴天。㉘

㉖ 〔清〕曾七如著；南山點校：《小豆棚》（湖北：荊楚書社，1989 年）
頁 11-12。

㉗ 同註❾，頁 862。

㉘ 〔漢〕鄭玄注，〔唐〕孔穎達疏：《禮記注疏》（臺北：藝文印書館，
1982 年，《十三經注疏附校刊記》）卷三頁 10，總頁 57。

《禮記·檀弓上》則說：

> 子夏問於孔子曰：「居父母之仇，如之何？」夫子曰：「寢
> 苫枕干，不仕，弗與共天下也。遇諸市朝，不反兵而鬥。」❷❾

主張為人子女，父母之讎，不可不報。而且報讎之情，強烈到應當
隨時隨地皆有手刃讎人的準備。站在國家的立場，經書對於合義的
報讎行為，亦不禁止。故《周禮·秋官》朝士一職說：

> 朝士，……凡報仇讐者，書於士，殺之無罪。❸⓿

只要事先登記有案，報讎殺人便無罪。《公羊傳》討論定公四年吳
王闔廬為伍子胥興師伐楚之事亦說：

> 父不受誅，子復讎可也。父受誅，子復讎，推刃之道也。復
> 讎不除害。❸❶

同樣主張合於義的報讎行為。

然而，《周禮·地官》設調人一職以諧和萬民，其中提及報讎
之事，卻說：

> 調人，掌司萬民之難而諧和之。凡過而殺傷人者，以民成

---

❷❾ 同註❷❽，卷十一頁 17，總頁 133。

❸⓿ 〔漢〕鄭玄注，〔唐〕賈公彥疏：《周禮注疏》（臺北：藝文印書館，
1982 年，《十三經注疏附校刊記》）卷三十五頁 23，總頁 534。

❸❶ 〔漢〕何休注，〔唐〕徐彥疏：《公羊注疏》（臺北：藝文印書館，1982
年，《十三經注疏附校刊記》）卷二十五頁 16，總頁 321。

之。鳥獸亦如之。<u>凡和難，父之讎辟諸海外</u>，……弗辟，則
與之瑞節而以執之。凡殺人有反殺者，使邦國交讎之。凡殺
人而義者，不同國，令勿讎，讎之則死。凡有鬪怒者成之，
不可成者則書之，先動者誅之。**㉜**

似乎又不希望百姓之間有報讎之事發生，與《禮記》之說不同，因
而引起諸多討論。例如《鄭志》有如下的問答：

趙商問：「調人職稱『父之讎辟諸海外』，君亦然。注：
『使辟於此，不得就而讎之。』商以《春秋》之義，『子不
復讎非子，臣不討賊非臣。』**㉝**楚勝之徒猶言『鄭人在此，
讎不遠矣！』**㉞**不可以見讎而不討，于是伐之。臣感君恩，
孝子思其親，不得不報，和之而已。子夏曰：『居父母之仇
如之何？』孔子曰：『寢苫枕干，不仕，不與共天下。遇諸
市朝，不反兵。』天下尚不反兵，海內何為？和之豈宜？不
達二《禮》所趣，小子曰惑，少蒙解說。」答曰：「讎若在
九夷之東，八蠻之南，六戎之西，五狄之北，雖有至孝之
心，能往討否乎？子之所云，偏于此義。」**㉟**

趙商認為，《禮記》強調孝子與讎人「不與共天下」，《春秋》亦

㉜ 同註**㉚**，卷十四頁 10-14，總頁 214-216。

㉝ 語見《公羊傳》隱公十一年。

㉞ 語見《左傳》哀公十六年。

㉟ 〔漢〕鄭玄；〔清〕皮錫瑞疏證：《鄭志疏證》（臺北：世界書局，1982
年）卷四頁 14-16。

強調「不可以見讎而不討」，何以《周禮・調人》對居於四海之內的讎人，卻主張加以調和？鄭氏的回答似乎沒有針對問題，他只強調讎人如果遠在四海之外，就算孝子有報讎之心，亦無能為力。《鄭志》原書已佚，無法斷定答語是否完整。唐人注解的說明較為清楚，孔穎達《禮記正義》解〈曲禮〉一段說：

> 「父之讎弗與共戴天」者，父是子之天，彼殺己父，是殺己之天，故必報殺之，不可與共處於天下也。天在上，故曰戴。又〈檀弓〉云：「父母之仇，寢苫枕干，不仕，弗與共天下也。遇諸市朝，不反兵而鬭。」並是不共天下也。而〈調人〉云父之讎辟諸海外，則得與共戴天。此不共戴天者，謂孝子之心，不許共讎人戴天，必殺之乃止。〈調人〉謂逢遇赦宥王法，辟諸海外，孝子雖欲往殺，力所不能，故鄭荅趙商云：「讎若在九夷之東，八蠻之南，六戎之西，五狄之北，雖有至孝之心，能往討之乎？」是也。㊱

賈公彥《周禮正義》解〈調人〉一段也說：

> 云「父之讎辟諸海外」已下，皆是殺人之賊，王法所當討，即合殺之。但未殺之間，雖已會赦，猶當使離鄉辟讎也。是以父之讎辟之海外。㊲

皆認為《調人》所處理的，是指孝子在復讎之前，適逢赦免，讎人

㊱　同註㉓，卷三頁 10-11，總頁 57-58。
㊲　同註㉚，卷十四頁 11，總頁 215。

得以不死的特殊情況。這時，讎人雖回復到無罪的狀態；但孝子報讎之心，卻不會因此而止息。於是，調人只好將讎人「辟諸海外」，使雙方無緣相見，使孝子雖有報讎之心，也無緣報讎了。站在孝子的立場，為父報讎是發自內心的合義行為。站在國家的立場，法律必須為孝子主持正義，對孝子合義的報讎，應予以尊重，故經書中的禮與法，基本上是一致的。至於「辟諸海外」，若如孔穎達、賈公彥所說，是指特赦的情況，則相關討論本不涉及禮法衝突或官員執法是否合宜的問題，則上述說法可視為禮、法結合的理想狀態。

在現實世界裏，導致禮、法衝突的原因，較為複雜。問題可能出在法律內容無法與禮相配合，也可能出在法律執行層面的缺失。這時孝子若私自殺人報讎，國家雖然尊重經典並體恤孝子復讎的急切心情；但應如何處理這種私自殺人的行為，立場便顯得尷尬。唐代曾出現三篇極有代表性的文章，分別是陳子昂〈復讎議狀〉**❸❽**、柳宗元〈駁復讎議〉**❸❾**和韓愈〈復讎狀〉**❹⓪**。

武后時，徐元慶之父徐爽被縣尉趙師韞所殺。元慶在殺死趙師韞為父報讎後，「束身歸罪」。陳子昂認為，就法而言，殺人者死；就禮而言，父讎不共戴天。因而，該不該判元慶死刑，形成了

---

❸❽　〔清〕董誥等編：《全唐文》（北京市：北京中華書局，1987 年）卷二一三頁 18-20，總頁 259。

❸❾　〔唐〕柳宗元著；易新鼎點校：《柳宗元集》（北京：中國書店，2000 年）頁 57-59。

❹⓪　〔唐〕韓愈著；馬其昶校注：《韓昌黎文集校注》（臺北：華正書局，1975 年）頁 342-343。

兩難的狀況。他站在統治者的立場考量，認為如果因徐氏之行為合
於禮而不殺，是「廢國之刑，將為後圖，政必多難。」而且，若死
者的子女「親親相讎」，將相殺無已時。且徐元慶之所以可貴，正
在於能夠「忘生而及於德」，如果放了元慶，將無法成全他「殺生
成仁，全死無生之節」。所以，為了國家統治的長遠之計，「宜正
國之法，置之以刑，然後旌其閭墓，嘉其徽烈。」此一論點，並未
針對禮法衝突之消除，提出內部的解決之道，在整體的理解上顯然
重法過於禮，而且所引經典僅有《禮記・曲禮上》。

　　過了大約一百年，柳宗元針對陳子昂之說，提出不同的意見。
他認為禮和法皆是用來防亂的，二者的基本精神應當一致。如果徐
元慶應當受誅，就不應被旌表；如果應當旌表，便不應受誅，否則
將令後人不知所從。故他主張應當仔細審理趙師韞當年為何殺死徐
爽。若徐爽因犯法被誅，則元慶不應報讎，亦不應接受旌表。若趙
師韞因一己之私怨，陷徐爽於死罪，則元慶的報讎，是守禮的行
為，不算犯法。至於陳子昂對「親親相讎」的擔憂，柳宗元認為，
若能根據《周禮・調人》「凡殺人而義者，令勿讎，讎之則死」和
《公羊傳》定公四年「父受誅，子復讎，此推刃之道」的原則來判
案，「親親相讎」的問題是不存在的。徐元慶不忘讎，是孝；不怕
死，是義。能「服孝死義」之人，卻遭受刑戮，是「黷刑壞禮」的
表現。柳宗元與陳子昂最大的不同點在於，他企圖對禮法衝突的情
況提出內在的解釋，並相信禮在教化上有不容忽視的價值。他所涉
及的經典，除了《禮記・曲禮上》，還有《周禮・調人》和《公
羊》定公四年傳。

　　至於韓愈的文章，則起因於元和六年，梁悅為父報讎殺人的事

件。韓愈認為，經典之中，皆認同為父報讎之行為，照理應詳記於法律之中。但因若法律明文許可報讎殺人，則可能有人會以此為殺人的藉口。若不容許，不僅不合禮經，對孝子來說，也不公平。所以法律不明文記載，主要是希望執法者與經術之士能夠根據實際狀況，慎重討論，以作出合理的判決。他認為，「復讎之名雖同，而其事各異。……殺之與赦，不可一例。」凡有類似的事件，最好皆集中到尚書省，分別討論，以求最合宜的判決。在經典方面，他除了與柳宗元同樣用了《禮記·曲禮上》、《周禮·調人》和《公羊》定公四年傳之外，又多引了《周禮·朝士》一段。另外，他的解釋區分出《周禮·調人》指的是百姓相讎的情況，《公羊》定公四年傳則為官員與百姓之間的問題。又從小民勢力微弱，若先告於官，恐怕無法達成報讎的目的，認為《周禮·朝士》之說，不可一概而論。

　　上述三篇文章，皆站在統治者的立場，分別代表了三種觀點。陳子昂重法過於禮，而且對禮的教化功能似有所保留。柳宗元看重禮之教化功能，故他所認知的禮法關係，較為持平。至於韓愈，則未表明自己對禮法衝突的正面意見，而是提出一種在上位者面對相關案件時的適當態度。三篇文章對經書雖有解釋上的差異，但並未明確地懷疑經書。不過，從韓愈對《周禮·朝士》未必可以作為復讎的普遍原則的意見，可知他已意識到理想中的禮法關係與現實之間的距離。

　　宋朝至明朝，相同的問題仍持續引起注意，基本觀點雖不出陳子昂和柳宗元兩種立場，然相關經書討論的重法傾向相當明顯。其

中，可以王安石〈復讎解〉**❹**為代表。他認為復讎「非治世之
道」，因為當「明天子在上」，國家必定可以為孝子主持正義，不
可能有私自復讎的情況；只有亂世，才有私自復讎的可能。但身處
亂世之時，如果國家法律禁止復讎殺人，王安石認為孝子應當以
「存人之祀」為主要訴求，然後「以讎未復之恥，居之終身焉，蓋
可也」。就禮法關係而言，此說對法的著重，較趨於極端──為了
重法，甚至可以犧牲掉個人合義之復讎。所以他認為《周禮·朝
士》「凡報仇讎者書於士，殺之無罪」，非周公之書。這雖與他在
《周官新義》的解釋：

> 仇讎之罪，已書於士而得，則士之所殺也；已書於士而不
> 得，則罪不嫌于不明，故許專殺也。**❷**

不同，然由「已書於士而得，則士之所殺也」之言，可知其不認同
孝子手刃讎人，重法的觀點並無改變。

　　王安石對經典的質疑，是〈復讎解〉較值得注意的部分。除了
認為《周禮·朝士》一段非周公之書，他斷定《公羊傳》、《禮
記》關於復讎的說法，皆是「為亂世之為子弟者言之」，已然將經
典所談論的道理，由普遍原則，轉變為特殊原則。法的地位相較於
唐人，顯得更為突出。這也意味著，隨著時代環境的不同，王安石
身處的時代的法律觀念，與先秦所流傳下來的經書內涵，隔閡趨於

---

❹　〔宋〕王安石著；唐武標校《王文公文集》（上海市：上海人民出版社，
　　1974 年）383-384 頁。

❷　程元敏：《三經新義輯考彙評（三）──周禮》（臺北：國立編譯館，
　　1987 年，《中華叢書》）頁 507。

明顯。故類似於王安石的重法立場，成為統治者相關思考的主流。
諸說雖未必如王安石之極端，但大抵皆以法為優先考慮。如南宋衛
湜《禮記集說》卷八「父之讎弗與共戴天」下所引宋人注解有「藍
田呂氏」、「長樂劉氏」、「嚴陵方氏」、「馬氏」、「廬陵胡
氏」、「講義」、「廣安游氏」、「新定顧氏」八家，其中涉及
禮、法關係討論的，如「藍田呂氏（大鈞）」說：

> 殺人者死，古今之通刑也。殺之而義，則殺之者無罪，故令
> 勿讎，讎之則死，調人之職是也。殺之而不義，則殺之者當
> 死，宜告于有司而殺之，士師之職是也。<u>二者皆無事乎復讎
> 也</u>。然復讎之文，雜見於經傳之間，考其所以得復者，必其
> 讎人之勢甚盛，緩之則不能及，故遇之則殺之，不暇告於有
> 司也。亦有法之所已赦，或罪不麗於法，有司莫得而辟者，
> <u>仁人孝子不得已而行，王法亦不得不從而許也</u>。❸

「長樂劉氏」說：

> 先王復讎之法，<u>特施於不辟者而已</u>。❹

「講義」說：

> 所謂復讎者，以其冤而已。<u>非冤，則不當復也</u>。且復讎乃人

---

❸ 〔宋〕衛湜：《禮記集說》（臺北：漢京文化事業有限公司，1971 年，
《索引本通志堂經解》（卅））卷八頁 7，總頁 16950。
❹ 同註❸，卷八頁 8，總頁 16950。

之情，而非有司之法。**㊺**

「廣安游氏（桂）」說：

> 然復讎之事，<u>苟欲從古，則其所以為天下之道，舉必如三代
> 而後可</u>。**㊻**

「新定顧氏（元常）」說：

> 二《禮》載復讎事，向頗疑之。<u>治平盛世，井井有綱紀，安
> 有私相報讎之事</u>！然天下事亦不可知，四海至廣，事變萬
> 端，豈可以一律論？成周所以存此一條，亦是緣人之情。**㊼**

皆不認同在法律之外的私自報讎。另外，像劉敞《公是集》卷四十
一〈復讎議〉說：

> 告于方伯而不從，則告于天子致其法……告於天子而復不
> 從，則是上無天子，下無方伯。<u>上無天子，下無方伯，則緣
> 恩而疾之可也</u>。**㊽**

明黃淮、楊士奇編《歷代名臣奏議》卷二百十三〈中書舍人張孝祥
論王公袞復讎議〉說：

㊺ 同註**㊸**，卷八頁 9，總頁 16951。

㊻ 同註**㊸**，卷八頁 10，總頁 16951。

㊼ 同註**㊸**，卷八頁 11，總頁 16952。

㊽ 〔宋〕劉敞：《公是集》（臺北：臺灣商務印書館，1983 年，《景印文
淵閣四庫全書》第 1095 冊）總頁 757-758。

復讎，義也。夫讎可復，則天下之人將交讎而不止，於是聖
人為法以制之。當誅也，吾為爾誅之。當刑也，吾為爾刑
之。以爾之讎麗吾之法，於是為人子而讎於其父母者，不敢
復而惟法之聽。何也？法行則復讎之義在焉。[49]

明丘濬《大學衍義補》引元吳澄說：

為親復讐者，人之私情。蔽囚致刑者，君之公法。使天下無
公法則已，如有公法，則私情不可得而行矣。夫司徒掌教，
教民以六德之和，又教之以六行之睦，唯欲斯民之和協也。
如其不從教，則不睦之刑從而加焉，在所不赦也。而其官屬
乃掌萬民之難，使之相避，是使天下之人，得以肆其私情，
而人君之公法，不復可行於世，與大司徒之教相反。如必曰
從人之私情，則父之讐不與共戴天，辟諸海外，亦未為得，
盍亦使之弗共戴天而後可也。又曰：「凡殺人有反殺者，使
邦國交讐之。凡殺人而義者，不同國，勿令讐，讐之則
死。」果如是，殆將使天下以力相陵，交相屠戮，往來報
復，無有已時。聖王令典決不若此之繆。[50]

丘濬自己亦說：

謹按，《周官・朝士》：「凡報仇讐者，書於士，殺之無

---

[49] 〔明〕黃淮、楊士奇編：《歷代名臣奏議》（上海市：上海古籍出版社，
1989 年）頁 2800。

[50] 〔明〕丘濬著，林冠群、周濟夫點校：《大學衍義補》（北京市：京華出
版社，1999 年）頁 945。

罪。」所謂報仇讐者，非謂為人子若弟者，親手劃刃於所仇
之人。凡具其不當死之故與所殺之由，達於官者，皆是欲報
其仇讐也。既書其情犯，而告於官，而其所仇者或隱蔽，或
逋逃，或負固，而報仇之人能肆殺之，以報其所親之仇，則
無罪焉。蓋人君立法，將以生人，無罪者固不許人之枉殺，
有罪者亦不容人之擅殺，所以明天討而安人生也。苟殺人者
人亦殺以報之，曰：吾報吾所親交之仇也。不分其理之可
否，事之故誤，互相報復，無有已時，又烏用國法為哉！孟
子曰：「為士師則可以殺人。」明不為士師則不可以殺人
也。**51**

亦皆持同樣的主張。經書經過長久的流傳，勢必得面對時代環境轉
變的挑戰。

四、諸傳記對王世名復讎行為的
正當性的處理

　　明人對王世名事之記載甚多，然於事件之細節則多有不同。由
於王世名的報讎，相較於過去的事例，實有過激之處，而且整件事
的發展，不僅稱不上圓滿，甚至可以說是以悲劇收場。所以，從明
代相關傳記的異同，可以略見明人將這個事件「合理化」和「圓滿
化」的傾向。諸本的異同，可從兩方面觀察：一是對王世名復讎行

51　同註**50**，頁 950。

為不合理的地方的迴護。二是對事件帶給王世名母親、妻子的遺憾的處理。本節先說明前者。

(一) 故事情節的相應調整：

王良為族子王俊毆死，諸說皆一致；但王俊為何會毆死王良，以及事件的經過，則有不同的寫法。

汪可受(1)、王同軌(3)、劉文卿(4)皆未詳言。張鳳翼(5)作與族姪王俊爭屋毆死，但未詳言經過。

王世貞(2)則謂王良與「族子之悍者」狎，因口語相失，被族子失手毆傷致死。《型世言》(8)則謂武義縣「民性獷悍」，常有「合親枝黨羽鬥毆」的事。王良因王俊起造房舍，弄塌了中間合用的祖厝，起了爭執。爭吵之時，王良先行動手，卻為王俊打傷致死。據王世貞與《型世言》之說，則王俊之所以毆死王良，原非有意故殺。

《二刻拍案驚奇》(7)則強調族姪王俊「氣岸凌人」，向王良放高利貸。二人酒後為了本銀是否應還的問題相爭，由王俊先行動手，並失手毆死王良。如此安排，顯然有意醜化王俊，以增加王世名復讎的正當性。這也意味著，故事的作者意識到，王俊若非素行不良之人，王良之死又出於誤殺，甚至二人的爭執是由王良先動手，則王世名復讎的理由，是相對較薄弱的。

王世名不循法律的正當管道將讎人繩之以法，是整個事件最容易引人質疑的部分。於此，諸篇有不同的處理方式。其中，又涉及世名是否得以在王良死前見最後一面，和王良是否留有遺言的問題。

關於王良死前是否與王世名相見，王同軌(3)、張鳳翼(5)並未明言。汪可受(1)、劉文卿(4)則以世名當時正在外，等到趕回家裏，王良「已斂數日」，未嘗見面。

王世貞(2)則強調王良「困臥且死」時，與王世名對話。在對話中，世民想要「直之官，否則死之。」而王良卻強調不可直之官：「不然！直之官，必檢，檢則骨析我，是重僇我也。且若彼錢神何？汝孱，有汝母，胡以死哉！」通過王良的遺言，說明了王世名不願檢屍之故。《二刻拍案驚奇》(7)和《型世言》(8)強調王良死前對世名說：「此讎不可忘」、「此讎必報」，雖未涉及該如何報讎的問題，但強調報讎一事，乃王良之遺願。王世貞及兩篇小說的寫法，同樣可以增加王世名復讎的正當性。

關於世名是否狀於官，以及為何不願檢屍，除張鳳翼(5)只說「恐殘父屍，不忍就理」，未明言理由，其餘都強調世名本欲通過正常的法律管道為父申冤，但在考量「檢屍」的因素後，打消了念頭：

汪可受(1)強調，世名已「狀於官」，卻因祖母與母親勸阻說：「兒寧忍殘父屍乎？」而改變心意。王世貞(2)的版本，如前所言，世民原有意訴諸法律，但因王良之遺言不願檢屍，故未報案，而直接接受王俊之議和。這幾種版本，將王世名之所以不檢父屍的理由，指向世名家中尊長，乃至死者自己的期望，從而為世名私下議和的行為合理化。

王同軌(3)、劉文卿(4)強調雖「已成訟」，但因世名「傷暴殘父屍」，而「復自罷讎」。《二刻拍案驚奇》(7)以王世名已狀於官，《型世言》(8)以王世名原已預備訴諸公堂，但皆因族長受王

俊之請託，強調訴諸公堂勢必要檢屍，世名心有不忍，而放棄用法律管道解決問題。這些說法，偏重於王世名內心不忍殘父屍的情感；但兩篇小說特別強調了當時族長與王俊結合的勢力加諸世名身上的壓力，以對照出世名之孝，從而將世名的作法合理化。

(二) 諸篇作者對王世名復讎的評論：

諸篇作者對王世名報讎的評論，可作為上述將情節合理化的參照。

汪可受(1)身為審理此案的官員，他的評論見於王世名請求歸家辭母時，為世名請於郡所作的文字。其中提及：

> 驗父若果有傷，擅殺應從末減，但世名誓不毀父屍以生，惟求即父柩而死。觀於孝心激烈，一檢必至自盡。夫不檢則惟有以世名之身抵所殺之命，檢則世名且自盡，是世名不檢固死檢亦死，死等耳，捐生慷慨，既難卒保其身，而就死從容，<u>似宜曲成其志，合應放歸故里，聽其自裁</u>。若果，不愛其死以息兩家相報無已之冤，且<u>令後之藉口報仇者曰：若殺人報仇必如世名之自殺而後可，則孝子百世之名可成，而國家三尺之法亦不廢矣</u>。

「若果」以下的文字，與陳子昂對「親親相讎」的擔心，頗為類似。汪可受似乎想利用世名之自裁，來達成「令後之藉口報仇者曰：若殺人報仇必如世名之自殺而後可」的目標。如此一來，汪氏後來面對武義當地「邑士民聚而直其事」時，所說的「吾固不欲王生死」之言，便顯得言不由衷。

　　其它傳記皆表現出對汪可受審理此案的不滿。張鳳翼(5)之文雖同樣引用了汪可受為世名請於郡所作的文字，但只引到「合應放歸故里，聽其自裁」為止。又在故事的敘述中，多出一段汪可受與王世名的對話：

> 汪喟然曰：「浮生有涯，令名無已。」孝子正色曰：「豈謂名哉！理固當如是。」

對汪可受將世名之求死解釋為好名，頗不認同。故張鳳翼說：

> 彼買和契眼具在，可以坐俊殺良之罪，可以挽世名抵命之條，何必檢厥父屍，以傷孝子心哉！
> 故徐元慶之復父讎而自囚詣官也，識者以陳子昂之議為非，而以宗元之駁為是，良有以也。
> 予不惜孝子之死，而獨入諸賢不能盡其生孝子之心，是為之立傳。

同意柳宗元對陳子昂的反駁，並認為汪可受不僅不能真正體會孝子之心，甚至「不能盡其生孝子之心」。《型世言》(8)的觀點與張鳳翼相近，故文中評論說：

> 若是府道有一個有力量道：「王俊買和有金，則殺叔有據，不待檢矣；殺人者死，夫亦何辭？第不死于官，而死于世名，恐孝子有心，朝廷無法矣！若聽其自裁，不幾以俊一身，易世名父子與？擬罪以伸法，末減以原情。」這等，汪知縣也不消拘把檢屍做世名生路了。

最後引張氏「彼買和契贓具在」之語作結,又引草莽臣曰:「此篇可與張孝廉傳並傳。」

劉文卿(4)則藉由世名之口,說:「夫義不危親,孝不毀性。死父而失母,其何為?」顯示世名當時陷於「不危親」和「毀性」的兩難情境。並於文末評論指出,檢屍雖為判案的必要手段,但對於「仁孝之士」,將使其面臨「危親」的情境。所以他引用《後漢書》郅惲為友人報父讎,當時的縣令為了救郅惲,不惜以自己的生命相要脅之典故❺❷,說:

> 是故郅暉出箊,卒為漢良。輿情不聞,惡可格之峻文?三代
> 所以成其明哲也。嗚呼!又可已哉!

認為汪可受的堅持檢屍,反而不如當時的輿情來得通達了。王同軌(3)亦從王世名處境之兩難立論。他指出,王俊為世名從兄,本無可殺之理。但因「仇在父,安知兄」,故最後雖報了父仇,卻殺死了從兄,「處此極難,必於是(自盡),義始盡。」所以他認為世

---

❺❷ 〔南朝宋〕范曄撰;〔唐〕李賢注;〔清〕王先謙集解:《後漢書》(北京市:北京中華書局,1984 年)〈申屠剛、鮑永、郅惲列傳第十九〉:「惲友人董子張者,父先為鄉人所害。及子張病,將終,惲往候之。子張垂歿,視惲,歔欷不能言。惲曰:『吾知子不悲天命,而痛讎不復也。子在,吾憂而不手;子亡,吾手而不憂也。』子張但目擊而已。惲即起,將客遮仇人,取其頭以示子張。子張見而氣絕。惲因而詣縣,以狀自首。令應之遽,惲曰:『為友報讎,吏之私也。奉法不阿,君之義也。虧君以生,非臣節也。』趨出就獄。令跣而追惲,不及,遂自至獄,令拔刀自向以要惲曰:『子不從我出,敢以死明心。』惲得此迺出,因病去。」(卷二十九頁 11-12,總頁 365)。

名之自殺，「非固不忍暴父屍，而忍自殘親之支者。」

《二刻拍案驚奇》(7)的故事大要，較接近王同軌(3)的版本❸；但評論意見則不同：

> 父死不忍簡，自是人子心。懷仇數年餘，始得伏斧碪。豈肯自愓死；復將父骨侵。法吏拘文墨；枉劾書生忱。寧知俠烈士，一死無沈吟。

認為世名之不忍檢屍，合於人子之心。至於審理此案的官員，則拘於文墨，失之不知變通。王世貞(2)所述情節，與諸版本落差較大，但在寫王世名絕食而死後，特別補上：「它邑令愧，跳去」數字，對汪可受的批評，不言可喻。

可見，站在非官方立場，諸篇傳記的作者雖皆為士人，亦多有在朝中任職的經驗；但他們在傳記中卻共同傾向於認同王世名的復讎，認為世名為了達成目標，隱忍數年，不改其志，極為難得。王世貞甚至同「中行之聖」來稱讚王世名。他們多不強調法律的無上地位，為汪可受審理此案之不知「權變」感到遺憾。這些傳記，一方面調整故事的情節，以加強王世名復讎的合理性；另一方面又期望官員可以通權達變，不拘於法律，留世名生路。這和宋代之後站在官方立場論復讎之事的種種經注和議論，形成有趣的對比。

---

❸ 關於王世名最後的死法，諸傳記皆作絕食而死，只有《二刻拍案驚奇》(7)異於其他傳記，作撞階而死。故此點與王同軌(3)有列。

五、諸傳記對復讎所帶給王世名母親、妻子遺憾的處理

　　王世名的復讎，帶給世名母親、妻子的遺憾，亦是諸傳記在敘述中，企圖迴護的部分。

　　汪可受(1)與張鳳翼(5)的版本較為接近。兩本在王世名在與王俊議和之後，對財物的處理、繪父相、鑄凶器❺三事，皆未言曾與母親商議。於「購一刃」之後，皆強調「母妻不知也」。及生子甫數月，汪本說：「吾已有後，死無憾」（張鳳翼(5)作「吾已有後，可以死矣」），亦謂「母妻訝之」（張鳳翼(5)作「母妻亦不知所謂也」）。等到殺死王俊，「至家白於母」，家中的反應為「舉家駭哭」（張鳳翼(5)未描述家人的反應）。可見家人對世名之復讎，事前一無所知。等到金華令放歸辭母：

> 行至武義，其母與妻持生號，生泣曰：「以父之遺，為父死，雖離母，得從父矣。」謂妻曰：「善事若姑，善撫若子。」（張鳳翼(5)作：「其母迎而泣，孝子曰：『身固父之遺也。以父之遺為父死，雖離母，得從父矣。復何憾！』謂妻曰：『善事若姑，善撫若子。』餘無言。」）

---

❺　王世名私鑄之凶器，汪可受(1)用刀。王世貞(2)先為刃，後為剛斧。王同軌(3)、劉文卿(4)、張鳳翼(5)、《二刻拍案驚奇》(7)皆用劍。《型世言》(8)用刀。又，王世貞(2)於世名鑄剛斧的過程，說法與諸本不同。諸本僅言陰鑄凶器；王世貞(2)則強調世民每年皆在父主之前卜問報讎的時機，辛巳年「卜得吉」，方鑄凶器。

世名之離母雖屬不得已，畢竟是一種缺憾。故世名之妻，必須順理
成章地接下事姑撫子的責任。汪可受(1)完成的時間較早，故不知
世名之妻俞氏在三年後自盡以殉的事。張鳳翼(5)亦未敘及世名妻
自盡之事，不過特別提及世名曾「求至灘視父棺，為一再慟，望弟
扶棺登舟，久之乃返汪所在。」是世名別有弟在，此為汪可受(1)
未提及者。只是張鳳翼雖提及世名的弟弟，卻未多著筆墨。

　　王同軌(3)、劉文卿(4)之敘述，偏重於世名之妻俞氏。王同軌
(3)關於世名母親的敘述，著墨不多，只有在殺死王俊後「歸拜母
曰：『兒死父，不得侍母膝下矣。』」和請求汪大受讓他「蘄歸別
母」二處。劉文卿(4)在王世名傳的部分，亦只在殺死王俊時，提
及「歸報母」，以及在「自鑄劍」後，注明「妻與母莫之識」。關
於俞氏，王同軌(3)強調世名在得子之後，告訴俞氏，要他孝敬母
親並撫養孤兒，便外出報讎。劉文卿(4)王世名傳則作：

　　亡何而生子，狂喜大異，謂俞曰：「婦知是何等兒也？吾不
　　能復須矣！大飲達旦，終不能微示於母，知我有所必死，而
　　哀阻及也。哀阻，則事不就。」

說明了為何不將復讎的計劃告知其母。關於世名妻之殉節而死，王
同軌(3)與劉文卿(4)之俞氏傳，皆指出俞氏早在世名假裝與王俊和
好時，便已知道王世名的計劃，並向世名表明殉節的志向。最後，
俞氏同意世名，「為君忍三年，逾三歲，非君能禁也。」世名死
後，堅持不下葬，而食息於柩旁三年，最後，果絕食而死。

　　《二刻拍案驚奇》(7)、《型世言》(8)雖然都是小說，亦皆涉
及俞氏，但差異頗大。《二刻拍案驚奇》(7)之敘述，明顯地偏重

俞氏而貶抑世名之母。故事在世名與王俊和解後：

> （世名）來對母親說道：「兒非見利忘仇，若非如此，父骨
> 不保。兒所以權聽其處分，使彼絕無疑心也。」世名之母，
> 婦女見識，是做人家念頭重的，見得了這些肥田，可以受
> 享，也自甘心罷了。

之後母親便沒有任何特別的表現，而將重心放在俞氏身上。情節大
抵依據王同軌(3)加以舖陳，最後俞氏在為世名守節三年之後，絕
食以殉。《型世言》(8)的故事，大抵依據張鳳翼(5)改寫。關於復
仇之事，強調並未讓母親與妻子知道。如鑄刀之事，謂「不與母親
知道」。生子之後：

> 到了彌月，晚間，其妻的抱在手中，他把兒子頭上摸一摸
> 道：「好了，我如今後嗣已有，便死也不怕絕血食了。」其
> 妻把他看了道：「怎說這樣不吉利話？」他已瞞了母親，暗
> 暗的把刀藏在襪桶內，要殺王俊。

故當世名殺了人，「到得家中，母、妻聽得世名殺了人，也喫了一
驚。」不過，《型世言》(8)對母親的安排，較為周全。如世名決
定與王俊和解時，曾與母親商議：

> 世名道：「這仇是必報的。」母親道：「這等不要和了。」
> 世名道：「且與他和再處。」

又世名從王俊處所得的田產銀兩，封識之後，「上邊寫得明白，交
與母親收執。」數年間，自田產所得，亦變價封識，「一一交與母

親」。世名為諸生：

> 有個本縣財主，一來見他新進，人品整齊；二來可以借他遮
> 蓋門戶，要來贅他。<u>他不敢輕離母親</u>，那邊竟嫁與他。

亦強調他對母親的重視。殺人之後，亦多次提及希望妻子可以「奉
養母親」的期望。如：

> 當晚，王世名已安慰母親，分付了妻子，教他好<u>供奉母親</u>，
> 養育兒子。
> 前日與和，原非本心，只因身幼，<u>母老無人奉養</u>，故此隱
> 忍。所付銀兩併歷年租銀，俱各封識不動。只待<u>娶妻可以奉
> 母</u>，然後行世名之志。今志已行，一死不惜！
> 他自到家，母親見了哭道：「兒，我不知道你懷這意，你若
> 有甚蹉跌，叫我如何？」世名道：「兒子這身是父生的，今
> 日還為父死。雖不得奉養母親，也得見父地下，母親不要痛
> 我！」其妻子也在側邊哭。世名道：「你也莫哭，只是<u>善事
> 婆婆，以代我奉養</u>；好看兒子，以延我宗嗣。我死也瞑目
> 了！」

故事最後，為了符合世名「善事婆婆，以代我奉養；好看兒子，以
延我宗嗣」的要求，乃安排「他妻子也守節，策勵孤子成名」的圓
滿結局。

王世貞(2)與諸版本的差距最大。其寫王世名受王俊之田後，
「復白母曰：『家幸給饘粥，毋食讎遺也。』」曾先得到母親之首
肯。又王世貞未言繪父像之事，但增加一段諸本所沒有的情節：

> 世明自是口不及父時事，而畫夜讀書，入試有司，稱博士弟
> 子，以至婚娶，舉一孺子。<u>教弱弟，使亦有成立</u>，而其於族
> 子以兄禮禮之。亡間，每有召晏則亦往，飲食談笑如恒時。
> 然歸必識其數曰：「脯菜若干，漿粥醯醬若干，為讎幾
> 何。」族子意世民且忘之，<u>即母亦意且忘之，冀共養沒齒而
> 已</u>。

特別強調「教弱弟，使亦有成立」，是因為王世貞意識到世名母親
不可無人奉養。所以強調世名殺死讎人，歸家「拜辭其母」時說：
「弟今壯，可養；有孫，不鬼餒矣。」另外，之所以強調「即母亦
意且忘之，冀共養沒齒而已」，似有意暗示讀者，復讎並非只是世
名一人的想法。故於世名投案之後，省去了歸家辭母的情節，卻特
別安排母親與弟弟爭相請代，有意營造出一家人對復讎之事的認同
的和諧形象：

> 於是世民之母來，請代，曰：「妾所使也。」其弟亦來代，
> 曰：「某實為之，兄不與也。」世民曰：「手刃讎者，世民
> 也。能撫世民孤者，母也。代世民養母者，弟也。何代
> 為？」

所以，這個版本對母親相關問題的處理上，較為圓滿。不過，相較
於其它版本，王世名的妻子只在「舉一孺子」時曾出現一次，便不
再提起。可見在王世貞的心目中，妻子的地位，不甚重要。

六、結語

　　經書與傳統文化的密切關係，是無庸置疑的。經書經過長時間流傳，面對時空環境改變的挑戰，在解釋上亦勢必要作出回應。只是，當立足點不同時，相關的回應將以不同的內涵與面貌呈現。以為父報讎為例，雖然這是經書所認可的行為，當士人立足於統治者的官方立場重新解釋經書的內容時，往往強調「如何維持國家的安定」，而傾向於重法過於禮，較極端者甚至不惜犧牲個人的合義的行為，以符合國家的利益。然而，當士人卸下高居廟堂，為國立言的身份，不以國家的利益為優先考慮，而回歸到父子天性、孝子之心作為立論的起點時，在觀念上雖然不能無視於國法，但對於孝子能夠因其天性，處心積慮以達為父報讎的目的，即使過程有所瑕疵，結局亦不甚圓滿，亦往往給予以極高的評價。只是，缺憾畢竟是事實，當士人有機會述說這些事件時，總不免想要將遺憾的成分降低。若再加上士人傳述這些故事時，可能具備的教化百姓的動機，相關的材料，將以複雜的面貌呈現。

　　於是，在王世名的相關傳記裏，便可以看到不同的作者交織其中的複雜面貌：或是通過情節的改造，以減少遺憾的程度。或是將出於父子天性，卻又不完全符合國法規範的復讎行為合理化。或是對審理案件的官員竟然不能保住孝子的性命，讓事件以悲劇作結，提出批判。甚希望能鬆動法律以期能保全孝子的生命。而以教化百姓的立場言，諸傳記的作者顯然偏重身為子女發自天性的復讎動機。若這些傳記的表現也可視為士人對經書的一種解釋方式，這些材料，或許能夠提供吾人理解經書解釋與社會文化之間的互動關係的參考。

劉勰的經典視域與理論建構
——《文心雕龍》之「文德」與 「神理」諸範疇考釋

陶禮天*

提　要

　　本文通過對「文德」、「神理」等範疇的進一步的考釋，說明作為《文心雕龍》理論建構核心——「文學觀」：是在傳統「天人合一」思想的邏輯基點上展開的，其論「立文之道」的「神理之數」，表達的是「文（人文）本於心而心體於道」這樣一種文學本原論思想，並從自然與名教的體用結合的角度，將儒道釋三教的有關思想觀念溝通起來。關於劉勰「文學觀」問題的研究，論述眾多，意見不一。筆者通過研究認為，在劉勰的經典「視域」中，聖人製作「經典」目的是為了「教化」生民，所

*　北京首都師範大學文學院中文系副教授

以稱為「神理設教」，換句話說，「神理設教」本身就是
聖人體則「自然之道」的表現。《文心雕龍》的思想傾向
仍然是以儒家思想為其主體層面，雖然其儒學思想以經古
文學為主，但也汲取了經今文學的義理思想；此外其思想
觀念及其文學批評方法，不僅受到佛學的深刻作用，也受
到義疏之學、辨名析理的玄學方法論的深刻作用。

關鍵詞：文心雕龍　經典視域　文德　神理　文學觀

一、引言

以現代解釋學的觀點看問題，人們站在他們的傳統之內，過去
在這些傳統中「在場」，而傳統則在人們身上「實踐」。劉勰在
《序志》篇最後不無感慨地說「按轡文雅之場，環絡藻繪之府，亦
幾乎備矣。但言欲盡意，聖人所難，識在瓶管，何能矩鑊。茫茫往
代，既沈（洗）予聞；眇眇來世，倘塵彼觀也。」❶所謂「視域」
就是指的從一個特殊立場出發所能看到的一切。解釋者（包括任何
理論家）都有自己的歷史「處境」，而這種「處境」決定了解釋者
的「視域」，因此這種「視域」是運動的、是我們自己的和異己的

---

❶　本文所引《文心雕龍》原文，據周振甫《文心雕龍注釋》本（人民文學出
　　版社，1983），並參考范文瀾《文心雕龍注》本（人民文學出版社，
　　1958）。

過去的不斷融合❷；而「理論」也是永無止境的、爭執不休的，持不同的「文學觀」，就會產生出不同的文學理論批評的種種觀點，對於中國文學的發生發展而言，劉勰的文學觀既是傳統的，也應該是當代的（從解釋學的角度看，具有當代性）。

六朝時代，人們對儒道釋三教會通的認識有一個逐步發展的過程，到南朝宋、齊時期，基本達成了「殊途同歸」的共識，而這種共識就是從本體論的角度來看問題的。劉勰說的文本于「自然之道」的道，就其本根而言，乃是超越儒釋道三教的「至道」；正因為是本體論意義上的「至道」，才又能夠包容儒釋道三教的不同之道❸。《文心雕龍》的思想傾向仍然是以儒家思想為其主體層面，雖然其儒學思想以經古文學為主，但也汲取了經今文學的義理思

---

❷　正如德國著名現代解釋學哲學家伽達默爾所論：「當我們的歷史意識置身於各種歷史視域中，這並不意味著走進了一個與我們自身世界毫無關係的異己世界，而是說這些視域共同地形成了一個內而運動的大視域，這個大視域超出現在的界限而包容著我們自我意識的歷史深度。事實上這也是唯一的視域，這個視域包括了所有那些在歷史意識中所包含的東西。我們的歷史意識所指向的我們自己的和異己的過去一起構成了這個運動著的視域，人類生命總是得自這個運動著的視域，並且這個運動著的視域把人類生命規定為淵源和傳統。」《真理與方法》上冊第 391 頁，洪漢鼎譯，上海譯文出版社，1999。

❸　參閱筆者拙作〈《文心雕龍》與六朝思想文化及文學藝術發展的關係〉（載《安徽師大學報》1997 年第 3 期）、〈僧祐《釋迦譜》考論——兼論佛學與《文心雕龍》方法論之關係〉（載《首都師範大學學報》1999 年第 2 期）和〈《出三藏記集》與《文心雕龍》新論〉（載《安徽師範大學學報》1999 年第 3 期）等論文。

想❹；此外，其思想觀念及其文學批評方法，不僅受到佛學的深刻
作用，也受到義疏之學、辨名析理的玄學方法論的深刻作用（所謂
「視域融合」）❺。論文主「宗經」（宗儒家之經）的劉勰，不可能不
受到在六朝時代中儒家經學研究特點及其方法和亦已形成的「傳
統」的「在場」性的影響，這種影響又正是通過劉勰在《文心雕
龍》中的具體實踐而體現為其獨特的經典「視域」和理論建構。

　　張岱年先生指出，中國傳統文化中所說的「天」有三種涵義：
一指最高主宰，二指廣大自然，三指最高原理。與此相關，中國的
「天上合一」思想也包含多種意義：宇宙觀上的人與自然的統一，
宗教觀上的神與人的統一，倫理觀上的天道與人道的統一，以及藝
術觀上的景與情的統一❻。張先生的這種對「天人合一」思想的分
析，廓清了我們長期以來在這一問題上種種混亂的論述與模糊的認
識。本文所謂「天人合一」的傳統思惟模式（或曰方式），就是在
這種界定的意義上加以使用的。

　　《文心雕龍·原道》篇云：「仰觀吐曜，俯察含章，高卑定
位，故兩儀既生矣。惟人參之，性靈所鍾，是謂三才，為五行之
秀，實天地之心。心生而言立，言立而文明，自然之道也。」如同

---

❹　參閱筆者拙作〈文心雕龍與經今古文述略〉，載《中國文化研究》1997
　　年第 3 期。

❺　所謂「視域融合」，就是指當前視域同過去視域相結合的狀態。伽達默爾
　　說：「只要我們不斷地檢驗我們的所有前見，那麼，現在視域就是在不斷
　　形成的過程中被把握的。」「理解其實總是這樣一些被誤認為是獨自存在
　　的視域融合過程。」《真理與方法》上冊第 393 頁。

❻　張岱年〈中國哲學中「天人合一」思想的剖析〉，見《北京大學學報》
　　1985 年第一期。

陸機《文賦》第一句所謂「佇中區以玄覽」的意義一樣，劉勰將「人」（作為創作主體的「人」）置於天地之間來考察文的起源、文的本質以及文的本體等根本問題，同時也奠定了其審美心物觀的邏輯框架和理論結構。聯繫審美心理與審美意象的構思過程來講，劉勰審美心物觀的中心思想，就是其《神思》篇提出的「神與物遊」這種心物交融論。《詮賦》篇指明審美過程中，具有「情以物興」與「物以情觀」的兩大交融的心理層面，構思過程中這種心物交融理象，既有以心即物的一面，又有由物動心的一面，但審美意象的最終構成並落實到表現過程上講，仍是主體對客體的把握，所以「登高而賦」雖多以「睹物興情」始，然必為「物以情觀」終❼。毋庸爭論，「文論」的核心，是「文（文學）的觀念」。《文心雕龍》的前五篇為「文之樞紐」，用今天的話來說，也就是文論之綱領的意思，而這一綱領的主要精神亦已在第一篇〈原道〉之中，得到了較為充分的體現，劉勰將之概括為「道沿聖以垂文，聖因文而明道」。其道、聖、文三位一體論，從「文」出發來看，就是說「文」（人文）本於「心」（聖心、作家之心），而「心」本於「道」（自然之道、神理之數），這乃是從「天人合一」的傳統思維模式出發看問題的，或者說這一思維模式正是劉勰「文學觀」的思想邏輯的基點。

---

❼ 筆者在〈《文心雕龍》審美心物觀的理論淵源〉（載《原學》第六輯，1998 年版）和〈《文心雕龍》與六朝審美心物觀〉（載《文藝研究》1995 年第 4 期）等拙作中，曾從《文心雕龍》的心物觀的探討出發，論述劉勰繼承與運用了傳統的「天人合一」思惟方式問題，這裏限於篇幅，不再詳述。

　　本文主要在現有研究基礎上，擬從〈原道〉篇中「文德」與「神理」這兩個主要範疇的考釋出發，並以此綜貫全書，分析其文學觀念、理論建構與思想文化傳統的關係。關於劉勰的經典視域和理論建構，是一個特別複雜的大問題，本文只是選擇一個微觀的角度來進行分析研究而已。

二、劉勰的「文之為德」說與「文德」說

　　關於「文之為德」和「文德」的區別與聯繫，以及「自然之道」與「神理」、「神理之數」、「神教」的區別與聯繫，研究考釋者眾多，筆者以為雖然還存在一定分歧，但基本意義已經較為清楚。這裏將立論點放在南齊時代的思想背景下，主要討論「文德」與「神理」的關係，因為這正是劉勰從其獨特的經典「視域」出發，運用傳統「天人合一」的思想來建構其文學觀的邏輯基點，並在論述中參考有關解說，進一步挖掘史料，對上述諸相關的範疇作一點新的鑒別、梳理工作。

　　錢鍾書先生曾指出劉勰〈原道〉篇「文之為德」云云，不過是「窠臼語」❽。自六朝以來這種論述于劉勰之前，亦屬多見，確為

---

❽　錢鍾書云：「簡文帝〈答張纘謝示集書〉：『日月參辰，火龍黼黻，尚且著于玄象，章於人事，而況文詞可止、詠歌可輟乎？』按卷一二（引按：指《全梁文》）簡文帝〈昭明太子集序〉：『竊以文之為義，大矣遠哉！』一節亦此意，均與《文心雕龍·原道》敷陳『文之為德也大矣』，辭旨相同，《北齊書·文苑傳》、《隋書·文學傳》等亦以之發策。蓋出於《易·賁》之『天文』、『人文』，望『文』生義，截搭詩文之

「老生常談」之論。但劉勰由此總結出的「道沿聖以垂文，聖因文而明道」的三位一體的理論綱領，由此從「天人合一」的傳統思維模式出發，建立起他的文學觀念和理論批評構架，雖然這並非「微言妙諦」，其「談藝聖解，正不在斯」，卻又實在是我們研究《文心雕龍》首先碰到而必須研究的問題。方孝岳先生曾給予劉勰的「文德」說以極高的評價，認為這「正是『振葉尋根』的議論」❾。蓋其「文之為德」說，闡明的是「文以明道」的理論，這與「文以載道」說不同，清人紀昀所謂「明其本然」。劉勰是以此將其文學觀建立在以「自然之道」為本體之上的，誠如湯用彤先生所說，「文以載道」乃「實用的，兩漢多持此論」（劉勰之前）；而「文以明道」為「美學的，此蓋以『文』為感受生命和宇宙之價值，鑒賞和享受自然」❿。《宗經》篇「贊曰：三極彝訓，道深稽古。致化惟一，分教斯五。性靈熔匠，文章奧府。淵哉鑠乎，群言之祖。」所謂「三極」即《周易・繫辭》所謂「三極之道」，鄭玄以為即之天地人「三才」⓫。《周易・繫辭上》云：

> 是故《易》有太極，是生兩儀，……是故法象莫大乎天地，
> 變通莫大乎四時，懸象著明莫大乎日月，崇高莫大乎富貴，

『文』，門面語、窠臼語也。劉勰談藝聖解，正不在斯，或者認著微言妙諦，大是渠儂被眼謾耳。」《管錐編》第四冊第 1392 頁，中華書局，1986。

❾ 方孝嶽《中國文學批評》第一七節〈發揮「文德」之偉大是劉勰的大功〉，第 48 頁，《中國文學八論》本，北京市中國書店，1985。

❿ 湯用彤《理學・佛學・玄學》第 327 頁，北京大學出版社，1991。

⓫ 孫星衍《周易集解》下冊，第 541 頁，上海書店，1988。

備物致用，立成器以為天下利，莫大乎聖人，探賾索隱，鈎
深致遠，以定天下之吉凶，成天下之亹亹者，莫大乎蓍龜。
是故天生神物，聖人則之；天地變化，聖人效之；天垂象，
見吉凶，聖人象之；河出圖，洛出書，聖人則之❷。

可見《周易》講的這種「神理」（自然之道）既是自然的又是神秘
的，劉勰因之而論「文」的「神理之數」，便同樣也具有這種特
徵。而其所謂「文之為德」的「德」，體現的就是這種「自然之
道」，其中包含著「神理設教」的精神內容，所以，我們有必要對
其「文德」與「神理」及其相關範疇略作考釋，否則我們也就難以
從這種「窠臼語」中把握住劉勰之文學觀的精神內容。

劉勰所謂「文之為德」的「文」字，從〈原道〉篇「人文之
元，肇自太極」等思想觀點來看，主要當是運用《周易·繫辭下》
所謂「物相雜為文」的思想。虞翻解釋曰：「乾，陽物，坤，陰
物，純乾純坤之時，未有文章。陽物入坤，陰物入乾，更相雜，成
六十四卦，乃有文章，故曰文。」而王弼只簡單地注云：「剛柔交
錯，元黃錯雜。」❸其意為「物」之「剛柔交錯，元黃錯雜」而成
「文」。二人雖不同，但都注重了「物相雜」的「雜」字之義。前
此，許慎《說文解字》釋「文」曰：「錯畫也，象交文，凡文之
屬，皆從文。」段注曰：「《考工記》：青與赤謂之文，遒畫之一
端也。遒畫者，文之本義，彣彰者，彣之本義，義不同也。黃帝之
史倉頡，見鳥獸遞迒之迹，知分理之可相別異也。初造書契，依類

---

❷ 孫星衍《周易集解》下冊，第 598-603 頁。
❸ 孫星衍《周易集解》下冊，第 674 頁。

象形，故謂之文。」❹關於「文」的解釋考辨者尤多，其中如季鎮淮先生的《「文」義探源》一文，對「文」的意義的考釋，十分詳盡。文章說明《說文解字》關於「文」的解釋，目前還找不到最早的卜辭等文字資料的證據，並考釋認為「文」最初當為「忞」云云，頗有資參考。但我們解釋《文心雕龍》的「文」、「德」的思想，當然應該著重的是劉勰的本意，而到劉勰時「文」字本身所積

---

❹ 《說文解字》釋「斐」曰：「分別文也，從文非聲。《易》曰：『君子豹變，其文斐也。』」段注曰：「謂分別之文曰斐，《衛風》：『有匪君子。』《傳》曰：『匪，文章貌。』《小雅》：『姜兮斐兮。』《傳》曰：『姜、斐，文章相錯也。』《考工記》注曰：『匪，采貌也。』皆不言分別者，渾言之則謂文，析言之，則謂分別之文。」又釋「辡」曰：「駁文也，從文，辡聲。」段注曰：「謂駁雜之文，曰辡也。馬色不純曰駁，引申為凡不純之稱。……斑者，辡之俗，今乃班行而辡廢矣。」云云。可見，「文」還有「分別之文」與「駁雜之文」等區別的，但都似乎不離「物相雜」之「雜」義。《說文解字》釋「彣」曰：「𢽾也，從彡文。凡彣之屬，皆從彣。」段注曰：「有部曰：『𢽾，有彣彰也。』是則有彣彰謂之彣，彣與文別。凡言文章皆當作彣彰，作文章者，省也。文訓道畫，與彣別。」又曰：「以毛飾畫而成彣彰，會意，文亦聲。」云云。又釋「彰」曰：「彣彰也，從彡章，章亦聲。」段注曰：「彣，各本作文，今正。文，道畫也，與彣義別。古人作彣彰，今人作文章，非古也。《尚書》某氏傳、《呂覽》注、《淮南》注、《廣雅》皆曰：『彰，明也，通作章。』」又釋「彡」曰：「毛飾畫文也，象形，凡彡之屬皆從彡。」又《解字》釋「形」曰：「象也，從彡，幵聲。」左聲右形。段注曰：「各本作象形也，今依《韻會》本正。象，當作像，謂像似可見者也。人部曰：『像，似也；似，像也。』形容謂之形，因而形容之，亦謂之形。六書，二曰像形者，謂形其形也；四曰形聲者，謂形其聲之形也。《易》曰：『在天成象，在地成形，分稱之，實可互稱也。』」云云。

澱的思想文化意義,已經豐厚厖雜。在此我們不是要研究其字源問題,那是文字學家的任務,筆者對此不敢妄談。這裏主要是要根據文學思想的發展,參考一點必要的文字學資料,來探討劉勰的文學觀念問題。總之,劉勰的「人文之元,肇自太極」論,似乎與虞翻的解釋更為接近。

其「文之為德」的「德」字,當訓為「得」,《說文解字》釋「悳」曰:「外得於人,內得於己也,從直心。」段注曰:「此當從小徐《通論》作『內得於己,外得於人。』內得於己,謂身心所自得也;外得于人,謂惠澤使人得之也。俗字假『德』為之……古字或假得為之。」「悳」是「德」的本字,而「得」是「德」的本義❶⑤。《莊子·天地篇》云:

> 泰初有無無,有無名。一之所起,有而未形。物得以生,謂之德;未形者有分,且然無間,謂之命;留動而生物,物成生理,謂之形;形體保神,各有儀則,謂之性。性修反德,德至同於初。同乃虛,虛乃大。合喙鳴;喙鳴合,與天地為合。其合緡緡,若愚若昏,是謂玄德,同乎大順。

---

❶⑤　《說文解字》段注釋「德」曰:「德訓登者,《公羊傳》:『公曷為遠而觀魚?登來之也。』何曰:『登,讀言得,得來之者,齊人語。齊人名求得為得來,作登來者,其言大而急,有口授也。』唐人詩:『千水千山得得來。』得即德也,登、德雙聲,……今俗謂用力徒前曰德,古語也。」又《說文解字》釋「得」曰:「行有所得也。」又《說文解字》釋「道」曰:「所行道也。」段注曰:「《毛傳》每云:『行,道也。』道者,人所行,故亦謂之行,道之引申之謂道理,亦為引道。」云云。

郭象注云：「夫無不能生物，而云物得以生，乃所以明物生之自得，任其自得，斯可謂德也。」成玄英疏云：「德者，得也，謂得此也。夫物得以生者，外不資乎物，內不由乎我，非無非有，不自不他，不知所以生，故謂之德也。」❶王弼《老子道德經》第三十八章注云：「德者，得也。常得而無喪，利而無害，故以德為名焉。何以得德？由乎道也。何以盡德？以無為用。以無為用，則莫不載也。」❶王弼和郭象等均釋「德」為「得（道）」，這是他們的一致處，但王弼以「無」為本體，而郭象認為宇宙萬物本「自得」而生，宣揚的是「獨化」思想，這又是其不同處。

　　不少研究者從劉勰的宇宙觀角度來探討其文學觀，是十分有道理的，不過〈原道〉篇究竟是主張自然之「無」還是「獨化」論的思想，並不明顯，無疑劉勰的「自然之道」表現的是玄學家對《老》、《莊》、《易》之中關於「道」的解釋思想，這與六朝以來的思想思潮是一致的。所謂「物得以生，謂之德」，「德」即是「物」本身得以產生發展的內在屬性或轉而曰性能，而「通於天地者，德也；行於萬物者，道也。」物本身有「道」亦有「德」，但「道」乃是萬物的本體與本源，因此，「德」就是「物」（包括人）本身能夠通向天地萬物之本體「大道」的一種內在屬性，正因為有了這種「德」，物本身才可以寓有「道」，個別之物就是形而下的器，道寓器中，由器可以即道，進而可以說，即器可以即道，道器合一。反過來講，物沒有這種「德」，也就沒有能夠寓於物的

---

❶　郭慶藩《莊子集解》第190頁，《諸子集成》本，上海書店，1986。
❶　樓宇烈《王弼集校釋》第93頁，中華書局，1980。

「道」，因為沒有「德」的物是不存在的。也就是說，「物得以生，謂之德」這句話，表明沒有「德」，物當然就不可能「得以生」，世界上沒有一種物是沒有其得以存在的「本質屬性」的。故「德」為「得道」之義，而人能具備這種「得道」之「德」，可謂是一種最高最美的「大德」，即「同乎大順」的所謂「玄德」。後來玄學家如王弼、郭象等人從「自然之道」的角度宣揚了老莊的這種思想。

《文心雕龍》中許多論述「德」和「文德」的思想表現了與玄學這種近似的「道」、「德」觀，而其中又糅合了儒學的宗經觀念。「文德」一詞，在《文心雕龍》中，共出現兩次，但應該將之與論「德」的意義貫通起來看問題：如〈封禪〉云：「夫正位北辰，向明南面，所以運天樞，毓黎獻者，何嘗不經道緯德，以勒皇迹者哉？……則戒慎以崇其德，至德以凝其化，七十有二君，所以封禪矣。」又云：「及光武勒碑，則文自張純，首胤典謨，末同祝辭；引鈎讖，敘離亂，計武功，述文德，事核理舉，華不足而實有餘矣！」《史記·司馬相如列傳》所引長卿〈封禪文〉中所言：「披藝觀之，天人之際已交，上下相發允答。」就是說天子通過封禪天地之舉，能夠達到交合天人的境界，而這也就是所謂「至德以凝其化」的結果。可見，劉勰此處所說的「文德」當然就是指歌頌皇帝那種「經道緯德」的「至德」，這種「至德」是通向「神理之數」的，宣傳的是天人感應的思想。又如〈程器〉篇云：「瞻彼前修，有懿文德」；〈諸子〉篇云：「諸子者，入道見志之書。太上立德，其次立言。……贊曰：丈夫處世，懷寶挺秀。辯雕萬物，智周宇宙。立德何隱，含道必授」云云，是講一般君子、諸子之徒

（當然遠亞于皇帝與聖人），也當修「文德」的。雖然上面兩處的「文德」與〈原道〉篇的「文之為德」有所不同，或講的是「政治教化」內容，指的是其功侔天地的「玄德」（〈封禪〉），或者講的是君子所修之「文德」，但也都可以理解為「得道」的體現。所以我們可以說劉勰論「文之為德」的「德」，「得」的就是「自然之道」的「道」，從而表現了其「天人合一」的思想觀念，而其「自然之道」的精神，正是與「神道設教」的儒家思想息息相通的。

可見，「自然之道」在劉勰及當時人而言，是與「神理」、「神教」相等同的東西。我們再參考劉宋、南齊時代人們的一些論述，可以對劉勰的「文德」說得到較為切實的理解。顏延年《陶徵士誄》云：「孝惟義養，道必懷邦」，李善注引《論語比考讖》曰：「文德以懷邦。」❶❽顏延年實際上也是在讚美陶淵明那種「薄身厚志」以及質性自然的「道性」。干寶《晉紀論晉武帝革命》云：「堯舜內禪，體文德也。漢魏外禪，順大名也。湯武革命，應天人也。高光爭伐，定功業也。各因其運而天下隨時，隨時之義大矣哉！」❶❾李善注前四句引：謝靈運《晉書禪位表》：「夫唐、虞內禪，無兵戈之事，故曰文德。漢、晉外禪，有翦伐之事，故曰順名。以名而而言，安得不潛稱以為禪代邪？」❷⓪這裏干寶與謝靈運均把所謂「內禪」視為一種「文德」。沈約寫過一篇〈棋品序〉，

---

❶❽　蕭統《文選》第六冊，第 2472 頁，上海古籍出版社，1986。

❶❾　蕭統《文選》第五冊，第 2175 頁。

❷⓪　李善注又云：謝靈運所說本於干寶：「靈運之言，似出於此，文既詳悉，故具引之。」

其中有論云：「弈之時義大矣哉！體希微之趣，含奇正之情，靜則合道，動必適變。若夫入神造極之靈，經武緯文之德，故可與和樂等妙上藝齊工。」㉑所謂「棋」的「經武緯文之德」，體現的也是一種「自然之道」。

王融《三月三日曲水詩序》云：「皇帝體膺上聖，運鍾下武，冠五行之秀氣，邁三代之英風。昭章雲漢，暉麗日月，牢籠天地，彌壓山川。設神理以景俗，敷文化以柔遠。澤普汜而無私，法含弘而不殺。」㉒李善之注引了下列如許史料來解釋，我們不妨將之主要者按原來解釋的順序一一引錄如下：

> 《墨子》曰：「上聖立為天子，其次立為三公。」《毛詩序》曰：「下武，嗣文也。」《禮記》曰：「人者五行之秀。」又：「孔子曰：大道之行也，三代之英。丘未之逮，而有志焉。」《毛詩序》：「倬彼雲漢，為章於天。譬猶天子為法度于天下也。」《周易》曰：「聖人與日月合其

㉑　《沈隱侯集》卷一，第 3802 頁，〔明〕張溥輯《漢魏六朝百三名家集》
　　第五冊，臺灣文津出版社，1978。

㉒　蕭統《文選》第五冊，第 2058 頁。王融在下文接著描寫「我大齊」「革
　　宋受天」的文治武功、順應天人的情形：「四方無拂，五戎不距，偃革辭
　　宣，銷金罷刃。天瑞降，地符升，澤馬來，器車出；紫脫華，朱秀英；佞
　　枝植，曆草孳。雲潤星暉，風揚月至；江海呈象，龜龍載文。」云云，並
　　由「功既成矣，世既貞矣，信可以優遊暇豫，作樂崇德者歟？」幾句，過
　　渡到寫「禊飲」之事：「于時青鳥司開，條風發歲，粵上斯巳，惟暮之
　　春。同律克和，樹草自樂。禊飲之日在茲，風舞之情鹹蕩；去肅表乎時
　　訓，行慶動乎天曬。」所描寫的「天瑞降，地符升」的種種「神理」現
　　象，也可謂是一種「自然之文」。

· 258 ·

明。」《淮南子》曰:「帝者體太一,牢籠天地,彈壓山川。」神理,猶言神道也。《周易》曰:「聖人以神道設教而天下服。劉義恭《丹徒宮集》曰:「昭化景俗,玄教凝神。」《尚書》曰:「帝乃敷文德。」《錄圖》曰:「女聞偃兵建文化。」《尚書》曰:「柔遠能邇。」《淮南子》曰:「覆露昭道,普氾而無私。」《周易》曰:「含弘光大,品物咸亨。」又曰:「古之聰明睿智,神武而不殺者夫。」《潛夫論》曰:「簡刑薄威,不殺不殊,此德之上也。」

運用這種直接「引錄」的方法來把李善的注釋「資料」抄列於此,就是想說明劉勰〈原道〉篇的思想,在當時實屬一種「老生常談」。雖然李善之注,後人譏之有「釋典忘義」之弊,但上面這段注解是十分精審的,從中可以看到如下幾點意義:

第一,李善注中所引證的史料有儒家著作也有道家著作,還有其他諸子作品和讖緯之書,僅「文德」這一範疇所蘊涵的「時代意義」而言,我們也確實很難拘泥一家之說的。「文德」一詞,最早見於《尚書》、《左傳》及《周易》之中,而「文化」一詞雖原于《周易》「人文化成」之說,但作為一個凝固的名詞,似即見於《錄圖》這種讖緯之書(就現有存世典籍而言),而此「文化」與「文德」一詞近義,是「神理」的體現;

第二,上面抄列李善的注解,只有一句屬於李善本人的按斷之語,即「神理,猶言神道也」一句,這是十分重要的「按斷」。可見,「神理」與「神教」義相通(李善經常把此二詞互釋),「神

理」又與「自然之道」相通，這不僅在《文心雕龍》中可以得到明確說明，此處也能見出：

第三，雖然王融作為作家，寫文章拾取「事類」，糅合成文，自在其必然，但這段話，思想表述還是較為嚴密的，與劉勰〈原道〉篇對比閱讀，何其相似乃爾。這實際上表現的是「大人者，與天地合其德」、「與日月合其明」的天人合一思想。

由上面三點分析，可以說明王融《三月三日曲水詩序》中所表明的思想，其來源是非常雜糅的，特別是當時讖緯思想還是相當流行的，這與王儉等人崇尚儒學，而又兼采讖緯思想是一致的，可謂是當時儒學的一大特徵，這也正是當時儒道釋三教合流的具體表現。

在這以前，如應貞《晉武帝華林園集詩》云：「悠悠太上，民之厥初。皇極肇建，彝倫攸敷。五德更運，膺籙受符。陶唐既謝，天曆在虞。于時上帝，乃顧惟眷。光我晉祚，應期納禪。……修時貢職，入覲天人。」❷李善「注」認為所謂「天人」當本於《莊子》所謂「皆原於一，不離於宗，謂之天人」的思想。不過應貞所論與《尚書·洪範篇》以及《周禮》中的有關論述也是一致的，其論亦雜，而且明顯有一定的天人感應的思想。劉勰雖認為讖緯之書「無益經典而有助文章」，但對「河出圖，洛出書，聖人則之」一套「神道設教」的理論，仍然是相信的，所以劉勰的「天人合一」思想，也就具有一定的「天人感應」的色彩。

總之，劉勰所謂「文之謂德」的「德」字，如許多專家（如王

---

❷　蕭統《文選》第三冊，第 954-955 頁。

元化先生等）指出的就是「得」之義。但有如下幾點值得注意：

其一，「德」與「道」相對而言，從形而上的意義上講，「德」也就是「得道」之義，而凡「物」均為「道」之體現，故「物」之「德」，自然首先就是一種「品性」；

其二，道是宇宙「萬物」的普遍原理，而「德」是「個別之物」已經「得道」之「特殊之理」，故「道」是「體」，而「德」是「用」。如《周易·繫辭上》「顯道神德行」一句，虞翻「解」曰：「乾二五之坤，成離日坎月，日月在天，運行照物。故顯道神德行，默而成之，不言而信，存于德行者也。」王弼「注」曰：「顯，明也，由神以成其用。」❷南齊的易學實為象數與義理二學共兼，對此也有不少專家指出過。儘管這裏虞翻與王弼的解釋一屬「象數」一屬「義理」，但都認為「德」是「道」的顯現，而王弼較為明確的說明了「道神德行」，是「由神以成其用」。因之，「文德」可以與「武功」相對而言，均屬於「道」之「用」；

其三，綜合上述兩個方面言之，所以「德」就具體的「物」而言，均具有「品性」（品質屬性）的意思，比如說「文之德」、「文之為德」，即具體討論「文」的「德」時，就是說「文」的「品質屬性」問題；而當說作為一種「物」的「德」，就可以凝固為一個「詞」，如說「文德」、「武德」等，常常是指功用而言的，也時或指「品性」而言的，也可以包含這兩個方面的意思。——蓋「品性」轉而即為「性能」，「性能」就是指「品質屬性與功能」，這要看具體的語言環境才能決定。

---

❷　孫星衍《周易集解》下冊，第582頁。

所以「文德」常與「武功」或「武德」相對而言，如錢鍾書先生所說，均是指「政治教化，以別於軍旅征伐」，又認為劉勰說「文之為德也大矣」就是指「性能」而言的，筆者以為這是較為正確的解釋，至於談到其思想來源，那就又是一個問題，與分析其「本義」有涉而不同，這也說明楊明照先生等認為「文之為德」不能簡單理解為「文德」，同樣也是有依據、有道理的❷，但其間的分別，原也不必拘泥。

至於後代如章學誠等人論「文德」，各有具體的含義，這實際上只能代表他們的一種思想觀點或主張，可暫置不論。而劉勰的「文之為德」說、「文德」說，是與「自然之道」、「神理之數」相貫通的，其「德」即「得道」，「得」的就是一種「神理」的「道」，而「神理」本有「主客觀」兩方面的含義，下面我們再通過對劉勰的「神理」及其相關範疇的考釋，可以進一步把握其文學觀的精神實質。

三、「神理之數」與「自然之道」

王融說的「設神理以景俗，敷文化以柔遠。」李善認為「神理，猶言神道也。」並引《周易》曰：「聖人以神道設教而天下服」一句為證，其解釋是十分準確的，許多學者對〈原道〉篇如何

---

❷　不過有的學者直接將「文之為德」視為一種「文德」說，也並非不可以的，因為「文之為德」確實是與〈封禪〉篇所謂「計武功，述文德」以及〈程器〉篇所謂「瞻彼前修，有懿文德」的「文德」有著密切的聯繫的，這種聯繫就是「德」都是「道」（無論是道家或儒家）的體現。

由「文」本于「自然之道」而轉折到儒家的「宗經尊體」思想，作了不同角度的探討，筆者以為其關鍵就在於「神理」這個範疇本身既具有「自然之道、之理」的意義，又具有「神教」、「神道設教」的意義，另外「神理」還有「主客觀」兩個方面的意義，因此劉勰論述很自然地能夠從「夫以無識之物，鬱然有采；有心之器，其無文歟」，推至「人文之元，肇自太極，幽贊神明，易象惟先」，再從「原道心以敷章，研神理而設教」，推至「道沿聖以垂文，聖因文以明道」，這樣就得出了「道、聖、文」三位一體的綱領性的結論。

前此之研究似在「自然之道」與「神理」、「神教」的相通性上論述還略有不足，對「神理」的主觀意義的一面，稽考的史料不夠，這裏想多舉一些例證，力圖從儒道釋三教會通的角度作進一步的論述。我們還是先來看看《文心雕龍》中，有關「神理」的用法，主要有如下幾處：

〈原道〉篇：「人文之元，肇自太極，幽贊神明，易象惟先。庖犧畫其始，仲尼翼其終。而乾坤兩位，獨制文言，言之文也，天地之心哉！若乃〈河圖〉孕乎八卦，〈洛書〉蘊乎九疇，玉版金鏤之實，丹文綠牒之華，誰其屍之？亦神理而已。」

又：「爰自風姓，暨於孔氏，玄聖創典，素王述訓，莫不原道心以敷章，研神理而設教，取象乎河洛，問數乎蓍龜，觀天文以極變，察人文以成化；然後能經緯區宇，彌綸彝憲，發揮事業，彪炳辭義。」

又：「贊曰：道心惟微，神理設教。光采玄聖，炳耀仁孝。龍圖獻體，龜書呈貌。天文斯觀，民胥以效。」

〈正緯〉篇：「……經顯，聖訓也；緯隱，神教也。聖訓宜廣，神教宜約，而今緯多於經，神理更繁，其偽二矣。」

〈明詩〉篇：「贊曰：民生而志，詠歌所含。興發皇世，風流二南。神理共契，政序相參。英華彌縟，萬代永耽。」

〈情采〉篇：「故立文之道，其理有三：一曰形文，五色是也；二曰聲文，五音是也；三曰情文，五性是也。五色雜而成黼黻，五音比而成韶夏，五性發而為辭章，神理之數也。」

〈麗辭〉篇：「造化賦形，支體必雙，神理為用，事不孤立。……易之文系，聖人之妙思也。序乾四德，具句句相銜；龍虎類感，則字字相儷；乾坤易簡，則宛轉相承；日月往來，則隔行懸合；雖句字或殊，而偶意一也。」

對劉勰所論，可以主要作如下三點歸納：

第一，劉勰所謂「人文」本於「太極」之最初的表現，實質上就是《易》卦「符號」（所謂「易象」），這本是聖人根據「神理」所顯現出的〈河圖〉、〈洛書〉而製作的，可見「人文」的起源，也就是聖人對自然「神理」的體悟而創生的，由此劉勰就把儒家的經典（五經）提高到無上的地位。

對此許多專家作過論述，如郭紹虞、劉若愚等先生，這是正確

的理解❷。這也說明上引錢鍾書先生的「門面語、窠臼語」論述，是有一定道理的。反過來講，作為這種老生常談的「窠臼語」，也正說明了這種思想觀念的普遍性，除了《文選序》和錢鍾書先生所舉的簡文帝《答張纘謝示集書》以及《昭明太子集序》等例證以外，還可以列舉更多的例證。

例如，較早的如孔安國《尚書傳序》（或以為偽，但肯定出現在劉勰以前）云：「古者伏羲氏之王天下也，始畫八卦，造書契，以代結繩之政，由是文籍生焉。伏羲、神農、黃帝之書，謂之《三墳》，言大道也。少昊、顓頊、高辛、唐、虞之書，謂之《五典》，言常道也。八卦之說，謂之《八索》，求其義也。九州之志，謂之《九丘》。……《春秋左氏傳》曰：楚左史倚相能讀《三墳》《五典》《八索》《九丘》，即謂上世帝王遺書也」云云❷。又如潘岳《為賈謐作贈陸機》所謂「肇自初創，二儀煙熅。粵有生

---

❷　郭紹虞先生〈中國文學演進之趨勢〉一文云：「《文心雕龍‧原道篇》一方面雖謂『文與天地並生』，而一方面又謂『人文之元，肇自太極，幽贊神明，易象惟先。庖犧畫其始，仲尼翼其終』，則又泥于自然界的文章是與天地並生，而人為的文章則始於畫卦」云云（《小說月報》十七卷號外，《中國文學研究》上冊，鄭振鐸編纂，原上海商務印書館，1925）。劉若愚先生《中國的文學理論》中有云：「劉勰重申了人類的『文』源于宇宙之初的觀念，並提及易卦來作為這種『文』的最早例證」云云（中譯本，四川人民出版社，1987）。

❷　蕭統《文選》第五冊，第 2031-2 頁。

民，伏羲始君。結繩闡化，八象成文」等論述❷，就都是認為「人文之元，肇自太極」的，這成為一種論述「文學本源」的思想傳統。

所以，我們可以說，劉勰《文心雕龍》從「天人合一」的傳統思維模式出發而樹立起來的「文學觀念」，也是中國文論的一大民族特徵，重要的審美文化傳統。

第二，劉勰認為「立文之道，其理有三」，這就是「情文、形文和聲文」，三者都是「神理之數」的體現，也就說，這乃是符合「自然之道」的一種必然之理的。

雖然分析起來，「情文、形文、聲文」三者可以分別指文學、書畫和音樂等藝術創作，但合而觀之，就「文學」而言，「情文」主要就是指「文學」思想情感的內容方面，而「形文」與「聲文」主要就是指「文學」的語言文采和聲律、音樂美感等形式方面。在上面引文所列舉的《文心雕龍》有關使用「神理」的七處論述中，明顯可以看到劉勰所說的「自然之道」，有時也用「神理」、「神理之數」來替代，有時這些範疇又有區別，這種區別主要表現為側重點和著眼點的不同。如〈原道〉篇認為天文地文都是「道之文」，聖人「原道心以敷章，研神理而設教」，「參之」于「自然之道」所顯現的「天文地文」「則之」於「神理」所顯現的〈河

---

❷ 蕭統《文選》第三冊，第 1152 頁李善注首二句引「《周易》曰：易有太極，是升兩儀。王肅曰：兩儀，天地也。《易》曰：天地煙煴，萬物化醇。」又注次四句引「《劇秦美新》曰：爰初生民。《周易》曰：上古結繩耳治，後世聖人易之書契。又曰：古者包羲氏之王天下也，始作八卦，以通神明之德，以類萬物之情。包羲，即伏羲也。」

圖〉〈洛書〉，從而作出「易象」，製作出「五經」。

聖人製作「經典」，目的是為了「教化」生民，所以稱為「神理設教」，換句話說，「神理設教」本身就是聖人體則「自然之道」的表現。「研神理而設教」與〈正緯〉開篇所說「夫神道闡幽，天命微顯」的意義，明顯是一貫的，可見，劉勰有時也用「神道」來指「神理」的。

第三，劉勰《文心雕龍》中的「神理」範疇的使用，似乎都不是指「人」之主觀的「資質或對『神道』的感悟能力」這樣的意義的，但這只能說明劉勰用詞是十分注意區別的，並不能以此就認為「神理」沒有「主觀」方面的意義，下面我們來略作一點稽考❷。

首先，我們來看看「神理」從認識（體悟）的物件上講屬於「至道」意義的例子。蕭統《文選》及李善注文中，還載有幾處「神理」的史料，都是指「至道」或「神教」的意義的：

如謝靈運《從遊京口北固應詔》云：「玉璽戒誠信，黃屋示崇

---

❷ 劉勰《滅惑論》云：「彼皆照悟神理，而鑒燭人世」；〈建安王造剡山石城寺石像碑〉云：「鎮南將軍江州刺史建安王，道性自凝，神理獨照，動容立禮，發言成德，英風峻乎間平，茂績盛乎魯衛。」這兩處「神理」的使用，前一則是指的佛教之「道」，屬於認識的「物件」方面的「神理」，而後一則明顯是與「建安王」的主體具有的「道性」、「動容」、「發言」、「英風」等「資能」相並列的，不能簡單地理解為「獨照神理」的「神理」。可見，「神理」這一範疇，從認識（體悟）的物件上講，就是「至道」，具體所指，可以是儒道釋三教的不同之道，也可以是超越儒道釋三教的「宗極之至道」；而從主觀方面講，就是指認識（體悟）這種「至道」（或玄理、佛理）的資能。

高。事為名教用，道以神理超。」⑩李善注前二句曰：「言聖人佩玉璽所以儆戒誠信，居黃屋所以顯示崇高。」注後二句曰：「言上二事乃為名教之所用，而其至道，實神理而超然也。」又引曹植《武帝誄》中「聰竟神理」一語作解。

又謝靈運《述祖德》詩第二首云：「中原昔喪亂，喪亂豈解已。……拯溺由道情，龕暴資神理。」⑪李善注也引曹植《武帝誄》語「人事既關，聰鏡神理」為證（由此知前引「聰竟」應作「聰鏡」）。按：今存曹植《武帝誄》無此二句，已佚，嚴可均已將之輯出。曹植所謂「聰鏡神理」的「神理」，即相當於「神道」的意思。謝靈運所用的「神理」也具有「神道」的意思，但明顯表現了魏晉以來的「名教即自然」的思想觀念，這種「神理」與劉勰〈原道〉篇的「神理」、「自然之道」的用法意義，最為接近。

饒宗頤先生曾分析上述這些史料中的「神理」意義，認為劉勰論「立文之道」的所謂「神理之數」，就是兼「自然（宇宙）義」與「精神義」兩個方面而言的⑫。我們認為饒先生所論甚是，劉勰

---

⑩　蕭統《文選》第三冊，第 1037 頁。

⑪　蕭統《文選》第三冊，第 924 頁。

⑫　饒宗頤云：「案神理實具二義：一為自然（宇宙）義，莊生所謂『配神明，醇天地』者，《文心・原道》之『研神理而設教』，〈正緯〉之『神教』即此類；一為精神義，《文心》下半部首論《神思》，《易》言精義入神、《法言》問神以至《世說》之稱『神筆』（《文學》記阮籍勸進文）皆此類。有時融會二義，神理之數是也。自魏以來，以神理入文辭者多兼二義立訓，陳思誄父曰：『人事既關，聰鏡神理。』非通天人而何？康樂述祖德云：『拯溺由道情，龕暴資神理。』非局于人事可知。至於『事為名教用，道以神理超』，亦人、天對比。故言神理必溯及宇宙義，

的「神理」範疇，當受到佛學的「神理」觀念的濡染的。僧祐《出三藏記集》中共出現「神理」之範疇三次，基本都與劉勰《滅惑論》講的「照悟神理」的意義相同，指的都是一種「至道」或「佛道」，如

> 卷一〈胡漢譯經文字音義同異記〉（僧祐作）云：「夫神理無聲，因言辭以寫意；言辭無迹，緣文字以圖音。故字為言蹄，言為理筌，音義合符，不可偏失。是以文字應用，彌綸宇宙，雖迹系翰墨，而理契乎神。」❸❸

> 卷二之〈總序〉（僧祐作）云：「法寶所被遠矣。夫神理本寂，感而後通，緣應中夏。」❸❹

> 卷十五〈慧遠傳〉云：「外國眾僧，咸稱漢地有大乘道士，每至燒香禮拜，輒東向致敬。其神理之迹，故未可測也。」❸❺

慧皎《高僧傳》中使用「神理」之範疇，凡六見，其中有兩處，同于劉勰《滅惑論》和《出三藏記集》中「神理」的意義。如《慧遠傳》云：「外國眾僧，咸稱漢地有大乘道士，……其神理之

不能以人滅天。僧祐論文字發生，即云：『神理無聲，因言辭以寫意。』（《胡漢譯經音義同異記》）亦重覆人天湊泊。彥和論文，往往如是：『自然之文，誰其尸之，亦神理而已。』文生於自然，內情性而外形聲。」見《梵學集》第 120 頁，上海古籍出版社，1995。

❸❸　《出三藏記集》第 12 頁，中華書局，1985。

❸❹　《出三藏記集》第 22 頁。

❸❺　《出三藏記集》第 568 頁。

迹，故未可測也。」**㊱**（當本於《出三藏記集·慧遠傳》）又《法悅傳》云：「……而祥瑞冥密，出自心圖。故知神理幽通，殆非人事」**㊲**。

上引例證中，特別是僧祐的《胡漢譯經文字音義同異記》一文中的「神理」，雖然主要指的是「佛理」（其實似將之理解為超越儒道釋的「至道」為準確），但與劉勰講「立文之道」，是「神理之數」的表現，明顯是可以貫通的，具有天人交感的的精神內容。

其次，我們再來看看「神理」範疇從主觀方面講的例子。慧皎《高僧傳》中六處「神理」的用法，有四處是指主體認識（體悟）「至道」（或玄理、佛理）的資能的。其中三處出於《支遁傳》，其云：

> 支遁，字道林，……幼有神理，聰明秀徹。初至京師，太原
> 王濛甚重之，曰：「造微之功，不減輔嗣。」……年二十五
> 出家，每至講肆，善標宗會，而章句或有所遺，時為守文者
> 所陋。謝安聞而善之，曰：「此乃九方堙之相馬也，略其玄
> 黃，而取其駿逸。」……郗超後遇親友書云：「林法師神理
> 所通，玄拔獨悟。實樹百年來，紹明大法，令真理不絕，一
> 人而已。」……後高士戴逵行經遁墓，乃歎曰：「德音未
> 遠，而墓木已繁，冀神理綿綿，不與氣韻俱盡耳。」**㊳**

㊱　《高僧傳》（湯用彤校注本）卷六，第218頁，中華書局，1992。

㊲　《高僧傳》卷十三，第494頁。

㊳　《高僧傳》卷四，第159、161、163頁。

另外，《高僧傳·慧嚴傳》有云：「嚴弟子法智幼有神理」❸。支道林明莊學，創般若學即色宗，倡發「頓悟」（與竺道生不同，所謂「小頓悟」）之論，既是佛學大師，也是玄學大師，慧皎所引時（晉）人稱讚支公有「神理」，主要是指其對玄理或佛理的感悟能力、玄思資質而言的。晉、宋以來，佛學所討論的頓漸之悟的理論，對劉勰論作家的才性問題、《神思》篇論作家的才思「遲速」問題，有深刻是影響，對此我們可暫不置論。

我們現在著重要關注的是「神理」的主觀精神方面的意義，還有一種神明「至道」與主體的相互交感的的精神內容。體現到《文心雕龍》之中，那就是聖人具備感悟「神理」的能力，故能創作出「經典」，而反過來講，「神理」又本具又一種啟發聖人、「自來親人」的功能。

如上文已引，〈原道〉篇論云：「仰觀吐曜，俯察含章，高卑定位，故兩儀既生矣。惟人參之，性靈所鍾，是謂三才，為五行之秀，實天地之心，心生而言立，言立而文明，自然之道也。」而《世說新語·言語篇》亦有記載云：「簡文入華林園，顧謂左右曰：會心處不必在遠。翳然林水，便自有濠、濮間想也，覺鳥獸禽魚自來親人。」❹又《世說新語·文學篇》記載：「殷、謝諸人共集（劉孝標注：殷浩、謝安）。謝因問殷，「眼往屬萬形，萬形來入眼不？」劉孝標注云：「《成實論》曰：『眼識不待到而知，虛塵假空與明，故得見色。若眼到色到，色閑則無空明。如眼觸目，則

---

❸　《高僧傳》卷七，第 263 頁。
❹　余嘉錫《世說新語箋疏》上冊，第 120-121 頁，上海古籍出版社，1993。

不能見彼。當知眼識不到而知。』依如此說，則眼不往，形不入，遙屬而見也。謝有問。謝有問，殷無答，疑闕文。」❹注文甚不得要領。

其實，眼往屬萬形，萬形亦自來入眼，所謂「鳥獸禽魚自來親人」。劉勰論「心」與「物」的交感云：「目既往還，心亦吐納」，「情往似贈，興來如答」（《物色》）。《周易·繫辭下》所謂「古者包犧氏之王天下也，仰則觀象於天，俯則觀法於地，觀鳥獸之文，與地之宜，近取諸身，遠取諸物，於是始作八卦，以通神明之德，以類萬物之情。」這種「人、天」交感思想實質上是經過玄學和佛學才得到如此之發展的，已與《周易》原意不同，也與莊子的「天人合一觀」有別，但又是與「三玄」著作中的思想源頭密不可分的。

再次，劉勰遺文中❹，似乎只在《石像碑文》中稱讚建安王

---

❹ 余嘉錫《世說新語箋疏》上冊，第 232 頁。

❹ 據《梁書·劉勰傳》稱有「文集行於世」，然《南史·劉勰傳》刪去此句，且《隋書·經籍志》未著錄劉勰文集，故其文集當於唐前已佚。劉勰之著述，除《文心雕龍》外，今尚存文二篇，即〈滅惑論〉（《弘明集》卷八）、〈梁建安王造剡山石城寺石像碑銘〉（宋孔延之《會稽掇英總集》卷十六，又唐歐陽詢《藝文類聚》卷七六節此文四十一句，作〈剡縣石城寺彌勒石像碑銘〉）；另可考定者，有存目五篇，即〈鍾山定林上寺碑銘〉、〈建初寺初創碑銘〉、〈僧柔法師碑銘〉（見《出三藏記集》卷十二〈法集雜記銘目錄〉，原此三文，均注明為「一卷」，當即以一篇為一卷）、〈釋超辯碑銘〉及〈釋僧祐碑銘〉（據慧皎《高僧傳》卷十一《僧祐傳》、卷十二《超辯傳》）。其中可以確知者，當以〈釋超辯碑銘〉為最早，當即寫於超辯所卒之永明十年（西元 492 年），時劉勰約26 歲左右。

「道性自凝，神理獨照」這一「神理」的用法，具有指稱主體的感悟資質的意義，《文心雕龍》的「神理」並無這種用法，那麼我們就應該對此稍作考釋。

筆者體會這或許正是劉勰用詞的講究所在，其實他已把這個方面的意思用「妙思」等詞來取代了，如上引〈麗辭〉篇所謂「造化賦形，支體必雙，神理為用，事不孤立。……易之文系，聖人之妙思也。」，而「妙思」也可以說與「神思」比較接近，其論「神思」的藝術思維活動，所講的「思理為妙」、「神與物遊」之理，是從《莊子》「物化」之義發展而來，認為作家乃是在「心物交融」的審美過程中，來構思「審美意象」的，所謂「神用象通，情變所孕。物以貌求，心以理應」（《神思》）。這就又是與〈原道〉篇講人「為五行之秀，實天地之心，心生而言立，言立而文明」的精神義理是相互貫通的。

《征聖》篇「贊曰」所謂聖人「妙極生知，睿哲惟宰」，就是講的聖人的那種主體所舉備的「神理」（當然遠比支道林的「神理」要高明，是生而知之的）；而下句說「精理為文，秀氣成采」，那麼聖人用來「為文」的「精理」，表現在文章中的「秀氣」，也是體悟「自然之道」、與「自然之道」相為交感「神理」。我們再看《出三藏記集》卷七《首楞嚴三昧經注序》（未詳作者）云：「沙門支道林者，道心冥乎上世，神悟發于天然。」❹❸，稱「神悟」而不稱「神理」，但其意義也是一致的。

---

❹❸　《出三藏記集》第 269 頁。

五、餘論

㈠通過上文辨析與論說，可見：劉勰所說的「文之為德」、「文德」、「自然之道」、「神理」、「神理之數」等範疇，其間最重要的是「神理」這一範疇具有主體（人）體悟之物件的「至道」意義；而這種「至道」既具有「自然之理」、「本然」的意義，又略具有一種「人格化」的神靈意義；而「神理」在當時人的使用中，本又可以指主體（人）的感悟自然、體悟「至道」的一種「資質」。

《說文解字》釋「神」曰：「天神引出萬物也。」又釋「祇」曰：「地祇提出萬物也。」這是漢人對「天神、地祇」的解釋；《周易・說卦》云：「神也者，妙萬物而為言者也。」王弼注云：「於此言神明者，明八卦運動，變化推移，莫有使之然者。神則無物，妙萬物而為言也；明則雷疾風行，火炎水潤，莫不自然相與而為變化，故能萬物既成。」這是玄學家的解釋。王弼的解釋就明顯洗滌了漢人的「神學」目的論。而劉勰是同時受到這兩個方面的影響的。

劉勰論「文之為德」的「德」，「得」的就是「自然之道」的「道」，從而表現了其「天人合一」的思維模式和思想觀念，而其「自然之道」的精神，正是與「神道設教」的儒家思想息息相通的。這種「神理」，在劉勰而言，一方面它具有「神理設教」的意義，並且有一定的「神秘性」；另一方面，他講「造化賦形，支體必雙，神理為用，事不孤立」等（如《定勢》篇講的「自然之勢」）道理時，其「神理」，主要是側重「自然規律」的意義上講的，其實

這些方面所運用的「神理」這一範疇，就明顯是與「神道設教」的意義無多關涉的。

可是，劉勰是非常重視「文學」的社會功用的、實用價值的，因為文學作品即使在今天看來，我們仍然認為它既具有「審美的價值」也具有「實用的價值」，這種「實用的價值」在中國漫長的封建時代，自然就是與「禮樂」同功的「政治教化功能」，也就是「神理設教」的內在意義。

所以，劉勰在論述「文學」的這種「政治教化功能」時，自然而然的採用「儒家」的思想來作為「判斷是非的標準」，而且還與他在研究「文學」的創作規律和藝術表現、論述「文學」的審美價值以及運用「折中」于「自然之道」的「勢與理」的研究方法不同，又有強調「自然之道」的神秘的「神理」意味，染上了「天人感應」的思想色彩，這無非也是為了給儒家聖人所宣揚的「文學」的「政治教化功能」，找到至高无上的理論根據。

由此，我們就可以明確看到〈原道〉篇講的「自然之道」受到老莊思想影響至深，但又不能將之直接「等同」于老莊的「自然之道」的，劉勰所論的「自然之道」從一開始就帶有糅合儒、道兩家思想的傾向性，而且通過上文筆者對「神理」範疇的考釋，我們可以肯定地說，其間也受到佛學「神理」思想的濡染。

但儘管如此，筆者體會，劉勰仍是從「自然之道」出發的，他是由「自然之道」推到「神理之數」，由「神理之數」推到「神道設教」的，在「自然之道」與「神道設教」之間的重要「思想仲介」，就是「神理」。就此我們也可以見到，《文心雕龍》表現了儒道釋相互結合的文藝思想。

㈡這裏就涉及一個重要問題：就是如何認識《文心雕龍》的儒家思想傾向或曰指導思想問題。

正如本文開頭所說，我們要把劉勰放在六朝時代的具體「處境」中，結合《文心雕龍》的具體內容，去思考劉勰的儒家經典的「視域」。對此，我在〈《文心雕龍》思想傾向平議〉一文中❹，已經作過專門論述，這裏不妨結合本文的論述，再作一點重覆性的強調。

筆者以為，劉勰《文心雕龍》的思想傾向並非以玄佛為主的，更非以佛教思想為「根柢」的，其主體層面乃是儒家思想。換句話說，《文心雕龍》是在儒家為其思想傾向之主體層面的基礎上，表現出的一種儒道釋三教相互會通的文學理論批評觀念。思想傾向性與文學理論批評體系本身，不是完全可以直接等同的，因為所謂「思想傾向」主要是著重其理論批評體系之中的思想原則來講的，而《文心雕龍》所包含的豐富的創作規律的研究內容，主要就不屬於思想原則問題。

《文心雕龍》的文體論、創作論、表現論、批評論等研究內容，是全書的主體部分，它貫穿著一種儒家思想原則，但思想原則本身，是不能取代文體的規律、創作的規律、表現的規律、批評的規律本身的研究和探討的，而劉勰在這些方面較多地資取和吸收了道、釋兩家的思想。所以說，《文心雕龍》體現的是儒道釋相互結

---

❹ 拙文《《文心雕龍》思想傾向平議》，載《文學前言》第 4 輯，首都師範大學文學院與首都師範大學出版社聯合主編，首都師範大學出版社，2001。

合的文藝思想。

我們要弄清其儒家「思想傾向」為主體層面的內在涵義，或者說是在什麼意義上看問題的，不必流於「概念」的爭執。過去，一些學者主張《文心雕龍》的思想是「儒家為主導」的，某些論著是存在著一種用思想原則代替其一切的偏頗傾向的。同時我們還要認識到《文心雕龍》的思想原則，也不是只有儒家的、只屬於儒家的，也糅合了道、法、陰陽乃至佛學等各種思想的。例如，其「物色觀」、「形神觀」、「自然觀」等等，就是如此。

另外，對《文心雕龍》的儒學思想派別的研究，不可無視其經今文學思想觀念的存在，也不可無視其道、玄、釋思想的存在和影響，而且應該提到相當的高度來認識，不可以視為僅僅是某些方面的、零星的、次要的。其原因在於道、玄、釋許多思想觀念已經融入儒學的血液、融入其思想體系之中，共同生成一種新的或者說有所發展變化的文化思想與傳統；但反過來講，無論儒家學術思想如何的發展變化，仍然是儒家的思想，它自有其一貫的「學統」存在、延傳的精神命脈存在❹。我們由此可以看出劉勰本人的傳統學術修養及其精神價值趨向之所在，也可以由此揭示出《文心雕龍》思想淵源的會通三教、整合為一的特點。

正如許多研究者指出的，劉勰主要是從討論文學（包括一般文章）的角度來講宗經的，與「馬鄭諸儒，弘之以精」的經學研究是

---

❹　王元化說：「我們不能把魏晉時代，或齊梁時代的儒學思想和先秦兩漢的儒學思想等量齊觀。如果發現其中有所不同，便率爾判定它不再屬於儒學思想體系，這是不正確的。」此說頗是。《文心雕龍講疏》，267 頁，上海古籍出版社，1992。

不同的。劉勰善於吸收已有的經學研究成果，並用有關觀點來分析文藝創作問題。例如，杜預《春秋左氏傳序》對「春秋筆法」亦即《春秋》「義例」的研究，是非常深刻而又簡約明暢的，所謂「發傳之體有三，而為例之情有五」之說，從《文心雕龍》「文體」、「文本批評」論中，也不難尋覓到對這「五例」之法的討論與運用，它包括功用論和藝術表現論兩個方面，不能一概統歸到體用之「用」的範圍之內。

其「宗經六義」說，就是在這樣的研究基礎上提出的：所謂「故文能宗經，體有六義：一則清深而不詭，二則風清而不雜，三則事信而不誕，四則義貞而不回，五則體約而不蕪，六則文麗而不淫：揚子比雕玉以作器，謂五經之含文也。」宗經「六義」說，包括了「文」的內容與形式兩個方面；其實，這只有在六朝文學的發展基礎上，才能提出來。

如果沒有文學創作本身的豐富發展，劉勰無論如何也不可能歸納出這「六義」來的，因為這「六義」實質上並非是「五經」本身明顯具有的特徵。這就是劉勰的經典「視域」之特點，應該由此經典「視域」去研究儒家經典（所謂文章源於五經）與《文心雕龍》的理論建構問題。

二〇〇四年十一月二十二日定稿於北京花園村，
淡江大學「經典與文化」國際學術研討會前夕。

漢人對《詩經·周南·關雎篇》之詮釋研究

鄭滋斌*

提　要

　　《詩經·關雎》篇，從它的出現開始，便有不少學者和執政者對它作不同的詮釋，而都以為是作詩者的原意。春秋時執政者用詩的情形普遍，到漢代，這風氣尤有所進。〈關雎〉作為《詩經》的首篇，學者和執政者同樣各按需要及所持學理來解釋它。齊、魯、韓三家詩以它為刺詩，而韓詩尤其張皇其說，把它說是最偉大的作品。毛詩以它為美詩，鄭玄同毛說，又另立新意，認為它是推崇后妃美德的作品。他們的意見，尤其是三家詩，在當時具影響力，為兩漢朝廷君臣所採用。不過無論是四家詩或鄭玄，都不理會詩歌內容，只從淑女、雎鳩、荇菜等材料作推斷，從而建立婚姻與政治的關係論，甚至把夫婦一倫視

---

*　香港城市大學中文、翻譯及語言學系教授

為開展文化的源頭。

雖然說四家詩在解釋《詩經》方面佔了主流思想，但像司馬遷（公元前 145-86）認為這篇只是重視夫婦之作，王充（27-97?）懷疑魯詩主張刺周康王（公元前 1026-1001）而作，都較持平客觀。總觀漢人論說〈關雎〉的態度和方法，可見漢人遠紹春秋用詩精神，而更用力推崇，使詩真正成為經，成為可以用來論斷政治，建立文化精神的工具。

關鍵詞：刺詩　美詩　淑女　雎鳩　荇菜　后妃之德　以次為主
　　　　　政治考慮　文化精神

一、前言

元遺山（1190-1257）說：「詩家總愛西崑好，獨恨無人作鄭《箋》。」❶是他閱讀李商隱（813-858）〈錦瑟〉詩後的感觸。〈錦瑟〉的作意是甚麼，最恰當的發言人當然是李商隱本人，元遺山為〈錦瑟〉詩本意不明而感到遺憾，希望能夠有人像鄭玄箋說《毛詩》般解釋詩意。其實鄭玄（127-200）箋解《毛詩》，是否成功地解決《毛詩》的意思，實在值得討論，詩歌的意思，會否因鄭玄的解釋，反而出現糾纏不清的情況，甚至出現了誤解，也值得研

---

❶　元遺山〈論詩絕句〉之十二，劉澤：《元好問論詩三十首集說》，太原：山西人民出版社，1992，頁 104。

究。當然，不論鄭玄是否解讀《毛詩》的功臣，他已為《毛詩》建構了一套解釋學，「獨恨無人作鄭《箋》」，從這方面說，鄭玄對《毛詩》的詮釋，自然值得重視。

其實，想準確地詮釋作品，本來就不容易，尤其是詩歌，因為詩歌常常不是以敘事、說明形式，用清晰的語文，把作者要說的事和情，清楚地臚列出來。詩人往往只是把心中的意想，選擇性地截取一個片段，一個場景，一件事件，借之以作流露。其間雖然已說明了作者的作意，卻不是完整的，自始至終的，尤其要求簡約的文字都交代清楚一切，是不可能，甚至是不合理的。文本出現後，讀者可以有不同的處理方式，會逐字逐句，務求把文本說得清楚，說明讀詩者的能力；或者是偶作點說，而心領神會，只交代一種閱讀趣味；或因為需要，與其他事情粘合，寄託解讀者的用心。無論哪一種方式，都只是一種詮釋，可以豐富閱讀趣味，而不需視為作品的本意，因為作者如果已清楚地說明一切，便不會出現不同的閱讀心得。如果只有「關關雎鳩，在河之洲」兩句，讀者不需要聯想雎鳩與人的關係。可是這兩句後，是「窈窕淑女，君子好逑」，作者為甚麼要把雎鳩和淑女放在接近的距離？這種選擇和表達方式是怎樣的一回事？於是〈關雎〉出現後，從雎鳩與淑女的關係尋思，便有不同的答案。順著這意念而發，可以有許多提問：為甚麼用窈窕來形容淑女？窈窕淑女為甚麼是君子的好逑？為甚麼要寫荇菜？為甚麼君子對淑女會是寤寐求之？而求不得淑女後，會輾轉反側？為甚麼君子會以琴瑟友之，以鍾鼓樂之？以上種種，作者沒有清楚地說明，而作者也沒這必要說明一切。

放開一切提問，細讀〈關雎〉詩，詩的內容，最清楚不過的，

是君子想得到淑女。詩中描寫了君子對淑女的思念情形和程度，是一首簡單不過的情詩，而且是君子一廂情願的意想。如果把詩中的人和物區別起來，可以有以下情況。詩的中心內容是君子思念淑女，而君子為主，淑女為次。雎鳩、荇菜、琴瑟、鐘鼓是詩人的安排，前兩者跟淑女有甚麼關係，詩人沒有說出來；後兩者是容易聯想的工具，因為詩人已作了清楚的說明：君子想用琴瑟和鐘鼓來取悅淑女。然而漢人解釋這首詩，不把君子思念女子這主題放在第一位，而把女子放在第一位，日後的解家又對本質以至可能有蘊含寄意卻不清楚的雎鳩和荇菜進行大量的疏解工作。這樣的詮釋方法，是主次易位，又希望求隱以得顯，藉此要讓全詩的意思豁然。但這方法的結果，是君子思淑女的主題內容被忽略，淑女的角色和功能受到隆而重之的看待，甚至離開全詩主題意思，獲得獨立地位，從此可以有不同的演繹。至於原來意思和作用都隱晦的雎鳩、荇菜，不因為不斷疏解而意思顯豁起來，反而它們的重要性又超越了淑女。於是，漢人對〈關雎〉的詮釋工作，出現了主次倒置的誤差，而且是用政治和文化的大角度來處理〈關雎〉，令它成為具有深層意義的詩歌。

二、四家詩及鄭玄對〈關雎〉的詮釋研究

㈠ 魯詩對〈關雎〉的詮釋

魯、齊、韓、毛四家詩學者對〈關雎〉的詮釋，可以分為兩個立場，魯、韓、齊視此詩為刺詩，毛詩視之為美詩。

　　據清王先謙（1842-1918）所載，魯詩認為〈關雎〉是一篇有關
夫婦的詩歌，因「周道缺」而寫，是以之為刺詩了。又說：「后妃
之制，夭壽治亂存亡之端也。是以佩玉晏鳴，〈關雎〉歎之，知好
色之伐性短年，離制度之生無厭，天下將蒙化，陵夷而成俗也。故
詠淑女，幾以配上，忠孝之篤、仁厚之作也。」❷這意見與《漢
書 · 杜欽傳》所載文字相同，所以向來認為杜欽所學的是魯詩。

　　《漢書 · 杜欽傳》載漢成帝（公元前 32-7）好色，太后因此多采
良家女。杜欽認為古代婚姻有天子壹娶九女的制度，目的在增加子
嗣。女子不必是美麗的，只要能助德理內便足。倘若娣姪有缺，不
再增加，這樣才可使天子不沈溺於色慾，而且杜絕女子爭寵的機
會，影響權力分配。杜欽以是向大將軍王鳳進言，恢復以往天子壹
娶九女制，而所娶的女子必以賢淑女為主，不必有好容貌和聲音技
能。當時王鳳把意見上達，但太后認為於「故事無有。」杜欽於是
再上言，說：

> 后妃之制，夭壽治亂存亡之端也。跡三代之季世，覽宗、宣
> 之饗國，察近屬之符驗，禍敗曷常不由女德？是以佩玉晏
> 鳴，〈關雎〉歎之，知好色之伐性短年，離制度之生無厭，
> 天下將蒙化，陵夷而成俗也。故詠淑女，幾以配上，忠孝之
> 篤，仁厚之作也。

然則魯詩對〈關雎〉的解釋，可能全基於對君主好內出發。杜欽又
說：

---

❷　〔清〕王先謙：《詩三家義集疏》，北京：中華書局，1987，頁4。

今九女之制，合於往古，無害於今，不逆於民心，至易行
也，行之至有福也，將軍輔政而不蚤定，非天下之所望也。
唯將軍臣子之願，念〈關雎〉之思，逮委政之隆，及始初清
明，為漢家建無窮之塞，誠難以忽，不可以遴。❸

杜欽其後因為姪兒與太后妹司馬君力私通，感到慚懼，遂辭官
去職，他的建議也沒有被接納。從杜欽所論，知道西漢成帝時，朝
中對古代天子壹娶九女的說法不甚了了，這也許是實情，更可能是
無必要去認識。其實漢以前帝皇妻妾的數目究竟如何，史無明載，
周代壹娶九女的說法，是否實情，實堪懷疑，至少在現在所得先秦
典籍中，均無記載，至兩漢，才有這說。❹在始皇（公元前 221-210
年）統一前，秦仍為諸侯，即使到了戰國階段，秦國統治者仍不是
「王」，地位不可與周天子相提並論，所以即使知道秦國國君娶納
女子數目，不能借之了解周天子納娶后妃數目。《史記·秦始皇本
紀》載始皇三十五年（公元前 212 年）「乃令咸陽之旁二百里內宮觀

---

❸　班固：《漢書·杜欽傳》，頁 2670。

❹　〔漢〕公羊壽：《公羊傳》莊公十九年有「諸侯壹聘九女。諸侯不再娶」
　　之說，《十三經注疏》本，臺北：藝文印書館，1976，頁 97。《後漢
　　書》卷三十下〈郎顗傳〉、卷五十七〈劉瑜傳〉也載九女之說，都是漢人
　　之言。《左傳》、《穀梁傳》成公七年：「衛人來媵。」〔晉〕杜預和范
　　甯用九女之說來解釋，更在漢人之後，前乎此，先秦典籍，俱未見九女之
　　見。《左傳》語，見《十三經注疏》本，臺北：藝文印書館，1976，頁
　　445。〔漢〕穀梁俶：《穀梁傳》語，見《十三經注疏》本，臺北：藝文
　　印書館，1976，頁 134。

二百七十復道甬道相連，帷帳鐘鼓美人充之。」❺始皇採納女子數目可謂驚人，而這些還不是正式的后妃，已遠過九女制，當然，始皇建立全新政治制度，本來就沒有需要依循周制。漢代秦興，如果要因秦來認識周制，然後斟酌損益，恐怕甚為吃力，而且也沒這必要。從《漢書·外戚傳·序》所載，在成帝之前，漢代后妃制度有三個階段。第一階段是：「漢興，因秦之稱號，帝母稱皇太后，祖母稱太皇太后，適稱皇后，妾皆稱夫人。又有美人、良人、八子、七子、長使、少使之號焉。」第二段階是武帝時設立倢伃、娙娥、傛華、充依四項，各有爵位。第三階段是元帝時又加昭儀之號。在這三階段發展期中，還有五官、順常、無涓、共和、娛靈、保林、良使、夜者、上家人子、中家人子等名號，❻雖然都不一定是天子的妾，但從皇后至倢伃，已夠可觀，而這套制度已在成帝前建立。即使周代有壹娶九女制，漢人已用行動來說明不依從，太后所謂於「故事無有」，是合理的。杜欽的言論，即使可能有他的依據，但如果真的要回到周制，則漢代后妃制度，需要作一大革新，涉及面廣，影響難以估計，學人論政，可謂不切於要了。不過，根據杜欽的理解，周天子選擇女子時主在其賢淑，不在其美貌，多娶因為要繁衍宗族，打理後廷事務；后妃一旦身故，不會再補充，這就是「淑女」形象。以上的解釋，全憑〈關雎〉詩中「淑女」一詞作無限推想，於是全詩便是杜欽所說的：「詠淑女，幾以配上，忠孝之

❺　司馬遷：《史記·秦始皇本紀》，頁 257。按：《秦始皇本紀》又載二世即位後，「九月，葬始皇酈山。」「二世曰：『先帝後宮非有子者，出焉不宜。』皆令從死，死者甚眾。」頁 265。可見始皇後宮數目眾多。
❻　班固：《漢書·外戚傳·序》，頁 3935。

篤，仁厚之作也」。這樣解釋〈關雎〉，便是不管原詩內容所呈現的主題，而只抓住其中可以發揮的材料作推想。

杜欽對后妃角色的看法，重視君主的內庭生活，也許是當時的普遍意見，早在元帝（公元前 48-33）時，王吉也有相似的言論。《漢書·王吉傳》說：

> 時外戚許、史、王氏貴寵，而上躬親政事，任用能吏。吉上
> 疏言得失，曰：「……吉意以為『夫婦，人倫大綱，夭壽之
> 萌也。世俗嫁娶太早，未知為人父母之道而有子，是以教化
> 不明而民多夭。聘妻送女亡節，則貧人不及，故不舉子。又
> 漢家列侯尚公主，諸侯則國人承翁主，使男事女，夫詘於
> 婦，逆陰陽之位，故多女亂。古者衣服車馬貴賤有章，以褒
> 有德而別尊卑，今上下僭差，人人自制，是以貪財誅利，不
> 畏死亡。周之所以能致治，刑措而不用者，以其禁邪於冥
> 冥，絕惡於未萌也。」……上以其言迂闊，不甚寵異也。吉
> 遂謝病歸琅邪。❼

漢元帝大抵也好內，而且朝廷用度不斂，這才引起王吉的諫勸，《漢書·貢禹傳》也記載元帝好內情形，說：

> 元帝初即位，徵禹為諫大夫，數虛己問以政事。是時年歲不
> 登，郡國多困，禹奏言：「古者宮室有制，宮女不過九人，
> 秣馬不過八匹；牆塗而不彫，木摩而不刻，車輿器物皆不文

---

❼　班固：《漢書·王吉傳》，頁 3064-3065。

畫，苑囿不過數十里，與民共之；任賢使能，什一而稅，亡
它賦繇戍之役，使民歲不過三日，千里之內自給，千里之外
各置貢職而已。故天下家給人足，頌聲並作。」**❽**

貢禹所稱「宮女不過九人」，可能和周制天子壹娶九女說有關，從
他所表示的不滿，知道元帝好內。王吉所謂「夫婦，人倫大綱，夭
壽之萌」，雖然沒有援引〈關雎〉作證，但和其後杜欽對女子功能
的意見大致相同。

　　魯詩又認為這首詩是諷刺周康王（公元前 1026-1001）晏朝而作
的。王先謙引魯詩說：「周之康王夫人晏出朝，〈關雎〉豫見，思
得淑女以配君子。」**❾**詳細情形，具載於劉向（公元前 79-8）《列女
傳》卷三〈仁智傳·魏曲沃負傳〉中，云：

> 曲沃負者，魏大夫如耳母也。秦立魏公子政魏太子，魏哀王
> 使使者為太子納妃，王將自納焉。曲沃負……曰：「妾聞男
> 女之別，國之大節也。……今大王為太子求妃，而自納之後
> 宮，此毀貞女之行，而亂男女之別也。自古聖王，必正妃
> 匹，妃匹正則興，不正則亂。夏之興也以塗山，亡也以末
> 喜；殷之興也以有（新女），亡也以妲己；周之興也以大
> 姒，亡也以褒姒。周之康王晏出朝，**❿**〈關雎〉起興，思得

---

❽　班固：《漢書·貢禹傳》，頁 3069。

❾　王先謙，頁 4。

❿　陳喬樅：《魯詩遺說考》卷一引劉向《列女傳》這段文字，作：「周之康
　　王夫人晏出朝，〈關雎〉豫見，思得淑女，以配君子」云云。又下案語
　　云：「《列女傳》『夫人晏出朝』句，郝懿行、安人王氏《補注》云：

淑女以配君子。夫雎鳩之鳥，猶未嘗見乘居而匹處也。夫男
女之盛，合之以禮，則父子生焉，君臣成焉，故為萬物始。
君臣父子夫婦三者，天下之大綱紀也。三者治則治，亂則
亂。今大王亂人道之始，棄綱紀之務，敵國五六，南有從
楚，西有橫秦，而魏國居其閒，可謂僅存矣。王不憂此，而
從亂無別，父子同女，妾恐大王之國政危矣。」王曰：
「然，寡人不知也。」遂與太子妃，而賜負三十鍾。**⓫**

　　曲沃負的傳聞來自何處，暫無可稽考，如資料可憑信，則魯詩
對〈關雎〉的詮釋，有兩點值得注意：第一，把詩歌的對象指向周
康王；第二，抓住淑女和雎鳩兩個原來是次要的材料作詮釋，使之
成為詩歌的主要材料。認為雎鳩「未嘗見乘居而匹處」。「乘
居」，**⓬**是指這種鳥永遠和伴侶一起，這解釋對詩意沒有重要的啟

『夫人二字衍文也。《文選》李善注引無之。』喬樅考《文選》、《後漢
書·皇后紀論》注引虞貞節曰：『其人晏出』，則傳本有夫人二字，非衍
文也。《列女傳》古有曹大家、綦毋邃、虞貞節注，今皆不傳，李善所引
虞貞節語，即虞注《列女傳》之文。」《續修四庫全書》《經部·詩
類》，上海：上海古籍出版社，1995，頁 58-59。雖然陳喬樅主張有「夫
人」二字，但「周之康王夫人晏出朝」，文義較奇怪，去「夫人」二字，
文義較自然，故不採陳氏之說。

⓫　劉向：《列女傳》，王照圓補注，臺北：臺灣商務印書館，1968，頁 56-
57。

⓬　乘居之說，馬瑞辰《毛詩傳箋通釋》云：「《淮南子·泰族訓》：『〈關
雎〉興於鳥，而君子美之，為其雌雄之不乘居也。』據《方言》：『飛鳥
曰雙，雁曰乘』，《廣雅》：『乘，二也。』《列女傳》：『雎鳩之鳥，
猶未嘗見其乘居而匹游』，是《淮南》『乖居』乃『乘居』形近之訛，與
毛《傳》取其有別同義。〔漢〕張超《誚青衣賦》：『感彼關雎，性不雙
侶。』亦取其有別也。」北京，中華書局，1989 年，頁 30。

發作用，許多鳥類都如此，雎鳩沒有其超然的，可資重視的地方。
曲沃負的解釋，到了《後漢書·皇后紀論》有進一步的發揮，說：

> 夏殷以上，后妃之制，其文略矣。《周禮》：王者立后，三
> 夫人，九嬪，二十七世婦，八十一女御，以備內職焉。后正
> 位宮闈，同體天王。夫人坐論婦禮，九嬪掌教四德，世婦主
> 知喪、祭、賓客，女御序於王之燕寢。頒官分務，各有典
> 司。女史彤管，記功書過。居有保阿之訓，動有環珮之響。
> 進賢才以輔佐君子，哀窈窕而不淫其色。所以能述宣陰化，
> 脩成內則，閨房肅雍，險謁不行者也。故康王晚朝，〈關
> 雎〉作諷。❸

范曄（398-445）把后妃的制度和功能角色作一演述後，便以
〈關雎〉為例，闡釋這詩的意思，並把《詩·大序》「是以〈關
雎〉樂得淑女，以配君子，憂在進賢，不淫其色，哀窈窕，思賢
才，而無傷善之心焉，是〈關雎〉之義也。」放在這裡，成為「進
賢才以輔佐君子，哀窈窕而不淫其色。所以能述宣陰化，脩成內
則，閨房肅雍，險謁不行者也。」這樣解釋〈關雎〉，無疑把原詩
所不曾敘述的內容作了增益，有意把它變成了原詩的真正作意。這
解釋也完全建基於「淑女」角色上去，不復理會君子思念淑女這課
題上了。

魯詩如何知道〈關雎〉是為周康王而作，尚未可知。不但如
此，魯詩又謂畢公作〈關雎〉，說：「周漸將衰，康王晏起，畢公

---

❸　范曄：《後漢書·皇后紀論》，頁23。

喟然，深思古道，感彼關雎，性不雙侶，願得周公，配以窈窕，防微消漸，諷諭君父。孔氏大之，列冠篇首。」⓮畢公作詩，這說法見於三國吳張超的〈誚表衣賦〉，說：「周漸將衰，康王晏起，畢公喟然深思古道，感彼關雎性不雙侶，願得周公，配以窈窕，防微消漸，諷諭君父。孔氏大之，列冠篇首。」⓯張超為靈帝時人，⓰他如何知道〈關雎〉的作者是畢公，也許張超別有所本，但西漢魯、韓、齊詩不知，毛詩不知，鄭康成箋《詩》，也沒有說明，反而是張超知道，實在不能服人。王先謙把張超的意見歸入魯詩，也甚為可疑。

　　無論如何，魯詩對〈關雎〉的解釋，重點是后妃應該清楚其在後宮的角色和功能，至於周康王晏起，畢公作詩以諷云云，只是一種資料，詩歌本身並沒有透露任何魯詩所說的信息，這種詮釋，基本上不是解詩，而是借詩以言政，強調后妃的功能角色，然後予以崇高，使后妃的作用變得偉大，繫國家之盛衰。這解釋從政治視角

⓮　王先謙，頁 4。

⓯　《古文苑》卷六，長沙：商務印書館，1939，頁 158-161。

⓰　范曄：《後漢書·文苑傳第七十下》，頁 2652。按：王先謙《詩三家義集疏》引《後漢書·文苑傳》云：「超，河間人，與蔡邕同時者。」頁6。不知王先謙所根據的哪一個本子。按：陳喬樅：《魯詩遺說考》卷一云：「謹案：此以〈關雎〉為畢公作，與《論衡》『大臣刺晏』之語相合，蓋魯詩所傳如此。超字子並，河間人，見《後漢書·文苑傳》，與蔡中郎同時。」也許是王先謙所本，但「與蔡中郎同時」云云，是陳氏補充語，不是《後漢書》原文。又按：陳氏因《論衡》「大臣刺晏」，便推斷「魯詩所傳如此」，論據仍不足。其實陳氏著一「蓋」字，已作疑似之間。

出發，不再理會原詩所述君子思念淑女的情懷了。

㈡ 韓詩對〈關雎〉的詮釋

　　韓詩也以這首為刺詩。據王先謙引韓敘說：「《關雎》，刺時也。」❼韓說曰：「詩人言雎鳩貞潔慎匹，以聲相求，隱蔽於無人之處，故人君退朝入於私宮，后妃御見有度，應門擊柝，鼓人上堂，退反宴處，體安志明。今時大人內傾於色，賢人見其萌，故詠〈關雎〉，說淑女、正容儀以刺時。」❽同樣以女色為主要關心點，跟魯詩說大致相同。不過，對雎鳩的解釋，韓詩較魯詩尤有過之。說雎鳩慎匹，本質上與魯說相同，因慎匹而得貞潔，以人說鳥，隱然與淑女呼應，但詩人是否因雎鳩慎匹之性而選用，詩中沒有這信息。關關聲音，又是否詩人用來表示「以聲相求」，也純是韓詩的讀後感。至於因為「在河之洲」四字，便說雎鳩「隱蔽於無人之處」，不免穿鑿，試問雎鳩不在河洲，竟在何處？從「故人君」以下，韓詩的解釋，與魯詩又大致相類，魯詩認為周康王晏朝，「夫人不鳴璜，宮門不擊柝，〈關雎〉之人見幾而作。」❾韓詩說是「應門擊柝，鼓人上堂，退反宴處，體安志明。」所謂「應門」，據唐章懷太子李賢（651-684）注《後漢書》說：

　　《春秋說題辭》曰：「人主不正，應門失守，故歌〈關雎〉
　　以感之。」宋均注曰：「應門，聽政之處也。言不以政事為

---

❼　　王先謙，頁 4。
❽　　王先謙，頁 4。
❾　　同注❶。

務，則有宣淫之心。〈關雎〉樂而不淫，思得賢人與之共
化，修應門之政者也。」❷

李賢以下引《韓詩章句》語，已見上，不贅。根據《春秋說題
辭》和宋均的說話，大抵是指君主宜依時在應門聽政，卻貪戀女
色，以致晏朝，所以詩人作詩諷刺。然則〈關雎〉目的在刺君上失
德，卻故意描寫淑女，勸導君上所思的宜為淑女。這樣詮釋，其實
已離開原詩之意。因為原意寫君子思念淑女，雖然也有琴瑟友之，
鐘鼓樂之的內容，但輾轉反側的思念情懷，恐怕君主聞之，於我心
有戚戚焉。而且即使最後是以琴瑟鐘鼓把思情上昇，已淋漓盡致寫
述君子思淑女的情態，目的何在？諷刺云云，難以服人。

韓詩不但因〈關雎〉來說明諷刺君上不宜好內，在《韓詩外
傳》又借孔子（公元前 551-479）的話，推崇〈關雎〉到了無以尚之
的地位。

子夏（公元前 507-?）問曰：「〈關雎〉何以為《國風》始
也？」孔子曰：「〈關雎〉至矣乎！夫〈關雎〉之人，仰則天，俯
則地，幽幽冥冥，德之所藏；紛紛沸沸，道之所行，雖神龍變化，
斐斐文章。大哉〈關雎〉之道也，萬物之所繫，群生之所懸命也，
河洛出《書》《圖》，麟鳳翔乎郊。不由〈關雎〉之道，則〈關
雎〉之事奚由至矣哉？夫六經之策，皆歸論汲汲，蓋取之乎〈關
雎〉。〈關雎〉之事大矣哉！馮馮翊翊，自東自西，自南自北，無
思不服。子其勉強之，思服之。天地之間，生民之屬，王道之原，

---

❷　范曄：《後漢書·靈帝紀》，頁 112。

不外此矣。」子夏喟然嘆曰:「大哉〈關雎〉,乃天地之基也。」
《詩》曰「鍾鼓樂之。」**㉑**

　　這段文字,謂作詩者有其深邃的哲學思想,通過觀察天地,認識道德,把最重要的萬物人生哲理,都放在〈關雎〉一篇。它所蘊含的思想,是「萬物之所繫,群生之所懸命」,地位與河《圖》、洛《書》一樣,如同麟鳳之現於世,令人歎為觀止。倘若不依循〈關雎〉所蘊含的道理去處事,則幾乎無所措手足,而六經的一切道理,都因〈關雎〉得到精神養份,它是了解天地人倫關係,以至於王道的關鍵。這樣解釋〈關雎〉,不但如魯詩般從政治功能出發,更從文化功能出發,對它發出宏大的禮頌。古今詩歌,恐怕再無法超越〈關雎〉了。可是這樣的解釋,在原詩中是無跡可尋的,全是韓詩的推想而已。如果因為詩中說明君子對淑女的思慕情懷,從淑女而進行聯想和無限推斷,則任何作品都可以用同一方法作不斷推想,於是任何作品也可以是偉大無倫的。

㈢ 齊詩對〈關雎〉的詮釋

　　王先謙載齊詩對〈關雎〉的意見如下:

> 齊說曰:「孔子論《詩》,以〈關雎〉為始。言太上者,民之父母,后夫人之行不侔乎天地,則無以奉神靈之統而理萬物之宜,故·《詩》曰:『窈窕淑女,君子好仇』。言能致其貞淑,不貳其操,情欲之感無介乎容儀,宴私之意不形乎動

㉑ 韓嬰:《韓詩外傳》,許維遹校釋,北京:中華書局,1980,卷五,頁164。

　　靜，夫然後可以配至尊而為宗廟主。此綱紀之首、王教之端
　　也。」㉒

　　齊詩引孔子的意見後，然後全由「窈窕淑女，君子好逑」兩句
作推斷，又較魯、韓二家有過之，「行不侔乎天地」，「奉神靈之
統，理萬物之宜」，「為宗廟主」云云，后妃的重要性，齊詩說得
極其堂皇，也是抓著兩句作為重心，以局部代全體，這是春秋以來
用詩的傳統，齊詩繼承並作發揮。只是從所引文，齊詩沒有說出對
〈關雎〉的立場，是刺還是美。但王先謙認為班固（32-92）、宋均
都習齊詩，宋均在注「應門」一詞時，已表現了〈關雎〉主刺的意
見，㉓所以齊詩也應主刺。齊詩視雎鳩為「貞鳥」「執一無尤」，㉔
較魯、韓詩的立場尤清晰，分明有意拿雎鳩與淑女作比附，是作詩
者原有這意思了。至於解說「窈窕淑女，君子好逑」二句說：
「〈關雎〉有原，冀得賢妃正八嬪。」㉕以賢妃正八嬪，可見齊詩
認為周制是天子壹娶九女的。《太平御覽》《皇親部》引《詩推度
災》文。宋均注：「八嬪正於內，則可以化四方矣。」㉖陳喬樅
（1809-1869）說：「古者天子、諸侯壹娶九女，一為適妻，餘皆為
嬪。《孟子》引《詩》『刑於寡妻』，趙岐注：『言文王正己適
妻，則八妾從。』八妾即此所謂八嬪也。」㉗據此，當日學術界對

㉒　　王先謙，頁 4。
㉓　　王先謙，頁 7。
㉔　　王先謙，頁 8。
㉕　　王先謙，頁 9。
㉖　　王先謙，頁 11。
㉗　　王先謙，頁 11。

周代九女制是深信不疑的，這才會有魯、齊二家對這方面的相似意見。而這意見正為了解釋「淑女」一詞而發，是離開詩作內容，以政治需要而添字解經。

齊詩的意見，在元、成之間，有匡衡為之發揮，也是因婚姻而說，在《漢書》所載，是三致其意的。先是元帝時有日蝕地震，元帝問以政治得失，匡衡便說：「臣竊考《國風》之詩，《周南》、《召南》被賢聖之化深，故篤於行而廉於色。」❷❸可見是用《詩》來解釋災變，符合齊詩的精神。❷❾其後元帝寵愛傅昭儀及定陶王，匡衡上疏諫勸，說：

> 臣聞治亂安危之機，在乎審所用心。……臣又聞室家之道修，則天下之理得，故《詩》始《國風》，《禮》本《冠婚》，始乎《國風》，原情性而明人倫也；本乎《冠禮》，正基兆而防未然也。福之興莫不本乎室家，道之衰莫不始乎梱內。故聖王必慎妃后之際，別適長之位。禮之於內也，卑不踰尊，新不先故，所以統人情而理陰氣也。其尊適而卑庶也，適子冠乎阼，禮之用醴，眾子不得與列，所以貴正體而明嫌疑也。非虛加其禮文而已，乃中心與之殊異，故禮探其情而見之外也。聖人動靜游燕，所親物得其序；得其序，則海內自修，百姓從化。如當親者疏，當尊者卑，則佞巧之姦

---

❷❸ 班固：《漢書·匡衡傳》，頁3335。

❷❾ 齊詩中，翼奉便是把詩和術數合起來研究的著者。〔清〕壽青崖《齊詩翼氏學》有詳述，可據是知齊詩處理詩歌的特色。見《清經解續編》卷八四八，上海：上海書店，1988。

因時而動，以亂國家。故聖人慎防其端，禁於未然，不以私
恩害公義。陛下聖德純備，莫不修正，則天下無為而治。
《詩》云：「于以四方，克定厥家。」傳曰：「正家而天下
定矣。」❸

把政治的治亂安危和處理婚姻家庭的態度放在一起，在皇權時代，
是合理的，所以作了詳細分析。元帝崩，成帝即位，匡衡又上疏陳
述婚姻的重要，說：

臣又聞之師曰：「妃匹之際，生民之始，萬福之原。」婚姻
之禮正，然後品物遂而天命全。孔子論《詩》以〈關雎〉為
始，言太上者，民之父母。后夫人之行，不侔乎天地，則無
以奉神靈之統，而理萬物之宜。故《詩》曰：「窈窕淑女，
君子好仇。」言能致其貞淑，不貳其操。情欲之感，無介乎
容儀；宴私之意，不形乎動靜。夫然後可以配至尊而為宗廟
主。此綱紀之首，王教之端也，自上世已來，三代興廢，未
有不由此者也。願陛下詳覽得失盛衰之效以定大基，采有
德，戒聲色，近嚴敬，遠技能。❹

秉承齊詩解說〈關雎〉的意思，匡衡認為「窈窕」二句，是女
子應該以德行為重，才有資格成為后妃，負責宗廟拜祭事宜。后妃
的性格良窳，直接影響政治成敗興衰，三代的興衰，便是與女子有
直接關係。這是漢代學術界和政治人物的普遍意見，總之，一切的

---

❸　班固：《漢書·匡衡傳》，頁 3341。
❹　班固：《漢書·匡衡傳》，頁 3342。

解釋，都是以政治為出發點，而把「淑女」二字作了偉大而莊嚴的解釋。

(四) 毛詩對〈關雎〉的詮釋

　　毛詩對〈關雎〉的意見，基本上與三家詩說相類，但不主刺而主美。《詩·大序》說：「《周南》《召南》，正始之道，王化之基，是以〈關雎〉樂得淑女，以配君子，憂在進賢，不淫其色，哀窈窕，思賢才，而無傷善之心焉，是〈關雎〉之義也。」在詮釋全詩時，毛《傳》開始對雎鳩的聲音、性情，與淑女的關係有清楚的聯想：「興也。關關，和聲也。雎鳩、王雎也。鳥摯而有別。水中可居者曰洲。后妃說樂君子之德，無不和諧，又不淫其色，慎固幽深，若關雎之有別焉，然後可以風化天下。夫婦有別，則父子親，父子親，則君臣敬，君臣敬則朝廷正，朝廷正則王化成。」❸❷這種解釋，雖然沒有像《韓詩外傳》一樣把〈關雎〉詩奉為神明，但較韓敘、韓說是邁進一步的。

　　毛《傳》除了解釋雎鳩的性質外，又對荇菜性質作了新的發揮。《毛傳》說：「荇，接余也。流，求也。后妃有《關雎》之德，乃能共荇菜，備庶物以事宗廟也。」❸❸究竟荇是甚麼，毛《傳》從何知道它用來事宗廟。清陳奐（1786-1863）《詩毛氏傳疏》以有下解釋：

---

❸❷　毛萇：《毛詩》，《十三經注疏》本，臺北：藝文印書館，1976，頁19。

❸❸　毛萇，頁21。

　　《爾雅·釋草》：「莕，接余，其葉苻。」《釋文》莕本亦
作荇，《說文》作苻。接，《說文》作「莄」。顏之推《家
訓·書證篇》：「荇，先儒解釋，皆云水草，圓葉細莖，隨
水淺深，今是水悉有之，黃華似蓴。」賈思勰《齊民要術》
卷九引《義疏》云：「接余，其葉白，莖紫赤，正圓徑寸
餘，浮在水上，根在水底。莖與水深淺等，大如釵股，上青
下白，以苦酒浸之，為菹，脆美可案酒，其華蒲黃色。」……
言荇菜之義，《召南·采蘩》助祭，則知荇菜亦以事宗廟。
公侯夫人執蘩菜，不求備物，此王后其荇菜備庶物也。**❸❹**

　　荇菜是否就是陳奐所說，尚可研究，而因〈采蘩〉篇推知〈關
雎〉之荇菜也用以事宗廟，憑據就是毛《傳》的解釋。毛《傳》在
〈采蘩〉篇說：「蘩，皤蒿也。」「公侯夫人執蘩菜以助祭神，饗
德與信，不求備焉。沼沚谿澗之草，猶可以薦，王后則荇菜也。之
事，祭事也。」**❸❺**毛《傳》解釋〈關雎〉在先，〈采蘩〉在後，因
采蘩而說荇，輾轉互釋，沒有其他旁證可參，只是自圓其說，實在
難以服人。陳奐以毛《傳》來肯定毛《傳》，同樣不智。

　　總之，毛《傳》對〈關雎〉的解釋，最與三家詩說不同而最用
力的就在雎鳩與荇，這樣詳人所略，發人所未發，是能找到三家說
的不足處，可是也沒有理會詩中主要交代的內容，反而集中解釋詩
中次要部分，同樣表現了以次為主的詮釋精神。

---

❸❹　〔清〕陳奐：《詩毛氏傳疏》，北京：中國書店，1984，卷一，頁5。
❸❺　毛萇，頁47。

(五) 鄭玄對〈關雎〉的詮釋

鄭玄（127-200）對〈關雎〉一篇的意見，與四家詩有極大分別，雖然陳喬樅把鄭玄歸入韓詩系統，**㊱**但又認為他兼通魯、齊、韓三家之說，**㊲**所以現在不把鄭玄併入韓詩部分。

鄭玄認為這不是一首君子思念淑女的作品，而是后妃思得賢女子一起輔助君主的作品，所以是一篇讚美后妃的作品。這詮釋在當時是新穎而具創意的，但也令人難以信服。

首先，對於雎鳩，毛《傳》說：「鳥摯而有別。」鄭玄承之，再作解釋：「摯之言至也。謂王雎之鳥，雌雄情意至然而有別。」**㊳**所謂「雌雄情意至然而有別」，語焉不清，大抵是指雌雄雎鳩情意達至一境界，且能專一相待。這是肯定毛《傳》解釋而再為之解釋，但其實缺乏佐證，不能取信於人。其次，對於荇菜，鄭玄說：「左右，助也。言后妃將共荇菜之菹，必有助而求之者，言三夫人九嬪以下，皆樂后妃之事。」**㊴**究竟荇菜用來做甚麼，鄭玄沒有深求，也不辯論毛《傳》之說，反而把這首詩的人物開始作轉移，出

㊱ 〔清〕陳喬樅《三家詩遺說考》之《韓詩遺說考·敘錄》置「鄭康成」於韓詩系統，《續修四庫全書》《經部·詩類》，頁 500。

㊲ 〔清〕陳喬樅《三家詩遺說考》之《魯詩遺說考》卷一於「窈窕君子，君子好仇」二句下引《列女傳》云：「言女能為君子和好眾妾也。」喬樅案：「此義與《毛傳》異。鄭君《詩箋》云：『言善女能為君子和好眾妾之怨者。』說即本魯詩。據此知鄭君箋詩，多用魯義。范《史》特言從張恭祖受《韓詩》，而不知其兼通三家也。」《續修四庫全書》《經部·詩類》，頁 60。

㊳ 毛萇，頁 21。

㊴ 毛萇，頁 21。

現了三夫人九嬪等女子，「左右流之」，變成眾人輔助后妃採荇菜的群體活動了。順著這發展，於是鄭玄解釋「寤寐求之」是：「言后妃覺寐，則常求此賢女，欲與之共己職也。」❹把君子思后妃，變為后妃思其他宮中可輔助自己的人，以下鄭玄再解釋詩句：「服，事也。求賢女而不得，覺寐則思己職事，當誰與共乎？思之哉，思之哉！言己誠思之。臥而不周曰輾。」❹形容后妃為得賢女助己，至於輾轉反側。對於「琴瑟友之」，鄭玄說：「同志為友，言賢女之助后妃共荇菜，其情意乃與琴瑟之志同。共荇菜之時，樂必作。」❹把「友」字作了如此解釋，使它作為承接上下文的關鍵詞，採荇菜時便是琴瑟之志同，到了供荇菜時便琴瑟之樂作，如此縫接文字，可謂苦心，而罔顧文理。最後的「鐘鼓樂之」，鄭玄說：「琴瑟在堂，鍾鼓在庭。言共荇菜之時，上下之樂皆作，盛其禮也。」❹所有推演，恐怕都源於毛《傳》所說荇菜用來事宗廟這解釋上，可是毛《傳》之說既可疑，鄭玄如據之而作引申，便是無根之說。最重要的是，詩中「窈窕淑女，君子好逑」兩句，本來是全詩的關鍵句，鄭玄沒有視而不見，卻作以下解釋：「怨耦曰仇，言妃之德和諧，則幽閒處深宮貞專之善女，能為君子和好眾妾之怨者。言皆化后妃之德不嫉妒，謂三夫人以下。」❹鄭玄先把「逑」字釋為「仇」，說是「怨耦曰仇」，為自己以下文字作了準備。一

---

❹　毛萇，頁 21。
❹　毛萇，頁 21。
❹　毛萇，頁 22。
❹　毛萇，頁 22。
❹　毛萇，頁 20。

定要解釋后妃能和好其他女子，如此曲折讚美后妃，可謂苦心，於是「君子好逑」和以下的「輾轉反側」的思念行動，再無任何關係，君子的角色終於黯然淡出這詩中，其餘文字拱手讓予后妃了。

　　鄭玄對〈關雎〉意見，不是沒有理據基礎的，大抵這是源於《儀禮·鄉飲酒禮》及〈燕禮〉中對〈關雎〉的闡釋而來。《儀禮·鄉飲酒禮》云：「乃閒：歌〈魚麗〉，笙〈由庚〉；歌〈南有嘉魚〉，笙〈崇丘〉；歌〈南山有臺〉，笙〈由儀〉。乃合樂：《周南·關雎》、〈葛覃〉、〈卷耳〉，《召南·鵲巢》、〈采蘩〉、〈采蘋〉。」鄭玄說：

> 閒，代也。謂一歌則一吹，六者皆《小雅》篇。〈魚麗〉言大平年豐物多也，此采其物多酒旨，所以優賓也。〈南有嘉魚〉言大平君子有酒，樂與賢者共之也。此采其能以禮下賢者，賢者纍蔓而歸之，與之燕樂也。〈南山有臺〉言大平之治，以賢者為本，此采其愛友賢者，邦家之基，民之父母，既欲其身之壽考，又欲其名德之長也。〈由庚〉、〈崇丘〉、〈由儀〉今亡，其義未聞。合樂，謂歌樂與眾聲俱作。《周南》、《召南》，國風篇名。王后、國后夫人房中之樂歌。〈關雎〉言后妃之德。〈葛覃〉言后妃之職，〈卷耳〉言后妃之志，〈鵲巢〉言國君夫人之德，〈采蘩〉言國君夫人不失職，〈采蘋〉言卿大夫之妻能脩其法度。昔大、王季居于岐山之陽，躬行《召南》之教，以興王業。及文王而行《周南》之教以受命。《大雅》云：「刑于寡妻，至于兄弟，以御于家邦。」謂此也。其始一國耳。文王作邑于

豐，以故地為卿士之采地，乃分為二國。周，周公所食；
召，召公所食。於時文王三分天下有其二，德化被于南土，
是以其詩有仁賢之風者，屬之《召南》焉；有聖人之風者，
屬之《周南》焉。夫婦之道，生民之本，王政之端，此六篇
者，其教之原。故國君與其臣下及四方之賓，燕用之合樂
也。鄉樂者，《風》也；《小雅》為諸侯之樂，《大雅》、
《頌》為天子之樂。鄉飲酒，升歌《小雅》，禮盛者可以進
取也。燕合鄉樂，禮輕者可以逮下也。《春秋傳》曰：「肆
夏繁遏，渠天子所以享元侯也。」〈文王〉、〈大明〉、
〈綿〉，兩君相見之樂也。然則諸侯相與燕，外歌《大
雅》，合《小雅》，天子與次國小國之君燕亦如之；與大國
之君燕，升歌頌合《大雅》，其笙閒之篇，未聞。❹

　　《儀禮・燕禮》與〈鄉飲酒禮〉所載的文字相同，只是在「笙
〈由儀〉」後說：「遂歌鄉樂，《周南・關雎》」云云，鄭玄的注
文又與前相若，不煩引。鄭玄認為燕禮和鄉飲酒禮演奏《小雅》
〈魚麗〉等篇，再與《周南》、《召南》等六詩合演，都是通過演
奏，來宣揚周代政治思想，而〈關雎〉等六篇，全是后妃或國君夫
人房中之樂，頌揚女子的德行和職守。鄭玄或因《儀禮》的兩條資
料，便肯定〈關雎〉是「言后妃之德」，當然這與四家詩對〈關
雎〉的解釋是呼應的。不過，鄭玄在箋說《毛詩》時，全力讚美后
妃之德的用心，契機應該源於《毛詩序》。《毛詩序》說：「是以

---

❹　鄭玄注：《儀禮》，《十三經注疏本》，臺北：藝文印書館，1976，頁
　　93-94。

〈關雎〉樂得淑女，以配君子，憂在進賢，不淫其色，哀窈窕，思賢才，而無傷善之心焉，是〈關雎〉之義也。」所謂「憂在進賢，不淫其色」，究竟是誰憂？毛詩沒有說出來，鄭玄索性說是后妃。其實《毛詩序》的意思，是先為全篇作一總說：「樂得淑女，以配君子」，之後的文字，都是漢人的慣性推斷，而一切都以政治為思考立場而已，所以從「憂在進賢」作橫截句，把它屬諸后妃，可見鄭玄很聰明，不必理會《毛詩序》的文理了。此外，鄭玄也許與其他學者有類似觀點：經書文字，首篇為重。既如此，〈關雎〉篇一定有其重要性，所以不惜一切，通過誇大其內容，來提高詩篇的性質和地位。可是，如果首篇作用真的如此重要，何以在《書》、《春秋》、《易》、《禮》四經文字的首章，都不是以女子為主的作品？又如果一切的解釋，都是以政治為大前提，《書》、《春秋》和《禮》固然和政治有關，已沒有把女子地位放在第一位置，至於《易》首乾坤，也是先乾而後坤，這樣看來，〈關雎〉推重女子，與其他經書的精神不相符合，鄭玄的推測，顯然不夠完備。

可是鄭玄的推測不是無根的，就以鄉飲酒禮和燕禮時所歌〈關雎〉六篇言。〈葛覃〉先寫女子思春情懷，但不忘女子持家之工作，又能守禮重師傅，如此婦德，實為可貴。〈卷耳〉寫征人在外，女子思念其役旅之苦，又見婦德之可貴，而夫婦之情誼可人。〈鵲巢〉寫組織家庭，而全力鋪寫出嫁之盛，所堪如此迎娶者，其政治地位自然是崇高的，能得到如此隆重禮儀者，則女子是否應先有才德，才有如此幸福的婚姻，詩歌在不動聲色中，已暗中啟動女子向著美好家庭而設想作好準備。〈采蘩〉和〈采蘋〉寫夫人誠心於祭事，堪為家中之主婦。既然五篇都是對女子德行才能的描寫，

則〈關雎〉恐怕也和這主題有關，只是根據〈關雎〉的文字，實在
難以推測淑女之的德行，鄭玄這才不惜一切，苦心地作了推斷。其
實〈關雎〉用心寫君子思慕淑女，希望與之結合，而以琴瑟友之，
以鐘鼓樂之，這位淑女的才德已不言而喻，她一定是性行淑均，有
高尚的情操，才足以用樂來友之樂之的。如此釋詩，大意已得，情
趣讓讀者自行體味，如此讀詩，才算合理。鄭玄的苦心可賞，但始
終不顧文理，並非值得推崇的讀書態度。

三、漢代其他學者對〈關雎〉的詮釋

　　漢代的史學，如果以《史記》《漢書》為代表，則雖然記事，
仍離不開經學思想，班固篤守儒家思想，固無論矣；司馬遷（公元
前 145-86）推崇孔子，也自然尊崇儒家思想，當時毛詩尚未立於學
官，以故對〈關雎〉，司馬遷沒有溢出三家詩家的意見，而大抵接
近韓詩之說。但清陳喬樅《魯詩遺說考》認為司馬遷是魯詩系統，
引《史記·孔子世家》、《太史公自敘》文字，然後作案語云：

> 《史記·敘傳》自言「講業齊、魯之都」。子長宜習魯詩。
> 又〈儒林傳〉言「韓嬰為《詩》，與齊、魯間殊」，似不深
> 信韓氏。且子長時，《詩》惟魯立博士，故《史記》所引
> 《詩》皆魯說也。喬樅謹案：全氏祖望云：「太史公嘗從孔
> 安國問《古文尚書》，安國為魯詩者也。史遷所傳，當是魯
> 詩。」喬樅今即以《史記》證之，其傳〈儒林〉，首列申
> 公；敘申公弟子，首數孔安國，此太史尊其師傳，故特先

之。據是以斷《史記》所載《詩》，必為魯說無疑矣。**⑯**

在《周頌·閔予小子之什·般》：「於皇時周，陟其高山，隨山喬嶽，允猶翕河。」陳喬樅引《史記·封禪書》云：「周成王封泰山，禪社首，受命然後得封禪。《詩》云紂在位，文王受命，政不及泰山。武王克殷二年，天下未寧而崩。爰周德之洽維成王，成王封禪則近之矣。」然後下案語云：

> 《史記》所引《詩》，即魯詩說。據《封禪書》言，上招賢良，趙綰、王臧等，以文學為公卿。欲議古立明堂城南，以朝諸侯。草巡狩、封禪，改歷、服色，事綰、臧，並申公弟子。益足證魯以般為言封禪事矣。《史記》又云：「孔子論述六藝，《傳》略言易姓而王，封泰山，禪乎梁父者七十餘王。」疑《傳》即指《魯詩傳》也。**⑰**

今人金德建同意陳說，撰有〈史記所引詩經係魯詩說〉**⑱**。可是，如果司馬遷真的繼承魯詩之說，則〈關雎〉一篇，便應該從政治角度考慮，而不是像韓詩般從文化角度考慮了。此外，《史記·封禪書》文字與陳氏所引不盡相同，《史記》原文如下：

> 其後百有餘年，而孔子論述六藝，傳略言易姓而王，封泰山

---

⑯ 陳喬樅：《三家詩遺說考》之《魯詩遺說考》卷一，頁56。
⑰ 陳喬樅：《三家詩遺說考》之《魯詩遺說考》卷六，頁310-311。
⑱ 金德建：〈史記所引詩經係魯詩說〉，見林耀潾：《西漢三家詩學研究》第四章「西漢三家詩學與通經致用」語，林氏採用金氏意見，而沒有新的佐證，所以也不可信。臺北：文津出版社，1996，頁97-106。

禪乎梁父者七十餘王矣，其俎豆之禮不章，蓋難言之。或問
禘之說，孔子曰：「不知。知禘之說，其於天下也視其
掌。」詩云紂在位，文王受命，政不及泰山。武王克殷二
年，天下未寧而崩。爰周德之洽維成王，成王之封禪則近之
矣。及後陪臣執政，季氏旅於泰山，仲尼譏之。❹

至於趙綰、王臧之事，見《史記‧儒林列傳》，云：

今上（按：指漢武帝）初即位，臧迺上書宿衛上，累遷，一歲
中為郎中令。及代趙綰亦嘗受《詩》申公，綰為御史大夫。
綰、臧請天子，欲立明堂以朝諸侯，不能就其事，乃言師申
公。於是天子使使束帛加璧安車駟馬迎申公弟子二人乘軺傳
從。……申公時已八十歲，老。……太皇竇太后好老子言，
不說儒術，得趙綰、王臧之過以讓上，上因廢明堂事，盡下
趙綰、王臧吏，後皆自殺。申公亦疾免以歸，數年卒。❺

〈封禪書〉引孔子文字，並不盡如原典。《論語‧八佾》載：
「或問禘之說，子曰：『不知也。知其說者之於天下也，其如示諸
斯乎！』指其掌。」司馬遷變為「或問禘之說，孔子曰：『不知。
知禘之說，其於天下也視其掌。』」文理不暢。〈封禪書〉所稱
「詩云紂在位」云云，陳氏如何知道這「詩」就是魯詩的意見，令
人生疑。陳氏截取《史記‧封禪書》及〈儒林列傳〉文字，然後謂
「益足證魯詩以般為言封禪事矣」云云，意亦難明。如此糾合文

❹　司馬遷：《史記‧封禪書》，頁 1363-1364。
❺　司馬遷：《史記‧儒林列傳》，頁 3121-3122。

字，然後即下斷語，實在難以服人。其實司馬遷博採通人，成一代史文，即使曾從魯學，不必因此而篤守一家，而陳氏定以司馬遷為魯詩系統人物，實無必要，而司馬遷論〈關雎〉一篇，正可見其不是傳魯詩之學。《史記·外戚世家》載：

> 自古受命帝王及繼體守文之君，非獨內德茂也，蓋亦有外戚之助焉。夏之興也以塗山，而桀之放也以末喜，殷之興也以有娀，紂之殺也嬖妲己，周之興也以姜原，及大任，而幽王之禽也淫於褒姒。故《易》基乾坤，《詩》始〈關雎〉，《書》美釐降，《春秋》譏不親迎，夫婦之際，人道之大倫也。禮之用，唯婚姻為兢兢。夫樂調而四時和，陰陽之變，萬物之統也。可不慎與？人能弘道，無如命何。甚哉，妃匹之愛，君不能得之於臣，父不能得之於子，況卑下乎！既驩合矣，或不能成子姓；能成子姓矣，或不能要其終，豈非命也哉？孔子罕稱命，蓋難言之也。非通幽明之變，惡能識乎性命哉？(51)

司馬遷認為〈關雎〉是一篇重視夫婦的作品，是持平之論，從原詩展示君子思念淑女主題內容出發，由此而說它重視夫婦一倫，是合理而可取的推論。因重視夫婦一倫而與其他《易》、《書》、《春秋》、禮等重視夫婦的內容相提並論，也同樣合理可取。觀司馬遷的文字，察其思想，跟韓詩說接近，而較溫和，沒有像《韓詩外傳》般張皇其詞。至於〈關雎〉作於何時，司馬遷則另有所見，

---

(51) 司馬遷：《史記·外戚世家》，頁 1967。

與魯詩不同，《史記·十二諸侯年表》云：

> 周道缺，詩人本之衽席，〈關雎〉作。仁義陵遲，〈鹿鳴〉
> 刺焉。❺❷

《史記·儒林列傳》又云：

> 太史公曰：余讀功令，至於廣厲學官之路，未嘗不廢書而歎
> 也。曰：嗟乎！夫周室衰而〈關雎〉作，幽厲微而禮樂壞，
> 諸侯恣行，政由彊國。故孔子閔王路廢而邪道興，於是論次
> 《詩》《書》，修起禮樂。適齊聞《韶》，三月不知肉味。
> 自衛返魯，然後樂正，《雅》《頌》各得其所。世以混濁莫
> 能用，是以仲尼干七十餘君無所遇。曰「苟有用我者，期月
> 而已矣」。西狩獲麟，曰「吾道窮矣」故因史記作《春
> 秋》，以當王法，其辭微而指博，後世學多錄焉。❺❸

　　司馬遷認為周室缺而〈關雎〉作，並以〈鹿鳴〉作比較，可見
他不認為〈關雎〉作於文、武、成、康之世，也不同意畢公作詩的
說法。事實上，詩中只有君子、淑女、雎鳩、荇、琴瑟、鐘鼓等人
與物，內容既然是述說君子思念淑女，如果因此而引申為勸勉君主
要重視夫婦人倫，則適用於任何時候，作於康王之世云云，實在無
可取證。司馬遷的態度是審慎可取的。

　　至於班固對〈關雎〉的意見，見於《漢書·杜欽傳贊》，說：

---

❺❷　司馬遷：《史記·十二諸侯年表》，頁 509。
❺❸　司馬遷：《史記·儒林列傳》，頁 3115。

及欽浮沈當世，好謀而成，以建始之初深陳女戒，終如其
言，庶幾乎〈關雎〉之見微，非夫浮華博習之徒所能規也。❺❹

　　「深陳女戒」云云，就是杜欽向君上陳說女子在後宮的功能角
色，這在魯詩一節已有介紹，而這本來在〈關雎〉詩中是無跡可尋
的，班固認同魯說，而無新發明，可以存而不論。班固又於〈離騷
序〉說：「〈關雎〉哀周道而不傷。」❺❺是直接秉承《論語·八
佾》篇孔子對〈關雎〉的意見，根據這兩條資料，不能斷言班固師
承齊詩之說，❺❻反而借此可見從西漢至東漢，學者已不篤守一家之
義，漸有融合多家之說的傾向，這在以下所引王充、楊賜等說均可
見。

---

❺❹　班固：《漢書·杜欽傳贊》，頁2683。
❺❺　班固：〈離騷序〉云云，見陳喬樅《三家詩遺說考》之《齊詩遺說考》卷
　　一。陳氏云：「孟堅此言，即本《論語》『哀而不傷』為說。漢興，《論
　　語》有魯、齊之學。齊《論語》者，齊人所傳，其章句頗於魯云。」頁
　　338。
❺❻　今人王禮卿《四家詩恉會歸》把班固歸入齊說中，不夠說服力，從上所引
　　班氏之說，適足以見並無齊詩的意見。王禮卿又引班昭〈女誡〉云：「夫
　　婦之道，參配陰陽，通達神明，天地之宏義，人倫之大節也。是以禮貴男
　　女之際，詩著〈關雎〉之義，由斯言之，不可不重也。」王氏再引陳喬樅
　　說云：「曹大家言〈關雎〉與匡衡義同，蓋用齊詩說，傳其從祖班伯之學
　　也。」臺北：青蓮出版社，1995，頁123。陳喬樅大抵因為班昭把陰陽神
　　明等與〈關雎〉配合，再加上班伯的關係，便斷言班氏師承齊說，可是陰
　　陽神明之說，略無神祕色彩，與齊詩以災異說詩不同，前引韓詩釋〈關
　　雎〉時，便牽及「河洛出《書》《圖》，麟鳳翔手郊」等語，則又何說！
　　所以即使班氏本師承齊詩，但參酌他家之說，並非不可能，即以〈關雎〉
　　一篇言，已當作如是觀。

　　淮南王劉安（公元前 179-122）的《淮南子》，對〈關雎〉全詩
的意見不可知，其中〈泰族訓〉說：「〈關雎〉興于鳥，而君子美
之，為其雌雄之不乖居也。」❺也許是魯、韓之後，首先用「興」
對雎鳩和淑女關係作說明，出現新的閱讀心得，和毛《傳》暗合，
至於毛《傳》是否因是而發，則未可知。

　　劉向在《列女傳·曲沃負傳》載曲沃負的文字後，接著說：
「君子謂魏負知禮，《詩》云：『敬之敬之，天維顯思。』此之謂
也。頌曰：魏負聰達，非刺哀王。王子納妃，禮別不明。負款王
門，陳列紀綱。王改自修，卒無敵兵。」❺雖然文字旨在褒揚曲沃
負，但原則上認同〈關雎〉是刺詩之說。劉向在《新序·雜事篇》
對〈關雎〉又持相同意見，說：

> 禹之興也以涂山，桀之亡也以末喜；湯之興也以有莘，紂之
> 亡也以妲己；文武之興也以任、姒，幽王之亡也以褒姒。是
> 以《詩》正〈關雎〉也而《春秋》褒伯姬也。❺〔筆者按：伯
> 姬事見《穀梁傳》襄公三年。〕

　　劉向比較三代興衰與女子的關係後，說《詩》正〈關雎〉而
《春秋》褒伯姬，如果分承上文，則褒伯姬與涂山、有莘、任、姒
為一類，於是所謂「正〈關雎〉」云云，可能是指不正者宜正之。
既然魯詩認為〈關雎〉是刺周康王晏朝，以警君主不應耽於女色，

❺　《淮南子》，李文達譯注本，長春：吉林文史出版社，1993，頁 964。
❺　劉向：《列女傳》，頁 57。
❺　劉向：《新序·雜事篇》，馬達：《新序譯注》，無出版地：湖北人民出
　　版社，1986，頁 5。

劉向師魯詩,則「正〈關雎〉」宜作如是觀。

　　大抵魯詩的意見在西漢朝是主流的意見,所以除劉向外,揚雄(公元前53-18)也如是觀,《法言·孝至第十三》說:

> 周康之時,頌聲作乎下,〈關雎〉作乎上,習治也。齊桓之時縕,而《春秋》美邵陵,習亂也。故習治則傷始亂也,習亂則好始治也。**⑥**

汪榮寶(1878-1933)《法言義疏》說:「子雲說《詩》,皆用魯義,故此以〈關雎〉為刺康王之詩,而云『作乎上』,亦即大臣刺晏之說。吳云:『習治,習見治世之事。』按:謂康王之時,詩人習於文、武無逸之教,故晏起雖小節,即以為刺也。」

　　到了東漢初,王充(27-97?)懷疑魯、韓詩對〈關雎〉篇寫作原因的解釋,《論衡》卷十二〈謝短篇〉說:

> 問《詩》家曰:「《詩》作何帝王時也?」彼將曰:「周衰而《詩》作,蓋康王時也。康王德缺於房,大臣刺晏,故《詩》作也。」夫文武之隆,貴在成康,康王未衰,詩安得作?周非一王,何知其康王也?**⑥**

　　王充認為魯、韓詩家以《詩》作於衰世,而康王是周代盛世之主,所以反對刺詩作於康王時。最重要的是,周非一王,無道之君

---

⑥ 揚雄:《法言·孝至篇》,汪榮寶:《法言義疏》,陳仲夫點校,北京:中華書局,1987,頁543-544。

⑥ 王充:《論衡·謝短篇》,黃暉校釋本,臺北:商務印書館,1975,頁564-565。

間作,如果〈關雎〉詩真的是刺世之作,從何以知那是康王。王充
的意見是很有啟發性的。任何一首詩的出現,當然有作者的寫作動
機,〈關雎〉果如魯、韓詩所說,是有所譏刺的,卻完全沒有證據
支持作於周康王時。任何人因一事而生感慨,因此而作詩,是很自
然的事,所謂「詩言志」是也。詩中的「雎鳩」、「河洲」、「淑
女」、「荇菜」,不能指明屬於何人,魯、韓詩說定指作於周康王
時,沒有史實證據支持,王充質疑其說,是合理的。

四、漢代君臣對〈關雎〉的處理

　　漢代君主對於〈關雎〉篇,基本上是認同魯、韓、齊詩的意
見,以之為刺詩。像《後漢書‧明帝紀》載永平八年(公元 65 年)
冬十月壬寅晦,日有食之後,明帝下詔書要求大臣上書分析日食的
原因,與自己的管治是否有關,於是在位者皆上封事,各言得失。
明帝覽章後,深自引咎,並下詔書說:

> 群僚所言,皆朕之過。人冤不能理,吏黠不能禁;而輕用人
> 力,繕修宮宇,出入無節,喜怒過差。昔應門失守,〈關
> 雎〉刺世;飛蓬隨風,微子所歎。永覽前戒,竦然競懼。徒
> 恐薄德,久而致怠耳。」[62]

所謂「應門失守,〈關雎〉刺世」,已見前引韓詩之說,不贅。到
了漢靈帝熹平元年(公元 172 年),因為青蛇見御坐,帝以問楊賜,

---

[62]　范曄:《後漢書‧明帝紀》,頁 111。

楊賜上封事說：

> 臣聞和氣致祥，乖氣致災，休徵則五福應，咎徵則六極至。
> 夫善不妄來，災不空發。王者心有所惟，意有所想，雖未形
> 顏色，而五星以之推移，陰陽為其變度。以此而觀，天之與
> 人，豈不符哉？……夫皇極不建，則有蛇龍之孽，《詩》
> 云：「惟虺惟蛇，女子之祥。」故《春秋》兩蛇鬥於鄭門，
> 昭公殆以女敗；康王一朝晏起，〈關雎〉見幾而作。夫女謁
> 行則讒夫昌，讒夫昌則苞苴通。故殷湯以之自戒，終濟亢旱
> 之災。惟陛下思乾剛之道，別內外之宜，崇帝乙之制，受元
> 吉之祉，抑皇甫之權，割豔妻之愛，則蛇變可消，禎祥立
> 應。㊿

㊿　范曄：《後漢書·楊賜傳》，頁 1776-1777。按：〔晉〕袁宏《後漢紀·
靈帝紀》記敘這事，載楊賜上書文字云：「昔周康王承文王之盛，一朝晏
起，夫人不鳴璜，宮門不擊柝，〈關雎〉之人，見機而作。」《四庫全
書》本，第 303 冊，卷 23，上海：上海古籍出版社，1987，頁 21，總頁
748。袁宏所載文字，與范曄的略有不同，〔清〕王先謙《詩三家義集
疏》據袁宏的記錄，把楊賜的意見視為魯詩的意見，並不妥當，王先謙先
引魯詩所載：「昔周康王承文王之盛，一朝晏起，夫人不鳴璜，宮門不擊
柝，〈關雎〉之人見幾而作。」再引〔晉〕袁宏《後漢紀·靈帝紀》載楊
賜上書云：「昔周康王承文王之盛，一朝晏起，夫人不鳴璜，宮門不擊
柝，〈關雎〉之人見機而作。」把兩條文字合在一起，乍看以為王先謙是
有所根據，檢讀《後漢紀》原文，才知王氏強作膠合。「應門擊柝」的說
法，的是韓詩的意見，與魯詩無涉，因為據目前所見，在楊賜上書前，魯
詩沒有這說法。楊賜因青蛇入御座而援《詩》解事，大有齊詩以災異說詩
特色。然則楊賜之說，是結合魯、韓、齊三家之義，不是魯詩之見。

　　楊賜把青蛇出現於帝坐，跟〈關雎〉拉合在一起，頗有齊詩以災異釋詩精神，而又定必借此以言君上要把外戚關係處理妥當，這種政治原因，是漢人解經的習慣，也是承接春秋以來用《詩》的傳統。需注意的是：認為〈關雎〉之作，是周康王晏朝，則仍是魯、韓詩的意見。從楊賜接受魯、韓、齊三家詩的詮釋和應用原則看來，東漢已開始把三家詩說合起來說，可見鄭玄解毛詩，調和眾家之說，是一種必然趨勢。但無論是哪一家的意見，注意力都集中到后妃上，這解釋已成為〈關雎〉詩的主流解釋，范曄《後漢書·皇后紀·序》便承接之，說：

> 夏殷以上，后妃之制，其文略矣。《周禮》：王者立后，三夫人，九嬪，二十七世婦，八十一女御，以備內職焉。后正位宮闈，同體天王。夫人坐論婦禮，九嬪掌教四德，世婦主知喪、祭、賓客，女御序于王之燕寢。頒官分務，各有典司。女史彤管，記功書過。居有保阿之訓，動有環珮之響。進賢才以輔佐君子，哀窈窕而不淫其色。所以能述宣陰化，修成內則，閨房肅雍，險謁不行者也。故康王晚朝，〈關雎〉作諷，……爰逮戰國，風憲逾薄，適情任欲，顛倒衣裳，以至破國亡身，不可勝數。斯固輕禮弛防，先色後德者也。❻❹

　　對於「康王晚朝，〈關雎〉作諷」兩句，李賢注引薛該《漢書音義》說：「后夫人雞鳴佩玉去君所。周康王后不然，故詩人歎而

---

❻❹　范曄：《後漢書·皇后紀》，頁 397-399。

傷之。」李賢又說：「見《魯詩》」。**⑥⑤**說周康王的后不能佩玉去君所，令詩人歎而傷之，遂有〈關雎〉，這就是杜欽所說的「佩玉晏鳴，〈關雎〉歎之」。

大抵漢廷對后妃夫人的功能角色甚為關切，從杜欽、王吉、貢禹、匡衡等語，已見端倪，而東漢緊承西漢，以之來解釋〈關雎〉，以故不論主刺或主美，都集中於淑女二字，作擴張性的解釋。

五、從漢人對〈關雎〉的詮釋
看漢人的《詩經》學

漢人秉承春秋用《詩》精神，而四家詩為解釋尋找立論的需要。四家詩對〈關雎〉雖然或主刺，或主美，都是從政治角度出發，而韓、毛二家尤其張皇其作用和功能，於需要以外，嘗試建立一套學術和文化理據。在四家詩的影響下，不論史家、學者或君臣，大都以政治考慮為大原則，認為健全而健康的婚姻制度是重要的，宗族的繁衍在當時是無可置疑的首要考慮因素，於是天子可以有眾多妻妾，而所有妻妾，都要知道自己的功能和角色，不能令天子因色而荒政。然而，在這一普遍的共識下，卻有不同用截斷法或誇張法出現的詮釋。鄭玄截斷詩中「窈窕淑女，君子好逑」兩句，把輾轉反側視為后妃求賢的心態表現，用力讚美后妃能物色賢女子輔助君主。《韓詩外傳》更隆而重之，極其誇大地把這篇視為文化

---

⑥⑤　范曄，頁399。

的總代表，超越政治思維。

漢儒對〈關雎〉的解釋如此紛紜，都源於當時沒有可供共同依據的解釋，而主要是沒有孔子對這首詩的清晰的評論。❻❻《論語・泰伯》篇載孔子語：「師摯之始，〈關雎〉之亂，洋洋乎盈耳哉！」只是從音樂角度評說。〈八佾〉篇載孔子曰：「〈關雎〉樂而不淫，哀而不傷。」這兩句意思難於確指，容易有不同的猜想，如皇侃（448-545）從政治說，❻❼鄭玄從人倫說，❻❽鄭樵（1104-1162）從音樂言，❻❾《毛詩・序》則衍為「樂得淑女，以配君子，憂在進賢，不淫其色；哀窈窕，思賢才，而無傷害之心焉。是〈關雎〉之

---

❻❻ 1994 年發現的戰國楚竹書，其中《孔子詩論》部分，是否都是孔子對《詩經》的意見，學術界仍有討論，其中評論〈關雎〉的部分，意見也不一致，以故本文暫不引用《孔子詩論》文字，而仍從《論語》去找尋。

❻❼ 〔梁〕皇侃：《論語集解義疏》：「《關雎》者，即《毛詩》之初篇也。時人不知《關雎》之義，而橫生非毀，或言其淫，或言其傷，故孔子解之也。《關雎》樂得淑女以配君子，是共為政風之美耳，非為淫也。故云樂而不淫也。」又云：「《關雎》之詩，自是哀思窈窕，思賢才故耳，而無傷善之心，故云哀而不傷也。故李充曰：「哀窈窕，思賢才，而無傷善之心，是哀而不傷也。」《叢書集成初編》本，上海：商務印書館，1937，頁 38-39。

❻❽ 〔梁〕皇侃：《論語集解義疏》引鄭玄曰：「樂得淑女以為君子之好仇，不為淫其色也；寤寐思之，哀世失夫婦之道，不得人，不為滅傷其愛也。」頁 38-39。

❻❾ 〔宋〕鄭樵：《通志二十略》之〈樂略第一〉之「正聲序論」云：「詩在於聲，不在於義，猶今都邑有新聲，巷陌競歌之，豈為其辭義之美哉，直為其聲新耳。……孔子曰：『〈關雎〉樂而不淫，哀而不傷。』亦謂〈關雎〉之聲和平，聞之者能令人感發而不失其度，若誦其文，習其理，能有哀樂之事乎？」王樹民點校，北京：中華書局，1995，頁 887-888。

義也。」❼諸家各執一詞，全由於「樂而不淫，哀而不傷」兩句沒有清晰指向，以故漢人可以各執一詞，各為之解。何況即使孔子已為之說，也不妨各有所得，各言其意。王先謙必橫梗一概念，謂「否則匹君子、稱好逑耳，於萬物群生何與乎？」於是認為三家詩說，尤其《韓詩外傳》之說才能得〈關雎〉之深旨，❼斯亦求深之

---

❼　韓人康曉城：《先秦儒家詩教思想研究》第三章「孔子之詩教思想」從詩之辭意而論「樂而不淫，哀而不傷」兩句，認為〈關雎〉之第一章，「言君子見窈窕淑女而有好逑之思，是有歡樂性。歡樂不至於太過或不及，斯為不淫。第二章則求之不得，以致輾轉反側，形諸夢寐，是有哀感在。哀感不至於太過，斯為不傷。第三章已明明求之不得，不復卜吾求，而猶曰琴瑟友之，鐘鼓樂之，此乃表示精神上最純潔高尚之情愛，而亦符於『思無邪』之本旨，亦可能達於中庸之境界。故孔子大加讚賞云：『〈關雎〉樂而不淫，哀而不傷。』」臺北：文史哲出版社，1988，頁 166。康氏的解釋，頗值得參考。可是，「歡樂不至於太過或不及，斯為不淫」，令人不解，樂不太過，還可以說；不及於樂，則與孔子說的「樂」義相違。說求之不得而有哀感在，但孔子把「哀傷」二字分而言之，凡言「哀」，則悲戚極重，《論語》一書中所言「哀」，多數與死亡有關。《論語・八佾》載子曰：「居上不寬，為禮不敬，臨喪不哀，吾何以觀之哉！」《論語・泰伯》載曾子有疾，孟敬子問之，曾子言曰：「鳥之將死，其鳴也哀；人之將死，其言也善。」《論語・子張》載子張曰：「喪思哀。」載子游曰：「喪致乎哀而止。」載子貢對孔子的評價為：「其生也榮，其死也哀。」可見「哀而不傷」，不能解釋為因為追求不到而悲哀。然則即使從「辭意」來解釋「樂而不淫，哀而不傷」，仍有憾焉。

❼　王先謙云：「綜覽三家，義歸一致。蓋康王時當周極盛，一朝晏起，應門之政不修而鼓柝無聲，后夫人璜玉不鳴而去留無度，固人君傾色之咎，亦后夫人淫色專寵致然。畢公，王室蓋臣，睹衰亂之將萌，思古道之極盛，由於賢女性不妒忌，能君子和好眾妾，其行侔天地，故可配至尊，為宗廟主。今也不然，是無以奉神靈之統而理萬物之宜。陳往諷今，主文譎諫，言者無罪，聞者足戒，風人極軌，所以取冠全詩。《毛傳》匿刺揚美，蓋

弊，也就是漢人解詩之弊。當然，這是春秋以來的用詩精神，所以才可以有不同的演繹方式和答案，《韓詩外傳》說：

> 古者天子左五鐘，右五鐘。將出，撞黃鐘，而右五鐘皆應之。馬鳴中律，駕者有文，御者有數。立者磬折，拱則抱鼓，行步中規，折旋中矩。然後太師奏升車之樂，告出也。入則撞蕤賓，而左五鐘皆應之，以治容貌。容貌得則顏色齊，顏色齊則肌膚安。蕤賓有聲，鵲震馬鳴，及保介之蟲，無不延頸以聽。在內者皆玉色，在外者皆金聲。然後少師奏升堂之樂，即席告入也。此言音樂相和，物類相感，同聲相應之義也。《詩》云：「鐘鼓樂之。」此之謂也。❼

因「鐘鼓樂之」一句而作了如此引申，根本不必理會原詩之意，只要按解家自己的需要而已。就像《周南·卷耳》的「采采卷耳，不盈頃筐。嗟我懷人，寘彼周行」，荀子在〈解蔽〉篇便把這四句作了以下的引申：

> 心者，形之君也而神明之主也；出令而無所受。自禁也，自

以為陳賢聖之化，則不當諷諫之詞，得粗而遺其精，斯巨失矣。……賢妃和好眾妾，取則天地，廓乎有容，以宮闈之幽德藏其內，嬪御之紛而道行其間，型家化國，以成天下，是以萬物群生，於焉託命，為孔子所深取。否則匹君子、稱好逑耳，於萬物群生何與乎？」頁 7。王氏把三家詩的意思合起來，說是「義歸一致」，其實不然，魯、齊詩從政治立說，而齊詩因災異而為說，韓詩尤重文化，背後精神不同，又何能義歸一致！這也許跟王先謙直把楊賜之說歸為魯說，所以才有這推論。

❼　《韓詩外傳》卷一，頁 16。

使也,自奪也,自取也,自行也,自止也,故口可劫而使墨
云,形可劫而使詘申,心不可劫而使易意,是之則受,非之
則辭。故曰:心容,其擇也無禁,必自見,其物也雜博,其
情之至也,不貳。《詩》曰:「采采卷耳,不盈頃筐。嗟我
懷人,寘彼周行。」頃筐易滿,卷耳易得也,然而不可以貳
周行。故曰:心枝則無知,傾則不精,貳則疑惑。以贊稽
之,萬物可兼知也。

〈卷耳〉的四句詩,根本和荀子的引伸發揮全然帶不上關係,
而荀子可以作以如此運用,「不學《詩》,無以言」,從這角度
看,也真的有道理。

平心而論,司馬遷實事求是的態度,恐怕貼近〈關雎〉原意。
王充敢於疑古,然後作於周康王之說純是猜度。但當日漢家之法,
斷事一依文獻,而經學尤其所重,在政治為主的心態下,必然以政
治角度思考〈關雎〉,至於漸漸上昇至一種文化精神,終於出現毛
《傳》,甚至《韓詩外傳》的張大其事,這是必然的發展,也是漢
人詮詩的普遍手法,而一切都不是始於漢人,乃是淵源有自。於
是,原詩的內容主體已不再重要,重要的是解家如何運用材料,因
政治情形而作解釋,而張之,大之,上昇至文化精神的意念,為
《詩經》建立一個富政治色彩,且具文化精神的時代,也許就是漢
人精神,就是繼軌周人的地方。

參考書目

漢韓嬰:《韓詩外傳》,許維遹校釋,北京:中華書局,1980。

〔清〕王先謙：《詩三家義集疏》，北京：中華書局，1987。

〔清〕壽青崖：《齊詩翼氏學》，見《清經解續編》卷八四八，上海：上海書店，1988。

〔清〕馬瑞辰：《毛詩傳箋通釋》，北京，中華書局，1989。

〔漢〕毛萇：《毛詩》，《十三經注疏》本，臺北：藝文印書館，1976。

〔清〕陳奐：《詩毛氏傳疏》，北京：中國書店，1984。

〔清〕陳喬樅：《三家詩遺說考》，《續修四庫全書》本，上海：上海古籍出版社，1995。

王禮卿：《四家詩恉會歸》，臺北：青蓮出版社，1995。

韓人康曉城：《先秦儒家詩教思想研究》，臺北：文史哲出版社，1988。

林耀潾：《西漢三家詩學研究》，臺北：文津出版社，1996。

〔漢〕公羊壽：《公羊傳》，《十三經注疏》本，臺北：藝文印書館，1976。

《左傳》，《十三經注疏》本，臺北：藝文印書館，1976。

〔漢〕穀梁俶：《穀梁傳》，《十三經注疏》本，臺北：藝文印書館，1976。

〔梁〕皇侃：《論語集解義疏》，《叢書集成初編》本，上海：商務印書館，1937。

〔漢〕司馬遷：《史記》，北京：中華書局，1972。

〔漢〕班固：《漢書》，北京：中華書局，1975。

〔晉〕袁宏：《後漢紀》，《四庫全書》本，第 303 冊，上海：上海古籍出版社，1987。

〔劉宋〕范曄：《後漢書》，北京：中華書局，1973。

〔漢〕劉安：《淮南子》，李文達譯注本，長春：吉林文史出版社，1993。

〔漢〕劉向：《列女傳》，王照圓補注，臺北：臺灣商務印書館，1968。

〔漢〕劉向：《新序》，馬達譯注，無出版地：湖北人民出版社，1986。

〔漢〕揚雄：《法言》，汪榮寶義疏，陳仲夫點校，北京：中華書局，1987。

〔漢〕王充：《論衡》，黃暉校釋本，臺北：臺灣商務印書館，1975。

〔宋〕鄭樵：《通志二十略》，王樹民點校，北京：中華書局，1995。

劉澤：《元好問論詩三十首集說》，太原：山西人民出版社，1992。

《古文苑》，長沙：商務印書館，1939。

《開元占經》版本流傳考論

黃復山[*]

提　要

　　《開元占經》由唐太史監瞿曇悉達奉敕編撰，成書於唐開元十七年（729）以前，宋仁宗景祐元年（1034）纂成《景祐乾象新書》，高宗建炎二年（1128）李季撰《乾象通鑑》，皆嘗摘錄《占經》原文者；南宋托名唐李淳風之《觀象玩占》，亦多有直接抄錄《占經》篇文之處。元代則更有《開元占經》一百二十卷之鈔本，其覆抄本現今收藏於日本東洋文庫中。迄至明仁宗洪熙元年（1425）有上圖下文之《天元玉曆祥異賦》、神宗萬曆己未（1619）余文龍刊行《大明天元玉曆祥異圖說》，皆繁引《開元占》說辭；英宗正統庚申（1440）李淑通編纂《五行類事占徵驗》，萬曆三十三年（1605）錢春參訂以撰成《五行類應》，亦皆摘錄《占經》節目。憲宗成化年間（1465-1487）藩府更藏有裝裱精緻之《開元占經》鈔本，清人稱之曰

---

*　　淡江大學中文系教授

「閣本」。最足稱誦者，厥為神宗萬曆四十四年
（1616），歙縣程明善得自古佛腹中之手鈔一百二十卷本
《開元占經》。由此可證，兩宋時應有《開元占經》全
書，而元、明二朝亦確實得見三種全文鈔本傳世，非如宋
人所謂殘存三卷而已。

萬曆古佛腹中鈔本既出，至清初至少已有兩種傳鈔本
由此衍生，先有順治初年程扶世大德堂抄校本，次為張一
熙紅格舊鈔本。其後之各種清人鈔本蓋多緣此書而來，如
乾隆時邵晉涵鈔本二十冊、乾隆四十五年（1780）《四庫
全書》本三十八冊、乾隆三省齋精抄本、嚴長明與章全手
校之乾隆鈔本、乾隆嘉慶間孫星衍舊抄本、嘉慶道光間姚
晏手校抄本、李兆洛於道光元年（1821）從石華借鈔者，
略計八種。嘉慶間又有一本衍為四本者，先是趙魏鈔自某
本，汪繼培再鈔趙本，陸芝榮又鈔汪本為十三冊，是為三
間草堂鈔本。此九種乃鈔本中略可考微年代者，若年代難
考之鈔本，仍不在少數。

道光年間（1821-1850）恆德堂刊行巾箱本十二冊，則為
《開元占經》之唯一刻本。刊行既黟，使用者乃眾，安居
香山編《重修緯書集成》即依此本為據。

至於《開元占經》引用讖緯部分，內容亦包羅甚為廣
泛，甚有研究價值，尚待他日另撰專文更作討論也。

關鍵詞：開元占經　星占　瞿曇悉達　讖緯　緯書輯本

　　唐太史監瞿曇悉達奉敕撰《開元占經》一二〇卷，全書字數「四十八萬三千有奇」，引用唐以前之星象著作，「多達一百五十多種」❶，保存佚籍之功大矣。此外更「採集緯書七十餘種，可謂無遺珠矣」❷，而於讖緯篇目與佚文之保存，尤多前世罕覩者，是以甚得學者青睞，讚賞是書「與明孫㲉所輯《古微書》同為緯書的兩大淵藪。兩者相同者甚少，因一集于唐，而一輯于明，前者所參據之書，至後者從事時大都已佚失也」❸。紀昀更評二書優劣謂：「唐瞿曇悉達《開元占經》去隋未遠，所引諸緯，如《河圖聖洽符》、《孝經雌雄圖》之類，多者百餘條，少者數十條，㲉亦未睹其書，故多所遺漏。」❹江曉原詳考其書，謂文獻價值有五：一則集唐前各家星占學說之大成，允為古代中國星占學最重要、最完備之資料庫。二則保存古老恆星觀測資料，其中尤以甘、石、巫咸三氏之星表，成為今人研究先秦天學時最重要史料之一。其三，錄載上古至唐初相傳曆法之基本數據。四則引用已佚古代緯書多達八十

---

❶　字數據清嘉慶鈔本之李兆洛識文云：「是本從石華廣文借鈔，凡字四十八萬三千有奇。」（〔日〕安居香山：〈大唐開元占經識語考〉，《漢魏文化》，1960 年創刊號，頁 30 引。）至於引書種類，見劉韶軍：《神秘的星象》（南寧：廣西人民出版社，1991 年 12 月），頁89。

❷　〔明〕程明哲：〈開元占經識語〉，載於〔唐〕瞿曇悉達：《開元占經》（臺北：臺灣商務印書館，影印《文淵閣四庫全書》本，1983 年）卷首。按：「採」字原作「探」，依道光年間恆德堂校刻重刊本改正（是書收入北京：團結出版社之《秘書集成》中，1994 年 6 月發行）。

❸　江曉原：《天學真原》（瀋陽：遼寧教育出版社，1991 年 11 月），頁368。

❹　〔清〕紀昀：〈古微書提要〉，見〔明〕孫㲉：《古微書》（臺北：臺灣商務印書館，影印《文淵閣四庫全書》本，1983 年），〈提要〉頁 2。

餘種，與明孫瑴《古微書》同為緯書之兩大淵藪，且兩者內容相同
處甚少。五則載入《九執曆》，為研究中印古代天學交流及印度古
代文學之珍貴史料。❺是以《占經》在明末重見天日，對於讖緯研
究影響甚鉅，實不可忽視也。然而自唐開元年間成書，迄今已一千
二百餘載，雖不乏論議其書之篇文，而專論其版本流傳者實尠。

余既執行國科會三年期個人研究計畫「東漢定型圖讖類釋」，
多方考覈讖緯佚文之來源，嘗具考《開元占經》宋明以下之傳流狀
況，頗有所獲，因統理所見而撰為斯文，期使此書所引讖文內容，
更見具體明確之面貌。

一、《開元占經》成書年代及卷數

瞿曇悉達供職太史監，嘗任唐太史令。約於玄宗開元二年
（714）奉旨領導編纂《開元占經》，約歷時十年，纂成一百二十卷
之鉅著。釋一行亦於開元六年（718）參與編纂，並另編創《大衍
曆》行世。此事攸關成書年代，紀昀即據此推論《占經》應在開元
十七年（729）以前完成，〈開元占經提要〉謂：

> 其中載歷代曆法，止于唐《麟德曆》，且云：「李淳風見行
> 《麟德曆》。」考唐一行以開元九年奉詔創《大衍曆》，以
> 開元十七年頒之，其時《麟德曆》遂不行。此書仍云「見行

❺　江曉原：〈六朝隋唐傳入中土之印度天學〉，《漢學研究》第 10 卷第 2
　　期，2003 年 6 月。

《麟德曆》」，知其成于開元十七年以前矣。❻

案：李淳風（602-670）撰《麟德曆》，頒行於高宗麟德二年
（665），施行至開元十七年朝廷頒行《大衍曆》為止。《開元占
經》既云「李淳風見行《麟德曆》」❼，是其成書之時尚流行《麟
德曆》，時間當在《大衍曆》施行（開元 17 年，729）以前。

惟《開元占經》之撰述，似亦上有所承。考唐高宗麟德三年
（666），太史薩守真進奏《天地祥瑞志》二十卷❽，其中引述諸家
祥瑞說辭，即有與《開元占經》相同之處。如《祥瑞志·血》，依
次列述《尚書中候》、《春秋運斗樞》、京房《易妖占》、《兵
書》、《抱朴子》、《太公金匱》等六條引文，而《占經·天雨
血》亦依次引述其中《尚書中候》、《運斗樞》、《易飛候》、
《太公金匱》等四條，字句大致相同，顯然為擷取《祥瑞志》而來
者。❾是則《占經》或亦有參酌採用星占類成書之處。

至於《開元占經》傳流之載錄，最早見於《新唐書·藝文志
三》，稱「《大唐開元占經》一百一十卷」❿，鄭樵《通志》（乾

---

❻ 〔清〕紀昀：〈開元占經提要〉，見〔唐〕瞿曇悉達：《開元占經》，
〈目錄〉頁 16-17。按：曆法之曆，作「曆」為宜，古人引文有作「歷」
者，依之；至於本文敘述之際，則以「曆」為準。

❼ 〔唐〕瞿曇悉達：《開元占經》卷 105，〈古今曆〉頁 17。

❽ 〔唐〕薩守真：《天地祥瑞志》（收入《中國科學技術典籍通彙·天文
卷》〔開封：河南教育出版社，1997 年〕第 4 冊）卷 1，〈啟〉頁 3。

❾ 二書引文，分別為〔唐〕薩守真：《天地祥瑞志》卷 17，頁 5。〔唐〕瞿
曇悉達：《開元占經》卷 3，頁 7。

❿ 〔宋〕歐陽修：《新唐書》（北京：中華書局，1987 年 11 月）卷 59，
〈藝文志三〉頁 1545。

道元年，1165 成書）、王應麟《玉海》從之⓫。然而宋人所見本多僅存部分，王堯臣《崇文總目》（慶曆元年，1041 進呈）即載：「《開元占經》三卷，釋悉達撰。」⓬南宋鄭樵《通志·六藝略》除載「一百一十卷」外，又云：「今存三卷。」⓭而《宋史·藝文志》載目則多一卷，謂「瞿曇悉達《開元占經》四卷」⓮。惟明神宗萬曆末得古鈔本於古佛腹中，歙人程明哲誌其卷數曰：「唐瞿曇悉達奉敕以成《占經》一百二十卷。」⓯是以朱錫鬯綜合諸家云：「《玉海》引《崇文總目》同。《唐志》『一百十卷』；《通志》略同，注云：『今存三卷。』不著撰人。陳詩庭云：『《宋志》四卷。』今本一百二十卷，又後人所編也。」⓰紀昀〈開元占經提要〉更謂：「或一百十卷以前為悉達原書，故于《唐志》及《玉海》卷數相符，其後十卷後人以襍占增益之歟？」⓱是以諸家所論，蓋謂原本一百十卷，後世僅存三、四卷，而明、清兩代衍為一

⓫　分別見〔宋〕鄭樵：《通志》（北京：中華書局，1995 年 11 月），《六藝略》頁 1667。〔宋〕王應麟：《玉海》（臺北：臺灣商務印書館，影印《文淵閣四庫全書》本，1983 年），卷 3，頁 14。

⓬　〔宋〕王堯臣：《崇文總目》（臺北：臺灣商務印書館，1967 年 3 月）卷 4，〈天文占書類〉頁 238。

⓭　〔宋〕鄭樵：《通志》，《六藝略》頁 1667。

⓮　〔元〕脫脫：《宋史》（北京：中華書局，1985 年 6 月）卷 159，〈藝文志五〉頁 5234。

⓯　〔明〕程明哲：〈開元占經識語〉，載於《開元占經》卷首。

⓰　〔宋〕王堯臣編次、〔清〕錢東坦輯釋：《崇文總目》（臺北：臺灣商務印書館，1977 年 3 月）卷 4，〈天文占書類〉頁 238。

⓱　〔清〕紀昀：〈開元占經提要〉，見〔唐〕瞿曇悉達：《開元占經》，〈目錄〉頁 16。

百二十卷，乃後人增編故也。

陳槃針對卷數不一，提出推論曰：「此書宋時頗有傳鈔，而其書所引術數舊籍，亦即自先秦、兩漢以來流傳之術數舊籍，未亡佚者尚多，可供采綴，好事者因復據以增補，故卷帙頗多于前。……然或刪節本流傳頗廣，而足本購求不易，故嗜奇好古之士因據此節本而加以增補，但作者不止一人，亦不限一時，而引用之材料亦無一定之範圍。」❶惟薄樹人所見異於是，云：「在高宗麟德年間編成的二部星占書：《天地祥瑞志》和《天文要錄》中，也有關於草木、鳥獸之類的占法。可見，當時人們的確是把這類與天文無關的占法，也列入星占的范疇中去的。」❶

古佛腹中鈔本為明代以前所藏，並非後人增衍，乾隆間抄入《四庫全書》中，孫星衍適得見之，並謂：「《開元占經》藏在祕府，唐、宋人俱不得見，鄭樵《通志》稱今存三卷，而近時所得寫本百廿卷具全，但世無版本。」❷此即為現今通行之版本。至於宋世所以短缺，孫星衍以為：「由隋、唐以來，禁讖緯占驗之書，故《通志》載《開元占經》一百二十卷，云『今存三卷』。」❷惟其所云尚有疏漏，是以本文蒐檢宋、元以來相關文獻，考論《開元占

❶ 陳槃：〈論《開元占經》鈔本刻本與安居香山書〉，《國立中央圖書館館刊》新一卷第 3 期（1968 年 1 月），頁 19。

❶ 薄樹人：〈開元占經──中國文化史上的一部奇書〉，收入《唐開元占經》（北京：中國書店，1989 年 11 月），頁 4。

❷ 〔清〕孫星衍：《問字堂集》（北京：中華書局，1996 年 7 月）卷 5，〈天官書補目序〉頁 134。

❷ 〔清〕孫星衍：《問字堂集》卷 3，〈天官書考補注〉頁 84。按：孫氏云「一百二十卷」有誤，當為「一百十卷」。

經》版本之傳流情況，以證明是書全本於宋代以來仍傳世不絕，內
容亦有今本末十卷之災異載記也。

二、《開元占經》宋代流傳考

㈠ 《乾象新書》引用《開元占經》

宋代雖無《開元占經》完本之載錄，惟詳覈當時天象星占等
書，實可旁證其全書仍然傳流不絕。如宋仁宗景祐元年（1034），
司天監楊惟德等奉敕「以歷代占書及春秋至五代諸史，採摭撰
集」❷❷，纂成《景祐乾象新書》三十卷❷❸。書中多有摘錄《開元占
經》整段章節而成者❷❹。

百年之後，又有《乾象通鑑》之出。時當宋室靖康之難
（1126），河間進士李季奏言曰：「天象時變，臣已逆知於十五年

---

❷❷ 〔宋〕陳振孫：《直齋書錄解題》（上海：上海古籍出版社，1987 年 12
月）卷 12，頁 364。

❷❸ 〔宋〕李燾：《續資治通鑑長編》（臺北：世界書局，1983 年 2 月）仁
宗景祐元年秋七月載：「乙未，御崇政殿，召近臣觀《景祐乾象新書》。
初命同司天監楊惟德等，以周天星宿度分、及占測之術，纂而為書，成三
十卷，至是上之。」（卷 115，頁 1）陳振孫亦謂：「元年七月，書成賜
名，仍御製序。」（《直齋書錄解題》卷 12，頁 364。）〔宋〕王堯臣：
《崇文總目》則載「《景祐乾象新書》三十卷」（卷 4，〈天文占書類〉
頁 237）。

❷❹ 如《景祐乾象新書》卷五〈月生足占〉引自《開元占經》卷 11〈月生牙
齒爪足〉；同卷〈月珥背璚占〉引自卷 12〈月冠珥戴〉；同卷〈月暈
占〉引自卷 15〈月暈〉。

前矣。嘗以微言咨于故丞相李邦彥、前北帥王安中，初不以為然」。有鑒於是，李季乃「據經集諸家之善，考古驗已驗之迹，復以《景祐新書》、《海上祕法》，參列而次第之，著為成書，凡一百卷，目之曰《乾象通鑑》」❷⑤，於建炎二年（1128）奏進，並得高宗賜序。孫星衍論其書曰：「《乾象通鑑》……備具歷代占驗之學，所載黃帝、巫咸、甘石、京房、郗萌等古書甚多，並有在《開元占經》已外者，實則增損楊維德等《景祐乾象新書》成之。」❷⑥可知《景祐乾象新書》、《乾象通鑑》與《開元占經》因襲關係密切。是以俞正燮據《乾象通鑑》所載《占經》獨見之文句，推論《占經》於宋代尚有傳本。俞氏云：

> 《占經》風雲望氣之占，《太白陰經》、《武經總要》、《乾象通鑑》所載占風文同，而題曰〈風角占經〉；於緯亦多不著篇目，或轉寫失之；《潛潭巴》六十日日食占，散見《續漢志注》者僅三十六，《占經》則以次全載之，「壬申日食」云「水盛陽漬陰欲翔」，《續漢志注》亦同，而《乾象通鑑》云「諸侯相攻」，乃是《占經》《潛潭巴》下「京房說」。李季宋人，殆未見緯，以壬申日食推之，知是錄自

---

❷⑤ 〔宋〕李季：《乾象通鑑·序》，收入《續修四庫全書》（上海：上海古籍出版社，2001年）第1050冊，頁199-200，「古驗已驗」疑作「古今已驗」。同書又載《繫年錄》云：「初河間進士李季，集天文諸書，號《乾象通鑑》。建炎四年（1130）六月癸酉，命婺州給札上之。」（頁198）

❷⑥ 〔清〕孫星衍：《平津館文稿》（北京：中華書局，1985年），卷上，〈乾象通鑑跋〉頁51。

《占經》，其誤有蹟可案。益信《占經》宋有傳本。❷

《乾象通鑑》多與《占經》文句相同，惟其內容既多襲取《景祐乾象新書》❷，是以詳覈《乾象新書》與《占經》之異同，或可推知宋初《占經》之卷數、傳流狀況。以下試取《景祐乾象新書》與《開元占經》內容相近者，製為一表，以證《新書》摘錄《占經》之處（各相對應之篇名，以相對應之字體顯示）：

1.月珥占：

《景祐乾象新書·月珥占》 （卷5，頁49）	《開元占經·月冠珥戴一》 （卷11，頁1）
《河圖帝覽嬉》曰：「月暈而珥，期六十日兵起。若不暈而珥，人主有喜，兵在外而喜。若月珥色青，有憂；色赤，有兵；色黃，有喜；色白，有喪；色黑，有失國。皆期三年。」 《高宗占》曰：「月有兩珥，十日有雨；三珥，國喜；四珥，女主憂。不則人主立諸侯。」 《荊州占》曰：「月昏而珥者，有	《荊州占》曰：「月珥且戴，不出百日，主有喜。」 《帝覽嬉》曰：「月珥，期六十日兵起。」 京房《易傳》曰……。 《帝覽嬉》曰：「月不暈而珥，人主有喜，兵在外，亦有喜。」 《荊州占》曰：「月昏而珥者，兵半起，夜過半珥者，邊地恐。」 《春秋運斗樞》曰……。

---

❷ 〔清〕俞正燮：《癸巳類稿》（臺北：世界書局，1965年4月）卷14，頁545。

❷ 案：《乾象通鑑》增損《景祐乾象新書》之例者，如《通鑑》卷3（頁1〈太陽總序〉至頁34〈虹蜺〉）全數摘錄《新書》卷3（頁1〈太陽總序〉至頁28〈虹蜺占〉），僅新增《河圖遺書》等條文；《通鑑》卷7（頁1〈月蝕〉至頁18〈月犯列星〉）全數摘錄《新書》卷6（頁1〈月蝕占〉至頁18〈月犯列星占〉）。

半喜，夜半而珥者，邊地有恐。」 又曰：「月珥且戴，不出百日，人 主有喜。」 李淳風曰……。武密曰……。 《河圖帝覽嬉》曰：「月不暈而有 四璚者，臣下有謀不成。」 《春秋感精符》曰：「月有背璚 者，臣下弛縱，欲相殘賊，不和之 氣，天子宜備左右。」 《荊州占》曰：「月有四提，天子 無后，其下國憂。」	《帝覽嬉》曰：「月珥，青憂也， 赤兵起，黃喜也，白喪也，黑失 國，期皆不出三年。」 《高宗占》曰：「月兩珥，十日 雨；三珥，國喜；四珥，女主 喪。」又曰：「人主諸侯立。」 《荊州占》曰：「月珥大水。」又 曰：「月四提，天子無妻，若國有 喪。月六提，天子遊天下。」 《荊州占》曰：「月珥且戴，不出 百日，有大喜。提猶珥也。」 《春秋緯感精符》曰：「背璚以外 圍月者，臣弛縱、叛逆，欲相殘 賊，不和之氣也，天子偏左右。」 《帝覽嬉》曰：「月不暈，有四 璚，臣有謀不成。」

案：由左右兩欄之比對可知，《占經》所引之《帝覽嬉》前三條，
《乾象新書》合為一條；末一條則《新書》僅省略「而、者、下」
三字；《占經》所引之《荊州占》四條，《乾象新書》列為二段；
《占經》所引之《感精符》、《高宗占》，《乾象新書》改易不
大。二書引文之編次雖不盡相同，而《乾象新書》摘引刪節之痕
跡，顯然可見。

2.月占：

《景祐乾象新書·月犯列星占》 （卷5，頁59）	《開元占經·月占三》 （卷13，頁2）
《河圖帝覽嬉》曰：「星出月陰，	《帝覽嬉》曰：「星出月陰，負海

負海國有勝。」又曰：「列星貫月，陰國可伐。」	國有勝。星出月下，芒角相歷者，君死人飢。」
甘德曰：「月犯列星，其國受兵。」	甘氏曰：「月犯列星，其國憂，若受兵殃。」
《荊州占》曰：「月犯所宿之星，其下有軍將死。」	《荊州占》曰：「月犯所宿之星，其國有軍將死。」
京房《袄異占》曰：「星與月同光，臣下作亂。」	京氏《妖占》曰：「星與月同光，臣不作亂，則人民非上。」
《荊州占》曰：「月蝕列星不見者，國亡。星還復見者，國復立。」又曰：「星蝕月，其國相死。」又曰：「星見月中，不出其年，主憂。」	《荊州占》曰：「月蝕列星不見者，其國亡。星還復見者，國復立。」又占曰：「星蝕月，其國相死。」
京房《易袄占》曰：「月中有星，天下有賊；星多者賊多。」	京氏《妖占》曰：「月中有星，天下有賊；星多者賊多。」
《荊州占》曰：「列星居月中見者，其國饑。」	《荊州占》曰：「列星居月中無光，其國以飢亡。」

案：《乾象新書》所引《河圖帝覽嬉》、甘德、《荊州占》、京房《袄異占》（應作「易妖占」）等文句，與《占經》幾乎相同。其字句微異者，疑屬抄胥差懸或宋、明《占經》版本不同所致。蓋清代《開元占經》各種鈔本之字句已多見差異，則北宋景祐元年《乾象新書》所引據之《占經》，固難免與明代傳鈔本有異。

此外，《乾象新書・月生足占》（卷5，頁48）引《雒書雒罪汲》、《河圖秘微》、《春秋緯》、《考異郵》、《荊州占》，與《占經・月生牙齒爪足》次序及內容、文字大致相同；《乾象新書・月暈占》（卷5，頁49）引巫咸曰（末句《占經》作石氏）、李淳風（《占經》引作《荊州占》）、《河圖帝覽嬉》（述月暈十重，《占

經》分別引作「石氏、《荊州占》、《高宗占》」等)、《荊州占》、京房《易傳》、《河圖帝覽嬉》、《荊州占》、《荊州占》、《高宗占》,與《占經・月暈一》次序及內容、文字大致相同。此類全篇節目之文句相似者甚多,足徵《乾象新書》確實引自《占經》,而非裒輯他書再作轉錄也。

(二) 《觀象玩占》引用《開元占經》

南宋又有托名唐李淳風之《觀象玩占》五十卷,其書最早見於《明史・藝文志》載:「《觀象玩占》十卷。(原注)不知撰人,或云劉基輯。」❷❹而內容則「凡日月、五緯、經星、雲漢、彗孛、客流、雜氣,以及山川、陸澤、城郭、宮室、營壘、戰陣,皆著於占」❸⓿。覈其文句,頗有與《開元占經》雷同者。紀昀謂此書為偽託,曰:「古書日亡而日少,淳風之書獨愈遠而愈增。其為術家依託,大概可見矣。」❸❶是以王重民《中國善本書提要》循《明志》謂此書「不知撰人,或云劉基輯」,並推斷「託之淳風,始於近

---

❷❹ 〔清〕張廷玉:《明史》(北京:中華書局,1984 年 3 月)卷 98,〈藝文三〉頁 2438。按:習見之《觀象玩占》多題為「唐李淳風撰」(如國家圖書館特藏組所藏鈔本五種、北京清華大學圖書館所藏明鈔本),而東京大學東洋文化研究所之鈔本《觀象玩占》五十卷,則題「明劉基撰」,另附章闇撰〈校對表〉一卷。

❸⓿ 〔清〕紀昀:《四庫全書總目》(臺北:漢京文化事業有限公司,1981 年 12 月)卷 110,〈子部・術數類存目一〉頁 590。

❸❶ 〔清〕紀昀:《四庫全書總目》卷 110,〈子部・術數類存目一〉頁 590。

代」**❷**。查《玩占》引述「李淳風」七條、《乙巳占》八條、《開元占經》五條；《占經》撰於淳風卒後六十年，既引《占經》，可確信其非淳風著作無疑；又書中所引述發生災異之年代，兩宋載記近十條，最晚迄至「宋高宗紹興十四年五月」**❸**，則此書或亦類似《乾象通鑑》，乃南宋方術之士摘取傳世占書而成者，並非撰始於明代也。

《玩占》內容蓋摘取《占經》而成，比對二書文句，實多雷同處，以此亦可知南宋時，《占經》當有全書傳世也。二書相同處如：

1.地占：

《觀象玩占・地》 （卷 49，頁 589）	《開元占經・地占》 （卷 4，頁 13）
地無故色赤，如火燃，兵大起。《河圖祕徵》曰：「地赤如丹，血流汎汎。」地生光：《地鏡》曰：「地忽生光，如火照人，其國危亡。」《春秋潛潭巴》曰：「地生光，女謁行。」又曰：「小人進，賢人滅。」……《開元占》曰：「敬暉、植彥範被逐之時，洛陽城東白馬寺側，地光如鏡，行者見	《地鏡》曰：「地無故赤如燃，兵大起。」《河圖》曰：「地赤如丹，血流汎汎。」……地出光：《地鏡》曰：「地忽生光，如火照，憂國危亡。」《潛潭巴》曰：「地生光，女謁行。」「地忽生光，小人進，賢人滅。」注云：「近驗敬暉、桓範等被逐，而小人用事，于時洛陽城東白馬寺側，地光如鏡，行者

---

❷ 引自國家圖書館特藏組編：《國家圖書館善本書志初稿・子部》（臺北：國家圖書館，1998 年 6 月），頁 315。

❸ 題〔唐〕李淳風：《觀象玩占》（收入《續修四庫全書・子部・術數類》第 1049 冊，上海：上海古籍出版社，2001 年）卷 1，頁 164。

影，此小人用事、賢人滅之驗也。」	影現。」
地無故忽出泉成澤。《地鏡》曰：「天下亂，兵且有大水。」《京房易候》曰：「天不下雨，而地自出泉，其國大水，亂從中起。」《地鏡》曰：「湧泉忽出，臣為禍害，不過三年，國憂有喪。」「人家廷中湧泉無故自出，其家有喪。」	地自出泉：《地鏡》曰：「地無故自成泉，天下亂，兵起，大水。」《易候》曰：「天不下雨，而地自出泉，其國大水，亂從中生。」《地鏡》曰：「湧泉忽出，臣為禍害，或以疾，不過三年，國憂有喪。」「家中庭忽出泉者，當富。」
地自長：《地鏡》曰：「地忽自長，在大道中，天下不通。」「地長邑下，其邑治毀。」「地長市中，國有利。」「地長社稷，王者有益土地。」「地長洲島，益地。」「地自長如丘隴，其上生草木，其國失土亡民。」	地自長：《地鏡》曰：「地忽自長，在道中，天下不通。」「地長邑下，其治毀。」「地長市中，國有利。」「地長社稷，王者增土地。」「長洲嶼上，亦增土。」「地無故自長，如丘隴、室屋，其上或生草木，皆失地亡民。」

案：《占經》「地燃、地出光、地自出泉、地自長」等節目，《玩占》皆聚為一節，更於《春秋潛潭巴》引文下注明「《開元占》曰」，可知其出自《占經》無疑。

2.山崩占：

《觀象玩占·地》 （卷49，頁589）	《開元占經·山崩》 （卷99，頁1）
《春秋運斗極》曰：「山崩者，陽毀失基。」《春秋考異郵》曰：「山者，君之位；崩也者，毀也。君失道，其為臣所陵。」《尚書中	《尚書中候》曰：「山崩水潰納小人。」 《運斗樞》曰：「山崩者，大夫排主，陽毀失基。」《考異郵》曰：「山者，君之位也；崩毀者，陽失

候》曰：「山崩水潰，納小人也。」 《地鏡》曰：「山崩，人君位消，不出三年，有兵奪之。」	制度，為臣所犯毀。」 《春秋緯保乾圖》曰：「山崩道散。」又曰：「山崩，修北斗七政之事，輔豪傑除惡之毒。」…… 《地鏡》曰：「山崩，人君位消，政暴，不出三年，有兵奪之。」

案：《占經》引文五篇，《玩占》取其四，而《尚書中候》則由首條迻至《地鏡》之前，取代《保乾圖》位置。

此外，《玩占》明顯襲自《占經》者，斑斑可考，如《玩占》卷二〈六十甲子日食〉（頁 174-176）實擷取《占經》卷一〇〈日六甲蝕〉（頁 3-11）而成；《玩占》卷二二〈三台〉（頁 382-383）實擷取《占經》卷六七〈三台占〉（頁 1-5）、卷三六〈熒惑犯三台〉（頁 13）而成；《玩占》卷四一（頁 534〈雷雜占〉至頁 537〈霆雜占〉）實節錄《占經》卷一〇二（頁 2〈雷〉至頁 10〈霆〉）而成；其餘雷同處不勝枚舉。《玩占》既繁引列宿、雷霆雜占等大段文句，而內容又不見於《乾象通鑑》等宋、明其他星占諸書，可知應屬直接抄錄《占經》而來。是亦可推論南宋時《占經》尚有全本，並非書目文獻所云之「三卷」殘本。

三、《開元占經》元、明流傳考

㈠ 元鈔本《開元占經》

迄至元世，朝廷雖不重典籍，而《開元占經》一二〇卷竟仍得

元人鈔本一種，紅格線裝，每頁九行，行十八字，今藏於日本東洋
文庫中，書前附康熙時孫鵬序文，曰：「此本乃元人一手抄錄，顧
不重而可寶歟！」**❸❹** 藪內清（1906-2000）謂：《開元占經》之寫
本系統不一，「例如東洋文庫本，附有清初孫鵬之識語，云乃依據
元人手抄本而成之古抄本。」**❸❺** 安居香山〈《大唐開元占經》異本
考〉嘗據其文以論述**❸❻**，後更取道光年間廣東恆德堂所發行之《開
元占經》刻本（以下簡稱「恆本」）與此元鈔本之文句，製表詳細比
對其異同，並撰為〈東洋文庫所藏鈔本《大唐開元占經》補考〉，
文中溯及二書來源曰：「恆本者，以明代古佛腹中所得者為底本之
刊本；元本者，以元人之手抄本為底本之鈔本也。」**❸❼** 元人既有
「手抄本」，且後人又據之另作「鈔本」，是元代八十餘年間，
《開元占經》一二○卷尚存完本無疑也。

　　今比對元鈔本、《四庫》本、恆本三書之文句，元鈔本近於

---

❸❹ 按：孫鵬（1688-1759）字乘九，一字圖南，又字鐵山，號南村，南昆明
　　人。康熙四十七年（1708 年）舉鄉貢，知山東泗水縣，有治績，後遭排
　　擠去官。晚年由于生活所迫，遊幕雲南各地。事蹟見白壽彝主編：《回族
　　人物志》（銀川：寧夏人民出版社，1985 年 1 月）卷 44。又，若水：
　　〈大觀樓長聯和孫聲其人〉云：「昆明孫鵬，康熙舉人，泗水知縣，生於
　　康熙二十七年（1688），卒於乾隆二十四年（1759）。」見
　　http://www.fpe95.com/ShowArticle.asp?ArticleID=2002。

❸❺ 〔日〕藪內清：〈唐《開元占經》中之星經〉，京都：《東方學報》（京
　　都版）第 8 冊，1938 年 10 月。

❸❻ 〔日〕安居香山：〈《大唐開元占經》異本考〉，日本：東京教育大學
　　《文學部國文學漢文學紀要》第六輯，昭和三十六年（1961）三月。

❸❼ 〔日〕安居香山：〈東洋文庫所藏鈔本《大唐開元占經》補考〉，日本：
　　《漢魏文化》第 2 號，1961 年，頁 18。

《四庫》本而異於恆本，如元鈔本卷二十六〈歲星占〉引《春秋圖》曰：「歲星入參犯守之……水大為敗。」《四庫》本有而恆本闕；元鈔本卷六十七〈北極鉤陳星占〉引《春秋緯運斗樞》曰：「王者承度行義，郊天事神不敬，廢禮文，不從經圖，則樞星不明。」《四庫》本有而恆本闕；元鈔本卷一〈天體渾宗〉引祖暅《渾天論》，中有「侵戌九度。北極璇璣玉衡，上當天之北五十五度，北去黑山頂三十六度。夏至日在天南十二度」等語，《四庫》本同，而恆本闕「北極……三十六度」，祇有「侵戌九度夏至日在天南十二度」；元鈔本卷三十一〈熒惑犯房〉：「郗萌曰：『熒惑逆行房失火若地動。』《春秋演孔圖》曰：『堯恒視熒惑所在。在房，則改法蠲令。』」《四庫》本同，而恆本闕「熒惑逆行……熒惑所在」，遂成「郗萌曰在房則改法蠲令」❸，文意因而不全。以此而言，《四庫》所採古佛腹中版本雖出自明萬曆年間，而古佛收藏時間或早於元鈔本，因而內容亦較近實也。

㈡ 明代占驗書引用《開元占經》

　　明代仍不乏《開元占經》傳世之載錄，如太祖洪武二十二年（1398），欽天監張緄、郭思孝等，賚辨驗風來方位，纂成《監正

---

❸　按：四段佚文出處，元鈔本取自安居香山〈東洋文庫所藏鈔本《大唐開元占經》補考〉，至於卷二十六〈歲星占〉引《春秋圖》，《四庫》本見於頁 12，而恆本闕；卷六十七〈北極鉤陳星占〉引《春秋緯運斗樞》，《四庫》本見於頁 24，恆本亦闕；卷一〈天體渾宗〉引祖暅《渾天論》，《四庫》本見於頁 36，而恆本見於頁 30；卷三十一〈熒惑犯房〉引文，《四庫》本見於頁11，而恆本見於頁10。

元統》，卷首詳列「會輯書目：《風角集》、《玉曆通政》、《增廣考異》、《乙巳占》、《乙巳略例》、《開元占》、《五行類事》、《宋天文志》、《祥異賦》、《觀象占》」❸。所列十書，多為南宋尚有流傳，而今日亦可尋見其明抄本者；其中「《開元占》」之名稱，乃明人習用之名稱。

迄明仁宗（朱高熾）洪熙元年（1425）頒賜《天元玉曆祥異賦》❹，薄樹人推論此書之作者，謂：「衹有兩種可能：甲，本書原係宮中舊物，為仁宗發現後，作序頒行。乙，朱高熾在當世子或太子私撰，因明初禁止私習天文，故未能公開，直到他登位後始能刊印，分賜重臣。但此時他已貴為至尊，為謹慎起見，衹能在序上落款，而不大可能在書的本文中署名。總之，本書的作者問題，還是個待解之謎。」❹其後有改易此賦為上圖下文凡七卷者，仍名《天元玉曆祥異賦》，上欄仿祖晅《天文錄》增繪彩圖，下欄條列《漢書》、《晉志》、《開元占》等諸家說辭。原本之賦文改作「朱文公曰」，原賦形式遂難尋見，而雙行夾注亦移置文後，此即國家圖書館特藏組藏所收之不分卷二十冊本。又歷經傳鈔而有十冊本，所引述以《宋志》、「朱文公曰」為主，又引用《開元占》六

---

❸ 〔明〕張緄等：《監正元統》，收入明抄《天文匯抄十一種》（北京：書目文獻出版社，1996年），頁386。

❹ 國家圖書館特藏組藏有六種，多數之卷首序文末題「洪熙元年正月十五日」，其中一冊本之卷末記云：「成化丁酉歲（13,1477）中秋月望後二日，李氏錄于鈍庵。」

❹ 薄樹人：〈天元玉曆祥異賦提要〉，見《中國科學技術典籍通彙・天文卷》（開封：河南教育出版社，1997年）第4冊，頁651。

十三條、《天文錄》近百條、《乙巳占》二十餘條，其餘引用如
「京房曰」、「李淳風曰」、《晉書》、《荊州占》、《天文總
論》、《天文廣要》等人、書三十餘種❷。而其中引讖緯七種、二
十一條，大致不出《開元占經》之外❸。可證《開元占經》在《祥
異賦》改製為彩圖本時，仍然傳流於世，並未亡佚。

明神宗萬曆己未（47 年，1619）仲春，又有余文龍《大明天元
玉曆祥異圖說》七卷刊行。余氏〈自序〉云：「謹以當日頒布者，
刪剔潤澤，繪圖引釋，列為七卷，以便觀覽。」❹實屬摘錄十冊本

---

❷ 此一《天元玉曆祥異賦》鈔本，已由河南教育出版社收入《中國科學技術
典籍通彙·天文卷》中。

❸ 《天元玉曆祥異賦》所引讖緯，有《易萌氣樞》、《春秋緯》、《春秋感
精符》、《春秋元命包》、《樂汁圖微》各 1 條，《春秋考異郵》8 條，
《河圖帝覽嬉》8 條，計 21 條。所引述多出自《開元占經》，如⑴《祥
異賦·月當滿而不滿占》引《易萌氣樞》曰：「月當滿而不滿者，君侵
臣，則有火旱之災。」（頁 746）節自《占經·月占一》引《易萌氣樞》
曰：「月當滿不滿君侵臣，當毀不毀臣陵君。君侵臣則大旱之災，臣陵君
則有兵水之難。大進月盈，則有人君之憂；縮，則有臣下之害。」（卷
11 頁 15）⑵《春秋感精符》曰：「夷狄並侵，戰兵用將，則垂牙舉
足。」（頁 674）節自《占經·日占二》引《春秋感精符》曰：「夷狄並
侵，戰兵將用，則日垂牙舉足。其發，必子輔政，擅威福。」（卷 6 頁
6）⑶《元命包》曰：「盈則將謀，縮則后族患。」（頁 767）節自《占
經·太白占二》引《元命包》曰：「太白贏則將相謀，太白縮則后族患，
圓而不行，我侍為君。」（卷 46 頁 1）

❹ 〔明〕余文龍：《大明天元玉曆祥異圖說》（北京：北京出版社，2001
年，《四庫禁燬書叢刊》影印明萬曆四十七年余文龍自刻本），〈序〉頁
3。

而成，祇是一欄或不止一圖，圖亦單色而已❹。余氏書中除引述正史、李淳風曰、《天文錄》、《乙巳占》之外，又引有《河圖帝覽嬉》、《易蒙氣福》（《萌氣樞》）、《樂緯執圖微》（《叶圖微》）、《春秋考異郵》、《春秋感精符》等讖文九條，多見於今本《開元占經》中❻；此外，書中更明引《開元占》四十七條，散見於今本《開元占經》日占、月占、列宿占、雲氣占⋯⋯等卷中❼。

英宗正統年間，李淑通編纂《五行類事占徵驗》九卷（自序於

---

❹ 原本之彩圖所以改為單色，余文龍《天元玉曆祥異圖說·凡例》謂：「蓋以剞劂，不過模寫其意，非似丹青家五色錯綜，可以一說衍一圖者比也。」

❻ 如《圖說》引《河圖帝覽嬉》、《易蒙氣福》（卷3，頁3），出自《開元占經》卷11，〈月占一〉頁15；引《樂緯執圖微》（卷5，頁2），出自《開元占經》卷67，〈石氏中官三〉頁23、25；引《春秋緯》（卷6，頁27），出自《開元占經》卷98，〈虹蜺占〉頁1。

❼ 以下姑舉〈日占〉四例，以見《圖說》所引《開元占》應取自《開元占經》：

余文龍《天元玉曆祥異圖說》（卷/頁）	《開元占經》（卷/頁）
《開元占》曰：「日冠而珥，人主有喜，且有所自立。」（2/20）	夏氏曰：「日冠而珥，人主有喜，且有所立，期不出年中。」（7/11）
《開元占》曰：「日抱珥重光，以見吉祥，福祿並降。」（2/21）	《洪範傳》曰：「日抱珥重光，以見吉祥，君獲賀，福祿並降。」（7/10）
《開元占》曰：「纓而珥，后宮有喜。」（2/25）	《日暈圖》曰：「日冠纓右珥，後宮出位有喜。」（7/14）
《開元占》曰：「日暈四珥、四背、四璃，臣有謀，有急事。閉關不行使，天下更令。三日內有雨，即解。」（2/32）	京氏曰：「日暈有四珥，各四背璃，期六十日，羣臣有異謀者，有急事。閉關不行使，天下更令。三日雨，不占。」（8/7）

正統 5 年，1440）。❹其後，萬曆三十三年（1605）錢春參訂以撰成
《五行類應》，並於〈凡例〉中稱：「是集初成於中州李氏淑通，
重修於張氏賁通，名曰《五行類事占徵應》，……七字覺贅，而占
非大雅，因更名曰《五行類應》。」❹此二書皆有摘錄《占經》文
句者。

　　李淑通《五行類事占徵驗》明引《開元占經》雖僅兩見❺，而
書中整段節目之文句與《開元占經》雷同者，則近二十處；其書繁
引讖文七十餘條，亦多出自《開元占經》。如《徵驗》卷八〈天市
垣〉引：「火入天市，成鈎己，反環繞之，天下惡，期十月。」
「郡邑有兵。」「一曰：弊亂人憂。」又曰：「天子失廷庭。」
「火入天市是謂受穀，天下大飢，糴大貴。大將死。」「熒惑當天
市門而止，糴貴再倍；若入市門中，糴五倍；更入廷而守之，糴貴
十倍，人民大飢。」（頁 26）皆節錄自《占經》卷三十五〈熒惑
占·熒惑犯天市垣十三〉（頁 6）。《徵驗》卷七引《孝經古
秘》、京房《易傳》、《尚書考靈曜》、《禮緯含文嘉》（頁
30），文句同於《占經》卷五〈日變色〉（頁 14）。《徵驗》卷五
引《春秋元命包》、《天文志》、《月令章句》、《春秋緯》（頁
1-2）與《占經》卷九八〈虹蜺占〉（頁 1）次序及內容、文字多雷

❹　〔清〕紀昀：《四庫全書總目》卷 111，〈子部·術數類存目二〉頁
　　598。
❹　〔明〕錢春：《五行類應》（收入《四庫存目叢書·子部》，臺南：莊嚴
　　文化事業公司，1995 年 9 月）卷 1，〈題辭〉頁 1。
❺　〔明〕李淑通：《五行類事占徵驗》（收入《四庫存目叢書·子部》，臺
　　南：莊嚴文化事業公司，1995 年 9 月）卷 3，頁 26；卷 5，頁 5。

同。《徵驗》卷五引《春秋元命包》、《春秋考異郵》、《曾子》、《京房》、《地鏡》等（頁 1-2），亦與《占經》卷一〇一〈霜占〉（頁 1-2），次序及內容、文字大致相同。此類相同文句，應屬李淑通據《開元占經》為底本而摘錄者，並非轉引它書而來。惟全書所引用《開元占經》節目，星象占驗較少，而偏重末十卷之災咎、物異部分，或因李書以《五行傳》為主故也。惟亦由可證，《開元占經》在明代傳本中已有末十卷災異之內容。

（三）成化年間閣本《開元占經》

明代除天象、五行占驗等類書抄用《占經》之外，實則憲宗成化年間（1465-1487）藩府尚具《占經》藏本。蓋明代藩府藏書多善本，而裝裱亦甚為精緻，清嘉慶間藏書家黃丕烈即謂：「吾嘗見成化時閣本《大唐開元占經》，每冊俱用黃綾作簿面，復用黃絹作籤條。此可見官書鄭重，即裝潢可辨。」❺俞正燮更嘗藉用閣本《占經》以為校勘之資，云：「余所得明寫本《開元占經》中引《淮南鴻烈閒詁》，按晁公武云：『許慎標《淮南》書首皆曰「閒詁」。』是《占經》用《淮南》許本，其云『閒詁』者，猶云『答難箋釋』耳。後又得一明寫本，乃作《淮南鴻烈閒話》，『閒話』雖可詫，然可知為『閒詁』之誤。及檢閣本影寫者，作《淮南鴻烈·人閒訓》，是校書者從『閒話』以意改之，不悟其文並不在

---

❺ 〔清〕黃丕烈：《蕘圃藏書題識》（上海：遠東出版社，1999 年 10 月），頁 310。

〈人閒訓〉也。」❺俞氏謂所據《占經》明寫本二種、閣本影寫一種，凡三種，用字皆異。考四庫本引《淮南子》七十餘條，有作《淮南鴻烈閒詁》、《淮南天文閒詁鴻烈》、《淮南天文閒詁》、《淮南天文問詁》諸例，的確與閣本作《淮南鴻烈·人閒訓》不同。

　　俞正燮又引閣本以考論序跋譌誤云：「《占經·目》前，……前為程明哲乙巳年書，後為張一熙戊午年書。閣本合為一，又刪削之，不可讀矣。程本無〈目錄〉，閣本有之；閣本脫條，〈目錄〉依之。」❺俞氏更藉明正德年間九執曆之施用，推論當時《開元占經》傳世，云：「《曆志》言：正德時，朱裕請推九執法，亦在《占經》。是可於李季（《乾象通鑑》）所引、朱裕所請，知《占經》在宋、明時，皆有蹤蹟可尋。」❺按：武宗正德十三年（1518），刻漏博士朱裕等人再次奏請依九執法改革曆法。考「九執法」行於唐開元六年，其曆法內容衹存於《開元占經》中❺，朱裕等人既請「推驗西域九執曆法」，則應親見《占經》矣。❺

---

❺　〔清〕俞正燮：《癸巳類稿》（臺北：世界書局，1965 年 4 月）卷 7，〈校改字論〉頁 273。

❺　〔清〕俞正燮：《癸巳類稿》卷 14，〈書《開元占經·目錄》後〉頁 543。

❺　〔清〕俞正燮：《癸巳類稿》卷 14，〈書《開元占經》目錄後〉頁 545。

❺　按：《九執曆》全載於《開元占經》，而紀昀〈開元占經提要〉謂：「《九執曆》不載於《唐志》，他書亦不過標撮大旨。此書所載，全法具著，為近世推步家所不及窺。」（《唐開元占經》，〈目錄〉頁 16）

❺　〔清〕張廷玉《明史·曆志》載：正德十二、十三年，刻漏博士朱裕等人，「乞簡大臣總理其事，令本監官生半推古法，半推新法，兩相交驗，

㈣ 古佛腹中鈔本《開元占經》

神宗萬曆四十四年（1616），忽有《開元占經》手鈔一百二十卷本出自古佛腹中，其後之各種清人傳鈔本多源此版而來。書為歙縣程明善所得，而其兄程明哲作序文於「流雲館」中，略言得書之緣由。

由文獻考知，程明善字如水，歙縣人，天啟中（1621-1627）監生，嘗謂「歌之源出於嘯」，因稱歌為「嘯餘」，著《嘯餘譜》十卷，萬曆四十七年（1619）刊刻於流雲館中❺❼；又偏好天象、佛道之事，號曰「挹玄道人」。其兄程明哲字如晦，嘗勦襲林希逸《考工記圖解》而成《考工記纂註》二卷，紀昀謂其書「主於評點字句，於經義無所發明」，「於希逸之誤皆襲之，其不誤者轉改之」❺❽。查《嘯餘譜》卷首有明善〈自序〉，末署曰「書於流雲館」，可知「流雲館」為程氏兄弟撰書處，而程氏兄弟本為儒生。

江曉原謂：「程氏兄弟在《開元占經》序跋中所述此書發現經過，是現今所見交待此書來歷的唯一記載，按理本不宜貿然輕信；但考察今本內容，看不出後人偽托的迹象（原注：傳抄中附入少數後來

回回科推驗西域九執曆法」（卷 31，頁 518）。故俞正燮〈書《開元占經》九執法後〉謂：「明時九執法，其官書正曆、曆術皆無之，（唐書）《天文總占類》有《開元占經》百一十卷，當時請推驗，亦檢《占經》，明矣。」（《癸巳類稿》卷 10，頁 380）

❺❼ 〔清〕紀昀：《四庫全書總目》卷 200，〈集部五十三·詞曲類存目〉頁 1143。

❺❽ 〔清〕紀昀：《四庫全書總目》卷 23，〈經部二三·禮類存目一〉頁 130。

材料的情形是有的），所以後世學術界基本上都相信程氏兄弟自述的故事。」❺❾《開元占經》序文雖祇二百四十八字，惟因歷代傳抄，衍生異同，於追溯版本源流時易生誤斷，故不憚繁瑣，迻錄年代較早之乾隆四十五年（1780）文淵閣《四庫全書》本所引序文於下，以明其詳：

> 緯書之學，盛于西漢，自光武嚴禁不行，故歷代弘儒未及盡睹。至唐瞿曇悉達奉敕以成《占經》一百二十卷，採集緯書七十餘種，可謂無遺珠矣。然歷來禁秘，不第宋、元，即我明巨公皆未之見，今南北靈臺亦無藏本。吾弟好讀《乾象》，又喜佞佛，以布施裝金，而得此書於古佛腹中，可謂雙濟其美無。但不知藏之何代、何人？而今一旦洩露，其關係諒必匪輕。吾欲弟列之架上，何如藏古佛腹中時也。後之覽者，可不知苟重云。時萬曆丁巳孟秋上瀚，兄明哲書于流雲館中。
>
> 是書歷唐迄明，約數百年，始獲于把玄道人，亦奇矣哉！而誌其所獲繇來者，道人之兄也。戊子初夏，偶遊燕江，蒙友人不秘而手錄之，殆有夙緣手？古宣張一熙質先甫，識于必必軒。❻⓿

序文稍有譌舛，據清初大德本（版本淵源見下述）、道光恆德堂刊本

---

❺❾　江曉原：《天學外史》（上海：上海人民出版社，1999 年 9 月），頁80。

❻⓿　〔明〕程明哲：〈開元占經識語〉，載於《開元占經》卷首。

校覈，「探集」當作「採集」，「美無」當作「美矣」。而「上瀚」，大德本與日本靜嘉堂文庫所藏乾隆抄本皆作「上澣」[61]，蓋「澣」即「旬」之俗稱，謂七月上旬也；「挹榕」日藏本、紀昀〈提要〉皆作「挹元」，當為避清聖祖玄燁名諱；「繇來」作「由來」，則為俗字。序文字句稍有歧異處，如「巨公」恆本作「名家巨公」，「吾欲弟」作「吾弟欲」，「何如」作「當如」；「藏之何代、何人」大德堂本作「藏於何代，錄於何人」，「又喜」作「又素」，「苟重云」作「所重云尒」。此類文字斠讀尚可依文意參覈是正，影響不大，而年月記載之異同，則關乎《占經》版本與流傳問題，有待細作考正。

蓋四庫本之序文，顯然為二人二序，一為萬曆丁巳（45 年，1617）「兄明哲書于流雲館中」，地在歙縣；一為清順治戊子（5 年，1648）「張一熙……識于必必軒」[62]，地在蕪江。二序時間相去三十一載，地望亦相去踰五百公里[63]。俞正燮比對成化閣本、程明善古佛腹中抄本及張一熙「手錄本」三種後，發現各有優劣：「程本無〈目錄〉，閣本有之；閣本脫條，〈目錄〉依之。〈目〉，張所造也。張鈔〈分野略例〉及〈麟德曆經〉，彼此互

[61] 日藏乾隆抄本〈識語〉，見〔日〕安居香山：〈大唐開元占經識語考〉，《漢魏文化》創刊號（1960 年），頁 31 引。

[62] 按：張一熙於史傳無載記，其「必必軒」之命名，或出自《小雅·賓之初筵》：「曰既醉止，威儀必必，是曰既醉，不知其秩。」

[63] 按：蕪江在今安徽東境蕪湖，二程所居之歙縣則在安徽東南境，二地相去踰五百公里。

錯,亦程本完好」 ❻。國家圖書館藏有十六冊藍格舊鈔本,卷首有
乾隆五十一年(1786)〈四庫提要〉,次則萬曆丁巳程明哲序文,
序後有一「戊子」年朱筆題識,書中散見朱筆校勘,似即張一熙手
筆。由此亦可證知張一熙手錄本與古佛腹本,實為不同之二種抄
本。

　　《占經》於歷年傳抄之際,難免產生文字譌舛,其中版本傳流
之年歲干支即頗為紊亂,如大德本序文異於四庫本,關張一熙序
文,程序末句則作「萬曆戊午仲夏上澣,兄明哲書於流雲館中」,
為萬曆四十六年戊午(1618),與四庫本有一年之差。而俞正燮則
誤植序文年月云:「前為程明哲乙巳年書,後為張一熙戊午年
書。」 ❻程明哲「乙巳」(萬曆 33 年,1605)當為「丁巳」(萬曆 45
年,1617)之誤;張一熙「戊午」(萬曆 46 年,1618)當為「戊子」
(清順治 5 年,1648)之誤。

　　惟四庫本《開元占經》雖引程、張二人二序甚明,而紀昀〈提
要〉(乾隆四十五年,1780)卻誤將程明哲丁巳序文歸諸張一熙所
撰,謂:「卷首有萬曆丁巳張一熙識語,謂是書歷唐訖明約數百
年,始得之挹元道人,鈎沈起滯,非偶然已。」 ❻其所以致誤,似
源於日藏本、恆本之版本系統來,日藏本與恆本卷首所載序文,關

---

❻　〔清〕俞正燮:《癸巳類稿》卷 14,〈書《開元占經·目錄》後〉頁
　　543。
❻　〔清〕俞正燮:《癸巳類稿》卷 14,〈書《開元占經·目錄》後〉頁
　　543。
❻　〔清〕紀昀〈開元占經提要〉,《唐開元占經》,〈目錄〉頁 18。按:
　　張金吾(1787-1829)愛日精廬所藏抄本,亦作萬曆丁巳張一熙跋。

張一熙「是書……必軒」一段，又將四庫之「兄明哲書于流雲館中」九字，改作「兄一熙、明哲父書於流雲館中」。細為比對，始知為傳抄漏斂之故，蓋將張一熙序文六十九字刪節成「一熙、父」三字，並雜入「兄明哲書」之間，作「兄一熙、明哲父書於流雲館中」，一熙乃成明善兄長，與明哲二人關係密切，遂使落款及撰文時日憑添疑寶。後人考論版本之際，因而眾說紛紜。

如程晉芳（1718-1784）〈開元占經跋〉即謂：「《開元占經》一百二十卷，……前有明萬曆丁巳小引，云『兄明哲施為其弟序』者，究不知為何人名字？亦疑有誤。」❻而耿文光（1833-1908）《萬卷精華樓藏書記》《開元占經》條下，亦據恆本誤以程明哲序文為張一熙獨撰，云：「巾箱本（按即恆本）……首錄〈四庫全書提要〉，次萬曆丁巳張一熙〈跋〉，次〈目錄〉。」並謂：「一熙字明哲，其弟亦不知何名。」❻陳槃先生於〈論《開元占經》鈔本刻本與安居香山書〉中即謂：「據明張一熙識語，云得自古佛腹中。」❻安居香山亦藉以推論程、張二人相識，故張氏得輕易於《占經》書出未久即由程氏處抄錄一過，曰：「張一熙云：戊午年初夏訪明哲時，得見秘本，特許筆寫作為副本，筆寫之際並續識於

---

❻ 〔清〕程晉芳：《勉行堂文集》（南港：中研院傅斯年圖書館藏：清嘉慶庚辰年鐫勉行堂藏板）卷5，〈開元占經跋〉頁14。按：「兄明哲施」疑為「兄明哲書」之誤。

❻ 〔清〕耿文光：《萬卷精華樓藏書記》（北京：北京中華書局，1993年1月。自序於光緒11年，1885）卷85，頁10。

❻ 陳槃：〈論《開元占經》鈔本刻本與安居香山書〉，《國立中央圖書館館刊》新一卷第3期（1968年1月），頁15。

明哲萬曆丁巳識語之後。」**⑩**考以清初大德本傳抄系統,則此類推論並非實情。

四、《開元占經》清代傳本考

(一) 清初大德堂鈔本《開元占經》

　　清初流傳之《開元占經》,最早為大德堂抄本一百二十卷(本文簡稱「大德本」),每葉九行,每行二十字,書中於每葉版心魚尾上方標明「大德堂」三字為識,書名題曰《大唐開元占經》。一九九七年河南教育出版社收此本刊入《中國科學技術典籍通彙・天文卷》中,觀其書卷前〈大唐開元占經・目錄上〉首行底、卷末〈諸星辯字〉末行底,各鈐有「北京圖書館藏」方印一枚,是即薄樹人所見北京圖書館藏三種抄本之一**⑪**。

　　大德本校正者有二人,第一至三卷為程濟民、第四卷以後為程扶世**⑫**。程扶世校正最多,而其災祥按語亦雜見各卷之中,如卷三

---

⑩　〔日〕安居香山:〈大唐開元占經識語考〉,《漢魏文化》創刊號(1960年),頁31。

⑪　薄樹人〈開元占經──中國文化史上的一部奇書〉云:「即以作者所見北京圖書館藏的三種抄本而論,格式、文字各有不同。」收入《唐開元占經》(北京:中國書店,1989年11月),頁15。又,江曉原:《天學外史》亦謂:「此書傳世抄本頗多,例如今北京圖書館就藏有至少三種抄本,格式文句各有不同。」(頁80)按:北京圖書館現已改名為中國國家圖書館。

⑫　按:各卷下有題校正者居邑、姓名,分別為「古歙程濟民校正」(2/57、

載「明崇禎元年十二月初一日雪後，……次年夏袁經署殺毛文龍」
（頁 68），卷一一三〈童謠〉記「新安程氏曰：建文時南都謠云：
『莫逐燕，燕高飛……』是時成祖有靖難之舉」（頁 923），同卷又
載：「思宗之世，言文者以辭華為主而不及經綸。……崇禎己卯、
庚辰、辛巳，汴梁石米千，……後二年，京師陷，明亡。」（頁
924）卷五又引陶宗儀《輟耕錄》曰：「天雨魚，人民失所之
象。」（頁 65）可知程扶世既校正《占經》文本，亦雜入崇禎迄明
亡時事，其書蓋抄於明末崇禎年間，而明亡後始校正竣稿，當屬
明、清之際鈔本，已非程明善佛腹中所得原本矣。至若潘鼐云：
「是書的版本除《四庫全書》本外，尚有廣東恆德堂木刻巾箱本及
明大德堂抄本。」❼將此本歸諸明代，實乃籠統之認定也。

　　至於大德本系統之傳布，可由卷之一首葉「周暹」、「果親王
府圖書記」二枚印鈐推考。周暹（1891-1984），字叔弢，浙江建德
人，好藏古籍善本，為近世藏書名家，一九五二年周暹將所藏善本
古籍捐贈北京圖書館，是即北京圖書館收藏此本之緣由❼。至若果

　　3/61）、「郭都程扶世校正」（4/72、27/274）、「新安程扶世校正」
　　（5/80、79/687、卷末〈跋〉/989）、「古歙程扶世校正」（7/107）。其
　　中程扶世校正時，或許時值崇禎末葉，兵患連連，或因鈔校所費時日較
　　久，曾三易居邑。「古歙」即今安徽歙縣，「新安」即今浙江淳安縣，兩
　　地相距約一百五十公里。「郭都」即今浙江諸暨縣，距淳安約三百公里。
❼　潘鼐：〈開元占經提要〉，見大德堂本《開元占經》卷首，收入《中國科
　　學技術典籍通彙·天文卷》（開封：河南教育出版社，1997 年）第 4
　　冊。
❼　參見李國慶編：《弢翁藏書年譜》（合肥：黃山書社，2000 年），全書
　　三十餘萬字，詳載周暹六十年購書、訪書、藏書史料。

親王，先有康熙第十七子允禮，於雍正元年（1723）封果郡王；六年（1729）晉果親王；乾隆三年（1738）薨，諡曰「毅」，是以或稱「果毅親王」。允禮既薨，無子，莊親王允祿等請以雍正第六子弘曕嗣其後，襲果親王❼。弘曕善詩詞，雅好藏書，乾隆十五年（1750）十一月，帝令管理武英殿、御書處，三十年（1765）三月卒❼。是則「果親王府圖書記」當為弘曕藏書鈐印。大德本既有其圖書鈐記，是於乾隆四庫開館（38 年，1773）之前，弘曕即已收藏。

大德本出於四庫開館之前，而紀昀並未資以校勘，故二者內容頗有差異，如卷八十八〈彗星占・候彗孛法一〉所引巫氏曰「乍南乍北，天下乱，君伏死」一段長文，比對四庫本該卷「巫咸曰」，可知大德本漏敓二十條引文、三百三十字❼。大德本卷九〈候日蝕・日蝕從中起〉，自「司空璀上言」至「咸康八年……顯宗

---

❼ 趙爾巽等：《清史稿》（北京：中華書局，1986 年）卷 220，〈諸王列傳六〉頁 9083。同卷尚載：「弘曕出為果毅親王允禮後。」（頁 9086）又，卷 164〈四皇子世表四〉頁 5161、卷 165〈五皇子世表五〉頁 5202，皆載此事。

❼ 分別見於趙爾巽等：《清史稿》卷 220，〈諸王列傳六〉頁 9083；卷 12，〈高宗本紀三〉頁 469；馮其利：〈孟端胡同果郡王府〉，網頁 http://www.wenbao.net/html/whyichan/beijing/html/junwangfu.htm。

❼ 按：大德本卷八十八「乍南乍北，天下乱，君伏死」（頁 749），四庫本卷八十八〈彗星占上〉原文作「乍南乍北，天狗出必有兵革。巫咸曰…郁萌曰…郁萌曰…《荊州占》曰…《陳卓占》曰…陳卓曰…齊伯曰…」。〈彗孛名狀占二〉：《春秋文耀鈎》曰…《說苑》曰…《荊州占》曰…《呂氏通紀》…《淮南鴻列》…《春秋演孔圖》曰…《春秋考異郵》曰…《淮南子》曰…宋均曰…《春秋考異郵》曰…京房曰…鄭玄曰…石氏曰…必有破國亂，君伏死」（頁 2-3）「天狗……破國」，大德本皆漏敓。

崩」，共有引文十一條、約四百字，四庫本該卷於此皆從闕❼❽。筆者嘗比對大德本此類闕文，粗估約有三十餘處。

大德本與四庫本又有引錄篇名及內文之差異，如卷一〇二〈電〉引《河圖》、《天官書》、《易稽覽圖》三條（頁860），四庫本則依次引錄《河圖》、《易稽覽圖》、《元命包》、《河圖》、《天官書》五條，多出「《易稽覽圖》曰：陰陽和合，其電耀耀也，其光長」、「《元命包》曰：陰陽激為電」（頁8）兩條；其中，大德本《河圖》曰：「陰激陽為電。電者，陽精之發也，必先電而雷隨之者，正若雷先鳴而後電者，陰勝其陽。占曰：為人君失德，賊臣將起。」（頁860）四庫本只引首句作「《河圖》曰：激陽為電」。而大德本《易稽覽圖》曰：「大電繞樞星，照郊野，感符宝，生黃帝。」四庫本則改易篇名作《河圖》曰：「大電繞樞星，炤郊野，感符寶而生黃帝。」（頁8）考各種緯書輯本所輯此二條佚文，皆從四庫本而未依大德本，則輯本所收是否確然可信，尚須更作考量。惟亦由此可證，緯書輯本收錄佚文時，頗有因版本不同而造成內容上的差異問題。

大德本又衍有紅格舊鈔五十九冊本，題名亦作《大唐開元占經》，見藏於國家圖書館特藏組，卷首序文依次為「萬曆四十四年（丙辰，1616）秋七月古歙程明善跋」、「萬曆戊午（1618）仲夏上澣日，兄明哲書于流雲館中」、次有〈目錄〉，〈目錄〉後則為甲

---

❼❽ 按：大德本卷九〈候日蝕・日蝕從中起〉所引各條為：司空璀上言、經義曰、劉向曰、《天官書》曰、夏氏曰、高帝九年、漢文帝二年、哀帝元壽元年、愍帝建興元年、咸康八年（頁131）。四庫本（卷9頁11）皆闕載。

申（1644）新安程扶世序，序文大半同於程明善跋。每葉九行，每行二十字，惟已缺十卷（卷三、卷四、卷一百十三至一百二十等）。據甲申序文時間，覈以程扶世書中按語所云「京師陷，明亡」，可證程扶世手抄竣稿之時，確為清順治元年。

以此而言，述及《占經》發藏、傳抄年月之文獻有二：

1.紅格舊鈔本作：發藏者程明善跋於萬曆四十四年（1616）丙辰，其兄程明哲序於萬曆四十六年（1618）戊午，新安程扶世序於清順治元年（1644）甲申。

2.四庫本云：歙人程明善發藏於古佛腹中，其兄程明哲序於萬曆四十五年（1617）丁巳，張一熙序則在清順治五年（1648）戊子。（紀昀〈提要〉、日藏本、恆本等，合程、張二序文為一，故誤歸諸「張一熙」）

是以綜合二說，可推估其發藏傳流概況：歙縣程明善得古佛腹中鈔本當為萬曆四十四年（1616）丙辰，明年丁巳（1617）七月其兄程明哲誌其得書緣由（紅格舊鈔本延後一年，作「戊午」），又廿七年迄清順治元年（1644）甲申，歙縣程扶世抄校成五十九冊，是為大德堂本；四年後之順治戊午（1648）初夏，張一熙於蕪江自友人處抄錄一過，今為國家圖書館特藏之紅格舊鈔本。所述之程明善古佛腹中鈔本、程扶世抄校本、張一熙紅格舊鈔本，即明末、清初傳流鈔本之其中三種也。

㈡ 乾隆鈔本三種

至若清代諸多傳本，大致不出古佛腹中鈔本之系統。如國家圖書館特藏組之乾隆間鈔本二十冊，即邵晉涵（1743-1796）所鈔，書

前尚無紀昀之〈提要〉；又有陳鱣（1753-1817）所藏轉抄四庫本者，線裝十二冊，卷首有《四庫提要》、目錄，書中鈐有陳鱣肖形及「仲魚圖像」四字長方形印。陳槃嘗作考證，謂二種鈔本「殆是一事」⓱。至於上海圖書館亦藏有《唐開元占經》乾隆精抄本，每頁左下側皆註「繡州邱氏三省齋抄本」九字，每頁十行、行二十字。潘鼐嘗據文淵閣四庫本之「石氏中官、外官」部分，與上海圖書館藏本互校，製成「恆星位置表」以見其異，並斷言：「上海圖書館精鈔本與文淵閣本基本相同，數值出入極微。」⓳然而取各卷內容與《四庫》本、恆本對照，可知諸本文字不盡相同，互有出入⓴。

　　其後，四庫館臣收納浙江巡撫採進本，寫入《四庫全書》中，紀昀為之〈提要〉，末署「乾隆四十五年（1780）五月」。孫星衍（1753-1818）亦於此時獲見《開元占經》，並述其事謂：「予初入翰林，奉敕校理文源閣祕書，盡見《開元占經》一百二十卷，題云『瞿曇悉達撰』。」⓲考孫氏年三十五，值乾隆五十二年（1787）

⓱　陳槃：〈論《開元占經》鈔本刻本與安居香山書〉，《國立中央圖書館館刊》新一卷第 3 期（1968 年 1 月），頁 19。

⓳　潘鼐：《中國恆星觀測史》（上海：學林出版社，1989 年 12 月），頁 55。

⓴　如三省齋本卷 29 頁 2〈歲星犯魚星〉雙行小字註 17 字，《四庫》本缺而恆本有；同頁「發木之事」，「木」字《四庫》本作「米」、恆本作「乘」；卷 41 頁 2「國土同心」恆本作「國士同心」、「戍在邊境」《四庫》本作「或在邊境」。

⓲　〔清〕孫星衍：《問字堂集》（北京：中華書局，1996 年 7 月）卷 3，〈天官書考補注〉頁 84。

「丁未科以進士及第,官翰林」 **❸**,正當《四庫全書》編成,分貯諸閣之時。

四庫之《文淵閣》本三十八冊,今藏於臺北故宮博物院,一九八三年由臺灣商務印書館影印出版,此即現今海峽兩岸盛行之各種《開元占經》底本。今日坊間刊行之新式標點排印本數種,蓋依據《四庫》本為之,雖利於閱讀而斷句譌舛與誤植之處亦不少見 **❹**,是以作為學術研究而言,仍以鈔本、刻本與《四庫》本較為可靠。

孫星衍又藏有《開元占經》舊抄校本一二○卷,並跋之於金陵五松園居所,時約嘉慶五年(1800) **❺**,則其抄錄年代或為乾隆之時。繆荃孫《嘉業堂藏書志·子部·術數類》「《開元占經》一百二十卷舊鈔校本」條謂:「此孫淵如藏本,有『孫氏星衍』朱文方

---

❸ 〔清〕孫星衍:《岱南閣集》(北京:中華書局,1996 年 7 月)卷 2,〈許太恭人九十生辰略〉頁 217。

❹ 標點本皆依《四庫》本為據,如(1)伊世同點校《開元占經》(收入《中國方術概觀·占星卷》,北京:人民中國出版社,1993 年 12 月),(2)荒原、竹之校點《開元占經》(鄭州:中州古籍出版社,1994 年 7 月),標點較佳,誤字較少;(3)李克和校點《開元占經》(長沙:岳麓書社,1994 年 12 月),引文依篇目每條起行排列,版式編排清晰,吾嘗校讀一過,知其書字句漏敓、標點錯誤處,不勝枚舉。另有選刊者,如(4)劉韶軍《古代占星術注評》(北京:北京師範大學出版社,1992 年 10 月)頁 110-233 為「《開元占經》注評」;(5)李龍生《占星術》(海口:海南出版社,1993 年 9 月)頁 258-419 為「《開元占經》精選」。

❺ 按:孫星衍於跋末云:「星衍記於五松園。」(繆荃孫、吳昌綬:《嘉業堂藏書志》〔上海:復旦大學出版社,1997 年 12 月〕卷 3,頁 423 引)查孫星衍《五園松文稿》(北京:中華書局《叢書集成初編》,1985 年)文中所記年代多在嘉慶間,而最晚為「嘉慶五年」有兩處(頁 14、頁 21),則《占經》跋文或在此年之前。

印、『張敦仁**⑱**讀過』朱文小長方印。」吳昌綬亦云：「此帙徵引
繁博，類多佚書，……舊為孫淵如先生藏，卷端硃筆係用《觀象玩
占》對勘，疑亦先生手跡。」**⑰**孫星衍既得《占經》抄本，乃驚而
喜曰：「《開元占經》藏在祕府，唐、宋人俱不得見，鄭樵《通
志》稱今存三卷，而近時所得寫本百廿卷具全，但世無版本，俱其
久而淪失。」遂藉公餘「退食多暇，游心觀象，慨中法之不行，念
掌故之久缺，因為《天官書補目》一卷」**⑱**，並「疏記其足以證發
史遷者，為《天官書考》二卷；錄三家星名為史遷所缺載，足徵
隋、晉《志》所本者，為《天官書補》一卷」**⑲**；又由《占經》中
鈔錄甘氏《歲星經》**⑳**，並製為〈太歲歲星行二十八宿表〉**㉑**。孫
氏藉《占經》而撰成之天官篇章，對現今研究讖緯天象議題時，提
供頗為完整而清晰之概念，可謂有功。

(三) 日本所藏乾隆、嘉慶鈔本二種

日本靜嘉堂文庫藏有章全（約 1768-1838?）手校之乾隆鈔本一二
○卷、十六冊，分裝十一函，為兩岸所未見者，卷一末有朱書「乾

---

⑱ 張敦仁（1754-1834）字仲篤，號古余，山西陽城人。乾隆四十三年
（1778）進士，授江西高安知縣，嘉慶五年改官江蘇。張氏精於曆算，為
清代著名數學家，暇則時研讀經史，以校書為日課，雖老病家居不廢。傳
見趙爾巽等：《清史稿》卷 265，〈循吏傳三〉。

⑰ 二人所言，見繆荃孫、吳昌綬：《嘉業堂藏書志》卷 3，頁 422-23。

⑱ 〔清〕孫星衍：《問字堂集》卷 5，〈天官書補目〉頁 134。

⑲ 〔清〕孫星衍：《問字堂集》卷 3，〈天官書考補注〉頁 84。

⑳ 〔清〕孫星衍：《問字堂集》卷 6，〈甘氏《歲星經》序〉頁 148。

㉑ 〔清〕孫星衍：《問字堂集》卷 1，〈太歲歲星行二十八宿表〉頁 31。

隆丙午（51 年，1786）三月七日，校於大梁節署西齋，道甫校」，
卷十一末則記嘉慶「壬申（17 年，1812）十月二十有八日，章益齋
校」，卷一二○末頁亦有朱書「嘉慶十有八年（1813），歲在癸
酉，仲冬十日章全校竟」❷。乾隆時校者「道甫」，即藏書家嚴長
明（字道甫，1731-1787），晚歲入畢沅陝西巡撫幕，在秦中十載，歸
家後，築「歸求草堂，藏書三萬卷，金石、文字三千卷，日吟咏其
中」，卒於乾隆五十二年八月❸。以此可知，嚴長明校畢卷一未久
即謝世，二十餘年後章全❹得其書而繼之，凡校二載而竟事。

　　靜嘉堂文庫又藏有嘉慶鈔本全文❺，凡十五冊、二十八函，李
兆洛（1769-1841）嘗於道光元年（1821）借鈔，並跋於卷末云：「是
本從石華廣文借鈔，凡字四十八萬三千有奇。原本無目，為補次
之，以便檢閱，并彙次其所引用諸書之名，編之於前。其字之顯然
訛謬者正之，頁之顛倒舛錯理之，凡涉疑似則仍其舊。」❻此部篇
首列有「彙次其所引用諸書之名」，以便檢閱，又附存舊鈔異本七

---

❷　〔日〕安居香山：〈大唐開元占經識語考〉（《漢魏文化》創刊号，1960
　　年），頁 30 引。按：安居香山以此本為嘉慶本，然而此本首校於乾隆
　　朝，固應屬乾隆抄本。

❸　鄭偉章：《文獻家通考》（北京：中華書局，1999 年 6 月），頁 362。

❹　章全（約 1768-1838？）字遂裒，號益齋，秀水人，設勤業堂，好刊刻精抄
　　宋、明古書，年踰古稀，鈔書不輟。嘉慶十六年（1811）校刊《考證古微
　　書》三十六卷，二十年（1815）考定本並句讀《易緯》八種，甚有功於緯
　　書文獻。

❺　按：安居香山以此本為道光抄本。然而此本乃李兆洛借抄於道光元年，顯
　　然於嘉慶年中已抄訖。

❻　〔日〕安居香山：〈大唐開元占經識語考〉，頁 30 引。

卷❼，實為諸鈔本之首創；惜鈔本藏於日本，未能藉覯其詳。

㈣ 嘉慶鈔本

　　嘉慶間尚有陸芝榮（字香圃）三間草堂鈔本十三冊，每頁十行，行廿一字，收入國家圖書館特藏室中。卷首有〈御製重錄《開元占經》序〉，序後有陸香圃手跋，謂嘉慶甲戌（19 年，1814）借鈔自汪蘇潭，汪本又從仁和趙晉齋本錄出。按：趙魏（1746-1825）字晉齋，「家貧無以為食，嘗以手抄秘書數千百卷，以之換米，困苦終身」，所藏傳鈔本近三百種。汪繼培（-1819?）號蘇潭，嫻習子史，搜討不倦，嘗為同里陳春校定欲刊之書，「一字之誤，翻檢累夕，精亡脈盡，遽爾殂謝」❾❽。可見其校書之專致。溯源陸氏鈔本，則趙魏鈔自他本，汪繼培再鈔趙本，陸芝榮又鈔汪本，一時之間已得四部鈔本矣。

　　南港中央研究院傅斯年圖書館有《開元占經》十冊鈔本，每頁八行，行廿一字，僅卷首有《四庫提要》一篇，無其他題跋。陳槃先生考證，當為乾隆四庫開館以後，而道光以前之鈔本。陳槃更取三間草堂鈔本與此本卷九一至九七作詳細比對，發現二者文字大致相同，「其來源可能是一事」❾❾。

❼　　靜嘉堂文庫編纂：《靜嘉堂文庫·漢籍分類目錄》（臺北：大立出版社，1980 年 6 月），〈子部·術數類〉頁 464。

❾❽　趙魏、汪繼培事誼，分見於鄭偉章：《文獻家通考》頁 463、471。

❾❾　陳槃：〈論《開元占經》鈔本刻本與安居香山書〉，《國立中央圖書館館刊》新一卷第 3 期（1968 年 1 月），頁 19。

國家圖書館特藏組又有評花館主姚晏（約 1800-1874?）⑩手校抄本《大唐開元占經》一百二十卷，惟僅存目錄、卷一至一七而已，首冊副葉有墨筆題字一行：「道光癸卯（23 年，1843）夏五月，漢陽葉志詵借校一過。」⑩至若鈔本之年代，據書中「吳興姚氏邃雅堂鑑藏書畫圖籍之印」朱文方印觀之，疑為其父姚文田（-1827）嘉慶中之藏書也。蓋文田為嘉慶四年（1799）進士，於書無所不讀，有邃雅堂藏書，並撰《邃雅堂學古錄》七卷。

嘉慶初年，閩人趙在翰編纂《七緯》，將欲竣功而聞《開元占經》頗引讖文，乃商請於友人李大瑛，其事未果，九年（1804）四月大瑛為其書作序，亦深表惋惜曰：「去秋曾購《開元占經》等書，又郵寄未至，鹿園每與余言以為憾。」⑩在翰乃藉其兄在田之手，求序於經學宗師阮元，並藉以請得《占經》所引之讖文。阮元於九年九月二十日之序文中即謂：「趙君又謂無《開元占經》，乞余錄其古緯，補入此書。余屬詁經精舍高足生烏程張鑑，采錄《開

⑩ 按：姚晏生卒年不詳，鄭偉章《文獻家通考》謂：晏父姚文田卒於道光 7 年（1827），時晏為二品蔭生，任刑部主事（頁 848）。以此推算，疑生於嘉慶 5 年（1800）前後。又，晏嘗撰《月季花譜》，或謂「清評花館主作於 1862-1874 年」（見雲南園藝博覽網站：〈歷史中的花卉名著〉，www.ynh.com.cn/tech/news_detail.），則姚晏卒年或在同治年間（1862-1874）。

⑩ 李盛範：《木犀軒藏書題記及書錄》（北京：新華書店，1985 年 12 月），頁 176。按：葉志詵（1779-1863），素好書法、金石及占卜之術，家藏善本古籍與古銅器甚富。

⑩ 〔清〕李大瑛〈七緯序〉，見趙在翰：《七緯》（收入《緯書集成》，上海：上海古籍出版社，1994 年 6 月）卷 38，末頁。

元占經》及新得日本隋《五行大義》中所引諸緯以寄。」⓿既得《開元占經》及《五行大義》所引讖文，在翰乃增列於《七緯》各篇卷之末以為「補遺」，十四年十二月張師誠為補遺本作序，即云：「蕭吉之《五行大義》，悉達之《開元占經》，竝供盧牟，悉歸區囿。歲在己巳，趙生將都為一集，總而刊之。」⓿筆者嘗逐條比對《七緯》所引《占經》文句，知其所採用與道光間恆德堂刻本相近。

前文提及國家圖書館藏之十六冊藍格舊鈔本，卷首有乾隆五十一年（1786）〈四庫提要〉，並鈐有「海甯楊芸士藏」、「藝風堂藏」二印。考楊文蓀（1782-1852）字秀實、號芸士，「自幼購求書籍，積十年，所藏不下五萬卷，凡舊抄及難得之本，無不竭力搜訪」，藏書多鈐以「海甯楊芸士藏」之印⓿；而繆荃孫（1844-1919）則著有《藝風堂文集》、《藝風堂藏書記》、《藝風堂讀書記》。以書中有〈四庫提要〉，時間當在乾隆五十一年之後，而楊文蓀「自幼購求書籍，積十年」，時在嘉慶年間，若當時已得此抄本，則此本或抄於嘉慶之時。

以此可知，乾、嘉時《開元占經》鈔本繁多，需求既夥，書估當亦陳售於書肆中，是以對緯書之輯佚，產生不少裨益。

⓿　〔清〕阮元：〈七緯敍〉，見《七緯》書前，〈阮敍〉頁 3。

⓿　〔清〕張師誠：〈七緯序〉，見《七緯》書前，〈張敍〉頁 2。

⓿　鄭偉章：《文獻家通考》（北京：中華書局，1999 年 6 月），〈楊文蓀〉頁 705。

㈤ 道光恆德堂刻本

　　清道光年間（1821-1850）恆德堂重刊《四庫全書》校本為巾箱本二函、十二冊，此乃《開元占經》之唯一刻本，傳布尚稱廣泛，臺北臺灣大學圖書館亦收有一部。惟此恆德堂所刊巾箱本與《四庫》本頗有差異，又合程明哲、張一熙二篇序文為一，致使後人多生誤解❿。嘉慶中阮元采錄付予《七緯》之讖文，似與此刻本相近，吾嘗細覈《七緯》各篇目所附「補遺」讖文，其標明出自《開元占經》者，多近似恆本而與《四庫全書》本或異。至若安居香山之《重修緯書集成》依恆本所收讖文，字句亦頗異於《四庫》本。近年馬王堆出土漢墓帛書《五星占》，有與《占經》內容相似者，故帛書整理小組輒藉恆本《占經》補其漏敚，學者或致疑議，如陳久金嘗謂：「釋文作者所補這一段文字取自《開元占經》，……所補『名曰益隱』之『益隱』二字，在四庫本中作『監德』。這段文字是否補得確當？還有待於進一步研究。」❿

五、結語

　　唐玄宗開元二年，太史監瞿曇悉達奉敕領導編纂《開元占

---

❿　如前引清耿文光《萬卷精華樓藏書記》，收《開元占經》「巾箱本」，即
　　誤以序文為張一熙所獨撰。（卷85，頁10）

❿　陳久金：《帛書及古典天文史料注析與研究》（臺北：萬卷樓圖書公司，
　　2001年5月），頁108。按：「名曰益隱」見於恆本卷23，頁4；「監
　　德」見於四庫本卷23，頁5。

經》，約歷時十年，纂成一百二十卷之鉅著。其書撰述似上有所承，考唐高宗時太史薩守真進奏《天地祥瑞志》，其中引述諸家祥瑞說辭，有與《開元占經》相同之處，或可視為淵源。宋代雖無《開元占經》完本之載錄，惟宋仁宗時《景祐乾象新書》、南宋初《乾象通鑑》、《觀象玩占》，多有摘錄《開元占經》整段章節而成者，其摘引刪節之痕跡，顯然可見，並可藉以推知宋代《占經》之卷數、傳流狀況。迄至元世，仍得《開元占經》一二〇卷之鈔本一種，內容近於《四庫》本而異於恆德堂刻本。

明仁宗頒賜《天元玉曆祥異賦》，即引用《開元占》六十三條，又引讖緯七種、二十一條，大致不出《開元占經》之外。英宗正統年間，李淑通編纂《五行類事占徵驗》，書中整段節目之文句與《開元占經》雷同者，則近二十處；其書繁引讖文七十餘條，亦多出自《開元占經》。此外，憲宗成化年間親王藩府更有《開元占經》藏本，清人俞正燮更嘗藉之以為校勘之資。可證此時《開元占經》仍然傳流於世。

神宗萬曆四十四年，忽有《開元占經》手鈔一百二十卷本出，乃歙縣程明善得自古佛腹中，明年而其兄程明哲為誌得書緣由，並傳布於世。其後之各種清人傳鈔本多源此而來。如清順治元年，歙縣程扶世抄校成五十九冊，是為大德堂本；四年後之順治戊午，張一熙又於蕪江以紅格紙版自友人處抄錄一過，今藏於國家圖書館中。

除俞正燮所見明成化閣本未見於今日，綜觀各圖書館所藏板式、文字互異之《開元占經》鈔本，國家圖書館特藏組有五種，臺北故宮博物院圖書館、中研院傅斯年圖書館、臺大圖書館、上海圖

書館各有一種，北京圖書館三種，日本靜嘉堂文庫乾隆、嘉慶抄本各一種、東洋文庫覆元抄本一種，合計存世之不同鈔本，至少有十五種。

　　清代以來之緯書輯本，頗擷取《開元占經》所引述之讖文，《占經》版本既夥，又因傳鈔不同而衍生異文，是以讖緯輯佚時，其文句真偽及內容繁簡，亦因而憑增疑議，是以學者取用輯本佚文時，有待於佚文關鍵處取擇不同《占經》版本，更作詳細校勘，於讖緯議題所下之學術推斷乃可較得近實也。

經典與政治：以
《漢書・王莽傳》爲例的研究

林耀潾*

提　要

　　王莽的「托古改制」，班固基於劉氏天下為正統的觀念，對其充滿譏嘲與貶抑，無論傳統史家或近現代史家在班固的影響下，對王莽新朝的評價也大多是負面的，稱其為虛偽、欺騙及篡逆。現存新朝的史料，保存最完整者唯《漢書・王莽傳》一篇，這對充分認識王莽及其所建立的新朝，造成了很大的困難。基於天命觀及歷史編纂學的因素，王莽受到了很大的冤屈。筆者試圖以大歷史的角度，探討儒家經典與王莽的關係，以為王莽是儒學史上內聖外王的典範，儒家知識分子從來沒有一個人取得像王莽一樣的成就。在內聖上，王莽以儒家規範為立身處事的標準；在外王上，王莽以《周禮》及其他儒家經典為施政依據。

---

*　　成功大學中文系副教授

在王莽稱帝之前及稱帝初期，他的改革普遍獲得知識分子
及人民的支持。在歷史上，除了王莽，從沒有一個帝王試
圖將儒家理想徹底付諸實現，他是「儒家知識分子皇
帝」，中國儒學史有必要重新評估王莽的地位。

關鍵詞：王莽　托古改制　內聖外王　經典　儒家知識分子皇帝

一、前言

　　王莽（西元前 45 年－9 年）字巨君，是漢孝元皇后王政君的侄子。漢成帝永始四年（西元前 16 年）封新都侯。綏和元年（西元前 8 年），任大司馬，是年王莽 38 歲。綏和二年（西元前 7 年）七月，王莽罷。漢平帝元始元年（西元 1 年），王莽為太傅，加號安漢公。元始四年（西元 4 年），王莽加號宰衡。元始五年（西元 5 年），王莽加九錫，十二月，居攝踐祚，稱「假皇帝」，民臣稱之「攝皇帝」。王莽居攝元年（西元 6 年），立廣戚侯子嬰為皇太子，號「孺子」。居攝三年（西元 8 年）十一月戊辰，王莽即真天子位，定國號曰「新」，以十二月朔癸酉為始建國元年。新地皇四年（西元 23 年）九月庚戌，商人杜吳殺新皇帝於漸臺，眾臠割之，傳首宛市。王莽自為大司馬起，即實質掌權，其中除曾中斷六年多外，共撫政、宰制天下近二十四年。稱帝的時間則為十五年。

　　十五年的統一王朝不算長，但也不是最短，新朝歷史應有《新書》記載才是，但隨後的東漢是劉氏後裔，班固基於正統觀念及歷史編纂學的因素，新朝王莽的史料保存最完整者僅《漢書·王莽

傳》一篇，另在〈儒林傳〉、〈律曆志〉、〈食貨志〉、〈郊祀
志〉等也存有少許相關記載。後人只能在班固處理過的史料中認識
王莽。

班固對王莽的評價充滿譏嘲與貶抑，《漢書·王莽傳》：

> 贊曰：王莽始起外戚，折節力行，以要名譽，宗族稱孝，師
> 友歸仁。及其居位輔政，成、哀之際，勤勞國家，直道而
> 行，動見稱述。豈所謂「在家必聞，在國必聞」，「色取仁
> 而行違」者邪？莽既不仁而有佞邪之材，又承四父歷世之
> 權，遭漢中微，國統三絕，而太后壽考為之宗主，故得肆其
> 姦慝，以成篡盜之禍。推是言之，亦天時，非人力之致矣。
> 及其竊位南面，處非所據，顛覆之勢險於桀紂，而莽晏然自
> 以黃、虞復出也。乃始恣睢，奮其威詐，滔天虐民，窮凶極
> 惡，毒流諸夏，亂延蠻貉，猶未足逞其欲焉。是以四海之
> 內，囂然喪其樂生之心，中外憤怨，遠近俱發，城池不守，
> 支體分裂，遂令天下城邑為虛，丘壟發掘，害徧生民，辜及
> 朽骨，自書傳所載亂臣賊子無道之人，考其禍敗，未有如莽
> 之甚者也。昔秦燔《詩》《書》以立私議，莽誦六藝以文姦
> 言，同歸殊途，俱用滅亡，皆炕龍絕氣，非命之運，紫色淫
> 聲，餘分閏位，聖王之驅除云爾！❶

班固認為，王莽的折節力行，稱孝歸仁，勤勞國家，直道而

---

❶　班固：《漢書·王莽傳》（臺北：鼎文書局，民國 73 年 1 月 3 版），頁
　　1118。本文引用《漢書》原文悉以此版本為準。

行，全都是欺騙、虛偽，「色取仁而行違」。他的興起，全因孝元皇后及諸伯叔父的權勢扶持，加上漢勢中微的結果，是天時，非人力之致。王莽像桀紂秦始皇般窮凶極惡，滔天虐民。莽誦六藝以文姦言，和秦燔《詩》《書》，同歸殊途。莽是無德而居高位的亢龍，非天命之命，不得正王之命，如歲月之餘分為閏。班固《漢書·敘傳》又說：「恣爾賊臣，篡漢滔天，行驕夏癸，虐烈商辛。偽稽皇、虞，繆稱典文，眾怨神怒，惡復誅臻。百王之極，究其姦昏。述《王莽傳》第六十九。」❷班固對王莽的負面評價，影響此後史家。

《資治通鑑·卷三十七》云：「動欲慕古，不度時宜。」《通鑑紀事本末·王莽篡漢》云：「制度定則天下自平，故銳思於地理、制禮、作樂、講合六經之說。」湯志鈞說：「他（指王莽）以『經典』作為政治欺騙的工具，從而『取其所需』，並『託古改制』，企圖解決土地的無限制的集中和農民的大量轉化為奴隸，以挽救當時的社會危機，在政治上收攬統治階級的各部分勢力，從而達到奪取西漢政權並鞏固王氏政權的目的。『經學』祇是他利用來作為政治鬥爭和思想鬥爭的一種工具而已。」❸王啟發在〈政治經典與經典政治——《周禮》與古代理想政治〉一文中說：

> 古典的理想政治更多的價值在于其精神，具體的制度革新，惟有適合現實社會的存在與發展，才有成功的可能。這也就

---

❷ 同前註，頁 1139。

❸ 湯志鈞等：《西漢經學與政治》（上海：上海古籍出版社，1994 年 12 月第 1 版），頁 364。

是王莽、王安石等的經典政治實踐終歸走向失敗的主要原
因。而且，受其牽連，經典也就成了偽經典，無用的經典。
以至舊學人物與思想反對派，或以此指斥他們「謬托古經以
自文」，玷汙和褻瀆了聖賢經典的名聲，如清儒孫詒讓；或
由此而對《周禮》本身的經典性產生懷疑，如宋儒胡安國、
胡宏父子及洪邁等。前者是經典崇拜的另一種表現，後者則
是並不以《周禮》為可行政治的意識使然。❹

這許多對王莽托古改制持負面評價的意見，基本上不脫班固
「誦六經以文姦言」及「偽稽黃、虞，繆稱典文」的論調，可見傳
統的惰性，力量何其強大。

干春松《制度化儒家及其解體》一書，以社會史和知識社會學
的視角來審視儒家在中國傳統社會中的角色，及其向現代社會轉型
過程中的歷史命運。干氏以儒家經典的經學化、孔子的聖人化、儒
家的教育選舉制度和政治法律制度的儒家化，來界定制度化儒家的
基本型態。余敦康認為，此書以制度化儒家的概念為切入點，探討
儒家的歷史功能和近代命運。其理論創新之處在于立足知識社會
學，從權力、真理和制度三者之間的互動關係進行考察，為全面審
視儒家的歷史功能提供了一個新的視角。鄭家棟認為，在一定意義
上，對於學術界更熱衷於「觀念史」的儒家與新儒學研究，有補偏

---

❹ 見收錄於姜廣輝編《經學今詮續編》（瀋陽：遼寧教育出版社，2001 年
  10 月第 1 版），頁 392-393。

之益。❺干春松的研究方法值得肯定，但縱觀全書，對中國歷史上唯一的「儒家知識份子皇帝」王莽，卻隻字未提，王莽的內聖外王，王莽的托古改制，王莽的提高古文經學的地位，但並不排斥今文經學的作為，不就是典型的「制度化儒家」嗎？干春松完全無見乎此，可謂此書的最大盲點，或者干氏全然鄙視王莽，不認為王莽的引經據典的「經典政治」有一論的必要？

歷史上及近現代還有很多對王莽的負面評價，孟祥才說「面對他（指王莽）所製造的歷史災難，史家的良知無法讓我對他寫出哪怕最低調的讚美辭。」❻孟氏已比班固稍寬容了些，但也沒說好話，其餘就不再徵引了。

本文無意做翻案文章，論述主題在：經典一旦與現實政治結合，此種現象在西漢末年至新室滅亡之間，到底呈顯何種樣貌？這種樣貌在中國儒學史上，有何意義？「經典政治」有何價值？有何局限？

二、經典、讖緯與西漢末年社會對王莽的歌頌

漢朝今文經學與讖緯有密切的關係，五德終始與符命觀念，貫串有漢一代，漢高祖、漢文帝、王莽、劉秀沒有一個不與它有關。

---

❺ 見干春松：《制度化儒家及其解體》（北京：中國人民大學出版社，2003年 3 月第 1 版）封底。

❻ 見孟祥才：〈論王莽的思想與性格〉，《烟台大學學報》（哲學社會科學版）1999 年第 1 期，頁 74。

西漢末年，土地兼併，貧富懸殊，社會矛盾已瀕臨崩潰的邊緣，王莽此一人物的崛起，可謂歷史的必然，比起成帝、哀帝、平帝，王莽的內聖修為及外王功業，是更能受到臣民信服的傑出人物。蒙禮云以為，長期積累的政治腐敗，整個地主階級的反抗，致使本來就面臨「七亡七死」威脅的廣大人民已處於揭竿斬木的起義前夕。王莽改革延緩了革命的爆發，客觀而言，這是王莽最偉大的歷史功績。❼因此，西漢末年社會對王莽的歌頌，不一定全部是諂媚或畏懼製造出來的的輿論，在王莽輔政初期及稱帝初期，臣民利用經典及以讖緯符命歌頌莽功德，是心悅誠服的。

元始元年（西元 1 年），王莽風益州令塞外蠻夷獻白雉，羣臣乃盛陳王莽功德致周成白雉之瑞，千載同符。❽元始五年（西元 5 年），吏民以王莽不受新野田而上書者前後四十八萬七千五百七十二人，及諸侯、王公、列侯、宗室見者皆叩頭言，宜亟加賞於安漢公。❾其秋，風俗使者八人還，言天下風俗齊同，郡國造歌謠，誦功德，凡三萬言。❿

王莽以漢為堯後，火德，其本人則為舜後，土德，新室代漢治天下，為天命。臣民對王莽的歌頌，也大都以符命及經典為立論根據，讓王莽的統治取得合法性與合理性。除上文所引述者外，本節

---

❼　蒙禮云：〈王莽改革的啟示〉，《黔西南民族師範高等專科學校學報》2003 年 6 月第 2 期，頁 20。

❽　見同註❶，頁 1080。

❾　見同註❶，頁 1086。

❿　見同註❶，頁 1087。班固言此乃「詐為」，是班氏一向對王莽有成見使然。

再舉二例，以見王莽之統治廣泛獲得當時知識分子社群的支持。

㈠ 揚雄〈劇秦美新〉對王莽的歌頌

揚雄〈劇秦美新〉一文，批評秦政的慘酷，讚美王莽新朝的功烈，從秦與新的對比中，說明新朝之當受天命。以下節引此文歌頌新朝最重要的一段文字。

逮至大新受命，上帝還資，后土顧懷。玄符靈契，黃瑞涌出。渾渟沕潏，川流海淳。雲動風偃，霧集雨散。誕彌八圻，上陳天庭。震聲日景，炎光飛響。盈塞天淵之間，必有不可辭讓云爾。於是乃奉若天命，窮寵極崇，與天剖神符，地合靈契。創億兆，規萬世奇偉倜儻譎詭，天祭地事，存乎五威將帥，班乎天下者，四十有八章。登假皇穹，鋪衍下土，非新家其疇離之。卓哉煌煌，真天子之表也！……是以發秘府，覽書林，遙集乎文雅之囿，翱翔乎禮樂之場。胤殷周之失業，紹唐虞之絕風。懿律嘉量，金科玉條，神卦雲兆，古文畢發。煥炳照曜，靡不宣臻。……夫改定神祇，上儀也；欽修百祀，咸秩也；明堂雍臺，壯觀也；九廟長壽，極孝也；制成六經，洪業也；北懷單于，廣德也。若復五爵，度三壤，經井田，免人役，方〈甫刑〉，匡〈馬法〉，恢崇祇庸燦德懿和之風，廣彼搢紳講習言諫箴誦之塗。……紹少典之苗，著黃虞之裔。帝典闕者已補，王綱弛者已張。炳炳麟麟，豈不懿哉！厥被風濡化者，京師沈潛，甸內匝洽，侯衛屬揭，要荒濯沐，而術前典，巡四民，

迄四獄，增封泰山，禪梁父，斯受命者之典業也。**⑪**

揚雄的歌頌重點有二，符命讖緯及依經典施政。王莽即帝位前，稱石牛、銅符、帛圖、銅匱、策書等符端相繼出現，為上帝授命之兆。即帝位後，遣五威將王奇等十二人班符命四十八章於全國，其內容皆言井石、金匱、雌雞化為雄等異事，以說明王莽代漢符合天意。王莽又自以為乃少典、黃帝、虞舜之後，當土德，色尚黃。依經典施政，托古改制，重視經學及學術文化的發展，尤其是身為「儒家知識分子皇帝」王莽在中國儒學史上的特殊表現，揚雄深表讚美，此部分將於下節論述之。

㈡ 陳崇對王莽的歌頌

王莽輔政，陳崇時為大司徒司直，與張竦相善。張竦為博通士，為陳崇草奏，稱王莽功德。《漢書·王莽傳》保存了此一史料，以下節引此奏文字。

> 竊見安漢公自初束脩，值世俗隆奢麗之時，蒙兩宮厚骨肉之寵，被諸父赫赫之光，財饒勢足，亡所逆意，然而折節行仁，克心履禮，拂世矯俗，確然特立；惡衣惡食，陋車駑馬，妃匹無二，閨門之內，孝友之德，眾莫不聞；清靜樂道，溫良下士，惠于故舊，篤于師友。孔子曰：「未若貧而樂，富而好禮」，公之謂矣。……。建白定陶太后不宜在乘輿幄

---

⑪ 見《新編今註今譯昭明文選（五）》（臺北：黎明文化公司，民國 84 年 8 月初版），頁 2755-2756。

坐，以明國體。《詩》曰「柔亦不茹，剛亦不吐，不侮鰥寡，不畏強禦」，公之謂矣。……。而公被胥、原之訴，遠去就國朝政崩壞，綱紀廢弛，危亡之禍，不隧如髮。《詩》云：「人之云亡，邦國殄〔卒頁〕」，公之謂矣。……。非陛下莫引立公，非公莫克此禍。《詩》云「惟師尚父，時惟鷹揚，亮彼武王」，孔子曰：「敏則有功」，公之謂矣。於是公乃白內故泗水相豐、瓴令邯，與大司徒光、車騎將軍舜建定社稷，奉節東迎，皆以功德受封益土，為國名臣。《書》曰：「知人則哲」，公之謂矣。……。傳曰申包胥不受存楚之報，晏平仲不受輔齊之封，孔子曰：「能以禮讓為國乎何有？」公之謂矣。……。事事謙退，動而固辭。《書》曰：「舜讓于德不嗣」，公之謂矣。……。割財損家以帥群下，彌躬執平以逮公卿，教子尊學以隆國化。僮奴衣布，馬不秣穀，食飲之用，不過凡庶。《詩》云：「溫溫恭人，如集于木」，孔子曰：「食無求飽，居無求安」，公之謂矣。……。開門延士，下及白屋，婁省朝政，綜管眾治，親見牧守以下，考迹雅素，審知白黑。《詩》云：「夙夜匪解，以事一人」，《易》曰：「終日乾乾，夕惕若厲」公之謂矣。比三世為三公，再奉送大行，秉冢宰職，填安國家，四海輻湊，靡不得所。《書》曰：「納于大麓，列風雷雨不迷」，公之謂矣。❷

此奏為陳崇陳平帝請其賞賜安漢公王莽。陳崇以為「此皆上世

---

❷　見同註❶，頁 1081-1083。

之所鮮，禹稷之所難，而公包其終始，一以貫之，可謂備矣！是以
三年之間，化行如神，嘉瑞疊累，豈非陛下知人之效，得賢之致
哉！……。是以伯禹錫玄圭，周公受郊祀，蓋以達天之使，不敢擅
天之功也。揆公德行，為天下紀；觀公功勳，為萬世基。基成而賞
不配，紀立而襃不副，誠非所以厚國家，順天心也。」❸陳崇對王
莽的歌頌，全引經典以證。「未若貧而樂，富而好禮」，此《論
語》之語，陳崇引之，以見王莽「憂道不憂貧」、「謀道不謀食」
的內聖修為。「柔亦不茹，剛亦不吐，不侮鰥寡，不畏強禦」，此
《大雅‧蒸民》之詩，美仲山甫之德，陳崇引之，以見王莽在宮廷
鬥爭中的勇敢作為。王莽曾被罷官，喪失輔政權柄六年餘，陳崇引
《詩經‧大雅‧瞻仰》之詩，言為政不善，賢人奔亡，天下邦國盡
困病也。「惟師尚父，時惟鷹揚，亮彼武王」乃《大雅‧大明》之
詩，以王莽助平帝比況太公助武王，又引《論語》孔子「敏則有
功」之語，見王莽之勤政。引《尚書‧皋陶謨》「知人則哲」之
辭，以見王莽之知人善任。引《論語》孔子「能以禮讓為國乎何
有？」，見平帝益封二縣，王莽不受之謙德。將為皇帝定立妃后，
有司上名，王莽女為首，公深辭讓，引《尚書‧堯典》「舜讓于德
不嗣」以明之。引《詩經‧小雅‧小宛》「溫溫恭人，如集于木」
及《論語》「食無求飽，居無求安」以見王莽之雅素儉約，割財損
家，尊學以隆國化。引《大雅‧蒸民》「夙夜匪解，以事一人」及
《易‧乾卦》九三爻辭「終日乾乾，夕惕若厲」，以見王莽之勤
政。引《尚書‧舜典》「納于大麓，列風雷雨不迷」之詞，以見王

---

❸　見同註❶，頁 1083。

莽有聖德，雖遇風雷不迷惑也。綜觀陳崇之歌頌，內聖外王兼而有
之，王莽在輔政時期深受士民的擁戴與支持，是無可置疑的。本節
但舉揚雄、陳崇二文略述當時社會對王莽的一片歌功頌德之聲，其
餘王公大臣、士人臣民之歌頌尚多，唯其意不脫揚雄、陳崇所言之
範圍。

三、經典與王莽內聖外王、托古改制之業

從表面看，王莽的行為違背了儒學的正統觀念，然而，無獨有
偶，自孔子提出了完整的人生道路設計後，在中國歷史上，唯有王
莽的一生經歷了「修身、齊家、治國、平天下」道路的各個環
節。❶筆者自撰一詞稱王莽為「儒家知識分子皇帝」，認為王莽在
中國政治史上及中國儒學史上具有特殊地位，下分兩節論述王莽此
一方面的特殊性。

㈠ 王莽的內聖修為

《漢書・王莽傳》云：

> 莽群兄弟皆將軍五侯子，乘時侈靡，以輿馬聲色佚游相高，
> 莽獨孤貧，因折節為恭儉。受《禮經》，師事沛郡陳參，勤
> 身博學，被服如儒生。事母及寡嫂，養孤兄子，行甚敕備。
> 又外交英俊，內事諸父，曲有禮意。陽朔中，世父大將軍鳳

---

❶　見徐俊祥：〈從孔子到王莽──儒家外王理論在漢末的失敗〉，《揚州大
學學報》（人文社會科學版）1999 年第 1 期，頁 57。

病，莽侍疾，親嘗藥，亂首垢面，不解衣帶連月。鳳且死，
以托太后及帝，拜為黃門郎，遷射聲校尉。**⑮**

　　王莽姑母是孝元皇后，元后父及兄弟皆以元、成世封侯，居位
輔政，家凡九侯、五大司馬，唯王莽父曼早死，不侯。王氏兄弟乘
時侈靡，以輿馬聲色佚游相高，莽獨孤貧，因折節為恭儉，恭儉是
儒學推崇的道德標準，王莽的修為高出那批貴冑群兄弟多多。王莽
受《禮經》，師事陳參，勤身博學，被服如儒生，這是這位「儒家
知識分子皇帝」青年時期的儒家養成教育，對他日後的輔政、稱
帝、改制，奠定了以儒家經學為核心價值的基礎。王莽事母及寡
嫂，養孤兄子，侍世父大將軍王鳳，均合乎儒家孝友、恭敬的標
準，對王莽充滿成見的班固也不得不說王莽「行甚敕備」。

　　《漢書・王莽傳》又云：

> （王莽）爵位益尊，節操愈謙。散輿馬衣裘，振施賓客，家
> 無所餘。收贍名士，交結將相卿大夫甚眾。故在位更推薦
> 之，游者為之談說，虛譽隆洽，傾其諸父矣。**⑯**

　　「滿招損，謙受益」這也是儒學的教訓，王莽做得到。願車馬
衣裘與朋友共，敝之而無憾，這是子路。王莽廣結交名士，以致家
無所餘，喜歡交友，建立廣大的人脈關係，班固說他「虛譽隆洽，
傾其諸父」，可見王莽獲得廣大知識分子社群的支持。

　　《漢書・王莽傳》又云：

---

⑮　同註**❶**，頁 1078。

⑯　同前註。

莽兄永為諸曹，蚤死，有子光，莽使學博士門下。莽休沐出，振車騎，奉羊酒，勞遺其師，恩施下竟同學。諸生縱觀，長老嘆息。……。莽既拔出同列，繼四父而輔政，欲令名譽過前人，遂克己不倦，聘諸賢良以為掾史，賞賜邑錢悉以享士，愈為儉約。母病，公卿列侯遣夫人問疾，莽妻迎之，衣不曳地，布蔽膝。見之者以為僮使，問知其夫人，皆驚。……。其中子獲殺奴，莽切責獲，令自殺。⓱

尊師重道，愛護子弟旁及同學。自奉儉約，賞賜邑錢則悉以享士。莽妻貴為大司馬夫人，衣不曳地，布蔽膝，公卿列侯夫人以為僮使。這和那些窮奢極欲，光鮮亮麗之夫人相比，高下立判。中子王獲殺奴，莽切責獲，令自殺。「天地之性人為貴」，達官貴顯，輿臺皂隸，生命的價值並無二致。王莽這許多的內聖修為，如果說是為了「匿情求名」，那他所付出的代價未免太大了。如果所有的達官顯要，肯折節儉約，不徇私自富，寬以待人，嚴以律己，那不正是平民百姓所樂見的嗎？「躬自厚而薄責於人」、「政者，正也，子率以正，孰敢不正？」、「不能自正，其能正人何？」這是儒學內聖的核心價值，平民百姓真希望所有的為政者能夠如此一番「匿情求名」。

㈡ 王莽的托古改制及經典政治

王莽的托古改制，主要以《周禮》（又名《周官》）為典範，旁

⓱　同註❶，頁 1078-1079。

及其他儒家經典。從某一意義上說，他是一個復古主義者，他認為依循古經，可以解決當代嚴重的土地兼併及貧富不均問題，可以讓當代社會回復到如虞夏三代一樣的盛世。

平帝元始四年（西元 4 年），王莽奏起明堂、辟雍、靈臺，為學者築舍萬區，作市、常滿倉，制度甚盛。立《樂經》，益博士員，經各五人。徵天下通一藝教授十一人以上，及有《逸禮》、《古書》、《毛詩》、《周官》、《爾雅》、天文、圖讖、鍾律、月令、兵法、《史篇》文字，通知其意者，皆詣公車。網羅天下異能之士，至者前後千數，皆令記說廷中，將令正乖繆，壹異說。❶❽由此可見，王莽的輔政有其深厚的學術知識基礎，包涵古文經、今文經、讖緯及當代實用的各種知識，對儒士及天下異能之士也極禮遇，這個「儒家知識分子皇帝」的改革，因而普遍獲得知識分子社群的支持。

平帝元始五年（西元 5 年），公卿大夫、博士、議郎、列侯張純等九百二人皆曰：「聖帝明王招賢勸能，德盛者位高，功大者賞厚。故宗臣有九命上公之尊，則有九錫登等之寵。今九族親睦，百姓既章，萬國和協，黎民時雍，聖瑞畢溱，太平已洽。帝者之聖莫隆於唐虞，而陛下任之；忠臣茂功莫著於伊周，而宰衡配之。所謂異時而興，如合符者也。謹以《六藝》通義，經文所見，《周官》、《禮記》宜於今者，為九命之錫。臣請命錫。」奏可。❶❾知識分子社群希望平帝賜王莽以九命之錫，而其根據是《六藝》通

---

❶❽　見同註❶，頁 1085。
❶❾　見同註❶，頁 1086。

義，經文所見，《周官》、《禮記》宜於今者，當時的社會盛行儒學化的思潮，這種思潮可以上溯到漢武帝接受董仲舒之議，立五經博士及「獨尊儒術，罷黜百家」的政策，在漢元帝時激起了一波高潮，而試圖將儒家思想引入實際政治運作，將其大規模實現的是「儒家知識分子皇帝」王莽及支持他改革的知識份子社群。

《漢書·王莽傳》云：

> 莽曰：「古者，設廬井八家，一夫一婦田百畝，什一而稅，則國給民富而頌聲作。此唐虞之道，三代所遵行也。秦為無道，厚賦稅以自供奉，罷民力以極欲，壞聖制，廢井田，是以兼并起，貪鄙生，強者規田以千數，弱者曾無立錐之居。又置奴婢之市，與牛馬同蘭，制於民臣，顓斷其命。姦虐之人因緣為利，至略賣人妻子，逆天心，誖人倫，繆於『天地之性人為貴』之義。《書》曰：『予則奴戮女』，唯不用命者，然後被此辜矣。……今更名天下田曰『王田』，奴婢曰『私屬』，皆不得賣買。其男口不盈八，而田過一井者，分餘田予九族鄰里鄉黨。故無田，今當受田者，如制度。」❷⓪

這是新朝始建國元年（西元 9 年）的改革，王莽看出了當時社會最嚴重的問題就是土地兼并及貧富懸殊，他的政策是實施古已有之的井田制及禁止奴隸買賣。除此之外，王莽還有一系列的經濟政策，《漢書·食貨志》云：

---

❷⓪　見同註❶，頁 1097。

莽性躁擾，不能無為，每有所興造，必欲依古得經文。國師
公劉歆言周有泉府之官，收不讐，與欲得，即《易》所謂
「理財正辭，禁民為非」者也。莽乃下詔曰：「夫《周禮》
有賒貸，《樂語》有五均，傳記各有幹焉。今開賒貸，張五
均，設諸幹者，所以齊眾庶，抑并兼也。……。又以《周
官》稅民：凡田不耕為不殖，出三夫之稅；城郭中宅不樹藝
者為不毛，出三夫之布；民浮游無事，出夫布一匹。其不能
出布者，冗作，縣官衣食之。諸取眾物鳥獸魚鼈百蟲於山林
水澤及畜牧者，嬪婦桑蠶織紝紡績補縫，工匠醫巫卜祝及它
方技商販賈人坐肆列里區謁舍，皆各自占所為於其在所之縣
官，除其本，計其利，十一分之，而以其一為貢。」**㉑**

　　王莽的經濟的改革，主要有以下三項。第一，強制推行土地國
有政策，沒收商人地主的土地，禁止奴婢的買賣，實施王田私屬
制。第二，面對殘破的社會經濟，為了限制商賈的投機兼并活動和
高利貸盤剝，控制物價波動，保證人民生活生產的需要，增加官府
的財政收入，實行新的工商統制政策，即五均六筦。第三，為了吸
收商人地主的金錢，王莽在西元 7 年到西元 14 年，先後進行了四
次幣制改革。**㉒**伯恩斯和拉爾夫說：「公元後第一個世紀一開頭，
一個叫做王莽的篡位者，奪取了皇位並企圖推行激進的改革。如果
他成功地實現了自己的計劃，中國社會的性質就會發生革命性的變
化。王莽宣布所有土地收歸國有，以便平均分配給農田耕種者。他

㉑　見同註**❶**，頁 312-313。

㉒　參見同註**❼**，頁 18-20。

固定了物資，遠在現代西方國家之前就已經推行了這樣一項扶助農業的政策，即：國家直接參加農產品交易，買進餘糧，儲存到荒年再出售。他還發放低利息的政府貸款，幫助苦苦掙扎的農民們。更加令人驚歎的是，他決定廢除奴隸制。他的人道主義的計劃，代表著被視為草芥的勞苦百姓的利益，從而招來了商人和家資富有的人勢不兩立的反抗。」❷❸胡適提出了一種讚賞他的意見，稱王莽是社會主義者、空想家和無私的統治者，他的失敗是因為這樣的人過早地在中國出現。❷❹吾人看看《禮記·禮運》的大同章，其中所勾勒的理想社會，如果這是一個政黨的黨綱，很像是一個社會主義的政黨，王莽以儒家經典托古改制，胡適說他是「1900 年前的社會主義皇帝」，伯恩斯和拉爾夫說他是「人道主義的改革家」，筆者說他是「儒家知識分子皇帝」。這樣的改革不易成功，既得利益者地主和富人的反撲力量很大，想以改革的手段獲得革命的成果，王莽的作為證明是失敗的。

《漢書·郊祀志》云：

> 平帝元始五年，大司馬王莽奏言：「王者父事天，故爵稱天子。孔子曰：『人之行莫大於孝，孝莫大於嚴父，嚴父莫大於配天』王者尊其考，欲以配天，緣考之意，欲尊祖，推而上之，遂及始祖，是以周公郊祀后稷以配天，宗祀文王於明

---

❷❸ 〔美〕伯恩斯、拉爾夫：《世界文明史》（第一卷）（北京：商務印書館，1987 年），頁 356。

❷❹ 胡適：〈1900 年前的社會主義皇帝王莽〉，《皇家亞洲學會華北分會會刊》第 59 期，1928 年，頁 218-230。

堂以配上帝。《禮記》天子祭天地及山川，歲徧。《春秋穀
梁傳》以十二月下辛卜，正月上辛郊。……。《周官》天地
之祀，樂有別有合。……。《禮記》曰天子籍田千畝以事天
地。……。《易》曰『分陰分陽，迭用柔剛』。……。
《書》曰：『類於上帝，禋於六宗』。……。帝王建立社
稷，百王不易。社者，土也。宗廟，王者所居。稷者，百穀
之王，所以奉宗廟，共粢盛，人所食以生活也。王者莫不尊
重親祭，自為之主，禮如宗廟。《詩》曰：『乃立冢土』。
又曰『以御田祖，以祈甘雨』。《禮記》曰『唯祭宗廟社
稷，為越紼而行事』。聖漢興，禮儀稍定，已有官社，未立
官稷。遂於官社後立官稷，以夏禹配食官社，后稷配食官
稷。」**㉕**

　　關於禮儀祭祀，王莽廣泛引用《孝經》、《禮記》、《春秋穀
梁傳》、《周官》、《易》、《書》、《詩》等經典。儒家經典是
封建王朝宗廟社稷祭祀的依據，這在周朝、西漢都是如此，它們是
作為一種「國家宗教」而存在的，王莽似乎非常重視，這和他是一
個儒生出身的皇帝有密切關係。

　　王莽授諸侯茅土於明堂，曰：「予制作地理，建封五等，考之
經藝，合之傳記，通於義理。」**㉖**莽以《周官》、《王制》之文，
作了一些官制、行政區劃的變革。莽以《春秋》大一統及夷夏觀
念，施行他的邊疆民族政策。這些都是援經典以行政的各種措施，

㉕　見同註❶，頁 335-336。
㉖　見同註❶，頁 1101 及 1107。

說是托古改制可以，說是通經致用也可以，王莽是把經典政治發揮
得最淋漓盡致的人。

《漢書·王莽傳》云：

> 地皇四年，……。莽愈憂，不知所出。崔發言：「《周禮》
> 及《春秋左氏》，國有大災，則哭以厭之。故《易》稱『先
> 號咷而後笑』。宜呼嗟告天以求救。」莽自知敗，乃率群臣
> 至南郊，陳其符命本末，仰天曰：「皇天既命授臣莽，何不
> 殄滅眾賊？即令臣莽非是，願下雷霆誅臣莽！」因搏心大
> 哭，氣盡，伏而叩頭。又作告天策，自陳功勞，千餘言。㉗

《周禮》春官之屬女巫氏之職曰：「凡邦之大災，歌哭而
請。」哭者所以告哀也。《春秋左氏傳》宣十二年「楚子圍鄭，旬
有七日，鄭人卜行成，不吉；卜臨于太宮，且巷出車，吉。國人大
臨，守陴者皆哭。」故崔發引之以為言也。「先號咷而後笑」
《易·同人》九五爻辭。㉘地皇四年（西元 23 年），王莽新朝的政
權已走到窮途末路，他還是拿出經學中天人感應的那一套，試圖化
解危機。十月戊申朔，兵臨城下，王莽曰：「天生德於予，漢兵其
如予何！」《論語》稱孔子曰：「天生德於予，桓魋其如予何？」
我們歷史上的「儒家知識分子皇帝」王莽，不愧是孔子的忠實信
徒，臨危之際，還在學孔子說話呢！

㉗　見同註❶，頁 1116-1117。
㉘　此為顏師古注，見同註❶，頁 1117。

四、結論

錢穆《秦漢史》云：

> 漢儒論災異，而發明天下非一姓之私，當擇賢而讓位。此至
> 高之論也。漢儒論禮制，而發明朝廷措施，一切當以社會民
> 生為歸，在上者貴以制節謹度，抑兼并齊眾庶為務，此又至
> 高之論也。然前者為說，往往失之荒誕。後者之立論，又往
> 往失之拘泥。前說尊天，後議信古，而此二者，皆使其迷暗
> 於當身之實事。莽之為人，荒誕拘泥，兼而有之。竟以是得
> 天下，而亦竟以是失之。……。惟王莽銳意變法，欲舉賈誼
> 董生以來，迄於王貢諸儒之所深慨而極論者，一一見之於實
> 政。此不可謂非當時一傑出之人物。不幸而莽以一書生，不
> 達政情，又無賢輔，徒以文字議論為政治，坐召天下之大
> 亂。而繼此以往，帝王萬世一家之思想，遂以復活，五德三
> 統讓賢禪國之高調，遂不復唱。而為政言利，亦若懸為屬
> 禁。社會貧富之不均，豪家富民之侵奪兼并，乃至習若固
> 然，而新莽一朝井田奴婢山澤六筦諸政，遂亦烟消火滅，一
> 爐不再然。西漢諸儒之荒誕拘泥，後世雖稍免，而西漢諸儒
> 之高論，後世亦漸少見。是王莽一人之成敗，其所繫固已至
> 鉅。至於其·人之賢奸誠偽，猶是對于王莽身後一人之評騭，
> 可無斤斤焉深辨為也。㉙

㉙　錢穆：《秦漢史》（臺北：東大圖書公司，1987 年 10 月 5 版），頁
291。

　　錢穆從「大歷史」的角度看王莽的托古改制、經典政治，而不斤斤計較其人的賢奸誠偽。呂思勉說：「新莽之所行，蓋先秦以來志士仁人之公意，其成其敗，其責皆當由抱此等見解者共負之，非莽一人所能尸其功罪也。」❸在匡治天下的措施上，可看出王莽實現了歷代士人未能實現的主張，他的成敗是儒家知識分子群體的成敗，我們必須在這一個意義上，認識王莽在中國政治史上及中國儒學史上的地位。

　　黑格爾縱論歷史，早已奠定了「大歷史」的哲學立場。湯恩比分析世界各國文明，以六百年至八百年構成一個單元，敘述時注重當中非人身因素（impersonal factors）所產生的作用——也樹立了「大歷史」的典範。❸ 1985 年，黃仁宇在台北版的《萬曆十五年》自序中第一次提出「大歷史」的觀念，他說《萬曆十五年》雖只敘述明末一個短時間的事蹟，在設計上講卻屬於「大歷史」（macro-history）的範疇。「大歷史」與「小歷史」（micro-history）不同，不斤斤計較書中人物短時片面的賢愚得失，也不是只抓住一言一事，借題發揮，而應竭力將當日社會輪廓，盡量勾畫，庶幾不致因材料參差，造成偏激的印象。❸黃仁宇在《赫遜河畔談中國歷史》論及霍光及王莽，他說：

---

❸　呂思勉：《秦漢史（上）》（上海：上海古籍出版社，1982 年），頁197。
❸　見黃仁宇《大歷史不會萎縮》（臺北：聯經出版公司，2004 年 10 月初版），頁29。
❸　見黃仁宇《萬曆十五年》（臺北：臺灣食貨出版社，1985 年 4 月初版），自序。

他們兩人間相去約七、八十年。傳統歷史家把霍光比作伊尹
周公。他受命時，已「出入禁闥二十餘年，出則奉車，入侍
左右，小心謹慎，未嘗有過，為人沉靜詳審」。王莽則像貌
類禽獸，「侈口蹶頷，露眼赤精，大聲而嘶」。他起先謙恭
下士，後來以丹書符契，證明他天授踐祚。到他登基時，又
親執孺子之手而泣曰：「昔周公攝位，終得復子明辟，今予
獨迫皇天威命，不得如意。」總而言之，這兩人一假一真，
傳統的作史者，務必要強調他們間的差別，以作後人殷鑒。
今日我們讀史，就算承認其間的真偽，已不是重點之所在，
以現在的眼光看來，從霍光到王莽，即是西漢後半期自武帝
後一百年不到的時間內，中央政權已無從合理化。㉝

　　王莽縱矯詐，他所處的背景，則是當日需要一個強有力的政
府。西漢的朝廷就產生不了一個強有力的領袖。從他的立場看來，
除了篡位以外，也沒有辦法打開出路了。㉞從「大歷史」的角度
看，王朝的興替不是重點所在，姓劉姓王，何足掛齒，如真要堅守
「春秋尊王大一統」，那中國現在也許還是周王室在統治呢！所以
傳統史家批判王莽篡位的不當，純粹以狹隘的正統觀立論，而忽視
了之所以如此，乃歷史發展之必然。

　　王莽的迷信符應也是傳統史家批判的目標之一，但，這也不是
重點。黃仁宇說：

㉝　見黃仁宇《赫遜河畔談中國歷史》（臺北：時報文化公司，1989 年 10 月
　　初版），頁 58。
㉞　同前註，頁 63。

《隋書·經籍志》說：「王莽好符命，光武以圖讖興，遂盛行於世。」從此也看出新莽與光武帝劉秀同以原始型的信仰帶有神祕性的色彩，去支持他們的帝業，並無基本上的差別。可是除此之外，劉秀注重實際的組織，有步驟的達到他的目的。王莽則眼高手低，只能宣揚天下大局應當如是，做事經常文不對題，可能被他自己的宣傳所蒙蔽。作他的傳記者只要把他的詔書前後摘錄，也可以給人看出這位改革專家，實際上仍是一個大書獃子。❸

黃仁宇此處點出王莽、劉秀一敗一成的原因之一，王莽尚空泛，劉秀講實際。而王莽的經濟政策、金融政策為何失敗？黃仁宇說：

王莽的故事觸動了西方作家的好奇心。他們以為中國在這樣洪荒之古代，竟有如此「自由主義」的經濟政策，不免嘆為奇蹟。傾慕之餘，他們也和王莽自己一樣，忽略了當中一個重要的歷史環節：近代西方可以用數目字管理，中國傳統的官僚組織不能用數目字管理。❸

太早來臨的統一帝國，太晚成熟的統治技術（用數目字管理），又執著於經典的成規，這是王莽改革失敗的重要原因，「儒家知識分子皇帝」王莽竟是一個「大書獃子」。

---

❸　同註❸，頁 70。

❸　見黃仁宇《中國大歷史》（臺北：聯經文化公司，1993 年 10 月初版），頁 65。

　　概括地說，王莽不是班固所述的那個無能、狡猾、偽善和妄自尊大的蠢人。這些都是老一套和不公正的指責。從積極的一面衡量，王莽是機智而能幹的。❸❼班固雖然對王莽充滿成見，但他也讓我們思考一個重要問題，為何秦燔《詩》《書》和莽誦《六藝》，都同歸殊途，俱用滅亡呢？焚燒經典、坑殺儒生會滅亡，引經據典、重用儒生也會滅亡，可見經典不是王朝興亡的唯一因素，背後還有更為複雜的主客觀因素。就儒家經典而言，它內聖的一面，有助於養成品德良好的國民，這對維護和諧的社會秩序，有所貢獻，它外王的一面，可能就不可食古不化，昧於時勢，而推動一些不易成功的政策。道德的理想主義在內聖面，是有用的傳統資源，在外王面就不可太依賴為政者的「良知良能」，還須另一套「政治邏輯」。傳統經典有合理性的因素，也有不合理性的因素。有放諸四海而皆準，百代以俟聖人而不易的普遍性，也有須因時因地以制宜，通權達變的特殊性。王莽的經典政治太執著於復古，似乎顯得迂腐，讖緯符命也有違人文主義的精神。他雖然有儒學「知其不可而為之」的精神，是歷史上少數的「儒家知識分子皇帝」之一，對儒學的外王事業有積極勇敢的實踐努力，但這些還不夠，經典政治須有所修正，認清檢別合理性與不合理性，普遍性與特殊性，有所變有所不變，知所取捨，如此才有改革成功的可能。

---

❸❼　〔英〕崔瑞德、魯惟一編：《劍橋中國秦漢史》（北京：中國社會科學出版社，1992 年），頁 255。

學爲君子
──孔門的成德歷程

殷善培[*]

提　要

　　弟子何以師事孔子？孔子能教什麼？孔子如何教？孔子以禮名家，師事孔子是為了學禮。禮是君子的表徵，學禮正所以成為君子。是以「學為君子」實是孔門教學的理想。「學為君子」的第一階段是〈學而〉篇的第六章（「弟子入則孝」章），「行有餘力，則以學文」，學文前是務本階段，是修己的工夫，學文之後才得以安人、安百姓。所謂「文」，禮樂是也。禮樂若不據於仁終將成虛文，然則如識仁、知仁、行仁？於是有知仁勇三者的關係。「學為君子」當然希望能行其義致其道，出仕若不能如此，則是謀食而非謀道了，是大違乎孔門之學的。只是道之行否卻非個人所能決定，是以君子要「知命」。

＊　　淡江大學中文系副教授

關鍵詞：論語　孔門　君子　成德

一、汝為君子儒，無為小人儒

　　世傳孔子弟子三千❶，賢者七十有二人❷。三千弟子可能是泛稱，意在說明孔子弟子眾多❸。不過若就漢代制度去推想，三千弟子應是指在籍弟子，賢者七十二人才是經孔子親授的入室弟子。三千看似眾多，但如和漢代一些經學大師「編牒不下萬人」者相比❹，三千弟子其實並不算驚人的數字。至於入室弟子出身複雜，有當時的貴族子弟孟懿子、有商賈如子貢、也有數代前就已淪為貧士的顏淵，《荀子·法行》記載南郭惠子問子貢「夫子之門何其雜

---

❶　三千弟子的說法最早可能是出自《呂氏春秋·遇合》的「孔子周流海內，再干世主，如齊至衛，所見八十餘君，委質為弟子者三千人，達徒七十人……」，其後《史記·孔子世家》亦載「孔子以詩書禮樂教，弟子蓋三千焉，身通六藝者七十有二人。」

❷　究竟是七十七弟子還是七十二弟子，《史記》裏已有異說。〈孔子世家〉說是「七十二」，而〈仲尼弟子列傳〉說是「七十七」。「七十七」或是「七十二」之訛，而「七十二」是古文獻裏常見的神秘數字，早年楊希枚已有論述，詳見楊希枚，《先秦文化史論集》，北京：中國社會科院，1995。後來葉舒憲、田大憲合著有《中國古代神秘數字》（北京：社會科學文獻出版社，1995），第十二章也討論了七十二，並對楊希枚的論點提出問題。

❸　《淮南子·泰族訓》說「弟子七十，養徒三千人。」這就是以戰國後期養士之風來比況三千弟子了。

❹　《後漢書·儒林傳》云：「其服儒衣，稱先王，遊庠序，聚橫塾者，蓋布之於邦域矣。若乃經生所處，不遠萬里之路，精廬暫建，贏糧動有千百，其者名高義開門受徒者，編牒不下萬人，皆專相傳祖，莫或訛雜。」

也？」這是事實，孔門「有教無類」的精神正在這裏展現。問題是：這些人為什麼要向孔子學習？孔子能教什麼？如何教？弟子師從孔子就是要學這些東西嗎？

　　孔子能教什麼？雖然太宰認為孔子「何其多能也」（《子罕》第 6 章），但孔子在時人印象裏是以「知禮」聞名的。《左傳・昭公七年》載孟僖子臨終前遺命孟懿子、南宮敬叔師事孔子學禮，這時孔子年約卅四❺，正所謂「三十而立」的階段。「三十而立」並不是泛指，若對照「不知禮，無以立」（〈堯曰〉第 3 章）的說法，「三十而立」就是指於禮有成，以禮名家了。再從孔子入太廟，每事問，招致「孰謂鄹人之子知禮乎」的批評❻，也側面地說明了孔子的知禮是時人共知的。

　　孔子既以知禮聞於世，師事孔子當然是為了學禮。只是為什麼要學禮？學禮有什麼用？暫且勿論禮的淵源演變價值意義這些問題，一言以蔽之，禮其實是區別士庶的重要標誌（《禮記・曲禮》云：「禮不下庶人」）。孟僖子遺命裏提到「禮，人之幹也。無禮，無以立。」孔子也提到「不知禮，無以立。」這些話當然不是對庶民說的，「立」與否是士人的價值標準。樊遲請學為稼、為圃時，孔子批評為：「小人哉，樊須也！上好禮，則民莫敢不敬；上好

---

❺　《史記・孔子世家》云「孔子年十七，孟釐子卒，懿子及南宮敬叔往事焉。」此處記載失實，歷來學者論者多矣。據楊伯峻《春秋左傳注・昭公七年》的考證，孟釐（僖）子卒時，孔子三十四歲。

❻　〈八佾〉篇「子入太廟，每事問。或曰：『孰謂鄹人之子知禮乎？入太廟，每事問。』子聞之曰：『是禮也。』」，〈鄉黨〉篇亦提到「入太廟，每事問」。

義，則民莫敢不服；上好信，則民莫敢不用情。夫如是，則四方之
民襁負其子而至矣，焉用稼？」（〈子路〉第 4 章），至於樊遲問崇
德、修慝、辨惑、孔子贊為「善哉問」（〈顏淵〉第 21 章）；原因就
在禮是君子的表徵，學禮正所以成為君子！

　　如所周知，孔子將原本指「在上位者」的「君子」賦予了道德
涵義，從而成為理想人格的典型❼。但《論語》中的「君子」又何
嘗不是指在上位者該具有的美德？「君子」、「小人」的區別不能
僅視為道德上的對舉，而是兩者兼有的，亦即「君子」應該是指有
德的在上位者，孔門施教所以學為君子，正是希望他日會是個有德
的在上位者。

　　《論語》中「君子」一詞出現在 86 章中，稍作分析，可得如
下印象：

　　㈠他人稱孔子為「君子」，如：陳司敗的「吾聞君子不黨，君
子亦黨乎？」（〈述而〉第 30 章）❽，又如陳亢的「問一得三：聞
《詩》，聞禮，又聞君子之遠其子也。」（〈季氏〉第 13 章）。

　　㈡孔子以「君子」稱許人：如稱宓子賤「君子哉若人」（〈公
冶長〉第 2 章），稱蘧伯玉「君子哉蘧伯玉」（〈衛靈公〉第 6 章），
稱南宮适「君子哉若人！」（〈憲問〉第 6 章）

---

❼　這方面的論述頗多，可參見余英時〈儒家「君子」的理想〉，收在《中國
　　思想傳統的現代詮釋》，臺北：聯經出版公司，1987。

❽　〈述而〉第 30 章：「陳司敗問：『昭公知禮乎？』孔子曰：『知禮。』
　　孔子退，揖巫馬期而進之，曰：『吾聞君子不黨，君子亦黨乎？君取於吳
　　為同姓，謂之吳孟子。君而知禮，孰不知禮？』巫馬期以告。子曰：
　　『「丘也幸，苟有過，人必知之。」』」

㈢孔子以「君子」自勉：如「君子道者三，我無能焉。」（〈憲問〉第 30 章）、「文，莫吾猶人也。躬行君子，則吾未之有得。」（〈述而〉第 32 章）。有時亦自居為君子，如「君子居之，何陋之有」（〈子罕〉第 13 章）。

㈣孔子期許門人成為「君子」，且常以「君子、小人」對舉設教：如謂子夏「女為君子儒，無為小人儒。」（〈雍也〉第 11 章）、「君子上達，小人下達。」（〈憲問〉第 24 章）、「君子求諸己，小人求諸人。」（〈衛靈公〉第 20 章）

㈤門人常問孔子「君子」：如「子貢問君子」（〈為政〉第 13 章），「司馬牛問君子」（〈顏淵〉第 4 章），「子路問君子」（〈憲問〉第 45 章）。

準此，說孔門施教乃「學為君子」當無大謬。然則要如何才能成為一個「君子」（有德的在上位者）？

二、君子務本

孔門如何施教？要如何才能成為一個「君子」？《論語》中施教的總綱目應當是「志於道，據於德，依於仁，游於藝。」（〈述而〉第 6 章），其悠遊涵養則在「興於詩，立於禮，成於樂。」（〈泰伯〉第 8 章）。至於具體的施教次第乃是「弟子入則孝，出則弟。謹而信，汎愛眾而親仁，行有餘力，則以學文。」（〈學而〉第 6 章）。「弟子」指「自行束脩以上」（〈述而〉第 7 章）的及門弟子，不必指年紀小者。本章應當就是孔門施教的「弟子規」

了❾，若將此則與〈述而〉篇的「子以四教：文、行、忠、信」（〈述而〉第24章）參讀，就出現了先後次序，早已有學者見出其中關連：「世得云：小學先行而後文，〈弟子〉章是。大學先文而後行，此章是也。接續看，聖人施教次第方全。」（何焯《義門讀書記・卷二》）❿。學文以前是務本階段，有子的「君子務本，本立而道生。孝弟也者，其為仁之本與！」（〈學而〉第 2 章）是深契孔門之教的❶，底下就約略疏理弟子務本階段與日後君子修養間的關係。

㈠ 從「入則孝，出則弟」到「孫以出之」

《論語》中語及孝的不少，雖因弟子身分不同，孔子回答時有所區別⓬，但大致說來，主要強調孝行中的「敬」。如：子游問孝時，孔子答稱「今之孝者，是謂能養。至於犬馬，皆能有養。不敬，何以別乎？」（〈學而〉第 7 章）答子夏問孝，云「色難。有事

---

❾　清代李毓修所編的童蒙讀本《訓蒙文》經貫有仁修訂後名《弟子規》，全文就是對此章的闡釋。

❿　但亦有學者質疑「四教」中何以是是先文而後行、忠、信，這方面的討論請參見程樹德《論語集解》，北京：中華書局，1990。

❶　本章開頭云「其為人也孝弟而好犯上者鮮矣」，按唐前古注裏的讀法是「孝弟而好犯上者鮮矣」，程樹德《論語集解》已有說明。其實「其為人也」這樣句式在《論語》中還有「其為人也，發憤忘食，樂以忘憂，不知老之將至云爾！」（〈述而〉第 18 章），此外在先秦古籍多有例證，俱以「其為人也」為斷。

⓬　如孟懿子問孝，孔子答以「無違」。「生、事之以禮；死、葬之以禮，祭之以禮。」孟懿子是孟僖子之子，奉僖子遺命從孔子學禮，孔子的回答顯然是就這點回答的。

弟子服其勞，有酒食先生饌，曾是以為孝乎？」（〈學而〉第 8 章）孝悌要做到子貢問士時孔子所答的「宗族稱孝焉，鄉黨稱弟焉。」孝悌再擴而大之，就是「出則事公卿、入則事父兄」（〈子罕〉第 16 章）、「君子義以為質，禮以行之，孫以出之，信以成之。君子哉！」（〈衛靈公〉第 17 章），從學文前的「入則孝、出則弟」到君子德行的「孫以出之」是一脈相承的。

㈡ 從「謹而信」到「信以行之」

謹是慎言。類似的說法還有「君子欲訥於言而敏於行」（〈里仁〉第 24 章）、「巧言令色，鮮矣仁。」（〈學而〉第 3 章）、「仁者，其言也訒」（〈顏淵〉第 3 章）。君子「恥其言而過其行」（〈憲問〉第 29 章）、「君子名之必可言也，言之必可行。君子於其言，無所苟而已矣。」（〈子路〉第 3 章）。

若深一步探究，這裏當與孔子的語言觀有關❸。簡單地說則是在務本階段要謹言，但只是謹言還不夠，還要加上「信」才完備，也就是從謹言中去學習踐言，因為「其言之不怍，其為之也難。」（〈憲問〉第 21 章），「人而無信，不知其可也」（〈為政〉第 22 章），言而有信，語言才能承載意義，否則意義就無從確立了，意義無從確立，積漸之久，終將導致整個秩序的瓦解，所以孔子要強調「正名」❹。曾子以「與朋友交而不信乎」（〈學而〉第 4 章）做

---

❸　有關孔子的語言觀，可參見陳啟雲〈論語正名與孔子的真理觀和語言哲學〉，《漢學研究》，第 10 卷第 2 期。

❹　語言與意義的關係，在語言哲學裏有深入探討。近年南方朔對語言問題亦有可喜的探討，參見大田出版社所刊行南方朔著的語言書系列。

為三省吾身的工作之一。子夏以「與朋友交，言而有信」（〈學而〉第 7 章）做為學或未學的判準。孔子更是提出「主忠信」為君子立身的標準（〈學而〉第 8 章），且以「朋友信之」（〈公冶長〉第 25 章）為終身志向。

　　言而有信雖是原則，但信守承諾仍是有條件的。「信近於義，言可復也」（〈學而〉第 13 章）⓯，唯有近於義，或者更進一步說合於義的承諾才能去踐言，「言必信，行必果」有時反會是「硜硜然小人哉」（〈子路〉第 28 章）。但這可不是說可以輕率地承諾再以不答乎義來塞責，而是一方面以「謹」、「訥」來自持，一方面培養自己的鑑別能力，所謂「篤信好學」（〈泰伯〉第 13 章）是也。「篤信好學」朱注以為是「不篤信，則不能好學，則所信或非其正。」然而對弟子而言，這是一道漫長的歷程，所以只要「謹而信」便可以了。於是「謹」便成為孔子對言語的一種態度，這種態度影響後世極深，如曾文正公常勸戒子弟「舉止要重，發言要訒」⓰。若站在仕宦的立場，「信則人任焉」（〈陽貨〉第 6 章），讓長官及百姓皆信任之。其次，在上位者亦要以信來教民，如「導千乘之國，敬事而信，節用而愛人，使民以時」（〈學而〉第 5 章），子夏也說「君子信而後勞其民，未信則以厲己也，信而後諫，未信則以為謗己也」（〈子張〉第 10 章），所謂「上好信，則民莫敢不用情」（〈子路〉第 5 章）。

⓯　這雖是有子講的，但應該是符合孔子精神的。

⓰　《曾文正公家訓・諭紀澤紀鴻・言語舉要穩重》「舉止要重，發言要訒，爾終身須牢記此二語，無一刻可忽也。」（臺南：國學整理社，1974），頁 15。

(三) 從「汎愛眾」到「尊賢而容眾，嘉善而矜不能」、「愛人」

人皆有好惡，但「唯仁者能好人、能惡人」（〈里仁〉第 3 章），不仁者常以自己主觀的好惡去定奪，要學為君子就得學會包容，所以務本階段要講究「汎愛眾」。「汎」是普遍、廣泛的意思，「汎愛眾」是「尊賢而容眾」的一項準備工夫**⓱**，唯有將自己敞開方能有足夠的氣度去接受各式各樣的意見，落在政治上，則是「節用而愛人」（〈學而〉第 5 章）、「君子學道則愛人」（〈陽貨〉第 4 章）。「愛人」是仁的表現。所以樊遲問仁，孔子答曰「愛人」（〈顏淵〉第 19 章）。

(四) 從「親仁」到「就有道有正焉」

孔門論學非常重視師友教化，所以弟子除學會包容的「汎愛眾」之外更要「親仁」，親近有仁德的人，也就是多向有仁德的人切磋琢磨。這就是子貢問仁時，孔子回答的「工欲善其事，必先利其器，居是邦也，事其大夫之賢者，友其士之仁者」（〈衛靈公〉第 9 章），到了君子階段仍要「君子食無求飽，居無求安，敏於事而慎於言，就有道而正焉。可謂好學也已」（〈學而〉第 14 章）。

⓱ 孔子門下對交友的看法有別，「子夏之門人問交於子張。子張曰：『子夏云何？』對曰：『子夏曰：「可者與之，其不可者拒之。」』子張曰：『異乎吾所聞。君子尊賢而容眾，嘉善而矜不能。我之大賢與？何所不容？我之不賢與，人將拒我，如之何其能拒人？』」（〈子張〉第 3 章），就是這爭議的表現。從「汎愛眾」的觀點看來，子夏的主張是違背孔門精神的。

三、文質彬彬，然後君子

學文前是務本階段，所習種種是「本」是「質」，這原是修己之事，人人皆當躬行踐履，不可一日或忘。相較之下務本之後所學的「文」就是「末」了，這裏的本末是指學習的先後次序而非價值高下，但本末輕重的爭議早發端於孔門以文學知名的子游、子夏了：

> 子游曰：「子夏之門人小子，當洒掃、應對、進退，則可矣。抑末也，本之則無。如之何？」子夏聞之曰：「噫！言游過矣！君子之道，孰先傳焉？孰後倦焉？譬諸草木，區以別矣。君子之道，焉可誣也？有始有卒者，其惟聖人乎！」
>
> （〈子張〉第 12 章）

孔子卒後子夏居西河教授，門人弟子甚眾，且與經學傳承關係密切**⓲**，子夏對本末的堅持應該說是深契孔門精神的。**⓳**

「行有餘力，則以學文」，學文與否是一大關鍵，學文前是修己，學文後才可能安百姓。孔門對「學」的界定非常廣，「學」當然不只是「文」而已，務本的德行又何嘗不必學呢**⓴**？所謂

⓲ 世傳子夏與孔門傳經有關，但真偽難辨，錢穆《先秦諸子繫年·孔門傳經辨》（臺北：東大圖書公司，1986）論之甚詳。

⓳ 然而孔子也曾告訴子夏「女為君子儒，無為小人儒」，可見子夏在某些觀念上與對君子的要求有距離。

⓴ 這裏涉及《論語》裏對「學」的理解有歧異，胡志奎〈孔子之「學」字思想探源〉，《論語辨證》（臺北：聯經出版事業公司，1987）論之頗詳。

「文」，詩書典籍是文，禮樂儀節也是文，孔子認知的「文」是以「郁郁乎文哉」（〈八佾〉第 14 章）的「周文」為主，孔子且以「周文」的承擔著自許❷，「文」其實就是一種文化精神（ethos）❷，所以孔門四教中首標以「文」。「學文」正所以貼近文化精神，進而傳承、承擔道統。

然而相較於「質」，「文」畢竟是外加的，必須經由學習而來，這就涉及了兩個問題。首先，文既是外加的，非本質所有，這算不算是一種對生命的扭曲？其次，學文的過程是不是有一定的方向？會不會往而不返？對於第一個問題孔子並未語及，但子貢在回答棘子成「君子質而已矣，何以文為？」時所說的「文猶質也，質猶文也」（〈顏淵〉第 8 章），就充分說明了這一問題。換個角度想，對孔子來說其實是不存在這一問題的，因為已而為人，往士、君子、聖人的路上行去，這也是孔門教弟子的目標，若連此一目標都懷疑，那就不必從師問學了；進一步說，孔子理想境界乃是周文，周文可是監於二代而來的，是選擇過後的繼承，又怎會去懷疑周文是不是原始生命的扭曲？生命本質的問題到孔子之後才成為討論重點，在孔門裏只有「性相近也，習相遠也」（〈陽貨〉第 2 章）。至於第二個問題孔子是考慮到了，「君子博學於文，約之以

務本的工夫要不要學，若依王陽明學說當然不必學，這裏的分辨當然重要，不過與本文重點不在此，權且勿論。

❷ 子畏於匡。曰：「文王既沒，文不在茲乎？天之將喪斯文也，後死者不得與於斯文也：天之下喪斯文匡人其如予何？」（〈子罕〉第 5 章）

❷ 參見陳來《古代宗教與倫理——儒家思想的根源》，北京：三聯書店，1996，導言部份。

禮，亦可以弗畔矣夫」（〈雍也〉第 25 章），博學於文與約之以禮是
一體的，學文而以禮約之方不至於迷失方向，此所謂「禮以行之」
（〈衛靈公〉第 17 章），亦即「以約失之者鮮矣」（〈里仁〉第 23
章）。

　　《論語》論君子數多，對君子的行為規範乃至道德節操亦有種
種描述，如「食無求飽、居無求安，敏於事而慎於言，就有道而正
焉」（〈學而〉第 14 章）、「君子不器」（〈為政〉第 12 章）、「君
子周而不比」（〈為政〉第 13 章）、「君子無終食之間違仁，造次必
於是，顛沛必於是」（〈里仁〉第 5 章）、「君子不憂不懼」（〈顏
淵〉第 4 章）、「君子懷德」（〈里仁〉第 11 章）、「君子喻於義」
（〈里仁〉第 16 章）、「君子周急不周富」（〈雍也〉第 3 章）、「君
子坦蕩蕩」（〈述而〉第 36 章）……這些都可視為「質勝文則野，文
勝質則史，文質彬彬，然後君子」（〈雍也〉第 16 章）的註腳，對君
子而言，文與質是一體的，博學於文而約之以禮，正所以為彬彬君
子也。

四、君子去仁，惡乎成名

　　禮樂制度就像是砝碼，維繫著人倫世界的平衡，砝碼的重量要
隨著不同時代而有所調整，這就是訓解為合理的「義」了❷。若不
隨時地而調整，禮樂就失去了意義，反成一種虛文，因而有「義以

---

❷　「義」字訓釋的演變，參見劉翔《中國傳統價值觀念詮釋學》（臺北：桂
　　冠圖書公司，1993），頁 114-7。

為質，禮以行之」（〈衛靈公〉第 17 章），禮以義為原則，這就是勞思光先生指出的「攝禮歸義」❷。

「義」隨時地而有所調整，所謂「義者，宜也」❸，但其中亦有所不變者，這就是「仁」了。「人而不仁，如禮何？人而不仁，如樂何？」（〈八佾〉第 3 章）、「禮云禮云，玉帛云乎哉？樂云樂云，鐘鼓云乎哉？」（〈陽貨〉第 11 章），缺乏仁的禮樂只是虛文，「攝禮歸義」後進一步要「攝禮歸仁」。準此，仁是孔子學的中心理論，這點當無疑義❹。

何謂「仁」？仁是境界是全德之名，簡單地說：

首先，仁能經良知的自覺而呈現，如宰我問三年之喪，孔子從「安」來回應。又如夫子自道「仁遠乎哉？我欲仁，斯仁至矣」（〈述而〉第 29 章）

其次，仁雖能隨自覺而呈現，但仍要藉由學習來陶冶。如顏淵問仁，孔子答以「克己復禮」（〈顏淵〉第 1 章），克己即是修己的工夫。仁雖可呈現，但仁的境界不是速成的，於是有「必世而後仁」（〈子路〉第 12 章）的說法。

再者，談仁的目的是要使天下歸仁，所以仁必然涉及到實行問題，如何使天下歸仁？曰「愛人」（〈顏淵〉第 22 章）、曰「己立立

❷ 勞思光《新編中國哲學史（一）》（臺北：三民書局，1995），第三章。
❸ 〈大學〉第二十章，〈中庸〉第卅一章都提到了「義者，宜也」。
❹ 以符號學知名的的李幼蒸其近著《仁學解釋學：孔孟倫理學結構分析》（北京：中國人民大學出版社，2004），嘗試以「仁學」取代或對於「儒學」，以區別孔子思想和秦漢以後的儒家思想，並以現代西方學術跨學科研究及詮釋學方法來賦予仁學新面貌，甚有新意。

人，己達達人」（〈雍也〉第 28 章）、仁便從修己推而為治人，是以子張問仁時，孔子答稱能行恭、寬、信、敏、惠五者為仁（〈陽貨〉第 6 章）。

要如何識仁、知仁乃至行仁？這判準是外在的，也就是「知」，如何行仁？這需要毅力，此即「勇」。換言之，在知仁行仁歷程中知仁勇三者是不可分的，這就是「仁者不憂，知者不惑，勇者不懼」（〈憲問〉第 30 章）的君子之道了❷⑦。

君子要體仁、行仁，然而在上位的君子並不表示已有了仁，「君子而不仁者有矣夫」（〈憲問〉第 7 章），但「君子去仁，惡乎成名？」所以「君子無終食之間違仁，造次必於是，顛沛必於是」（〈里仁〉第 5 章）。

五、君子學以致其道

「仕而優則學，學而優則仕」（〈子張〉第 13 章），這雖是子夏說的，但並不背孔門精神，因為學為君子從務本的修己工夫做起，

---

❷⑦　知仁勇三者的關係「仁者必有勇，勇者不必有仁」（〈憲問〉第 5 章），勇必依於仁方是大勇。至於知、仁的關係較複雜，仁者必有知，知人、愛人。唯有知人方能愛人，愛人而不知人是「愚」（好仁不好學，其蔽也愚），談不上真仁，而要知人先要知言（「不知言，無以知人也」），知又可分：生知、學知、聞知。要知及仁守才行。然而「知」畢竟是次於仁一級，知之者不如好之者，仁者不憂，知者雖不如仁者，但亦如狂狷者，至少近仁、利仁。

一旦得以出仕，則要安人、安百姓❷。然而出仕不是為個人的成就，
而是為了道的實踐，因為君子的責任就是對道的承擔，子夏說「百
工居肆以成其事，君子學以致其道」（〈子張〉第 7 章），且「君子
之仕也，行其義也。」（〈微子〉第 7 章）若不能行其義，這樣的仕
是無足取的，《論語·先進篇》裏對冉求、子路有這樣的批評：

> 季氏富於周公，而求也為之聚斂而附益之。子曰：「非吾徒
> 也。小子鳴鼓而攻之，可也。」（第 16 章）

> 季子然問：「仲由、冉求可謂大臣與？」子曰：「吾以子為
> 異之問，曾由與求之問。所謂大臣者，以道事君，不可則
> 止。今由與求，可謂具臣矣。」曰：「然則從之者與？」子
> 曰：「弒父與君，亦不從也。」（第 23 章）

> 子路使子羔為費宰。子曰：「賊夫人之子。」子路：「有民
> 人焉，有社稷焉。何必讀書，然後為學？」子曰：「是故惡
> 夫佞者。」（第 24 章）

子路的回答只是強辯，故孔子直斥之佞，佞是「御人以口給，屢憎
于人」（〈公冶長〉第 5 章），這與孔門「謹言」、「訥言」的要求
是相違背的。至於對冉求發出「非吾徒也」的重話，顯然是冉求之
仕已非其義，是謀食而不是謀道了，這與孔門「謀道不謀食」、

---

❷ 子路問君子。子曰：「修己以敬。」曰：「如斯而已乎？」曰：「修己以
安人。」曰：「如斯而已乎？」曰：「修己以安百姓。修己以安百姓，
堯、舜其猶病諸！」

「憂道不憂貧」（〈衛靈公〉第 31 章）大相逕庭，是以允許門人聲討其罪。子路、冉求俱是孔門十哲中以政事聞的傑出弟子，出仕時都未必能堅守道，足見守道的艱難，是以孔子歎云：「隱居以求其志，行義以達其道。吾聞其語矣，未見其人也。」（〈季氏〉第 11章）。

六、不知命，無以為君子

雖然君子學以致其道、達其道，但道之行否卻非個人所能決定，「道之將行也，命也。道之將廢也，命也。」（〈憲問〉第 38章），何謂「命」？「子罕言利，與命與仁。」（〈子罕〉第 1 章）㉙，「與」是推許之意，義利是儒家價值觀裏重要的分判，孔子罕言利是容易理解的。《論語》言「仁」多達 59 章，提到「命」的篇章雖不如「仁」多，但《論語》最後一章說「子曰：不知命，無以為君子。不知禮，無以立也。不知言，無以知人也。」（〈堯曰〉第 3

㉙　「子罕言利與命與仁」有數種讀法，一是「子罕言：利與命與仁」、二是「子罕言利，與命與仁」、三是「子罕言利與命，與仁」。第一種斷法當然是錯的，「仁」是孔子的中心思想，《論語》言仁的篇章甚多，弟子問仁篇章亦不少見，足見這種斷句是不對的。第三種斷句法是因為子貢曾感歎「夫子之文章可得而聞歟，夫子之言性與天道，不可得而聞」，鑑於《論語》談仁處甚多絕非罕言，而論命的篇章相對較少，從而調整的讀法；但這樣一來，兩「與」用法不同，反增困擾。所以還是以第二講讀法為是，唐文明《與命與仁：原始儒家倫理精神與現代性問題》（保定：河北大學出版社，2002），更直接以「與命與仁」為論述主軸。

章），而君子「三畏」首列「畏天命」（〈季氏〉第 8 章）❸，孔子
自述為學歷程時也說「五十而知天命」（〈為政〉第 4 章），何謂
「命」？

命，首先是命定、命限。以德行著稱的伯牛有疾❸，孔子執其
手而曰：「亡之，命矣夫！斯人也而有斯疾也！斯人也而有斯疾
也！」（〈雍也〉第 8 章），季康子問弟子孰為好學，孔子答曰：
「有顏回者好學，不幸短命死矣！今也則亡。」（〈先進〉第 6
章），這兩處的「命」都是命定、命限，這就是「死生有命」
（〈顏淵〉第 5 章）；「命」由天所賦予，顏淵死，子曰：「噫！天
喪予！天喪予！」（〈顏淵〉第 8 章）這是對氣命無可奈何的慨歎。
但天之所命並不只限在命定、命限這一領域，「天生德於予，桓魋
其如予何？」（〈述而〉第 22 章）則是對天命的自覺承擔，天命落實
下來就是道，道甚難知難得，是以有「朝聞道，夕死可矣」的說
法。君子是要「志於道」的，而且要彰顯道，所謂「人能弘道」
（〈衛靈公〉28 章），但要如何弘道？「行義以達其道」（〈季氏〉第
11 章），必要時甚至要「守死善道」（〈泰伯〉第 13 章），但對道的
體認彼此不同，所以「道不同，不相為謀」（〈衛靈公〉第 39 章）。

由「命」而「天命」，「知天命」而「畏天命」這是命定更是

---

❸ 「君子有三畏：畏天命、畏大人、畏聖人之言。」這一則其實不好解釋，
何謂大人？何以畏大人？大人與聖人有何區別？若大人是有德者，那與聖
人何異？若大人是在位者，何以要畏？畏大人是因其「道」而不是因其
「勢」，倒還可說，若反是就難理解了。這與《孟子·盡心下》的「說大
人則藐之」顯然有別。

❸ 《孟子·公孫丑上》：「冉牛、閔子、顏淵，善言德行。」

承擔，孔子從「十有五而志于學」起，「志」是方向、是實踐，也就是原始生命的一轉，已由氣命逆之而上❸，這是自覺的取向而不是氣命的走向，雖然這兩者之間並非全無所關聯。據史傳記載，孔子幼時就常俎豆之事以戲❸，幼時就已有此氣命傾向，及十五志學，走上了以學禮路。然後經十五年學習，至三十歲於禮有所立，但這一階段可能是對禮儀有所知，但對禮之大本未必通透，於是再經十年的歷練，到「四十而不惑」時已然是個「知者」了，因為唯有知者才能不惑（知者不惑），能對當下事物了然於胸，這是要大智慧才看得透，「知者利仁」、「知者樂水」，此時可以如行雲如水，流暢不居，然而通透未必是一件欣喜的事，隨物流轉，究竟要伊於胡底？人在宇宙中的定位該是什麼？於是再上一層就是這種定位的追，所以孔子說「五十而知天命」，知我承受自天者，知天所命予我者，這就是使命感，於是而有周遊列國的舉動。子路曾宿於石門，司晨門者得知子路是孔子之徒後說「是知其不可而為之者與？」（〈憲問〉第 41 章），若是知者，就不會「知其不可而為之」，唯有強烈的使命也就是對道的堅持才得如此。然而，行其所當行是不能計其功的，一閃失就如冉求之為季氏，此間道理誠如董仲舒所說的「夫仁人者，正其誼不謀其利，明其道不計其功，是以仲尼之門，五尺之童羞稱五伯，為其先詐力而後仁誼也。苟為詐而已，故不足稱於大君子之門。」（《漢書·董仲舒傳》）。知天命是

---

❸ 牟宗三《才性與玄學》（臺北：學生書局，1985），第一章，對順氣、逆氣有詳細說明。

❸ 《史記·孔子世家》：「孔子為兒嬉戲，常陳俎豆，設禮容。」

領受了使命，但行不行卻是「命」，絲毫勉強不得，是以孔子接著會說「六十而耳順，七十而從心所欲不踰矩」，政治上無可奈何，遂轉而為教育的啟迪。

木村英一以為〈學而〉第一章言君子，〈堯曰〉末章亦言君子，當非偶然，應是漢代三論（魯、齊、古論）整編者意識的呈現❸❹，是否是漢人重新排列還有待進一步研究❸❺，是不是首尾均以君子來貫通也不重要，重要的是學為君子的確是孔門成德的歷程，從修己到治人，從體仁到知天命，如此行來才是孔門最期許的彬彬君子。

---

❸❹　木村英一，《孔子と論語》（日本：東京·創文社，昭和 46），頁 464。

❸❺　現存最早的定州漢墓竹簡本《論語》的分章與今本多有不同，今本〈堯曰〉篇是三章，而定州竹簡本是二章，今本的第三章是以小字連寫在第二章下。詳見《定州漢墓竹簡論語》，北京：文物出版社，1997。

蘇軾經典與經典蘇軾

史國興*

提　要

　　東坡之作，有許多可以稱為經典著作，甚至有人說蘇軾是一位經典人物。然而「經典」一辭，根據《漢語大詞典》有三種定義：㈠典範的儒家載籍；㈡指宗教典籍；㈢權威著作；具有權威性的。本文將以蘇軾對儒家經典㈠的看法為出發點，探討蘇軾的具有權威性的經典㈢著作之所以為經典著作。

關鍵詞：蘇軾　經典　人情　經書　北宋

一、蘇軾經典

　　想到蘇軾，一般人想到貶黃州謫居的東坡居士，豪放曠達地在赤壁之下飲酒清談：

---

*　　美國密西根州格蘭谷州立大學副教授

〈念奴嬌（赤壁懷古）〉

大江東去，浪淘盡、千古風流人物。故壘西邊，人道是，三
國周郎赤壁。亂石穿空，驚濤拍岸，捲起千堆雪。江山如
畫，一時多少豪傑。　　遙想公瑾當年，小喬初嫁了，雄姿
英發。羽扇綸巾，談笑間、檣艣灰飛煙滅。故國神遊，多情
應笑我，早生華髮。人間如夢，一尊還酹江月。

　　蘇軾此詞，不但是蘇軾的代表作品，〔宋〕胡仔《苕溪漁隱叢
話·前集》卷五十九曰：「東坡『大江東去』赤壁詞，語意高妙，
真古今絕唱。」❶古今絕唱，乃是一首經典著作。東坡之作，有許
多可以稱為經典作品，甚至有人說蘇軾本人是一位經典人物。然而
「經典」一辭，根據《漢語大詞典》有三種定義：㈠典範的儒家載
籍；㈡指宗教典籍；㈢權威著作；具有權威性的。本文將以蘇軾對
於儒家經典㈠的看法為出發點，探討蘇軾的具有權威性的經典㈢著
作之所以為經典著作。

　　蘇軾是傳統中國儒家學者，雖然不算是一位經學家，但還是深
受了五經的熏陶，也寫了不少有關儒經的著作。蘇軾去世的前一年
曾說過，他「不合入時宜」❷的一生，最重要的成就是《書傳》、
《易傳》、與《論語傳》，〈答蘇伯固三首·其二〉云：「某凡百

---

❶　《文淵閣四庫全書》版，頁 10 上。

❷　〔宋〕費袞撰《梁谿漫志》（《文淵閣四庫全書》版）卷 4，頁 14 上
〈侍兒對東坡語〉一條，云：「東坡一日退朝，食罷，捫腹徐行，顧謂侍
兒曰：『汝輩且道是中有何物。』一婢遽曰：『都是文章。』坡不以為
然。又一人曰：『滿腹都是識見。』坡亦未以為當。至朝雲，乃曰：『學
士一肚皮不入時宜。』坡捧腹大笑。」

如昨，但撫視《易》、《書》、《論語》三書，即覺此生不虛過」。❸蘇軾於其《志林·記游》一文中，又有記，云：

> 余自海康適合浦，連日大雨，橋梁大壞，水無津涯。自興廉村淨行，院下乘小舟至官寨。聞自此西，皆漲水，無復船。或勸乘蜑並海即白石。是日六月，晦無月，碇宿大海中，天水相接，星河滿天。起坐四顧，太息，吾何數乘此險也。己濟徐聞復厄於此乎。稚子過在旁鼾睡，呼不應。所撰《書》、《易》、《論語》，皆以自隨，而世未有別本。撫之而歎曰：「天未欲使從是也。吾輩必濟已！」而果然。七月四日，合浦記。時元符三年也。❹

可惜《論語傳》已經失傳，而《易傳》、《書傳》二本並未受到後世的重視。此外，《蘇軾文集》中有〈易論〉、〈書論〉、〈詩論〉、〈禮論〉、與〈春秋論〉五論。其中，〈易論〉是一篇探討陰陽老少、七八九六之數術論，〈書論〉是一篇論王者之法的政論，此二篇與本文較無關係，便不深入探討。

〈春秋論〉主張讀經時，應當注意文辭中的語氣，曰：「天下之人，其喜怒哀樂之情，可以一言而知也」。❺人說話時，臉上、語辭中自然會顯示內心喜怒哀樂之情。文字上也會顯示作者的內心情緒，「而至於聖人，其言丁寧反覆，布於方冊者甚多，而其喜怒

---

❸ 見孔凡禮點校《蘇軾文集》（北京：中華書局，1992 年）冊四，卷 57，頁 1741。

❹ 見《東坡全集》卷 110，頁 1 上。

❺ 見《蘇軾文集》冊一，卷 2，頁 58。

好惡之所在者，又甚明而易知者」。❻聖人如同一般人，也有喜怒好惡，而其情緒表現於五經的行間字裏。

〈禮論〉論禮之必合乎時代以保存其真實意義。蘇軾觀他當時的禮儀，云：「天下之人，尚皆記錄三代禮樂之名，詳其節目，而習其俯仰，冠古之冠，服古之服，而御古之器皿，傴僂拳曲勞苦於宗廟朝廷之中，區區而莫得其紀，交錯紛亂而不中節」。❼蘇軾當時的古禮儀式已經不合時代。譬如，三代時，人席地而食，因此他們所用的器具適合坐地上使用。到了北宋，人是坐床上的。如果還用三代的器具，用起來很不便，然而執行禮儀時，宋人仍然用三代的禮器。蘇軾的結論是，只懂禮的表面，而不懂其原意，「故夫推之而不明，講之而不詳，則愚實有罪焉」❽。

就是因為蘇軾此看法，蘇軾由黃州召還朝後，位於中書舍人，元祐元年（西元 1086 年）九月一日，宰相司馬光卒，朝廷命程頤主管喪禮，而程頤堅持嚴謹遵守三代古禮，蘇軾感到很不以為然。有關此事的野史雜記甚多，說法皆大同小異，以〔宋〕邵博《邵氏聞見後錄》為例：「司馬丞相薨于位，程伊川主喪事，專用古禮。將祀明堂，東坡自使所來弔，伊川止之曰：『公方預吉禮非哭則不歌之義，不可入。』東坡不顧以入，曰：『聞哭則不歌，不聞歌則不哭也。』伊川不能敵其辨也」❾。也有記錄蘇軾、弟轍、及同僚一起參與明堂降赦禮，往弔司馬光，受程頤阻，他人反駁程頤，而蘇

---

❻　同上。

❼　同上，冊一，卷 2，頁 57。

❽　同上，頁 58。

❾　見《四庫全書》版，卷 20，頁 7 下。

軾兄弟以粗鄙言語譏笑程頤者,如朱熹於《宋名臣言行錄・外集》所記:「有難之曰:『子於是日哭則不歌,即不言歌則不哭。今賀赦了却往弔喪,於禮無害。』軾遂以鄙語戲頤,眾皆大笑。結怨之端蓋自此始」❿。程頤所用的古禮,已經不合乎北宋當時的朝廷生活,皇帝有大赦典禮,朝廷要官不得不參與,但司馬光既是宰相、同僚,亦是蘇軾同甘共苦的老友,蘇軾當然要前往弔喪追悼。蘇軾認為程頤滯泥於三代古禮,因當日已有朝慶而不允弔喪,是不把蘇軾等同僚的處境與情景放在眼裏,即程頤不近於人情。〈禮論〉主張以古禮的基本精髓,遵守古禮的原則,但同時得有彈性地適應現實生活的需求。

到了〈詩論〉,蘇軾則曰:「自仲尼之亡,六經之道,遂散而不可解。蓋其患在於責其義之太深,而求其法之太切。夫六經之道,惟其近於人情,是以久傳而不廢」⓫。蘇軾認為儒家的六經之所以歷代傳下至今而成為經典者,就是因為其近於人情。雖然各經有各經的題材來源與格式的不同,但是《易》、《書》、《詩》、《禮》、《春秋》基本上皆近於人情,因而久傳不廢。

何謂「近於人情」呢?《禮記・禮運》云:「何謂人情?喜、怒、哀、懼、愛、惡、欲,七者弗學而能。」此即以上〈春秋論〉所說的「一言而知」的情。近於人情,就是通達喜、怒、哀、懼、愛、惡、欲等基本情緒。這就是為甚麼蘇軾於〈詩論〉又曰:「而況《詩》者,天下之人,匹夫匹婦羈臣賤隸悲憂愉佚之所為作

---

❿　見《四庫全書》版,卷3,頁11上。
⓫　見《蘇軾文集》,卷2,頁55。

也」**⓬**。因為《詩經》中的詩所觸及的是各種人的種種情緒，所以才成為春秋、戰國以來川流不息的中國文化寶藏，到了今天還是有人在研讀、欣賞。只要是受過基本教育的中國人，沒有一個不能吟出「關關雎鳩，在河之洲」、「維鵲有巢，維鳩居之」等句。蘇軾之所以反對程頤用古禮者，並非反對古禮，而是反對程頤之非近於人情的執行法。

蘇軾作此五篇經論的時代，離孔子已經一千五百年了，五經仍受學者的喜愛，而現今離蘇軾的北宋，也將近一千年了，同樣無人不認得「大江東去，浪淘盡、千古風流人物」、「十年生死兩茫茫」等蘇軾名句。時至今日甚至有流行歌手新唱〈水調歌頭·明月幾時有〉一闋。蘇軾的這些名作之所以為名作，也是因為其近於人情。

二、經典蘇軾

所謂經典蘇軾，乃是一般讀者看了便能共鳴的作品；根據蘇軾自己的說法，就是近於人情的作品。蘇軾作品中有二千三百餘首詩，三百餘闋詞，不可勝數篇文章，當然並非都成為經典作品，先舉一闋不足稱為經典作的好詞為例：

〈蝶戀花（鐙火錢塘三五夜）〉
密州上元

⓬ 同上。

鐙火錢塘三五夜。明月如霜，照見人如畫。帳底吹笙香吐
麝，更無一點塵隨馬。　　　寂寞山城人老也。擊鼓吹簫，卻
入農桑社。火冷鐙稀霜露下。昏昏雪意雲垂野。❸

　　鐙通燈字。三五夜，即正月十五日元宵節之夜。上片說蘇軾前
年於杭州所過的元宵節有多麼的熱鬧，多麼的富裕。「無一點塵隨
馬」，能說是杭州一地之整潔、乾淨，也能說是路上逛元宵花燈的
行人多的馬都不能過。下片則說蘇軾一年後，熙寧八年（公元 1075
年）於密州（今山東省）的簫條寂寞，火冷燈稀。南方的笙樂、麝香
已經被北方鼓簫取代了，然而鼓簫不是官方富豪們於城內的節慶，
而是鄉下野外農家慶祝的聲響。此闋詞雖然是一首很美的詞，比較
二地節慶，再進而比較二地社會結構，很高妙，但是並不算是一首
經典作品。若照蘇軾〈詩論〉的理論，這是因為此詞所表達的辭
句、內涵不近於人情，不是一般匹夫匹婦羈臣賤隸所能認同的，蘇
軾一生忽起忽落的坎坷命運所帶來的悲憂愉佚，非同小可，有像蘇
軾這樣經驗，前一年在熱鬧、富裕的杭州，後一年在經蝗災、乾
旱、盜賊的密州的人不多，匹夫匹婦羈臣賤隸中，維有羈臣方能認
同，所以不是此詞不好，而是一般讀者無法體驗到詞中的情境。

　　熙寧八年，蘇軾知密州（今山東省）太守，作了上列〈蝶戀
花〉後五日，又作了〈江城子·十年生死〉一闋詞。在他作此詞前
十年，治平二年（西元 1065 年），蘇軾方由鳳翔府簽判任還朝。在

---

❸　詞見石聲淮、唐玲玲箋注《東坡樂府編年箋注》（臺北：華正書局，民國
　　82 年）頁 76。《文淵閣四庫全書》版《東坡詞》鐙字作燈；更無句作此
　　般風味應無價；卻字作卻；稀字作希。

他赴鳳翔任前，蘇軾兄弟應薦舉制科試賢良方正科考，蘇軾入三等，為有宋以來之第二人。根據制科的前例，入三等者，十年以內，應該能位至宰相。❶蘇軾從鳳翔還朝，要踏上他三年前開始走的登上宰相位之路，心裏充滿了希望與政治包袱。到了京師，他受差判登聞鼓院，英宗欲以唐故例召他入翰林知制誥，但因為當時的宰相韓琦說蘇軾年齡太輕，經驗不夠，朝中會有人不服氣，所以召試學士院，軾又入三等，得直史館。蘇軾正要大展宏圖，他的元配王弗卒，年方二十七。翌年四月，父洵又病逝，蘇軾兄弟辭官赴喪。熙寧二年（西元 1069 年）還朝，雖然富弼任相，但是王安石已經任參知制事，與陳升之行新法，因為王安石專政，而富弼與之議論不合，又鬥不過王安石，富弼於十月罷相。王安石從此開始逼迫與他政見不合之人辭官外調，蘇軾當然也不例外。

　　熙寧四年正月，王安石欲變科舉，蘇軾上〈議學校貢舉狀〉反對，神宗即日召見，聽罷，神宗曰：「卿三言，朕當詳思之」❶。同月，王安石命以低價買浙燈四千餘盞，買齊前，禁止私買，蘇軾上〈諫買浙燈狀〉勸神宗不應以低價買燈，神宗看了，即詔停罷買浙燈。二月，蘇軾因為「親奉德音，以為凡在館閣，皆當為朕深思治亂，指陳得失，無有所隱者」❶，再上了〈上神宗皇帝書〉，三

---

❶　見王德毅《宋史研究論文集・宋代賢良方正科考》（臺北：臺灣商務印書館，民國八十二年修訂版）。

❶　見蘇轍〈亡兄子瞻端明墓誌銘〉於曹光甫編，曾棗莊、馬德富校點《欒城集・欒城後集》（上海：上海古籍出版社，1987 年）卷 22，頁 1412。

❶　見〈諫買浙燈狀〉，《蘇軾文集》，卷 25，頁 727。

月又上了〈再上皇帝書〉。**⑰**因為蘇軾處處反對王安石,所以王安石的親家侍御史知雜事謝景溫誣奏蘇軾向丁父憂歸蜀,往還多乘官船,載販物貨,賣私鹽等事,蘇軾因此自求外調以避免紛爭,熙寧四年六月,除杭州通判。蘇軾在杭州三年,就是在等機會回京還朝,報知遇之恩,擔任相位,可是這個機會一直沒有到來。熙寧七年(西元 1074 年)四月,雖然王安石罷相,可是新黨仍舊專權,蘇軾倒遷知密州。

蘇軾到了密州,正遇上蝗災,路旁被捕殺的蝗蟲堆積如山,人民只好用火燒毀。翌年春天,又是乾旱,盜匪大起,而蘇軾自己開始患痔瘡。蘇軾此時的處境大大不如當年,剛由鳳翔還朝時。不難想像他當時的心情是如何的低落,也因為這樣的刺激,使他在元配王弗的十周年忌日,作了以下斷人心腸的名作:

> 〈江城子〉
> 乙卯正月二十日夜記夢
> 十年生死兩茫茫。不思量。自難忘。千里孤墳,無處話凄涼。縱使相逢應不識,塵滿面,鬢如霜。　夜來幽夢忽還鄉。小軒窗。正梳妝。相顧無言,惟有淚千行。料得年年腸斷處,明月夜,短松岡。**⑱**

---

⑰ 見〈議學校貢舉狀〉,孔凡禮於《蘇軾年譜》(北京:中華書局,1998)列於熙寧二年五月,見卷 8,頁 161。《蘇軾年譜》將〈諫買浙燈狀〉列於熙寧二年十二月,〈上神宗皇帝書〉於同年同月,〈再上皇帝書〉上於熙寧三年二月。

⑱ 見《樂府篇年》,頁 77。

此乃一首經典作品，是因為人有生，必有死，人人遲早會面臨此悲痛的感受。在前妻的十周年忌日，日有所思，夜必有所夢，蘇軾夢到前妻王弗，而夢裏，王氏正在忙隱密的日常作息，在傳統社會中，士家婦女的梳妝作息，只有最親密的家人能看得見。蘇軾因此夢而想到前妻的墳墓，又想到前妻在世時，他們倆對未來的樂觀希望，反襯托出他今日於密州的失望與失落。雖然不是每一個人感到此「塵滿面，鬢如霜」的失意與頹廢，可是只要是喪失過自己家人的人都能夠體會上片所表達的失落而寂寞的感覺。此真可謂是一篇經典名作。

熙寧九年（西元 1076 年），蘇軾還是在密州，逢中秋佳節，那天晚上與親朋好友飲於超然臺，他作了一闋家喻戶曉的〈水調歌頭〉，比上舉之〈江城子〉更受人們的喜愛：

> 丙辰中秋，歡飲達旦，大醉，作此篇。兼懷子由。
>
> 明月幾時有，把酒問青天。不知天上宮闕，今夕是何年。我欲乘風歸去，又恐瓊樓玉宇，高處不勝寒。起舞弄清影，何似在人間。　　轉朱閣，低綺戶，照無眠。不應有恨，何事長向別時圓。人有悲歡離合，月有陰晴圓缺，此事古難全。但願人長久，千里共嬋娟。❶⑨

這闋詞已經成為一首中國人於中秋節常吟的詩詞，以表達中秋節慶氣氛，並對遠方家人的思念。這闋詞不同與上引的〈江城子〉，是因為不盡是寫對家人的懷念，思念弟弟蘇轍（字子由）。

---

⑲　見《樂府編年》，頁 103。

詞題注釋，蘇軾作此闋有兩個原由，其先是因為中秋節高興地喝酒，喝得酩酊大醉，其次是懷念他弟弟。一開始，蘇軾就豪爽曠達地「把」酒問青天。他不是舉杯，也不是飲酒，而是「把」酒。上片的第一句「明月幾時有，把酒問青天」是用酒仙李白〈把酒問月〉詩的前二句：「青天有月來幾時，我今停杯一問之」。兩位詩人都舉頭望月，這也不算奇怪，尤其是中秋月為一年最大、最亮的滿月。從古以來，人對月亮很好奇，一直到現代科技讓人類登上月球，人還是會望著月亮遐想到玉兔、宮闕、老人、甚至於乳酪❷⓪。李白詩的下二句又是：「人攀明月不可得，月行卻與人相隨」。李白說人無法攀登月亮，蘇軾雖然沒有明說，但於上片卻似說他還真是想要攀上月亮——先說明月，再說天上宮闕，然後說他「欲乘風歸去」該處，只不過怕那處太冷。蘇軾是一個愛爬山的人，他很了解山爬得愈高，風愈冷，再加上他身處在冬天寒冷的北方山東，風開始颳起、天開始轉冷的中秋節時候作了這闋詞，所以他才說「高處不勝寒」。李白想攀登月上，可是一想就放棄，因為是不可能的事；蘇軾想歸去月宮，可是他嫌太冷。蘇軾於上片很成功地抓住了一般人的好奇心與想像力。

到了下片，蘇軾又轉說他思念弟弟之情，所以雖然已經喝得大醉，可是還是睡不著。因為中秋節是全家團圓的佳節，若無法團圓，心裏自然會難過，這是人之常情。不過蘇軾還是能夠用上他對於《莊子》思想的了解，安慰自己，說分離也是難免的，只要全家安全、健康，能從千里之外之地，共賞同一輪月亮，那就已經很幸

❷⓪　古時西歐有一說法，說月亮是一塊天上的乳酪。

福。蘇軾如此地結束這闋詞，正好配對首句的「把酒問青天」。黃
蓼園《蓼園詞評·水調歌頭（明月幾時有）》說此詞：「纏綿惋惻之
思，愈轉愈曲，愈曲愈深」❹。如果此詞僅僅是一闋中秋詞，為何
黃蓼園如此地說？

　　其實，此闋詞不僅是一首中秋歡飲、並懷弟之詞，還有更深一
層的含義。蘇軾既然「歡飲達旦」，他究竟為甚麼如此高興？詞中
雖然未明說，不過他在同一次聚會上也作了〈和魯人孔周翰題詩二
首〉，其引云：

> 孔周翰嘗為仙源令，中秋夜以事留於東武官舍中。時陳君宗
> 古、任君建中皆在郡。其後十七年中秋，周翰持節過郡，而
> 二君已亡，感時懷舊，留詩於壁。又其後五年中秋，軾與客
> 飲於超然臺上，聞周翰乞此郡。客有誦其詩者，乃次其韻二
> 篇，以為他日一笑。❷

蘇軾此時剛聽說孔周翰要調密州任，蘇軾因此也要調離密州。此正
是蘇軾調任的好時候，因為熙寧七年四月，蘇軾的主要對頭王安石
第一次罷相，熙寧八年二月又入相，可是他已經無心再作，神宗皇
帝對他的新法開始有所不滿，王安石又常稱病求去，蘇軾知道王安
石很快又要退休，結果熙寧九年十月，他確實再次罷相退休了，隱
居於江寧，不問時事。蘇軾兄弟等候這個機會已經等了十年了，王

---

❹　引於曾棗莊主編《蘇詞彙評》（成都：四川文藝出版社，2000）頁 31；
　　亦引於《樂府編年》，頁 105。
❷　見〔清〕王文誥、馮應榴輯注，孔凡禮點校《蘇軾詩集》（北京：中華書
　　局，1987；臺北：學海出版社，民國七十四年印），卷 14，頁 692。

安石為宰相，最嚴重的缺點就是他不能接受反對意見，因而想盡了
各種方法將所有提出反對意見的朝官排擠朝外。當時，蘇軾是被王
安石的親家侍御史知雜事謝景溫誣奏，蘇軾才求外調。王安石雖然
很快就不在朝內，但他留下來的人，如呂惠卿，還是他的羽翼，所
以蘇軾才說「我欲乘風歸去，又恐瓊樓玉宇，高處不勝寒」。他想
回朝廷，但他不知道他能否應對王安石所留下的新黨。蘇轍也才剛
聞知要調官，他計劃要先赴京朝見神宗皇帝，勸諫放棄王安石等新
黨所進行的新法。也正是因此，蘇軾為他弟弟的安危非常擔心，萬
一蘇轍朝見皇帝後，被新黨誣陷，可能連命也保不住，所以詞的下
片才說：「但願人長久」。**❷❸**

　　雖然蘇軾作此詞時，身受沈重的政治負擔，但是一般讀者在賞
讀「明月幾時有」一詞時，並不需要了解當時的政治角鬥而體會詞
中的暗喻，僅僅是單純的有關佳節氣氛與思念親情的表層義意，便
能引起歷代的共鳴。就連蘇軾自已後來與朋友度過中秋節時，也以
較輕鬆的一面欣賞了自己的詞，甚至起舞做樂。宋·蔡絛於其《鐵
圍山叢談》有記：

> 歌者袁綯，乃天寶之李龜年也。宣政間，供奉九重。嘗為吾
> 言：東坡公昔與客游金山，適中秋夕，天宇四垂，一碧無
> 際。加江流澒漫，俄月色如畫，遂共登金山山頂之妙高臺，
> 命綯歌，其〈水調歌頭〉曰：明月幾時有，把酒問青天。歌
> 罷，坡為起舞，而顧問曰：此便是神仙矣？吾謂文章人物，

❷❸　進一步的解析，見陳師新雄〈蘇軾寄託詞發微（上）〉，《中國書目季
　　刊》第 28 卷，第 4 期。

誠千載一時，後世安所得乎！❷

蘇軾聽畢袁絢唱自己的這首詞，揮舞搖動之後，問了當場的朋友
「此便是神仙矣」，正是證明他也能接受一般「天上宮闕」、「瓊
樓玉宇」是月亮上玉宮的解釋方法。蔡絛「誠千載一時，後世安所
得乎」一句，甚是！

　　除了詞以外，東坡詩中也有不少經典作品。「雪泥鴻爪」一句
成語，比喻事情過後遺留下痕跡的短暫。此成語來自東坡名詩〈和
子由澠池懷舊〉：

　　人生到處知何似？應似飛鴻踏雪泥。
　　泥上偶然留指爪，鴻飛那復計東西？
　　老僧已死成新塔，壞壁無由見舊題。
　　往日崎嶇還記否：路長人困蹇驢嘶。❷

　　此首詩是蘇軾和弟轍作的〈懷澠池寄子瞻兄〉一詩。詩蘇軾嘉
祐六年十一月，考完制科，前往首任鳳翔，弟轍作詩：

　　相攜話別鄭原上，共道長途怕雪泥。
　　歸騎還尋不梁陌，行人已渡古崤西。
　　曾為縣吏民知否，舊宿僧房壁共題。
　　遙想獨遊佳味少，無言騅馬但鳴嘶。❷

---

❷　見《四庫全書》版，頁5上。
❷　見《蘇軾詩集》卷3，頁96。
❷　見《欒城集》卷1，頁15。

軾詩第五句的「老僧」，指轍詩第六句的「僧」，兄弟二人於嘉祐元年（西元 1056 年）春夏，與父洵赴京應考，路經澠池，宿奉閑老僧寺中。轍詩第六句後有自注，云：「轍昔與子瞻應舉，過宿縣中寺舍，題其老僧奉閑之壁」。蘇洵父子三個人五年多前過澠池時認識的老僧，五年後已經死去了，五年前題詩的牆壁，五年後亦不見蹤跡。蘇轍詩，主旨是：路再長、再難行，只要是兄弟同行，就很好走，不過一個人行走，佳味便少。此理，人人懂，但蘇轍表達的方式，不能引起讀者情緒的共鳴。蘇軾倒能將「泥」、「西」、「題」、「嘶」四個字，和弟弟的詩，作出一首傑出的經典詩，極妙地指出人生的短暫。蘇轍的老僧僅指父子三人曾認識的一個人，引起他們三個人自己的記憶，只關係到他們三個人的私事。蘇軾的老僧則代表人生之忽有忽無，人之死去後的一無所有，連僧舍四周的牆壁都不見了。蘇轍的「雪泥」又只用以形容旅途上的雪泥，旅途之不便，然而蘇軾將此雪泥以比一人之生與大宇宙之化。有的人知道下雪天走長路的艱苦，不過走完了便好；但是《老子·十三》曰：「吾所以有大患者，為吾有身」，人人有生死之憂患。

蘇軾離開黃州謫居後，經過廬山時，又於寺壁上題一首成為經典之詩：

> 題西林壁
> 橫看成嶺側成峰，
> 遠近高低總不同。
> 不識廬山真面目，

只緣身在此山中。❷

廬山有七嶺，共會於東，成為一峰。從不同角度看，山的形狀、高度、坡度都不一樣，見過山的人，多少也曾有東坡看廬山的這種經驗。在山中迷過路的人更能體驗出此詩前三句的意境。清·王文誥《蘇文忠公詩編注集成·卷二三》云：「凡此種詩，皆一時性靈所發，若必胸有釋典，而後鑪錘出之，則意味索然矣」。正是因為蘇軾以天真之心，一時出此詩，不以讀書人的學問，過度地分析當下的感受，方能抓住一般人有的感受，將此「人情」表現於詩中。

蘇軾雖然是一位經典人物，所作的經典作品頗多，但是在他所作的三百多闋詞、二千三百多首詩當中，也有未成經典的作品。就連很好的作品當中，也並不是每一篇都成為經典作品。茲舉一首於〈題西林壁〉同年作的詩為例：

郭祥正家，醉畫竹石壁上，郭作詩為謝，且遺二古銅劍
空腸得酒芒角出，肝肺槎牙生竹石。
森然欲作不可回，吐向君家雪色壁。
平生好詩仍好畫，書牆涴壁長遭罵。
不瞋不罵喜有餘，世間誰復如君者。
一雙銅劍秋水光，兩首新詩爭劍鋩。
劍在床頭詩在手，不知誰作蛟龍吼。❷

---

❷　見《蘇軾詩集》卷23，頁1219。
❷　見同上，頁1234。

　　仔細地看這首詩，真是一篇傑作，但是沒有成為一首經典詩，就是因為這首不近於人情。此首詩明明是一個文人所作的。蘇軾在郭祥正的家裏喝著酒，雅興一來，他就有一種衝動，要畫脩竹怪石。古代文人有一種習慣，在牆壁寫字、畫畫，〈題西林壁〉也是在西林寺的牆壁上的，所以他一有這個衝動，他就在主人的牆壁上畫起來了。沒有一輩子沈浸於詩畫的一般人，雖然看了「空腸得酒芒角出，肝肺槎牙生竹石，森然欲作不可回，吐向君家雪色壁」，也許能了解詩中的意義，但並不會有所共鳴。能「吐竹石」的人必竟不多。只有小孩童會體會出「書牆涴壁長遭罵」這句的真正精神含意。此乃不近於人情也！

　　連上舉的〈題西林壁〉，在中國是經典詩，但一旦流傳到異域，也可能失去其為經典的地位。譬如說，美國中西部的地理平坦，民風保守，有人一輩子未曾離家到他地旅遊過。這些人看了〈題西林壁〉這首詩時，無法體會詩中的意境。即使經過解釋之後，他們還是無法欣賞此詩之妙。那是因為他們從來沒見過山，無法體會詩中的情境。這就是說，對於這些人而言，這首詩不近於當地人之情。上舉的〈江城子〉卻不同，因為人之有生，必有死，哪國人都一樣，〈江城子〉翻譯成任何語文，都能使人感動淚下。

三、結論

　　蘇軾〈詩論〉與〈易論〉中云，經文之所以為經文，是因為其「近於人情」。就是因為近於人情，所以一直流傳到今天。蘇軾自己作的許多詩、詞、文，皆已成為家喻戶曉的經典作品，也就是因

為他的作品不但優美，而且所涉及的內容是一般人能了解、體會
的。讀了蘇軾的經典作品之後，不禁要像蘇軾一般地感嘆：「吾昔
有見，口未能言，今見是書，得吾心矣」❷❾。蘇軾能以美不勝收的
詩、詞、文，將讀者內心原來就有的感想，表達得十分淋漓盡致。

---

❷❾　蘇軾看了《莊子》之後的感歎。見《宋史·蘇軾傳》（北京：中華書局）
　　卷 337，頁 10801。

再論杜甫詩史說

蔡志超*

提　要

　　古典詩歌史上，杜甫具有「詩史」的稱號由來已久。
從晚唐乃至清代，前人不斷對此議題進行詮釋，甚至論
辯。杜甫這個「詩史」稱號的內涵，隨之也豐富了起來，
並形成諸多不同的說法。

　　事實上，杜甫「詩史」的名號，並非僅僅是概念內涵
的問題，它也是創作技巧方面的論題，在吳瞻泰的《杜詩
提要》裡，「詩史」甚至是詮釋杜詩的重要議題，由此可
見，杜甫詩史說的複雜性。

　　本文主要是從「法」的角度來探索「詩史」這個論
題，也就是討論杜詩「賦」法的表現與史傳「文」法間的
關係，進一步地說，這兩者往往都以「一正一反」「兩相
對待」的創作原理作為其文學上的表現之道，這使得後人

*　　慈濟技術學院助理教授

往往認為杜詩具有文法的色彩。❶藉由上述這個「以文為
詩」的觀察進路，本文試圖從杜詩創作技巧這個方面來說
明杜甫為何可以被稱為「詩史」，博得詩史的美譽，而與
太史公齊名。

關鍵詞：杜甫　詩史　一正一反

一、杜甫為詩史說

最早以「詩史」一詞稱呼杜甫者，就目前所見的資料而言，當
是晚唐孟棨的《本事詩》，他說：

> 杜逢祿山之難，流離隴蜀，畢陳於詩，推見至隱，殆無遺
> 事，故當時號為詩史。❷

這段文獻應該也是杜甫詩史說最早的論述。它基本上是從杜甫的詩
歌可以反映他流離隴蜀的內容這個角度來詮釋詩史之說。❸孟棨之

---

❶ 黃生《杜工部詩說》（京都：中文出版社，1976 年）卷十一說：「杜則
開闔排蕩，起伏變化，實具古文手腕，蓋長詩作法，不從古文出，則疲茶
拖沓，不可耐矣。」（頁 606）另外，方東樹《昭昧詹言》（臺北：廣文
書局）卷四也說：「讀阮公、陶公、杜、韓詩，須求其本領，兼取其文
法。」（頁 1）

❷ 孟棨：《本事詩》，見原刻景印《百部叢書集成》（臺北：藝文印書館，
1965 年），頁 16。

❸ 劉真倫〈詩史詮義〉說：「從孟棨這段記載可以知道，杜詩早在杜甫生前
即已被稱作『詩史』。其所以如此，是因為杜甫流離隴蜀這一特定時間內

後，對杜甫詩史稱號的詮釋論述，愈加複雜❹，歸納其要，大抵可
分為三類：

首先，就詩歌的內容而言，這主要是認為杜甫能敘當時之事，
而記事本即是史官之職責，許慎在《說文解字》中說：「史，記事
者也。」❺所以，杜甫擁有詩史的稱號；另一方面，杜甫某些詩歌
所記之事往往皆有根據，這意指所敘事實大致能與客觀事實相符，
甚至可臻至信史之境❻，因此，人稱杜甫為詩史。

譬如，宋·李朴以為杜甫能記一時之事而稱為詩史，試圖為
「詩史」的內涵提出說明，〈與楊宣德書〉說：

> 唐人稱子美為詩史者，謂能記一時事耳。❼

杜甫不僅能記當時之事，所記時事往往皆有依據，號為詩史。宋·
陳巖肖《庚溪詩話》卷上說：「杜少陵子美詩，多紀當時事，皆有

創作的詩歌，具有『陳事』的特點，通過詩中所陳之事，讀者可以『推見
至隱』，詳細而真實地了解作者在安史之亂中這一段顛沛流離的生活。這
就是『詩史』一詞的原始含義。」（見《大陸雜誌》，第九十卷第六期，
頁 46）

❹ 或參楊松年〈杜詩為詩史說析評〉，見《古典文學》（臺北：臺灣學生書
局）第七集，頁 371-399。

❺ 段玉裁：《說文解字注》（臺北：黎明文化事業股份有限公司，1998
年），頁 116。

❻ 陳捷先、札奇斯欽編輯，姚從吾撰：《姚從吾先生全集（一）歷史方法
論》（臺北：正中書局，1977 年）〈導論〉說：「『事實記載』與『客
觀的事實』符合者，叫作信史。」（頁 1）

❼ 見華文軒編：《杜甫卷》（北京：中華書局，2001 年）上編唐宋之部第
一冊，頁 150。

據依,古號詩史。」❸由於杜甫敘事班班可見於當時,所以杜詩也稱為詩史,宋·李復〈與侯謨秀才〉說:

> 杜詩謂之詩史,以班班可見當時事。至於詩之敘事,亦若史傳矣。❾

換言之,杜甫擁有詩史的稱號,與杜甫能敘記當時之事且有據依存有密切的關係。歸結地說,大凡以詩敘事而能班班見於當時可謂之詩史,這在宋朝應是相當普遍的看法,宋·朱弁也曾舉杜甫〈八哀詩〉說:「鄭廣文,唐諸儒多稱其善著書,而不及其詩。杜甫〈八哀詩〉云:『昔獻書畫圖,新詩亦俱往。滄洲動玉陛,宮鶴狀一響。三絕自御題,四方尤所仰。』則與史官所載亦略相似。是能畫之外,所能亦不少。然甫於虔詩,則其相推服之語,不及許十四、高三十五、元道州輩遠甚。豈其詩之工,比其畫不為愧邪?不然,甫於虔情分如彼,論其詩不應如此略也。」❿這都說明了杜詩的敘事往往能與當時的事實相符。

杜甫透過詩歌精煉的語言來敘述時事,所記之事並有依據,那麼,這類的作品往往也能與歷史書的記載相近相合,如此,讀者也能從唐代歷史的角度來詮釋作品。正由於杜甫是詩中之史,其詩常

---

❸ 陳巖肖撰:《庚溪詩話》,見原刻景印《百部叢書集成》(臺北:藝文印書館,1965 年),卷上,頁 6。

❾ 李復:《潏水集》卷五,見王雲五主編,《四庫全書珍本二集》(臺北:臺灣商務印書館),頁 16。或見華文軒編:《杜甫卷》,頁 159。

❿ 朱弁:《風月堂詩話》,見原刻景印《百部叢書集成》(臺北:藝文印書館)卷下,頁 13。

具有史實的成分，也因此清人錢謙益能藉唐史來詮釋杜詩。**⓫**

其次，從詩歌的表現手法來說，杜甫可稱為詩史，這主要是由於杜詩的創作手法同諸史法。這可從以下幾個方面來說明：一、杜甫常於詩中寓諸抑揚是非褒貶之意，所謂「千古是非存史筆」也**⓬**。文天祥《文信國集杜詩·原序》說：

> 昔人評杜詩為詩史，蓋其以詠歌之辭，寓紀載之實，而抑揚褒貶之意，燦然於其中，雖謂之史可也。**⓭**

二、杜詩用字往往皆有依據，大體同諸史傳筆法，因此可稱為詩史。宋·史繩祖曾說：「先儒謂：韓昌黎文無一字無來處，柳子

⓫ 陳寅恪《柳如是別傳》（臺北：里仁書局，1981 年）第五章〈復明運動〉說：「可知牧齋之注杜，尤注意詩史一點，在此之前，能以杜詩與唐史互相參證，如牧齋所為之詳盡者，尚未之見也。」（頁 993）另外，錢謙益也認為杜甫為詩史，這是因為詩之義本於史的緣故，《有學集》卷十八〈胡致果詩序〉說：「千古之興亡升降，感歎悲憤，皆于詩發之。馴至于少陵，而詩中之史大備，天下稱之曰詩史。」見《錢牧齋全集》（上海：上海古籍出版社，2003 年）第五冊，頁 800。

⓬ 見華文軒編：《杜甫卷》，頁 123。

⓭ 文天祥：《文信國集杜詩》，見王雲五主編，《四庫全書珍本八集》（臺北：臺灣商務印書館，1978 年），頁 5。另外，〔宋〕黃徹《䂬溪詩話》卷一說：「諸史列傳，首尾一律。惟左氏傳《春秋》則不然，千變萬狀，有一人而稱目至數次異者，族氏、名字、爵邑、號諡、皆密布其中而寓諸褒貶，此史家祖也。觀少陵詩，疑隱此旨。」見原刻景印《百部叢書集成》（臺北：藝文印書館，1966 年），頁 1-2。另外，吳喬《圍爐詩話》卷四也說：「杜詩是非不謬于聖人，故曰『詩史』，非直指紀事之謂也。」見原刻景印《百部叢書集成》（臺北：藝文印書館，1967 年），卷四，頁 6。

厚文無兩字無來處。余謂杜子美詩史亦然。惟其字字有證據，故以史名。」⓮三、杜甫敘事多詳實地記載其年月地里本末，透過事件發生的時間與地里，發明本末因果，符歷史之名，與史傳同法⓯，因而稱為詩史。宋·姚寬的《西溪叢語》說：

> 或謂詩史者，有年月地里本末之類，故名詩史。蓋唐人嘗目杜甫為詩史，本出孟棨《本事》，而《新書》亦云。⓰

其三，就詩歌的風格而言，這主要是認為杜甫生長於各家風格兼備的時代之後，集各種不同的風格於一身，能反映詩歌風格之事，風格之事的呈現仍可屬於記事的範圍之一，只是對「所記之事」的理解，已從「敘當時之事」，轉變成「反映風格之事」，而記事為史，就此而言，杜甫仍可為詩中之史。譬如，宋·釋普聞《詩論》說：「老杜之詩，備於眾體，是為詩史。近世所論：東坡長于古韻，豪逸大度；魯直長于律詩，老健超邁；荊公長于絕句，閑暇清癯；其各一家也。」⓱

釋普聞可能認為杜詩備于眾體，兼具各種不同的風格，集各家

⓮　史繩祖：《學齋佔畢》，見原刻景印《百部叢書集成》（臺北：藝文印書館，1965 年），卷四，「詩史百家注淺陋」則，頁 13。

⓯　朱希祖《中國史學通論》說：「蓋惟太史能以時間之觀念，發明事實之因果，於是乎有編年之史，足以副歷史之名。至孔子修春秋，魯太史左邱明即為春秋傳；厥後司馬遷為漢太史，亦成史記。」（臺北：莊嚴出版社，1977 年），頁 12。

⓰　姚寬：《西溪叢語》，見原刻景印《百部叢書集成》（臺北：藝文印書館，1965 年），卷上，頁 42。

⓱　見華文軒編：《杜甫卷》，頁 993。

風格之大成,能真實地反映當時代風格面貌之事,因而堪稱詩史。⓲

宋人主張杜甫為詩史者,大體試圖從詩歌的內容、形式與風格等方面,說明杜甫何以為詩史。杜甫或杜詩所以可為詩中之史,關鍵之一在於宋人認為杜詩中具有史的性質,而與傳統的史傳散文有了交集。事實上,杜詩中史的成分並非單調純一,而是豐富且多變。也就是說,杜甫常敘記當時之事,所敘之事往往能與客觀事實相符,並能藉由事件發生的時間與地點,來闡發事件的因果本末,這些特質往往也是史傳散文的屬性,因而,人稱杜甫為詩史。宋人大致就是從上述這幾個方面來論述「杜甫為詩史」這個說法的。

二、不贊同以「詩史」來推揚杜甫者

對杜甫這個詩史的稱號,持否定的態度者,亦不乏其人。反對「杜甫為詩史說」者,基本上是從「詩以道性情」或「詩以道情」這個看法出發。他們通常並不否認「記事為史」這個傳統的說法,

---

⓲　陳文華老師《杜甫傳記唐宋資料考辨》(臺北:文史哲出版社,1987年)說:「『備于眾體』,實際上就等於是元稹所說『兼人人所獨專』,也是秦觀所說的『集大成』,那麼,普聞說老杜『備於眾體』意思便是杜詩能具備各種不同的風格了。……。其次,秦觀說:『杜子美之於詩,實積眾家之長,適其時而已。』這裡的『時』,可能有兩種意義:一是指時代,就一個集大成的作家而言,他勢必生長在各種風格兼備的時代之後,才有可能兼集眾家之長,而展現出集大成的風格面貌。……。因此,我們有理由相信,『備于眾體』應是指『詩史』之表現能力說的。」(頁250-253)

而是批評杜甫某些具有敘事性的詩歌，歸根地說，他們主要是認為
詩不可以敘事，而要道性情或情。明人楊慎《升菴詩話》卷四「詩
史」說：

> 宋人以杜子美能以韻語紀時事，謂之詩史。鄙哉！宋人之
> 見，不足以論詩也。夫六經各有體，易以道陰陽，書以道政
> 事，詩以道性情，春秋以道名分。後世之所謂史者，左記
> 言，右記事，古之尚書、春秋也。若詩者，其體其旨，與
> 易、書、春秋判然矣。……。杜詩之含蓄蘊藉者，蓋亦多
> 矣，宋人不能學之。至於直陳時事，類於訕訐，乃其下乘，
> 而宋人拾以為己寶。又撰出詩史二字，以誤後人。如詩可兼
> 史，則尚書、春秋可以併省。❶

楊慎認為，古人將史分為左右，左史記言，右史記事，譬如《尚
書》與《春秋》，它們是用以道政事、定名分。以《詩經》為代表
的詩歌，則是用以道性情，而非以紀時事，記事本屬史的範圍。楊
慎的論述意指：詩與史為兩個沒有交集的不同事物，它們的性質與
功能各不相同，即其所謂「若詩者，其體其旨，與易、書、春秋判
然矣」。

　　由於楊慎主張詩歌不可直陳時事，恐流於訕訐下乘，進而試圖
否定以詩敘事、詩史交集的可能性，這是他個人對於詩歌所持有的
一種價值判斷。大體上，楊慎所推崇的作品是那些含蓄蘊藉的詩

---

❶　楊慎：《升菴詩話》，見原刻景印《百部叢書集成》（臺北：藝文印書
　　館，1968 年），卷四，頁 9-10。

歌，認為含蓄地道性情始為詩歌的要件。然而，詩歌若只能用以道情性，而不能敘時事，這不僅使情性與敘事截然二分，缺乏融通的可能，詩歌的範圍恐怕也將趨於窄狹。更何況，杜甫藉由詩歌以敘記當時之事，並不代表杜詩可以或者企圖取代史，這只是說杜詩具有史的屬性而已，畢竟它們本是不同的文類，無法相互取代。況且，「敷陳其事而直言之」的賦法，本來就是《詩經》的表現手法之一，楊慎何能只重含蓄而輕直陳呢？其實，這正顯示了楊慎對於詩歌的喜好與價值判斷。

另外，王夫之也認為詩歌以言情為主。他主張詩歌以情為道路，感情所至，詩始言至，換言之，有是情始有是詩；有是詩，即有是情。他說：「詩以道情，道之為言路也。詩之所至，情無不至；情之所至，詩以之至。」[20]因而，就杜詩來說，杜甫也須以情感的抒發作為其詩歌的正路，而非用史法於敘事刻劃處摹寫見真，若於敘事刻劃處見真，這是以詩敘事之史，然而，卻不足以稱之為詩。王夫之《古詩評選》卷四「五言古詩」中說：

> 史才固以驪括生色，而從實著筆自易。詩則即事生情，即語繪狀，一用史法，則相感不在永言和聲之中，詩道廢矣。此〈上山采蘼蕪〉一詩所以妙奪天工也。杜子美仿之作〈石壕吏〉，亦將酷肖，而每于刻劃處猶以逼寫見真，終覺于史有餘，于詩不足。論者乃以詩史譽杜，見駝則恨馬背之不腫，

---

[20] 王夫之：《古詩評選》（北京：文化藝術出版社，1997 年）卷四「五言古詩」李陵〈與蘇武詩三首〉，其一詩尾，頁 149。

是則，名為可憐閔者。**㉑**

易言之，王夫之以為，詩歌不是用以敘事成史，而是用以抒發情
感。另一方面，王夫之主張，詩歌不可透過敘事的史法來創作，甚
至企圖以史來代詩，王夫之認為這是由於不同事物不相為代的緣
故，《薑齋詩話》卷一說：

> 「賜名大國虢與秦」，與「美孟姜矣」、「美孟弋矣」、
> 「美孟庸矣」一轍，古有不諱之言也，乃國風之怨而誹，直
> 而絞者也。夫子存而弗刪，以見衛之政散民離，人誣其上；
> 而子美以得「詩史」之譽。夫詩之不可以史為，若口與目之
> 不相為代也，久矣。**㉒**

王夫之於此主要是透過類比的方式來論述詩不可以史為，進而以史
代詩。他認為：口與目乃是不相同的事物，彼此不相為代。也就是
說，兩個相異的物事不可互相替代。如同詩與史是不同的事物一
樣，也因此，就詩與史而言，詩不可代史，史不可代詩；史不可以
詩為，詩不可以史為；史不可藉由詩來完成，企圖以詩代史，詩不
可透過史法來創作，試圖以史代詩。進而否定了杜甫以詩敘事以及
詩史的稱號。

造成這個問題產生的關鍵之一，同樣是在於詩歌與史傳散文是
否判然二分，分別為毫無交集的兩個相異的事物。事實上，詩歌與
史傳散文的交集在於「賦」這個表達的方式上，其相異處大致是在

㉑　王夫之：《古詩評選》，頁 145-146。

㉒　王夫之：《薑齋詩話》（北京：人民文學出版社，1998 年），頁 143。

於「比興」，簡恩定說：「詩仍是主於賦；所謂『比興』，恰是詩與史最大不同之處。換句話說史有『賦』而無『比興』，故能言直而核；詩兼『比興』，故除了直陳其事之外，尚須具備有想像的成分。而且施閏章既然認為詩可以微詞設諫，其用有大於史者；因此推論杜甫為詩史之因，亦必著源於此。」❷³一方面，詩與史間既有共通的賦法，那麼，詩與史就不是沒有交集的兩個事物，據此，楊慎與王夫之的論述就顯得較為薄弱。

另一方面，杜甫透過賦法來直陳時事而可稱為詩中之史，除了記事本即為史這個因素之外，這也由於杜甫藉由賦法來敘時事，而與史傳散文的敘述方法相似相通，契合性較強。劉熙載的《藝概·詩概》說：

> 杜陵五七古敘事，節次波瀾，離合斷續，從《史記》來，而蒼莽雄直之氣，亦逼近之。❷⁴

杜甫以賦法來陳事議論，值得注意的是，他在敘述的過程中常

---

❷³ 簡恩定：《清初杜詩學研究》（臺北：文史哲出版社，1985 年），頁115。另外，龔鵬程在《詩史本色與妙悟》（臺北：臺灣學生書局，1986 年）第二章〈論詩史〉一文也曾說：「所謂詩史，在性質上固然不能屬諸敘述文類，但在表達手法方面，則確實是以類似作文的敘述手法為主。以類似作文的敘事手法來作詩，自然容易使詩在『賦、比、興』的傳統創作手法中，比較接近賦。……由於在事件之因果關聯敘述，及可以印證史料或以史料檢證方面，賦之語言表現如此，所以它近乎史，乃是無可懷疑的。」（頁 52 與 56）

❷⁴ 劉熙載：《藝概》，見《劉熙載文集》（南京：江蘇古籍出版社，2001 年），頁 101。

刻意創造出詩歌文勢的波瀾離合，這有別於傳統「敷陳其事，而直言之」的「賦」法所形成的平衍直順的表現，此技巧實屬創新，這種敘事論議的技巧，與文法及史傳散文的表現之道相通，也因此，劉熙載認為杜甫古詩的表現，實從《史記》而來。據此，杜甫可稱為詩史，杜詩具有「以文為詩」的創作傾向。

三、杜詩一正一反的表現之道

杜甫足當「詩史」之名，從詩歌的內容來看，這主要是由於杜甫善敘當時之事；就詩歌的表現技巧而言，這主要也是因為杜詩中賦的表現手法同諸史法。吳瞻泰於《杜詩提要・自序》中說：

> 論杜者咸曰『詩史』，吾謂杜不獨善陳時事，為足當詩史之目也，其詩法亦莫非史也。㉕

現在的問題是，杜甫這種以賦陳事，而與《左》、《史》文法相契合的創作技巧，其內涵究竟為何呢？它們大抵都以一正一反、兩相對待的概念作為創作之道。吳瞻泰的《杜詩提要・自序》說：

㉕ 吳瞻泰：《杜詩提要》（臺北：臺灣大通書局），頁 6。此外，吳瞻泰認為，杜甫為詩史的理由尚有：一、杜甫用筆嚴正，如《春秋》筆法；二、部分杜詩的內容，史未言及，足使唐之君臣，聞之不寒而慄。《杜詩提要・評杜詩略例》說：「『詩史』二字，非徒謂其筆之嚴正，如《春秋》書法也。如〈北征〉、〈留花門〉、〈前、後出塞〉、〈哀王孫〉、〈悲陳陶〉、〈哀江頭〉、〈洗兵馬〉、〈冬狩行〉、〈收京〉、〈有感〉、〈洞房〉、〈秋興〉、〈諸將〉等詩，能括全史所不逮，足使唐之君臣，聞之不寒而慄，謂非史乎？」（頁 19-20）

子美之詩，駕乎三唐者，其旨本諸離騷，而其法同諸
《左》、《史》。不得其法之所在，則子美之詩，多有不能
釋者，其旨亦因之而愈晦。……。而至其整齊於規矩之中，
神明於格律之外，則有合左氏之法者，有合馬、班之法者。
其詩之提挈、起伏、離合、斷續、奇正、主賓、開闔、詳
略、虛實、正反、整亂、波瀾頓挫，皆與史法同，而蛛絲馬
跡，隱隱隆隆，非深思以求之，了不可得。❷

　　首先，吳瞻泰上述所提及的「提挈、起伏、離合、斷續、奇
正、主賓、開闔、詳略、虛實、正反、整亂、波瀾、頓挫」等等創
作技巧，抽象地說，它們都是一正一反、兩兩相對的表現方法。進
一步地探究，這種一正一反、兩相對待的表現之道，就是杜詩賦法
同諸《左》、《史》文法之所在，大致也就是劉熙載所稱的「杜陵
五七古敘事，節次波瀾，離合斷續，從《史記》來」之語，因而，
杜甫可為詩史。

　　其次，吳瞻泰認為，倘欲詮釋杜詩，則須知少陵詩法之所在，
而少陵詩法所在的關鍵，則在於《左》、《史》文法一正一反的表
現之道上，吾等若不知史傳文法的創作原理，往往不能詮釋杜詩。
而《左》、《史》文法一正一反的表現之道也是杜甫足當「詩史」
名號的理由之一，換言之，吳瞻泰認為「詩史」之名號與杜詩的詮
釋有關。在此，「詩史」甚至已成為理解杜詩的議題，由此可見，
杜甫詩史說的複雜性。

---

❷　吳瞻泰：《杜詩提要》（臺北：臺灣大通書局），頁 5-6。

　　杜詩賦法同諸史傳文法一正一反的表現之道。首先，我們就史
傳散文而言，史傳散文具有一正一反的表現之道，譬如，《左傳》
僖公九年「會于葵丘」一文。王崑繩於《左傳評》卷二中說：

> 曰「將下拜」，曰「無下拜」，曰「貪天子之命無下拜」，
> 曰「敢不下拜」，曰「下拜登受」，一筆五折，盤紆屈曲，
> 讀之裊裊然。❷

　　此段文獻，行文由「將下拜」向相反方向轉移至「無下拜」，
再從「無下拜」向相反方向轉移至「余敢貪天子之命無下拜」，然
後，再折到「敢不下拜」，最後，從「敢不下拜」再轉至「下拜登
受」，透過一正一反、兩相對待的筆勢，形成委婉曲折的表現形
態，使人讀之感到裊裊然。

　　又如，王崑繩於《左傳評》卷三〈晉侯齊師宋師秦師及楚人戰
於城濮楚師敗績〉說：「此文敘晉文取威定伯，既在一戰，則文之
精神眼目，亦在一戰。使入手數行，便敘一戰，妙境何從生乎？唯
于未戰之前，敘晉欲戰，楚卻不戰；楚欲戰，晉又不戰；晉用多少
陰謀譎計，以圖一戰，及至將戰，卻又不戰。楚負多少雄心橫氣，
以邀一戰，及至將戰，卻又不戰。盤旋跳盪，如此，數四方入城
濮。及入城濮，又生出無限煙波，只是盤旋，只是跳盪，只是欲
戰，只是不戰，千迴萬轉，方將一戰敘出，使讀者神蕩目搖，氣盈
魄動，不知手之舞之足之蹈之。而其實不過離中之妙境而已。然則

---

❷　王崑繩：《左傳評》（臺北：新文豐出版股份有限公司，1979 年），卷
　　二，頁 10。

知合不知離，知離之死規，而不知離之活法，曷足語于此道乎。」❷❽

欲戰不戰，不戰欲戰，颺開題旨又著題主意，與命意忽近忽遠，透過一正一反的筆法，形成起伏跌蕩的文勢。

其次，就杜詩而言，杜詩具有一正一反的表現之道，譬如，黃生於〈送司馬入京〉詩末說：

> 大開大合，惟古文有之。公蓋以文法入詩律者，若徒謂其鋪陳時事，波瀾壯闊，而曰杜公以文為詩，此村塾學究皆能言之。❷❾

黃生認為，杜甫「以文為詩」的說法，主要是杜詩鋪陳時事，並形成波瀾壯闊的筆勢。此大抵皆與散文的創作手法相似相通，而可稱為「以文為詩」。然而，他認為此說恐流於表面。他更進一步指出，杜詩中具有文法大開大合的現象，主要是杜甫將古文大開大合、一正一反的創作技巧，引入於詩歌之中。就此而言，杜甫的詩歌中即具有此一正一反、兩相對待的創作原理。此外，方東樹《昭昧詹言》卷八也曾說：

> 文法不過虛實順逆，離合伸縮，而以奇正用之入神，至使鬼神莫測。在詩，惟漢、魏、阮公、杜、韓有之。❸⓪

---

❷❽　王崑繩：《左傳評》，卷三，頁 13。
❷❾　黃生：《杜工部詩說》，頁 245。
❸⓪　方東樹：《昭昧詹言》，卷八，頁 4。

　　換言之，方東樹也認為杜詩中具有文法一正一反、兩相對待的
創作技巧。事實上，這種一正一反的表現方式，本即是杜甫的創作
之道。杜甫於〈進雕賦表〉說：

　　　至於沉鬱頓挫，隨時敏捷，揚雄、枚皋之徒，庶可企及也。

　　「頓挫」大抵即是一正一反的筆法。藉由一正一反所形成的曲
折筆勢，取代舖陳直敘平衍順放的傳統賦法，這是杜甫在賦法上的
創發，用以表現其沉鬱之情，而非僅僅是詩歌的形式而已。何以杜
甫常以一正一反作為其表現之道呢？首先，就長篇而言，詩歌須避
免流於平鋪穩布，而避忌之道即在於濟之以一頓一挫、一正一變，
也因此，杜甫的長篇詩歌往往出之以起伏頓挫之法。李東陽的《麓
堂詩話》說：

　　　長篇中須有節奏，有操，有縱，有正，有變。若平鋪穩布，
　　　雖多無益。唐詩類有委曲可喜之處，惟杜子美頓挫起伏，變
　　　化不測。㉛

　　其次，由於詩歌的文字貴有筆勢波折，因此，杜甫在創作上也
常出以正反曲折的筆勢。金聖歎於杜詩〈臨邑舍弟書至苦雨黃河泛
溢隄防之患簿領所憂因寄此詩用寬其意〉題旁說：「蓋文字貴有虛
實起伏，不如是便略無筆勢也。故第一解四句，先虛寫積雨黃河必
泛，妙在『聞道』字。第二解四句，又先虛寫舍弟適當此任，大是

㉛　李東陽：《麓堂詩話》，原刻景印《百部叢書集成》（臺北：藝文印書
　　館），頁7。

可憂，妙在『防川』字。先虛寫得此二解，然後輕輕折筆到前日書日至，遂令讀者憑空見有無數層折。不爾便是一直帳，更無波折可使人誦也。」㉜金聖歎認為，文字若沒有虛實起伏，往往就無筆勢可言。倘若詩歌欲臻至委婉折曲的文境，可出以一正一變的創作技巧，這也說明了杜甫何以出以虛實起伏之道。

第三、詩歌若利用賦法來敘事議論，這使得詩歌與散文間的差異變得較小，契合性變得較強，也因此，藉由賦法來創作的詩歌，往往也可從文法的角度來說明。就文法而言，運筆須力避直滾順放，方東樹的《昭昧詹言》卷一說：

> 凡學詩之法：……。五曰文法。以斷為貴，逆攝突起，崢嶸飛動倒挽，不許一筆平順挨接。入不言，出不辭，離合虛實，參差伸縮。㉝

由於「文法不許一筆平順挨接」，因而杜甫在詩歌創作的表現上，大抵都出以曲折不測的表現手法。方東樹《昭昧詹言》卷十一說：

> 李、杜、韓、蘇四大家，章法篇法，有順逆開闔展拓，變化不測，著語必有往復逆勢，故不平。㉞

總之，杜甫藉由賦法來敘事議論，力避鋪陳平衍直陳其事，打

㉜　金聖歎：《唱經堂杜詩解》，見《金聖嘆全集（四）》（臺北：長安出版社，1986 年），卷之一，頁 540。

㉝　方東樹：《昭昧詹言》，卷一，頁 7-8。

㉞　方東樹：《昭昧詹言》，卷十一，頁 4。

破詩歌傳統的賦法,追求詩歌的縱橫盡變,這落實於實際的創作上,大致是透過一正一反、兩相對待的表現原則,使詩歌呈現起伏跌宕的表現形態與審美趣味,而具有史傳散文與文法曲折的表現色彩,古人因而認為杜詩具有文法的傾向,所謂的「以文為詩」是也,也因此,杜甫具有詩史的名號。

四、結論

杜甫具有詩史的名號,首見於孟棨的《本事詩》。《本事詩》記載杜甫號為詩史,主要是由於杜甫將其遇安史災阨,流離隴蜀之事,盡陳於詩中,使讀者可推見至隱的緣故。此後,宋人更從杜詩的內容、表現手法與風格等方面,來論述杜甫何以為詩史。明人楊慎與王夫之以「詩以道性情」或「情」的角度出發,反對杜甫為詩史說,他們大抵都認為:詩與史或詩與史傳散文它們是兩個不同的事物而沒有交集,試圖藉此來否定詩史說。然而,詩與史或詩與史傳散文是否為截然二分的事物,仍然值得商榷,它們的交集主要是在賦的表達方式上。如果這點成立,那麼,楊慎與王夫之兩人對詩史的論述,就有必要重新予以考量。

杜甫雖然是透過賦法來敘當時之事,然而,杜詩賦法的主要特色之一是在於一正一反、曲折文勢的表現之道,而不僅僅是「敷陳其事而直言之」。也就是說,杜甫是藉由賦法來議論敘事,透過頓挫反正之法,來表達心中的沉鬱之情,追求詩歌的起伏頓挫、變化縱橫。當杜甫利用正反頓挫的概念來進行詩歌的創作時,這常使得他的詩歌具有起伏跌蕩的審美趣味,以及史傳文法的表現色彩,而

與史傳散文契合性強，這也就是吳瞻泰所謂的杜詩「其法同諸《左》《史》文法」，也因此，杜甫具有詩史的稱號。

再論陽明心即理

張伯宇*

提　要

　　「心即理」一題，往往是當代學者理解陽明學說時首重之處。以牟宗三先生為代表的主流見解，將「心即理」視為一分析命題，將心與理完全等同，並將此心此理解作一具形上學實體意義的、獨立先驗的道德理性，與此相應之工夫即是自證自明的「逆覺體證」。然此解與陽明文獻中強調心意知物合一的、總是與流行酬酢一齊實現的「心」，其經驗義、歷程義不甚相合。因此，本文將陽明「心即理」中的「理」視為超越性、可能性的「天理」，而將「心」就「主乎一身」的有限、經驗、實現性去看，試以說明陽明所論之「心」實為一「工夫本體」，「心即理」之實義當從「知行合一」的行動風格來看。

關鍵詞：陽明　工夫本體　心即理　理在氣中　理一分殊　格物致
　　　　　知　南鎮觀花　牟宗三　逆覺體證

---

*　臺灣師範大學國文所博士班

一、導論

按一般看法，宋明理學「至少」分有二大統系，一是程朱理學，一是陸王心學。陸王心學以「心即理」作為其學之大義同特色，程朱理學對應於此的標誌就是「性即理」。程朱理學以南宋朱子集大成，陸王心學則以明代王陽明推為極至。

當代的中國哲學研究者，對理學與心學進行現代學術意義的處理時，亦常從「性即理」與「心即理」等基本題目入手，建構其詮釋系統。當代以哲學標準研究宋明理學的學者們，一般都肯定陽明的學說，並依循、引申陽明的說法去評論朱子，認為朱子學說的盲點，在於不能肯定「心即理」，不能肯定「心」、「理」、「性」是一。不能肯定「心即理」，於是便有「格物窮理」等向外求「理」的方法，然而「格物窮理」窮得的只是「知識之理」，與本心的「道德之理」是截然不同的二個層次，因此朱子的格物窮理工夫終究不可能完成孔孟一脈相承的道德境界，此見解可以牟宗三先生為代表。依此見解，在評論朱子學說的「缺陷」時，最常引用、論述的文獻就是朱子《大學章句》❶中的「格物補傳」。其文曰：

> 所謂致知在格物者，言欲致吾之知，在即物而窮其理也。蓋
> 人心之靈莫不有知，而天下之物莫不有理，惟於理有未窮，
> 故其知有不盡也。是以大學始教，必使學者即凡天下之物，
> 莫不因其已知之理而益窮之，以求至乎其極。至於用力之

---

❶　〔宋〕朱熹：《四書章句集注》（臺北：大安出版社，1994 年 11 月），頁 9。

久，而一旦豁然貫通焉，則眾物之表裏精粗無不到，而吾心
之全體大用無不明矣。此謂物格，此謂知之至也。

論者詮釋此則文獻，常說：朱子只肯定「心」有「知」，不肯定
「心」就是「理」，因此要即凡天下分殊之物，去一一求取其定
理，所謂「因其已知之理而益窮之」，顯然是知識思辨的方式，不
是道德本心的純粹體驗。知識的追求與累積，是無窮無盡的，在有
限的經驗活動中無法藉以歸納為絕對普遍的道德真理，絕對普遍的
道德真理，只可能在道德體驗中直接呈現。在這種將「道德」與
「知識」從認識論上截然二分的詮釋立場下，朱子所說的「至於用
力之久，而一旦豁然貫通焉，則眾物之表裏精粗無不到，而吾心之
全體大用無不明矣」，不是修飾其理論困結的「不可解」說辭，就
是誤將人世間某種知識學問的造詣視作道德境界的完成。相對於對
朱子的詮釋，陽明「致良知」的學說，被認為才是真能把握形上道
德本心的理論。

但有趣的是，陽明的《大學問》中，也有類似朱子格物補傳那
種「即凡天下之物一一格之始全其德」的說法。其文曰：

明明德者，立其天地萬物一體之體也。親民者，達其天地萬
物一體之用。故明明德必在於親民，而親民乃所以明其明德
也。是故親吾之父，以及人之父，以及天下人之父，而後吾
之仁，實與吾之父、人之父、與天下人之父，而為一體矣。
實與之為一體，而後孝之明德始明矣。親吾之兄，以及人之
兄，以及天下人之兄，而後吾之仁，實與吾之兄、人之兄、
與天下人之兄，而為一體矣。實與之為一體，而後弟之明德

始明矣。君臣也,夫婦也,朋友也,以至於山川鬼神鳥獸草
木也,莫不實有以親之,以達吾一體之仁,然後吾之明德始
無不明,而真能以天地萬物為一體矣。夫是之謂明明德於天
下,是之謂家齊國治而天下平,是之謂盡性。❷

陽明解釋《大學》,將「明明德」與「親民」看做一事,皆是吾人
本體「萬物一體」的體現。吾人本體是萬物一體,「明明德」就是
「立」其萬物一體之本體,於此就應該已經道德圓滿了,又何以需
要「親民」等「達本體之用」的工夫,即凡天下之山川鬼神鳥獸草
木等物事,莫不有以親之,「始」能明其明德,「真」能萬物一
體,完成道德圓滿的「盡性」境界呢?如此一來,「明德」此普遍
之體,不就必得在依聯著應對物事的「親民」經驗中,逐步完成
嗎?在有限的、經驗的人生中,陽明這種「一一親之」的道德本體
工夫,豈不與朱子「一一格之」的格物窮理工夫同樣是不可能的任
務?

引申論之,如果陽明的「心即理」,就是「心、性、理是一」
的話,吾人當下的本心呈現就等同於絕對普遍的先驗性理,那又何
須經過「一一親之」等經驗歷程,才能達成「盡性」呢?

此外,陽明《傳習錄》中有二則特別的文獻,同樣會涉及
「心」與「理」的相關問題。這二則文獻,一是:

先生遊南鎮,一友指巖中花樹問曰:「天下無心外之物。如

---

❷ 〔明〕王守仁撰,吳光、錢明、董平、姚延福編校:《王陽明全集》(上
海:上海古籍出版社)卷二十六,續編一,大學問,頁 968-969。

此花樹，在深山中自開自落，於我心亦何相關？」先生曰：
「你未看此花時，此花與汝心同歸於寂。你來看此花時，則
此花顏色一時明白起來，便知此花不在你的心外。」（《傳
習錄‧卷下》頁107-108）❸

其時陽明素有「心外無物」之說，一友難之，認為巖中花樹自開自
落，其體幹同生命有其獨立的存在，與我心的存在各不相妨，如何
說我心之外則無此花樹呢？陽明此處的回答，避開了花樹之體幹同
生命是否獨立自存的問題，以花樹的「顏色明白」來說花樹的存
在，這就直從意義的認取上，去說花樹的存在，換言之此處的存在
是一個「意義的存在」，而「我心」便是一意義的認取者。值得注
意的是，「我」未看花樹時，我心與花樹同歸於「寂」，當此之下
我心與花樹在意義上同樣「不存在」；而我心在「看」此花時，此
花的「顏色明白」，其實亦就是我心的「顏色明白」，我心亦在
「顏色明白」中體現其存在。如此說來，我心與花樹在此處的「存
在」上並沒有先後、因果的次序，而是並在意義認取的活動中，才
一齊成立。所以，「心外無物」中的「心」與「物」都沒有各自獨
立的存在可說。按此說，與「心、性、理為一」此等先驗獨立性格
顯然有些衝突。我們暫時不談這個衝突要如何安排的問題，回到陽
明友人的質難上：陽明的學說中，是否擱置、迴避了「物」的體幹
同生命存在？而「心外無物」此一題目並不涉及到宇宙萬有的界
域，只適用在人生界、道德界，或一個意想的世界呢？牟宗三先生

❸　收於：《王陽明全集》（已見前註）。

論及這一則文獻時曾說:

> 這也是「存在依於心」,但卻不是有限心認知的層次,而乃
> 是相當於柏克萊的最後依於神心之層次。「依於神心」是存
> 有論的,縱貫的;「依於有限心」是認識的,橫列的。這是
> 兩個不同的層次,其度向亦不同。❹

牟先生又論陽明學說曰:

> 不特此也,良知感應無外,必與天地萬物全體相感應。此即
> 涵著良知之絕對普遍性。心外無物,心外無理。……由此,
> 良知不但是道德實踐的根據,而且亦是一切存在之存有論的
> 根據。由此,良知亦有其形而上的實體意義。在此,吾人說
> 「道德的形上學」。❺

> 現在有些人就是持這個態度。他們只承認孟子、王陽明的看
> 法,而且把孟子、王陽明的學說只局限於道德的應當(moral
> ought),而不牽涉到存在。這樣一來,就縮小了他們的學
> 說,這怎麼可以呢?若不牽涉到存在,存在交給誰呢?……
> 而且王陽明明明說「心外無物」,明明說:「無聲無臭獨知
> 時,此是乾坤萬有基。」乾坤萬有不能離開良知而存在,而
> 這些偏執者卻使良知萎縮,只限於人類的道德界,那麼天地

---

❹ 牟宗三:《從陸象山到劉蕺山》(臺北:臺灣學生書局,2000 年 5 月再
　版),頁 228。
❺ 同上註,頁 223。

　　萬物的存在交給誰呢？這是不通的。**❻**

　由此可知，牟先生認為陽明的「心外無物」或良知本體必涉及宇宙存有物，而且「心」或「良知」有形上學的實體意義，是絕對、先驗、超越的存有體。此實體義的「心」，是一個相對於「有限心」、「認識心」的形上心。牟先生此處所論確有見地，在理學的大傳統中，「性」、「理」的的確確具存有之理的意義，陽明肯定「心即理」此一題目，就肯定了「心」與存有之理的關係。陽明的「心外無物」或「萬物一體」、「乾坤萬有基」等話頭如此明白，怎麼能把陽明的學說只限在倫理學的方面，如勞思光先生所論，而不負責存有物、不具存有學意義呢？此論固然極是。然而，牟先生用「心、性、理是一」的基礎來撐起整個詮釋架構，與陽明此則文獻中「心」與「物」一齊並在、無分先後的論調並不相合。而且在南鎮觀花的文獻中，花樹是在「顏色明白」中存在，此「顏色」意義的認取與標誌，仍然是縮合著現象及其知識而說的。換言之，花樹的意義固是在「橫列的」、「認識的」活動中完成，不是單憑一個超越的「無限心」就得以完成對花樹意義的認取與標誌。

　　再進一步討論這個問題之前，我們再看陽明的另一則文獻：

　　問：「人心與物同體。如吾身原是血氣流通的，所以謂之同
　　體。若於人便異體了，禽獸草木益遠矣。而何謂之同體？」
　　先生曰：「你只在感應之幾上看，豈但禽獸草木？雖天地也

❻　牟宗三：《中國哲學十九講》（臺北：臺灣學生書局，1997 年 1 月），頁 442-443。

與我同體的，鬼神也與我同體的。」

請問。

先生曰：「你看這個天地中間什麼是天地的心？」

對曰：「嘗聞人是天地的心。」

曰：「人又什麼教做心？」

對曰：「只是一個靈明。」

曰：「可知充塞中間只有這個靈明，人只為形體間隔了。我的靈明便是天地鬼神的主宰。天沒有我的靈明，誰去仰他的高？地沒有我的靈明，誰去俯他的深？鬼神沒有我的靈明，誰去辨他吉凶災祥？天地鬼神萬物離卻我的靈明便沒有天地鬼神萬物了。我的靈明離卻天地鬼神萬物亦沒有我的靈明。如此，便是一氣流通的，如何與他間隔得？」

又問：「天地鬼神萬物千古見在，何沒了我的靈明，便俱無了？」

曰：「今看死的人，他這些精靈遊散了，他的天地萬物尚在何處？」（《傳習錄·卷下》頁124）

在這則文獻中，陽明明白指出，所謂「心外無物」或「與物同體」的意義，就是從「感應之機」上說的。這個「感應之機」也就是本文上述所謂「意義認取」，在一感一應的當下，心與物一齊並立。值得注意的是，這個「心物並立」的結構，就是「天地的心」，就是天地間人所實踐、完成的靈明。此處的「心體」或「靈明」，實在是一個「照物」的感應體、行動體。「人」為「天地之心」，便天生地擔負起燭照存有的任務：對天仰一個「高」，對地俯一個

「深」，對鬼神萬物各辨其「吉」、「凶」、「災」、「祥」，對花樹則明其一個「顏色」。「高」、「深」、「吉」、「凶」、「災」、「祥」、「顏色」等等，都不離一個知識、現象的意義，它必然有「橫列的」向度。天地鬼神萬物與「人」，都在此感應體的作用當下一齊存在。「天地鬼神萬物千古見在」或「巖中花樹深山於中自開自落」的存在，並不是從「感應之機」所見的存在。但是，這些存有物的體幹同生命的存在，要如何安頓呢？這一個問題是陽明學說的缺陷，還是一個陽明學說中一個不需要回答、也根本就不應該存在的假問題呢？我們來看看牟先生對此則文獻的解釋，其言曰：

> 良知靈明是實現原理，亦如老子所說「天得一以清，地得一以寧」云云。一切存在皆在靈明中存在。離卻我的靈明（不但是我的，亦是你的，他的，總之，乃是整個的，這只是一個超越而普遍的靈明），一切皆歸於無。你說天地萬物千古見在，這是你站在知性底立場上說，而知性不是這個靈明。（《從陸象山到劉蕺山》頁227）

於此處牟先生認為，「心」（性、理）、「良知」、「靈明」是一個「實現原理」，而且是一個超越、普遍的原理。此「實現原理」是存有物之存在的可能根據，沒有「實現原理」的「實現」，萬有便不得以存在。在牟先生的這一段話中，此心或良知靈明卻不似一個超絕、先驗的主體性，而近似一個無分於主、客，無分於天人物我的「原理」。因此，那種在主、客二分的知性立場下，所見的「天地萬物見在」，被牟先生認為是與這個「實現原理」不相干的

見地。至此我們不能不有疑問：牟先生挺立了一個決別於有限世界、經驗世界的，一個先驗、超越的形上實體心（性、理），何以又提出一個強調整體的、合一的「實現原理」呢？陽明說「我的靈明離卻天地鬼神萬物亦沒有我的靈明」，則「我的靈明」無法解釋為先驗形上實體明矣。但這個「形上實體」與「實現原理」的意義是一樣的嗎？「實現原理」本身是不是處在一個「待實現」的品位呢？若是，則「實現者」又是誰呢？將「心即理」詮釋為「心、性、理為一的實體」之說，是不是有更深、更細緻的義理在裡面呢？

　　為了處理上述諸多問題，本文將進一步敘述牟宗三先生對陽明「心即理」的詮釋，並在此參照下，再論陽明的「心即理」，希望藉由這個題目的討論中，試著提出不同的詮釋，以安頓這些問題。再進一步，討論所謂朱子「性即理」與陽明「心即理」的關係，並從中勾勒朱子、陽明在宋明理學史上的具體經典地位。

二、「心即理」為「心、性、理是一」之說──以牟宗三先生所論為代表

　　牟宗三先生所論的「心即理」，按其意是象山、陽明直承孟子心性論而來的共識。❼牟先生又論曰：

　　　「心即理」不是心合理，乃是心就是理；「心理為一」不是

───────────────

❼　參見：《從陸象山到劉蕺山》，頁216。

心與理合而為一，乃是此心自身之自一。此心就是孟子所謂「本心」。……此所謂本心顯然不是心理學的心，乃是超越的本然的道德心。孟子說性善，是就此道德心說吾人之性，那就是說：是以吾人皆有的那能自發仁義之理的道德本心為吾人之性，此本性亦可以說就是人所本有的「內在的道德性」。既是以「內在的道德性」為吾人之本性，則「人之性善」乃是一分析命題。（《從陸象山到劉蕺山》頁216）

實理者，「本心即理」之理也。在本心自我立法之本心之具體真實的呈現中，其所自立之法即理亦在具體而真實的呈現中。此實理若作一命題看，其對於本心之關係是一分析命題，非是一綜和命題。它對於意念而言，對於受感性的影響的意志（現實的作意）而言，對於形而下的「氣之靈」的之心而言，自是綜和命題。（《從陸象山到劉蕺山》頁12）

由此可知，牟先生認為：「心即理」正是「心、性、理為一」的「道德本心」，也就是孟子所說的「性善」。按其意，「心」、「性」、「理」幾乎是同義詞。在朱子奠定的理學傳統中，「理」或「性理」具有絕對、超越的品位；而一切經驗地作用、發用都屬於「氣」化活動，成為「情」的流行。朱子的「心」就是一個知覺感應的作用，因此朱子頂多只能說「心發見理」、「心實現理」、「心顯著理」，卻不能說「心」等同於「性」或「理」。相對於此，牟先生此處所謂能自發呈現具體真實之「善性」或「實理」的「道德心」，其「自發呈現」的作用卻不是氣化地活動或情的流行，而幾乎是一「先驗地」自明活動，此「心」亦是一先驗的、形

上的、超越的心。牟先生此處採用一種最嚴格的說法，來表示
「心、性、理是一」的見解，此即宣稱「心即理」是一個分析命
題，是一個先驗、必然的真理。

　　進而述之，牟先生認為「心、性、理」是一形上實體，此即所
謂的「道德的形上學」。其言曰：

> 此一縱貫之「心即理」之心理之函蓋性與絕對普遍性乃是孔
> 孟之教所意許，……近人習於西方概念式的局限之思考，必
> 謂道德自道德，宇宙自宇宙，「心即理」只限於道德之應
> 然，不涉及存在域，此種局限非儒教之本質。心外有物，物
> 交待給何處？古人無道德界，存在界，本體論（存有論），宇
> 宙論等名言，然而豈不可相應而疏通之，而立一儒教式的
> （亦即中國式的）道德界、存在界、本體論、宇宙論通而為一
> 之圓教乎？此則繫於「心即理」之絕對普遍性之洞悟，何必
> 依西方式的概念之局限單把此「心即理」局限於道德而不准
> 涉及存在乎？此種圓教乃儒者所本有。所謂「立」者，乃只
> 隨時代需要，疏通而明之耳，非「本無今有」之新立也。此
> 若依「康德只准道德的神學，不准神學的道德學」而言，吾
> 人亦可類比地說：此種圓教只允許一道德的形上學，而不允
> 許一形上學的道德學；它復亦不是氣化宇宙論中心，而乃是
> 絕對普遍的「本心即理」「本心即性」之心體中心，性體中
> 心，故心外無物，道外無事也。（《從陸象山到劉蕺山》頁 20-
> 21）

在這裡，牟先生明確地反對將儒家哲學（包括陽明）的世界觀分作

「應然」與「實然」的二層世界。若是在此二層世界的區分下，
「心體」、「性體」、「理體」只作為應然世界、價值世界、道德
世界的存有之理，囿限為一「道德之（底）形上學」**❽**，只負責道
德的先驗本性，而未能含有「本體宇宙論的陳述」，未能撐起一切
宇宙萬有之存在界。總之，牟先生所論的「心、性、理」是一存有
學的形上實體。

　　再進一步，牟先生認為「心、性、理」此一實體不只是靜態形
上的存有之理，不是只存有而不活動之理，而是一「即存有即活
動」的作用體。其言曰：

> 故凡陽明言明覺皆是內斂地主宰貫徹地言其存有論的意義，
> 而非外指地及物地言其認知的意義。故「天理之自然明覺」
> 即是「天理之自然非造作地，昭昭明明而即在心靈覺中之具
> 體地非抽象地呈現」，天理之這樣的呈現即在良知處發見。
> 故良知之心即是存有論的創發原則，它不是一認知心。它不
> 是認知一客觀而外在的理，它的明覺不是認知地及物的或外
> 指的，它是內斂地昭昭不明之不昧，它這一昭昭明明之不昧
> 即隱然給吾人決定一方向，決定一應當如何之原則（天
> 理）。當其決定之，你可以說它即覺識之，但它覺識的不是
> 外在的理，乃即是它自身所決定者，不，乃即是它自身底決
> 定活動之自己，此決定活動之自身即決定一個，故它覺此
> 理即是呈現此理，它是存有論地呈現之，不是橫列地認知

---

❽　參見：牟宗三：《心體與性體（一）》（臺北：正中書局，民國八十五年
　　二月），頁9。

之。而就此決定活動本身說，它是活動，它同時亦即是存
有。良知是即活動即存有的。我們可以把陽明這句話收得更
緊一點說：良知天理之自然而明覺處（《傳習錄》卷二陽平答歐
陽崇一書云：「良知是天理之昭明靈覺處，故良知即是天理」），天理
是良知之不可移處。良知是天理之自然而明覺處，則天理雖
客觀亦主觀；天理是良知之必然不可移處，則良知雖主觀亦
客觀。此是「心即理」，「心外無理」，「良知之天理」諸
語之實義。（《從陸象山到劉蕺山》頁 219-220）

首先說明，牟先生認定在陽明所說的「良知」就代表「本心」，此
處二者幾乎是同義語。❾依牟先生所見，陽明的「心、性、理」此
一實體也就是一「明覺感應」的作用體。此「明覺感應」就是
「心」之活動呈現其自己（性、理）、逆覺其自己（性、理），這個
「明覺」或「逆覺」是一「活動」，並且是一超越形氣、內斂直上
的「存有論地呈現」。牟先生所謂「既普遍又具體」、「既內在又
超越」的話語❿，正是對這種「即存有即活動」之心體的形容。按
牟先生說法，陽明所說的「明覺感應」就是道德心的「逆覺體
證」，此「逆覺體證」是縱貫地覺識，決別於橫攝地、認知地、氣
化地「知覺感應」。

此種「逆覺體證」雖然是心體反覺其自身，不是認知地及物，
但卻又必須在日常生活中隨時呈露，此方為「內在的逆覺體證」，
如「靜坐」那種絕倫棄物、反視退聽的工夫，只能算是「超越的逆

---

❾　參見：《從陸象山到劉蕺山》，頁 217。
❿　參見：《中國哲學十九講》。

覺體證」，雖然可作為一時之權法，要終非為定然之常則。⓫今按其意，「內在的逆覺體證」必是「存天理去人欲」的工夫，它雖然不是認知地及物，但又必得接應外物來說，這也才是真實社會、真實人生的情況。討論至此，可知牟先生所謂「即存有即活動」的「即心即性即理」本體，照陽明的話說，實可稱為一「工夫本體」，其實義就是不離物的「內在的逆覺體證」。但是，牟先生所論心即理的工夫本體，卻是一個不與氣化流行互動的、超絕時間的「自明作用」或「自反活動」。依此理路，似乎難以在此詮釋系統中，說明「應物的內在的逆覺體證」何以優勝於「離物的超越的逆覺體證」。因為就「逆覺」自心自性的理論要求來說，二種工夫都是昭昭明明、德行圓滿、無以復加的道德實踐。

還有一點必須注意。在牟先生的詮釋系統中，「心即理」的道德心，與「氣之靈」的認知心是嚴然二分的。道德心是理，其工夫、作用是綜貫地存有地逆覺其理；認知心是氣，其工夫、作用是橫攝地順取認識。據牟先生所言：

> 在此，若依康德底哲學而問：此明覺感應中之物與事是何身分的物與事？陽明必答曰：物是「物之在其自己」的物，事亦是「事之在其自己」的事。（《從陸象山到劉蕺山》頁242）

> 中國哲學，儒釋道三家，皆可證成康德的現象與物自身之分。在佛家，對識心而言則為現象，對智心而言則為物之在其自己。在道家，對成心而言即為現象，對玄智而言即為物

⓫　參見：《從陸象山到劉蕺山》，頁230。

之在其自己。在儒家，對見聞之知而言即為現象，對德性之知而言則為物之在其自己。（《從陸象山到劉蕺山》頁 244）

在同樣是「即物」的情況下，對應「逆覺體證」或「明覺感應」的是「物自身」；對應「順取認識」或「知覺感應」的是「現象」。唯牟先生呼應即物的「內在的逆覺體證」之說，言陽明「明覺感應」此等活動就不離物說仍然屬於「氣」，但「須知屬於氣並非即是現象義。物亦並非氣。著跡著相是現象。著相而排列之於時空中並依範疇去思解之，它便是現象。但明覺感應中成己之事不著相，它是在明覺感應中而為合天理之實德，而不是對感性與知性而為吾人所認知之對象。」（《從陸象山到劉蕺山》頁 243）雖然牟先生反對儒家哲學有那種區分「應然」與「實然」的二層世界觀，但因著「德性之知」與「聞見之知」二種迥然不同的覺識活動，便有了「物自身」與「現象」等二種看世界的分別。在這種分別底下，「理」與「氣」；「德性之知」與「聞見之知」；「形上」與「形下」；「道德」與「知識」幾乎就成了不可能互動、不可能影響的二邊。

討論至此，可知牟先生所論「心即理」背後有一整套繁複、精細的系統脈絡。但是，我們不禁要問，這樣的詮釋能不能充分地照顧到陽明文獻的意思呢？就第一節導論徵引到的三則文獻來看：就第一則文獻來看，陽明所論的「明明德」雖是當下感通「萬物一體」之本體，但卻又強調要即凡親疏遠近的人倫對象，乃至於山川鬼神草木等等，「莫不實有以親之」，始能使明德之體無不明，也才真能以天地萬物為一體，才算真能「盡性」。這當中仍然有一個

工夫的歷程在裡面，隨著歷程而能漸漸提昇其道德境界。若依牟先生之形上心體逆覺體證的說法，逆覺體證的當下即完成「盡性」了，又何必需要「一一親之」的工夫歷程呢？就第二則與第三則文獻來看，「心」與「花樹」、「我的靈明」與「天地鬼神萬物」是在意義的認取活動中，一齊存在的，沒有理論上的先後次序，與牟先生所謂「即存有即活動」此形上實體的先驗獨立性不能相合，此其一。其二，在第二則文獻中，此心所覺識者是花樹的「顏色明白」；在第三則文獻中，靈明所覺識者是天之「高」、地之「深」、鬼神萬物之「吉、凶、災、祥」。這些「心」所覺識者、標誌者，想來業已通過「著相而排列之於時空中並依範疇去思解」的作用了，我們很難說此處所覺識者只是一與毫無經驗現象干涉的「物自身」。應該說明的是，說這些「心」所覺識者不是「物自身」，並不意謂著它們就是那種與「認知心」相對的「現象」。回到第一點，這些覺識的內容是在「心」知照「物」時一齊並在的，這些內容都在當下展示了「人」對於情境事物的應對態度，或說是情境事物的對於「人」的意義。這個「意義」的結構，不但是價值的，同時也是認知的，無可析分。

其實就算撇開這三則文獻不談，陽明論「格物致知」時，總是強調「心、意、知、物」一齊實現的「知行合一」行動體，此義尤見於《大學問》。而且在《大學問》中，此心、意、知、物合一的行動體就是「萬物一體」，就是與天地萬有同體痛癢的「感應」。即就此義而言，「心」從來就不是先驗地存在的。

將陽明的「心即理」，解釋為「心、性、理是一」的「即存有即活動」實體，雖然能夠精采貞定地彰顯人的主體性，挺立人以至

高無上的道德價值，但是在文獻詮釋上，仍然有其照顧不足的地方，然而有二點大見解我們必須充分正視：一、陽明的「心體」、「性體」或「理體」的確與萬事萬物的存有之理有直接關係，它不只是所謂應然世界或道德世界的形上基礎；二、陽明的「心體」必然是一作用體、工夫體，是「即存有即活動」的活動體。

　　對於陽明的「心即理」的問題，當代學者除了以牟宗三先生為代表的見解外，也有其他的方向。舉如唐君毅先生在《中國哲學原論原教篇》❷中論陸、王之「心即理」義，則曰：

> 由上文吾人可知陸王言心即理，非意在以一本心或良知之理，籠統包括一切理，而唯在教人由其心之種種發用中，自識其心之理，而知其由一本原而出。……大率世人之驟聞象山之言千百世之上下，東西南北之此理同者，恆易直下便宛若見得一超越于四海古今之上之一形而上大心、大理，如在目前。然此見只是想像，亦尚未落實，亦不親切。象山之言心同理同，實亦未嘗說一切聖人之心與所見之理全同。
> （《中國哲學原論原教篇》頁 224）
>
> 若吾人只觀其言聖賢之心同理同，而只往想像一形而上的大心大理，則失其言心同理同之切實義，乃在使吾人自覺其心其理之與聖賢同處，而本此以更用思誠的工夫，以求誠之義矣。（《中國哲學原論原教篇》頁 227）

---

❷　唐君毅：《中國哲學原論原教篇》（臺北：臺灣學生書局，民國七十九年九月全集校訂版）。

由此可知，唐先生並不用一無限的、先驗的形上心去理解「心即理」，而解為以一有限的、經驗的心，於面對形色萬殊時的種種發用中自識其理。唐先生所說的「切實」，便是守住此「心」必在個別的實際人生活動中起用，故「心」對「理」的一切認識（所見之理），都不可免地縮合經驗知識的領會，都必須在面對每一刻的情境中不斷發現「理」。以下本文將以唐先生點出的「心之有限性」，繼承上述牟先生的二點大見解，回到陽明本身去看，試著從閱讀文獻中提示出一個可能的詮釋。

三、再論陽明的「心即理」

有別於橫渠、程朱理學那種本體、工夫分立而論的方式，陽明多直從工夫、作用、流行、效驗處把握本體，其言本體多渾淪統合之論。舉如以下對問：

> 性一而已。自其形體也謂之天，主宰也謂之帝，流行也謂之命，賦於人也謂之性，主於身也謂之心；心之發也，遇父便謂之孝，遇君便謂之忠，自此以往，名至於無窮，只一性而已。猶人一而已：對父謂之子，對子謂之父，自此以往，至於無窮，只一人而已。人只要在性上用功，看得一性字分明，即萬理燦然。（《傳習錄・卷上》頁15）

此處，陽明以一「性」字統括全體，此性是宇宙同一之性，故以其昭明在上之形象稱作「天」，具體統萬有之義。接下來所謂「主宰之帝」、「流行之命」，也都是對著整個宇宙存在界來說的。「賦

於人也謂之性，主於身也謂之心」，人的生命依形而生，天生地具備有「性」此等稟賦，此稟賦之自主活動義就稱作「心」。由此可知，陽明所謂的性兼天地宇宙而言，心則主乎一人之身。心既主乎一人之身，則心之實現必有依於此身的有限性。再看以下二則文獻：

> 心之本體原自不動。心之本體即是性，性即是理，性元不動，理元不動。集義是復其心之本體。（《傳習錄·卷上》頁24）

> 理一而已。以其理之凝聚而言則謂之性，以其凝聚之主宰而言則謂之心，以其主宰之發動而言則謂之意，以其發動之明覺而言則謂之知，以其明覺之感應而言則謂之物。（《傳習錄·卷中·答聶文蔚》頁76-77）

先看上面那則文獻。「性即理」是在程朱理學中業已明白確定的大題目，陽明承理學之傳，亦不自外於此。此處陽明說「心之本體即是性」，而「性即是理」，合言之就是「心之本體是理」，這應該就是陽明「心即理」最基本的意思。在陽明傳世的語錄及著作中，曾多次界說心之本體是「理（天理）」、「性」或是「良知」。如果說心、性、理是一的話，陽明何以屢加之以「本體」一詞呢？是不是在一大渾淪整體中，心與性或理，仍然有些精微的差別呢？上頭已說到，陽明除了用性或理來指心之本體外，還有一個「良知」。良知與心性理的關係又是如何呢？這些問題都是我們理解陽明心即理之義的關鍵。下面這則文獻中，則是以一「理」字統括全

體，由其中以其理之凝聚而言，則謂之性；以其凝聚之主宰而言，則謂之心。配合前文「賦於人也謂之性，主於身也謂之心」來看，這句話中的「性」，並不就直接同義於作為最高存有原理的性理。心之本體是性理從「本體」到「主乎一身」之間，當有一「凝聚」在其中。此一「凝聚」，就形成了切實的人生，形成了當此人生之心。總之，性在這些文獻中，有指宇宙存有原理而言者，亦有指個別具體人生之稟賦者。事實上，這種將性作多義的用法，可說是在朱子那裡確定的，這就是朱子在表達「理先氣後」與「理一分殊」的時候，常常出現的情況。陽明在這裡，同樣是肯定了「理一」或「性一」的題目，也同樣在此題目下展開分殊義的形容。只是在朱子那裡，定要堅持標榜理一的在理論上的先在獨立性，陽明不談這一點，而總是從渾淪、流行、發用的整體為底蘊，而標其殊異之端倪。陽明所謂的「心即理」，亦是在工夫行動中體現的「理」，此「理」嚴格說並不就是朱子那種在理論上先在獨立的理一。試觀以下對問：

> 黃以方問：「先生格致之說，隨時格物以致其知，則知是一節之知，非全體之知也。何以到得溥博如天，淵泉如淵地位？」先生曰：「人心是天淵。心之本體無所不該，原是一個天。只為私欲障礙，則天之本體失了。心之理無窮盡，原是一個淵。只為私欲窒塞，則淵之本體失了。如今念念致良知，將此障礙窒塞一齊去盡，則本體已復，便是天淵了。」乃指天以示之曰：「比如面前見天，是昭昭之天；四外見天，也只是昭昭之天。只為許多房子牆壁遮蔽，便不見天之

　　　　全體。若撤去房子牆壁，總是一個天矣。不可道眼前天是昭
　　　　昭之天，外面又不是昭昭之天也。於此便見一節之知，即全
　　　　體之知；全體之知，即一節之知：總是一個本體。」（《傳
　　　　習錄·卷下》頁 95-96）

按陽明所謂「良知是天理之昭明靈覺處，故良知即是天理」（《傳
習錄·卷中·答歐陽崇一》頁 72），與屢次說到的「良知是心之本體」
來看，「良知」與「性理」的品位是等同的，當總天地宇宙而為
言。但以「良知」一詞，便標明了此性理本體是一工夫體、作用
體，是一動態結構。此義亦正合用牟宗三先生所謂「即存有即活
動」之形容。又按《傳習錄·卷中》之〈答顧東橋書〉，陽明「致
良知格物」之說，是就隨時隨地就事事物物上致其良知，每一個當
下具體呈現的良知，都對應其情境物事一齊並現。如對父表現的良
知是「孝」，對君表現的良知是「忠」等等，良知在不同情境下都
有對應每個當下的不同內容。黃以方便因而稱此不同內容為「一節
之知」，則「一節之知」又何以算是「全體之知」呢？黃以方提出
的這個問題，正可呼應本文導論處引第一則陽明大學問文獻中，即
凡山川鬼神萬物，一一就而親之、就而明其萬物一體之明德，要何
時始真能成其萬物一體之「親民」的問題。須知每一個當下呈現之
良知，其具體內容雖然有所殊異，然其本原處、底蘊處還是一個
「真誠惻怛」的良知本體。此處陽明以「天光照隙」為喻，即一窗
所見之天，與昭然無垠之天是同一個「天」。類此，情境當下的
「一節之知」其根原深邃處還是一個「全體之知」。就大學問文獻
來看，致良知以格物的工夫不但是在時時刻刻的當下不斷完成的，

這不斷「成之」工夫的積累深厚，應物之博，當在人間有一逐漸弘大的向度。此「一節之良知」似猶有一個「對越」著「全體之良知」的規模。其實此「天光照隙」的比喻，就是朱子在解釋「理一分殊」時所用的，朱子曰：

> 性如日光，人物所受之不同，如隙竅之受光有大小也。人物被形質局定了，也是難得開廣。如螻蟻如此小，便只知得君臣之分而已。**⓭**

> 或說：「人物性同。」曰：「人物性本同，只氣稟異。如水無有不清，傾放白碗中是一般色，及放黑碗中又是一般色，放青碗中又是一般色。」又曰：「性最難說，要說同亦得，要說異亦得。如隙中之日，隙之長短大小自是不同，然卻只是此日。」（《朱子語類·卷四·性理一》，頁58）

但朱子與陽明不同的是，朱子是以人生氣稟之殊異，來說天賦之性在人所能受取之殊異；陽明則是以人生自身條件與活動情境應對而成之殊異，來說良知在每一次具體地心的發用上表現的殊異。

討論至此，陽明言「心即理」之「心」，其即有限而通無限的性格已經非常清楚了。試觀以下文獻：

> 目無體，以萬物之色為體。耳無體，以萬物之聲為體。鼻無體，以萬物之臭為體。口無體，以萬物之味為體。心無體，

⓭ 〔宋〕黎靖德編：《朱子語類》（北京：中華書局，1999 年 6 月）卷四，性理一，頁 58。

以天地萬物感應之是非為體。（《傳習錄·卷下》頁108）

心不是一塊血肉，凡知覺處便是心，如耳目之知視聽，手足之知痛癢，此知覺便是心也。（《傳習錄·卷下》頁121）

此處陽明更明白指出，「心」不是一獨立先在之體，而是在對「物」的知覺感應、與物同體的工夫中、作用中才一齊並在。然而此處的「心」與「耳、目、口、鼻、手足」，果如所謂「應對物自身」與「應對現象」之區別乎？在「萬物一體」的同體感中，是不可能考慮這個問題的。此心既主乎一身而為言，自然是連帶於此身包括耳、目、口、鼻、手足的活動一齊存在的。又對照本文導論處引的第二、第三則文獻來看，顏色明白、高、深、吉、凶、災、祥等都是具體的分殊的意義，是人對情境的掌握、標誌同態度。故陽明又說：「蓋日用之間，見聞酬酢，雖千頭萬緒，莫非良知之發用流行。除卻見聞酬酢，亦無良知可致矣。」（《傳習錄·卷中·答歐陽崇一》，頁71）陽明所謂的「致良知」，其本身就必然連帶有見聞酬酢等對應經驗現象的知識活動。除卻「致良知」的活動，更無所謂的「心」可說，此「心」就是「合心、意、知、物」、「格物」、「致良知」此等的「工夫本體」。所以，陽明所說的「心」，不是先驗獨立的、先在既成的主體性，而是一在實現活動中時時呈現、時時完成者。「心」與「物」的關係，不是「主體」與「客體」的關係，而是以「意」同「知」連繫一齊地、「互為主體」、「感應同體」地動態結構。

所以，如果我們要把「心即理」中的「理」，解釋為「一節之良知」所知之性理，則可說「心即理」是「心、性、理就是一」；

如果我們將「心即理」中的「理」，解釋為「全體之良知」所知之宇宙存有性理，那「心即理」的意思，就必須說是「性理就從內心中湧現」。由此可知，「理」（天理、性理）在陽明的學說中，仍具有無限的、超越的位格，陽明又以「良知」此等靈明發用處言之，正表示陽明氣外無理的世界觀，則「理」（天理、性理）或「良知」在陽明而言決不能是一先驗獨立的形上實體，而是一無限廣大的存有原理同意義本原，是整體地信仰、整體地崇敬之所指。但是，「理」（天理、性理）或「良知」的實義，卻總是在心、意、知、物合一的「致良知」活動中才得以實現。陽明這種即流行、工夫、發用處本握本體的「心外無物」說，雖則即活動即存有地開顯自存有之理，但是那種在主、客既分思維下所認定的「主觀世界」與「客觀世界」，並不在此說的範圍。然此理、此天、此萬物世界實已先行地張成「人心」的境域，此心的發現是一種對世界的絕對信任，對真實無妄之整體存在的信任。「心」的有限性在於主乎一身而為言，「心」的無限性則在於人心是天淵。此「天」就是無限性，然此無限性在人心而言不是既成的、現成的無限性，而是無限的可能性。人心總是可能再每一次不同的應對酬酢中發現天理、標誌意義，這也就是人之所以為「天地之心」的天生使命。

四、結語

按以上的討論，陽明「心即理」之「理」，其義實承繼朱子理學中具無限、超越品格的「理一」或「性一」，而為一存有之理。在朱子理學中，一方面堅持「理先氣後」，強調「理」的先在性；

一方面又強調「理一分殊」，並點出「理一」只在「分殊」中實現，萬物之「性理」必須與萬物之「形氣」合一，沒有該物之形氣「側寫」了理一，亦不能說有該物之性理。則「理」只當從「氣」中求。唯理一在分殊萬物中的實現，並非是萬物切割、分享了理一，理一不能分割，此「理一」猶如一絕頂光明體，事事物物在此光明體的照耀下按自己的樣子反映光明，在其中現形。所謂的「理先氣後」，是說必得有此光明體，再去映照氣，才使分殊現形；但「理一方殊」說中卻有另一種觀點：沒有了氣或萬物，光明體失其照耀的對象，亦不能成其「光明」，陽明的「心即理」，實則為此想法的貫徹。陽明擱置了朱子「理先氣後」的堅持，總是從流行、發用去說本體，不設想如「山河大地都陷了」等問題，切實地將「理」把握在切實的人生裡面。由此可看出陽明對朱子理氣論的繼承與轉化。再來，朱子有「心統性情」之說，此「心」並非與「性」、「情」對而為三，而是與「性情」相對為主宰，性屬理，情屬氣，心者則統合理氣而為言，是主宰、虛靈、知覺的作用。按上所論，陽明「心即理」的「心」必然是摻和著知覺、感應、氣化的作用，不能僅以一「形上心」或一「形下心」加以指陳，就此義來說，朱子與陽明相當一致。

至於陽明「心即理」與朱子學說的實質差異，當從工夫論來看較為切實。陽明的工夫論大義很簡單，就是「致良知」，其實義就是隨時隨事——「親之」。此「親」就是一直接朗現的同體感，就是一個「真誠惻怛」的情感。這是每一個人在應對事物時最原初、最真實的感覺，不動於利、害、聲、色，直任此覺而行，便是格物，便是致良知。朱子工夫論的內容就顯得較為複雜。朱子工夫論

的大原則就是「變化氣質」，值得注意的是，陽明的「致良知」總是說一個當下，而朱子的「變化氣質」卻在講一個歷程。陽明的學說精義中，幾乎沒有直接處理工夫歷程的問題，如論愚夫愚婦捧茶童子之能為聖人，以金為譬，在於其成色之純，至如堯、舜之分兩重，凡人之分兩輕，其或輕或重取決於何則未明言。相對而言，朱子工夫論的主要內容就分作「大學」與「小學」等二個不同階段的要求。「大學」指的是大人之學，而「小學」是指童蒙之學或基礎之學。唯今人失古人之小學工夫，因此便並而行之。大學工夫就是格物窮理或格物致知，小學工夫就是居敬涵養，再具體言之，朱子的格物窮理實質上是「讀書窮理」，而居敬涵養尤重在「靜坐」。「讀書」與「靜坐」，便成了朱子工夫論最具體的意義。因此，嚴格來說並不能用朱子的「格物補傳」來統括朱子的工夫論。而朱子與陽明工夫論的差異實起於一講歷程、一講當下之差別，統而觀之，似亦可以無諍。今觀陽明《朱子晚年定論》中摘引的朱子文獻，幾乎都是朱子致力讀書、致力求「文義」而造成的困惑，這類困惑也正是陽明最不安的地方，陽明早年之格竹致病，正是最極端的例子。其實朱子的格物工夫根本不可能偏到去從竹子上去格出一個理，陽明年少之舉雖率真可愛，然亦失朱子格物論之正。朱子的工夫論同樣強調要動乎情、得諸心、體諸身、發而為文章、成之為事業。至如一味追求知識考索者，被朱子斥為「俗學」。有趣的是，朱子與陽明所批評的「俗學」幾乎是一樣的。但朱子畢竟太強調「讀書」，對此陽明擔心的是：經典書本不過是我們間接體會古聖先賢智慧的資藉，若一向只在文義上求，於實際人倫應對中的實習，卻不免用心少了，至如未能時時自覺、動用其「真誠惻怛」之

天性天情，則失卻此心之大本、聖學之所由。而且，「靜坐」一法
也是陽明此等強調即時行動性的品格不願直接採取者。陽明雖曾教
弟子以靜坐之法，但又特別聲明靜坐法只是「補小學一段工夫」，
此說亦從朱子而來。「讀書」與「靜坐」都是陽明「知行合一」的
即時行動力難以肯認者，此義即在清初之顏習齋處進而申之。習齋
存性之作力詆程朱之說，於陽明則絕少批評，正由此故。討論至此
可知，陽明心目中的朱子問題，未必得推致為道德與知識的衝突問
題，在理學中，「讀書」或「靜坐」都是很具體的題目，它們未必
適合以抽象的方法加以分析、討論。總而言之，所謂朱子「性即
理」與陽明「心即理」的差別，其實義必得在具體工夫論中分別。
朱子工夫論從事業、歷程上講，陽明工夫論則從本原、當下處講，
二人學說之差異未必皆原於勢同水火、截然對立的哲學框架，而更
是在實質、具體性格的差異上。由此眼光看來，便可見得朱子與陽
明之間的繼承關係。綜上所論，陽明「心即理」說的義理系統實亦
繼承、轉化了朱子的「理一分殊」與「心統性情」，當然也繼承了
陸象山的「心即理」，因此從「學術史」而不是「哲學史」的眼光
來看，亦正可見陽明學說調和朱陸的規模。再就工夫論來看，陽明
的「致良知」實是在朱子標榜「格物致知」所奠定的問題系統、名
言系統下發言的。經典之所以為經典，在其內容智慧之高度結晶，
更在吾人就讀經典時對應發現的感動同賦予的意義。我們與經典的
「對話」本身，也正涵融、取用、詮釋了經典的名言系統。其實就
陽明當時朱子學著作列為科舉考試基準內容，而朱子學說理論規模
之大等歷史效力來看，朱子理學大要當為其時一般士子的共同知
識，更可說是一般士子對理學的認識。他們在理學上的創獲，便離

不開對朱子學說的認識與反省。陽明亦是如此。如果我們不從那種強調絕對性、抽象性、先驗性此等理性主義式的判教眼光，而從一「正視」相對性、具體性、歷史性此等詮釋學式的眼光去看，就可以肯定陽明對朱子繼承，同時也肯定了朱子在理學史上的經典性意義。以整個宋明理學史觀之，朱子與陽明其經典地位正一齊並立。

參考書目舉要

〔明〕王守仁撰，吳光、錢明、董平、姚延福編校：《王陽明全集》（上海：上海古籍出版社，1992 年 12 月）

〔宋〕朱熹：《四書章句集注》（臺北：大安出版社，1994 年 11月）

〔宋〕黎靖德編：《朱子語類》（北京：中華書局，1999 年 6月）

錢穆：《朱子學提綱》（臺北：蘭臺出版社，民國 90 年 2 月）

徐復觀：《中國思想史論集》（臺北：臺灣學生書局，民國 82 年9 月）

唐君毅：《中國哲學原論原教篇》（臺北：臺灣學生書局，民國79 年 9 月全集校訂版）

牟宗三：《心體與性體》（臺北：正中書局，民國 57 年 5 月臺初版）

牟宗三：《從陸象山到劉蕺山》（臺北：臺灣學生書局，2000 年 5月再版）

牟宗三：《中國哲學十九講》（臺北：臺灣學生書局，1997 年 1月）

勞思光《新編中國哲學史（一）》（臺北：三民書局，民國 86 年
　　10 月增定九版）

勞思光《新編中國哲學史（三上）》（臺北：三民書局，民國 86
　　年 8 月八版）

洪漢鼎：《詮釋學——它的歷史和當代發展》（北京：人民出版
　　社）

周志文：《晚明學術與知識分子論叢》（臺北：大安出版社，1999
　　年 3 月）

袁保新：《老子哲學之詮釋與重建》（臺北：文津出版社，民國
　　80 年 9 月）

袁保新：〈盡心與立命——從海德格基本存有論重塑孟子心性論的
　　一項試探〉，收於：李明輝主編：《孟子思想的哲學探討》
　　（臺北：中央研究院文哲研究所籌備處，民國 84 年）

明代戲曲文學的接受
與傳播歷程

邵曼珣[*]

提　要

　　民國以前戲曲小說等通俗文學是不受重視的，歷代經典史籍亦不輯錄作品。這是中國傳統文學史觀以「作者」為中心的論述體系下的批評觀點。宋元時期戲曲本是民間的技藝小道，明代中期以後文人甚至仕宦大夫來投入創作之列，提升戲曲的質量，使得戲曲由俗而雅，受到廣大讀者的喜愛，「戲曲文人化」是一大原因。明代中期以後蘇州等地區商品經濟型態，使得書籍的出版與流通，有文化消費的模式，書商的出版策略如文人作家加入，文人評點戲曲，圖繪版本通行等，都是促使戲曲文學因暢銷而成為一種「經典」，也是大眾通俗文學由下層文化漸進滲透而成為上層文化所接納的過程。

[*]　　元培技術學院副教授

關鍵詞：經典　明代戲曲　接受理論　視域

一、「經典」的建構與讀者的「接受」

現今論到中國文學在各個時代的發展，絕大多數是會認同先秦散文、漢魏六朝詩賦、唐詩、宋詞、元曲、明戲曲小說等為各個朝代文體的經典性代表。然而這些代表時代的文學經典，並非一創造出來就是「經典」，每一種文類在最初創始時期並不會立刻被讀者接受，若從讀者的立場而言，每一個讀者的閱讀活動可以說是對作品進行一個「詮釋」，詮釋者不可能用一個空白的頭腦進行闡釋。從提出問題到詮釋問題，詮釋者無不受到其所處時代的文化背景、傳統觀念、知識能力和思想狀況的影響，這些影響因素形成讀者的一種「前理解」，前理解或前見是歷史賦予理解者可據以進行詮釋活動的積極因素，加達默爾將這稱之為「視域」（Horizont）。❶一部作品產生後將會面對該時代其他經典文類對讀者所形成的「視域」理解，使讀者對作品或新的文類產生某種「期待」，也可能在「前理解」的預設與期待中排拒或壓制新的文類。此時在創作者某種意識型態的堅持之下不斷嘗試創作，才能漸漸引起該時代讀者的接受與迴響，當然這些讀者也可能經歷過對該文類的排拒之後，「文本與讀者之間的對話產生了意義」，於是經過加達默爾所謂文

---

❶　見加達默爾：《真理與方法》的譯者序，臺北：時報文化，1993 年，頁 xxii。

本與讀者之間產生的「理解視界的融合」（fusion of horizon）❷或稱「視域融合」後，才能為該時代所接受，進而形成該時代的經典著作。換言之，所謂的「經典」著作除了作者本身創作的意圖之外，作品要成為經典，必然與讀者「接受」和「反應」有關。

就文學意義而言，所謂經典是指那些已經載入史冊的優秀文學作品，也就是說該文學作品經過時代的淘練，已經被後代的「文學史」所收錄，同時也意味著進入某種意識型態系統下的價值體系中。只是多年以來「文學史」收錄的經典，大多是以作者和文本論述為中心。德國「接受理論」（reception theory）學家漢斯·羅伯·姚斯提出提醒，認為應該注意讀者對文學作品的接受因素，一部文學史的構成過程中需將讀者的接受因素納入其中，這部文學史才是可信和完備的。❸

中國文學史的建構過程中，所謂的經典是「恆久之至道，不刊之鴻教」，經典的恆常性是建立在該文本能否跨越時空引起不同時代讀者的共鳴。「經者，恆久之至道」，已然含括時間與空間的跨越，所謂「至道」就是能為讀者所接受的「理解視界」，而「典」者就是「文本」本身。在中國文學的傳統中什麼樣的作品才符合恆久之至道呢？凡有關政治教化，或文以載道、明道的作品才有傳播的價值，這是儒學傳統的經典建構標準。綜觀明代文學在前後七子的復古主張下，以「文必秦漢，詩必盛唐」為典範的追尋，其實是

---

❷　加達默爾：《真理與方法》，頁 355、499。

❸　王寧：〈文學的文化闡釋與經典的形成〉，《天津社會科學》，2003 年第 1 期，頁 96-102。

文不如秦漢，詩不如盛唐；在文體內部結構演變的必然趨勢下，戲
曲小說等通俗文學成為明代文學的代表。這是一種文學史的觀點，
而文學史通常是一種後設的觀點，所呈現的可以說是一種讀者理解
後的價值取向，只是這種讀者的「理解視界」（horizon of
understanding）並不是與文本互動後的理解視界，而是以作者與文本
形式意義或其所形成的一種文藝生態為取向的標準。

　　明代戲曲小說等通俗文學的成就，是到了民國以後受歐美文學
作品翻譯的影響才重新重視明代的戲曲和小說。若從《明史·文苑
傳》看來，其所列文苑之士的成就仍是以傳統的詩文為主要的評論
重點。例如徐渭傳只說道「渭天才超軼，詩文絕出倫輩。善草書，
工寫花草竹石。」❹至於徐渭在戲曲上的成就隻字未提，其他如湯
顯祖、沈璟等有名的戲曲作家根本不列於傳中。《明史》是清人張
廷玉等人編撰，代表的是清初對明代文學的觀點。此外《四庫全書
總目提要·集部詞曲類一》提到對曲的觀點：「詞、曲二體，在文
章、技藝之間。厥品頗卑，作者弗貴，特才華之士，以綺語相高
耳。……究厥淵源，實亦樂府之餘音，風人之末派，其於文苑，同
屬附庸，亦未可全斥為俳優也。今酌取往例，附之篇終。……曲則
惟錄品題論斷之詞及中原音韻，而曲文則不錄焉；王圻《續文獻通
考》以《西廂記》、《琵琶記》俱入經籍類中，全失論撰之體裁，
不可訓也。」由此可見戲曲在清代學者眼中仍只是技藝小道，不足
以列於經籍。在明代沸沸揚揚的戲曲與小說創作，「官方」的歷史
評價中是沒有任何地位可言。可是我們若從當時代各種筆記文獻看

---

❹　張廷玉：《明史·文苑四》，臺北：鼎文，頁 7387-7388。

到，戲曲小說在明代民間的暢銷與影響。《明史‧文苑傳》所代表的是以人物為主的論述，也就是以作者為主，記載作者與作品及作者生平經歷的史料，這種關係當中是沒有考慮到讀者對作品的反應與評價。以作為一種「史」的觀察，似乎未能真實呈現一個作品的全面影響效應。從明史各列傳中便無法全面掌握當時人物如何在他們那個時代起過怎樣真切的作用。

中國文學傳統向來是以作者為中心的論述，包括作者的生平經歷，所處的時代背景，以及作者人品都是影響作品是否具有可讀性或可傳播的價值。作者／作品／讀者在閱讀活動中本是屬於同構的關係，但是在批評史的角度下，讀者往往是缺省的。近年來西方從詮釋學脈絡發展下來，在德國形成以「讀者反應」為主的「康士坦茨學派」，這一派學者提出要撰寫真正的文學史，就必須有新的方法將文學與歷史，歷史方法與美學方法統一起來，這種新的文學史方法名之為「接受理論」（reception theory）❺，同時也稱作讀者反應批評。這一派學者受加達默爾影響，認為「一個文本只能在閱讀中生產一個反應……文本代表了一種潛在的效應（potential effect），只能在閱讀的過程中得到實現……文本的意義必須由讀者去組合」沃爾夫岡‧伊瑟爾又說：「一個文學作品的研究，應該關心的不只

---

❺ 文學接受理論以德國康士坦茨學派為中心，其中又以漢斯‧羅伯‧姚斯和沃爾夫岡‧伊瑟爾為該學派理論之代表。文可參見張慶雄：〈簡述康士坦茨學派的接受理論〉，《呼倫貝爾學院學報》第 12 卷第 2 期，2004 年 4 月。

是實際的文本本身，還必須同樣重視讀者如何回應文本。」❻明代
戲曲小說等通俗文學在官修的文苑傳中沒有獲得應有的重視與定
位，就是沒有將讀者的閱讀反應納入研究。但以當時戲曲廣受歡迎
的情況看來，其所曾經有過的影響又不能抹滅這些通俗文學在讀者
心目中綻放過的光芒。通俗文學是屬於一種「大眾文化」的產物，
以這個意義而言通俗文學是一種「消費社會」下的文本，明代戲曲
小說是在一般民間的讀者接受程度上受到廣大熱烈的迴響，所以觀
察戲曲小說的形成演變歷程，讀者是如何在既有的視域下，對戲曲
小說這種新興的文類進行「視域融合」的過程，應該是一個值得研
究的議題。

二、文學的傳播──明代戲曲文學
的「接受」過程

　　閱讀活動中讀者對作品的接受與反應的重要性上文中已經論
及，讀者與文本之間「視域融合」的過程可以從明初對戲曲小說等
文類的當代批評意見中窺知其發展。而以下本文想從文學作品的傳
播方式來討論它對明代讀者在「接受」的過程中有些什麼影響。

㈠ 戲曲作者「文人化」現象

　　宋元時期戲曲藝術形成於民間，當時戲曲作家多為民間藝人或

---

❻　約翰・史都瑞（John Storey），張君玫譯：《文化消費與日常生活》，臺
　　北：巨流，2002 年 5 月，頁 87-94。

下層文人，時稱為「書會才人」，其作品「多俚鄙淺俗，如村儒野老塗歌巷詠之作。」❼此時期的戲曲創作主要是供戲班演出，作為民間娛樂之用，而書會才人則以此作為謀生之用，若以作者意圖而言，並非是一種文學創作的行為。若從文本內容看，此時期的戲曲題材大多取材於民間的傳說故事、或前代小說、或民間說唱，大多是已經在民間廣為流傳並且是眾所熟悉的情節。戲曲是為舞台敷演而撰寫，可以說在其「生產」過程中專門迎合大眾消費，而這種消費性質的產品大多是有計畫製造出來的一種文化消費產品。❽

中國古典戲曲文學發展到明代，才開創出一個高峰期。其中關鍵之一是在於創作者由原本的民間藝人、書會才人等所謂的下層文人，漸漸有文人學士、官宦大夫的加入，作者本身的文采學識提昇了作品的可讀性，創作意圖也不再只是「娛人」的功能。例如首開文人參與戲曲創作之風的是元末明初高明的《琵琶記》，高明是理學家黃溍的學生，中過進士又做過官，他將南戲〈趙貞女蔡二郎〉改編為《琵琶記》，提高了南戲劇本的文學性。徐渭《南詞敘錄》曾指出：在高明之前，南戲由於曲文俚俗，「不叶宮調」，故不為文人學士所留意。而《琵琶記》「用清麗之詞，一洗作者之陋，於是村坊小伎，進與古法部相參，卓乎不可及矣。」正因為如此《琵琶記》，受到明代文人戲曲的推崇，被推為「傳奇之首」。明太祖朱元璋極為讚賞說：「五經四書，布帛菽粟也，家家皆有；高明

---

❼　王驥德：《曲律·雜論》上，臺北：藝文，1971。

❽　1947 年阿多諾和霍克海默率先使用「文化工業」（culture industry）一詞，指的是大眾文化（mass culture）的產品與過程。

《琵琶記》如山珍海錯，貴富家不可無。」❾

　　同時有些作者利用戲曲具有大眾文化的性質，因此藉以作為宣揚禮教，勸化風俗的「載體」，如丘濬作《五倫記》戲文「蓋因人所易曉者以感動之。搬演出來，使世上為子的看了便孝，為臣的看了便忠……勸化世人，使他有則改之，無則加勉。」文人學士投身於戲曲創作，美其名以「勸化世人」為目的，其實是進行一種文化操控，如果說戲曲的搬演是一種大眾媒體，他們是利用此進行意識型態的操弄，以維繫其支配的關係。這也是為什麼明初一些理學家身份的士大夫，甚至皇家宗室要參與戲文創作的動機。❿

　　明代中期在嘉靖至隆慶間，是明代戲曲作家文人化的發展階段。此時期投入戲曲創作的文人學士在數量上有明顯的增加。不過就作者意圖而言，這批作家並非以勸世教化為目的。其原因一方面是明代文壇長時間籠罩在復古思潮下，此時已經引起一些反復古的文學思潮出現，例如李贄的〈童心說〉「詩何必古選，文何必先秦。降而為六朝，變而為近體，又變而為傳奇，變而為院本，為雜劇，為《西廂》曲，為《水滸傳》，為今之舉子業，皆古今至文，不可得而時勢先後論也。」此外，陽明心學影響下，對於作者主體

---

❾　徐渭：《南詞敘錄》，收於《叢書集成三編·藝術類》，臺北：新文豐，1996。

❿　此類作者除高明之外，丘濬是景泰五年的進士，做過禮部尚書、文淵閣大學士等職，他是一位道學家著有《大學衍義補》等理學著作；另《香囊記》的作者邵燦是正統年間的府學生員。此外朱權和朱有燉是以皇室宗親的身份從事戲曲創作，分別著有《卓文君》、《沖漠子》、《誠齋樂府》《太和正音譜》等。

意識的重視，強調作品的真情本色也是明代戲曲走向典雅化的原因之與一。王驥德《曲律·雜論上》說：「詩不如詞，詞不如曲，故是漸近人情」。又「詩詞不得以諧語方言入，而曲則惟吾意之欲至，口之欲宣，縱橫出入，無知無不可也。故吾謂，快人情者，要毋過於曲也。」由於戲曲「字可襯增」比詩詞更容易「悅性達情」，因此作家可藉由戲曲創作抒發情志，寄託身世之感。**⓫**戲曲發展至此，它的文學性格愈來愈濃厚。其次，明代嘉靖年間魏良輔改革南戲四大唱腔之一的昆山腔，將原本用方言土語，演唱方式粗俗的昆山腔，從四聲陰陽及節奏速度上改造，使得昆山腔一變而為清柔婉轉的唱腔，吸引不少文人士大夫「靡然從好」。接著梁辰魚的《浣紗記》首次將昆山腔與戲曲舞台表演結合起來，一時之間「譜藩邸戚畹，金紫溜燴之家，而取聲必宗伯龍氏，謂之昆腔。」萬曆以後從事戲曲創作的文人數量更是大幅增加。沈寵綏《度曲須知》謂當時曲壇上「名人才子，踵《琵琶》《拜月》之武，競以傳奇鳴，曲海詞山，於今為烈。」「至我明則八股文字姑無置喙，而名公所制南曲傳奇，方今無慮充棟，將來未可窮量，是真雄絕一代，堪傳不朽者也」。戲曲文學大眾文化已經由民間向上層菁英文化滲透，逐漸形成明代文學中的經典代表。

⓫ 明代戲曲文人化現象可參見俞為民：〈論明代戲曲的文人化特徵〉上下，南京：《東南大學學報》第 4 卷第 1、2 期，2002 年 1、3 月。

(二) 戲曲作為一種文化消費的現象
——以蘇州地區為例

戲曲自元代以來，早已成為蘇州地區文人階層生活的娛樂之一，例如元末崑山首富顧瑛（?-1369）家中蓄養聲伎，以供來訪騷人墨客娛樂之需「其園池亭樹之盛，圖史之富，與夫餼館聲伎並鼎甲一時，……」⑫。南宋以來江南地區尤其是蘇杭兩地，成為全國商品經濟商業活動最繁盛的區域。⑬明代中期以後吳中地區更加繁榮，中國早期的城市經濟也在此中形成，同時也產生不少地方富紳。這些富室豪門競相奢華，以各種奢靡的消費活動來展示自己的財富⑭。《崇禎吳縣志》記載明代中期以後吳中地區奢華的現象：「四郊無曠土，其俗多奢少儉。商賈並湊，精飯饌，鮮衣服，麗棟宇。婚喪嫁娶，下至燕集，務以華縟相高。女工織作雕鏤，塗漆必殫精巧。信鬼神，好淫祀。」在經濟富裕的蘇州地區「蓄養聲伎」除了是個人對曲律藝術的愛好之外，更重要的是這是一種昂貴的文化消費活動，「藝術消費」是一種文化消費形式的典型。根據社會學家布迪厄的主張文化消費是「社會各階級之間與同一階級的成員彼此之間的主要鬥爭場域。」⑮蘇州風俗向來崇奢所以同樣欣賞戲曲表演的藝術消費，為與一般大眾的品味區隔，則極力講究排場，

---

⑫　張萱：《西園見聞錄》，卷 22〈畸人〉，頁 494。

⑬　吳中經濟特色與現象可參見拙著《明代中期蘇州文人生活研究》東吳大學博士論文，90 年 6 月，頁 64-76。

⑭　參考註⑬引書，第四章第四節「崇奢風氣」頁 109-115。

⑮　約翰·史都瑞（John Storey），張君玫譯：《文化消費與日常生活》，頁 49-81。

以炫耀財富和社會地位。對於這種讀者（閱聽者），其對文本本身在理解意義的層面上是無關緊要的，重要的是他藉由這種文化消費來展示其社會權力。這種消費模式頗為接近美國社會學家索斯丁·衛伯倫提出的「炫耀性消費」（conspicuous consumption）的概念❶。

關於蘇州地區「崇奢」風氣的形成，主要是因為江南幾個重要城市都轉型為商業活動為主的城市，為當地帶來繁榮的氣象。這些都是商業經濟活動的影響，這種經濟模式獲利大於傳統農業經濟三倍以上，所以上至皇族、勛戚下至庶民百姓，若有資產者莫不想投入貨殖行列。有人曾概述江南及北京的經商之風：「吳中縉紳士夫，多以貨殖為急，若京師官店六郭，開行債典，興販鹽酤，其術倍剋於齊民。」❶商業化的社會一切活動均以消費觀念帶動物質的享受。傳統社會中標榜節儉的道德標準受到考驗。城市中隨處可見的奢華用品，物質的慾望正在這些城市興起中。從這種現象看來奢靡的風尚是全國性的趨勢，上從皇帝講養生練丹藥，一方面又縱情聲色並沈迷房中術等物欲享受；朝中官員則競相追逐華服美食，民間上行下效華服美食的追求之外，情色小說春宮畫也在民間流行。他們對食物的精緻講究更可以說明當時「崇奢」的狀況到什麼地步：據謝肇淛感嘆的描述：「龍肝鳳髓、豹胎麟脯，世不可得，徒寓言耳。猩唇獾炙、象約駝峰，雖間有之，非常膳之品也。今之富家巨室，窮山之珍，竭水之錯，南方之蠣房，北方之熊掌，東海之鰒炙，西域之馬奶，真昔人所謂富有四海者，一筵之費，竭中產之

---

❶　這是針對都市中產階級文化消費的新模式所提出的概念。詳見上註引書。

❶　黃省曾：《吳風錄》頁3，五朝小說大觀。

家不能辦也」⑱。

明代陸楫（1515-1552）曾作《禁奢辯》⑲，還有顧公燮所言「天地間損益流通，不可轉移之局也」這些論點，可以看出明代中葉江南士大夫對於社會經濟之變動，社會風尚之奢華，已經不會從傳統的禁欲主義來批判，反而認為這是個不可逆轉的現象，否則將有許多小民無法生存。這裡有一個很重要的價值的轉變，奢華是人心欲望的產物，士大夫們並不以為忤，其思想轉變的原因可能與明代在思想上一直籠罩在「理學」的基本基調上，也就是討論天理、人欲的問題。從程朱理學的「去人欲、存天理」到王陽明的「心即理」，以至陽明後學提倡肯定人欲的思想議題的不斷辯證有關。商人所主導的商業活動，在對物質觀念上已經起了重大的變化，而這種價值觀也漸漸為士人階層所接受，這正是商人在經濟價值觀上提出對抗傳統價值觀一項勝利。商人文化已影響到文人階層。文人價值觀已開始改變。

若從文化消費的模式而言，這類「炫耀性消費」風氣，誠可助長戲曲等文藝活動的滋長。影響所及明代以來，蘇州地區的文人多兼擅小令詞曲，不過大多是閒餘之作。如史廷直（1437-1516，號癡翁，金陵人）「酒醉則搦管為新聲樂府，略不構思，或五、六十曲或百曲方擱筆，張祿授以南北曲，與石田游⋯⋯間自度新詞被之，

---

⑱　謝肇淛：《五雜俎》卷 11。

⑲　林麗月：〈陸楫崇奢思想再探〉，《新史學》5 卷 1 期（1994 年 3 月），說道：陸楫（嘉靖年間人）有一篇未立篇名的文章，被收入明人沈節甫所輯《紀錄彙編》中。近年有學者趙靖編《中國古代經濟思想名著選》（北京大學出版社，1986）頁 546，時為其題名為〈禁奢辨〉。

陳大聲、徐子仁皆羨嘆弗如也。」❷吳中四才子之一的祝允明
（1460-1526）則是善度新聲，曾經傅粉墨登場，令梨園子弟相顧弗
如。「閻閻紅樓起，皋橋淥水迴。綺羅搖日麗，車馬逐雲來。施旦
非吳豔，機雲是晉才。欲歌遺古調，風俗轉堪哀。」❹祝允明文集
中〈吳趨〉和〈清嘉〉都是曲名，甚至他的府第「懷星堂」中以此
二曲為居室之名。祝允明不但能創作新聲曲律，更特別的是自己能
粉墨登場演出。呂天成《曲品》說的正是這種情況：「博觀傳奇，
近時為盛，大江左右，騷雅沸騰；吳浙之間，風流掩映」。

　　吳中四才子之一的唐寅其曲作民間流傳甚廣，何大成從《詞林
選勝》輯錄唐寅十三套曲子以及其他雜曲。

> 《詞林選勝》一編，乃魏良輔點板，所載六如曲富甚，予備
> 錄之。其微詞秘旨，種種不傳，惜為三家學究，漫置題評，
> 十市街頭私行改竄，……莫辨浮沈清濁，纖妍雖具，妙義全
> 乖。不佞耳慚師曠，心賞伯牙，損貲募工，亟為繕寫，更以
> 諸本刊誤，……❷

何大成輯錄唐寅曲譜有一段序言描述其祖當年聽曲盛況：

> 予外叔祖西巖秦氏，博極群書，尤精音律，嘗應試南都，以

❷　錢謙益：《列朝詩集小傳》，周駿富輯，明代傳記叢刊，學林類，臺北：
　　明文書局，1991，頁 388。
❹　祝允明：〈吳趨〉，四庫全書本，1260 冊，臺灣商務印書館，1983，頁
　　400。
❷　唐寅：《唐伯虎全集》卷四，北京：中國書店，1985。

> 八月既望，縱步桃葉渡，三吳仕女靚妝炫服，遊者如堵。已
> 而六館英豪，平康姝麗，笙歌雜沓，畫舫鱗次，酉巖乃浩歌
> 念奴嬌序一闋，低回慷慨，旁若無人，環橋而聽者，不可勝
> 記也。……（《唐伯虎全集》卷四）

「桃葉渡口」是當時蘇州城中的一個舞台，每當有戲曲搬演時，吸引無數聽眾，更有姝麗爭與交懽。尤其是女性觀眾更是「靚妝炫服」的盛重打扮出遊觀賞，可見當時人物風流，以及一般庶人對詞曲之喜愛與重視。此外當時的觀眾對戲曲的演員的愛慕，不下於今日年輕人對偶像的崇拜，如

> 向之姝麗者，爭前席交懽焉，捧檀板以度曲，夾雲和而授
> 指，綣周郎之盼睞，祈薦枕於襄王，悅李蓍之譜詞，效吹簫
> 于秦女，洵可樂也。曾未數十年，風流頓盡。……（《唐伯虎
> 全集》卷四）

其他如明中葉有名的作曲家徐霖（1462-1538，號髯仙，江寧人）曾因通曉音律，甚受正德皇帝寵信，下江南時數幸其家，曾與他同榻而眠，其為人：

> 豪爽迭宕人也。工書能文章，善為歌詩，有聲庠序間，後以
> 事棄去，遂無町畦之行。數游狎邪，其所填南北詞皆入律，
> 故娼家皆崇奉之。衡山嘗題一畫寄髯仙，其詩後半首云：
> 「樂府薪傳桃葉渡，彩毫遍寫薛濤牋，老我別來忘不得，令
> 人常想秣陵煙。」蓋實錄也。武宗南巡獻樂，因得供奉。武
> 宗數幸其家，……。後隨駕北上，在舟中每夜常宿御榻與上

同臥起，亦異數也。❷

徐霖以一位山人身份，因通曉音律，特別受到皇帝寵愛，曾以布衣被召入皇宮，於除夕時「應制百韻」，在皇帝左右「從容顧問游從竟日夕」，武宗嘗屢命以官，徐霖堅辭而不受，這對一位民間戲曲作家而言真可謂不世之奇遇了。

刑部尚書顧璘（1476-1545 東橋，上元人）也是通曉音律之人，曾在自己家中蓄養教坊樂工：

> 構息園，以待四方之客，每張讌必用教坊樂工，以箏琶佐
> 觴，最喜小樂工楊彬。處承平全盛之世，享園林鐘鼓之樂，
> 江左風流，迄今猶推為領袖。❷

如此看來明代中期蘇州文人的社群中相當流行戲曲的創作，只是這些作品是文人聚會雅集時與朋友共樂之作，並未有專力之作。不過這可能與蘇州一代崇尚古文辭創作風氣有關，散曲只是娛樂之作並未用心於此。

---

❷ 周暉：《二續金陵瑣事》，收於《筆記小說大觀》16 編 4 冊，臺北：新興書局，1978，頁 132。
❷ 錢謙益：《列朝詩集小傳》，頁 379。

三、戲曲文學的傳播——消費商品的策略

㈠ 出版興盛—政府鼓勵書籍刊刻情況

　　戲曲雖是表演藝術，但戲文本身也是文藝作品，戲文成為民間普遍接受的文本，與明代發達的印刷業關係密切。明代刻書出版事業極為盛行，除了印刷技術的提升之外，政府大量編修圖籍，鼓勵官私刻書，推行出版免稅制度，免除書籍稅等，皆是極大的助因。

　　明代刻書可分為幾種：政府刻書稱為「官刻本」；私家刻書稱為「家刻本」；書坊刻書稱為「坊刻本」。官刻本的種類很多：若由內廷司禮監所刻印的稱為「內府刻本」（或稱經廠本）；若由各地方藩王所刻的書稱為「藩府本」，其中秦藩、魯藩、晉藩、德藩所刻之書，都是精良而有名的版本。❷❺家刻本則是在嘉靖以後開始盛行，而且特別流行翻刻舊本書籍。家刻本的刊刻者多為大藏書家，而且注重善本精於校勘，故可與宋版書媲美。袁褧「嘉趣堂」翻刻的《六臣注文選》是其中佳作之代表。萬曆年間的吳勉學、陳仁錫、胡文煥、毛晉等都是當時有名的刻書家，其中毛晉（1599-1659）的「汲古閣」所印書籍之多，更是私家刻書事業的高峰。當時主要刻書的地點有三：吳、越、閩；聚書的地點有四：燕市（北京）、金陵（南京）、閶闔（蘇州）、臨安（杭州）❷❻。此外還有建陽和湖州，這都是當時全國知名的產書中心。

---

❷❺　劉國鈞：〈宋元明清的刻書事業〉，收入《中國圖書版本學論文選輯》，臺北：學海，1981，頁 387-388。

❷❻　胡應麟：《少室山房筆叢》，臺北：世界書局，1980，卷 4，頁 55。

㈡ 當時出版品類型：暢銷商品

坊間刻書在大量生產下書籍成為市場上的消費性商品。刻書的種類很多，包括醫書、戲曲小說、啟蒙讀物、類書、科舉用書、狀元策、翰林院館課、八股文等。大致說來可分為三大類：第一類是民間實用參考書，如萬曆年間出版的《萬寶全書》，此書是一般民間生活常識的參考書，必須時時增補，每年翻刻保持時效。而官家常用的書則有《縉紳全書》、《會典》、《邸鈔》、《京報》等❷❼。

第二類是科舉應試之書，多為坊選時文，這類書籍在弘治年間已經出現，不過到了隆慶、萬曆時才大為興盛。明代江陰人李詡曾說道：「余少時學舉子業，並吳刻本窗稿。有書賈在利考朋友家往來，抄得燈窗下課數十篇，每篇謄寫二三十紙，到余家塾，揀其幾篇，每篇酬錢或二文或三文。憶荊川（唐順之）中會元，其稿亦是無錫門人蔡瀛與一姻家同刻。方山（薛應旂）中會魁，其三試卷，余為從與其常熟門人錢夢玉，以東湖書院活板印行，未聞有坊間板，今滿目皆坊刻矣，亦世風華實之一驗也。」❷❽顧炎武則說在「弘治六年，會試同考官靳文僖批，已有自板刻時文行，學者往往記誦，鮮以講究為事之語，則彼時已有刻文，但不多耳。」❷❾可見弘治時腦筋動得快的書商已經將中第舉人或進士的文章抄寫出售，成為坊間出版的程文範本的前身。萬曆二十年左右會試主司和十八

---

❷❼ 王爾敏：《明清時代庶民文化生活》，臺北：中央研究院近代史研究所，1996，頁 199-200。

❷❽ 李詡：〈時藝坊刻〉《戒庵漫筆》卷 8，北京：中華，1997，頁 334。

❷❾ 顧炎武：《日知錄集釋》卷 16，臺灣商務印書館，1956，頁 41。

房的考官文章亦成為應試時文的參考，坊間版刻程文有四種：

> 曰程墨，則三場主司及士子之文；曰房稿，則十八房進士之
> 作；曰行卷，則舉人之作；曰社稿，則諸生會課之作。至一
> 科房稿之刻，有數百部，皆出於蘇杭，而中原北方之賈人，
> 市買以去，天下之人，惟知此物可以取科名，享富貴。此之
> 謂學問，此之謂士人，而他書一切不觀。……舉天下而惟十
> 八房之讀，讀之三年五年，而一幸登第則無知之童子，儼然
> 與公卿相揖讓。……嗟乎！八股盛而六經微，十八房興而二
> 十一史廢。……㉚

蘇州、杭州一帶書商大量刊刻十八房文稿㉛，造成一般參加科舉考
試的士子們只讀考試有關的程文範例，餘書一概不觀的取巧方式，
這是詬病科舉考試制度無益的最大原因。

第三類戲曲小說等通俗文學是最暢銷的出版品。以明代《西廂
記》而言，當時共有五十多種版本，各地書坊都有刊刻。明人呂天
成《曲品》云：「博觀傳奇，近時為勝。大江左右，騷雅沸騰。吳
浙之間，風流掩映。」以目前中國大陸各圖書館所藏戲曲類圖書
（包括雜劇、散曲、傳奇、彈詞、寶卷、曲律等）明代所刻的版本約有四
百六十種左右，其中傳奇佔二百六十多種。㉜可見當時戲曲出版之

㉚　顧炎武：《日知錄集釋》卷 16，頁 41。
㉛　所謂十八房「今制會試，用考試官二員總裁，同考試官十八員，分閱五
　　經，謂之十八房。」，同上引書。
㉜　沈津：〈明代坊刻圖書之流通與價格〉，《國家圖書館館刊》，臺北：國
　　家圖書館，1986，第 1 期，頁 101-118。

盛況。

(三) 書坊宣傳行銷策略

　　戲曲小說成為一種「大眾閱讀」的流行之後，戲曲作家輩出例
如湯顯祖、沈璟、徐霖、顧大典、潘之恒、臧晉叔、鄭之文、紀振
倫、黃方胤、范文若等。其中有不少人還為書坊評點以作為銷售的
賣點。南京自明中葉至明末，都是全國坊刻書籍的中心之一，胡應
麟云：「吳會金陵擅名文獻，刻本至多，巨帙類書咸薈萃焉。海內
商賈所資二方十七，閩中十三，燕趙勿與也。然自本坊所梓外，他
省至者絕寡，雖連楹麗棟，搜其奇秘，百不二三，蓋書之所出而非
所聚也。」❸❸萬曆年間，南京著名的書坊富春堂，邀請謝天祐校訂
《白兔記》、《玉玦記》；紀振倫（秦淮墨客）校《三桂記》；朱
少齋校《白蛇記》；綠筠軒校《紫蕭記》，其中紀振倫（字春華，
金陵人）所校《三桂記》就是自己的作品。謝天祐曾作《靖虜
記》、《涇庭記》；朱少齋作《金釵記》、《英台記》等。另外南
京的師儉堂還請陳繼儒評點戲曲作品。書商與文人合作為刊本校訂
或評點，可以增加刊本的知名度與品質，也成為書坊推銷宣傳刊本
的方式之一。

　　書坊、書肆的蓬勃發展，他們為了爭取讀者購買，有些書坊會
在出版的戲曲小說中附有版畫插圖，並在書名前冠上「繪像」、
「繡像」、「全像」、「全相」、「圖像」等名稱，因此又促進了
版畫藝術的盛行與成就。各地書坊為競爭營利，各自聚集一批文

---

❸❸　胡應麟：《少室山房筆叢》甲部〈經籍會通〉四。

人、畫家刻工，請他們批點、編輯、繪圖、鏤版、印刷，漸漸形成各地區書坊的特有風格。例如明中葉蘇州金閭書坊所刻的《吳江志》、《西廂記雜錄》等均附有插圖。

　　金閭書坊的版畫可溯至宋、元時期，著名的《磧砂藏》即其代表，上面署有陳昇畫；陳寧、袁玉、孫祐等人所刻。這是版畫中較早署有繪、刻者名字的記載。版畫自宋朝時即已出現，至明代前期都未有太大發展，直到明代中後期以後隨著通俗文學的出版才興盛起來。繪畫與文學結合，受到閱讀大眾的歡迎。畫家在書扉上署名，大眾也開始注意到這些隱沒在書籍商品背後的功臣，畫圖的精良與否，以及圖畫本身的風格長久經營下來也形成各地書坊的特色。例如南京富春堂的插畫以小巧纖弱著稱，猶如閨中女子風格。杭州則趨於秀麗華貴，如同大家貴婦一般。❸❹傳奇小說編排用盡心思，精緻巧妙的追求，使得謝肇淛感嘆的說這些精緻的刻書只是一種「傳奇耳目之玩」：

> 近時書刻如《馮氏詩紀》、《焦氏類林》及新安所刻《莊》、《騷》等本皆極精工，不下宋人，然亦多費校讎，故舛訛絕少，……至於《水滸》、《西廂》、《琵琶》及《墨譜》、《墨苑》等書，反覃精聚神，窮極要眇，以天巧人工徒為傳奇耳目之玩亦可惜也。❸❺

---

❸❹　參杰安：《明代蘇常地區出版事業之研究》，臺灣大學圖書館研究所碩士論文，1996，頁 120-122。

❸❺　謝肇淛：《五雜組》事部 2，卷 14，筆記小說大觀 8 編，臺北：新興書局，1979，頁 4234。

言下之意似乎覺得覃精聚神在書本圖繪精巧上，反而疏忽了書籍刊刻應該要求的校讎工作，反本為末實為可惜。

(四) 專業刻工技術的要求

除了戲曲小說以版畫插圖行銷廣受歡迎外，在消費市場商品競爭之下，書籍的刊刻也有精緻化的傾向。刻本的好壞除了翻刻版本的良莠之外，刻工的技術也成為講究的重點。據道光年間的《黃氏宗譜》記載這個家族自明代正統元年（1436）至清道光十二年（1832）約四百年間世代刻書，共有三、四百名刻工的紀錄。他們原是徽州人，因為刻書而遷往蘇州、南京、杭州甚至到北京。這個家族的刻工技術卓越，時常受雇於各地的書坊所以遷移流動也頗頻繁。不過由於黃氏刻工的聚集使得徽州刻書在萬曆以後成為領導全國刻書的中心，甚至有「徽刻之精在於黃，黃刻之精在於畫（書籍版）」之說❸❻。

刻工卓越的技術是使書籍美觀精緻的重要原因，然而在此一技術層面改良的現象之下，文人（創作者）、書商與刻工三者本是屬於不同階層的人，在「精緻化」的價值觀念追求下，這三類人因此而形成一個社會網絡的關係，文人、商人與技術工人之間彼此依存，彼此需要，甚至彼此欣賞，相互往來之後，商人與工人因為與文人的交往，以及文人對它們技術的的欣賞進而提昇其社會地位，使他們漸漸向文人階層靠攏，形成一種下層階級向上層階級流動的

---

❸❻　邱澎生：〈明代蘇州營利出版事業及其社會效應〉，《九州學刊》，香港，1992 年 10 月，第 5 卷第 2 期，頁 139-159。

改變，文人階層也因為與這些人的交往而有世俗化傾向的轉變。例如文徵明為人作墓誌銘等，多屬意由章簡甫為其刻寫。〈致章簡甫〉「……墓表一通亦要區區寫，不審簡甫有暇刻否？如不暇，卻屬他人也。」**❸**「適有衡人之便，欲搨得墓文三兩通。……就煩上覆簡甫，勉強做成此事，感德不淺也。……」**❸**章簡甫是當時有名的刻工，與文徵明等人來往密切，所以工匠之輩亦藉此而往來於文人階層中。

四、文化消費的現象
——文人與書商的關係

　　一般論明代戲曲創作，多言其興盛是在萬曆時期開始，此時的確出現不少專業作家，這些作家可說是文人階層中較專注於曲律聲調創作者，也可以說他們的創作與書商的出版「企畫」有關，有些文人與書商關係密切，從創作、出版到行銷，已經將作品做為一種商品經營，文人本身以個人的才華展現於銷售商品下，創作的目的中多了一種市場取向，一種消費性考量，創作不再單純是個人情志的展現。

　　明代蘇州、南京等城市書商雲集，出版商大致有兩種類型：一是本身喜好收藏書籍，擁有豐富藏書的藏書家，為了書籍的傳布而

---

❸　文徵明：《文徵明集·補輯》卷 27，周道振輯校，上海：上海古籍出版社，1987，頁 1480。

❸　文徵明：〈致子美（王曰都）〉，《補輯》卷 27，頁 1484。

刻書。一種是刊刻牟利書籍的商人。

江蘇、浙江一帶，明、清時期出現許多藏書家，《藏書紀要》載：「大抵收藏書籍之家，惟吳中蘇郡、虞山、崑山；浙中嘉、湖、杭、寧、紹最多。」❸尤其在正德、嘉靖年間，蘇州、常州一帶的藏書家熱中於宋版書的收藏，並且覆刻於世。明代中期蘇州較有名的藏書刻書者有❹：

黃魯曾（1487-1561）、黃省曾（1490-1540）兄弟：「吳縣人。其父善操其息，立致萬金，產析子各千餘，魯曾與弟省曾盡以購書讀之。……正德十一年中舉，嚴嵩聞其名欲招致之，不能得也。……」嘉靖三十三年據宋本覆刻《孔子家語》，還聘請當時有名的寫工吳時用，刻工黃金賢、黃周賢刊刻而成，另刻有《漢唐三傳》。黃省曾刊刻以「文始堂」為名，刻有《申鑒注》、《李空同集》、《水經注》、《嵇中散集》、《山海經》、《唐劉義詩》、《竹澗先生文集》、《梁陶貞白先生文集》。其子黃姬水（1509-1574）亦承其業，刻有《前漢紀》、《范忠宣公文集》。

王延喆（1482-1541）：字子貞，號林屋山人，吳江縣人。其父王鏊。性豪奢，治大第，多蓄伎妾子女，出從群奴數十，皆華服盛裝，珠玉寶玩，尊彝寶器，法書名畫，價值數十萬。遇士大夫則逡循有禮，……益市古彝鼎圖書充牣於家，有嘉客至則陳而觀之。以蔭入官，由中書舍人擢太常寺右寺副，出為兗州府推官。……刻有

---

❸ 〔清〕孫從添：《藏書紀要》，收入《百部叢書集成：士禮居叢書》，臺北：藝文印書館，1970 冊 703，頁 12 上。

❹ 麥杰安，是書第三章，頁 29。

《史記集解索隱正義》、《本草單方》。

顧元慶（1487-1565）：字大有，長洲縣人。家近許市，兄弟多纖嗇治產，元慶獨以圖書自娛，自經史以至叢說，多所纂述，隱居在陽山大石左麓，稱其居為顧氏青山，稱其房為大石山房，稱其室為夷白齋，藏書萬卷，擇其善本刻之，署曰陽山顧氏文房。顧氏為陽山大族，其宅「壯而美又有園池竹林」。刻有顧氏文房小說四十種五十八卷。此書歷時十四年才完成，有十七種為宋版重雕，有許多罕見的選本，故極為珍貴。另刻有顧氏明朝四十家小說四十種，此書專收明代文人筆記小說，兼收考據文藝理論詩集作品。其目的是提供文人雅士養心悅目、怡情去煩之用。

藏書家刊刻的「家刻本」書籍刊印之後，除了自己收藏與贈送親友之外，也可能成為蘇州書商或外地書商購買的對象。他們雖然不以刻書為營生牟利，但印書仍是可以獲利的，也可能轉化為書坊性質的印書出版事業。從這些刻書家看來他們若非仕宦則是舉業出身的文人階層，本身也多有著作是作家也是出版商，又多是當地人氏，與蘇州文苑關係密切，甚至本身就是這個文人集團中的一員，如黃魯曾、黃省增兄弟、陸采、袁褧等嘗從文徵明游。從這情形看來刻書家兼具作家身份，是文人階層向商人階層擴大的一個情況。

還有一些是書商與文人之間的合作關係：據史料記載，明代的蘇州府城（包括吳縣與長洲縣）共有三十七家書坊❹，這麼多家書坊為了爭取市場銷售優勢，於是與文人合作，請知名文士編書、寫書、校定、評點、作序跋等。有些書坊為了標榜書籍是新編或重

---

❹　張秀民：《中國印刷史》，上海人民出版社，1989，頁369-372。

訂，以吸引讀者，故在刊刻原本時，刻意改竄，顧炎武說：「萬曆間人多好改革古書，人心之邪，風氣之壞，自此而始。」❷清代著名版本學家黃蕘圃曾言：「明人喜刻書，而又不肯守其舊，故所刻往往廢於古。」明代編書風氣盛行，同時改竄原著的情形也相當嚴重。顧炎武說萬曆間人多好改書，其實在明代中葉已經有此現象出現，葉盛曾說：

> 今書坊相傳，射利之徒，偽為小說雜書，南人喜讀如漢小王（光武）、蔡伯喈、楊六使（文廣）；北人喜讀繼母大賢等事甚多。農工商販，抄寫繪畫，家畜而人有之。痴騃文婦，尤所酷好。好事者因目為《女通鑒》有以也。甚者晉王休征、宋呂文穆、王龜齡諸名賢，至百態誣飾，作為戲劇，以為佐酒樂客之具。有官者不以為禁，士大夫不以為非，或者以為警世之為，而忍為推波助瀾者，亦有之矣。一者奇異出於輕薄子一時好惡之為，如西廂記碧雲騢之類流傳之久，遂以氾濫而莫之捄歟！❸

書商與藏書家合作出版編輯所收藏書籍，例如馮夢龍在《繡像古今小說》的序文中曾說：「家藏古今通俗小說甚富，因賈人之請，抽其可以嘉惠里耳者，凡四十種，畀為一刻。」當是書在市場上頗受歡迎之後，又有書商請另一位文人也編輯一部小說集來出

---

❷ 顧炎武，卷18〈改書〉，頁125。

❸ 葉盛：〈小說戲文〉，《水東日記》卷21，四庫筆記小說叢書，上海：上海古籍出版社，1991，頁130。

版，凌濛初在《初刻拍案驚奇》序中自言該書編輯緣由時說道：
「肆中人見其（指馮夢龍所輯書）行世頗捷，意余當別有秘本圖書而
衡之，……因取古今來，……可新聽佐談諧者，演而暢之，得若干
卷。」❹這是明代書商彼此競爭所施展的各種手段。還有的書商乾
脆在刊刻的書籍上加上廣告詞，要讀者看清楚不要買到坊間混刻之
書。萬曆四十年（1612）書林安正堂劉雙松所刻《新版全補天下便
用文林妙錦萬保全書》，其扉頁刻「……茲書本堂原有編刻已有大
行。……邇來，嗜利徒棍，假票溷賣，翻刻不備，不惟觀者無益，
且令用者有誤。……」安正堂是福建有名的書肆，自弘治劉宗器
始，至萬曆劉珰止，該坊出版之書近五十種之多❹。

五、結 語

　　明代文人參與戲曲小說等通俗文學的創作，提升了通俗文學的
品質使得原本屬於民間的小道，逐漸受到上層菁英階級的重視，在
戲曲文學內容品質逐漸發生改變的同時，明代江南地區的資本主義
型態的商品經濟也在逐漸成形中，書籍的出版以及相關的銷售策
略，如書籍精緻化的印刷，以及印刷方式的改良，版畫插圖的盛
行，刻工技術的講究等。同時文人與書商的交誼，以及書商身份可
能是文人作家本身，或者是藏書家，或者是評點作品的名人，其實
是文人商人身份逐漸混合，而出現的一種「文化人」，這對於做為

---

❹　凌濛初：《初刻拍案驚奇》，臺北：世界書局，1986，頁 1。
❹　可參見註❸沈津〈明代坊刻圖書之流通與價格〉，頁 107-108。

商品的書籍的推廣是一個很重要的變化。戲曲文學通過這些方式，普遍的影響到社會各階層，在明代社會中相當真確的形成一種經典作品。

本文首先對於中國歷代代表文體的形成，試圖從讀者的立場來探討時代的經典作品，我們要檢視的是一個所謂的成功作品，並不是只有作者的影響，作品之所以能傳世，是在於作品與後世讀者之間在「視域融合」的過程中對該時代讀者興起何種效果。然而明代戲曲文學從文體新興之初讀者（文人觀點）視為辭令小道的觀點到被普遍廣大讀者接受的過程，其因素不僅是戲曲文學本身內在的文體形式特徵的變化之外，尚且還有許多社會因素的影響，也就是說明代因為經濟型態的改變，使得明代在文學作品的傳播與發展上，有更多需要注意的社會化因素，而以讀者接受的立場來看，其作品與讀者的期待視域還要將當時書籍出版的商業策略，以及民間普遍形成的價值觀作一番探究。戲曲文學的興盛是讀者立場的普遍接受。依據美國讀者反應批評的代表人物斯坦利・費什的看法：「文本、意義乃至文學都不是外在的客體，它們僅僅存在於讀者的心目中，是讀者經驗的產物。人們之所以會出現相似的閱讀反應，這是因為讀者接受了共同的閱讀慣例；人們之所以接受這一種而不是那一種解讀，這與文本的客觀意義無關——這是因為前者更為『有趣』而已。」如何使一個文本比另一個文本有趣呢？若從明代出版品的出版策略看來，例如以名人作家為作品「評點」，作為一種宣傳手法；或是書籍出版精緻化，書籍當作一種「消費商品」，因此圖版繪畫可以增加書籍的有趣性，可以更加深當代讀者在閱讀活動進行中視域期待時的驚奇與新鮮感。若以「炫耀式消費」心態來

看，圖書在刻工技術的精緻要求下，使刻本圖書的附加價值增加，成為新興富人階級的收藏品，這也是一種讀者「接受」的方法。書商身份與文人身份的混同，就是明代中晚期在社會階級中出現的「士商混合」現象，這種現象使得某些大眾化文學作品的作者，其創作意圖不再是單純化作者個人情志的表現，也就是說作者創作會迎合大眾的審美趣味，而使作品趨向通俗化。以上這些現象的說明，正是從文學傳播的角度來探討明代通俗文學作品興起的原因。

國家圖書館出版品預行編目資料

叩問經典

殷善培・周德良主編. – 初版. – 臺北市：臺灣學生，
2005[民 94]
面；公分

ISBN 957-15-1259-1(精裝)
ISBN 957-15-1260-5(平裝)

1. 中國文學 – 論文，講詞等
2. 學術思想 – 中國 – 論文，講詞等

820.7   94010615

叩 問 經 典 (全一冊)

主　　　　編：殷　善　培　・　周　德　良
出　版　者：臺　灣　學　生　書　局　有　限　公　司
發　行　人：盧　　　　　　保　　　　　　宏
發　行　所：臺　灣　學　生　書　局　有　限　公　司
　　　　　　臺 北 市 和 平 東 路 一 段 一 九 八 號
　　　　　　郵 政 劃 撥 帳 號 ： 0 0 0 2 4 6 6 8
　　　　　　電　話　：（0 2）2 3 6 3 4 1 5 6
　　　　　　傳　眞　：（0 2）2 3 6 3 6 3 3 4
　　　　　　E-mail：student.book@msa.hinet.net
　　　　　　http：//www.studentbooks.com.tw

本書局登
記證字號　：行政院新聞局局版北市業字第玖捌壹號

印　刷　所：長　欣　彩　色　印　刷　公　司
　　　　　　中 和 市 永 和 路 三 六 三 巷 四 二 號
　　　　　　電　話　：（0 2）2 2 2 6 8 8 5 3

定價：精裝新臺幣六○○元
　　　平裝新臺幣五二○元

西 元 二 ○ ○ 五 年 六 月 初 版

82074